Totengräberspätzle

1973 im schwäbischen Sigmaringen geboren, wuchs der Autor in der benachbarten Kleinstadt Pfullendorf auf. Bereits zu Schulzeiten veröffentlichte er Horror-Kurzgeschichten bei Bastei Lübbes »Geisterjäger John Sinclair«. Neben einem Studium der Medienpsychologie und Hispanistik war er als Polizeiübersetzer, Filmemacher, Musiker, Porzellanverkäufer, Cutter, Werbetexter und Simultandolmetscher tätig. Aktuell arbeitet er als Redakteur und Autor für das ProSieben Wissensmagazin »Galileo« und wurde unter anderem nominiert für den Science Film Festival Award und den Ernst-Schneider-Preis.

Dieses Buch ist ein Roman. Handlungen und Personen sind frei erfunden. Ähnlichkeiten mit lebenden oder toten Personen sind nicht gewollt und rein zufällig.
Im Anhang findet sich ein Glossar.

HARALD J. MARBURGER

Totengräberspätzle

KRIMINALROMAN

emons:

Bibliografische Information der Deutschen Nationalbibliothek
Die Deutsche Nationalbibliothek verzeichnet diese Publikation in der Deutschen Nationalbibliografie; detaillierte bibliografische Daten sind im Internet über http://dnb.d-nb.de abrufbar.

MIX
Papier aus verantwortungsvollen Quellen
FSC® C083411

Umschlagmotiv: mauritius images/Edwin Remsberg/Alamy
Umschlaggestaltung: Tobias Doetsch
Gestaltung Innenteil: César Satz & Grafik GmbH, Köln
Lektorat: Susann Säuberlich, Neubiberg
Druck und Bindung: CPI – Clausen & Bosse, Leck
Printed in Germany 2017
ISBN 978-3-7408-0065-9
Originalausgabe

Gutmütig und tückisch – ein solches Nebeneinander, widersinnig in Bezug auf jedes andere Volk, rechtfertigt sich leider zu oft in Deutschland: man lebe nur eine Zeit lang unter Schwaben!

Friedrich Nietzsche, »Jenseits von Gut und Böse«

Screw my longboard trucks and wheels
under my coffin.
Put the board with me into my coffin.
With a nice electric wreath
into my coffin.

Dionysos, »The Coffin Song«

Das Unheil

Der beste Platz, diese Geschichte zu beginnen, ist dort, wo die meisten Geschichten enden: auf dem Friedhof.

Späht man in luftiger Höhe zwischen den beiden schweren Bronzeglocken des Kirchturms hindurch, erkennt man eine schwarze Schar, die im Dunst von Weihrauchschwenkern über den Friedhof mäandert. An ihrer Spitze schwankt ein Sarg aus Eiche mit dezenter Rosenprägung. Die Sargträger haben zu kämpfen. Der Inhalt scheint schwer zu sein. Wenigstens wiegt der Sarg selbst etwa vierzig Kilo weniger, als das normalerweise der Fall ist. Er besteht nämlich nicht aus echtem Eichenholz, sondern aus einer doppelten Lage Spanplatten, fachmännisch verleimt und mit einer dünnen Schicht Eichenholz furniert. Außer dem Bestatter weiß das allerdings niemand.

Getragen wird die Totenkiste von zwei Dorfpolizisten, Berthold Schmälzle und Max Schmähle, dem Chorleiter des Gesangsvereins, und an der rechten Spitze von dem städtischen Bestatter: Johann Gottesacker.

Von hier oben sieht man nur ein Stück seiner silbern glänzenden Haare (»Schwarzkopf Permanente Tönung Nr. 5«) und seinen korrekt gebürsteten Schnurrbart.

Dem veredelten Billigsarg folgen, wie bei solchen Gelegenheiten üblich, der Pfarrer, die trauernden Angehörigen, Freunde, Verwandte und Bekannte.

Hinter der stattlichen Zahl Trauernder marschiert die städtische Blaskapelle und intoniert hingebungsvoll den dritten Satz aus Gustav Mahlers 1. Sinfonie. In einer sehr eigenwilligen Bearbeitung dringen die Klänge von »Frère Jacques« in Moll unheimlich hohl nach oben.

Es ist ein warmer Sommertag Anfang September.

Jedes Jahr stirbt statistisch gesehen ein Prozent der Bevölkerung. Die schwäbische Kleinstadt, in der wir uns befinden, hat genau zwölftausendsiebenhundertneunzehn Einwohner. Davon sterben im Jahr ungefähr hundertsiebenundzwanzig. Macht im Monat potenzielle zehneinhalb Tote.

Weil die Luft hier gut ist und man beim Einkaufen seltener überfallen oder überfahren wird, schrumpft die Zahl auf überschaubare zwei bis drei monatliche Todesfälle. Davon kann man immer noch ziemlich gut leben. Vor allem wenn man das einzige Bestattungsunternehmen im Ort besitzt.

Bis auf Gottesacker sind die anderen Sargträger Neulinge im Bestattergeschäft. Der Herr des Friedhofs ist gewichtig, aber kleiner als der hagere Chorleiter neben ihm, den zudem Hämorrhoiden plagen, weswegen er immer wieder aus dem Tritt kommt. Bei der Hintermannschaft sieht's in puncto Stabilität auch nicht besser aus. Dorfpolizist Schmälzle ist klein und stämmig, sein Kollege Schmähle lang, aufgeschossen und dünn. So kommt es, dass der Sarg in Schräglage hängt und bedrohlich hin und her schwankt.

Zusätzlich erschwert wird das Ganze vom Vizebürgermeister (hundertfünfunddreißig Kilo Lebendgewicht). Der liegt nämlich im Sarg und ist vor drei Tagen überraschend verschieden. Als langjähriges Mitglied von Gesangs- und Polizeikegelverein war es sein Wunsch, dass seine Lied- und Kegelbrüder ihn eines – wie er gehofft hatte – fernen Tages auch zu Grabe tragen.

Der Weg des Trauerzugs führt zwischen steinernen Jesusfiguren und wuchtigen Grabmälern, von denen die ältesten noch aus dem Mittelalter stammen, einen schmalen Schotterweg entlang, vorbei an Kopps, Ottos, Klims, Mauchs und Klöpfels, die diesen Weg, fachmännisch begleitet von drei Dynastien Gottesackers, alle schon früher getragen wurden.

In diesem Moment fangen die Glocken an zu läuten. Verantwortlich für den Höllenlärm ist ein schwarzhaariger, hoch aufgeschossener junger Mann mit Aknenarben im Gesicht, der einen schlecht sitzenden Anzug trägt. Fünfzehn Meter unter uns hängt er fast mit seinem ganzen Körpergewicht am Glockenseil. Es handelt sich um Anselm Gottesacker, den einzigen Sohn von Johann Gottesacker. Er läutet, als hinge sein Leben davon ab.

Als er nach oben blickt, geht ihm folgender Gedanke durch den Kopf: Wie sie da so hängen, die beiden konkav und konvex gewölbten Glocken, sehen sie irgendwie aus wie zwei riesige Titten. Schnell verscheucht der Sechsundzwanzigjährige diesen, einer Bestattung durchaus nicht angemessenen, Gedanken. Kaum dass die ganze Läutmaschinerie in Schwung ist, wetzt der junge Mann wie der Teufel aus dem Glockenhäuschen, die Treppen hinunter und durch das Obertor, einer aus dem Mittelalter stammenden, steinernen Doppeltoranlage, die an den Glockenturm gebaut wurde.

Wir riskieren einen Blick zwischen den schwingenden Metallungetümen hindurch. Neben dem Friedhof auf seiner südlichen Seite liegt das städtische Krankenhaus. Direkt dahinter erhebt sich drei Stockwerke hoch, an die alte Stadtmauer geschmiegt, das Altersheim »Zur Silberdistel«, hinter dessen Türen sich, so munkelt man, bisweilen Merkwürdiges abspielt. Von eigenartigen Festen und wilden Ausschweifungen der alten Herrschaften ist da die Rede. Aber mit Gerüchten in schwäbischen Dörfern ist es wie mit frischen Spätzle: Nichts bringt man schneller unter die Schwaben.

Folgt man der Hauptstraße vom Friedhof aus nach rechts, wächst nach ein paar hundert Metern eine hohe, mit Stacheldraht bewehrte Mauer in die Höhe. Dort liegt das städtische Polizeirevier nebst angeschlossenem Gefängnis. Dessen eine Hälfte wurde kostensparend zu einem Hotel umgebaut, in dem man »in echten Zellen« übernachten kann.

Das Rathaus liegt hangabwärts, etwa einen halben Kilometer vom Friedhof entfernt, genau im Zentrum des Dorfes, flankiert von einem großen Brunnen, auf dem bronzene Figuren wachen, Werke eines Künstlers vom Bodensee, der vermutlich absonderliche Erinnerungen mit dem Dorf verknüpft. Eine der Figuren uriniert dort mit einem überdimensionierten Stahlphallus in eine Steinschüssel. Schnurgerade zieht sich die Hauptstraße vom Glockenturm hinunter durch die Dorfmitte, vorbei am Rathaus und dem Marktplatz.

Verlässt man die kleine Innenstadt, liegt südlich des Stadtkerns ein kleiner Stadtsee mit einer winzigen Insel, die von zwei gespenstisch ineinander verschlungenen Weiden bewachsen ist. Auf dem öligen Wasser des Sees, das einmal im Jahr abgelassen wird, gleiten dicke, überfütterte Enten und weiße Schwäne dahin. Man sagt, dass in seinen Tiefen Karpfen schwimmen, die so fett sind, dass sie sogar Pudel fressen können.

Hinter dem Stadtsee, in nordöstlicher Richtung, stößt man in einer verwinkelten Gasse auf die Ladenfront des »Bestattungsinstituts Gottesacker«. Hinter dessen Schaufenster warten, hübsch, aber etwas altbacken ausstaffiert, Särge, Urnen und Kränze auf Käufer.

Drei Kilometer weiter im Osten ragen, in Gelb und Ocker, triste Mehrfamilienhäuser neben heruntergekommenen Getränkeläden und flachen, eintönigen Garagenreihen in die Luft.

Dort liegt die Katzensteige. Glaubt man der Statistik, hat dieses Viertel die höchste Kriminalitätsrate des gesamten Landkreises. Was vor allem an einigen Russen liegen dürfte, die ein paar unangenehme Angewohnheiten aus ihrem Heimatland mitgebracht haben und von der geringen Polizeipräsenz vor Ort profitieren.

Weiter weg im Norden und im Nordwesten schmiegen sich grüne Wälder und Täler an das Dorf. Im Westen funkelt das blaue Wasser eines Baggersees. Darum herum erstreckt sich, neben einer ehemaligen Kiesgrube, der städtische Vergnügungspark. *Das* touristische Highlight im Umkreis von sechzig Kilometern. Dorfbewohner und gestresste Großstädter spielen hier Erlebnisgolf und brausen mit bunten Wakeboards über den See. Daneben schlängelt sich die Bundesstraße entlang.

Und von da naht mit achtzig Kilometern pro Stunde das Unheil. Zumindest für Johann Gottesacker. Von oben sieht es aus wie ein Sarg mit Rädern.

Auf der schwarz lackierten Rückseite der Außenspiegel funkeln zwei weiße Passionskreuze. Träge wiederkäuende Kühe heben kurz den Kopf, als das sonderbare Gefährt an ihnen vorbeirauscht. Es passiert das Industriegebiet und die Werkshallen von »CCeberit«, einem der großen Arbeitgeber der Region. Das »CC« steht für Clean Closets. Der schwäbische Betrieb ist bis weit über die Landesgrenze bekannt für seine fortschrittlichen Sanitärinstallationen.

Bei dem sonderbaren Gefährt, das gerade am Werkstor vorbeirauscht, handelt es sich um einen schwarzen Mercedes-Kombi mit Hamburger Kennzeichen, auf dessen Dach ein überdimensionierter, bunt bemalter Sarg montiert ist. Auf dem Sarg sitzt ein großes, altmodisches Megafon.

Langsamer werdend überquert das Fahrzeug die Dorfgrenze. Auf einem Ortsschild steht in schwarzer Schrift auf gelbem Grund »Mugg_npf_l«. Mehrere Buchstaben sind abgeblättert.

Säße man jetzt in besagtem Gefährt, könnte man folgende Konversation hören: »Muggnpfl? Was ist das denn für ein bescheuerter Name?«

»Julia! Nimm bitte deine Füße vom Armaturenbrett. Das ist Muggenpfuhl, *and it's your new home.*«

»Das ist kein Zuhause, das ist die Hölle.«

»Jetzt übertreib mal nicht. So schlimm wird's schon nicht werden. Ich hab gehört, die Leute hier sollen sehr gastfreundlich sein.«

»Aha.«

Piercings klirren, als die junge Frau auf dem Beifahrersitz ihre schwarz und rot gefärbten Haare zurückwirft, die auf der rechten Seite ihres Kopfes auf die Höhe von Stoppeln rasiert sind. Skeptisch späht sie aus dem Fenster. Eine Tankstelle, ein Lidl, ein Autohaus, eine Metzgerei, ein lächerlich kleiner See.

»Unser Konzept wird sie von den Socken hauen. Du wirst schon sehen. Aber zuerst sorgen wir mal für einen standesgemäßen Einzug, okay? Es geht schließlich nichts über … *mass advertising.*«

»Dad, bitte. Das ist so peinlich.«

Das Megafon auf dem Sarg springt an. Unter den Klängen von AC/DCs »Highway to hell« gleitet der Wagen wie ein schwarzer Hai an der Sparkasse und am Stadtsee vorbei und schlängelt sich dann zum Marktplatz hinauf – Richtung Friedhof.

An diesem Freitagnachmittag ist im Stadtzentrum nicht viel los. Vor einer etwas heruntergekommenen Trattoria schaukelt eine dicke Italienerin in einem Schaukelstuhl, umgeben von einer Schar Kinder und drei jungen Männern, ebenfalls Italienern, die sich bemühen, gefährlich auszusehen. Das sind Salvatore, Luigi und Giovanni, die Söhne von Donna Elvira.

Die sizilianische Familie betreibt die Trattoria seit über fünfzehn Jahren und ist das Kernstück der sogenannten Spätzle-Mafia. Aber dazu später mehr.

Die drei Söhne starren dem bizarren quietschbunten Sarggefährt mit offenem Mund hinterher. Auf der Seite des Wagens funkelt unheilvoll ein grellrotes Logo in der Sonne: »Jim Blitz – Bestattungen, die Spaß machen«.

Von Spaß ist einen Kilometer weiter oben wenig zu spüren. Der Trauerzug schwenkt zum Grab ein. Anselm Gottesacker, der eben noch am Glockenseil hing, hat das Ende der Trauerschar erreicht und versucht, an die Spitze des Zuges zu kommen, ohne zu rennen. In einem merkwürdigen seitlichen Krebsgang arbeitet er sich an den Trauernden vorbei. Nachdem er einen Ministranten angerempelt hat, der daraufhin seine Weihrauchkanne verliert, hat er es geschafft. Außer Atem und mit hochrotem Gesicht erreicht er den Anfang des Trauerzugs. Sein Vater ist nicht erbaut.

»Du Schofseggel! Wo warst du denn so lang? Jetzt laufen wir schon zum dritten Mal im Kreis rum«, zischt er nach hinten und lässt seinen Sohn unter den Sarg. Gottesacker senior stehen Schweißperlen auf der Stirn. Das liegt nicht nur an der Bürde auf seinen Schultern, sondern auch daran, dass der Verstorbene das »Premium Rundum-sorglos-Paket« erworben hat, sozusagen den Mercedes unter den Bestattungen. Da hat man Anspruch auf Perfektion. Außerdem ist jetzt die beste Zeit für Kundenakquise.

Anselm Gottesacker nimmt den Platz seines Vaters ein. Als alles wieder auf schwäbischen Schultern ruht, geht der Zug weiter. Johann Gottesacker reiht sich ein und lässt sich unauffällig zurückfallen. Er sucht nach zwei ganz bestimmten Trauergästen: Myrtel und Hedwig Vögele. Zwei verwitwete Schwestern, die aus Passion zu Beerdigungen gehen und die, wie man munkelt, nicht nur steinalt, sondern auch begütert sind. Die zwei treten gerade, begleitet von einem unpassenden Duft nach Weihnachten und Frischgebackenem, aus dem Seitenausgang des Krematoriums und reihen sich, die großen Handtaschen fest vor die Brust gepresst, in den Trauerzug ein.

Die Seniorinnen sehen irgendwie ertappt aus, als sich Johann Gottesacker gleich einem schwarzen dicken Hahn mit Schnauzbart an ihre Seite balzt. Das fällt dem Bestatter natürlich nicht auf, denn er hat ganz andere Sachen im Kopf. Mit seinem weißen Schnupftuch verscheucht er einige Mücken und tupft sich den Schweiß von der Stirn.

»Grüß Gott, die Damen. Das ist doch mal eine schöne Beerdigung, nicht wahr?«

»Na ja. Es kommt immer drauf an, für wen, net?«, bemerkt Myrtel, die Größere der Schwestern, spitz und umfasst ihre Handtasche noch fester. Ihre grauen Haare sind in der Stirn gescheitelt, und sie trägt zum schwarzen Kleid eine randlose kleine Sonnenbrille mit runden Gläsern. Dahinter funkeln zwei intelligente, boshafte Augen.

»Bei Ihnen riecht's aber gut. Haben Sie was gebacken?«, fragt Gottesacker arglos.

Die beiden werfen sich einen nervösen Blick zu.

»Die Enkel sind da«, gibt Myrtel einsilbig zurück.

»Hach ja, die Enkel. Die wollen auch noch a bissle was von der Nana haben, so lang sie noch lebt, net?« Gottesacker zwinkert ihr zu. »Haben Sie denn schon mal über mein Angebot nachgedacht?«

»Also, noch geht's uns gut. Mir fühlen uns jeden Tag jünger«, bemerkt Hedwig und drückt mit dem Absatz ihres Rheumaschuhs eine Zigarette aus. Sie hat drei Ehemänner überlebt, ist übergewichtig und hat Haare, die wie geringelte Stahlborsten von ihrem Kopf abstehen.

»Wir können ja nach der Feier noch ein bisschen schwätzen. Es ist ein ›oll inklusive‹-Angebot. Da haben Sie Ihre Ruhe und brauchen sich um gar nix kümmern. Das ist wie Pauschalurlaub auf Mallorca.« Er blinzelt den ungleichen Schwestern noch einmal verschwörerisch zu.

Myrtel fixiert ihn über die Gläser ihrer Brille hinweg. »Wissen Sie, wir mögen Pauschalurlaube nicht. Wir haben unsere eigenen Vorstellungen, und ich glaube nicht, dass Sie uns dabei helfen können.« Die alten Damen fangen an zu kichern und lassen den verdutzten Gottesacker stehen.

Der Zug erreicht sein Ziel. Nordparzelle, Grab Nummer siebenhundertsechsunddreißig. Auch die Presse ist vertreten. Der »Südbote«, das aktuelle Blatt am Ort, hat mit Rudolf Rössle seinen besten Redakteur entsandt. Der ist fast fünfzehn Kilometer auf seinem altersschwachen Mofa hergetuckert, eingehüllt in einen dicken Ledermantel, den er weder im Winter noch im Sommer auszieht. Gerade schießt er mit gespreizten Beinen ein Bild von der Trauergesellschaft. Aus irgendeinem Grund ist seine dicke Hornbrille ständig beschlagen, obwohl es hier draußen um die fünfundzwanzig Grad haben muss.

Die städtischen Würdenträger haben sich neben der Witwe um das Grab gruppiert. Hubertus Gmähle, der Bürgermeister von Muggenpfuhl, der jetzt keinen Vize mehr hat und dem düster schwant, dass er sich um noch mehr Karnickel-Vereine kümmern muss. Daneben kerzengerade, die Brust über der stattlichen Kugel, die sich unter seiner Gala-Uniform spannt, nach vorn gedrückt, Eberhard Eisele, der Polizeikommissar, flankiert von seiner Frau. Der Pfarrer ist extra aus Stuttgart angereist. Er ist ein durchgeistigter schmaler Mann mit Glatzkopf und einer Nickelbrille, der sich bemüht, den richtigen Ton zu treffen.

»Es wird gesät verweslich und wird auferstehen unverweslich. Es wird gesät in Niedrigkeit und wird auferstehen in Herrlichkeit. Es wird gesät in Armseligkeit und wird auferstehen in Kraft. 1. Korinther 15, die Verse 42–43.«

Myrtel stupst Hedwig an. »Hast du das verstanden?«

»Ha noi, aber es klingt schön.«

Kommissar Eisele macht »Psst« in Richtung der alten Damen.

»Ist ja gut. Griffelspitzer.« Entrüstet wenden sich die beiden ab.

Es wird gehüstelt und geschnupft. Die Predigt zieht sich in die Länge.

Um das Grab hat sich die städtische Blaskapelle drapiert und wartet mit angespannten Backenmuskeln auf ihren Einsatz.

»... denn die auf den Herrn harren, bekommen neue Kraft, dass sie auffahren mit Flügeln wie ein Adler.«

Flüsternd wendet sich der CDU-Vorsitzende an den Bürgermeister. »Der ist doch die Treppe runtergeflogen, oder?«

»Ha jo. Dienstunfall. Sehr tragisch.«

Um genau zu sein, ist der Vizebürgermeister am vergangenen Mittwoch nach einer Ratssitzung und vierzehn Halben die Stufen zur Toilette im »Goldenen Ochsen« hinabgestürzt und hat sich das Genick gebrochen.

»Amen.« Der Pfarrer ist mit seiner Predigt zu Ende. Die Blaskapelle setzt mit »Großer Gott, wir loben dich« ein.

Anselm Gottesacker und die drei Aushilfsbestatter stehen bereits am Grabesrand in Position. Zu getragenen Trompetenklängen senkt sich der Sarg auf ein Zeichen von Gottesacker senior langsam in die Tiefe. Sogar die Vögel schweigen einen Moment andachtsvoll. In diesem Moment geballter pietätischer Anspannung ertönt Musik, die sich erst unmerklich und dann immer lauter ins Trompetensolo mischt. Es sind die Klänge von heulenden E-Gitarren und einem entfesselten Brian Johnson, der über die Grabsteine kreischt.

Hey Satan
Payin' my dues
Playin' in a rocking band
Hey momma
Look at me
I'm on my way to the Promised Land …

Nach und nach drehen sich pikiert die Köpfe. Die Stadtkapelle spielt noch ein, zwei Takte, dann erstickt das Lied mit einem letzten Blubbern der Zugposaune. Über der Friedhofsmauer, vor dem Grün erhabener Eichen, taucht langsam, wie eine psychedelische Erscheinung, ein riesiger himmelblauer Sarg auf. Auf seiner Seitenwand ist ein stilisierter Blitz zu erkennen, dazu ein Einhorn, das sich an eine vollbusige Blondine schmiegt, und diverse andere Gestalten, die man eher auf der Kühlerhaube eines tiefergelegten VW-Golfs als auf einem Sarg erwarten würde.

Der Bürgermeister steht ratlos am Grab, einen wagenradgroßen Trauerkranz in den Händen. »Was ist das denn jetzt?«

Seine Frau springt ein. »Das ist eine Unverschämtheit.«

Dienstbeflissen meldet sich der Polizeikommissar zu Wort. »Eindeutig eine Störung der öffentlichen Ruhe. Den geh ich jetzt gleich mal angoschen.«

Seine bessere Hälfte späht hinter ihm durch die Zweige. »Spätzle, bleib lieber da. Wer weiß, was das für Lumpen sind.«

Auf einmal erklingt eine sonore Stimme: »Haben Sie jemanden verloren? Jemanden, der Ihnen nahestand? Dann machen Sie aus seiner Bestattung etwas ganz Besonderes. Schaffen Sie eine Erinnerung über den Tod hinaus. Kommen Sie zu ›Jim Blitz – Eventbestattungen‹. Neueröffnung demnächst. Es gibt Rabatte.«

Anselm Gottesacker rutscht das Seil aus der Hand.

»Uffpasse!« Der Aufruf von seinem Vater kommt zu spät. Der Sarg sackt an einer Seite ab, kippt und verkantet sich im Grab. Der Sperrholzdeckel bricht, und der Vizebürgermeister rutscht halb aus dem Sarg. Von oben sieht es aus, als hätte er unten im Grab etwas ungemein Interessantes entdeckt.

»Jesses«, sagt seine Frau, bevor sie in Ohnmacht fällt.

»Oh, du Granaten-Dackel«, flucht Gottesacker und gibt seinem Sohn eine schallende Ohrfeige.

Wer schon einmal versucht hat, einen verkanteten Sarg aus einem zwei Meter zwanzig tiefen Loch zu bekommen, weiß, dass das eine ziemlich komplizierte Angelegenheit ist. Besonders wenn das Erdreich feucht ist. Für die Trauergäste und den Fotografen des »Südboten« ein fesselnder Anblick.

Rudolf Rössle bannt das Geschehen routiniert und hochauflösend in den Speicher seiner Olympus SP-560. Folgende zwei Artikel erscheinen einige Tage später im »Südboten« und haben weitreichende Konsequenzen.

Dreister Betrug in Muggenpfuhl

Jubelte schwäbischer Bestatter Hinterbliebenen Billigsarg unter?

Trauerfeiern sind schwer. Für den letzten Abschied wünschen sich viele Angehörige einen schönen Sarg – und der ist teuer. Ob die

Verstorbenen auch tatsächlich in diesem Sarg landen, können ihre Familien meist nicht beurteilen. Ein Bestatter aus Muggenpfuhl hat das scheinbar ausgenutzt. Aufgeflogen ist das Ganze bei der Bestattung des erst 53-jährigen Vizebürgermeisters, Thomas Bruns. Während der Trauerfeierlichkeiten rutschte der Sarg den Bestattern des schwäbischen Traditionshauses aus den Händen, stürzte ins Grab und brach dort auseinander. Der Grund: Er bestand aus furniertem Sperrholz, bestellt und bezahlt hatten die Angehörigen jedoch einen Eichensarg für 2800,– Euro. Der Bestatter streitet die Vorwürfe ab. Es sei zu einer »bedauerlichen Verwechslung« gekommen, und »natürlich würde der Verstorbene jetzt korrekt bestattet werden«. Sarg und Vizebürgermeister konnten erst am späten Nachmittag mit Hilfe der freiwilligen Feuerwehr geborgen werden. Der Zwischenfall löste im Rathaus und bei langjährigen Wegbegleitern große Betroffenheit aus. »Ich bin erschüttert«, sagte der CDU-Abgeordnete Maierling. »Mein Mitgefühl gilt seiner Familie, die sich das ansehen musste. Wir werden diese Sache aufklären.«

Auch der neue Bestatter kommt zu Wort.

Frischer Wind auf dem Friedhof
Henning Lindhorst, Chef des Bestattungsunternehmens »Jim Blitz – Eventbestattungen«, will zusammen mit seiner Tochter Julia Lindhorst demnächst in Muggenpfuhl ein Geschäft eröffnen. Der Progressivbestatter hat sein Handwerk vor allem in den USA gelernt. »Selbstverständlich bedaure ich außerordentlich, was passiert ist. Schwarze Schafe gibt es leider überall. Aber ganz ehrlich: Solche Bestattungen sind doch längst nicht mehr zeitgemäß. Heutzutage möchten die Menschen so individuell und bunt bestattet werden, wie sie gelebt haben. Wir verfolgen ein völlig neues Konzept. Weg vom Tabu und dem Trauma der Standardbestattung …«

Das Elend des Bestatters

Gebückt, den Blick auf den Boden gerichtet, irrt Johann Gottesacker ein Jahr später zwischen angestaubten Sargmodellen durch sein Geschäft, in dem sich seit Monaten nichts getan hat. Einzig eine Armenbestattung, die von der Stadt bezahlt wurde, und die halb anonyme Urnenbeisetzung eines englischen Motorradfahrers haben dafür gesorgt, dass bei Gottesackers der Strom noch brennt.

»Was mach ich bloß? Was mach ich bloß?«, murmelt er vor sich hin. Dazu schaut er immer wieder zwanghaft auf die goldene Taschenuhr, die ihm sein Vater (Luxussarg – Nussbaum, gekehlt) hinterlassen hat.

Es ist genau neun Uhr fünf.

Seit wir ihn das letzte Mal gesehen haben, scheint der Bestatter um Jahre gealtert. Er ist schlecht rasiert, seine einst silbergraue Haarpracht glänzt speckig. Hektisch irren seine rot geäderten Augen umher. Von den Wänden starren vorwurfsvoll die Gesichter seiner Vorfahren zurück: sein Vater, Anton Gottesacker, Großvater Ludwig und Urgroßvater Ignatius. Alle ziemlich dick. Alle mit Schnurrbart und in schwarzem Edelzwirn gekleidet. Alle Bestatter.

»Gestorben wird immer«, flüstert es im Chor von der Wand.

»Gestorben wird dahoim«, kommt es vorwurfsvoll von seinem Urgroßvater, der boshaft unter seinen langen weißen Haaren hervorlinst.

Das »Bestattungsinstitut Gottesacker« hat drei Generationen von Bestattern hervorgebracht und gut genährt. Bis jetzt. Der Grund dafür befindet sich direkt auf der anderen Straßenseite.

Gottesacker betritt die Kundentoilette und späht – wie schon so oft – zwischen den plissierten gelben Gardinen hinaus. Das letzte Vierteljahr hat er mit einer dümmlichen Verständnislosigkeit beobachtet, wie Handwerker und Möbelspediteure in dem leer stehenden Haus gegenüber ein und aus gegangen sind. Zwei

Jahre zuvor war dort noch der serbo-schwäbische Traditionsmetzger Bubanovic beheimatet. Dem hat die Lage kein Glück gebracht. Er ist eines Nachts sang- und klanglos verschwunden. Niemand wusste genau, warum.

Vielleicht Familienzwist, vielleicht der Großhandel, der die kleinen Händler kaputtmacht, vielleicht hatte er auch einfach, wie man hier recht herzlos sagt, »Pech an der Hose«.

Johann Gottesacker enthielt sich jeglichen Kommentars. Obwohl er zu den Gründen der Geschäftsaufgabe noch eine ganze Menge mehr hätte sagen können. Dass der Metzger dem Teufel Tür und Tor öffnet, damit hat Gottesacker damals freilich nicht gerechnet. Vor dem ehemaligen Fleischerfachgeschäft ist mit affenartiger Geschwindigkeit ein kleiner runder Glaspavillon emporgewachsen, auf dessen Giebelgauben noch der letzte Schnee liegt. Erst als in großen Lettern das Firmenlogo – ein großes, verschnörkeltes »J« und ein »B« mit einem stilisierten Blitz – über dem Schaufenster stand, ist ihm die Dimension des ganzen Schlamassels aufgegangen. Da macht sich tatsächlich die Konkurrenz direkt vor seiner Nase breit.

»Schere'schleifer, liederlicher!«

Nach dem Zwischenfall auf dem Friedhof sind Gottesacker reihenweise die Kunden abgesprungen, während auf der anderen Straßenseite das Geschäft florierte. Es hat harmlos angefangen. Die ersten Kunden in Lindhorsts neu eröffnetem Bestattungsinstitut: ein Lehrerehepaar. Sie Erzieherin, er Englischlehrer mit langem Jesus-Bart und Sandalen. Beide Vegetarier. Und was wollten sie? Eine Hippiebestattung für Großmutter. Irgendwann in grauer Vorzeit war Großmama nämlich selbst Hippie und, wie es hieß, sogar in Woodstock gewesen. Was Gottesacker nur so weit in Erinnerung hatte, dass sich dort langhaarige Menschen im Schlamm wälzten. Zu jener Zeit hat er bereits in Vollzeit Tote unter die Erde gebracht. Anton Gottesacker hat immer dafür gesorgt, dass sein Sohn wusste, was »anständige Arbeit« war.

»Besser an Tote im Sack als eine Feder uff'em Huat«, pflegte er zu sagen.

Die Hippie-Oma wurde im Gitarrenkoffer beerdigt, und eine

halb nackte Sängerin intonierte lasziv über den Grabstein geräkelt »Stairway to heaven«.

In Muggenpfuhl! Auf seinem Friedhof! Unvorstellbar!

Die Beerdigung schaffte es sogar ins Lokalprogramm von Südwest 3. Der Nächste, der zum Feind überlief, war der Senior-Apotheker. Das nahm Gottesacker persönlich. Der alte Apotheker litt seit zwei Jahren an Prostatakrebs, und jetzt ging es dem Ende zu. Gespräche hatten stattgefunden, Verträge waren besprochen. Gottesacker war zuversichtlich, hatte er doch mit dem Sohn des Apothekers die Schulbank gedrückt. Es wäre böswillig zu behaupten, dass er den Tod des alten Herrn geradezu herbeigesehnt hat. Nicht von der Hand zu weisen war allerdings: Sein Ableben würde zumindest einige Gas- und Elektrizitätsrechnungen decken. Nach einem Gespräch mit dem neuen Bestatter entschied sich der alte Herr, ein Chemiker mit Leib und Seele, sich zum Diamanten brennen zu lassen.

Dann folgten die Großeltern des Dorfbäckers. Ihnen hatte es das »Explorer-Setting« angetan. Ein lappländischer Schneeschlitten, inklusive zwei Paar Ski, auf dem die Leiche, eingewickelt in roten Fallschirm und zusammengeschnürt mit weißem Kletterseil, verbrannt wurde. Die rüstigen Rentner waren nämlich nicht hinter dem Brotofen alt geworden, sondern erfolgreiche Weltumsegler. Auch wenn Schlitten und Ladung recht schnell den Aggregatzustand wechselten, war das Ganze doch ein ziemliches Spektakel. Gut vorstellbar, dass die Bäckereltern jetzt wieder Ski fahren. Wenn auch vermutlich auf Paradieswolken. Und so weiter … und so weiter …

Mittlerweile hat Gottesacker den Preis für sein All-inclusive-Angebot bereits zweimal nach unten korrigiert. Trotz »Einmaliges Sonderangebot – nur gültig bis März« fehlt es den Leuten dummerweise an der Lust zum Sterben.

Gottesacker steigt über eine Urne und betritt sein Büro.

Es ist neun Uhr fünfzehn.

Die Jalousien sind heruntergelassen. Ein riesiger alter Sekretär, der noch aus Urgroßvaters Zeiten stammt, kauert vor dem Fenster. Dahinter steht ein ebenso alter schwarzer Ledersessel.

Ein Sonnenstrahl stiehlt sich durch den Spalt in der Jalousie und wandert über drei unbequeme Holzstühle mit Armlehnen und braunem Polster, die in einer Reihe vor dem Schreibtisch aufgestellt sind. An der Wand hängen Schwarz-Weiß-Fotos und ein Diplom, das ihn als amtlich zugelassenen Bestatter ausweist. Es riecht muffig.

Über der Ablage mit der Aufschrift »Aufträge« auf dem Schreibtisch liegt eine feine Staubschicht. Neben dem Schreibtisch stehen zwei schwarze ausklappbare Metallkoffer. Sie sind für den Außeneinsatz oder um eine Leiche vor der Aufbahrung nachzuschminken. Einer der Koffer ist umgekippt. Eine Packung »Tripur-Sargstreu« ist aufgerissen, und das gräuliche Pulver hat einen unschönen Fleck auf dem Parkettboden hinterlassen. Kinnstützen, Augenschalen, Einmalhandschuhe, Haarbürsten und Pipetten mit Schnellhautkleber sind herausgefallen oder liegen unordentlich in den Fächern herum. Die Koffer waren jetzt seit drei Monaten nicht mehr im Einsatz.

Es ist neun Uhr neunzehn.

Gottesacker fällt auf, dass eines der Kofferfächer leer ist. »Anselm!«, schreit er nach oben.

Es rührt sich nichts. Gottesacker und sein Sohn wohnen über dem Geschäft im ersten Stock. Missmutig stapft der Bestatter die Treppe hinauf, die hinter einem schwarzen Vorhang verborgen zu seiner Privatwohnung führt. Oben bewacht ein vielarmiger Garderobenständer einen düsteren, kahlen Flur, von dem links und rechts mehrere weiß gestrichene Holztüren abgehen. Das Zimmer von Anselm liegt ganz am Ende.

In der Küche steht ein Topf mit kalter Maultaschensuppe auf dem Herd. Früher hat Frau Mergele, Gottesackers Haushälterin, jeden Tag gekocht. Aber seit sich die Dinge zum Schlechteren gewendet haben, kommt sie nur noch einmal die Woche, um den gröbsten Hausputz zu erledigen.

Neben der Küche liegt das Schlafzimmer, in dem der Bestatter allein schläft. Seine Frau ist vor Jahren mit dem Chef des hiesigen Reisebüros durchgebrannt. Sein Arbeitszimmer auf der anderen Seite betritt er kaum noch, seit sich auf seinem Schreibtisch immer mehr unbezahlte Rechnungen und Mahnschreiben sammeln.

Vor der letzten Tür bleibt Gottesacker stehen. Neben »Keep out«-Schildern klebt dort ein großes Poster von George Romeros »Night of the Living Dead«, auf dem übel mitgenommene Leichen über harmlose Passanten herfallen. Es ist die Tür eines ganz normalen Teenagers. Das Problem ist: Sein Sohn ist längst kein Teenager mehr.

Hinter der Tür dringen dumpfe, wummernde Klänge hervor, die ein Sachkundiger als »Death Metal« erkannt hätte. Für Gottesacker fällt das Ganze eher in die Kategorie »gottloser Lärm«. Er rüttelt an der Türklinke. Natürlich ist abgeschlossen, um ebensolche Überraschungsbesuche zu vermeiden.

»Anselm! Machst du jetzt die Tür auf!« Gottesacker hämmert auf das Bild eines Zombies ein.

Die Musik verstummt. Ein Schlüssel dreht sich im Schloss. Ein Gesicht schaut missmutig heraus. Anselm Gottesackers Haare sind, seitdem wir ihn das letzte Mal gesehen haben, noch länger geworden. Ungekämmt hängen sie ihm über die Stirn, und es ist nicht ganz klar, wem er im Aussehen nacheifert: Ozzy Osbourne oder dem Krümelmonster.

»Was ist denn?« Trotzig schiebt der junge Mann das Kinn unter dem schmalen Mund nach vorn und streicht sich die Haare aus der Stirn. Er trägt eine schwarze Jogginghose, dazu ein T-Shirt mit Totenkopf und der mit Nägeln gespickten Aufschrift »Five Finger Death Punch«. Irgendwie sieht der Bestatterspross ertappt aus.

Misstrauisch späht Gottesacker an seinem Sohn vorbei. Die Frühlingssonne scheint durchs offene Fenster. Ein würziger Duft liegt in der Luft. »Hast du wieder geraucht?«

»Ha noi! Ich doch nicht. Das sind bloß Duftkerzen.«

»Die stinken ganz schön.« Gottesacker rümpft die Nase und sieht sich um.

Ein nicht gemachtes Bett, ein laufender Fernseher, eine ebenfalls laufende Playstation, ein angeschalteter Computer auf einem kleinen überfüllten Schreibtisch – und neben dem Bett: ein Sarg.

Das mit dunklem Mahagoni verkleidete Prachtstück hat sich Anselm in seinen Mußestunden aus Ersatzteilen selbst zusammengebastelt. Weiß Gott, was heutzutage mit dem Nachwuchs los ist.

»Was machst du gerade?«

Sein Sohn fläzt sich wieder hinter seinen Rechner. »Das Gleiche wie immer. Bewerbungen schreiben.«

»Ich hab's dir schon hundert Mal gesagt. Lass dir deine Haare schneiden. Sonst wird das nie was.«

Anselms lange Haare sind Bestatter Gottesacker schon seit jeher ein Dorn im Auge. Nachdem sich sein Sohn seiner Ansicht nach gänzlich unnötige fünf Semester mit Theaterwissenschaften und Literatur in Stuttgart vergnügt hatte, kam er völlig pleite zurück. Das Einzige, was gewachsen war, waren sein Dispokredit und seine Haare.

»Du könntest dir mal ein anständiges Hemd anziehen. Dann klappt's auch mit der Freundin.«

Es ist kein Geheimnis, dass Anselm so seine Schwierigkeiten mit Frauen hat. Allerdings ist der Letzte, mit dem er darüber reden will, sein Vater.

»Ja, ja, vor allem weil du dich mit Frauen so gut auskennst«, murmelt er, während er auf seiner Tastatur herumtippt.

»Was willst du denn damit sagen?«

»Frag doch deine Ex-Frau.«

»Werd bloß nicht frech, Bürschle!«

Gottesackers Plan, seinen Bestatterbetrieb einmal in die Hände seines Sohnes zu geben, stand schon immer auf wackligen Füßen. Anselm mag Tote nämlich nur in Zombiefilmen.

»Hab ich dir nicht gesagt, du sollst dich um die Koffer kümmern? Die sehen aus wie Sau. Und das Desinfektionsmittel ist leer.«

»Ist ja gut. Ich wollte nachher eh bei der Apotheke vorbei.«

»Noi! Du gehst jetzt gleich. Bloß weil mir im Moment keine Kunden haben, heißt das noch lange nicht, dass wir alles schleifen lassen.«

»Wenn du meinst ...« Resigniert zieht Anselm seine dunklen Augenbrauen in die Höhe und rollt die Augen Richtung Decke.

»Und wie sieht's hier überhaupt aus? Du könntest dein Zimmer auch mal wieder aufräumen. Was soll denn die Frau Mergele denken?«

»Wieso? Die *kommt* doch zum Putzen.«

Aus dem Fernseher ertönt zu besinnlicher Bestattungsmusik eine angenehm sonore Stimme. Wir haben sie schon zweimal gehört. Einmal auf dem Friedhof und einmal in einem schwarzen Mercedes Kombi.

Ein gut aussehender, drahtiger Mann mittleren Alters schreitet durch ein helles und geschmackvoll eingerichtetes Bestattergeschäft. Die blonden Haare sind kurz geschnitten, ebenso die Koteletten. Eine Brille mit viereckigen Gläsern auf der Adlernase, darunter ein energischer, schmaler Mund und ein Lächeln, das zwei Reihen blendend weißer Zähne sehen lässt.

»Mein Name ist Henning Lindhorst – und ich bin …« (bedeutungsvolle Pause) *»… Progressivbestatter!«*

»Das ist ja nicht zum Aushalten. Jetzt wohnt der gottsakrische Doigaff schon über die Straße, muss der jetzt auch noch in der Glotze kommen?« Gottesacker stemmt die Fäuste in die Hüften und verfolgt wütend den Werbespot.

»Angst vor Bestattungen?«

Ein Zeichentrick-Frankenstein mit einem klappernden Sarg in den Händen wankt zu entsprechend düsterer Musik hinter einer kreischenden Seniorin her.

»Das muss nicht sein!«

Ein kleines, lustiges Männchen in schwarzem Anzug, das entfernt an einen Kobold erinnert, taucht auf. Auf seinem Kopf sitzt ein Zylinder, auf dem die Initialen »J« und »B« stehen. Es schubst den Zeichentrick-Frankenstein, sodass er rückwärts in ein offenes Grab fällt.

»Kommen Sie einfach zu uns. Kommen Sie zu ›Jim Blitz – Eventbestattungen‹. In unseren neu eröffneten Räumlichkeiten in der Stutengasse 31 machen wir Sie gern mit unserem Angebot vertraut. Individualbestattungen für wirklich jeden Geschmack. Das ist unser Versprechen!«

Es folgen in rascher Schnittfolge: eine »Raumschiff Enterprise«-Urne, ein Sarg in Form eines überdimensionierten Smartphones, eine Sargrakete (!) und ein Grabstein mit Digitalanzeige.

»Jim Blitz – Ihr Fachgeschäft fürs Grab und darüber hinaus. Bleiben Sie in Erinnerung!«

Der kleine Kobold lüpft den Zylinder und verneigt sich.

Gottesacker schüttelt ratlos den Kopf. »Ich versteh nicht, warum die Leite so einen Blödsinn kaufen. Das ist so … pietätlos.«

Anselm tippt weiter desinteressiert auf seinem Computer herum.

»Das interessiert dich wohl nicht? Was glaubst du denn, wer dir die Stromrechnung zahlt? Der liebe Gott? Oder deine Mutter?«

»Lass gefälligst die Mutter da raus. Die hat schon gewusst, warum sie gegangen ist.«

»Was willst du denn damit sagen?«

»Nix. Ach, ist mir doch egal.«

»Was verstehst du denn schon? Du gehst jetzt zur Apotheke und damit basta!«

Johann Gottesacker dreht sich abrupt um, stapft zur Tür und schlägt sie hinter sich zu, dass das Türblatt wackelt.

Verzogenes Balg!

Anselm

Anselm wartet noch einen Moment, bis er die schweren Schritte seines Vaters die Treppe hinunterpoltern hört, schließt das Word-Dokument auf seinem Rechner und öffnet stattdessen ein Chat-Fenster, das er vorher gerade noch rechtzeitig minimiert hat. Der Cursor blinkt auf Schwarz. Dann erscheint eine Schriftzeile.

Plätzlemacher: »Nächste Lieferung bitte auf drittem Backblech, Platz 15.«

Anselm wartet. Unter der Zeile erscheint der Name »Morpheus«. Das ist das Pseudonym, unter dem er eingeloggt ist. Er tippt.

Morpheus: »Wie viel?«

Die Antwort kommt prompt.

Plätzlemacher: »40 Gramm Teigwaren.«

Anselm rechnet kurz nach. Er schreibt:

Morpheus: »Benötige 800 Kokosflocken. Gleiche Stelle. Abholung Mittwoch möglich?«

Plätzlemacher: »Okay.«

Anselm zögert einen Moment.

Morpheus: »Brauche Zeit, um Zutaten zu besorgen. Lieferung der Teigwaren am Freitag.«

Plätzlemacher: »Einverstanden.«

Anselm zieht einen Aschenbecher unter dem Bett hervor und zündet den halb gerauchten Joint wieder an. Langsam nimmt er zwei Züge, behält den Rauch lange in der Lunge und bläst ihn dann zum Fenster hinaus. Der gute schwarze Afghane.

Als er zu Ende geraucht hat, greift er unter die Bettdecke und schält vorsichtig einen Zeichenblock und ein »Celestron SkyMaster Zoom« aus dem Bettzeug. *Das* Präzisionsfernglas für den Profi. Siebzig- bis hundertfache Vergrößerung, hochwertige BaK4-Linsen für hohen Kontrast, auch bei schlechten Lichtverhältnissen, ideal für die astronomische Erforschung des Sternenhimmels oder um die neuen Nachbarn zu beobachten.

Anselm stellt sich im Schatten des Fenstererkers in Position. Von hier aus liegt die Fensterfront der gegenüberliegenden Straßenseite wie ein offenes Buch vor ihm. Aber eigentlich interessiert er sich nur für ein einziges Haus. Das, in dem bis vor zwei Jahren noch Würste und Schweinehälften verkauft wurden.

Jetzt steht ein schmucker ovaler Glaspavillon mit Pyramidendach und karminroten Alustreben davor. Das Ganze erinnert entfernt an einen Wintergarten. Nur dass es hier keine Blumen gibt. »Jim Blitz – Eventbestattungen« blinkt auf einer Leuchtreklame darüber. Daneben reckt ein schwarz gewandeter Bestatterkobold seinen Daumen in die Höhe.

Im vorderen Bereich des Pavillons sind, neben Elementen aus japanischen Zen-Gärten, Särge und Urnen in allen erdenklichen Farben und Formen ausgestellt. Schwere dunkelblaue Samtvorhänge mit aufgedruckten Sternen laufen von hinten bis etwa zur Mitte. Der rückwärtige Bereich liegt im Schatten. Von Anselms Warte aus kann man gerade noch die Ecke eines Schreibtischs erahnen.

Im Erdgeschoss hat Lindhorst seine Sargwerkstatt eingerichtet. Anselm weiß, dass sich im Keller, ähnlich wie bei ihnen, ein Kühlraum befindet. Und zwar im ehemaligen Kühlhaus der Metzgerei. Anselm findet das praktisch, sein Vater dagegen ist empört.

»Das muss man sich mal bildlich vorstellen: die Leiche herrichten, wo sie früher die Wurst gemacht haben. Vielleicht hängt er sie zum Schminken auch noch an die Fleischerhaken.«

Anselm schwenkt mit dem Fernglas leicht nach oben.

Erster Stock: Wohnzimmer und Küche. Das Bad geht nach hinten, zur anderen Seite. Neben dem Wohnzimmerfenster befindet sich ein kleiner Balkon mit gestreifter Markise und einem kunstvollen Geländer aus Schmiedeeisen. Dort pflegt »der Feind« morgens Kaffee zu trinken.

Zweiter Stock: Schlafzimmer des Bestatters und daneben, ebenfalls mit vorgelagertem Balkon, das Zimmer seiner Tochter. Schwarz-weiße Gardinen mit abgebundenen Falten verwehren Anselm den Blick, aber er weiß, dass dort das hübscheste Mädchen wohnt, das er je gesehen hat. Ihren Namen kennt er aus der Zeitung:

Julia.

Sie ist in seinem Alter. Vielleicht ein bisschen jünger. Wie er das sieht, hat sie keinen Freund. Allerdings ist seine Position auch nicht die beste, das herauszufinden. Es gäbe natürlich noch andere Arten, sie kennenzulernen, als ihr mit einem hochauflösenden Feldstecher nachzuspionieren. Aber bereits beim Gedanken daran bricht Anselm der Schweiß aus. Seine Schüchternheit steigt proportional zu seinem Interesse.

Die Meinungen über die Bestattertochter im Dorf sind geteilt. Das Spektrum reicht von »extravagant, aber sexy« über »pietätlos« bis hin zu »Bestattungspunk«. Stilistisch ist sie vermutlich das, was man einen »Grufti« nennt, oder, um mit Myrtel und Hedwig Vögele zu sprechen: »Die sieht aus wie eine lebendige Leich.«

Was einem sofort ins Auge fällt, sind ihre schwarz und dunkelrot gefärbten Haare. Sie trägt sie nach links gekämmt und nach oben geföhnt, die rechte Hälfte ihres Kopfes ist rasiert. Sie hat die Angewohnheit, ihre Haare mit einer energischen Kopfbewegung nach hinten zu werfen, wenn sie lacht. Ihre grünen, mit dunklem Kajal nachgezogenen Augen funkeln dann wie die Sterne ferner Galaxien. Wenn sie nicht gerade arbeitet, trägt sie meist schwarze Jeans und ein Träger-Top, unter dem man ihre apfelförmigen Brüste erahnen kann. Dazu eine Lederjacke mit Fransen und hohe schwarze Schnürstiefel.

Anselm beobachtet sie schon seit Monaten. Morgens geht sie gegen acht Uhr in die Innenstadt hinunter und holt frische Brötchen. Danach hilft sie ihrem Vater in der Werkstatt. Freitags verlässt sie das Haus gegen vierzehn Uhr mit einer schwarzen Mappe unter dem Arm und geht durch das Obertor Richtung Stadtzentrum. Was sie dort macht, hat Anselm bis jetzt allerdings noch nicht herausgefunden. Samstags und sonntags schläft sie lange. Dienstags geht sie gewöhnlich eine Stunde auf den Feldern hinter dem Friedhof joggen. Ist das Wetter schön, frühstückt sie mit ihrem Vater auf dem Balkon im ersten Stock.

Anselm liebt diese Momente, denn dann kann er sie in Ruhe

beobachten. Und jedes Mal entdeckt er ein weiteres Detail. Zum Beispiel hat sie unter dem rechten Auge ein winziges Tattoo. Es hat eine Weile gebraucht, bis Anselm herausgefunden hat, dass es sich dabei um eine tätowierte Träne handelt.

Auf dem Arm hat sie ein Inka-Kreuz tätowiert. Manchmal zupft sie gedankenverloren an den Piercings in ihrem Ohr. Eines davon ist besonders auffallend. Es ist ein etwa zehn Zentimeter langer Stift, der in Form eines gefiederten Pfeils die äußere Ohrmuschel durchsticht. Doch unter all den Piercings, den Tattoos und der Schminke glaubt Anselm jemanden zu erkennen, der genauso verletzlich ist wie er selbst.

Der Vorhang bewegt sich. Anselm hält den Atem an und justiert die Schärfe nach. Im Moment sitzt Julia vor ihrem Schreibtisch. Durch den Vorhangspalt kann er nur ihren Rücken sehen, trotzdem hat er sie mit ein paar Zeichenstrichen skizziert. Schlank und durchgedrückt wie ein gespannter Bogen. Sie scheint an etwas zu arbeiten. Was das ist, kann er nicht erkennen. Das Fenster ist leicht beschlagen. Muss warm sein da drinnen. Anselm hat schon herausgefunden, dass sie mehrere Käfige im Zimmer stehen hat. Vielleicht hält sie sich ja Hamster? Nein, das passt nicht zu ihr.

Julia hebt den Kopf, als hätte sie etwas bemerkt. Schnell zieht sich Anselm in den Schatten des Vorhangs zurück und hält die Luft an. Sein Herz klopft heftig. Hat sie etwas gemerkt? Doch dann steht sie auf, und er verliert sie aus den Augen.

Langsam atmet Anselm aus. Kurze Zeit später taucht Julia im ersten Stock wieder auf. Durch die offene Balkontür sieht Anselm sie einen Moment mit ihrem Vater sprechen. Dann verschwinden beide im Innern der Wohnung.

Hastig packt Anselm das Fernglas wieder unters Bett, zu einem Stapel mit Bleistiftzeichnungen. Sie zeigen Julia von hinten, Julia im Profil und Julia von vorn.

Es ist nicht so, dass Anselm nur ein Spanner ist. Es könnte durchaus sein, dass er sich verliebt hat.

Der Konkurrent

Vorsichtig steigt Julia hinter ihrem Vater die immer etwas glitschige Treppe in den Keller hinab und verscheucht ein paar Mücken. Es riecht modrig. Die Feuchtigkeit hängt mit den geografischen Gegebenheiten von Muggenpfuhl zusammen.

»Pfuhl« kommt aus dem Westgermanischen und bedeutet so viel wie »große Pfütze, Sumpf, Morast«. Der Beiname rührt daher, dass das hier früher eine einzige große Sumpflandschaft war. Ein paar Kilometer vor der Stadt gibt es immer noch Moorgebiete. Deshalb wird es ab einer bestimmten Tiefe feucht. »Mugge« ist schwäbisch und heißt so viel wie Mücke. Von denen gibt's gerade im Sommer reichlich, was wiederum der ständigen Feuchtigkeit geschuldet ist. Da helfen auch die zwei großen Umlüfter nichts, die Henning Lindhorst hat installieren lassen.

Unten verläuft ein schmaler, von einer Glühbirne notdürftig erhellter Gang. Er führt etwa sieben Meter geradeaus, dann gabelt er sich. Geradeaus geht's weiter in den Keller, in dem ihr Vater Sargrohlinge, Sargdeckel und Kisten, Ölfolie und Bretter sowie große Packungen mit Sägespänen lagert. Rechts führt der Weg zu einer mächtigen Stahltür, die mit einem gelben Kipphebel verriegelt ist. Große Fleischerhaken an einem Stahllauf oberhalb der Wand erinnern daran, dass das hier früher eine Metzgerei war.

Lindhorst ist der Einzige, den das nicht zu stören scheint.

Für den Rest des Städtchens gilt das leider nicht.

Als er den Hebel umlegt, schlägt ihnen ein Schwall kalter Luft entgegen. Fröhlich pfeifend bückt sich Julias Vater und sucht den Lichtschalter. Grelle Neonröhren springen an, und Julia kneift wegen der plötzlichen Helligkeit die Augen zusammen. Sie befinden sich in einem schmalen, gefliesten Vorraum. An der Wand hängen zwei weiße Einweganzüge.

»Zu wenig geschlafen, Prinzessin?« Lindhorst zwinkert seiner Tochter zu. *»Early to bed and early to rise makes a man healthy, wealthy and wise.«*

Julia rollt mit den Augen und streift sich den Einweganzug über. »Gestern hat die ganze Nacht ein Hund gebellt. Ich glaub, gegen zwei hat ihn dann jemand erschossen.«

»Na, so ist das halt auf dem Land. *Every dog has its day.*«

Lindhorst spricht gern Englisch. So wie sie. Immerhin hat sie die letzten zweiundzwanzig Jahre in den USA verbracht. Julia ist Halbamerikanerin. Ihr Vater hatte ihre Mutter im Rahmen einer Hospitanz bei einem sehr progressiven texanischen Bestattungsunternehmen kennengelernt – und ein paar Jahre später geheiratet. Die Spezialität der Bestatter dort war alkalische Hydrolyse. Dabei wird ein Leichnam mehr oder weniger gekocht, und zwar in einem Bad aus Lauge. Bis zur völligen Auflösung. *»Don't burn it, boil it!«* war der Slogan für diese ganz spezielle Bestattungsmethode. Das schien ihrem Vater dann aber für die Provinz doch nicht ganz geeignet.

Sie denkt kurz an den Grund, der sie in dieses gottverlassene kleine Dorf am Ende der zivilisierten Welt geführt hat. Wie immer, wenn sie an ihre Mutter denkt, verspürt sie einen schmerzhaften Stich in der Brust. Besser auf die Arbeit konzentrieren.

Aus einem Handschuhspender zieht Julia ein paar Einweghandschuhe, bläst sie kurz auf, um sie elastisch zu machen, und schlüpft hinein. Dann setzt sie einen Mundschutz auf, zieht sich Überschuhe an und folgt ihrem Vater in den nächsten Raum, den drei Halogenstrahler in klinisch-kaltes Licht tauchen.

Drinnen sieht's ein bisschen aus wie in einem OP-Saal. Weiß gefliester Boden und geflieste Wände. In der Mitte ein großer glänzender Metalltisch auf Rollen mit einer höhenverstellbaren Hydraulik und Abflussrinnen an der Seite. Hinten an der Wand sind übereinander zwei Kühlkammern in einen großen stählernen Block eingelassen. Ein stetiges Brummen ist zu hören.

Links an der Wand, neben einem Desinfektionsmittelspender, steht ein blauer Metallschrank. Darin befindet sich akkurat geordnet das Werkzeug, das man braucht, um eine Leiche wieder hübsch zu machen: Augenschalen, Seife, Lippenstift, Rasierer, hartes und weiches Wachs, Gebisseinlagen aus Plastik,

Bühnenschminke, Perückenteile, spezielle organische Nähfäden, Halfcurl-Nadeln und so weiter.

Rechts auf der anderen Seite führt eine etwa zwei Meter hohe und drei Meter tiefe Nische in die Wand. Dort war vermutlich irgendwann mal ein Gang, der zugemauert wurde. Ganz hinten in der Nische steht ein riesiger grüner Metallschrank. Der war, soweit Julia sich erinnern kann, schon hier, als sie eingezogen sind.

An der Stirnseite des Kühlraums hängt über einem einfachen Schreibtisch aus Metall eine große Uhr. Ihre Zeiger stehen auf neun Uhr achtundvierzig. Darunter ein Poster mit den Agenten Scully und Mulder und der Überschrift »The truth is out there«. Darauf hat Julia bestanden, und ihr Vater hat ihr ihren Willen gelassen.

Ihr Klient wartet in der oberen Kühlzelle. Ihr Vater schiebt den Metalltisch an die Kühleinheit und kurbelt ihn ein Stück in die Höhe. Dann öffnet er den Kippverschluss der Zelle und fährt den Verstorbenen auf einer Rollschiene langsam nach draußen.

Das Erste, was auffällt, sind seine Schuhe. Er hat Schuhgröße sechsundvierzig und offensichtlich Designerschuhe an. »Fratelli Rossetti« steht auf der Sohle. Was nach den Schuhen ans Neonlicht kommt, ist ziemlich lang und dünn.

»Auf drei«, sagt ihr Vater, und gemeinsam heben sie den Mann auf den Metalltisch.

Julia atmet durch den Mund. Von dem Toten geht ein unangenehm süßlicher Geruch aus. Merkwürdig verkrümmt liegt er in seinem dunklen Anzug auf dem Tisch. Seine Haut hat bereits die typische Wachsfarbe angenommen. Grau melierte Schläfen und ein schmaler Schnauzbart über einem runden Kinn.

Julia kennt den Mann. Er hat ihr ein Paar Schnürstiefel verkauft. Es ist – war – der Senior-Besitzer des einzigen Schuhgeschäfts im Ort. Abgeholt haben sie ihn gestern Abend im Haus seiner Familie. Seine Tochter hat ihn selbst angekleidet. Verstorben ist er bereits am Vormittag. Probeweise hebt Julia einen Arm in die Höhe. Er lässt sich leicht bewegen. Die *rigor mortis*, die Totenstarre, ist bereits wieder abgeklungen. Die hält nur etwa vierundzwanzig bis achtundvierzig Stunden an. Verursacht wird sie durch den Mangel an ATP, einem Phosphat, das normalerweise für die Entspannung der Muskeln sorgt. Setzt der Stoffwechsel aus, kann sich der Muskel nicht mehr entspannen und verkrampft. Sobald die Autolyse einsetzt, löst sich die Starre wieder. Dann tickt für den Bestatter die Uhr, denn dann fängt der Körper an, sich selbst zu zersetzen.

An der Unterseite der Hand sieht Julia bereits zwei hässliche blauviolette Verfärbungen. Das sind sogenannte *livores*, Leichenflecken. Sie entstehen dadurch, dass das Blut nicht mehr zirkuliert, sondern schwerkraftbedingt absinkt.

An der Stirn klafft eine hässliche Platzwunde. Die würden sie zwar nähen müssen, die eigentliche Todesursache war sie jedoch nicht. Soweit Julia weiß, erlitt der Schuhverkäufer einen Herzinfarkt, als er gerade die neueste G-Star-Raw-Sneaker-Kollektion mit Hilfe einer Klappleiter ganz oben auf einen Berg von Schuhkartons drapieren wollte. Im Alter von siebenundachtzig Jahren kann so was schon mal die letzte Idee sein.

Normalerweise kennt Julia nur ein paar Eckdaten aus dem Leben ihrer Kunden. Aber in so einem kleinen Dorf ist das anders. Sie weiß nicht, ob ihr das gefällt.

Als Erstes müssen sie den Leichnam in eine gerade Position bringen. Lindhorst fasst ihn unter den Schultern, und Julia hält die Beine fest.

»*One, two, three …*«

Mit einem Ruck strecken sie den Körper durch. Es knirscht einmal vernehmlich, dann sind alle Knochen wieder am Platz. Finger für Finger streckt Julia die Hände des Toten. Dann kommt der unangenehmste Teil. Die hygienische Grundversorgung. Dazu müssen sie den Toten ausziehen.

Julia und ihr Vater sind ein eingespieltes Team, deshalb geht das relativ schnell. Sie schälen den Toten aus dem Anzug, indem sie ihn wechselseitig anheben. Schließlich liegt er völlig nackt auf dem Tisch.

Julia schafft es nicht, dieses Bild mit dem agilen freundlichen Herrn zusammenzubringen, der ihr Schnürstiefel verkauft hat.

»*Wanna have a break?*«, fragt ihr Vater.

»Nein, geht schon.«

Julia holt drei etwa einen halben Meter lange und zwanzig Zentimeter breite, gelochte Metallschwellen aus dem blauen Schrank, während ihr Vater die Leiche in eine sitzende Position bringt. Dann schiebt sie eine Schwelle nach der anderen unter den Körper, sodass der Leichnam jetzt erhöht liegt. Mit einem Desinfektionsspray sprüht sie den ganzen Körper ein. Ihr Vater wäscht mit Seife nach und spritzt schließlich alles mit kaltem Wasser wieder ab. Das Wasser fließt durch die Löcher in den Schwellen und gurgelt den Ausguss im Boden hinunter. Als Nächstes verschließt ihr Vater die Körperöffnungen sorgsam mit Verbandsmull. Damit wird verhindert, dass nach dem Tod Körperflüssigkeit austritt.

Am Anfang hat sich Julia vor Leichen geekelt, aber gleichzeitig üben diese toten Körper eine morbide Faszination auf sie aus. Es scheint ihr immer wieder aufs Neue wie ein Wunder, dass dieses Ding, dieser leblose, kalte Körper, noch vor Stunden ein atmender Mensch war.

Nachdem der Leichnam trocken ist und die Fuß- und Handnägel geschnitten sind, gönnen sie sich eine kurze Pause. Julia lehnt sich an die kühlen Fliesen und starrt Agent Scully an als wüsste die, wo der Geist des Schuhverkäufers jetzt ist.

»Übernimmst du den Kopf?«, fragt ihr Vater. Er weiß, dass sie gern näht.

»Ja, mach ich.« Julia nimmt einen Faden und eine bogenförmige Halfcurf-Nadel aus dem Schrank und beginnt, die Wunde am Kopf mit kleinen Stichen zu nähen. Ihr Vater überschminkt unterdessen die fleckigen Stellen am Handgelenk.

»Und was macht die Kunst?«, fragt er.

»Mhmm«, nuschelt Julia abwesend.

»Mhmm-gut oder mhmm-schlecht?«

»Mittelprächtig. Hab schon wieder zwei Absagen bekommen.«

Julia bewirbt sich eifrig um einen Platz an diversen Kunstakademien. Aber bis jetzt: nur Absagen. Konzentriert zieht sie den Faden stramm, sodass sich die Wundränder schließen.

»Und wie läuft's mit deinen *classmates* an der Volkshochschule?«

»Zumindest behandeln sie mich jetzt nicht mehr so, als ob ich vom Mars bin.«

»Das wird schon. Wenn sie dich erst mal ein bisschen näher kennenlernen.«

Julia hat an der städtischen VHS einen Kurs in Kalligrafie belegt. Neben ihr besuchen den noch zwei frustrierte Hausfrauen, die nie aus dem Dorf herausgekommen sind, zwei ältere Damen und ein pickliger Teenager mit Zahnspange.

Was Julia nicht erwähnt, weil das Väter (insbesondere ihrer, mit seiner Neigung zum überschwänglichen Hedonismus) sowieso nicht verstehen würden, ist, dass sie seit ihrer Ankunft keinen (aber auch wirklich keinen) Kontakt zu irgendwelchen Gleichaltrigen herstellen konnte. *Beam me up, Scotty.* Keine interessanten Lebensformen in Sicht. Schon gar keine in ihrem Alter.

Das führt dazu, dass sie sich ziemlich alt fühlt. Mit vierundzwanzig leicht übertrieben, aber trotzdem ein Grund zur Besorgnis. Herrgott, wie sie ihre Freunde aus Texas vermisst. Die unbeschwerten Jahre an der Highschool. Die Sommertage am Strand. Die Garagenpartys. Das alles kommt ihr vor, als wäre es schon tausend Jahre her.

Es ist ein harter Neustart gewesen. Nicht wegen der Aufträge. Da hat ihr Vater ausnahmsweise richtiggelegen. Ein bisschen Glück und gutes Timing waren auch dabei. Der einzige örtliche Bestatter hat sich dabei erwischen lassen, wie er seinen Kunden Billigsärge andrehte. Julia hat ihn und seinen langhaarigen Sohn erst ein paarmal gesehen. Das ist allerdings schon eine Weile her. Vermutlich gefällt es ihnen nicht, dass die meisten ihrer Kunden jetzt zu ihnen kommen.

Tja, freie Marktwirtschaft, Baby! Geschieht ihnen recht.

Die Leute rennen ihnen, salopp gesagt, die Bude ein. Was aber noch lang nicht heißt, dass die Dorfbewohner sie akzeptieren.

Julia hat sich den Zeitungsausschnitt mit der Überschrift »Wo bleibt Gott? Bizarre Bestattungsrituale und ihre Folgen« aufgehoben. Als der Sargpavillon gerade zur Hälfte fertig war, haben ihnen Unbekannte mehrere Scheiben eingeworfen. Auf den Backsteinen stand: »Haut ab!« Nicht gerade ein Grund zum Wohlfühlen.

Wie gut es hier einige mit ihnen meinen, sieht man daran, dass sie nicht nur das Gesundheitsamt, sondern auch schon die Steuerbehörde zu Besuch gehabt haben. So viel zur schwäbischen Gastfreundschaft.

Irgendwie bezeichnend, dass im Heimat- und Handwerksmuseum das Handwerkszeug der stolzen Familie ausgestellt ist, deren Vorfahren im 16. Jahrhundert als Scharfrichter für zehn Gulden Tagesgage vierunddreißig Menschen hingerichtet haben. Das Gute ist, dass Hexenverbrennungen heutzutage verboten sind, sonst wären sie wohl auf irgendeinem Scheiterhaufen gelandet. Der letzte Hexenprozess hat übrigens vor läppischen zweihundertzwanzig Jahren nur hundert Kilometer von hier entfernt stattgefunden. Das hat Julia recherchiert. Die Dienstmagd Maria Anna Schwegelin aus Kempten wurde zwar nicht hingerichtet, aber lebenslang eingesperrt.

All das schreckte Julias Vater natürlich *nicht* ab. Für ihn war die leer stehende Metzgerei ein Glücksfall, denn der große Kühlraum im Keller ist ideal für die Herrichtung und Lagerung ihrer »Klienten«.

Henning Lindhorst ging mit dem ihm eigenen, völlig unangebrachten amerikanischen Optimismus ans Werk. Wider Erwarten brachte ihnen das kaputte Schaufenster Sympathien und ihre erste Leiche ein. Vielleicht liegt es aber auch an ihrer Tiefpreis-Offensive. Egal, welche Vorurteile Schwaben haben mochten: Wenn etwas nur noch die Hälfte kostet, ist das ein unschlagbares Argument.

Julia ist fertig mit der Naht und schneidet den Faden ab. Dann setzt sie der Leiche Augenschalen ein. Das sind kontaktlinsenähnliche Plastikhalbmonde, die direkt auf den Augapfel unter die Lider kommen. Das ist notwendig, denn die Augen fallen, sobald die Flüssigkeit darin trocknet, ein.

Der große Traum des alten Schuhverkäufers war es, »Spuren zu hinterlassen«. Deshalb soll er morgen in einem Sarg beerdigt werden, der die Form eines gigantischen Schuhs hat.

Der Sarg soll heute am frühen Abend geliefert werden.

Die Uhr steht auf vierzehn Uhr fünfundvierzig, als der Schuhverkäufer fertig ist. Julia und ihr Vater reinigen den Edelstahltisch, desinfizieren Instrumente und Arbeitsflächen, wechseln die Kleidung, gehen einige Schritte vors Haus und inhalieren frische Luft.

Lindhorst ahnt noch nicht, dass die Beerdigung einen katastrophalen Verlauf nehmen wird. Schuld wird Johann Gottesacker sein. Der hat ähnliche Angewohnheiten wie sein Sohn. Allerdings kniet er dazu auf dem Kundenklo seines Bestattungsinstituts, und seine Absichten sind alles andere als romantisch. Dem Traditionsbestatter ist eine Idee gekommen, was er gegen seinen Konkurrenten unternehmen kann.

Der Don

So ein kleines Dorf ist wie ein stiller See. Still ist es aber nur an der Oberfläche. Wirft man einen Stein hinein, erfassen die Erschütterungen nach und nach das ganze Gewässer. Dieser Stein ist bereits unterwegs. Und er kommt aus Italien. Genauer gesagt aus dem zweiunddreißig Kilometer westlich von Palermo gelegenen sizilianischen Dörfchen Borgetto.

Die ehrenwerte Gesellschaft hat sich vollzählig eingefunden. Man sitzt draußen auf großen Korbstühlen um einen weißen Marmortisch herum. Der makellose Himmel über der »Villa Messina« spiegelt sich in den Sektgläsern. Hier wohnt Don Vincenzo di Matteo Sorentino, Oberhaupt der südsizilianischen Cosa Nostra.

Alles ist hergerichtet für eine große *festa* vor einer Kulisse, wie man sie in keiner »Raffaelo«- oder »Giotto«-Werbung hätte authentischer nachstellen können.

Reinste italienische Idylle.

Bis auf das Kokain.

Neben jedem Sektglas steht ein Teller, in den eine Glasrinne eingelassen ist. Und darin schimmert jeweils eine zehn Zentimeter lange Line fast reinen Kokains. Don Sorentino hat diese Teller machen lassen, nachdem ihm bei ähnlicher Gelegenheit ein heftiger Windstoß Koks im Wert von zehntausend Euro in den Garten geweht hat.

Das Ganze wird sich in Kürze in ein wahrhaft sizilianisches Drama verwandeln. Und das ist die Schuld des Postboten.

Giuseppe Monti.

Der macht sich gerade für seine alltägliche Tour zurecht und belädt seine Mofatasche mit der Post, die er heute im Laufe des Vormittags noch ausliefern muss. Ein Auto war dem *ministero delle comunicazioni* zu teuer und schien nicht lohnenswert bei gerade mal siebentausend Einwohnern. Guiseppe Monti ist also viel an der frischen Luft. Abgesehen davon, dass ihm der Hintern wehtut, weil ihm an der Via Mirelli gestern ein Reifen geplatzt ist und er mitsamt *motorino* im Straßengraben gelandet ist, deutet nichts auf eine größere Katastrophe hin.

Noch nicht.

In der »Villa Messina« wird heute ein wichtiger Geschäftsabschluss gefeiert. An der Stirnseite des Tischs thront, ganz in Weiß gekleidet, der Don. In seinem breiten, von spektakulären Ausschweifungen und dem Alter teigig gewordenen Gesicht sitzt eine Sonnenbrille auf der fleischigen Nase. Rechts und links der Ohren sprießen Büschel von grauen Haaren. Der Rest seines Kopfes ist kahl, nur gesprenkelt mit braunen Altersflecken. Seine schmalen, nach unten gezogenen Lippen verleihen ihm etwas Froschartiges, und sein kantiges Kinn verrät den Hang zur Gewalttätigkeit. Er wiegt ungefähr hundertvierzig Kilo.

Neben ihm sitzen seine zwei Söhne, Gaetano und Pasquale, unverschämt gut aussehende Bilderbuch-Mafiosi mit verspiegelten Sonnenbrillen und schwarzen Locken. Zwischen ihnen eingezwängt Cousin Enzo, der gerade nervös an seinem Schulterhalfter herumspielt. Er ist leicht dicklich, hat weiche, fast feminine Lippen und ein fliehendes Kinn, das er in der vergeblichen Hoffnung, männlicher zu wirken, mit einem Henri-Quatre-Bart zu verdecken sucht. Seine schwarzen Haare trägt er an der Seite kurz und in der Stirn aufgeföhnt zu einer Tolle. Die Söhne des Don nennen ihn *occhio cisposo*, zu Deutsch »Triefauge«. Der Grund: Er leidet von Geburt an unter einem Schlapplid. Sein linkes Augenlid hängt nach unten, was seinem Gesicht einen verschlagenen Ausdruck verleiht.

Eine Zeit lang hat sich Enzo Extensions machen lassen, aber nur so lang, bis seine beiden Onkel das herausgekriegt haben. Die Haarverlängerungen aus original indischem Haupthaar haben das Leben von mindestens drei unbescholtenen Bürgern gekostet. So lange hatte Enzo zu tun, bis sein ramponierter Ruf wenigstens einigermaßen wiederhergestellt war. Tatkräftig geholfen hat ihm dabei seine rechte Hand, Romeo Zingarelli, besser bekannt unter seinem Spitznamen: Engelsgesicht.

Viso d'angelo steht scheinbar unbeteiligt an der Verandatür, ein Cocktailglas lässig in der Hand. Ihm hat die Natur all das geschenkt, was sie Enzo vorenthalten hat. Er ist sehr groß und schlank, trägt trotz der Hitze einen dunklen Rollkragenpullover und ein weißes Sakko, das sich an der Schulter ausbeult. An den Füßen hat er Cowboystiefel aus Krokodilleder mit Sporen, die bei jedem seiner Schritte leise klirren. Es geht das Gerücht, dass der Klang dieser Sporen das Letzte ist, was man hört, wenn Romeo zu Besuch kommt.

Was es aber so schwer macht, den Blick von ihm zu wenden, ist sein Gesicht. Umschmeichelt von langen blonden Haaren ist es von einer fast beängstigenden Symmetrie. Seine Gesichtszüge sind so ebenmäßig wie die einer griechischen Statue. Man könnte ihn schön nennen, wären da nicht die steinkalten eisblauen Augen.

Berüchtigt ist nicht nur Romeos Aussehen. Bekannt sind auch seine Grausamkeit, seine Zielgenauigkeit und sein Hang zu düsterer Poesie. Vor allem Dantes dunklere Lyrik hat ihm schon seit seiner, gelinde gesagt, problematischen Adoleszenz gefallen.

Ein Stück weiter den Tisch hinunter sitzt eine Gruppe finster dreinblickender Mexikaner um ihren ganz in Weiß gekleideten Anführer herum. Die Mexikaner, Angehörige des Sinaloa-Kartells, sind ein bisschen paranoid. Abgesehen von dem ansehnlichen Waffenarsenal, das sie am Leib tragen, ist einer von ihnen gerade mit grimmigem Gesicht und einem schwarzen Scanner an allen Festgästen entlangmarschiert und hat sie auf Wanzen untersucht. Der Don hat nur gelacht.

»Das ist *mein* Dorf. Wenn hier einer Wanzen anbringt und ich das nicht weiß, dann müsste ich es selbst gemacht und wieder vergessen haben.« Die ausländischen Gäste fanden das nur bedingt witzig.

»Abren los ojos, chicos! Este culazo italiano apesta!«

Auf dem Rasen machen sich hübsche, spärlich bekleidete Damen kichernd an einem Grill zu schaffen.

Der Grund zum Feiern ist ein schwarzer Koffer, der in der

Mitte des weißen Marmortischs steht. Er enthält Kokain im Wert von einer Million Euro. Don Sorentino klopft mit einem Silberlöffel an sein Sektglas.

»*Famiglia!* Ich will keine langen Worte machen: In diesem Koffer sind die ersten Früchte der Zusammenarbeit mit unseren mexikanischen Freunden. Sie haben einen neuen, innovativen Weg gefunden, uns weißes Gold ins Land zu bringen. Ich sage nur: Es lebe das mexikanische *pollo*!«

Vereinzeltes Gelächter. Die Italiener heben die Gläser und stoßen an. Die Mexikaner starren ausdruckslos durch sie hindurch. Zum einen verstehen sie nicht besonders gut Italienisch, und *pollo* in süditalienischem Dialekt klingt irgendwie nach *polla*, was im Spanischen ein Schimpfwort ist und einen wichtigen Teil der männlichen Physiognomie bezeichnet. Zum anderen wollen sie so schnell wie möglich wieder weg. Jede Minute, die sie weiter in diesem überkontrollierten Europa verbringen, bedeutet ein Risiko für sie.

In der Tat hat die mexikanische *connection*, inspiriert von einer US-Serie, einen innovativen Weg entdeckt, um ihren Exportschlager unbemerkt ins Land zu bringen. Und zwar im Hintern von gefrorenen Broilern. Heute sind die ersten fünfundzwanzig Kilo angekommen. Und jetzt warten die drei Mexikaner auf ihre Bezahlung.

Don Sorentino wedelt gönnerhaft mit seiner dicken Hand, an der ein protziger Siegelring prangt. »Dass das Ganze so reibungslos geklappt hat, liegt vor allem an Gaetano und Pasquale. Ihr sollt wissen: Ich bin stolz auf euch.« Er beugt sich zu seinen Söhnen hinüber und gibt ihnen jeweils einen Kuss auf die Stirn. Dabei muss er sich halb über Enzo legen, der sich vorkommt wie das fünfte Rad am Wagen.

»*Mille grazie, padre.*«

Schleimer!

Enzo, der die ganze Organisation abgewickelt, die Zollbeamten bestochen und die Flüge klargemacht hat, ballt unter dem Tisch die Faust.

Seit er in die ehrenwerte Gesellschaft aufgenommen wurde,

sucht er einen Weg, um weiter nach oben zu kommen. Bislang ohne größeren Erfolg.

Der Don hebt das Glas und winkt die Frauen heran. »*Salute, amici*. Lasst uns ein bisschen feiern, bevor wir zum Geschäft kommen.«

***

Briefträger Guiseppe Monti ahnt von all diesen Dingen natürlich nichts. Er hat ungefähr die Hälfte seines Pensums geschafft, und vor ihm ragt die Via Monte Grappa auf, die einzige Straße im Dorf, die steil bergauf führt und die ihm noch in schmerzhafter Erinnerung ist. Ganz oben liegt die »Villa Messina«, und dummerweise ist heute ein Paket für den Don dabei. Es kommt aus Deutschland, hat viele Stempel, und irgendwas klappert darin.

Seufzend schaltet er in den ersten Gang, woraufhin sein Mofa mit einigen ziemlich lauten Fehlzündungen protestiert. Verbissen tritt er zusätzlich in die Pedale. Manchmal hilft das. Bis zur Mitte des Berges geht es gut, dann macht es »Pffffff«, und das Hinterrad ist platt.

»Ohhh … cazzo!«, flucht Giuseppe. Gott sei Dank hat er in weiser Voraussicht eine Luftpumpe mitgenommen. Aber zuerst beschließt er, seine Lieferung abzugeben.

***

Oben ist man mittlerweile beim Essen angekommen. Dem Anlass entsprechend gibt es Grillhähnchen. Die Stimmung ist ausgelassen, was daran liegt, dass ein Teil des Kokains zur Produkttestung verkonsumiert wurde. Dazu kommen noch einige andere Substanzen, die sich in den Drinks befinden, die die Prostituierten herumreichen und auf die die mexikanischen Gäste leider nur unzureichend oder gar nicht hingewiesen wurden. Unter anderem: Gamma-Hydroxybuttersäure.

Es ist bekannt und medizinisch erwiesen, dass Liquid Ecstacy neben gesteigertem sexuellen Lustempfinden auch Halluzinationen und Paranoia auslösen kann. Was beim Chef der Mexikaner gerade der Fall ist. Statt hübscher Prostituierter sieht er farbig angemalte kopflose Hühnchen über den Rasen hüpfen. Er schwitzt ziemlich stark, seine zitternde Hand hängt über seinem Pistolenholster. Seine beiden Kollegen haben das auch mitbekommen und sind dementsprechend sensibilisiert.

Fatalerweise ist Giuseppe Monti gerade angekommen. Seitdem die ehemalige Post und Telegrafenverwaltung 1998 in eine Aktiengesellschaft umgewandelt wurde, besteht der Dienstanzug eines *postinos* aus einer dunklen Hose und einer Windjacke, die unten blau und oben neongelb ist. Dazu kommt eine blaue Schirmmütze. In Sizilien nimmt man das normalerweise schon wegen der hohen Temperaturen nicht so genau, aber Giuseppe kommt aus dem Norden und legt Wert auf solche Details. Die Luftpumpe, die er bei sich führt, ist ein ziemlich altes Modell, etwa so lang wie ein Arm, klobig und aus Metall. Sein Mofa mit dem platten Reifen hat er mit tuckerndem Motor vor der Villa stehen lassen. Er hat Angst, dass das Ding hinterher überhaupt nicht mehr anspringt.

Nachdem er mehrfach geläutet hat und niemand öffnet, beschließt er, einen Blick über das schmiedeeiserne Tor zu riskieren, denn er hat mitbekommen, dass im Vorgarten gefeiert wird. Ächzend klettert er das Tor ein Stück weit hinauf und versucht, sich mit lautem Rufen und dem Schwenken seiner Luftpumpe bemerkbar zu machen.

Zuerst schenkt ihm niemand Beachtung, und im Nachhinein betrachtet wäre es gut gewesen, wenn es dabei geblieben wäre. Dann jedoch hat sein Mofa zwei laute Fehlzündungen und jetzt …

… jetzt wird der Chef der Mexikaner auf ihn aufmerksam. Der sieht allerdings keinen Postboten mit einer Luftpumpe, sondern aufgrund seiner leicht problematischen Sozialisation in den Ghettos von Culiacán und der bereits erwähnten bewusstseinsverändernden Wirkung der Cocktails einen Polizisten mit einem Maschinengewehr.

»Es la poli! Malditos traidores!«, sind seine letzten überlieferten

Worte, bevor er sich auf den Rasen wirft und das Feuer auf Guiseppe Monti eröffnet.

Als dem die ersten Querschläger um die Ohren pfeifen, plumpst er auf seinen gezerrten Hintern, was zwar höllisch schmerzt, ihm aber das Leben rettet. Wie jeder Einwohner des Dorfes weiß er ganz genau, wann es Zeit ist, sich auf den Heimweg zu machen.

Was nun folgt, kann man sich so vorstellen: Man nehme eine ansehnliche Anzahl von Feuerwaffen (X), gebe sie einer Anzahl von Menschen, deren Konfliktbewältigungspotenzial ziemlich niedrig ist (Y), und schaffe dann einen Anlass (Z), die Waffen auch zu benutzen. Das Ergebnis im vorliegenden Fall darf als musterhaft gesehen werden:

Mexikanisches Sinaloa-Kartell, Überlebende: null.

Cosa-Nostra-Sorentino-Clan, Überlebende: null.

Oder?

Nachdem nach der Schießerei eine ganze Weile lang im wahrsten Sinn des Wortes Grabesstille eingekehrt ist, öffnet sich vorsichtig die Badezimmertür im zweiten Stock. Ein wild dreinblickender Enzo linst über den Lauf eines überdimensionierten Revolvers aus dem Türspalt. Er hat während der Feierlichkeiten auf einmal ein dringendes Bedürfnis verspürt, und da ihm seine Onkel sowieso auf den Zeiger gegangen sind, hat er sich auf den einzigen stillen Ort im Haus zurückgezogen.

Seine Hose hängt ihm noch in den Kniekehlen, und er muss erst einmal sein Schießeisen verstauen, um sie hochzuziehen. Vorsichtig schaut er aus dem Panoramafenster. Sieht aus, als ob er gerade Vollwaise geworden ist. Zumindest wirkt der Sorentino-Clan nicht besonders lebendig.

Immer noch wie auf rohen Eiern gehend, arbeitet sich Enzo nach unten. Aufs Höchste angespannt springt er aus der Verandatür und ruft: *»Non muoverti!«* Was Intelligenteres ist ihm in der Eile nicht eingefallen. Niemand bewegt sich. Seine Onkel haben auch schon mal besser ausgesehen. Er tippt sie vorsichtig mit dem Fuß an. *Niente.*

»Kein Schmerz erträgt sich schwerer, als sich zu erinnern, an die Zeit des Glückes im Unglück«, erklingt eine dunkle Stimme hinter dem Vorhang des Wohnzimmers.

Enzo erschreckt sich fast zu Tode und lässt dabei aus Versehen den Revolver fallen.

»*Mamma mia!* Romeo! Musst du hier so herumschleichen?«

»Überall, wo Zwist herrschen kann, da muss es auch eine Entscheidung geben.«

»Jaja, ist ja gut. Sag mir lieber, was wir jetzt tun sollen.«

In der Ferne ist das Geräusch von Sirenen zu hören.

»Ich würde vorschlagen: Wir verschwinden, Capo.«

Enzos Blick fällt auf den schwarzen Koffer, der immer noch mitten auf dem Tisch steht. »Ja, aber vorher nehmen wir uns noch, was uns zusteht.«

»Enzoooo, Enzooo …!« Das Röcheln kommt unter dem Tisch hervor. Es ist der Don. Obwohl augenscheinlich nicht getroffen, sieht er überhaupt nicht gut aus. Vermutlich das Herz. Kein Wunder bei der ganzen Fresserei.

Enzo ringt mit sich. »Ja, Opa?«

»Wo … sind meine Söhne?«

»Mhmm … ich will jetzt nicht übertrieben pessimistisch sein, aber … sie haben's nicht geschafft.«

»Arghhh … Und wo warst du?«

»Ich war im Haus.«

»Hast du dich verkrochen? Oh, du Sohn einer feigen Kröte!«

Enzo verdreht die Augen. Hört das denn nie auf? »Romeo! Pack mal mit an, wir müssen ihn mitnehmen.« Zu zweit schleifen sie den brabbelnden Don zum SUV, der vor dem Tor parkt.

»Wie kann man nur so schwer sein?«, ächzt Enzo, als sie ihn auf die Ladefläche des Pick-up laden.

Neben dem schwarz lackierten Volvo V70 steht verlassen ein tuckerndes Mofa mit dem gelben Postsymbol. *Ah cazzo!* Auch das noch. Zeugen.

Enzos Gedanken rasen. In einer halben Stunde würde die Polizei der gesamten Halbinsel hier sein. Und das ist erst der Anfang. Nach diesem Gemetzel würden sie ganz genau hinschauen. Das heißt, die D.I.A. (Direzione Investigativa Antimafia) würde kommen. Oder schlimmer: Die R.O.S. (Ragruppamento Operativo Speciale). Und vermutlich relativ schnell feststellen, dass er nicht unter den Toten ist. Sie müssen verschwinden. Und zwar sofort. Das Kokain muss weg. Aber wohin? Am besten außer Landes.

Neben dem Mofa liegt ein Paket. Enzo beugt sich nach unten und hebt es auf.

»Ich hätte dich nie in meinem Haus aufnehmen sollen, du Sohn eines räudigen …«, kommt es röchelnd von der Ladefläche.

»Halt die Klappe, *nonno*!« Kopfschüttelnd hält Enzo das Paket in der Hand. »Trattoria Sorentino, Hauptstraße 12, Muggenpfuhl-Alemania« steht darauf.

Seit wann bekommt der Don denn Post aus Deutschland? Drogen? Eine andere Lieferung? So viel Zeit muss sein. Enzo reißt den Karton auf und findet darin einen silbernen Topf mit einer Packung Pasta und eine Karte. In schlechtem Italienisch steht da:

»Lieber Papa! Nachträglich alles Gute zu deinem 75. Geburtstag! Ich schicke dir hier eine Spezialität aus unserer Region, das sind original Mafia-Spätzle …«

Unterschrieben ist die Karte mit: »Deine Tochter Elvira«.

Der Don hat eine Tochter in Deutschland?

»Capo!«, ruft Romeo von hinten.

»Einen Moment noch.«

»*Capo*, der Don …!«

Auf der Ladefläche des SUV ist es merkwürdig still geworden. Enzo wirft einen Blick auf die Plane. Glasige, unbewegliche Augen schauen ihn an. Sieht aus, als wäre der Don seinen Söhnen gefolgt. Scheißtag!

»Ich denke, er ist gegangen, Capo.«

»Möge Gott seiner schwarzen Seele gnädig sein.«

»Zu was kannst du die Menschenbrust nicht zwingen, verfluchter Durst nach Gold, der uns betört.«

Nachdenklich wiegt Enzo das Paket in der Hand. Wo normale Menschen nur einen Topf mit merkwürdigen dicken Nudeln sehen, sieht Enzo Möglichkeiten. Ziemlich große Möglichkeiten. Er betrachtet noch einmal das Paket, dann den Don, dann wieder das Paket. Eine vage Idee nimmt in seinem Kopf Gestalt an.

»Sag mal, Romeo, arbeitet dein Bruder eigentlich immer noch als Bestatter?«

Die Spätzle-Mafia

»Salvatoreee! Salvatoree! Dai!«

»*Si, si, mamma! Arrivo.* Komm ja schon.«

Der zweitälteste Sohn von Donna Elvira Sorentino poltert in seinen Cowboystiefeln die Treppe hinunter, die vom ersten Stock in die Trattoria führt. Er war gerade dabei, sich seine schwarzen Haare zu einer Elvis-Tolle zu föhnen, aber wenn seine *mamma* diesen Ton anschlägt, lässt man sie besser nicht zu lange warten.

Aus der Frischhaltebox auf der Theke stibitzt er sich im Vorbeigehen ein *babà napoletani*, eine Art Mini-Muffin mit karamellisierter Marmelade, Spezialrezept seiner Mutter. Auf einer Schiefertafel daneben steht in ihrer verschnörkelten Handschrift das Tagesgericht. Heute gibt es »Mafia-Mauldäschle« und »Pasta Al Capone«.

»*Che c'è?* Was gibt's denn?«, fragt er mit vollem Mund.

Seine Mutter sitzt an der Ecke der Bar vor einem Cappuccino und hat ihre Lesebrille auf. Ihre massigen Schultern zucken. Das sieht nicht gut aus.

»*Mammina!* Was ist denn?«

»Ohh, Salvatoree! Es ist *orribile*! *Una tragedia!* Ein Unglück! Ein Unglück!«

»Ist was mit Luigi?« Sein jüngerer Bruder schlägt gern mal über die Stränge. Und ist nicht der Cleverste dabei. »Haben sie ihn wieder einkassiert? Ich hab's dem Depp schon hundertmal gesagt: Eine Strumpfmaske bringt gar nix in einem Kaff, wo dich jeder kennt. *Cazzo!*«

Statt einer Antwort gibt ihm seine Mutter das Papier, in dem sie gerade gelesen hat. Da steht auf Italienisch:

Eiltelegramm

Liebe Familie – Stopp – Ich schreibe dieses Telegramm, um euch eine traurige Nachricht zu überbringen – Stopp – Don Sorentino ist leider unerwartet verstorben – Stopp – Sein letzter Wunsch war die Bestattung in Deutschland bei seiner geliebten Tochter Donna Maria Elvira Sorentino – Stopp – Leiche ist auf dem Weg und trifft übermorgen am Bahnhof Sigmaringen ein – Stopp – Bitte um Vorbereitung der Bestattungsformalitäten – Stopp – Komme übermorgen an – Stopp – In aufrichtiger Trauer – Stopp – Enzo Sorentino.

Kopfschüttelnd betrachtet Salvatore das Telegramm. »Haben die kein Internet?«

»Sei still. Das ist ein trauriger Anlass. Dein Opa war vielleicht nicht der Netteste, aber er war halt doch *mio padre.*« Donna Elvira schnäuzt sich in ein geblümtes Taschentuch. Dabei heben sich ihre schweren Brüste, und ihr ganzer Körper fängt an zu beben. Mit ihrem Gewicht hat sie ihr ganzes Leben lang gekämpft, was sie aber nicht davon abgehalten hat, drei Söhne großzuziehen, auszuwandern (eigentlich war es eher eine Flucht) und eine recht erfolgreiche Trattoria zu eröffnen.

Elvira Sorentino ist eine imposante Frau. Aus der Entfernung ähnelt sie Maria Callas in ihren mittleren Jahren. Ihre noch immer vollen schwarzen Haare trägt sie vorn hochgeföhnt und bändigt sie im Nacken mit einem Haarnetz. Aus ihren tiefschwarzen Augen funkelt das Temperament einer Vollblutsizilianerin.

Unbeholfen umarmt Salvatore seine Mutter.

»Ich weiß doch. Der *nonno* ist … war«, korrigiert er sich, »schwer in Ordnung. Was der da unten alles auf die Füße gestellt hat. Respekt. Und wer ist dieser Enzo?«

»Da muss ich jetzt gleich mal gucken. Das ist alles schon so lang her.« Schniefend sucht Donna Elvira unter der Theke herum. Unter einem Baseballschläger (den braucht sie ab und zu, um im Lokal für Ruhe zu sorgen), leeren Thekenaschenbechern und einem Haufen frischer Geschirrtücher fördert sie schließlich ein altes Fotoalbum zutage. Auf dem Einband steht in goldenen Lettern »LA FAMIGLIA«.

Vorsichtig blättert sie die vom Alter brüchigen Seiten um und schlägt die hauchdünne Folie zurück, die die Bilder vor Staub schützt. Schließlich stößt sie auf ein altes Gruppenfoto.

Da ist er.

Ihr Vater.

Viele Jahre jünger, in Schwarz-Weiß und vom Flair der Vergangenheit umhüllt, sitzt der Don auf einer Wiese vor der »Villa Messina«. Er trägt ein offenes weißes Hemd und einen Schlips. Um ihn herum lagert der engste Kreis der *famiglia*. Den Arm besitzergreifend um die Schultern ihrer Mutter gelegt, prostet der Don mit einem Sektglas in die Kamera. Ihre Mutter, die ein paar Jahre später an einem Schlaganfall sterben sollte, hatte damals schon einen leidenden Zug um den Mund. Kein Wunder, wenn man mit Don Sorentino verheiratet war.

Zu seinen Füßen fläzen sich ihre zwei Brüder, Gaetano und Pasquale, im Gras. Diese Taugenichtse interessierten sich auch damals schon nur für Geld und gutes Aussehen.

Donna Elvira kann sich nicht vorstellen, dass sich das geändert hat. Sie selbst sitzt glücklich lachend mit einem Blumenkranz im Haar neben ihrer Mutter. Damals musste sie so um die siebzehn gewesen sein. Ihre Halbschwester Silia steht mit einem kleinen, trotzig dreinschauenden Jungen an der Hand hinter dem Don, zusammen mit einer ganzen Reihe von Männern und Frauen in Sakkos und adretten Sommerkleidern, von denen sie nur ein paar wiedererkennt. Ihr Großonkel Samuele, ihre Tante Alda, die immer zu ihr gehalten hat, auch noch als sie vor ihrem Vater geflohen ist, Donnie Chincini, Großcousine Magola, ihr Onkel Filipo …

Und da, am rechten Bildrand, ein Kellner mit einem Silbertablett. Donna Elviras Herz zieht sich zusammen. Ja, er ist es. Ihr Giulio.

Unter dem Bild stehen in der feinen Schrift ihrer Mutter die Namen der Anwesenden und ein handgezeichneter Stammbaum. Donna Elvira runzelt die Stirn. Enzo ist der Sohn ihrer Halbschwester. Mit Silia hat sie sich nie besonders gut verstanden. Sie war über die Maßen ehrgeizig und arrogant. Nach ihrer überstürzten Flucht hatten sie sich völlig aus den Augen verloren. Hatte sie nicht einen Deutschen geheiratet?

Salvatore mustert den kleinen Jungen kritisch. »Was ist denn mit seinem Gesicht? Schielt der?«

»Weiß ich auch nicht. Das ist schon dreißig Jahre her.« Donna Elvira knüllt ihr Taschentuch zusammen.

»Also ist der Enzo sozusagen der Großenkel vom Großvater. Und was ist der dann zu mir?«

»Das ist dann dein Großonkel.«

»Cool. Ist der ein richtiger Mafioso?« Salvatores Augen leuchten.

»Ich will von diesem Geschwätz nix hören.«

»Sag mal, *mammina*«, lenkt ihr Sohn, der genau weiß, wann das Eis brüchig wird, vom Thema ab, »bist das du? Mensch. Du warst ja eine richtige *belleza*.«

»*Si*. Da war ich noch rank und schlank. *Guarda*, das ist dein *papà*, dort ganz rechts.«

»Wieso hat denn der ein Tablett in der Hand?«

»Oh, das ist eine lange Geschichte. Ich hab euch doch erzählt, dass euer Vater Kellner war.«

»Ähh, *si, si*. Jetzt fällt mir alles wieder ein. Ja, ja, die Flucht und so.«

Familienalben und alte Geschichten führen bei ihren Söhnen zu einem spontanen Aufmerksamkeitsdefizit. Fünf *anni* sind vergangen, seit ihr Mann gestorben ist. Er hat vor zehn Jahren die Trattoria aufgemacht, nachdem er mit Donna Elvira bei Nacht und Nebel aus der »Villa Messina« geflohen ist. Der Don hatte keinerlei Verständnis dafür, dass ein dahergelaufener Italiener (ein Kellner!) mit seiner Tochter anbändelte. Aber sie hatte sich eben unsterblich in den gut aussehenden jungen Mann verliebt. Und sie war im zweiten Monat schwanger. Punkt.

Ihre nächtliche Flucht, die ersten zwei Jahre, die sie unter falschem Namen von Versteck zu Versteck zogen und sich mit Gelegenheitsjobs über Wasser hielten, ihre abenteuerliche Ankunft in Muggenpfuhl … ein Drama Schiller'schen Ausmaßes. Das ihre Söhne zugegebenermaßen schon das eine oder andere Mal gehört haben. Sie haben sich natürlich nur die dümmsten Details gemerkt, nämlich dass sie eigentlich richtige Mafiosi sind.

Donna Elviras Verhältnis zu ihrem Vater hat sich seit dem Tod ihres Mannes wieder etwas entspannt. Wobei »etwas« bedeutet, dass sie zumindest nicht mehr fürchten muss, nach Italien verschleppt zu werden. Trotzdem wundert es sie, dass der Don ausgerechnet hier beerdigt werden will.

Als Salvatore, der zweitälteste Spätzle-Mafioso, noch einmal in die Kühlbox greifen will, haut ihm seine Mutter mit der Zeitung auf die Finger. »Lass deine Griffel da weg. Die sind für zahlende Kunden.«

Nach dem Tod ihres Mannes hat sie mit süditalienischem Temperament das Ruder übernommen und die Trattoria auf Erfolgskurs gebracht. Der Laden brummt. Ihre Kraft braucht sie jetzt für andere Sachen. Zum Beispiel, um ihre Söhne auf dem rechten Weg zu halten. Dabei ist die Spanne dessen, was erlaubt ist, ziemlich weit.

Vielleicht hat Donna Elvira doch das eine oder andere Mafia-Gen im Blut. Glücksspiel: *Benvenuto!* Die Pokerabende in der Trattoria sind legendär. Leichte Schutzgelderpressung: nur bei denen, die es sich leisten können. Und auf keinen Fall bei Stammkunden. Waffen: in begründeten Ausnahmefällen und erst nach Familienbesprechung. Weiche Drogen: Ja. Harte Drogen: *Niente.*

Abgesehen davon, dass Donna Elvira damit nichts zu tun haben will, gibt es andere, die diesen Markt für sich beanspruchen. Sie nennen sich »Das Syndikat«. Donna Elvira hat nur einmal kurz Kontakt mit ihnen gehabt. Sie weiß, dass es sich um extrem gefährliche Russen handelt, die sich hier fernab ernstzunehmender polizeilicher Einmischung breitgemacht haben.

Die örtliche Polizeigewalt kennt Donna Elvira beim Vornamen. Berthold Schmälzle und Max Schmähle sind regelmäßig bei ihr zu Gast, um »mol nach'm Rechte zum gucke, gell«. Hier gehen die Getränke aufs Haus. Dafür drücken sie dann auch mal zwei bis vier Augen zu, wenn Elviras Sprösslinge mal wieder eine Dummheit gemacht haben. Auf dem Revier sind sie als »Spätzle-Mafia« bekannt. Der Name kommt vermutlich von der Spezialität des Hauses. Donna Elviras »Mafia-Spätzle« sind landauf, landab berühmt. Die Chefin der Trattoria macht nichts lieber, als mit landestypischen Zutaten und der italienischen Küche zu experimentieren.

»Mensch, *mamma*, aber dass der Don hier begraben wird. Das ist voll *la sregolatezza*. Da muss er auch ein Superbegräbnis kriegen.«

Donna Elvira seufzt. Vor allem die Kosten würden der Wahnsinn werden. Das Begräbnis ihres Mannes, zu dem ihr werter Vater nur eine spröde Kondolenzkarte geschickt hatte, ging schon in die Tausende. Aber Moment mal. Da hat doch dieser neue Bestatter aufgemacht. Der ist doch irgendwie aus Amerika und verkauft bunte Särge. Donna Elvira erinnert sich vage an Sonderangebote und Rabatte.

»Salvatore. Such mir doch mal die Telefonnummer von diesem neuen Bestatter raus. *Come si chiama?* Lindhorst … irgendwas. Den können wir uns vielleicht leisten.«

Spezielle Kunden

Es ist Dienstag. Die Kirchturmuhr schlägt ein Mal. Die Bestattung des Schuhverkäufers ist seit einer Stunde vorbei, und Henning Lindhorst ist um Haaresbreite an einer Vollkatastrophe vorbeigeschrammt.

Er steht auf dem Balkon und nippt, erschöpft, aber glücklich, an seinem Cappuccino. Gerettet hat ihn ein Engel. Und zwar ein gelber. Henning Lindhorsts gutwillige, aber leicht realitätsfremde Vermutung, er wäre über einen Nagel gefahren, wurde nicht bestätigt.

»Uffg'schlitzt. Eindeutig. Jemand hat die Reifen uffg'schlitzt. Haben Sie hier Feinde?«, hat ihn der ADAC-Mann gefragt, nachdem er die vier zerstochenen Reifen des Sarg-o-Mobils begutachtet hatte.

»Ach was, das war bestimmt nur ein Lausbubenstreich. Sie wissen doch, wie die Jugendlichen heute so sind.«

»Die haben aber lange Messer, Ihre Lausbuben. Wenn Sie mich fragen: Denen gehört der Rotz aus dem Gesicht geschlagen. Flicken kann man die Reifen nicht, und mit *einem* Ersatzrad können Sie ja schlecht fahren. Ist ja kein Einrad.«

Seine Tochter hat die Augen verdreht und, zusehends nervöser werdend, auf die Uhr gedeutet. Nur noch eine halbe Stunde. Dann hätte die Beerdigung ohne Leiche stattgefunden. Der Super-GAU. Lagerungszeiten für den Toten mussten eingehalten, Kühlketten beachtet werden. Die ganze Organisation, Kapelle, Priester, Blumengebinde – alles umsonst. Gar nicht zu reden von den Angehörigen. Sauer im besten Fall, traumatisiert im schlimmsten.

Der Ruf – ruiniert.

Aber Henning Lindhorst wäre nicht Henning Lindhorst, wenn ihm nicht eine Idee gekommen wäre. Es hat einiges an Überzeugungsarbeit (und hundertfünfzig Euro) gekostet, den ADAC-Mann zu überzeugen. Der Sarg kam pünktlich ans Ziel –

und zwar an der Winde eines Abschleppwagens. Die Frau des Schuhverkäufers brach beim Anblick des perfekt hergerichteten Leichnams in Tränen aus. »Das hätt ich jetzt nicht gedacht. Dass der noch mal so gut aussieht.«

Und das Beste: Auf der Beerdigung wurde Lindhorst gleich von zwei älteren Damen angesprochen, die sich ebenfalls für speziellere Formen der Bestattung interessierten.

Unten klingelt das Telefon. »Julia, kannst du rangehen?«, ruft er ins Wohnzimmer, bevor ihm einfällt, dass seine Tochter joggen gegangen ist. Seufzend stellt er seinen Kaffee ab. Wenn das Business ruft …

»Progressivbestattungen Jim Blitz. Was kann ich für Sie tun?«

»Ähhh, *buongiorno.* Hier spricht Elvira. Elvira Sorentino aus der ›Trattoria Sorentino‹. *Quindi*, ich rufe an wegen einem *decesso*, Totenfall, eh?«

»Ich bin ganz Ohr, Frau Sorentino.«

»Meine *papà* ist gestorben. Und ich brauche jemanden für die Grabung.«

»Sie meinen, für die Bestattung. Ja, da bin ich genau Ihr Mann.«

»*No, no.* Meine Mann ist schon gestorben.«

»Ich meine natürlich, Ihr Fachmann. Sie wissen: für das Grab und darüber hinaus.«

Henning Lindhorst lässt ein Lächeln durchs Telefon blitzen. Eine der wichtigsten Lektionen: auch am Telefon lächeln. Ja, die Amerikaner wussten, wovon sie sprachen. Wer den Bestatter jetzt hätte betrachten können, wie er wild in den Hörer grinst, hätte sich da vermutlich seinen eigenen Reim drauf gemacht.

»Das ist nicht witzig.«

»Oh nein, auf gar keinen Fall.«

»Meine *papà* kommt *dopodomani* mit dem Zug aus *Italia*.«

»Ihr Vater fährt Zug?«

»*Si, si.* Er kommt Donnerstag um halb vier am Bahnhof in Sigmaringen an. Und Sie müssen ihn abholen.«

»Aber er ist doch … ist er nicht verschieden?«

»Verschieden?« Im Hintergrund hört man italienisches Stimmengemurmel.

»Frau Sorentino, ich verstehe, dass Sie aufgebracht sind. Der Verlust eines Angehörigen ist immer ein schwerer … Hallo? Ist noch jemand dran?«

Darauf die Stimme eines jungen Mannes: »Hallo, hier ist Salvatore. Ich bin der Sohn.«

»Mein herzliches Beileid.«

»Machen Sie sich lustig über meine *mamma*?« Der Tonfall ist eindeutig bedrohlich.

»Um Himmels willen! So was würde ich nie tun.«

»Ist auch besser so, sonst ruck, zuck, Zahnluck, *capisci*?«

»Salvatore!«

Es folgt eine kurze Pause, während Lindhorst entgeistert das Telefon anstarrt.

»Hallo? Hier ist noch einmal Donna Elvira. Also, das ist ein Missverständnis. Mein *papà* kommt in eine *bara*, Kiste.«

Bei Lindhorst fällt endlich der Groschen.

»Jetzt verstehe ich. Ihr Vater wird in einem Sarg von Italien nach Deutschland überführt.«

Kurze Pause. »So könnt man's auch sagen.«

»Haben Sie denn schon eine Vorstellung von der Art der Bestattung?«

»Es muss auf jeden Fall ein großes Trauerfest werden. Mein *papà* war eine angesehene Person in Italien. *Molto* angesehen.«

»Ah. Also etwas ganz Spezielles.«

»*Si, si.* Er war eine ganz spezielle *figura.* Bloß, es darf nicht so viel kosten.«

»Keine Sorge. Da finden wir bestimmt eine Lösung. Jim Blitz findet immer eine.«

»Wer ist Jim Blitz?«

»Ach, das. Nicht so wichtig. Ich werde übermorgen Mittag den Sarg in Sigmaringen übernehmen. Sie müssten allerdings vorher bei mir vorbeikommen. Ich brauche verschiedene Vollmachten, dass ich Ihren Vater auch mitnehmen darf.«

»Gut. Aber es darf halt nicht so teuer werden.«

»Das kriegen wir schon hin. Würde Ihnen morgen gegen dreizehn Uhr passen?«

»Ist gut. *Mille grazie.*«

»Keine Ursache. Ich schicke Ihnen meine Tochter vorbei. Da können Sie sich das Trauergebinde und die Blumen aussuchen. Sie werden das Vertrauen, dass Sie uns …«

Doch am anderen Ende der Leitung hat es bereits »Klick« gemacht.

Versonnen schüttelt Henning Lindhorst den Kopf. Leute gibt's. *Weird.*

Tenente Caruso

»Was für eine Sauerei!«

In Italien lässt Capitano Giovanni Manzanetti kopfschüttelnd den Blick über die mit weiß-rotem Band abgesperrte, blutgetränkte Rasenfläche der »Villa Messina« schweifen. Heute Morgen hat sich kurz nach dem Aufstehen sein Magengeschwür gemeldet. Und das war nur der erste Vorbote eines ziemlich beschissenen Tages. Der Hubschrauberflug hierher war lang, unangenehm und nervig. Was nicht zuletzt an seinem *assistente* lag:

Tenente Francesco Caruso.

Lästigerweise sein Schwager. Die Schwester seiner Frau hat ihm so lange in den Ohren gelegen, bis er sich endlich hat breitschlagen lassen, Caruso zu einem richtigen Fall mitzunehmen. Normalerweise sorgt der Tenente in der Polizeistation am Piazza Bligny in Rom dafür, dass die Bleistifte immer gespitzt sind. Vorgesehen ist er für Spuren, die ins Nichts führen, Papierkram und Dinge, bei denen man sich nicht mit scharfen Gegenständen verletzen kann.

»Die behandeln ihn so schlecht dort. Dabei hat er das Zeug zu *wirklich* Großem. Und dann würde es auch endlich mal mit seiner Karriere weitergehen. Du bist doch Capitano. Du musst etwas unternehmen«, klingt ihm immer noch die schrille Stimme seiner Schwägerin im Ohr.

Caruso lebt in einer Welt, in der Detektive mit Baskenmützen auf unglaubliche Weise Fälle lösen, sich ständig verkleiden und aufgrund von absonderlichen Details den Schuldigen finden. Manzanetti ist überzeugt, dass sein Schwager sie nicht mehr alle hat.

Ein Team der Spurensicherung ist zusammen mit ihnen direkt aus Rom hierherbeordert worden. Die Spezialisten sind gerade dabei, den Rasen Stück für Stück zu analysieren. Bisheriges Resultat: elf Tote. Sechs davon gehören zum Sorentino-Clan, darunter die Söhne des Don. Dazu kommen zwei spärlich bekleidete

Damen, die vermutlich einfach nur Pech gehabt haben. Über den Rasen verteilt liegen, inmitten von leeren Patronenhülsen, auch die Leichen von drei übel zugerichteten Mexikanern. Das reinste Schlachtfest. Die Gesichter der Mexikaner laufen gerade durch die Rasterfahndung und die Datenbanken der D.I.A.

Manzanetti ist sich ziemlich sicher, dass es sich um Mitglieder eines lateinamerikanischen Drogenkartells handelt. Sein *assistente* kommt mit zwei dampfenden Espresso zurück und schafft es, über das Absperrband zu stolpern. Womit sich der Espresso zum großen Teil erledigt hat.

»Francesco! Pass doch auf, du kontaminierst den Tatort.«

»Ich … oh … *scusi.*« Caruso wirft einen nervösen Blick über die Schulter. Er ist vielleicht einen Meter sechzig groß und schmächtig. Dazu wirkt er immer irgendwie, als wäre er auf der Flucht. Überhaupt scheint alles an ihm woandershin zu wollen: Sein bartloses Kinn flieht vor seiner großen Nase, seine buschigen Augenbrauen vor seinen Augen und seine Haare vor seiner hohen Stirn bis zum Scheitel hinauf. Er ist der Einzige am Tatort, der heute volle Uniform trägt. Die bordeauxroten Längsstreifen an seinem Kragen und an den Ärmeln seines dunkelblauen Anzuges sitzen wie mit dem Messer gezogen, sein weißes Hemd ist frisch gestärkt, und die Schulterklappen, auf denen, Gott sei's gedankt, nur zwei Sterne zu sehen sind, sehen aus wie gerade angenäht.

Er erinnert Manzanetti an einen Schauspieler aus einer Krimikomödie. Ihm fällt gerade partout nicht ein, wie der Film heißt. Irgendwas mit einem rosaroten Panther.

Einer seiner Sonderermittler zwängt sich unter dem Absperrband durch. »Sieht für mich ganz nach einer Bandenfehde aus.«

»Ich weiß nicht.« Stirnrunzelnd betrachtet Manzanetti den gedeckten Tisch. »Scheint, als ob die vorher noch gemütlich zusammensaßen. Ich tippe eher auf einen geplatzten Drogendeal.«

Der Sonderermittler nickt zustimmend. »Gut möglich. Wir haben auf dem ganzen Rasen Spuren von Kokain gefunden. Viel Kokain. Genug, dass jede Heuschrecke im Umkreis von fünfhundert Metern high ist. Also sozusagen eine ›Highschrecke‹.« Der Ermittler kichert.

»Habt ihr das Kokain schon gefunden?«

»*Niente*, Signor Capitano.«

Manzanetti verzieht das Gesicht. Sein Magengeschwür meldet sich, was an Caruso liegen könnte, der endlich wieder mit frischem Kaffee zurück ist.

»Ihr Espresso, Signor Capitano.« Caruso reicht ihm seine Tasse. »Wenn ich mir eine Bemerkung erlauben darf: Es könnte sich um eine Ablenkung handeln. Vielleicht sollten wir ganz woanders suchen. Es ist eine bekannte Tatsache, dass kriminelle Elemente oft an einem Ort ein blutiges Chaos anrichten, um an einem anderen Ort ein weitaus schlimmeres Verbrechen zu vertuschen.«

Der Ermittler starrt ihn entgeistert an. »Schlimmer als das hier?«

»Ähh, Francesco? Geh doch mal zum Einsatzwagen und hol mir mein Funkgerät. Das hab ich da liegen lassen.«

»Jawohl, Signor Capitano. Immer zu Diensten.« Caruso salutiert, dreht sich um und marschiert wieder zurück.

»Mein Schwager. Was soll man machen.« Manzanetti wirft dem Ermittler einen resignierten Blick zu und drückt sich die Hand auf die Seite. »Also: Hier gibt's nirgends Kokain, und dazu kommt: Einer von der Sippschaft fehlt. Jetzt dürfen Sie dreimal raten, wer.«

Der Sonderermittler sieht sich um. »Mal sehen, Pasquale liegt da vorn. Zumindest der größte Teil von ihm. Der Typ dahinten mit dem Gesicht im Champagnerkühler ist Gaetano. Fehlt nur der Don persönlich.«

»Richtig. Und wo der ist, da ist auch das Kokain. Meiner Ansicht nach war das Ganze entweder eine geplante Falle oder ein Streit. Auf jeden Fall ist dabei was schiefgegangen.«

»Das kann man so sagen, Signor Capitano.«

Im Hintergrund verscheucht einer seiner Kollegen gerade ein paar Krähen.

»Ich denke, es war so: Don Sorentino hat sich mit dem Kokain aus dem Staub gemacht und ist jetzt auf der Flucht. Also, riegeln wir die Bahnhöfe und die Flughäfen ab und geben sein Bild an alle Polizeidienststellen raus. Ansonsten: totale Nachrichtensperre. Lassen wir sie schmoren. In spätestens zwei Tagen haben wir ihn.«

»Signor Capitano, der Postbote, der die Polizei verständigt hat, ist jetzt da«, meldet sich einer der örtlichen Carabinieri bei ihm. »Er wartet im Mannschaftswagen.«

»Ich komme sofort.«

Als Manzanetti in den VW-Bus klettert, unterhält sich der Postbote dort gerade angeregt mit Caruso. Das darf doch nicht wahr sein.

»Tenente Caruso. Können Sie uns kurz allein lassen?«

Caruso zieht eine Augenbraue in die Höhe. »Aber –«

»Jetzt!« Capitano Manzanetti setzt sich dem Postboten gegenüber auf die Bank. »Was können Sie mir erzählen?«

Der Postbote versucht vergeblich, seine langen Beine unter dem Tisch zu verstauen. Er fühlt sich sichtlich unwohl. »Ich hab das zwar schon Ihrem Kollegen erzählt, aber ich sag's gern noch mal: Ich hatte gestern nur noch ein paar Lieferungen. Und eine davon war für den Don.«

»Sie sagen das so, als ob Sie ihn kennen würden?«

»Jeder im Dorf kennt den Don. Er ist noch von der alten Schule. Einer von den Guten. Die Kirche im Dorf hat er finanziert.«

»Soso, hat er das«, sagt Manzanetti und seufzt. Einer von den Guten. Die Leute in diesem kleinen Dorf würden nie begreifen, dass der Zement ihrer Kirche aus dem Blut und den Knochen Unschuldiger besteht.

»Was war das für eine Lieferung?«

»Es war ein Paket, ungefähr so groß wie eine Hutschachtel.« Postbote Monti überlegt angestrengt, wobei er seine Zunge zwischen die Zähne klemmt. »Es hatte mehrere Stempel. Ich glaube, es war aus Deutschland.«

Das notiert sich der Capitano in sein schmales Notizbuch. »Und? Was haben Sie gesehen?«, wiederholt er seine Frage.

Der Postbote legt die Stirn in Falten und schaudert. »Es sah aus wie eine Party. Da saßen Leute um den großen Tisch auf der Veranda. Die Frauen waren quasi nackt. Ich habe geklingelt, aber es hat niemand aufgemacht. Tja, und dann haben plötzlich alle wie verrückt angefangen zu schießen. Es war … es war grauenhaft.«

»Sind Sie dann ins Haus gegangen?«

»Ich bin doch nicht lebensmüde! Hier sind die Kugeln durch die Gegend geflogen, als wär das hier Bagdad.«

»Erinnern Sie sich sonst noch an irgendwas?«

»Da stand so ein schwarzer Geländewagen vor dem Tor. Der ist jetzt weg.«

Aha. Innerlich klopft sich Manzanetti auf die Schulter. Das Fluchtfahrzeug. »Und Sie sagen, man hat auf Sie geschossen, als Sie das Paket ausliefern wollten?«

»Beim heiligen Gabriel, Signor Capitano! Genau so war es.«

»Was ist mit dem Paket passiert?«

»Keine Ahnung, ich hab's fallen lassen.«

»Wo?«

»Direkt am Tor.«

Da ist es auf jeden Fall nicht mehr. Vielleicht eine weitere Spur. Eine ziemlich unwahrscheinliche, aber möglicherweise das Richtige für seinen Schwager.

»Haben Sie eine Ahnung, was in dem Paket drin war?«

Jetzt ist Giuseppe Monti ehrlich entrüstet. »Signor Capitano! Ich würde nie das Paket eines unserer Kunden öffnen!«

»Schon gut. Gibt es eine Möglichkeit herauszufinden, von wo das Paket gekommen ist?«

Der Postbote dreht seine Mütze nachdenklich zwischen den Fingern.

»Na ja, wir haben einen Computer auf dem Postamt. Da werden Lieferungen aus dem Ausland notiert. Heute ist zwar geschlossen, aber ich habe die hier.« Er winkt mit einem Schlüsselbund. »Das Paket steht bestimmt noch im Computer.«

Manzanetti schlägt seinen Notizblock zu. »Sie machen jetzt bitte Folgendes: Gehen Sie zurück aufs Postamt. Einer unserer Beamten, Tenente Caruso, wird Sie begleiten. Er ist dafür genau der richtige Mann.« Sein Magengeschwür zwickt ihn wieder in die Seite, und er verzieht das Gesicht. Scheißtag.

Eine halbe Stunde später klingelt sein Handy. Caruso ist dran.

»Signor Capitano. Ich denke, ich bin da auf etwas gestoßen.«

Im Einsatzwagen löst Manzanetti gerade zwei Schmerztabletten in einem Glas Alka-Seltzer auf. Der Enthusiasmus in der Stimme seines Schwagers verursacht ihm Kopfschmerzen. Wenn das die ganze Ermittlung so weitergehen würde, würde er sich erschießen. Oder seine Schwägerin. »Na, dann erzähl mal, Francesco.«

Caruso hat den Weg des Pakets nachverfolgt. Es stammt aus Deutschland, aus einer »Trattoria Sorentino«. Enthalten hat es, wie im altersschwachen Rechner auf dem Postamt zu lesen war: »1x Topf (Metall), 500 Gramm Original Mafia-Spätzle«.

»Es könnte sich dabei um eine versteckte Botschaft handeln«, mutmaßt Caruso, und Manzanettis Kopfschmerzen werden stärker. Hastig trinkt er einen Schluck aus dem Glas. »Vielleicht steht ›Mafia-Spätzle‹ ja für Drogen. Ich halte es für das Beste, jemanden nach Deutschland zu entsenden, der dieser Spur gewissenhaft nachgeht. Das wäre ein Schachzug, mit dem bestimmt niemand rechnet.«

»Nach Deutschland? Wegen einer Packung Pasta?« Manzanetti verschluckt sich und hustet, bis ihm die Augen tränen. »Weißt du, was das kostet?« Da kommt ihm auf einmal eine Idee. Vielleicht ist der Vorschlag ja gar nicht so schlecht. Es gibt nämlich eine Eigenschaft, die Francesco Caruso seinen Kollegen voraushat: Aufgewachsen in der italienischen Schweiz, spricht er einwandfrei Deutsch, zwar mit leicht schweizerischem Einschlag, aber für Ermittlungen in *Germania* absolut ausreichend. Auf die Weise müsste Manzanetti keine wertvollen Mitarbeiter für eine sinnlose Spur abziehen, ist Caruso los und bringt vielleicht sogar endlich seine Schwägerin zum Verstummen.

»Francesco. Ich halte das für eine ausgezeichnete Idee. Setz dich doch mit Claudia in Verbindung. Sie soll das Organisatorische erledigen und eine förmliche Anfrage auf Zusammenarbeit stellen. Wenn du vor Ort bist, recherchiere genau. An der Sache könnte wirklich was dran sein. Du brichst sofort auf.«

Die Versuchungen des Johann Gottesacker

In einem kleinen Dorf in Schwaben ist der Mittwoch angebrochen. Die Frühlingssonne scheint hell, der Himmel strahlt unverschämt blau. »Ich genieß die Sonn, die isch umsonst!«, wie man hier sagt. Schwäbische Hausfrauen klopfen ihre Fußmatten aus, Mercedes-Benz-Sterne werden poliert. Im Stadtsee verschluckt ein Karpfen eine Blaumeise. Da, wo wir hingehen, ist es düster und muffig.

»Was soll ich bloß machen? Was soll ich bloß machen?«

Eine Taschenuhr wird gezückt. Es ist neun Uhr dreiundzwanzig. Ein gerötetes Auge wandert hilfesuchend zu drei Porträtbildern an der Wand. Die Herren Anton, Ludwig und Ignatius blicken vorwurfsvoll zurück. Sie starren Johann Gottesacker an, als wäre alles seine Schuld.

In der spiegelnden Oberfläche der Bilder sieht er sich selbst. Ein blasses Gesicht, verfilzte Haare und ein müder Schnurrbart, dessen Enden ausgefranst herunterhängen. Eigentlich müsste er mal wieder zum Friseur.

Neun Uhr vierundzwanzig.

Neun Uhr fünfundzwanzig.

Johann Gottesacker wiegt sich hin und her und murmelt tonlos vor sich hin.

Wir schauen mal tief in sein Gehirn: Etwas musst ich doch unternehmen. Der nimmt mir meine ganze Kundschaft weg. Und es war ja kein Verbrechen im eigentlichen Sinne. Das war eher Notwehr.

Urgroßvater Ignatius fühlt sich bemüßigt zu antworten: »Sei net so a g'wambeder Hämorrhideschlotzer! Isch koi Wunder, dass dir dei Alde fortg'laufe isch! Wie lang hend's die boide denn triebe?«

Vom Bild daneben kommt ein schockiertes: »Heidabimmbamm!«

Johann Gottesacker findet das nicht gerade fair. »Das geht dich gar nix an, Vater. Das konnte ich ja nicht ahnen, dass das so eine Zuddl ist.«

So ziemlich der Letzte, der erfahren hatte, was schon seit Monaten im Dorf kursierte, war Johann Gottesacker. Ausgerechnet der Reisebüroleiter.

Großvater Ludwig bringt es auf den Punkt. »Du hast dich zum Deppen machen lassen. Und genauso machst du's im G'schäft. Ich hab mich gegen die Konkurrenz durchgesetzt. Mein Slogan war: ›Nirgends liegt ma so bequem wie beim Gottesacker.‹ Zu mir sind die Leut sogar zum Probeliegen gekommen. Was du brauchst, ist bessere Werbung.«

Das will Johann Gottesacker nicht auf sich sitzen lassen. Immerhin hat er zwei sündhaft teure Marketingseminare besucht. »Das hab ich doch schon alles probiert. Ich hab Exklusivangebote und All-inclusive-Pakete. Bei mir heißt das: ›Wie man sich bettet, so liegt man.‹«

»Ich hab dir auch einen Spruch: ›Helf dir Gott in a Rehfiedle nei, dann kommsch im ganze Wald rum‹«, grunzt sein Urgroßvater verächtlich.

»Ich hab doch alles gemacht. Sogar Briefe hab ich geschrieben.«

Was Gottesacker meint, sind mehrere anonyme Anzeigen, die er spätabends, im Licht seiner Schreibtischlampe brütend, verfasst hat. Unterzeichnet hat er sie alle mit »eine besorgte Anwohnerin«. Die erste ging an das Gewerbeaufsichtsamt. Die »besorgte Nachbarin« monierte üble Gerüche und unhaltbare hygienische Zustände bei »Jim Blitz – Eventbestattungen«. Der zweite Brief ging ans Finanzamt. Darin unterstellt »die besorgte Nachbarin« Henning Lindhorst ganz einfach Steuerhinterziehung. Der dritte Brief war an die Bestatter-Innung adressiert, deren hoch angesehenes Mitglied Gottesacker seit Jahrzehnten ist. Dort bat er, diesmal unter eigenem Namen, um Unterstützung und wohlmeinenden Lobbyismus. Das führte zwar zu einer Reihe von Artikeln (kritisch bis verleumderisch) im »Südboten«, änderte aber sonst überhaupt nichts.

Ebenso erfolglos verlief die Betriebsprüfung. Trotz eingehender Hygieneuntersuchung wurde »Jim Blitz – Eventbestattungen« leider nicht dichtgemacht. Verständnislos sah Gottesacker den Wagen des städtischen Gesundheitsamtes wieder abfahren, nachdem der Gesundheitsinspektor fast einen Tag dort zugebracht hatte. Es sah fast freundschaftlich aus, als Henning Lindhorst den Inspektor verabschiedete. Obwohl man das vom Klofenster aus natürlich nicht so genau sagen konnte.

»Manchmal kannsch dein Arsch zum Fenschder naushenga und trotzdem die Schtub verscheiße«, kommt es resignierend von seinem Vater.

Großvater Ludwig sieht das anders. »Ha wa! Das isch doch alles Quatsch. Was der braucht, sind mehr Leichen. Habt ihr denn gar koine Hinrichtunge mehr? Oder wenigstens ab und zu eine kleine standesrechtliche Erschießung? Wenn ich an die Märzrevolution denk … Das ging bis nach Sigmaringen. Ich sag bloß: goldene Zeiten, goldene Zeiten.«

Anton Gottesacker, der seinerzeit wenigstens noch die Anfänge des Farbfernsehens mitgekriegt hat, mischt sich ein. »Ich glaub, dir brennt der Kiddel. Das Einzige, gege was du heute revolutioniere könntesch, isch's Vorabendprogramm.«

Großvater Ludwig schwärmt immer noch. »So a Hinrichtung isch famos. Da kannsch dich drauf einstellen. Das isch pünktlich, das isch sauber, und da hosch halt immer Kundschaft, gell.«

Es grollt aus der Mitte. Familienpatriarch Ignatius hat ein bedrohliches Funkeln in den Augen. Es gehen die wildesten Gerüchte um, wie *er* an seine Toten gekommen ist. »Himmel, Arsch und Zwirn! Ihr Allmachtsgranata-Dackel! Wenn Dummheit klein machen würd, könntet ihr alle unterm Teppich Stelzen laufen. Johann. Du musst mal was mache, was ebbes bringt.«

Gottesacker lauscht fasziniert den Stimmen. »Und was genau?«

Die weißen buschigen Augenbrauen seines Urgroßvaters scheinen sich zusammenzuziehen. »Denk mal scharf nach, wenn du überhaupt weißt, wie das geht. Was braucht man für eine Bestattung?«

»Einen Sarg?«

»Du dappiger Gsälzbär! Und was noch?«

»Eine Kapelle?«

»Jetzt baddschd's glei, aber koin Beifall! Du denksch oifach nicht weit genug. Was ist denn das Allerwichtigste bei einer Bestattung?«

Links und rechts versucht man zu soufflieren. Gottesackers Gesicht hellt sich auf. »Die Leiche?«

»Jetzt hosch me! Glaubsch denn, das hilft, wenn du dem die Reife kaputt stichst? Ohne Leiche – keine Bestattung. So einfach ist das. Stell dir bloß mal die Blamasch vor.« Ignatius kichert.

»Die Leich. Die muss weg«, klingt es im Chor von der Wand.

»Und zwar hälinge.« Im fahlen Halbdunkel scheint Ignatius zu blinzeln.

Würde man jetzt Bestatter Gottesacker sehen, wie er da völlig bewegungslos und mit einem verklärten Gesicht vor den Bildern seiner Vorväter steht, könnte es einen gruseln. Aber Anselm treibt sich irgendwo herum, die Putzfrau ist weg, und Kunden gibt's auch keine, die beobachten könnten, wie sich verstohlen ein tückisches Lächeln auf sein Gesicht schleicht.

Es ist neun Uhr fünfunddreißig.

Verabredung mit einer Leiche

Enzo und Romeo sind noch in der Nacht Richtung Deutschland aufgebrochen und jetzt seit fünfzehn Stunden unterwegs. Das frühe Aufstehen hat leider nicht viel gebracht, denn Romeo ist in der Gegend von Firenze etwa vierhundert Kilometer in die falsche Richtung gefahren. Das Auto von seinem Cousin, ein alter, klappriger Alfa Romeo mit Rostflecken, hat kein Navi. Dafür würde es aber auch auf keiner Fahndungsliste auftauchen. Denn dass sie gesucht werden, daran zweifelt Enzo keine Sekunde. Zumindest das Navigationsproblem haben sie mittlerweile gelöst.

Im Auto riecht es wie in einem parfümierten Viehstall.

Enzo gähnt. Dann schüttet er etwas von dem kolumbianischen Marschierpulver auf einen kleinen Handspiegel und saugt sich das Ganze in die Nase.

»*Dio …!*«, stöhnt er zufrieden. Erstklassiger Stoff. Romeos Cousin hat sich ganz schön bitten lassen. Die internationale Sterbeurkunde und ein internationaler Leichenpass hatten zusammen mit einem großzügig bemessenen Trinkgeld insgesamt zehntausend Euro gekostet. Dazu kamen noch diverse unappetitliche Dinge, die er mit der Leiche anstellen musste und die definitiv nicht den gängigen Hygienevorschriften der Thanatopraxie entsprachen. Eine wichtige Rolle spielten dabei mehrere Eimer, eine Leichensäge und eine Zentrifugalpumpe. Das hat noch einmal fünftausend Euro gekostet. Nach zwei Minuten war es Enzo schlecht geworden, und er musste rausgehen.

Bis dato war die Fahrt lang und anstrengend. Und diese ganzen Mautstellen gehen ihm langsam, aber sicher auf die Nerven. Enzo hat den größten Teil der Reise durch Italien verschlafen. Nur manchmal ist er aufgewacht, wenn sie kurz zum Tanken gehalten haben, die Hand immer am Revolver.

Unter einem großen, runden Vollmond haben sie Napoli und Rom hinter sich gelassen. Die fruchtigen Hügel und Weinberge Italiens sind in der Morgendämmerung langsam den ersten felsigen Ausläufern grauweißer Alpen gewichen. In Milano schlug dann das Wetter um. Es hat zwei Stunden gegossen wie aus Kübeln. Und Romeo hat angefangen, mit dem altersschwachen Kassettenradio italienische Opernarien zu hören: »Rigoletto«, »Don Giovanni«, »Il barbiere di Siviglia«.

Mittlerweile hat Enzo stechende Kopfschmerzen und das dringende Bedürfnis, jemanden zu erschießen, wenn er noch eine weitere Ouvertüre hört. Dazu kommen ein anhaltendes, dumpfes Hämmern und ab und zu ein erstickter Schrei aus dem Kofferraum.

Enzo schließt einen Moment die Augen und versucht, sich zu entspannen. Das Auto von Romeos Cousin ist zwar unbequem, aber sicher. Flughäfen und Bahnhöfe würden überwacht werden, sobald die Carabinieri die Schweinerei in der »Villa Messina« entdeckten. Was in der Villa gelaufen war, würde ebenfalls nicht lange ein Geheimnis bleiben. Wer weiß schon, was der *postino* alles gesehen hat. Das ganze weiße Pulver, verteilt auf dem Rasen, würde die Polizisten über die Natur ihres Treffens nicht lange im Unklaren lassen.

Kurz gesagt: Ihnen läuft die Zeit davon. Sie haben eine Verabredung mit einer Leiche. Und zu der dürfen sie auf keinen Fall zu spät kommen.

Bis jetzt funktioniert ihr Navi ganz gut, wenn es nur nicht solchen Lärm machen würde. Es sitzt im Kofferraum, ist nackt, hat lange zerzauste Haare und heißt, wenn Enzo das deutsch-italienische Gebrabbel richtig gedeutet hat, Thomas.

Romeo hat den schwarzhaarigen, leicht dicklichen Rucksacktouristen an der Autobahnauffahrt Cesena aufgelesen, wo er mit einem selbst gemalten Pappschild herumlungerte. Auf dem Schild stand »Stuttgart«, was, so erinnert sich Enzo vage, zumindest im selben Bundesland liegt wie ihr Ziel.

Der Austauschstudent hat umfangreiches Kartenmaterial dabei. Eigentlich studiere er Kunst und sei ganz fasziniert von den italienischen Renaissancekünstlern. Er habe kleine Kapellen in San Marino und Ancona besucht und befinde sich jetzt wieder auf dem Rückweg, wie er ihnen erzählte. Er war gerade dabei, ihnen begeistert von »Wilhelm Meisters Wanderjahre« zu berichten, als Romeo endlich eine kleine Auffahrt zu einem Waldstück entdeckte. Dort hat er ihm mit Hilfe eines ziemlich langen Messers erklärt, wie er sich eine Zusammenarbeit vorstellen könnte und welche Körperteile er ihm als Erstes abschneiden würde, falls er sich bei seinen Routenangaben irren oder im Kofferraum krumme Sachen anstellen würde.

Romeo hat den Kofferraumdeckel mit einem Stück Draht fixiert, sodass der verhinderte Hochschüler durch einen schmalen Spalt hinausspähen kann. Jetzt zittert und bibbert der langhaarige Student dort mit einer Straßenkarte und einer Taschenlampe um sein Leben.

Die Autobahn gabelt sich Richtung San Bernardino und Basel. Romeo stellt die Musik einen Moment leise und ruft nach hinten: »He, *studente*, wohin jetzt?«

»Sie müssen sich rechts halten. Richtung Bellinzona und San Bernardino. Dann ungefähr hundertvierzig Kilometer auf der A 13 bleiben«, klingt ein dünnes Stimmchen aus dem Kofferraum. »Hören Sie, ich müsste mal dringend auf die –«

»Na also, geht doch.« Zufrieden dreht Romeo die Musik wieder lauter.

Enzo sieht auf die Uhr: neun Uhr dreißig.

Eine fahle Sonne arbeitet sich träge hinter den Alpen den Himmel hinauf. Enzo klopft sich geistig selbst auf die Schulter, dann dreht er das Radio leiser.

»He, *studente*, wie viele Kilometer sind's noch bis Sigmaringen?«

»Kann ich bitte auf die –«

»Hältst du jetzt die Klappe? Wie viele Kilometer?«

»Ich weiß es nicht, und ich muss jetzt *wirklich* aufs Klo!«, kreischt es aus dem Kofferraum. »Außerdem ist gerade die Batterie von dieser verdammten Lampe ausgegangen. Ich kann nichts mehr sehen!«

Enzo verdreht die Augen und bedeutet Romeo, an der nächsten Autobahntoilette rechts ranzufahren. Sie müssen bei Como über die Grenze. Zwar gibt es in Europa keine Grenzkontrollen mehr, aber in der Schweiz sieht das anders aus. Kleine eingebildete Bergzwerge. Müssen immer eine Extrawurst haben.

»Fahr so nah wie möglich an die Toilette ran, Romeo. Und pass auf, dass uns der Herr Akademiker nicht ausbüxt.«

»Schon erledigt.«

Es ist zwar unwahrscheinlich, dass um diese Tageszeit viel Toilettenverkehr unterwegs ist, aber man muss ja nicht unbedingt ein Risiko eingehen. Das kleine Toilettenhaus liegt malerisch vor einer Bergkette, über die die Morgensonne verschwenderisch ihr Rot ausschüttet. Es verspricht ein schöner Tag zu werden.

Allerdings hat ihr unfreiwilliger Gast keinen Sinn für die felsige Schönheit. Als der Kofferraumdeckel aufgeht, blinzelt er verstört in den Lauf von Enzos 44er Magnum und eine ziemlich überschaubare Zukunft. Seine Seminarscheine in Vergleichender Literatur, Philosophie und Theaterwissenschaft haben ihn in keiner Weise auf das hier vorbereitet. Er blickt auf seine Beine, die mit weiß-rotem Absperrband gefesselt sind. »Was soll ich denn jetzt machen?«

»Hüpf«, sagt Romeo.

Der Student hüpft in Unterhosen in Richtung Toilette, fürsorglich begleitet vom gefährlichsten Profikiller Siziliens.

Die Toilette ist »sauber«. Na ja, im übertragenen Sinn, wenn man von den Kritzeleien an den Wänden, den Urinspuren auf dem Boden und der herausgerissenen Klopapierhalterung absieht. Sie besteht aus einem schmalen Raum mit einem vergitterten Oberlicht. Sonst nichts. Romeo hebt sogar den Toilettendeckel. Nur um ganz sicherzugehen.

Als die Toilettentür hinter ihm zufällt, versucht sich der Student verzweifelt alles in Erinnerung zu rufen, was er über solche Situationen weiß. Das Einzige, was ihm einfällt, sind Arthaus-Filme. Aber die enden irgendwie alle als Tragödie. Er muss etwas unternehmen. Um sich zu beruhigen, hat er auf dem Weg zum Klo die zwei Gramm Magic Mushrooms, die er als Notration immer unter seinem Pferdeschwanz verborgen trägt, auf einmal verschluckt.

Enzo studiert unterdessen die Karte. Die Strecke sieht eigentlich ganz überschaubar aus. Spontan entschließt er sich, die Reise ohne akademischen Beistand fortzusetzen. Der Klassiker: im Wald ein Loch schaufeln lassen und dann Schwamm drüber. So macht man das auf Italienisch.

Romeo tritt aus der Toilette.

»Was ist denn?«, fragt Enzo.

»Er sagt, er kann nicht, wenn jemand zuschaut.«

»Mensch, Romeo. Das ist der älteste Trick der Welt. Er hat dich rausgeschickt, um abzuhauen.«

»Lasst jede Hoffnung hinter euch, ihr, die ihr hier eintretet!« Triumphierend hält Romeo die Unterhose des Studenten in die Morgenluft.

Enzo macht sich einen Moment lang Gedanken über den Geisteszustand seines Begleiters.

»Bin gleich fertig«, krächzt es von drinnen.

»Na gut, lassen wir ihm seine fünf Minuten.«

Thomas braucht genau vier Minuten und fünfzehn Sekunden, um sich vom Absperrband zu befreien und das Gitter, das die Toilette nach oben abschließt, mit Hilfe eines Fünfundzwanzig-Cent-Stücks aufzuschrauben. Dabei bricht er sich einen Fingernagel. Weitere zwanzig Sekunden und etliche Abschürfungen am Hintern (und an anderen wichtigen Körperteilen) später hat er es geschafft, sich in die Damenkabine zu schieben. Dort entscheidet er sich in einem erstaunlich lichten Moment zu warten. Der Ausgang zur Damentoilette liegt nämlich genau neben der Herrentoilette. Wenn er jetzt flieht, läuft er dem schmierigen Italiener und dem Mann mit den verrückten Augen genau in die Arme.

Also wartet er, wie er noch nie in seinem Leben gewartet hat. So lange, bis er nebenan zornige Stimmen und ein wütendes Hämmern hört. Er reißt die Toilettentür auf und rennt nackt, wie er ist, los, als wäre der Teufel hinter ihm her. Zu dem Waldstück hinter der Toilette sind es nur knapp fünfzig Meter, aber die kommen ihm vor wie fünf Kilometer.

»Soll ich ihn zurückholen, Capo?« In Romeos Augen blitzt freudige Erwartung. Seine Sporen klirren auf dem Asphalt.

Enzo sieht auf die Uhr. »Nein, lass ihn laufen. Ist nur ein vollgedröhnter Hippie. Bis der jemanden findet, der ihm glaubt, sind wir schon längst über alle Berge. Sobald wir über die Grenze sind, suchen wir uns ein Hotel. Ich muss schlafen.« Enzo gähnt. »Morgen müssen wir fit sein. Und pünktlich. Wenn wir nicht rechtzeitig an diesem Bahnhof sind, dann haben wir ein richtig großes Problem.«

Tja, und wenn Enzo Sorentino wüsste, wie recht er damit hat, würde er vermutlich auf der Stelle umkehren.

Friedhofsgeschäfte

Anselm Gottesacker ist auf dem Weg zum Friedhof. Das Friedhofstor schwingt quietschend auf, und der schwarzbärtige, leicht bucklige Friedhofsgärtner, ein altersloses Faktotum namens Georg, tippt sich grüßend an die mit Erde verschmutzte Mütze. Sein Gesicht ist hinter seinem riesigen schwarzen Bart fast nicht zu erkennen. Er ist hier auch der Totengräber, was in kleineren Gemeinden häufiger vorkommt, und bewohnt ein altes baufälliges Häuschen direkt an der Westseite des Friedhofs.

»Servus, Schorsch. Und, was macht die Kundschaft?«

»Koin Mucks.« Der Alte gluckst, dass ihm sein schwarzer Bart wackelt, in dem, wie Anselm mit leichtem Gruseln feststellt, Erdstücke hängen.

Dass der Sohn des Traditionsbestatters auf dem Friedhof unterwegs ist, ist nichts Ungewöhnliches. Doch Anselm ist nicht hier, um Grabplätze zu überprüfen oder Grabstätten zu kontrollieren. Er lässt den immer noch hemmungslos kichernden Alten hinter sich und läuft an der Kapelle vorbei den von ausladenden Eichen überschatteten Hauptgang hinunter. Dabei murmelt er vor sich hin: »Dreimal Zucker, fünfzehn Eier.«

Um zu verstehen, was Anselm sucht, müssen wir uns den Friedhof wieder mal von oben ansehen. Er sieht aus wie ein großes Quadrat, das von den Hauptpfaden symmetrisch in vier kleinere Quadranten unterteilt wird. Quadrant eins liegt rechts oben. Dort steht die Kapelle mit dem dahinter angebauten Krematorium. Quadrant zwei ist links daneben, auf Höhe des Krankenhauses. Quadrant drei befindet sich links, Quadrant vier rechts unten.

Dreimal Zucker bedeutet dritter Quadrant.

Als Anselm den kreuzenden Hauptpfad erreicht hat, schwenkt er nach rechts ab und folgt dem Weg bis zur westlichen Ecke. Dort bleibt er stehen und hält Ausschau nach dem ersten Grabstein. Es ist das Grab eines gewissen Rico Grün. Ein Marmorstein in Herzform. Gewissenhaft zählt Anselm jetzt fünfzehn Gräber ab, wobei er entlang der Grabanordnung immer den Seitenlinien des Quadranten folgt.

Grab Nummer fünfzehn ist eine Gruft. Anselm interessiert sich allerdings weder für den steinernen Erzengel Gabriel noch für die verdorrten Blumenkränze oder die von Grünzeug überwucherten Gedenktafeln. Ein neues rotes Grablicht flackert am Fuß der Gruft. Anselm schaut sich kurz nach rechts und links um. Außer den obligatorischen alten Damen, die wie schwarze Krähen die Wege entlangziehen, ist niemand zu sehen.

Anselm nimmt die Grabkerze und dreht sie vorsichtig um. Auf ihrer Unterseite klebt ein schmales Plastikbriefchen. Anselm reißt es ab und stellt die Kerze wieder zurück. In dem Briefchen befinden sich acht zusammengerollte Hundert-Euro-Scheine. Perfekt.

Teil eins der Mission ist erfüllt. Anselm lässt den Friedhof hinter sich und marschiert Richtung Marktplatz. Weiter zu Punkt zwei: der Einkauf.

Wer in Muggenpfuhl ins Geschäft mit weichen Drogen einsteigen will, kommt an einer ganz bestimmten Kneipe nicht vorbei. Der »Trattoria Sorentino«. Dort trifft sich alles, was in der dörflichen Halbwelt Rang und Namen hat.

Die Trattoria hat ein Hinterzimmer. Betritt man, wie Anselm gerade, den immer rauchgeschwängerten Vorraum, passiert man die Bar mit den drei, vier merkwürdigen Gestalten, die scheinbar mit der Einrichtung geliefert wurden. Ein schweigsamer Rumäne, der am vorderen Tisch sitzt wie angenagelt, zwei Türken, die wohl wie Anselm eher Freigeister im Umgang mit ihrer Lebenszeit sind, und ein riesiger Mann mit nur einem Auge.

Anselm drückt sich an der Wand entlang. Er schwitzt. Das kleinkriminelle Leben ist eigentlich gar nicht so übel, nur die Gesellschaft ist immer so beunruhigend.

Donna Elvira, heute ganz in Schwarz gekleidet, winkt ihn mit einem Kopfnicken nach hinten. Hinter einer roten Tür erklingt italienisches Geschrei und Gelächter. Anselm klopft dreimal an.

Eine auf Kopfhöhe eingelassene Klappe, die aussieht wie ein

Briefkastenschlitz, schnappt auf, und ein misstrauisches Augenpaar späht dahinter hervor. »Eh! *Cosa vuoi?* Was willst du?«

»Ähhmm … ich will zu Salvatore.«

Die Klappe schnappt zu.

»*Fratellino!* Da is eine komische Type, die zu dir will«, hört Anselm mit. Er bekommt einen roten Kopf und tritt nervös von einem Fuß auf den anderen.

Die Klappe geht wieder auf. »Was willst du, *asparago*?«

»Ich komm wegen der *Sommerreifen.*« Das ist ein Code, der unter Eingeweihten für Haschisch gebraucht wird.

Beim Türsteher ist der offensichtlich noch nicht angekommen. »Bist du dumm? Sieht's hier aus wie in einer Werkstatt?«

»Luigi!«, schreit Donna Elvira hinter der Theke hervor. »Jetzt lass ihn endlich rein. Oder willst du die *piedipiatti* auch gleich mit einladen?«

Die Tür öffnet sich. Im Zimmer dahinter steht ein Billardtisch, an dem der jüngste Sohn von Donna Elvira gerade Billardstöße übt. Ein Tablett mit Biergläsern steht auf einer Ecke des Tischs.

Luigi winkt Anselm mit dem Kopf herein und deutet mit dem Daumen nach hinten. Dort liegt das »Büro« von Salvatore, das weiß Anselm von früheren Besuchen. Er zieht den Kopf ein und drückt sich am Billardtisch vorbei.

In diesem Moment öffnet sich die Tür von Salvatores Büro, und es kommt ihm jemand entgegen, den er hier von allen menschlichen, kriminellen oder nicht kriminellen Wesen am allerwenigsten erwartet hätte.

Der Traum seiner voyeuristischen Fernglasphantasien.

Julia Lindhorst.

Mit offenem Mund bleibt Anselm stehen. Die Zeit verlangsamt sich. Zumindest für Anselm. Man kennt das aus diversen billigen Komödien. Haarsträhnen bewegen sich in Zeitlupe, Lider fallen zu wie Garagentore, Pupillen verengen sich.

Julia sieht umwerfend aus. Sie trägt eine elegante weiße Bluse, die ihre schwarz-roten Haare zum Leuchten bringt, schwarze Stiefel, eine blickdichte schwarze Strumpfhose mit Laufmaschen und darüber einen nicht ganz knielangen schwarzen Jeansrock.

In der Hand hält sie einen Blumenstrauß aus weißen Rosen und Lilien.

Einen Blumenstrauß? Wer hat ihr einen Blumenstrauß geschenkt? Während Anselms Gehirn noch versucht, diese Eindrücke zu einem logischen Gesamtbild zu ordnen, reagiert sein Körper bereits. Neurotransmitter werden aktiviert. Endorphine docken an Rezeptoren im Zentralnervensystem an. Dieselben, die sonst dafür sorgen, dass er high wird. Das limbische System springt an, und sein Nebennierenmark jagt Adrenalin ins Blut.

Als Außenstehender bekommt man von all dem nichts mit. Für Anselm gipfeln diese in Sekundenbruchteilen ablaufenden, hochkomplexen Prozesse in einem: »Hrgh …«

Er bleibt wie eingefroren stehen und gafft Julia mit offenem Mund an. Dann erhält er von hinten (Luigi hat sich entschlossen, dem Drehbuch billiger Komödien zu folgen) einen Stoß und taumelt ungeschickt nach vorn. Als er versucht, sich festzuhalten, schlägt er das Tablett auf dem Billardtisch herunter.

Ein halb volles Bierglas und zwei leere Gingläser folgen den Gesetzen der Hebelkraft. Ein Schwall lauwarmen Biers verlässt im Vierzig-Grad-Winkel das Glas und trifft mit der fatalen Zielgenauigkeit, die solchen Anlässen eigen ist, Julia. Der Rest prasselt auf Anselm, der schützend die Hände über den Kopf hält.

»Oh Shit! Kannst du nicht aufpassen?« Julia wischt sich Bier aus dem Gesicht. Ihr Sonntagsoutfit ist hin.

Der Dorftrottel, der ihr gerade eine Dusche verpasst hat, rappelt sich vom Boden auf. Er ist schlaksig, hat lange schwarze Haare, einen Kopf, der aussieht, als würde er gleich explodieren, und eine Jacke im Military-Look mit schwarz-gelben Smiley-Knöpfen (Oh Gott, gibt's das noch?). Er kommt ihr bekannt vor. Die Fähigkeit, zusammenhängende Sätze zu bilden, ist ihm aber offensichtlich abhandengekommen.

»Ich … äh … ich … tut mir leid.«

»Idiot!«

Salvatore, der den Lärm gehört hat, hilft Anselm wieder auf die Füße und herrscht seinen Bruder an. »Du *cretino*! Jetzt guck dir die Sauerei an. Das räumst du auf, *capisci*?«

Julia ist weg. Nur der Hauch ihres Parfüms hängt noch einen Moment in der verrauchten Luft. Keine fünf Minuten später ist Anselm fertig. Erleichtert tritt er wieder ins Sonnenlicht vor der Trattoria. Sein Herzschlag hat sich normalisiert, seine Gesichtsfarbe wieder ihren leicht anämischen Ton angenommen.

Dass er Julia getroffen hat, scheint ihm mittlerweile fast wie eine Art Traum. Vielleicht war sie's ja gar nicht? Oder jemand, der ihr ähnlich sieht? Diese Art von Gedächtnisverlust kommt bei posttraumatischen Belastungsstörungen übrigens auch vor.

In der Tasche hat er ein mit Frischhaltefolie umwickeltes Päckchen, etwa so groß und breit wie seine Hand. Es ähnelt in Form und Farbe einem zusammengepressten Lebkuchen. Es handelt sich um vierzig Gramm marokkanisches Haschisch, gewissenhaft verpackt und abgewogen. Preis: sechshundert Euro. Reinerlös: zweihundert Euro. Gar nicht schlecht für einen Vormittag.

Offiziell ist Anselm eigentlich in Ausbildung bei seinem Vater. Das ist insofern gut, weil er sich damit die Scherereien mit der Hartz-IV-Behörde spart, gleichzeitig aber nervig, weil sein Vater quasi sein Ausbilder ist. Andererseits lässt ihm seine Arbeit genug Freiheiten, um selbst ein bisschen was dazuzuverdienen. Heutzutage muss man sehen, wo man bleibt. Vor allem jetzt, wo gerade alles den Bach runtergeht.

Liefern muss er erst übermorgen. Für wen das Hasch ist, weiß Anselm nicht. Wie bei jedem guten Geschäft ist Diskretion alles. Das Einzige, was er weiß, ist, dass sein Kunde sich selbst »Plätzlemacher« nennt und ihm seine Anweisungen verschlüsselt als Backrezepte zukommen lässt. Anselm kommuniziert mit seinem Kunden über ein Datingportal für Senioren, das nennt sich »Fünfzigplus-Treff«. Dort hat er sich vor zwei Jahren eingeloggt, um Frauen kennenzulernen. Das hat zwar nicht geklappt, aber stattdessen hat er eine Spitzenverdienstquelle entdeckt.

Ob der »Plätzlemacher« selbst ein Senior ist, weiß Anselm natürlich auch nicht. Allerdings gefällt ihm der Gedanke, dass sich die Alten ordentlich zudröhnen.

In Anselms Gehirn

Anselm ist noch Jungfrau. Im Alter von siebenundzwanzig Jahren hatte er noch nie Sex. Das kommt in postindustriellen Industrienationen, in Zeiten von »Youporn«, mehr als vierhundert Millionen Sexseiten und Tausenden von Datingportalen nicht besonders oft vor. Höchstens bei Zeitgenossen, deren religiöse Überzeugung das sowieso verlangt.

Anselm ist die berühmte Ausnahme. Und das hat Gründe. Tiefenpsychologisch betrachtet sieht es in Anselms Gehirn so ähnlich aus wie in seinem Zimmer. Da steht ein Schreibtisch mit dem üblichen Zeug drin. Ein ziemlich durchschnittlicher Lebenslauf. Behütet aufgewachsen, kaum aus dem Dorf herausgekommen, in der Schule der Außenseiter, weder mit besonders viel Humor gesegnet noch der Schnellmerker.

Mittelmäßigkeit, wohin man sieht, bis auf eine Sache: seine Schüchternheit dem anderen Geschlecht gegenüber. Die ist bemerkenswert.

Und jetzt wird's interessant. In der Schreibtischschublade, unter all dem anderen Kram, der sich da so im Laufe der Erinnerung eines adoleszenten Nerds ansammelt (Schulzeugnisse, traumatische Klassenfahrten, die erste – unerfüllte – Liebe, peinliche Vater-Sohn-Gespräche et cetera), liegt ein Familienfoto. Es zeigt seine Mutter, seinen Vater und ihn.

Anselm ist damals acht Jahre alt, mit einem fürchterlichen Überbiss und abstehenden Ohren. Allerdings sieht er auf dem Foto, das wohl irgendwann im Urlaub aufgenommen wurde, glücklich aus. Dass nicht alles so harmonisch ist, wie es scheint, stellt man fest, sobald man sich seine Mutter, eine hübsche Frau mit blondiertem Haar und einem gelangweilten Lächeln, näher ansieht. Ihre Augen sind nämlich säuberlich aus dem Bild gekratzt. Im Unterbewusstsein kann es ganz schön gruselig zugehen.

Wir stoßen auf ein Fotoalbum.

Die Welt seiner Mutter: hübsch gefärbte Fingernägel, Frisuren à la mode, schöne Kleider, Ausfahrten in schnittigen Cabrios, schicke Restaurants, die Reichen und die Schönen.

Die Welt seines Vaters: blasse Leichen im Keller.

Anselms Mutter kam aus Berlin. Seinen Vater lernte sie auf einem Bestatterkongress kennen, wo sie als Hostess arbeitete. In Muggenpfuhl versuchte sie erfolglos, ein Nagelstudio zu betreiben. Den Rest der Zeit erstickte sie, wie sie nicht müde wurde zu betonen, im Provinzmief. Enttäuschte Erwartungen auf der ganzen Linie. Und dazwischen: der unglückliche Anselm, der nichts weiter wollte, als geliebt zu werden.

Wir sehen uns weiter in seinem Kopf um. An den Wänden hängen Porträts seiner Klassenkameradinnen. Durch die Gesichter ziehen sich ausnahmslos rote Striche. Darunter stehen (in der Handschrift seiner Mutter) Kommentare wie: »Landpomeranze«, »Dorfflittchen«, »dick und dumm«. Seine Mutter hat sich immer bemüht, Anselms aufkeimende Gefühle zu Angehörigen des weiblichen Geschlechts im Keim zu ersticken.

Daneben hängt ein Kalender. Ein Tag vor zwölf Jahren ist rot markiert. Anselm war damals gerade fünfzehn. Darunter steht ein Sarg mit dem Bildnis seiner augenlosen Mutter. Durchgebrannt mit dem örtlichen Reisebüroleiter, von dem Anselm nur seine schiefen Zähne, sein aufdringliches Aftershave und seine nach vorn gegelte Haarlocke in Erinnerung geblieben sind. Das hat die Vorurteile seiner Mutter endgültig in seinen Verstand zementiert.

Die Schuld an ihrer Flucht gibt Anselm seinem Vater, dem dicken Bestatter. Er hatte sie schlicht aus dem Haus gelangweilt. Der psychische Mechanismus, der so etwas regelt, nennt sich Projektion.

Jetzt ist er gefangen in einer mutterfixierten, unnatürlich verlängerten Spätpubertät. Er will seine Mutter zurück. Denkt er jedenfalls. Aber wir sind im Unterbewusstsein. Und da ist nichts so, wie es scheint. Auf dem Sarg seiner Mutter steht nämlich noch ein weiteres Bild. Und zwar von einem teuflisch grinsenden Anselm.

Von all diesen Dingen in seinem Unterbewusstsein weiß der

Bestattersohn, der gerade im Schneidersitz auf seinem Sarg sitzt und eine Pizza Margherita direkt aus dem Karton isst, wenig. Während ihm Tomatensoße vom Kinn tropft, denkt er an Julia. Definitiv keine Dorfpomeranze. Sie ist, da ist sich Anselm sicher, welterfahren und gewandt. Gebildet. Freundlich. Rein und unschuldig, aber trotzdem irgendwie sexuell aufgeschlossen. Was man sich eben zusammenträumt, wenn man eine Frau zwölf Monate lang beobachtet, ohne ein einziges Wort mit ihr zu wechseln.

Doch die Klippen der Realität sind tückisch, selbst durch ein Fernglas. Anselm bleibt beinahe sein Pizzastück im Hals stecken, als er sieht, was sich gegenüber auf Julias Balkon abspielt.

Zuerst öffnet sich ruckartig die Tür, und eine ziemlich derangierte Julia reißt die Gardinen auf. Ist das ein Bademantel, den sie da trägt? Anselm fallen fast die Augen aus dem Kopf. Kurz darauf erscheint sein persönlicher Dealer, Salvatore, auf dem Balkon.

Was hat der denn da verloren?

Er redet, wie Anselm scheint, lüstern grinsend auf Julia ein. Er dreht am Einstellrad seines Fernglases. Die Gardine verdeckt zwar das meiste, aber offensichtlich liegt da jetzt jemand auf dem Bett. Ist das etwa Julia?

Salvatore zieht sich wieder ins Zimmer zurück. In Anselms Gehirn setzen sich die Fragmente des heutigen Tages zu einer beunruhigenden Collage zusammen. Zuerst die Blumen in der Trattoria. Und jetzt ein Hausbesuch? Da läuft doch was zwischen den beiden.

Irgendwo tief im Innern hat Anselm es geahnt: Julia ist eben auch nicht besser als die anderen. Ein Flittchen! Das fragile Phantasiegebilde, in dem Julia und er Händchen haltend in den Sonnenuntergang gehen, stürzt in sich zusammen.

Anselm ist der Appetit vergangen. Mit einem Ruck schließt er den Vorhang.

Drehen wir die Zeit etwas zurück. Zwei Stunden vorher, gegenüber …

Gebäck mit Folgen

»Ausstopfen?«

»Ha jo, genau.«

Entgeistert starrt Henning Lindhorst die alte Dame an, die so begeistert nickt, dass er Angst hat, ihr fällt gleich der Kopf ab. Nicht ganz abwegig, denn der Hals, auf dem er sitzt, ist so dünn, dass Henning Lindhorst den Adamsapfel sehen kann, wie er hinauf- und hinabwandert. Überhaupt ist alles extrem dünn an seiner potenziellen Kundin. Sie sieht an manchen Stellen aus wie ein Skelett, über das jemand nachlässig Haut geworfen hat.

Merkwürdiger Gedanke.

Henning Lindhorst schüttelt heftig den Kopf. Jetzt hat er das Gefühl, als hätte er Wasser in den Ohren. Myrtel Vögele mustert ihn über den Rand ihrer runden Brillengläser, mit Augen, die aussehen wie zwei Schießscharten, die jemand in einen runzligen Fels geschnitzt hat.

»Geht's Ihnen gut?«

»Ähh, ja. Und hat es einen bestimmten Grund, dass Sie sich nach Ihrem Tod ausstopfen lassen wollen?«

»Ich stell mir das einfach schön vor. Das ist bestimmt viel unterhaltsamer, als wenn man zwei Meter unterm Boden liegt. Die Hedwig«, sie nickt ihrer Schwester zu, die neben ihr am Resopaltisch in Lindhorsts Sargpavillon sitzt, »die könnt mich dann ans Fenster stellen, sodass ich immer alles im Blick hab. Und dann könnten mich ja auch meine Enkel besuchen. Dann wissen die: Das war die Oma.«

Lindhorst kann sich eine ausgestopfte Myrtel Vögele in allen grauenerregenden Details vorstellen. Ihre Schwester, die Hände über ihrem schwarzen Kleid gefaltet, grunzt zustimmend. Sie ist das genaue Gegenteil von Myrtel. Henning Lindhorst schätzt sie auf etwa hundertzehn Kilo. Und um ja kein Gramm zu verlieren, futtert sie unentwegt aus einer blauen Keksdose, die sie in ihrer riesigen Handtasche mitgebracht hat. Der Stuhl, auf dem sie sitzt, knarzt bedenklich.

»Es könnte sein, dass wir da ein klitzekleines Problem mit der Behörde bekommen. Meines Wissens ist es verboten, sich ausstopfen zu lassen. Es gibt da die sogenannte Friedhofspflicht.«

»Was ist denn das?«, mümmelt Hedwig mit vollem Mund.

»Das bedeutet, dass Sie sich auf einem Friedhof bestatten lassen müssen. Nur dort haben Ihre Angehörigen die Möglichkeit, Sie regelmäßig zu besuchen.«

»Aber die könnten mich dann doch auch daheim besuchen, oder nicht?«

»Theoretisch ja, aber da gibt es auch bestimmte Hygienevorschriften. Was halten Sie denn von einer Seebestattung? Oder einer Baumbestattung? Die sind ganz groß im Kommen.«

Myrtel winkt mit einer Skeletthand ab. »Nein, danke. So ein Baum ist nix für mich. Zu viel Zugluft.«

Lindhorsts Gedanken verwirren sich einen Moment. »Aber warten Sie: Vielleicht … vielleicht gibt's ja doch eine Möglichkeit. Moment, ich komme gleich drauf.«

Myrtels dritte Zähne lachen ihn an. »Ich bin sicher, Sie finden was für uns. Als wir Ihren Schuhsarg gesehen haben, war uns klar: Wenn's jemanden gibt, der uns helfen kann, dann sind Sie's.«

»Nehmen Sie doch noch einen Keks.« Hilfreich streckt ihm Hedwig die Gebäckdose hin, und Henning Lindhorst nimmt sich noch einen der würzig schmeckenden Kekse. Die sehen aus wie Maronen, nur die Farbe geht ins Grünliche.

»Mhmm, die sind wirklich gut. Haben Sie die selbst gemacht?«

»Ha, da können Sie aber sicher sein. Altes Familienrezept.« Die dicke alte Dame blinzelt ihm zu.

»Jetzt … jetzt ist es mir eingefallen. Sie könnten Ihren Körper an ein Institut für … Plaschtination … ähmm … Plastination übereignen. Dann kann er ausgestopft werden. Haben Sie schon mal was von Gunther von Hagens gehört?«

»Gunther wer?« Myrtels Augenbraue rutscht in die Höhe.

»Der hat eine Wanderausstellung mit ausgestopften menschlichen Körpern. Allerdings hat er denen die Haut abgezogen.«

»Was? Das Fell abziehen?« Myrtel ist ehrlich empört. »Das ist ja abartig! Noi, das ist nix für mich. Ausstopfen reicht mir.«

»Das wäre zumindest eine Lösung für die Plastination. Ich weiß nicht, ob grundsätzlich immer die Haut abgezogen wird.«

»Da fällt Ihnen bestimmt noch was Besseres ein.«

»Mal sehen, ich werde das Ganze mal recherchieren. Ja, dann wären wir ja erst mal durch. Ich …« Lindhorst drängt sich ein bizarrer Gedanke auf. Er stellt sich vor, wie sich der dicke Kopf von Hedwig Vögele wie ein aufgeblähter Ballon von ihrem Rumpf entfernt und anfängt, unter der Decke zu schweben. »Haha. Das wäre lustig«, lallt er mit leichtem Zungenschlag.

»Geht's Ihnen nicht gut?«

»Nein, nein. Alles in Ordnung.« Verzweifelt versucht sich Lindhorst zu konzentrieren. Was ist denn nur los mit ihm? Angestrengt fixiert er die Staubkörnchen, die sich auf seiner Schreibtischunterlage angesammelt haben. Faszinierend, wie das Sonnenlicht mit ihnen spielt. Einen Moment sind sie da, im anderen schon wieder weg.

Wieder da.

Wieder weg.

Wie viel wohl Sonnenlicht wiegt?

Sein Blick wandert weiter den Schreibtisch entlang, bis zu einem aufgestellten Bild. Ein Familienporträt. Darauf sind er, Julia und seine Frau Kathryn zu sehen. Aus dem Bild hört er das Quietschen von Autoreifen und das Heulen von Sirenen.

PTSB.

Posttraumatische Belastungsstörung, so hatte der Psychologe es genannt. Schnell blickt Lindhorst woanders hin. »Ischt … ist Ihnen klar, dass das Ganze mit enormen Kosten verbunden ist?« Sein Gaumen fühlt sich an wie ein Stück Filz.

»Das haben wir uns schon gedacht. Aber wir haben ein bisschen was auf dem Konto. An was für eine Summe denken Sie denn?« Myrtel mahlt unruhig mit ihrem Gebiss.

»Okay, da muss ich mal scherschieren … recherchieren. In Deutschland ist so eine Bestattung nicht möglich. Das verstößt gegen die Friedhofs… ähm …« Verdammt, wie heißt das Wort nur? Dann fällt es ihm wieder ein. »Friedhofsordnung. Friedhofsordnung. Das müsste man in einem anderen Land machen.«

»Und wo?«

»In lateinamerikanischen Ländern wie Mexiko. Vielleicht auch Argentinien. Oder in der Südsee. Das kann Zehntausende Euro kosten.«

Der Ballon, der einen halben Meter über Hedwigs Hals schwebt, macht merkwürdige Geräusche. Lindhorst braucht einen Moment, um zu verstehen, dass er mit ihm spricht.

»Noch einen Keks?«

»Wie bitte?«

»Möchten Sie noch einen Keks?«, fragt Hedwig liebenswürdig.

»Ja, gern.« Henning Lindhorst hat einen trockenen Mund, aber auch irgendwie Hunger.

Myrtel knetet ihre Tasche. »Na, also so viel Geld haben wir dann doch nicht. Aber vielleicht könnten Sie uns ja mit dem Preis ein bissle entgegenkommen?« Sie blinzelt ihm verschwörerisch zu. »Die Hedwig, die hätte da auch noch einen etwas spezielleren Wunsch.«

Lindhorst blickt verträumt auf. »Was?«

»Ich hätte gern eine Wikingerbestattung.«

»Großer Gott.«

***

Julia Lindhorst ist stinksauer. Ihre Bluse ist total versaut, und sie stinkt nach Bier. Mittlerweile ist ihr eingefallen, warum ihr der junge Mann so bekannt vorkam. Sie hat ihn schon ein paarmal gesehen. Er ist der Sohn des anderen Bestatters.

Na ja. Dafür sollte es zumindest einen Bonus für merkwürdiges Verhalten geben.

Was der Bestattersohn allerdings bei ihren neuen Kunden zu suchen hatte, ist Julia ein Rätsel. Sie war bei der Familie Sorentino, um sich über den Blumenschmuck für die Beerdigung abzustimmen. Merkwürdiger Zufall.

»Hello-oh? Anyone home?«

Der Bestatterpavillon ist verlassen. Wahrscheinlich ist ihr Vater kurz ausgegangen, um sich ein Brötchen (oder Wecken, wie sie hier sagen) mit Leberkäse zu holen, eine Spezialität der Region. Nachdem die Metzgerei im Haus mittlerweile von Toten okkupiert wird, muss er ein bisschen länger laufen. Das Fleischergeschäft liegt etwa eineinhalb Kilometer entfernt.

Julia durchquert die Sarg-Werkstatt im Erdgeschoss und steigt die Wendeltreppe hinauf, die in den zweiten Stock führt. In ihrem Zimmer empfangen sie ein altmodischer Schreibtisch, ein Bett, ein Fernseher und natürlich die tierische Gesellschaft.

Die ganze linke Ecke wird von Terrarien eingenommen. Zwei Luftbefeuchter Marke »Tropic Fog« sorgen für das richtige Klima. Ihre Mitbewohner sind diesbezüglich ziemlich anspruchsvoll. Leider lässt der Kunstnebel auch Fenster und Balkontür beschlagen.

Julia wischt rasch die Scheibe ab, zieht die Gardinen zu (Spannern keine Chance!) und schlüpft aus ihrer nassen Bluse. Dann zieht sie sich ihren Bademantel über und bürstet sich die Haare. Sie wird wohl duschen müssen.

In einem der Terrarien raschelt es, und ihr fällt ein, dass Fütterungszeit ist. Thekla hat Hunger.

Thekla ist ihre Vogelspinne, genauer gesagt eine mexikanische Rotknie-Spinne. Der Name kommt von dem orangefarbenen Muster an ihren Beinen, das aussieht, als hätte man ihr zweifarbige Kniestrümpfe angezogen. Die Vogelspinne ist etwa so groß wie zwei geballte Fäuste und sieht sehr gefährlich aus. Ihr Leibgericht besteht aus einer Portion Insekten.

Während sich Thekla über getrocknete Grashüpfer hermacht, putzt Julia vorsichtig ihr Terrarium. Auch wenn Thekla eine ganz Brave ist, kann ihr Biss ziemlich wehtun. Das weiß Julia aus leidvoller Erfahrung. Ihre Hand war damals eine Woche lang so stark angeschwollen, dass es aussah, als trüge sie einen überdimensionierten Handschuh.

Neben der Vogelspinne hält sich Julia noch eine Klapperschlange, die sie Kaa genannt hat, wie die aus dem Dschungelbuch, einen Gelben Mittelmeerskorpion, eine Schwarze Witwe und, *last but not least*, King Julian, einen Lemuren. Als sie aus den USA gekommen sind, hat ihr Vater gewitzelt, ihr Haustierzoo verursache mehr bürokratischen Aufwand als ein kompletter Leichentransport.

Dass ihr Vater, der sowieso immer wenig von autoritärer Erziehung gehalten hat, ihr so viel Freiheiten lässt, hat mit ihrer Mutter zu tun. Nachdem sie gestorben war, hatte er einen totalen Zusammenbruch, von dem er sich, so argwöhnt Julia, immer noch nicht ganz erholt hat.

Sie krault King Julian, mistet seinen Käfig aus und überlegt, ob sie sich was zu essen machen soll. Sie muss noch duschen, und ihre offizielle Bestatterbluse sollte dringend in die Waschmaschine. Morgen kommt, wenn sie das richtig verstanden hat, ihr erster *international client* an. Und zwar am Bahnhof in Sigmaringen. Ihr Dad soll den Vater von Donna Elvira abholen, weil er hier im Dorf bestattet werden will.

Scheint ihr ein ziemlich merkwürdiger letzter Wunsch, freiwillig hierherzukommen. Selbst als Toter.

Während King Julian an ihren Haaren zupft, sinniert Julia über die Ungerechtigkeit der Welt im Allgemeinen und über schwäbische Dörfer im Besonderen. Hier gibt's keine Konzerte, im Kino laufen Filme, die sie bereits in den USA gesehen hat, und was das Ausgehen angeht – ohne Auto ist man hier aufgeschmissen. Sie haben nur den Leichenwagen, und – bei aller Liebe zu ihrem Sarg-o-Mobil – damit würde sie auf keinen Fall hier ins Kino oder in die Dorfdisco fahren. Es reicht ihr, wenn die Leute sie beim Einkaufen anstarren.

Julia beschließt, erst mal ihre Bluse zu waschen. Sie schnappt sich das feuchte Teil und macht sich auf den Weg ins Badezimmer. Das ist besetzt. Und zwar von ihrem Vater. Der sitzt gerade laut singend in der Badewanne, während er sich das Wasser auf den Kopf prasseln lässt. Was an sich nichts Ungewöhnliches wäre, hätte er nicht immer noch seinen schwarzen Anzug an.

»Mir geht's … ähh … gut.« Interessiert studiert er das Muster des Duschvorhangs.

Julias Gedanken fahren Achterbahn. Burn-out? Nervenzusammenbruch? Schlaganfall? Beruhigend auf ihn einredend, bugsiert sie ihn aus der Wanne, setzt ihn auf einen Stuhl im Badezimmer und legt ihm ein Handtuch um. Sie ist gerade auf dem Weg zum Telefon, um einen Krankenwagen zu rufen, als es unten an der Tür klingelt. Mist! Wer ist das denn?

Italienisches Stimmengemurmel schwappt nach oben. Hat ihr Vater jetzt etwa einen Termin? Apropos, wo ist er eigentlich? Auf dem Badezimmerstuhl liegt nur noch das Handtuch. Die Wasserspur führt zur Wendeltreppe. Julia schwant Böses.

Donna Elvira, voluminös und in Schwarz gekleidet, mit einem Bustier aus der Zeltabteilung und ihrem Sohn Salvatore im Schlepptau, stockt der Atem, als Henning Lindhorst, triefend nass, oben an der Wendeltreppe auftaucht. Wasser tropft ihm aus den Haaren, als er in dramatischer Geste den Kopf nach hinten schleudert.

Lay her i' the earth:
And from her fair and unpolluted flesh
May violets spring!

Wenn ihr Vater mit Shakespeare anfängt, endet das meistens böse. Kaum fertig zitiert, verliert er das Gleichgewicht und fällt die Treppe hinunter. Am Fußende der Treppe bleibt er liegen.

»Jesses Maria! Ja, ist der denn besoffen?« Donna Elvira ist entsetzt.

»Total *ubriaco*«, pflichtet ihr Salvatore feixend bei, der zum feierlichen Anlass ein schwarzes Hemd trägt, die ersten drei Knöpfe natürlich offen.

»Papa! Aufwachen!« Verzweifelt rüttelt Julia ihren Vater an der Schulter. Sie ist kurz davor, hysterisch zu werden. Doch Lindhorst rührt sich nicht.

»Ich … Vielleicht sollten wir einen Krankenwagen rufen?«, wendet sich Julia hilfesuchend an Donna Elvira.

Die winkt ab. »Ach, *sciocchezze*. Ich kenn mich da aus. Der hat bloß einen über den Durst. Wir müssen ihn hinlegen.«

Angeführt von Donna Elvira, schaffen Julia und Salvatore den lallenden Progressivbestatter in den ersten Stock. Ihr Vater ist so schwer, dass Julia beschließt, ihn in ihrem Zimmer zwischenzulagern. Zu dritt bugsieren sie ihn auf ihr Bett.

»Du musst seine Beine hochlegen. Wegen *il sangue.* Muss wieder in seinen Kopf, *capisci*?« Donna Elvira schnuppert und sieht sich im Zimmer um. Ihr Blick fällt auf die Terrarien an der Wand. Thekla, King Julian und Schlange Kaa starren misstrauisch zurück.

»Ja, *Dio santo*! Habt ihr hier einen Zoo?«

Julia macht die Balkontür auf, um frische Luft hereinzulassen. Das ist der Moment, in dem sie Anselm ins Visier seines Fernglases läuft.

Salvatore schaut sich neugierig im Zimmer um. Er klopft an Theklas Käfig. Dann rüttelt er etwas fester daran.

»Griffel weg«, zischt ihn seine Mutter an.

Was Salvatore dabei nicht bemerkt: Der Riegel, mit dem Theklas Käfigtür verschlossen ist, hat sich gelöst. Auch Julia bekommt davon nichts mit. Als sie wieder ins Zimmer tritt, fällt ihr Blick in den Spiegel, und sie stellt fest, dass sie immer noch nur einen Bademantel anhat. »Ich muss mich kurz umziehen. Könntest du … könntest du einen Moment auf dem Balkon warten?

»Ja, könnt ich«, sagt Salvatore herausfordernd und mustert sie lüstern, macht aber keinerlei Anstalten, sich zu bewegen.

»Salvatore! Geh auf den Balkon. *Subito!*«, herrscht ihn Donna Elvira an.

»Ist ja gut. *Mamma mia.*« Brummelnd verzieht sich Salvatore auf den Balkon, lässt aber die Tür halb offen stehen. Er blinzelt Julia anzüglich zu. »Wenn du mich brauchst, ich bin hier draußen.«

Tja, und so führt eine Serie von ungewöhnlichen Zufällen zu völlig falschen Schlussfolgerungen. Zumindest für Anselm ist die Sache klar.

Henning Lindhorst kommt wieder zu sich, als etwas Großes, Nasses und Kaltes in sein Gesicht klatscht. Erschrocken schlägt er die Augen auf. Das Erste, was er sieht, ist ein großes, rundes, weibliches Gesicht mit einer großen Nase, das über ihm schwebt wie ein Halbmond, umrahmt von einem schwarzen Seidenschleier. Es klatscht wieder. Wassertropfen sprühen durch die Luft. Es könnte sich um ein Handtuch handeln. »Wer … wer sind Sie?«

»Ich bin Donna Elvira Sorentino.« Die Donna mustert ihn mit dem Maß an Verachtung, das sie für Trinker reserviert hat. Es sei denn, es handelt sich dabei um zahlende Gäste.

»Wer?« Da taucht Gott sei Dank das Gesicht seiner Tochter daneben auf. Sie sieht irgendwie erleichtert aus. »Wo … wo bin ich?«

»Hallo, Dad. Erkennst du mich?«

»Surely. My wonderful daughter.«

»Was hat er gesagt?« Misstrauisch beugt sich Donna Elvira nach unten.

»Er hat ›Hallo‹ gesagt.«

»Was ist denn passiert?« Lindhorst erinnert sich an schwebende Köpfe von hexenartigen alten Frauen.

»Sie sind grad total besoffen die *scalinata* runtergefallen«, bemerkt Donna Elvira trocken.

»Erlauben Sie mal, ich trinke nicht.«

»Erlauben? Erlauben Sie selbst mal!« Donna Elvira holt zu einem weiteren Schlag mit dem tropfenden Handtuch aus.

Julia wird es einen Moment schwindlig. Donna Elvira hilft ihr auf einen Stuhl. »*Ragazza*, du bist weiß wie *il muro*. Tief durchatmen. Es ist *tutto a posto*.«

Eine halbe Stunde später sitzt ein immer noch belämmert aus der Wäsche schauender Henning Lindhorst am Resopaltisch. Er hat jetzt eine Hose und einen Pullover an und fragt sich ergebnislos, was zum Teufel mit ihm los ist. Julia ist oben und hat sich hingelegt. Wenn er sich nur erinnern könnte, was eigentlich passiert ist. Da war noch irgendetwas mit Keksen. Ihm gegenüber sitzen eine sichtlich genervte Donna Elvira und ihr Sohn. Ein schwarz lackierter Fingernagel klopft auf eine Mappe, auf der das Logo von »Jim Blitz« über einer aufgehenden Sonne ins Leder geprägt ist.

»Also?«, fragt Donna Elvira.

»›Jim Blitz – Eventbestattungen‹ ist erfreut, Ihren verstorbenen Vater in allen Ehren und mit dem angemessenen Stil zu bestatten, der einer solchen Persönlichkeit gebührt. Aufgrund der besonderen Umstände sind wir auch gern bereit, Ihnen als Erstkunde Rabatt auf den Sarg, die Blumen und die Trauervorbereitungen zu geben. Ich versichere Ihnen, wir sorgen für das Beste im Grab und darüber hinaus.«

Lindhorst lässt versuchsweise ein Werbelächeln aufblitzen, erntet dafür aber lediglich einen bösen Blick.

»Da kommt die ganze Familie Sorentino. Das ist eine sehr wichtige Angelegenheit. Wenn irgendwas schiefgeht, dann kommen wir wieder, und das wird nicht *comico*, des kann ich Ihnen versichern.«

Bestätigend lässt Salvatore ein Klappmesser auf- und zuschnappen.

Henning Lindhorst blinzelt nervös. »Ähhm. Ich glaube, das wird nicht nötig sein.« Er zeigt auf die Mappe in Donna Elviras Hand. »Sie müssen mir jetzt die Dokumente da drin unterzeichnen, damit ich Ihren Vater auch ausgehändigt bekomme.«

Grummelnd unterschreibt Donna Elvira die Papiere. »Bringen Sie mir einfach meinen *papà*. Und wehe, Sie sind wieder besoffen.«

Erleichtert verabschiedet Lindhorst die beiden und beschließt, morgen superpünktlich nach Sigmaringen zu fahren, um den Verstorbenen abzuholen.

Und da ist er nicht allein.

Gesperrte Grenzen

Den einzigen Fehler, den Gabriel Ensle an diesem Mittwoch macht, ist, ein Auto mit deutschem Kennzeichen zu fahren.

Enzo und Romeo sind in aller Herrgottsfrühe aufgestanden, haben um halb sieben in ihrem Hotel gefrühstückt und sind zwanzig Minuten später bereits wieder unterwegs in Richtung Deutschland. Um neun Uhr erreichen sie die Grenzstadt Kreuzlingen.

Und damit ist ihre Glückssträhne zu Ende. Hier geht's nämlich nicht weiter. Die Stadt ist gerammelt voll mit Autos. Ihr Wagen steht seit einer Stunde hinter einem alten VW-Kombi, von dessen Rückbank sie ein dickes, blondes Kind dämlich angrinst.

Enzos Augen sind blutunterlaufen, seine Pupillen haben die Größe von Stecknadelköpfen. Das liegt zum einen am Schlafentzug und zum anderen daran, dass er seit vierundzwanzig Stunden stoned ist.

Romeo ist vor einer Weile ausgestiegen und nach vorn gegangen, um herauszufinden, wie lang der Stau ist. Beziehungsweise warum es an einem ganz normalen Samstagmorgen in so einer Kleinstadt überhaupt einen gottverfluchten Stau gibt. Neben seinen anderen speziellen Talenten spricht Romeo ganz passabel Deutsch.

Enzo hofft, dass es reicht. Er lässt die Trommel seines Revolvers auf- und zuschnappen. Vielleicht sollte er das blonde Balg einfach erschießen? Jetzt streckt es ihm gerade die Zunge raus. Enzo formt mit der Hand eine Waffe und drückt ab. Das findet der dicke Junge unglaublich komisch. Er kramt auf dem Rücksitz herum, zieht schließlich eine »Transformers«-Figur hervor. Optimus Prime feuert zwischen umhäkelten Klorollen zurück.

Die Digitaluhr über dem Kassettendeck zeigt zwölf Uhr zwanzig.

Wo bleibt Romeo?

Aus dem Handschuhfach reibt sich Enzo etwas Kokain unter

die Oberlippe. Besser! Dann kurbelt er die Scheibe herunter, lehnt sich aus dem Auto und versucht, irgendetwas zu erkennen.

Bis zur nächsten Kreuzung erstreckt sich ein Meer von Autodächern. Eine Ampel wechselt in ermüdender Monotonie die Farben, ohne dass sich die Blechschlange auch nur um einen Zentimeter bewegt. Die kleine Straße ist komplett blockiert. *Cazzo!* Wie viele Kilometer Stau waren das bloß?

In diesem Moment hört er das leise Klingeln von Sporen und das Klacken von Stiefelsohlen auf dem Asphalt. Romeo gleitet auf den Beifahrersitz.

»Und?«

»Sie haben die Grenze geschlossen.«

»Prego?« Entgeistert starrt Enzo ihn an. »Sind wir hier im Krieg, oder was? Die können doch nicht einfach die Grenze dichtmachen.«

»Sie ist nur für Touristen geschlossen. Fahrzeuge mit deutschem Kennzeichen lassen sie durch. Hat irgendwas damit zu tun, dass hier zu viele Schweizer einkaufen.«

Dazu muss man wissen, dass der Schweizer Franken ungefähr die doppelte Kaufkraft hat wie der Euro. Ergo kostet für den Schweizer in Deutschland alles nur die Hälfte. Kreuzlingen hat zwanzigtausend schweizerische Einwohner, die vor allem eins machen: einkaufen. Das führt in schöner Regelmäßigkeit dazu, dass selbst Feuerwehr und Rettungsdienste nirgends mehr durchkommen.

Enzo schüttelt entgeistert den Kopf. »Die haben sie doch nicht mehr alle. Romeo, bring die Karre hier raus. Wir improvisieren.«

***

Die Sonne hat mittlerweile den schwäbischen Zenit überschritten und spiegelt sich hell im tiefblauen Wasser des Bodensees. In der Ferne reckt das Konstanzer Münster seine Zwillingstürme in die Höhe. Die Kirchturmuhr schlägt zwei Uhr.

Gabriel Ensle ist auf dem Weg über die Grenze nach Deutschland. Heute hat er einen Auftritt mit seiner Balinger Trachtenvolkstanzgruppe in Konstanz. Dort tanzt er zusammen mit fünfzehn schwäbischen Mitstreitern traditionelle Tänze aus dem letzten Jahrhundert, begleitet vom »Sackpfeifen-Orchester«, bestehend aus Krummhorn, Dudelsack und Drehleier. Ensle ist mit dem Rest seiner Tanzgruppe im Vereinshaus Konstanz verabredet. Davor hat er allerdings noch schnell einen Abstecher in die Schweiz gemacht und Schweizer Schokolade gekauft. Die weiße mit Krokantsplittern.

Er parkt sein Auto in einer Seitenstraße, um sich kurz die Beine zu vertreten. Zum feierlichen Anlass trägt er heute die traditionelle Balinger Tracht von 1790. Ein blauer Kirchenrock, verziert mit Knöpfen, ein schwarzer Hut und Stiefel. Im Geiste geht Ensle noch mal die Schrittfolge durch. Im Dreivierteltakt der Blumenwalzer, dann »D'r Ziegler uf d'r Hütten«, bei dem kräftig auf die Brust und in die Hände geklatscht wird.

»Dadada-da – dada-dada …« Beschwingt tanzt der Senior neben seinem Wagen. Dabei bemerkt er gar nicht, dass sich ein cremefarbener Alfa Romeo neben ihn schiebt. Das Auto hält an. Ein Fenster wird heruntergekurbelt.

»Scusi, signore?«

Ensle späht neugierig ins Innere. Ein Schwall abgestandener Luft schlägt ihm entgegen. Es riecht nach Schweiß und Deo. Der Fahrer starrt ihn mit stechenden himmelblauen Augen an, sein Beifahrer, der sich über ihn hinüberbeugt, trägt eine schwarze Sonnenbrille. Beide sehen aus, als ob sie schon länger im Auto sitzen.

Der Sonnenbrillenmann lächelt ihn freundlich an. »Wir haben uns verfahren. Können Sie uns vielleicht helfen?« Seine schwarzen Locken kleben ihm verschwitzt am Kopf. Vertrauenerweckend sehen beide nicht aus.

Ensle beschließt, die kleine Stimme zu überhören, die ihm rät, so schnell wie möglich wieder in sein Auto zu steigen. Europa wächst eben zusammen. »Aber sicher doch. Wo wollen Sie denn hin?«

»Kommen Sie mal näher, dann erkläre ich's Ihnen.«

Dass das keine gute Idee ist, wird Gabriel Ensle in dem Moment klar, als sein Kopf festgeklemmt in der Scheibe steckt, die der blonde Fahrer blitzschnell hochgekurbelt hat. »Hören Sie mal, was soll denn das? Das ist doch keine Art. Urghh!«

Die Scheibe wird noch ein Stück weiter hochgekurbelt. Ein Rasiermesser blitzt auf. Alle Freundlichkeit ist aus der Stimme des Sonnenbrillenmanns verschwunden. »Jetzt hör mal zu, du Clown. Wenn du Ärger machst, schneidet dir mein Freund hier ein neues Gesicht. Und zwar in deinen Hals. Also: Machst du Ärger?«

»Nnhh …«

»Bist du aus Deutschland?«

Ensle versucht zu nicken.

»Perfekt. Wo sind die Autoschlüssel?«

Er fummelt hektisch in seiner Jackentasche herum, während ihm der Schweiß über den Rücken läuft. Ungeschickt reicht er die Schlüssel durch den Fensterspalt.

»So. Und jetzt noch Geldbörse und Fahrzeugpapiere, bitte.«

Auch die wechseln den Besitzer.

Der Sonnenbrillenmann steigt aus, schlendert zu Ensles Wagen und öffnet mit dem Schlüssel versuchsweise die Tür. Zufrieden winkt er seinem Kollegen, der ebenfalls aussteigt.

»Was ist im Kofferraum?«

»… Kleider … für Tanzpartner …«, ächzt Ensle.

Der Sonnenbrillenmann öffnet den Kofferraum und wühlt darin herum. »Ahh! Sehr gut!« Er nimmt ein seidenes Mieder und eine Trachtenhaube heraus, hält sie ins Licht und kneift prüfend ein Auge zusammen. Was er sieht, scheint ihn zufrieden zu stimmen.

»Keine Sorge.« Er lächelt Ensle aufmunternd zu. »Wir haben's fast geschafft. Jetzt müssen Sie sich nur noch ausziehen.«

»Wie bitte?«

»Romeo, hilf doch dem netten Herrn abzulegen.«

»Magst du's dir ausziehen?«, fragt ihn der Mann mit dem unpassend romantischen Namen und den eisblauen Augen freundlich.

»Alles, was Sie wollen … Alles, was Sie wollen …« Hastig entledigt sich Ensle seiner Kleider.

»Den Hut bitte auch.«

Zehn Minuten später kauert er gefesselt, geknebelt und in Unterwäsche im Kofferraum des Alfa Romeo. Die Lust auf Trachtentanz und Schweizer Schokolade ist ihm gründlich vergangen.

***

Der Zollbeamte, der an diesem Nachmittag Dienst hat, wundert sich ein wenig über das seltsame Pärchen, das in einem alten Audi 80 die Grenze überquert. Es scheint sich um transsexuelle Trachtentänzer zu handeln.

Na ja, Deutsche halt. Es lebe die Tradition. Er winkt ihnen einen Schweizer Gruß zu.

Sein deutscher Kollege schaut nur kurz irritiert auf. »Ist denn schon Fasching?«

Eine Viertelstunde später legt die Autofähre Richtung Meersburg ab.

Es ist vierzehn Uhr fünfundvierzig.

Die Zeit läuft ihnen davon.

Die Sarg-Sendung

Im kleinen Bahnhofssaal Sigmaringen, der außer einem Süßigkeitenautomaten und einem Fahrkartenschalter nur noch eine schmale Holzbank enthält, sitzen seit einer halben Stunde ein Mann in schwarzem Anzug und eine junge Frau mit rot-schwarzem Irokesenhaarschnitt. Zwischen ihnen steht ein ausziehbarer Scherenwagen mit Rollen. Sie warten.

»Wie lange dauert das denn noch? Wenn wir schon mal pünktlich sind …«

»Pünktliche Leute machen ihre Fehler immer als Erste«, sagt der Mann und gähnt. Lindhorst hat schlecht geschlafen. Bizarre Träume haben seine Nachtruhe auseinandergerissen. Dazu kommt die Sorge wegen seines gestrigen Aussetzers.

In diesem Moment öffnet sich endlich das Fenster des Fahrkartenschalters. Eine uniformierte Bahnmitarbeiterin steckt ihre spitze Nase hinaus und mustert die beiden misstrauisch. Lindhorst steht auf und lässt seine weißen Zähne in ihre Richtung blitzen. Sein Charme verpufft wirkungslos zwischen den Leuchtstoffröhren.

»Sie können mir jetzt die Papiere geben.«

»Selbstverständlich. Julia?«

Julia schiebt einen Stapel Unterlagen durch das Kippfach. Darunter ein zweisprachiger Leichenpass, diverse Bestätigungen des Bezirksgesundheitsamtes, eine Einbalsamierungsbescheinigung und die Vollmacht von Donna Elvira.

»Name des Verstorbenen?«

Julia blättert in ihren Unterlagen. »Don Vincenzo di Matteo Sorentino.«

»Todesursache?«

»Herzinfarkt.«

»Herkunft?«

»Sizilien, Provinz Palermo, Borgetto.«

Die Bahnbedienstete notiert eifrig. »Einen Moment, bitte.«

Das Schalterfenster geht wieder zu, und die Bahnbeamtin verschwindet.

Julia seufzt. Die beiden setzen sich wieder auf die Bank.

Lindhorst ist nervös. »Hoffentlich hat der Kollege den Toten richtig präpariert.«

Hat er das nicht, verwest die Leiche im Sarg weiter. Wird ein Toter länger gelagert, ersetzt man sein Blut per Dialyse mit einer Mischung aus Alkohol, Formalin und Lanolin. Das stoppt den Verwesungsprozess. Durch das Arteriensystem und die Zellwände verteilt sich die Flüssigkeit im ganzen Körper. Sind allerdings wichtige Blutgefäße durchtrennt, kommt die Flüssigkeit nicht überallhin. Der Bestatter muss dann die Konservierungsflüssigkeit an verschiedenen Körperstellen einleiten. Macht er das nicht richtig, gibt's eine ekelhafte Überraschung.

Dass sein italienischer Kollege noch einiges mehr gemacht hat, ahnt Lindhorst selbstverständlich nicht. Während er und seine Tochter warten, passiert im Büro hinter dem Schalter Folgendes: Dort sitzt Bahnhofsvorsteher Herbert Nägele und sieht die Papiere durch, die ihm seine Kollegin Gertrud gerade gebracht hat.

Der Bahnhofsvorsteher arbeitet seit dreißig Jahren bei der Bahn. Was ihm an seiner Arbeit am meisten gefällt, ist, dass es für alles Pläne gibt. Fahrpläne, Streckenpläne, Zeitpläne, Pausenpläne, Havariepläne, Putzpläne. Alles ist planbar und genau reguliert. Verspätungen sind Herbert ein Gräuel. Die Sarglieferung stört nicht nur seinen Zeitplan. Er hat auch noch nie davon gehört, dass die Deutsche Bahn Särge überführt. Vielleicht ist da eine wahrhaftige Berühmtheit verstorben, die diskret bestattet werden soll? Wer das allerdings sein soll, weiß er auch nicht.

In einer Sache ist er sich jedoch sicher: Hier ist an den richtigen Stellen so viel Geld geflossen, dass jemand auch noch die Hühneraugen zugedrückt hat. »Schau mal, dass das Ding so schnell wie möglich aus dem Zug kommt. Der Sechzehndreißiger ist eh schon fünf Minuten zu spät.«

Dummerweise ist Herbert Nägele auch zuständig für Groß-, Sperr- und Spezialgepäck. Das Stressigste, was ihm bis jetzt untergekommen ist, waren zwei Pandabären, eine Speziallieferung für die »Wilhelma« in Stuttgart. Ein Bär war noch im Zug ausgebüxt, der andere hatte sich im Gepäckraum erleichtert. Chaos pur. Die Verspätung hatte sich durchs ganze Streckennetz fortgepflanzt. Nägele tritt heute noch der Schweiß auf die Stirn, wenn er daran denkt.

Bei dem Sarg hat er ganz ein komisches Gefühl, aber die Papiere sehen gut aus.

Hätte ihm jemand gesagt, dass er noch vor siebzehn Uhr an den Füßen in seinem eigenen Gepäckraum hängen würde, hätte er das sicher nicht geglaubt.

»So, du alte Trialnudel«, wendet er sich an Gertrud, mit der er seit zwanzig Jahren das Büro teilt. »Das passt. Die können ihren Sarg mitnehme.« Und hoffentlich kommen sie nie wieder, fügt er in Gedanken hinzu.

Fünf Minuten später stehen Julia und Lindhorst zusammen mit Bahnbeamtin Gertrud am Bahnsteig mit der Nummer 4. Der Bahnhof ist überschaubar. Es gibt nämlich nur vier Gleise. Ein lautes Tuten und eine Computerdurchsage kündigen den ankommenden Zug an, der kurz darauf mit quietschenden Bremsen einfährt.

Zwei Bahnmitarbeiter in orangefarbenen Warnwesten stemmen eine etwa zwei Meter hohe und einen Meter breite Holzkiste aus einem der Waggons. Einer der beiden wendet sich an Lindhorst und blinzelt ihm zu. »Jetzt sind wir aber froh, dass wir den los sind. Ganz ehrlich: Der hat schon ein G'schmäckle.«

Die beiden laden die Kiste auf den Rollwagen, und Lindhorst und die Bahnbeamtin quittieren den ordnungsgemäßen Empfang. Ein fader, leicht fauliger Geruch liegt in der Luft.

Die Bahnbeamtin rümpft die Nase. »Gehen Sie mit Gott. Und bringen Sie den Kerle so schnell wie möglich dahin, wo er hingehört.«

»Machen wir. Haben Sie vielen Dank. Und wenn wir mal etwas für Sie tun können, zögern Sie nicht, anzurufen. ›Jim Blitz‹ ist der Fachmann auch für *Ihre* Traumbestattung.« Lindhorst überreicht der verdutzten Beamtin seine Karte.

Kopfschüttelnd sieht Gertrud den beiden nach.

»Wow! Der ist ja riesig!« Ächzend heben Lindhorst und Julia die Kiste auf die Schiene ihres Sarg-o-Mobils.

»Das macht man deshalb, weil man von außen nicht erkennen soll, dass es sich um einen Sarg handelt. Der eigentliche Sarg ist viel kleiner«, erklärt ihr Vater und verzurrt die Ladung.

»Na super. Da bin ich ja beruhigt.«

***

Herbert Nägele beobachtet durchs Fenster, wie das merkwürdige Fahrzeug mit dem bunten Sarg auf dem Dach abfährt. Dann wischt er sich mit einem geblümten Taschentuch den Schweißfilm von der Stirn und beschließt, sich im unmittelbar an den Bahnhof angrenzenden Café »Alfons X« einen Tee zu bestellen. Zu viel Stress an einem Tag.

Als er zurückkommt, geht es ihm schon besser, sein Pulsschlag hat sich normalisiert.

Die Tür, die in sein Büro führt, ist von innen abgeschlossen. Na toll! Er hämmert erbost dagegen.

»Getrud! Du dumme Henn! Mach uff! Ich muss gleich den Sechzehnfünfziger durchsagen!« Er taumelt unbeholfen nach vorn, als die Tür auf einmal aufgeht. »Du alte Kratzbürscht! Das ist jetzt nicht der –« Eine kräftige Hand schließt sich um seinen Mund, und er wird grob in den Raum gestoßen.

»Was in Gottes Namen …« Nägele blickt direkt in den großen Lauf eines ungemein gefährlich aussehenden Revolvers. Darüber erscheint ein Gesicht in einer Strumpfhose. Entgeistert starrt Nägele die beiden merkwürdigen Gestalten an, die gerade dabei sind, sein Büro zu überfallen. Sie tragen beide eine Art … Tanztracht?

Der Kleinere der beiden hat einen schwarzen Hut auf, der Größere trägt eine Trachtenhaube. Trachtenhaube drückt ihn auf seinen Schreibtischstuhl.

»Das Geld ist da vorn drin.« Hektisch zeigt Nägele auf die Kasse, in der sich das Wechselgeld für die Fahrgäste befindet. »Ist aber nicht viel. Heutzutage kauft man alles online.«

Ein langer Zeigefinger legt sich auf seine Lippen. »Psst! Wir wollen *la bara*«, flüstert ihm Trachtenhaube ins Ohr.

Herbert Nägele läuft ein Schauder über den Rücken. »Wie bitte?«

»Die verstehen kein Deutsch. Das sind Ausländer.« Gertrud, die an ihren Schreibtischstuhl gefesselt ist, funkelt die beiden wütend an. »Mir nix verstehn.«

Als Bahnhofsvorsteher hat Herbert Nägele selbstverständlich den Kurs »Englisch für Anfänger« an der VHS besucht. Im Sommer sind Sigmaringen und die Region rund ums Donautal beliebte Ausflugsziele von ausländischen Touristen. Die waren allerdings normalerweise nur mit Kameras bewaffnet.

»Ähhmmm, *what do you want?*«

Der Kleinere geht zu seinem Schreibtisch, auf dem stolz die Kaffeetasse mit der dreisprachigen Aufschrift »25 Jahre Bahn – Reisen genießen!« thront, die Nägele zu seinem Jubiläum geschenkt bekommen hat, und nimmt sich ein Blatt Papier. Dann malt er etwas darauf und hält die Zeichnung Nägele und Gertrud vor die Nase. Es sieht aus wie ein … Sarg.

Gertrud ist fassungslos. »Das glaub ich jetzt nicht. Sind das auch Bestatter? Streiten die sich jetzt schon um ihre Leichen?«

Nägele hofft, das Missverständnis aufklären zu können. »Nix Sarg hier.« Er wedelt erklärend mit seinen Händen. »Sarg weg. Anderer Mann.«

Trachtenhaube kratzt sich mit dem Lauf seiner Waffe an der Stirn. »*Dove?* Wo?«

»Mensch, Gertrud. Wie hieß der Bestatter denn gleich noch mal?«

»Horst … irgendwas. Der hat mir seine Visitenkarte dagelassen. Da vorn auf dem Schreibtisch.«

Nägele zeigt auf den Schreibtisch. »Da! Karte.«

Der Mann mit dem Hut hebt die Karte auf. Bestimmt würde sich jetzt alles aufklären.

Nägele zeigt aufgeregt abwechselnd auf die Visitenkarte und die Sargzeichnung. Endlich scheint der Kidnapper zu verstehen. Ein italienischer Redeschwall geht auf seinen Kollegen nieder.

Nägele versteht zwar kein Wort, glaubt aber, viele Schimpfwörter zu erkennen.

Mit seinem Revolver weist der Mann mit Hut ihn an, die Tür zur Gepäckkammer zu öffnen. Die ist bis auf einen verlassenen Koffer, der in der Ecke vor sich hin staubt, leer. An der Decke laufen Führungsschienen. An denen können schwere Gepäckstücke eingehakt und entlanggezogen werden. Sehr rückenschonend!

Der Mann mit Hut mustert die Anlage interessiert, dann scheint ihm eine Idee zu kommen.

Kurze Zeit später baumelt Herbert in einem Meter Höhe gefesselt und geknebelt an der Führungsschiene. Gertrud hängt neben ihm.

Der Kleinere hebt zum Abschied seinen Hut. Dann fällt ihm noch etwas ein. In gebrochenem, aber verständlichem Deutsch sagt er: »Wenn du erzählst was, kommen wir zurück und hängen dich an deine Darm auf.« Mit diesen Worten zieht er die Tür zu.

Beschädigte Ware

»Na, das lief doch wie am Schnürchen.« Gemeinsam laden Lindhorst und seine Tochter auf dem kleinen Stellplatz hinter dem Sarg-Pavillon die große Kiste aus dem Sarg-o-Mobil. »Weißt du, Dad«, ächzt Julia, »manchmal könnten wir auch ein paar *bucks* mehr ausgeben und einen Helfer engagieren.«

»Machen wir. Machen wir alles, Kindchen, aber dafür müssen wir uns erst mal einen leisten können.« Lindhorst wirft einen Blick nach drüben. Das Geschäft seines Konkurrenten ruht, im wahrsten Sinne des Wortes. Einzig eine Gardine bewegt sich leicht.

»Das Ding wiegt mindestens 'ne Tonne«, stöhnt Julia, als sie die Sargkiste wieder auf den Rollwagen wuchten.

Lindhorst öffnet die Torflügel zum Keller. Zusammen schieben sie die Kiste in die Sargwerkstatt und stellen sie auf zwei Holzböcken ab.

»Reichst du mir mal das Stemmeisen, *honey*?«

Die Kiste scheint in aller Eile zusammengezimmert worden zu sein. Nachdem Lindhorst den zwanzigsten Nagel herausgelöst hat, läuft ihm der Schweiß übers Gesicht. Skeptisch schaut ihm seine Tochter über die Schulter.

Der Zwischenraum zwischen Brett und Sarg ist mit Holzspänen ausgefüllt. Je weiter sie kommen, desto unangenehmer wird der Geruch. Es stinkt nach Urin. Endlich fallen die letzten Bretter. Der Sarg liegt frei. Nur sieht er ganz anders aus als die Särge, die Julia kennt. Er besteht komplett aus einem rötlich glänzenden Metall.

»Zink«, erklärt ihr Vater, während er die Schweißnähte an den Seiten des Deckels abtastet. »Wird von allen Metallen am schnellsten abgebaut.«

Auf Hüfthöhe befindet sich ein rundes Ventil, auf Kopfhöhe ist ein Sichtfenster eingelassen. Vorsichtig streicht Julia mit dem Finger über das Metall. Der Sarg ist warm.

»Ah ja!« Ihr Vater hat den Grund für den unangenehmen Geruch gefunden. »Hier«, er deutet auf eine Lücke in der Schweißnaht, »der Sarg ist nicht sauber verlötet. Deshalb kann die Luft zirkulieren. Was das bedeutet, weißt du ja.«

Das weiß Julia in der Tat.

Langsame Oxidation.

Die meisten Verwesungsprozesse laufen aerob ab, das heißt, sie brauchen Luft, genauer gesagt, die Mikroorganismen darin. Bakterien und Pilze, die das Gewebe angreifen und langsam zersetzen. Bei dieser Art der Verwesung entstehen Wasser, Kohlenstoffdioxid und Harnstoff. Daher der Geruch.

»Und wofür ist das da?« Julia deutet auf das Ventil.

»Das ist einmal für den Druckausgleich in Flugzeugen, zum anderen sitzt da ein Filter drin, der eigentlich die Sargluft reinigen soll. Bringt aber nichts, wenn der Sarg nicht richtig verschweißt ist.« Mit einem Tuch wischt ihr Vater Staub und Sägespäne vom Sichtfenster. »Darf ich vorstellen: Don Sorentino.« Durch das leicht beschlagene Fenster starrt das aufgequollene Gesicht eines Toten heraus. Die Augen sind bereits tief in die Höhlen eingesunken.

»Oh je! Fass mal mit an, Julia. Wir müssen ihn in die Kühlkammer bringen.«

Julia geht voran und öffnet die Türen, die zur Kühlkammer führen. Ein Schwall eiskalter Luft strömt ihr entgegen. Nachdem die Verpackung weg ist, bekommen sie den Sarg ohne größere Probleme hindurch.

»Mal sehen, wie wir diese Blechbüchse aufbekommen.« Während Lindhorst nach dem geeigneten Werkzeug sucht, bereitet Julia ihre Instrumente vor. Ihr Vater entscheidet sich für einen elektrischen Winkelschleifer und eine große Metallschere. Mit dem Winkelschleifer sägt er einen kleinen Schlitz an der Deckelseite ein. Der unangenehme Geruch wird beißend.

Nach einer knappen halben Stunde ist es so weit. Vorsichtig löst Lindhorst den Deckel ab. Der Gestank raubt ihnen den Atem.

Normalerweise sehen Tote friedlich aus. Dieser hier macht

einen boshaften Eindruck. Ein grauer Haarkranz über zwei buschigen, leicht nach oben gezogenen Augenbrauen, die Kinnpartie stark ausgeprägt, die Wangen fleischig. Der Tote steckt in einem schwarzen Anzug nebst schlampig gebundener Krawatte. An einer dicken Goldkette baumelt ein schmuckloses Holzkreuz. Was sofort ins Auge fällt: die extreme Leibesfülle des Toten. Der Anzug spannt sich wie ein Zelt über seinem Bauch.

»Oh my goodness!« Lindhorst hält sich die Hand vor den Mund. »Julia, schalt doch bitte die Klimaanlage rauf. Wir brauchen ein bisschen Frischluft. Und bring mir die Pinimentholsalbe.«

Pinimenthol enthält Alkohol und stark konzentrierte Pfefferminze. Das reibt man sich in solchen Fällen unter die Nase. Das Problem: Die Wirkung hält nur ein paar Minuten an. »Keine Ahnung, was der Kollege da fabriziert hat. Normalerweise dürfte der nur ganz wenig riechen. Was steht noch mal in den Papieren?«

Julia sucht den Zettel hervor. »Hier steht Herzinfarkt.«

Ungläubig schüttelt Lindhorst den Kopf. »Merkwürdig. Ich würd's ja verstehen, wenn's ein Autounfall gewesen wäre oder wenn sie ihn vorher operiert hätten.«

Weist eine Leiche Verletzungen auf oder ist sie schon einmal geöffnet worden, setzt die Verwesung schneller ein. Bakterien müssen dann nicht die Hautbarriere durchdringen, die selbst nach dem Tod noch eine Zeit lang funktioniert, sondern gelangen direkt in den Körper.

»Weißt du was?«, wendet sich der Bestatter an seine Tochter, deren Gesichtsfarbe allmählich ins Grünliche wechselt. »Wir lassen unseren *client* einfach über Nacht auskühlen und machen uns morgen frisch ausgeruht an die Arbeit. Das Wichtigste ist, dass er gut angekommen ist. Und von hier kommt er erst mal nicht mehr weg.«

»Dad, ich bin zu hundert Prozent einverstanden«, antwortet Julia erleichtert.

Wenn Lindhorst wüsste, wie falsch er liegt, würde er vermutlich die Nacht durcharbeiten.

Finstere Pläne

Während Don Sorentino auskühlt, wird Anselm auf der anderen Straßenseite von schwer beschreibbaren Gefühlen umgetrieben. Eigentlich geht's ihm wie jedem Teenager, der gerade seine erste richtige Abfuhr bekommen hat. Weltschmerz, Selbstmitleid, intensive Selbstbeschau, Beschimpfung und Wut.

»Bloader! Bleede Bix!« Er hat die halbe Nacht nicht geschlafen. Wieder und wieder sieht er vor seinem inneren Auge die Balkon-Szene ablaufen. Julia und dieser Italiener.

Nachdem er zur Beruhigung eine unübersehbare Anzahl von Aliens auf seiner Playstation zu Brei geschossen hat, tigert er eine Weile rastlos durchs Zimmer und raucht einen Joint. Irgendwie würde er's der Kuh heimzahlen. Oder vielleicht doch besser ihr Held werden?

Er schaltet den DVD-Player an und sieht sich zum gefühlt tausendsten Mal »Harold und Maude« an. Eine Liebesgeschichte, bei der sich ein latent gestörter Teenager in eine Achtzigjährige verliebt.

Ruth Gordon säuselt: »Es ist besser, wenn man nicht zu moralisch ist. Dabei entgeht einem zu viel im Leben.«

Neben »Dawn of the Dead«, »The Walking Dead« (der Serie) und »The Texas Chainsaw Massacre« ist »Harold und Maude« sein erklärter Lieblingsfilm.

»Fakt ist: Wir brauchen einen Plan.« Anselm spricht mit sich selbst. Das macht er immer so, wenn er nachdenkt. Und: Er liegt dazu im Sarg.

So ein Sarg ist viel bequemer, als man glaubt. Natürlich ist das denen, die normalerweise drin liegen, egal. Nachdem der schlimmstmögliche Fall jetzt eingetreten ist, hat er auf einmal gar nicht mehr so viele Probleme, sich vorzustellen, mit seiner Nachbarin zu reden.

Plötzlich klopft es an seinen Sarg. Verdammt! Er hat vergessen, die Tür abzuschließen. Mist!

Dumpf dringt die Stimme seines Vaters zu ihm herein. »Anselm, kommst du mal da raus? Wir müssen etwas besprechen.«

Nachdem ihm sein Vater seinen Plan dargelegt hat, ist Anselm in erster Linie fasziniert. So viel kriminelle Energie hätte er seinem alten Herrn nie im Leben zugetraut.

»Verstehe ich das richtig: Du willst beim Nachbarn einbrechen und dem eine Leiche stehlen?«

»Sei nicht so ein Schlappsack. Stehlen kann man das nicht nennen. Eher so eine Art erweiterte Selbstverteidigung. Wir holen uns bloß, was uns sowieso gehört.«

»Was *uns* gehört?« Entgeistert starrt Anselm seinen Vater an.

»Wer macht uns denn das Geschäft kaputt? Das sind eigentlich alles unsere Kunden.«

»Wenn du meinst …« Anselm ist skeptisch. Aber dann fällt ihm wieder ein, was er gestern gesehen hat.

»Und zieh dir dunkle Klamotten an. Nix Helles. Das könnte man sehen. Etwas zum Dreckle.«

»Wieso? Wird's da schmutzig?«

»Das könnte schon sein. Wir kommen nämlich von unten.« Verschwörerisch kneift Gottesacker ein Auge zu.

»Na, dann bin ich ja mal gespannt.«

»Das Glück ist mit den Tüchtigen. Jetzt zieh dich an und besorg, was ich dir gesagt habe. Punkt Mitternacht geht's los.«

Überraschender Besuch

Es wird Abend in Muggenpfuhl. Die Sonne versinkt hinter Mais- und Kornfeldern. Die letzten Traktoren kommen von den Wiesen und werden in Scheunen geparkt. Rollläden werden herabgelassen. Straßenlaternen gehen an und spiegeln sich im trüben, stillen Wasser des Stadtsees, nur ab und zu aufgewühlt von ein paar großmäuligen Karpfen. Für einen Maiabend ist es überraschend warm.

Im Stadtcafé stehen heute zum ersten Mal die Tische draußen. Schichtarbeiter von »CCeberit« trinken ihr Feierabendbier. Lautsprecher aus tiefergelegten Golfs dröhnen. Gruppen von jungen Russen stolzieren breitbeinig vom Obertor herunter, auf der Suche nach Streit.

Vor der »Trattoria Sorentino« stellt Salvatore ein paar schwarze Plastiktische auf den Gehsteig. Die Trattoria hat einen kleinen Eisstand zur Straße hinaus, und Donna Elvira hat sich entschlossen, ihn heute zu öffnen. Salvatores Bruder Luigi wechselt die Speiseeisbehälter und pfeift Mädchen in kurzen Röcken hinterher. Er ist mit seinen blonden Haaren und blauen Augen der genetische Ausreißer in der Familie. Und mit seinen siebzehn Jahren nicht nur der Jüngste, sondern auch der Wildeste der Sippe.

In der Trattoria ist um diese Zeit noch nicht viel los. Eine Handvoll Stammgäste spielt an einem der Tische Karten. Donna Elvira ist gerade dabei, Gläser mit Rotwein zu befüllen, und ihr Ältester, Giovanni, macht sich am CD-Player zu schaffen. Er ist der einzige der Sorentino-Brüder, der eine geregelte Arbeit *und* eine feste Freundin hat.

Adriano Celentano intoniert gefühlvoll: *»Azzurro, il pomeriggio è troppo azzurro e lungo per me …«*

Sporen klirren bedrohlich an Krokodilleder. Das vor sich hin plätschernde Gemurmel der anwesenden Stammgäste versickert wie ein Bach im sizilianischen Hochsommer. Die beiden Männer, die die Bar betreten, sind Italiener. Sie tragen schwarze

Lederhosen und Trachtenjacken, die ihnen allerdings nicht recht zu passen scheinen. Der eine ist groß und schlank, hat lange blonde Haare und ein Gesicht wie ein griechischer Gott, der andere ist klein und untersetzt. Sein rechtes Lid hängt ihm übers Auge.

Es dauert einen Moment, bis Donna Elvira die Änderung der Klangkulisse auffällt. Automatisch tastet ihre Hand nach dem Baseballschläger unter dem Tresen.

»*Buon pomeriggio, cara zia!*«, sagt der Kleinere in reinstem Sizilianisch.

Luigi schaut misstrauisch von der Eistheke auf.

Donna Elvira bleibt der Mund offen stehen. »Enzo?«

»*Si, zia! Sono io!*«

»*Aii! Che tragedia, nipote!*« Sie stemmt sich hinter der Theke hervor und schließt den verlorenen Neffen in die Arme. Enzo geht in einer Zweihundertzwanzig-Pfund-Umarmung unter. Das Ganze ist ihm sichtlich peinlich. Romeo dagegen scheint es zu amüsieren.

»Oh, Enzo! Du bist ja richtig groß geworden. Des letzte Mal, dass ich dich gesehen habe, warst du noch ein *bambino*, mein kleines, dickes Bämperle.«

Enzo starrt die Donna verständnislos an. »*Prego?* Ein was?«

»*Il mio puffo!*«, übersetzt sie. »*Scusa*, mir schwätzen hier Schwäbisch. *Parliamo Svevo.*«

»*Svevo?*«

»Schwäbisch. Das ist ein Dialekt.«

Nachdem die linguistischen Grenzen abgesteckt sind, geht die Konversation auf Italienisch weiter.

»Wie seht ihr denn aus?« Kopfschüttelnd mustert Donna Elvira ihren Neffen von oben bis unten. »Als ob ihr aus einem Zirkus ausgebrochen seid.«

»*Ah zia!* Das ist eine lange Geschichte. Wir wurden auf dem Weg hierher ausgeraubt.«

»*Dio mio!* Und wer ist das da?«

»Das ist Romeo. Er ist so was wie mein Assistent.«

»Aha.« Donna Elvira mustert den langhaarigen Schönling

misstrauisch. »Aber dass ihr mir hier nix anstellt! Das ist eine ehrbare Wirtschaft.«

»*Zia!* Wir sind in Trauer«, entrüstet sich Enzo.

»*Sì*, armer *papà*! Aber jetzt setzt euch erst mal. Ihr habt bestimmt Hunger.« Das ist keine Frage, sondern ein Befehl. Donna Elvira schleift Enzo zu einem kleinen Tisch und drückt ihn auf den Stuhl.

Salvatore und Luigi haben die ganze Szene mit großen Augen beobachtet. Giovanni späht hinter der Theke hervor.

»Das sind meine Söhne. Luigi, Salvatore und Giovanni.«

Den *figli* von Donna Elvira steht die Ehrfurcht ins Gesicht geschrieben. Man umarmt sich, wie das in Italien auch unter Männern üblich ist, und küsst sich auf die Wange.

»Das ist jetzt hoffentlich kein *bacio della morte*«, raunt Luigi seinem Bruder Salvatore zu.

Der *bacio della morte*, auf Lateinisch *osculum mortis* oder auch Todeskuss genannt, wird überschätzt. Er ist eine reine Erfindung von Francis Ford Coppola.

Salvatore brennt vor Neugier. »Wie geht's denn in der Heimat? Mit den Geschäften alles im Lot?«, fragt er bewusst abgeklärt.

Enzo lächelt überheblich. »Mal so, mal so. Ist nicht mehr dasselbe wie früher. Wir haben zu kämpfen. Aber das Wichtigste ist und bleibt *la famiglia*.« Er zeigt ein strahlendes Lächeln und ballt unter dem Tisch seine Fäuste.

»Ja, genau«, bekräftigt Salvatore und fügt mit heiserer Stimme hinzu: »Du darfst nie einen Menschen, der nicht zur Familie gehört, merken lassen, was du denkst.«

»Prego?« Enzo sieht ihn verwirrt an.

»Äh … Das ist aus ›Der Pate‹. Wir wollen dann mal nicht länger stören.«

Die beiden Jungs stolzieren davon, setzen sich dann aber an einen Tisch direkt gegenüber.

»Wieso starren die uns so an?«, fragt Romeo.

Enzo nippt an seinem Glas Rotwein. »So sind Kinder. Neugierig. Vermutlich ist nicht allzu viel los in so einem Kuhdorf.«

Romeo lacht hinter vorgehaltener Hand.

»Was gibt's denn da so dämlich zu grinsen?«

»Hat sie wirklich *›puffo‹* gesagt, Capo?«

»So richtig dicht war die Alte noch nie. Ist mit einem Kellner abgehauen. Ich hab sie das letzte Mal gesehen, da war ich vielleicht fünf. Da sah sie allerdings noch nicht aus wie ein wandelnder Wackelpudding«, zischt Enzo.

Sein Magen knurrt laut und vernehmlich. Die beiden haben seit über zwanzig Stunden nichts mehr gegessen. Bei Enzo sinkt der Kokainspiegel. »Romeo. Ich geh mir mal kurz die Nase pudern. Du hältst hier die Stellung. Und vergiss nicht: Wir sind inkognito hier.«

»Alles klar, Capo.«

Während sich Enzo zur Toilette begibt, nimmt Romeo eine Patrone aus der Tasche und lässt sie zwischen seinen Fingerknöcheln immer schneller hin- und herwandern. Salvatore und Luigi verfolgen das mit gebannter Aufmerksamkeit.

»Kein Zweifel. Das sind richtige Mafiosi«, flüstert Salvatore bewundernd.

»Was gibt's denn da zu gaffen? Habt ihr zwei Dagdiab nix zum Schaffen? In die Küche mit euch! Aber *subito*! Die Pasta macht sich nicht von selbst.«

»Ist ja gut, *mamma*. Wir gehen ja schon.« Beleidigt ziehen die beiden ab.

Enzo kommt mit leicht glasigem Blick zurück und setzt sich aufgekratzt zu Romeo. »Spätestens morgen Abend sind wir wieder weg. Und dann ab nach Lateinamerika. Ich persönlich bin für Kuba. Wir brauchen nur zwanzig Minuten allein mit dem Don.«

»Unsre Reise lässt uns, du weißt es, höhere Macht gelingen«, gibt Romeo dunkel zurück.

»Ja, ja, jetzt sei mal nicht so ein Pessimist. Wir hatten einen kleinen Rückschlag – aber das holen wir wieder rein. Bis jetzt weiß kein Mensch, wo wir sind. Aber psst … da kommt die Alte.«

Donna Elvira zieht sich einen Stuhl heran, der bedenklich quietscht, als sie sich darauf platziert. Hinter ihrer Lesebrille hervorlugend, beäugt sie Romeo mit einem misstrauischen Blick, bevor sie sich an Enzo wendet. »So, jetzt erzähl mal: Wieso hast du nicht angerufen? Dann hätten wir uns ein bisschen besser vorbereiten können.«

»Hätte ich ja gern gemacht. Allerdings hatten wir keinen Empfang. Wir sind die ganze Nacht durchgefahren. Der letzte Wunsch des Don kam auch für uns sehr … überraschend.« Enzo tupft sich mit einer Serviette die Augen ab.

»Ja.« Donna Elvira schnupft sich lautstark in ein riesiges, geblümtes Taschentuch. »Was für ein Unglück.«

»Ein großer Verlust. Für die ganze Familie«, pflichtet ihr Enzo bei. »Wir standen uns sehr nahe.« Er zerdrückt eine kleine Träne.

»Ach, wirklich?« Argwöhnisch blickt Donna Elvira auf. »Das wusste ich gar nicht.«

»So nahe, wie man seinem Onkel nur stehen kann, liebe *zia*. Du warst lange nicht mehr zu Hause«, antwortet Enzo glatt.

Donna Elvira schluckt. »Wie ist er denn gestorben?«

Enzo betrachtet sein Weinglas. »Ganz friedlich. Einfach eingeschlafen und nicht wieder aufgewacht. Stimmt's nicht, Romeo?«

»Genau so war's, Capo. Absolut sanft eingeschlafen.«

Donna Elvira seufzt. »Ach ja. Ein schöner Tod. So einen will ich auch mal haben.«

»Man muss wissen, dass es Dinge gibt, die unserer Macht nicht unterliegen«, sagt Romeo und spielt gedankenverloren mit dem Käsemesser.

Donna Elvira schaut ihn verständnislos an.

»Äh, er zitiert gern.« Enzo tupft sich mit einem Tempo die Stirn ab und tritt Romeo vors Schienbein. In diesem Moment kommen Luigi und Salvatore aus der Küche. Beide mit gerötetem Kopf und einer ganz speziellen Pasta auf zwei schön dekorierten Tellern.

»Zur Feier des Tages: Pasta al Capone«, präsentiert Salvatore das Gericht.

Ratlos betrachtet Enzo den Tellerinhalt. Die Pasta sieht merkwürdig aus. Die Nudeln sind nicht lang und dünn und al dente, wie er sie gern isst, sondern kurz und dick. Sie sehen aus wie kleine gelbe Würmer.

»Das sind unsere Mafia-Spätzle«, erklärt Luigi stolz.

»Mafia-Spätzle?« Vage erinnert Enzo sich an das Paket aus Muggenpfuhl.

»Unsere Spezialität. Handgemacht. Das müsst ihr probieren.«

»Jetzt ist gut, *pazzo.*« Giovanni ist mit einem Spültuch und umgehängter Schürze aus der Küche gekommen. »Lass die Leute in Ruhe essen. *Buon appetito.*«

»Geh du mal lieber wieder Geschirr spülen, *dormiglione*«, gibt Luigi bissig zurück.

Skeptisch stochert Enzo in seinem Teller herum, während Romeo bereits mit gutem Appetit anfängt, die Pasta zu vertilgen. Die Spätzle schmecken nach Butter und haben eine mehlige Konsistenz.

»*Magnifico, zia!* Also wirklich. Einfach *delizioso.*« Enzo strahlt Donna Elvira mit vollem Mund an.

»Die Pastasoße ist eine Eigenkreation unserer *mamma*«, meldet sich Giovanni zu Wort.

»Jetzt lasst die beiden mal essen, ihr Schere'schleifer.« Doch Donna Elvira ist sichtlich geschmeichelt. »Am besten schmecken die Mafia-Spätzle mit einem guten *vino.*« Sie wuchtet sich auf und geht in die Küche, um noch mehr Wein zu holen.

»Genau. *Molto vino!* Widerliches Teigzeug«, raunt Enzo Romeo zu, kaum dass sie weg ist. »Dass sie das hier Pasta nennen, ist eine Unverschämtheit. Die sind ja völlig verkommen.«

»Es war zu Zeiten, die die gold'nen hießen, dem Hunger Eichel eine leckre Speise«, gibt Romeo vollmundig kauend zurück.

Nachdem Teller und zwei Karaffen Lambrusco geleert sind, kommt Enzo wieder zum Kern seines Anliegens. »Wo ist er denn jetzt, mein geliebter *nonno*?«, fragt er Donna Elvira.

»Bei einem sehr guten Bestatter. Der richtet ihn her. Dann wird er hier auf dem Friedhof beerdigt, wie er sich's gewünscht hat. Der *pompe funebri* macht für ihn eine … wie hat er gesagt … Individuell-Bestattung.«

»Wann will er ihn denn … herrichten?« Verstohlen wirft Enzo Romeo einen alarmierten Blick zu.

»Ich denke, so schnell wie möglich«, antwortet Donna Elvira arglos.

»Wir würden uns nämlich gern noch von ihm verabschieden. Es war so hektisch mit der Überführung und den ganzen Formalitäten, dass wir einfach keine Zeit hatten, ihm angemessen *arrivederci* zu sagen.«

»Das ist kein Problem. Vor der Beerdigung wird er ja noch aufgebahrt.«

»Wann, sagtest du noch gleich, ist die Beerdigung?«

»In vier Tagen. Am Montag.«

»Oh, das ist aber ganz schlecht.« Enzo verzieht traurig das Gesicht. »Bis dahin müssen wir nämlich wieder zurück sein. Immerhin müssen wir in Italien ja noch den Nachlass regeln. Meinst du, wir können ihn vorher sehen?«

»Bene«, Donna Elvira legt die Stirn in Falten, »der Bestatter ist sehr speziell. Ich weiß nicht, ob das geht.«

In Enzos Kopf nimmt bereits ein vager Plan Gestalt an.

Die Nacht ist noch jung.

Caruso Inkognito

»Ding-dong.«

Der kleine Mann, der gerade im Hotel gegenüber der Trattoria die goldene Rezeptionsglocke betätigt, hat grau melierte Koteletten, auf seinem Kopf sitzt ein Panamahut, und auf seiner Nase klemmt eine Goldrandbrille. Dazu trägt er ein Tweedsakko und eine braune Cordhose. Neben ihm steht ein riesiger Rollkoffer. Seine Füße stecken in auf Hochglanz polierten italienischen Schuhen.

Die sind allerdings auch das Einzige, was an den frischgebackenen Spezialermittler Francesco Caruso von heute früh erinnert. Im Moment ist er nur eins: müde und hungrig.

Mittlerweile ist er seit gut zehn Stunden unterwegs, wobei der Flug am angenehmsten war. Aus dem Flugzeug sah Deutschland aus wie ein ziemlich langweiliges erdfarbenes Schachbrettmuster in Braun-, Ocker- und Grüntönen. Mit dem Regionalexpress aus Stuttgart hat er sich über gefühlte fünfzig Haltestellen in namenlosen Dörfern, die immer kleiner zu werden schienen, bis nach Sigmaringen durchgekämpft. Sein Zug fuhr ärgerlicherweise mit einer Stunde Verspätung.

Dass das daran lag, dass Bahnhofsvorsteher Herbert Nägele kopfüber in seiner Gepäckaufbewahrung hing, konnte Caruso nicht ahnen.

In Sigmaringen hat er dann gerade noch den letzten Bus erwischt. Und sich wieder eine Stunde durch grüne Hügel und winzige Dörfer gequält, die in der Dunkelheit zu formlosen Flecken verschwammen. Auf dem Flug hat er beschlossen, seine Ermittlungen erst einmal verdeckt aufzunehmen, und sich eine den Umständen angemessene Verkleidung zugelegt.

Dottore Caruso-Müller, Kulturanthropologe aus Mailand.

Das rustikal eingerichtete Hotel heißt »Deutscher Kaiser«. Die darunter liegende Wirtschaft, das hat er gesehen, als er seinen Koffer in den ersten Stock geschleppt hat, wird dominiert von Eichentäfelung, Biedermeierstichen, halbrunden Buntglasfenstern, eisernen Serviettenhaltern und allerlei ausgestopftem Geflügel an der Wand. Auf einer Tageskarte an der Rezeption liest Franceso: »Heute: Ofenfrischer Schweinebraten an Burgundersoße mit hausgemachten Spätzle und Salatteller«.

Der Geruch nach Essen liegt in der Luft. Wie aus dem Nichts materialisiert sich ein dünner, leicht blasiert wirkender Mann mit dem Gesicht einer beleidigten Dogge. Auf seinem Namensschild steht »Hans Gluck«.

»Se wienschet, bitte?«

»Wie bitte?«

»Was kann ich für Sie tun?«

»Dottore Caruso-Müller. Es müsste ein Zimmer für mich reserviert sein.«

Der Hotelangestellte blättert mit spitzen Fingern in einem großen Gästebuch, dessen Seitenkanten golden gefärbt sind. »Sie sind Italiener?«

»Mailand.«

»Füllen Sie mir bitte die Anmeldung aus.« Der Mann reicht ihm ein Anmeldeformular.

Carusos Magen knurrt. »Hat die Küche noch geöffnet?«, fragt er hoffnungsvoll.

Der Hotelangestellte wirft ihm einen indignierten Blick zu. »Selbstverständlich nicht. Es ist ja fast zwölf. Wir sind doch keine Wilden.«

»Kann man um die Zeit noch irgendwas zu essen bekommen?«

»Sie können's mal beim Döner probieren. Der ist gleich die Straße runter.« Der Bedienstete übergibt ihm den Zimmerschlüssel.

Caruso nimmt seinen überdimensionierten Rollkoffer und poltert damit den Dielenboden entlang. Sein Zimmer liegt zur Straße. Zu seiner großen Freude stellt er fest, dass er einen ausgezeichneten Blick auf die »Trattoria Sorentino« hat. Die Straßenlaternen erhellen einige verlassene Tische auf dem Trottoir. An der Seite des Gebäudes führt eine schmale Feuertreppe in den zweiten Stock. Die Fenster sind dunkel. Ab und zu kommt einer der Gäste aus der Trattoria und raucht eine Zigarette unter der Tür.

Allesamt verdächtig, findet Caruso. Im Geist geht er noch einmal den Plan durch, den er sich während der Fahrt überlegt hat. Morgen würde er als Erstes die Polizeistelle Muggenpfuhl aufsuchen, um sich im Rahmen eines internationalen Amtshilfeersuchens der Unterstützung seiner deutschen Kollegen zu versichern. Observation, verdeckte Ermittlung – und schließlich, wenn sich das Böse manifestierte, Zugriff!

Caruso setzt sich auf das angenehm weiche, frisch bezogene Bett und fühlt sich zum ersten Mal da angekommen, wo er wirklich hingehört, mit der Arbeit, für die er bestimmt ist: Sonderermittler Caruso im Kampf gegen das Böse.

Die Kirchturmuhr schlägt dumpf zwölf Mal.

Den zwölften Schlag bekommt er allerdings nicht mehr mit.

Er ist eingeschlafen.

Leichendiebstahl

In der Werkstatt, in der sie die billigeren Särge selbst zusammenbauen, hat Anselm wie beauftragt die Requisiten für die Nacht zusammengestellt. Zwei Taschenlampen nebst Ersatzbatterien, Strumpfhosen, Gummistiefel, Stemmeisen, Vorschlaghammer, Schraubenzieher, zwei Paar dicke Haushaltshandschuhe, einen großen braunen Leichensack aus PVC und ein Feuerzeug in Form einer täuschend echten Pistole.

»So. Und was machen wir jetzt mit dem ganzen Krempel?«, fragt er seinen Vater, der nervös zum Fenster hinausspäht.

Gottesacker ist komplett schwarz angezogen. Über seinem Bauch spannt sich eine eng anliegende Lederjacke, die ihm wohl in früheren Jahren gepasst hat. Eine Schweißperle glitzert auf seiner Stirn. »Das wirst du schon noch früh genug sehen. Jetzt brauchen wir erst mal Masken. Und die schneiden mir uns aus dieser Strumpfhose.«

»Ich zieh mir doch keine Strumpfhose an. Schon gar nicht über den Kopf!«

»Jetzt sei nicht so ein Hosenscheißer! Tarnen und täuschen ist die Grundlage von jeder verdeckten Operation. Wärst du mal beim Bund gewesen, dann würdest du das wissen.«

Anselm hat, zum großen Missvergnügen seines Vaters, verweigert und, statt endlich zum Mann zu werden, Zivildienst in Freiburg geleistet. Dort hat er unter anderem profunde Kenntnisse im An- und Verkauf von Marihuana und Haschisch erworben. Was sein Vater zweifelsohne auf das Schärfste verurteilen würde, wenn er's denn wüsste.

Als die Ausrüstung am Mann ist, sieht sich Gottesacker noch einmal prüfend um, ob sie auch nichts vergessen haben. Dann löscht er das Licht in der Werkstatt und huscht zur Tür hinaus.

»Bleib am besten direkt hinter mir«, zischt er seinem Sohn zu, der skeptisch hinter ihm her trottet.

Das Mondlicht fällt für seinen Geschmack viel zu hell auf

die Straße und spiegelt sich geheimnisvoll in den Scheiben des Sargpavillons auf der anderen Straßenseite. Gottesacker lässt das Bestattungsinstitut links liegen und huscht an der Hauswand entlang. Sein Sohn hinterher. Zwei Querstraßen weiter bleiben sie am Eingang einer Gasse im Schatten mehrerer Mülltonnen stehen. Es klappert vernehmlich, als Anselm versehentlich einen Deckel herunterstößt.

»Was machen wir denn hier? Das Haus ist doch dahinten«, flüstert er.

»Psst«, zischt sein Vater. »Bist du gleich still? Wirst schon sehen.«

»Mit der blöden Maske seh ich gar nix«, murrt Anselm.

Gottesacker tritt ein paar Schritte in die Gasse. Die ist leer, bis auf einen großen Müllcontainer. Gottesacker verschwindet dahinter und tastet auf dem Boden herum, bis er gefunden hat, was er sucht. Es ist ein Gullydeckel.

»Gib mir mal das Stemmeisen. Wir müssen den Deckel aufmachen.«

»Du willst da runter?« Entgeistert starrt Anselm den Gully an.

»Was hast du denn gedacht? Wir können ja schlecht einfach läuten, oder?«

»Ich will da nicht runter. Da stinkt's doch bestimmt.«

»Ach was, du Bronzmichl. Der Gully ist schon seit zehn Jahren stillgelegt.«

Zusammen stemmen die beiden den gusseisernen Deckel beiseite. Gottesacker quetscht sich zuerst in den etwa zwei Meter tiefen Schacht. »Herrgott! Ist das eng.« Mühsam klettert er die Metallstreben hinunter. »So. Jetzt gib mir den Leichensack.«

Gehorsam reicht ihm Anselm den Sack hinunter, holt einmal tief Luft und klettert hinterher. Gott sei Dank geht im Schacht jetzt ein Licht an. Sein Vater hat die Taschenlampe angemacht.

Unten zweigt der schmale Gang scharf nach links ab und führt wieder zurück. Es riecht muffig und feucht.

Vorsichtig tasten sich die beiden etwa fünfzig Meter nach vorn. Der Gang ist so niedrig, dass sie gebückt gehen müssen.

Anselm bekommt jetzt schon Platzangst. Nach seiner Einschätzung müssten sie wieder unter ihrer Straße sein. »Ist es noch weit?«, ächzt er.

»Wir sind gleich da.« Gottesacker deutet nach vorn, wo der Gang ein weiteres Mal abzweigt.

Der Kegel der Taschenlampe fällt auf etwas, das Anselm hier bestimmt nicht erwartet hätte. »Heilg's Blechle! Wieso ist denn da eine Tür? Und woher weißt du das?«

»Da kannst du mal sehen, dass sich eine gute Nachbarschaft auszahlt. Die Tür hat der Bubanovic machen lasse.«

»Der Metzger?«

»Genau der.«

Es ist ein offenes Geheimnis, dass Igor Bubanovic seine Probleme mit dem Lebensmittelkontrollamt hatte. Der Grund: Seine Fleischquellen waren oft dubioser Natur. Nachts fuhren schmutzige Lkw mit polnischem Kennzeichen vor und entluden im Schutz der Dunkelheit riesige Fleischhälften unbekannter Herkunft. Das blieb der Nachbarschaft nicht verborgen. Vor allem Bestatter Gottesacker nicht, der Bubanovic, so munkelte man, auch in regelmäßigen Abständen deswegen anzeigte.

Gottesacker störte, dass die Dunstschwaden des Metzgers seine Kunden verscheuchten. Nichts passt schließlich weniger zusammen als die Würde einer Bestattung und der Geruch nach frisch gegrilltem Pferdefleisch.

Das Hygieneamt konnte dem Metzger nie etwas nachweisen. Eher zufällig fand Gottesacker schließlich heraus, dass das Fleisch, dessen Herkunftsnachweis der Metzger nicht führen konnte, kurzzeitig ausgelagert wurde. Und zwar hier unten. Er meldete den Fall nicht, sondern verständigte sich privat mit dem Metzger. Was zur Folge hatte, dass Gottesacker nicht nur kostenloses Fleisch erhielt, sondern auch noch eine hübsche Provision obendrauf.

Woanders nennt man so etwas Erpressung, im Schwäbischen heißt das »a guads G'schäft«. Nach einem Jahr konnte der Metzger die steigende Provision nicht mehr bezahlen und zog in ein anderes Dorf.

»Gib mir mal das Stemmeisen.«

Anselm zögert. »Ich weiß nicht, Vadder. Meinst nicht doch, dass das eine Schnapsidee ist?«

Unwillig schüttelt Gottesacker den Kopf. »Wir holen uns bloß wieder, was sowieso uns gehört.«

»Aber wenn die uns erwischen?«

»Schwätz nicht so viel und vor allem: Schwätz nicht so laut«, herrscht ihn sein Vater an. Gottesacker setzt das Stemmeisen an und hebelt an der Tür herum.

»Jetzt geh schon auf, du Saubiest«, schnauft er gepresst. Die Tür widersetzt sich. »Anselm! Halt nicht Maulaffe feil. Hilf mit.«

Mit einem lauten Krachen gibt das altersschwache Schloss den Geist auf. Die Tür schwingt quietschend eine Handbreit nach innen, bevor sie auf Widerstand stößt. Vor Schreck lässt Anselm die Taschenlampe fallen. Erstarrt verharren die beiden Möchtegern-Einbrecher in der Dunkelheit. Kalte Luft schlägt ihnen entgegen.

Nach einer Weile wispert Anselm: »Meinst du, die haben was gehört?«

»Dann wären sie jetzt schon hier. Aber versuch, keinen Lärm mehr zu machen.«

Hinter der Tür geht es erst mal nicht weiter. Im Licht der Taschenlampe inspizieren Vater und Sohn das Problem. Ein Schrank blockiert den Zugang. Mit vereinten Kräften schieben sie.

Gottesacker schnauft. »Kruzifix! Wie kann der bloß so schwer sein?«

Langsam öffnet sich eine schmale Lücke. Gottesacker schnüffelt mit seiner dicken Nase. »Ja, hier sind wir richtig. Das hat's G'schmäckle.«

Anselm hält sich die Hand vor die Nase. »Das soichelet ja brutal. Was treibt der denn mit seinen Leichen? Hat der keine Kühlung?«

Schwer atmend schiebt sich Gottesacker seine Strumpfmaske in die Stirn. »Was fragst du denn da mich? Probier mal, ob du durchschlupfen kannst. Vielleicht reicht's.«

»Wieso gehst *du* nicht?«

»Du Simpel! Wie viel Bohnenstegga siehst du denn hier? Jetzt mach.«

Widerwillig quetscht sich Anselm durch den Spalt, die Taschenlampe in der linken Hand. »Bin durch«, kommt es von drinnen.

»Des seh ich.« Gottesacker reicht ihm den Leichensack durch den Spalt. »Guck dich mal ein bisschen um. So wie das stinkt, kann die Leiche nicht weit sein.« Er versucht, sich ebenfalls durch die Lücke zu quetschen, kommt allerdings nur bis zur Mitte. Gebannt lauscht er in die Dunkelheit. Es raschelt. Dann ertönt ein Quietschen.

»Jesses, Vadder! Ich hab die Leiche gefunden. In der Kühlzelle.«

»Wo soll die denn sonst sein? Beeil dich!« Mit der Taschenlampe versucht Gottesacker, hinter dem Schrank in den Raum zu leuchten. Zwecklos. Das Einzige, was er sieht, ist ein Stück Wand.

»Herrgott, der wiegt ja eine halbe Tonne«, stöhnt es von drinnen.

Gottesacker verdreht die Augen.

Schleifgeräusche sind zu hören. Dann plumpst etwas Schweres auf den Boden. Es klingt, als ob ein nasser Sack umfällt.

»Also, unten ist sie jetzt.« Es raschelt. »Vadder! Die Leiche passt nicht in den Sack.«

Gottesacker bricht der Schweiß aus. »Ist jetzt auch egal. Schaff sie irgendwie hierher. Dann ziehen wir sie durch den Spalt.«

Diebische Konkurrenten

Quelle domeniche da solo in un cortile,
a passeggiar …
Ora mi annoio più di allora,
neanche un prete per chiacchierar …

Adriano Celentano gurgelt zum gefühlt dreißigsten Mal seine Ballade »Azzurro« durch die Kneipe. Ein Stockwerk höher klingt es, als ob er unter Wasser singt.

»Wenn die das Lied noch mal spielen, bring ich jemanden um.« Enzo liegt auf dem frisch bezogenen Federbett im Gästezimmer über der Wirtschaft und zielt mit seinem Revolver an die Decke.

Die Einrichtung besteht zwar nur aus einem Bett, einem Schrank und einem Waschbecken, ist aber sauber. Romeo grunzt etwas Unverständliches. Er liegt vollständig angekleidet auf einer Luftmatratze neben Enzo.

Eine halbe Stunde später ist es dann endlich so weit. Die Musik hört auf. Eine Zeit lang werden unten noch Tische gerückt, dann kehrt Ruhe ein. Romeo schnarcht. Nur seine Sporen schauen unter einer bunten Steppdecke hervor.

Als die Kirchturmuhr ein Mal schlägt, rüttelt Enzo Romeo an der Schulter. »Romeo. Wach auf. Wir statten jetzt diesem Bestatter einen Besuch ab.«

Auf Zehenspitzen tasten sich die beiden den Gang entlang. Wo Donna Elvira schläft, ist unschwer zu erraten. Hinter einer Tür dringt ein mächtiges Schnarchen hervor.

Vorsichtig steigen sie die Treppe zur Trattoria hinunter und durchqueren eilig die leere Wirtschaft. Dann stehen sie vor der verschlossenen Eingangstür.

Romeo hat bereits ein schwarzes Mäppchen gezückt und zwei schmale Metallwerkzeuge herausgezogen. »Mir gewährten die Pförtner Gottes, die vorm Tore stehen, den Eintritt nicht zur Läuterung der Verklärten«, murmelt er versonnen vor sich hin.

Es klickt mehrmals, und schon schwingt die Tür auf. Der Mond steht hoch am Himmel.

Der Motor eines Audi 80 springt an. Scheinwerfer leuchten auf und erschrecken eine Katze. Kurze Zeit später weist die Stimme des Navis darauf hin, dass sie ihr Ziel erreicht haben.

Das leuchtende achteckige Schild mit dem Kobold ist in der Dunkelheit auch schwer zu übersehen.

Enzo späht angespannt zur Frontscheibe hinaus. »Sieht alles ruhig aus.«

Vor ihnen liegt ein gläserner Pavillon, in dem Särge ausgestellt sind. Daneben parkt ein schwarzes Bestatterfahrzeug mit einem grellbunten Sarg auf dem Dach.

»Finden die das witzig?«, rätselt Enzo.

»Schau mal, Capo«, Romeo deutet auf die andere Straßenseite, »hier gibt's noch einen.« Auf der anderen Seite liegt ein zweites Bestattungsgeschäft. Im trüben Licht der Straßenlaterne ist auf dem Schild über dem Fenster zu lesen: »Bestattungsinstitut Gottesacker«.

Enzo wirft einen Blick auf die Karte, die er dem Bahnhofsvorsteher abgenommen hat. »Also, hier steht ›Jim Blitz‹. Und ganz ehrlich: Nach Progressivbestattung sieht das da drüben nicht aus.« Die Scheiben sind trübe und offensichtlich seit Monaten nicht mehr geputzt worden.

Nachdem sich fünf Minuten nichts gerührt hat, lässt Romeo das Fahrzeug noch etwas näher heranrollen.

»Los geht's.« Vorsichtig öffnet Enzo die Tür und gleitet aus dem Auto.

***

Vier Meter weiter unten klemmt eine Leiche in der Tür.

»Geht's?«

»Ha noi! Es klemmt.«

»Dann schieb doch, du Bachel! Scheißglomb, verreggd's!«

»Was denkst denn, was ich mach! Vielleicht könntest *du* mal a bissle mehr ziehen.«

Im Dunkeln, das immer nur kurz durch aufblitzenden Taschenlampenschein erhellt wird, bietet sich ein groteskes Bild: Durch eine schwere Eisentür, die einen Spaltbreit offen steht, ragen zwei lang gestreckte Beine in einen unterirdischen Gang. An den Beinen hängt, schwer atmend und mit hochrotem Kopf, Traditionsbestatter Gottesacker. Schweiß tropft von seinem Schnurrbart. Mit seinen Gummistiefeln versucht er, Halt im Abwasserkanal zu finden.

Auf der anderen Seite schaut der bestrumpfte Kopf seines Sohnes durch den Türspalt. »Wart mal. Wir kriegen den so nicht da durch. Lass uns erst mal überlegen.«

»Schwätz nicht. Schieb lieber. Ein Muggeseggele noch.«

Endlich ist auch noch ein Arm des Don durch die Tür. Dann lässt der Druck abrupt nach.

»Wieso schiebst denn nicht weiter?«

»Vadder, ich hab was gehört«, flüstert es aufgeregt von der anderen Seite.

»Ah wah! Jetzt stell dich nicht so an. Wir haben's doch fast.«

Von irgendwoher kommt ein Quietschen, als ob eine Tür aufgeht. Gottesacker erstarrt mitten in der Bewegung. »Jetzt hab ich auch was gehört. Mucksmäuslestill.«

Vater und Sohn Gottesacker verharren in der Dunkelheit. Plötzlich gellt ein schrecklich durchdringender, quiekender Schrei zu ihnen herunter. Getrampel ist zu hören. Irgendetwas fällt um.

»Die kommen! Die kommen«, keucht Anselm panisch.

»Jesses, Maria und Josef! Anselm! Mach schneller, du Lahmarsch!«

»Ich mach doch! Ich mach doch!«

In der Dunkelheit wird verbissen gezogen und geschoben – und endlich: ein reißendes Geräusch, und die Leiche rutscht durch den Türspalt. Weil der Widerstand auf einmal weg ist, plumpst Gottesacker auf den Hintern. Gleich darauf wird er unter hundertzehn Kilo totem Italiener und seinem Sohn begraben. Der lässt vor Schreck die Taschenlampe fallen.

In dem rabenschwarzen Durcheinander von Toten und Lebendigen greift sich schließlich jeder ein Bein, und gemeinsam ziehen sie den toten Mafioso weiter nach hinten in den Abwasserkanal.

***

Hier ist ein kurzer Exkurs zum Thema Vogelspinnen angebracht. Die »Theraphosidae« ist ein sogenannter Lauerjäger. Sie wartet, bis ein Beutetier an ihrer Höhle vorbeikommt, um es dann blitzartig zu attackieren. Zu diesem Zweck besitzt sie Beißklauen. Beim Beutefang dringen diese kleinen scharfen Zähne in das Opfer ein, und durch einen feinen Kanal wird Gift injiziert. Das Gift dient dazu, das Beutetier aufzulösen, sodass es die Vogelspinne, die über keine weiteren Kauwerkzeuge verfügt, aussaugen kann. Das funktioniert bei Mäusen, Heuschrecken und ähnlichem Kleingetier ganz gut – bei Menschen natürlich nicht. Für die ist es nur äußerst schmerzhaft.

Vogelspinne Thekla, deren Verschwinden bis jetzt unbemerkt geblieben ist, hat sich in einem großen alten Blumentopf häuslich eingerichtet. Davor hat sie Signalfäden gespannt. Als nachtaktive Jägerin besitzt sie zehn Hauptaugen und zwei Nebenaugen. Mit den ersten nimmt sie Farben und Bilder wahr, mit den zweiten Bewegung.

Ihre Hauptaugen haben vermutlich gerade Sendepause, denn es ist fast völlig dunkel. Nur der dünne Strahl einer Stiftlampe erhellt den schmalen Korridor, der zur Kühlkammer führt. Allerdings registrieren ihre Nebenaugen mehrere verheißungsvolle Bewegungen. Sie stammen von zwei Gestalten, die sich im engen Gang aneinanderdrängen. Die erste geht weiter rechts und passiert Theklas Signalfäden, ohne sie zu berühren. Bei der zweiten sieht das anders aus. Nase voran läuft sie direkt mit dem Gesicht hinein.

Werden die Signalfäden aktiviert, braucht eine Vogelspinne nur den Bruchteil einer Sekunde, um sich mit ihren kräftigen Beinpaaren abzustoßen. Dann schlägt sie ihre Fangzähne in das, was sie für eine schmackhafte Beute hält.

»*Vaffanculo, che …?* Iiiiiiiiiiih! Romeo! Da ist was! *Aiuto!* Nimm's weg! Nimm's weg!« Enzo fuchtelt wild mit den Armen und stößt eine Vase um.

Thekla findet sich auf dem Boden wieder, hat jetzt aber im wahrsten Sinn des Wortes Blut geleckt. Ihr Pech ist nur, dass sie für eine Sekunde in den Strahl von Enzos Stiftlampe gerät. Sporen klirren, ein Messer blitzt kurz auf und durchschneidet in einem silbernen Bogen die Luft. Bevor man blinzeln kann, wird Thekla von fünfundzwanzig Zentimetern Stahl an den Boden genagelt.

»Was zum Teufel war das? *Merda!* Romeo, das brennt wie die Hölle. Ich kann nichts mehr sehen.«

»Sieht aus wie eine Spinne.«

»Was zum Teufel macht eine verf… Riesenspinne in einem Bestattungsunternehmen? *Oh Dio*, ich kann nichts mehr sehen!«

»Psst, Capo. Wenn wir so einen Lärm machen, wacht der Bestatter am Ende noch auf.« Mit der Taschenlampe beleuchtet Romeo stirnrunzelnd, was von Thekla übrig ist.

»Sieht aus wie eine Vogelspinne. Die sind, glaube ich, nicht giftig.«

»Mein Gott, meine Nase! Was ist mit meiner Nase?«

»Halt mal still, Capo.« Im Schein der Stablampe untersucht Romeo das, was eben noch Enzos Nase war und jetzt aussieht wie eine riesige rote Kartoffel. »Ich würde vorschlagen, wir hauen ab.«

»'enau. Nix 'ie 'eg 'ier.«

Fluchtartig verlassen die beiden Mafiosi das Bestattungsunternehmen.

***

»Greizgrabbasagg! Ich glaub, ich hab einen Bandscheibenvorfall!« Gottesacker versucht sich aufzurichten.

Nachdem sie die hundert Meter gebückt im Kanal zurückgelegt und den Leichnam den ganzen Weg hinter sich hergezogen haben, könnte so etwas durchaus im Bereich des Möglichen liegen. Unter dem Gullydeckel halten sie schließlich schwer atmend und verschwitzt an und lauschen in die Dunkelheit.

»Ich hör nix.«

»Wart noch ein bissle.«

Wasser tropft irgendwo von der Decke. Im Dunkeln raschelt etwas. Ein Auto fährt weiter vorn über einen anderen Kanaldeckel. Ansonsten ist nichts zu hören.

Von oben dringt der schmale Schein der Straßenlaterne zu ihnen herunter. In weiser Voraussicht haben die beiden den Gullydeckel nicht ganz zugezogen.

»Wie lang ist ein bissle?«, flüstert Anselm.

»Genau bis jetzt, du Randschtoi'schlotzer.« Bestatter Gottesacker lässt die Luft aus seinen Backen entweichen und richtet sich versuchsweise auf. »Jessas, mein Kreuz! Wie kann eine Leiche bloß so schwer sein?« Mit seinem Schnupftuch wischt er sich den Schweiß von der Stirn.

Anselm lehnt ebenfalls völlig entkräftet an der Wand. »Mir landet alle im ›Café Viereck‹«, murmelt er düster.

Es klickt im Dunkeln, als Gottesacker versucht, seine Taschenlampe anzuschalten. »Jetzt häng nicht da wie der Spatz am Scheißhäusle. Mach mal die Lampe an. Meine ist kaputt.«

Anselm fummelt im Dunkeln herum. »Ich glaub, die hab ich im Gang verloren.«

»Oh, du Suppentrialer! Hast du wenigstens deine Handschuhe angehabt? Sonst haben die schwuppdiwupp deine DNA.«

»Ich hab gleich gesagt, dass das eine Schnapsidee ist«, klagt Anselm und durchwühlt seine Taschen.

Es klickt erneut im Dunkeln, und der flackernde Schein eines Pistolenfeuerzeugs lässt Schatten an der Kanalwand tanzen. Anselm erstarrt. Seine Stimme kippt. »Vadder! Wir sind im Eimer.«

»Jetzt beruhig dich«, beschwichtigt ihn Gottesacker. »Das war vielleicht ein bisschen übertrieben. Du kennst doch unsere Polizisten. Die wissen bestimmt gar nicht, wie so was geht.«

»Vadder, ich mein jetzt nicht die Taschenlampe. Wir haben was *wirklich* Wichtiges verloren.«

Caruso stellt sich vor

Die ersten Sonnenstrahlen eines durch und durch schwäbischen Freitagmorgens finden Caruso bis zur Nasenspitze eingegraben in einem wunderbar flauschigen Federbett. Von der Straße her dringen die typischen Geräusche eines Dorfes: Motorenlärm, Stimmengemurmel, ab und zu das Geräusch eines vorbeifahrenden Mopeds und natürlich das asthmatische Krächzen eines Hahns.

Vorsichtig öffnet Caruso ein Auge. Im ersten Moment weiß er nicht, wo er ist. An der Decke über ihm prangt irgendein Wappen, mit Adlern, Stieren und etwas, das wie ein riesiges Schwein aussieht. Darunter steht auf Lateinisch: »Bonum factum Deum habet debitorem.«

Caruso hat ein katholisches Jungeninternat in der Schweiz besucht und wurde von Mönchen unterrichtet. Deshalb spricht er ganz passabel Latein. Obwohl er damit ein paar traumatische Erinnerungen verbindet, versteht er den Satz. Er rätselt noch darüber, ob das Schwein etwas mit der guten Tat zu tun hat, als sein Blick auf einen Osterhasen fällt. Der sitzt unter einem großen Geweih auf dem obligatorischen Hotelschreibtisch mit Plastikunterlage. Stumpfe Glasaugen glotzen ihn an. An dem Hasen ist irgendetwas merkwürdig. Caruso schüttelt einen Teil der Decken ab und beäugt ihn misstrauisch. Es dauert einen Moment, bis er darauf kommt: Der Hase ist echt. Jemand mit einem beängstigenden Hang zum Realismus hat dem ausgestopften Tier einen Korb voller staubiger Ostereier auf den Rücken getackert.

»Dio mio!«

Seinen großen Koffer hat Caruso gestern achtlos auf ein kleines abgesessenes Sofa neben dem Fenster fallen lassen. Er klettert aus dem Bett und entnimmt ihm ein paar Waschutensilien und seine Zahnbürste. Nach einer längeren Dusche verwandelt er sich wieder in einen Kulturanthropologen. Das dauert einige Zeit und macht das Frühstück komplizierter als gedacht. Zu Carusos Verkleidung gehört nämlich neben der Brille eine Schiene mit einer künstlichen Zahnreihe der Marke »Billy-Bob Teeth«. Rauchfest, glasiert und leider auch etwas instabil.

Hans Gluck, der alte Hotelbedienstete, der nicht nur abends die Rezeption macht, sondern auch noch fürs Frühstück eindeckt, flüstert seinem Kollegen von der Frühschicht zu: »Der Ärmste. So jung und schon dritte Zähne.«

»Bestimmt nicht privat versichert«, pflichtet ihm der Kollege bei.

»Das ist ein Doktor aus Mailand. Die Akademiker da haben's mit der Krankenversicherung bestimmt nicht so.«

»Pass auf. Er hat dir gewinkt.«

Steifbeinig bewegt sich das Hausfaktotum an den Tisch. »Guten Morgen. Sie wünschen?«

Caruso lächelt ihn mit eingesetztem Überbiss freudestrahlend an. »*Buongiorno, caro amico.* Ich könnte Ihre Hilfe gebrauchen. Ich bin Kulturanthropologe an der Universität Bicocca und hier, um die Gewohnheiten der schwäbischen Bevölkerung zu studieren. Ich möchte darüber ein Buch schreiben. Besonders interessiere ich mich«, er senkt bedeutungsvoll die Stimme, »für Spätzle. Können Sie mir darüber etwas sagen?«

»Oh, Spätzle.« Hans Gluck bekommt vor Freude rote Ohren. »Wo soll ich da anfangen? Spätzle sind das Fundament unserer Küche, ja unserer Kultur. Der Ruhm unseres Landes. Das hat der Sebastian Blau gesagt. Ein schwäbischer Mundartdichter allerersten Ranges. Es gibt lange Spätzle, Knöpfle-Spätzle, Rabe-Spätzle, Apfel-Spätzle, Back-Spätzle, Ei-Spätzle und Käse-Spätzle. Man kann sie schaben, hobeln oder pressen. Doch eins ist gewiss«, er hält einen Moment inne und zwinkert Caruso zu, »ein großer Bauch kommt nicht von kleinen Spätzle.«

Caruso fällt der Überbiss aus dem Mund. »Sehr erhellend«, mümmelt er, während er die Zahnreihe hektisch wieder anpresst. »*Mille grazie.*«

Der Kellner beugt sich nach unten und legt Caruso teilnahmsvoll die Hand auf die Schulter. »Deshalb bin *ich* Mitglied im Verein zur Erhaltung schwäbischer Kultur und Tradition.

Heutzutage muss man seine Traditionen schützen. Denken Sie bloß an das fürchterliche Fast Food.«

»*Amico*, ich sehe: Ich bin hier genau richtig. Ich habe gehört, es gibt sogar direkt gegenüber ganz spezielle Spätzle.«

»Ah ja.« Hans Gluck nickt eifrig. »Sie meinen, in der Trattoria. Die sind in der Tat etwas sehr Spezielles.« Er senkt verschwörerisch die Stimme. »Sogenannte ›Mafia-Spätzle‹. Ein ganz heißes Eisen. Sehr brisant.«

»Warum das denn? Es sind doch nur Nudeln, oder?«, hakt Caruso argwöhnisch nach.

Der Kellner wirft einen Blick über die Schulter und fährt im Flüsterton hastig fort: »Viele Traditionalisten, leider auch unter uns, meinen, dass es sich dabei um ein Sakrileg handelt. Ein gastronomischer Frevel. Die Kreuzung rein schwäbischer Spätzle mit italienischer Pasta.« Er richtet sich auf, sein Blick schweift in die Ferne zum Suppenbüfett. »Ich aber sehe darin eine sanfte Öffnung für Neues. Tradition muss nämlich lebendig bleiben, verstehen Sie? Es sind schon ganze Kulturen ausgestorben, weil sie sich nicht weiterentwickelt haben.« Er beugt sich wieder zu Caruso. »Ich sage Ihnen das jetzt unter vier Augen: Ich bin Spätzle-progressiv.«

Caruso faltet seine Serviette zusammen. »Ich verstehe vollkommen. Der Dank der Wissenschaft ist Ihnen gewiss.«

Eine halbe Stunde später steht der Tenente, diesmal in seiner offiziellen Uniform und ohne Verkleidung, mit einem schwarzen Aktenkoffer vor einem großen Gebäude, dessen hohe Mauern darauf hinweisen, dass man schneller hinein- als hinauskommt. Auf einem Metallschild steht: »Gefängnis und Polizeiposten Muggenpfuhl«. Auf dem Parkplatz vor dem Eingang glänzen zwei frisch gewaschene Polizeifahrzeuge in der Morgensonne. Eine massive, von einem Steinportal umrahmte Holztür führt ins Innere des teutonischen Gebäudes.

Caruso strafft sich und tritt ein. Er ist beeindruckt. Vor allem von der Ruhe, die im ganzen Gebäude herrscht. Keine lärmenden Zeugen, kein Geschrei auf den Gängen. Grabesstille. Der Klang von perfekter Organisation. Als halber Schweizer weiß er so etwas zu schätzen.

Im Inneren des Gebäudes führen drei steinerne Treppenstufen nach rechts, und er folgt einem Schild mit der Aufschrift »Polizei – Bitte klingeln«.

In einem schmalen Gang stößt Caruso auf eine Tür aus undurchsichtigem Sicherheitsglas. Über ihr ist eine Überwachungskamera montiert und daneben eine Gegensprechanlage mit einem Klingelknopf. Es läutet irgendwo hinter der Glastür. Nichts passiert. Dass es so still ist, könnte natürlich auch daran liegen, dass niemand da ist. Caruso klingelt noch einmal. Endlich ertönt eine kratzige weibliche Stimme.

»Ja, bitte?«

»Hier ist Tenente Francesco Caruso von der R.O.S. aus Rom. Ich werde erwartet.«

Es raschelt. Dann sagt die Stimme: »Sie sind der mit dem Fax.«

»Ähhh, ja.«

»Zu wem möchten Sie denn?«

»Ich möchte zu Ihrem Chef.«

»Dann kommen Sie mal rein. Vierte Tür links.«

Der Summer ertönt, und Caruso drückt die Tür auf. Drinnen: ein weiterer Gang. Linoleumboden. Es riecht nach frischem Kaffee. Die Wände sehen aus, als könnten sie einen neuen Anstrich vertragen. Links und rechts zweigen mehrere Türen ab. Eine steht offen. »Therese Knöpfle, Sekretariat« steht auf dem Türschild. Eine ältere, resolute Frau mit kurz geschnittenen dunklen Haaren und einer Stupsnase tippt etwas in einen Computer. Als sie Caruso sieht, winkt sie ihn weiter.

»Asservatenkammer«, »Vernehmungszimmer« liest Caruso auf kleinen Plastikschildern rechts und links des Ganges. Hinter einer Tür mit einem Oberfenster aus Milchglas dringen Gesprächsfetzen und Gelächter hervor. Auf dem Schild steht »Aufenthaltsraum«. Vor der vierten Tür links bleibt er stehen. »Eberhard Eisele, Kommissar, Polizeiposten Muggenpfuhl«. Caruso klopft an.

»Herein! Wenn's kein Schere'schleifer ist«, poltert eine sonore Stimme von drinnen.

Kommissar Eisele thront wie ein Landvogt hinter einem beeindruckenden Schreibtisch aus Edelholz. Neben einem altmodischen Telefon, mehreren Ablagen und einem Kalender steht darauf auch ein Kaffeeservice mit geschmackvollem Dekor. Der Kommissar ist etwas über fünfzig, hat eine Stirnglatze und präzise geschnittene weiße Haare. Die Augen liegen tief im Gesicht, was ihm einen leidenden Ausdruck gibt. Darunter sitzen eine breite Nase und ein schmaler Mund. Er lächelt dünnlippig, als Caruso eintritt.

»Aha. Sie sind der mit dem Fax.« Es ist keine Frage, sondern eine Feststellung.

»Ähmm, genau. Tenente Francesco Caruso von der R.O.S. Ich bin hier zur Bekämpfung der organisierten Kriminalität.«

Kommissar Eisele strafft sich. Altes Leder knarzt. »Wir fühlen uns ja geehrt, aber sind Sie sicher, dass Sie hier richtig sind? Wir sind hier ziemlich weit weg vom Schuss.«

»Nun, man kann sagen, dass ich eine heiße Spur verfolge. Wir haben Grund zur Annahme, dass es in Muggenpfuhl Verbindungen gibt, die bis ganz nach oben in die Cosa Nostra reichen.«

Kommissar Eisele blinzelt ungläubig. »Die Cosa Nostra?«

»Genau die.«

Der Kommissar räuspert sich. »Also ich will Ihnen ja nicht zu nahe treten, aber wir haben hier ab und zu mal eine Schlägerei, Diebstähle, ein paar Raubüberfälle. Letztes Jahr sogar einen Mord. Aber das war schon das Highlight.«

»Wurde der Fall gelöst?«

»Ha noi! Wir mussten den Angeklagten, übrigens der Ehemann, leider wieder laufen lassen. Die Tatwaffe war nicht auffindbar. Wir haben sogar das Wasser im Stadtsee abgelassen, weil Passanten beobachtet haben, dass der mutmaßliche Täter sich dort kurz nach der Tat herumgetrieben hat.«

Caruso blinzelt ungläubig.

Der Kommissar reckt sich selbstzufrieden. »Wenn wir Schwaben suchen, dann richtig.«

»Ja, und dann?«

»Ha nix! Die ganze Nachbarschaft hat zwar Stein und Bein geschworen, dass die beiden sich vorher fürchterlich gefetzt haben, aber wir konnten ihm nichts nachweisen, dem Sauhund.« Der Kommissar ballt wütend die Faust, dann erschlafft er wieder und lässt den Blick schicksalsergeben zur Decke wandern. »Ich will mal ganz ehrlich mit Ihnen sein: Wir sind hier bloß zu dritt. Da bin ich, und da sind meine zwei Polizisten, wovon einer noch in der Ausbildung ist. Was sollen wir denn groß machen?«

Er schnippt sich eine Fluse von seiner Uniformjacke, auf deren Schulter ein einzelner sechszackiger Stern genäht ist. »Letzte Woche zum Beispiel: Da haben vermutlich ein paar jugendliche Tagediebe mehrere Kilo Sprengstoff in der Kiesgrube gestohlen. Den haben wir bis jetzt auch noch nicht gefunden. Aber ich hab halt auch nicht die Leute dazu.« Er rückt einige Stifte auf seiner Schreibtischunterlage zurecht. »Ich hoff bloß, dass jetzt nicht auch noch die al-Qaida hierherzieht«, murmelt er dabei vor sich hin. Sein Blick wandert wieder zu Caruso. »Es ist so: Wenn's eine größere Geschichte ist, rufen wir in Saulgau oder in Sigmaringen an, dann schicken die uns Verstärkung. Und wenn's noch größer ist, rufen die Sigmaringer in Konstanz an. Das passiert freilich bloß alle Jubeljahre. Ich krieg ja nicht mal eine Vollzeitstelle für meine Sekretärin bewilligt.«

»Verstehe«, sagt Caruso, versteht aber nur Bahnhof. Ihm dämmert allerdings, dass die Sache mit der Unterstützung nicht ganz so einfach werden wird. »Haben Sie denn im Moment freie Kapazitäten?«

»Na ja.« Umständlich blättert der Kommissar in einem Kalender. »Wir haben natürlich immer viel zu tun. Eine Ampel an der Hauptstraße ist ausgefallen. Da regeln meine Polizisten den Verkehr, dann kommen noch die Falschparker, und«, er hebt den Zeigefinger, »wir haben im Moment auch noch ein Problem mit Haschplätzle.«

»Mit was?«

»Haschplätzle. Gebäck versetzt mit Drogen. Das taucht in letzter Zeit immer öfter auf. Und wir bekommen einfach nicht heraus, wo's herkommt. Aua!« Er verzieht das Gesicht und hält sich den Magen.

»Alles in Ordnung?«, fragt Caruso besorgt.

»Das ist bloß mein Gallenstein. Der hat's in sich. Kommt vom vielen Stress.« Für einen Moment sieht der Kommissar fast stolz aus. »Der sitzt genau da.« Er zeigt auf eine Stelle an seiner Bauchseite.

Caruso nickt verständnislos.

Der Kommissar seufzt. »Eigentlich dürfte ich keinen Kaffee trinken, aber was ist ein Tag ohne Kaffee, nicht wahr?« Geräuschvoll nimmt er einen Schluck aus seiner Tasse. »Also jetzt erzählen Sie doch mal der Reihe nach. Was ist denn da in Italien passiert? Und wie können wir Ihnen helfen?«

Francesco Caruso erzählt die Geschichte, die, das muss er selbst zugeben, nach einem schlechten Mafia-Roman klingt.

Ungläubig starrt ihn der Kommissar an. »Sie glauben, die ›Trattoria Sorentino‹ ist darin verwickelt?«

»Nun, es ist bis jetzt nur eine Theorie. Fakt ist: Zum fraglichen Zeitpunkt ist in der ›Villa Messina‹ ein Päckchen angekommen, das jetzt verschwunden ist.« Caruso blättert in seinem Notizbuch. »Es kam aus der ›Trattoria Sorentino‹ und enthielt einen Metalltopf mit fünfhundert Gramm ›Mafia-Spätzle‹. Klingelt da was?«

»Noi, da meldet sich bloß mein Magen. Es ist bald Essenszeit. Hören Sie, ich kenn die Trattoria-Chefin, die Donna Elvira, seit fast zehn Jahren. Das ist eine temperamentvolle, aber sehr anständige Italienerin.«

»Und die ›Mafia-Spätzle‹?«

»Ha jo! Das ist halt ein Werbegag.«

Caruso lächelt wissend. »Meine Maxime, lieber Kommissar, ist: Am Anfang einer Ermittlung ist alles und jeder verdächtig.«

***

Der Flur liegt verlassen da, nun ja, bis auf Berthold Schmälzle und Max Schmähle, die in gebückter Haltung gebannt am Schlüsselloch lauschen. Sie schauen sich bedeutungsvoll an.

»Hast du das gehört? Jeder ist verdächtig«, flüstert Schmähle ehrfürchtig. Er ist hager und drahtig und eindeutig der Jüngere der beiden. Allerdings beginnen seine schwarzen dünnen Haare an der Stirn bereits zurückzuweichen. »Meinst du, das ist jemand Wichtig's?«

Sein Kollege grunzt. »Na ja, zum Spaß kommt der bestimmt nicht aus Italien. Jetzt lass mich auch mal sehen.« Er versucht vergeblich, seine Knollennase ins Türschloss zu stecken. Er ist um die dreißig, hat Pausbacken, eine blonde Igelfrisur und wird in zehn Jahren todsicher Probleme mit seinem Rücken bekommen. Er wiegt nämlich ungefähr vierzig Kilo zu viel.

»Vielleicht kriegen wir endlich mal einen großen Fall«, sagt Schmähle.

»Sei vorsichtig mit dem, was du dir wünschst.«

In dem Moment geht die Tür auf, und die beiden fallen übereinander ins Büro des Kommissars. Der verdreht die Augen.

»Hab ich euch nicht gesagt, dass man nicht an anderer Leute Türen horcht?«

»Wir waren nur zufällig grad auf dem Gang, Chef«, sagt Schmähle zerknirscht.

»Darf ich vorstellen«, seufzend wendet sich der Kommissar an Caruso, »unsere beiden Einsatzkräfte. Immer auf dem Sprung.«

Die beiden rappeln sich auf und stehen stramm. Schmähle grüßt militärisch. »Jawoll, Chef! Allzeit bereit!«

»Das hier ist Sonderermittler Caruso aus Rom«, stellt der Kommissar den Tenente vor. »Er führt hier eine Ermittlung durch, bei der er unsere Hilfe braucht. Ich muss nicht erwähnen, dass das eine Ehre für unser kleines Revier ist. Ihr zwei unterstützt ihn im Rahmen eurer Möglichkeiten. Und zwar *ohne* dass ihr eure normalen Aufgaben vernachlässigt. Sie können sich ja dann im Aufenthaltsraum besprechen.« Mit diesen Worten entlässt er Caruso und schließt die Tür.

Im Aufenthaltsraum sieht es aus wie in der Küche eines beliebigen Bürogebäudes. Ein weißer Tisch mit Stahlbeinen und einer Holzplatte, mehrere Stapelstühle mit gekrümmten Lehnen, eine einfache weiße Einbauküche mit Hängeschränken und eine Kaffeemaschine. An der Wand hängt ein altes Fahndungsplakat mit Deutschlands meistgesuchten Verbrechern.

Nachdem sich jeder einen Kaffee aus dem Automaten gelassen hat, setzen sich die drei Männer an den Tisch.

»Wir stehen Ihnen rund um die Uhr zur Verfügung«, sagt Schmähle eifrig.

»Also *er*«, brummt Schmälzle und wirft seinem Kollegen einen bösen Blick zu. »Ich brauch meinen Schlaf.«

Caruso nimmt einen Schluck aus seinem Becher. Kaffee mit extra Milch. In Italien würden sie so was nicht mal als Spülwasser benutzen. Die beiden Polizisten blicken ihn erwartungsvoll an. Caruso trinkt bedächtig, dann beginnt er zu erzählen. »Es gab in Italien einen, sagen wir, Zwischenfall. Eine Schießerei …«

»Nicht wahr!« Schmähle bekommt große Augen.

»Halt deine Gosch und hör zu«, raunzt sein Kollege.

»… in deren Verlauf mehrere Personen getötet wurden, die wir der Cosa Nostra sowie dem mexikanischen Sinaloa-Kartell zurechnen. Es ging dabei wohl um eine größere Menge an Kokain.«

»Heidabimbam!«

»Das Oberhaupt des Clans, Don Sorentino, ist seitdem verschwunden. Genauso wie das Kokain. Kurz vor dem Überfall wurde ein Paket geliefert, das offensichtlich einen Topf und sogenannte ›Mafia-Spätzle‹ enthielt. Beides kam aus der ›Trattoria Sorentino‹, adressiert an den Don persönlich. So weit die Fakten.«

»Jetzt echt? Von der Donna Elvira?« Schmähle verschluckt sich vor Aufregung.

Misstrauisch mustert Caruso die bräunliche Brühe, die in seinem Becher schwappt. »Ich bediene mich bei meinen Ermittlungen gern zweier Dinge: genaue Beobachtung und Deduktion.«

Die beiden starren ihn verständnislos an.

»Das heißt: Ich ziehe Schlussfolgerungen aus dem, was ich sehe.«

Schmälzle verscheucht eine Fliege, Schmähle rührt in seinem Kaffee.

»Ich erkläre es Ihnen. Sie«, er deutet mit dem Finger auf Schmähle, »wohnen noch zu Hause bei Ihrer Mutter. Und Sie haben einen Garten.«

Schmälzle lacht auf. »Ha! Das stimmt. Der wohnt immer noch daheim. Und einen Garten hat er auch.«

»Und wie kommen Sie jetzt da drauf?«, fragt Schmähle misstrauisch.

»Ganz einfach. Ihr Hemd ist frisch gewaschen und sauber, hat aber oben am Kragen einen winzigen, nichtsdestotrotz sehr speziellen grünen Fleck. Ihre Frau hat das Hemd nicht gewaschen. Sie tragen keinen Ehering, sind also nicht verheiratet. Der grüne Fleck kommt von gewöhnlichem Gras. Früher wurde die Wäsche zum Bleichen einfach auf die Wiese in die Sonne gelegt. Das nannte man Rasenbleiche. Dabei wurden die Hemden zwar sauber, aber wenn man Pech hatte, gab es Grasflecken. Das wird heute nicht mehr gemacht, es sei denn von unseren Müttern. Also liegt es nahe anzunehmen, dass Ihre Mutter die Wäsche für Sie erledigt. Und dass Sie einen Rasen hinter dem Haus haben.«

»Deddugdiv! Ha! Der hat dich durchschaut, Max.« Schmälzle lacht und gibt seinem Kollegen, der argwöhnisch sein Hemd begutachtet, einen Rippenstoß.

»Ich könnt auch bei der Freundin wohnen …«, grummelt Schmähle.

»Zurück zum Fall Sorentino«, fährt Caruso fort. »Nicht nur die Namensgleichheit ist auffallend. Meiner Theorie nach könnten diese ›Mafia-Spätzle‹ für etwas ganz anderes stehen. Nämlich zum Beispiel für Kokain.«

Schmälzle schüttelt ungläubig den Kopf und nutzt die Gelegenheit, um seine Leberkässemmel auszupacken. Mit vollem Mund nuschelt er: »Also ganz ehrlich. Ich hab die schon gegessen, die Spätzle. Die waren ein bisschen überwürzt, aber da war bestimmt kein Kokain drin. Wir kennen die Donna. Die ist strikt gegen harte Drogen. Und dass die was mit der Mafia zum Schaffen hat, das kann ich mir beim besten Willen nicht vorstellen. Das ist ein grundanständiges Weibsbild.« Bekräftigend beißt er von seiner Semmel ab.

Caruso nimmt bedachtsam einen weiteren Schluck Kaffee. »Ein berühmter Detektiv hat einmal gesagt: Hat man das Unmögliche ausgeschlossen, muss das, was übrig bleibt, die Wahrheit sein, so unwahrscheinlich sie auch klingen mag. Es kann durchaus sein, dass der Flüchtige, Don Sorentino, in der Trattoria Unterschlupf sucht.«

Schmähle kratzt sich am Kopf. »Und was machen wir jetzt? Wir können die Donna ja schlecht verhaften, bloß weil sie Spätzle verschickt.«

»Es sei denn, die Spätzle sind schlecht«, fügt Schmälzle hinzu. »Das wäre dann zumindest ein Verbrechen gegen den guten Geschmack«, sagt er und kichert.

»Mach dich nur lustig, du Hamballe«, schimpft Schmähle.

Beschwichtigend hebt Caruso die Hände. »Das Verhaften hat Zeit. Als Erstes müssen wir herausfinden, was in dieser Trattoria vorgeht.«

Die beiden Polizisten denken angestrengt nach. Schmälzle klatscht in die Hände. »Warum gehen wir nicht einfach hin und fragen? Das würde am schnellsten gehen.«

»Ha jo! Genau«, stimmt Schmähle begeistert zu.

»Piano, piano«, beruhigt Caruso die beiden. »Wir müssen vorsichtig sein. Wir haben es mit extrem gefährlichen Menschen zu tun. Für die gehört Mord zum Tagesgeschäft.«

Schmähle hebt die Hand. Augenscheinlich hat er etwas auf dem Herzen.

»Ja?«

»Wo Sie das gerade erwähnen: Meinen Sie, wir dürfen dann auch richtige Waffen benutzen? Es ist nämlich so«, das Ganze ist ihm sichtlich peinlich, »wir haben bloß *das* hier.« Er zieht ein Pfefferspray, einen Schlagstock und eine Pistole hervor. »Da's hier nicht so viel aufregende Fälle gibt, hat uns das Ministerium nur die Heckler & Koch P2000 bewilligt. Aber wenn's ernst wird, brauchen wir vielleicht größere Waffen …«

Schmälzle verschluckt sich fast an seiner Semmel. »Was willst denn du Mucke'huschter mit noch einer Waffe? Am Ende schießt du dir bloß selbst die Rübe runter«, herrscht er seinen Kollegen an.

Schmähle ist beleidigt. »Weil du ja alles besser weißt! 's Rindviech vergisst leicht, dass es auch mal ein Kälble gewesen ist.«

Caruso wird gerade so richtig klar, dass er es nicht unbedingt mit der ersten Garde zu tun hat. »Äh … Ich werde sehen, was ich tun kann. Vielleicht kann ich noch einmal mit dem Kommissar sprechen. Aber Priorität haben jetzt erst einmal andere Dinge. Wir müssen uns ein Bild von der Trattoria machen, ohne dass es jemand mitbekommt.«

Schmälzle runzelt die Stirn. »Und wie soll das gehen? Uns kennt doch hier jeder.«

Caruso nimmt noch einen Schluck, wirft seinen leeren Becher in die Mülltonne. »In so einem Fall greift man gewöhnlich auf Informanten zurück. Menschen aus dem kriminellen Milieu, die der Polizei nahestehen und Gerüchte und Informationen weitergeben. Fällt Ihnen da jemand ein?«

Wieder überlegen die beiden. Schmälzle hat die Semmel zur Hälfte aufgegessen, als ihm eine Idee kommt. »Also, wenn man in Muggenpfuhl etwas wissen will und nicht direkt fragen kann, gibt's einen Platz, wo man hinmuss. Da wissen sie sogar, wenn einem ein Furz quersteckt. Und zwar bevor man's selbst weiß.«

»Ja?«, fragt Caruso.

Bedeutungsvoll senkt Schmälzle die Stimme. »Der Witwenstammtisch.«

»Der was?«

Der verschwundene Tote

»Na, wo steckt sie denn? Na, wo ist sie denn hin? Psst. Pssst! Thekla!« Stirnrunzelnd mustert Julia die offen stehende Käfigtür. Hat sie gestern vergessen, sie zu schließen? Möglich wär's, nach dem ganzen Theater mit ihrem Vater.

»Paps! Ich glaub, Thekla ist wieder ausgebüxt«, ruft sie nach unten.

»Was? Ich versteh kein Wort«, ertönt die Stimme ihres Vaters. Er ist in der Küche und macht Frühstück. Der Geruch von Ham and Eggs und Ahornsirup auf Pancakes zieht nach oben.

Sie probiert's eine Spur lauter. »Thekla ist abgehauen!«

»Oh Gott, das ist doch diese schreckliche Riesenspinne. Dann fang sie mal wieder ein. Wir haben heute zu tun. Unser *client* soll nicht zu lange warten.«

»Der wird uns schon nicht weglaufen«, brummt sie vor sich hin.

»Und: Frühstück ist fertig.«

»Komm schon.« Auf Händen und Knien rutscht sie durchs Zimmer, späht unters Bett und unter ihren Schreibtisch. Nichts. Sie beschließt, später weiterzusuchen.

Im Bad spritzt sich Julia etwas Wasser ins Gesicht, macht sich ihre Ohrstecker rein (rechts drei, links vier), kämmt sich ihren Iro an der Seite glatt und begibt sich nach unten. Auf dem Weg die Wendeltreppe hinunter schaut sie vorsichtshalber nach links und rechts in die Treppennischen. Thekla hat es gern dunkel und schattig. Wo treibt sich diese dumme Spinne nur wieder herum?

»Na? *Did you sleep well?*« Ihr Vater stellt gerade Tassen auf den Frühstückstisch.

»Geht so. Hab geträumt.«

»Hoffentlich nichts Schlechtes.« Er schenkt ihr Kaffee ein.

»Kann mich nicht mehr erinnern. War gestern ein bisschen viel auf einmal. Außerdem gibt's hier, glaube ich, läufige Katzen.

Gestern hat eine so laut geheult, dass ich aufgewacht bin.« Sie mustert Lindhorst kritisch. »Und wie fühlst du dich?«

»Mir geht's phantastisch. Keine Ahnung, was das gestern war. Vermutlich ein Aussetzer. Vielleicht vertrag ich ja die Küche hier nicht. Oder das Klima.«

Oder alles zusammen. Julia beißt von ihrem echt amerikanischen Toast ab und mustert ihren Vater misstrauisch. Er hat Ringe unter den Augen, und man sieht ihm die Anspannung an, die ihnen ihr neuer Fall gebracht hat. Eine Leiche herzurichten, die schon halb verwest ist, ist bei Gott keine einfach Arbeit. Zuerst muss das nekrotische Gewebe entfernt, dann mit Wachs schrittweise nachmodelliert werden. Das ist mühsam und zeitraubend.

»Ich hoffe, unser *client* ist nicht allzu mitgenommen«, sagt sie und gibt großzügig Ahornsirup auf ihre Pancakes.

»Ach was.« Lindhorst winkt ab. »Du wirst sehen: Wir sind im Handumdrehen fertig.«

»Bloß keine Überraschungen mehr.«

Ihr Wunsch geht leider nicht in Erfüllung. Die schwere Flügeltür, die zum Keller führt, steht nämlich offen.

Lindhorst runzelt die Stirn. »Ups! Hab ich gestern vergessen abzuschließen?«

Julia inspiziert derweil das Auto. Die Reifen haben noch Luft. »Also, dem Auto fehlt nichts«, ruft sie erleichtert.

»Jetzt sieh dir das an.« Ihr Vater kniet gebückt an der Tür. »Die hat einer aufgemacht.« Er zeigt ihr mehrere kleine Kratzer am Türblatt. »Sieht sehr professionell aus. Nichts anfassen. Das hier könnte ein Tatort sein.«

Julia fragt sich, was man wohl in einem Bestattungsgeschäft stiehlt. Särge?

Ihr Vater späht vorsichtig ins Dunkel des Ganges. »Du bleibst hinter mir. Wir sehen uns drinnen um.«

Hinter ihm betritt Julia den kleinen Kellergang. Sieht eigentlich alles aus wie immer.

»Oh Gott!« Lindhorst beugt sich nach unten.

»Was ist denn?«

Er schluckt. »Ich glaub, ich habe Thekla gefunden.«

Julia drängt sich an ihrem Vater vorbei. In der Ecke des Ganges liegt Thekla. Sie streckt alle acht Beine in die Luft und rührt sich nicht. Vorsichtig stippt Julia sie mit dem Finger an. Nichts. Als sie sie auf den Rücken dreht, sieht sie, dass ihr Rückenpanzer zerstört ist. Es sieht aus, als hätte sie jemand regelrecht aufgespießt.

»*What the hell!* Was ist denn hier passiert?«

Lindhorst ist bleich geworden. »Wie ist sie überhaupt hierhergekommen?«

»Ich hab wahrscheinlich gestern die Käfigtür offen gelassen.«

»Julia, ich hab dir hundertmal gesagt, du musst auf deine Tiere aufpassen.«

»Ach was? Ich war gestern *etwas* im Stress. Irgendjemand wollte unbedingt in Klamotten duschen und ist dann die Treppe runtergefallen!«

»Sorry, Julia. War nicht so gemeint. Tut mir leid für Thekla.«

Die Tür zum Kühlraum ist abgeschlossen. Mit leicht zitternden Fingern nestelt Lindhorst den Schlüssel hervor. »Vielleicht sind die Einbrecher gestört worden?«

»Ja – hoffentlich von Thekla.«

Endlich hat er die Tür offen. Ein Hauch kalter Luft, vermischt mit dem Geruch nach Antiseptika, schlägt ihnen entgegen. Das Licht geht an. Alles scheint normal. Lindhorst durchquert das Umkleidezimmer mit großen Schritten. Eine Sekunde später – ein erstickter Schrei.

»Julia! Das musst du dir ansehen!« Lindhorsts Gesicht hat die Farbe der Fliesen angenommen. Die Kühlzelle ist offen, die Bahre halb herausgezogen. Dort, wo eigentlich ein dicker Italiener liegen sollte, ist … nichts. Obwohl – nicht ganz. Lindhorst deutet auf den Boden neben dem Schrank.

Julia muss einen Würgereiz unterdrücken. Dort liegt der Kopf des Italieners. Ein Auge schielt starr nach oben.

»Dad! Wir müssen die Polizei holen! Wer klaut denn eine Leiche? Und schneidet ihr dann den Kopf ab? Die müssen ja total gestört sein.«

Lindhorst lehnt sich an die Wand und atmet tief durch. »Ich

hab keine Ahnung. Aber ich hatte gleich so ein komisches Gefühl bei der Sache. Was sag ich jetzt bloß dieser Donna Elvira?«

»Dad!«, drängt Julia. »Wir müssen die Polizei rufen.«

»Schatz, das geht nicht.« Unglücklich schüttelt ihr Vater den Kopf. »Ich kann ja wohl schlecht sagen, dass ich eine Leiche verloren habe. Da können wir auch gleich unsere Koffer packen.«

»Ist ja gut.« Sie fasst ihren Vater unter der Schulter. »Lass uns erst mal frische Luft schnappen.«

Julia hat keine Ahnung, wo die Leiche hingekommen ist, aber in einer Sache ist sie sich sicher: Egal, wer ihrer Spinne das angetan hat, er wird dafür bezahlen.

Dicke Nasen und italienisches Frühstück

»*Buongiorno, mamma!*«

»*Buongiorno, Giovanni!* Du kannst schon mal den Tisch decken.«

Das Frühstück in der »Trattoria Sorentino« ist meistens eine ziemlich lautstarke Angelegenheit. Donna Elvira legt großen Wert darauf, dass die *famiglia* zusammen isst. Gegessen wird um halb acht. Um neun Uhr öffnet die Trattoria. Bleibt noch eine Stunde, um den Laden vorzubereiten.

Als Erster ist wie immer ihr Ältester unten: Giovanni, ihr Prachtstück. Feste Freundin, feste Arbeit. Seine Schicht fängt um zehn Uhr an, also kann er noch in Ruhe frühstücken. Ungeniert häuft er sich Toastbrot und Marmelade auf den Teller.

»Schling nicht so«, mahnt sie und tätschelt ihm liebevoll den Kopf.

Sohn Nummer zwei trudelt ein. Offensichtlich ist er noch nicht zur Morgentoilette gekommen. Seine schwarzen Haare stehen ihm vom Kopf ab wie Igelstacheln.

»*Giorno*«, murmelt Salvatore, bevor er sich eine Riesentasse Kaffee einschenkt.

»Ellbogen vom Tisch, *salame*! Und schlürf nicht so!«

Sohn Nummer drei poltert die Treppe herunter.

»Hab ich dir nicht gesagt, du sollst die Cowboystiefel im Haus ausziehen?«

Schuldbewusst zieht Luigi den Kopf ein. »Ich muss nachher gleich weg.«

»Zieh die Stiefel aus. Wir sind doch keine *barbaros*.«

Donna Elvira überlegt, was sie heute alles erledigen muss. Die Beerdigung organisieren. Vor allem Einladungskarten schreiben. Ihre weitläufige Familie muss schnellstmöglich vom Tod des Don unterrichtet werden. Der Umgang mit ihrer Mafia-Verwandtschaft hat seine eigenen Gesetzmäßigkeiten. Der Bestatter kommt ihr in den Sinn. Hoffentlich hat gestern mit der Abholung des

Toten alles geklappt. Wehe, wenn dieser Lindhorst Mist gebaut hat.

»*Buongiorno, Donna Elvira*«, säuselt es von der Treppe.

Aus irgendeinem Grund läuft ihr eine Gänsehaut über den Rücken. Völlig lautlos ist einer ihrer beiden nächtlichen Besucher aufgetaucht. Und das, obwohl er Cowboystiefel anhat. Und zwar welche mit Sporen. Sie zwingt sich zu einem Lächeln. Wer bitte hat denn Sporen an den Stiefeln? Das ist hier doch nicht der Wilde Westen!

»Oh, das riecht aber verlockend.« Romeo schnuppert an den frischen Cornetti.

Donna Elviras Söhne starren den Besucher mit offenem Mund an, und in ihren Augen steht (sehr zu Donna Elviras Unmut) aufrichtige Bewunderung. Sie traut dem Freund ihres Neffen nicht. Einmal Mafia – immer Mafia. Das ist eine der leidvollen Lehren, die sie aus ihrer Kindheit gezogen hat.

»Setz dich dort drüben hin. Salvatore, geh mal in die Küche und hol noch zwei Gedecke.«

»Schon unterwegs, *mamma.*« Salvatore springt auf und sprintet in die Küche. Wenn er nur sonst auch so flink wäre, seufzt Donna Elvira in Gedanken. »Und wo ist Enzo?«

Die Antwort kommt gerade die Treppe heruntergehumpelt.

»Jesses, Maria!« Irgendetwas scheint mit dem Gesicht ihres Neffen nicht zu stimmen. Das sieht sie, obwohl er sich ein Taschentuch vor die Nase hält. Die Proportionen sind total verschoben, die Augen kaum mehr zu sehen, stattdessen sitzt ihm ein riesiger Klumpen mitten im Gesicht. Sein Schlapplid sieht jetzt wirklich zum Fürchten aus. Erst beim zweiten Hinsehen lässt sich da etwas wie eine Nase erkennen. »*Dio mio*, was ist denn mit dir passiert?«

»*Niente.* Ha 'lergie«, nuschelt er.

»Wie bitte?«

»Er hat eine Allergie. Das müssen Pollen sein. Um diese Jahreszeit ist das immer so bei ihm«, flötet ihr Romeo ins Ohr.

»Der sieht aus, als ob er zum *dottore* müsst'«, schaltet sich Luigi besorgt ein.

Enzo winkt ab. »Mhmmm. *No dottore.*«

»Das geht schon wieder vorbei.« Romeo beißt in ein Tramezzino mit Mortadella.

»Was wollt ihr denn heute machen, *puffo*?«, fragt Donna Elvira besorgt.

»'ir 'ollen 'on Sorentino 'i etzte 're 'weisen.«

Donna Elvira versteht kein Wort.

»Wir möchten den Don besuchen und uns von ihm verabschieden«, übersetzt Romeo. »Und zwar möglichst schnell. Wir müssen schleunigst wieder zurück nach Italien.«

Donna Elvira wäre nichts lieber als das. Allerdings … »So, wie du aussiehst, kannst du doch nicht unter die Leute. *Impossibile!*«

»Soll ich euch hinbringen? Ich weiß, wo der Bestatter wohnt«, fragt Salvatore eifrig.

Man sieht ihm an, dass er fürs Leben gern mit den »großen Jungs« abhängen würde. Doch da hat er die Rechnung ohne Donna Elvira gemacht.

»*Du* hast heute keine Zeit. Heute ist nämlich Kehrtag«, erklärt seine Mutter den anwesenden Nichtschwaben. »Da wird in Schwaben geputzt. Da müssen alle mit anpacken.«

Die Kehrwoche ist tatsächlich eine rein schwäbische Erfindung. Erstmals wurde sie im 15. Jahrhundert per Erlass verordnet. Die Schwaben wurden angehalten, nicht nur ihre Treppenhäuser (kleine Kehrwoche), sondern auch die Trottoirs sauber zu halten (große Kehrwoche). Bei Donna Elvira dauert die Kehrwoche nur einen Tag. Das reicht ihrer Meinung nach aus, um vor der Trattoria die Straße zu fegen und den Müll vom Trottoir zu lesen. Im restlichen Schwaben ist der Kehrtag traditionell der Samstag, aber Donna Elvira hat ihn kurzerhand auf Freitag vorverlegt, da am Wochenende in der Trattoria am meisten Betrieb herrscht und keine Zeit zum Putzen bleibt.

»Mensch, *mamma*!« Salvatore rührt beleidigt in seinem Kaffee.

»Kein Problem. Wir finden ihn auch allein.« Romeo schenkt Donna Elvira ein beunruhigendes Lächeln, bei dem sie feststellt, dass er seine Eckzähne hat spitz feilen lassen.

»Ach, und Donna Elvira … wir sind quasi inkognito hier. Es wäre besser für alle, wenn das auch so bleibt.« Beiläufig nimmt er eines der Messer vom Tisch und lässt es um seinen Handballen rotieren, bevor er es mit einer nachlässigen Handbewegung zielgenau in ein Weißbrot schleudert.

Die Leiche muss weg

Im Büro vom Bestattungsunternehmer Gottesacker herrscht Grabesstille. Nur das Ticken der großen Uhr ist zu hören. Bewegungslos sitzt Johann Gottesacker hinter seinem großen schwarzen Schreibtisch. Er hat die ganze Nacht nicht geschlafen. Stattdessen hat er in die toten Augen seiner Vorfahren gestarrt, als erhoffe er sich dort einen Rat.

Die Diebesbeute der letzten Nacht: eine Leiche ohne Kopf, verborgen unter einer luft- und blickdichten Plastikplane im Kühlraum nebenan. Der Gestank ist trotzdem stärker geworden. Gottesacker ist immer noch fassungslos. Wie kann denn bitte einer Leiche einfach der Kopf abfallen?

Nachdem sie es endlich geschafft hatten, den schweren Körper aus dem Gully zu bugsieren und in den Kühlraum zu verfrachten, sind sie beide fix und fertig gewesen. Mit Grauen erinnert sich Gottesacker an den merkwürdigen spitzen Schrei. Wenn sie jemand beobachtet hat, ist sein Bestattungsunternehmen Geschichte. Ganz davon zu schweigen, dass er dann im Gefängnis viel Zeit haben wird, um über gewisse Dinge nachzudenken.

Anselm hat sich, ohne ein Wort zu sagen, in seinem Zimmer eingeschlossen und Gottesacker im Dunkeln seines Büros allein gelassen.

»Ich hab's wirklich gemacht. Jetzt bin ich ein Krimineller. Einer, der Leichen stiehlt.«

Im Licht der Morgensonne, das unter den zugezogenen Jalousien hereinscheint, sieht's so aus, als ob Urgroßvater Ignatius seine buschigen Augenbrauen zusammenkneift. »Was stellsch dich denn so a? Das hat doch wunderbar klappt. Du bisch oifach ein Jammerlappe. Das isch alles.«

»Ich bin jetzt ein Verbrecher.«

»Dass ich nicht lach. Wer Wind macht, isch noch lang kein Wettermacher.«

Vater Anton und Großvater Ludwig halten sich an dieser Stelle lieber zurück.

»Ich würd mir lieber mal Gedanke mache, was du jetzt mit der Leich anfangsch. Bei dir rumliege lasse kannsch sie nämlich nicht.«

Großvater Ludwig fühlt sich bemüßigt hinzuzufügen: »Die Leich ohne Kopf.«

Und Vater Anton: »Das Corpus Delicti.«

»Jetzt gib mal nicht so an mit deinem bissle Latein«, höhnt Großvater Ludwig.

Urgroßvater Ignatius macht dem Streit ein Ende. »Das Wichtigschte isch: Die Leich muss verschwinden!«

»Ganz und gar«, pflichten ihm seine Nachfahren bei.

»Am besten vergräbsch du sie im Wald. Oder verbrennsch sie. Ich hab seinerzeit Leichen auch kleingehackt. Bloß gibt das eine Riesensauerei und stinkt fürchterlich. Das isch eine Arbeit für zwei.«

Bestatter Gottesacker schreckt auf. Ein deutliches Geräusch ist zu hören. Es klingt wie eine Flatulenz. Und es kommt aus dem Kühlraum. Leichengase blähen den Toten auf, sammeln sich in Abdomen, Herzkammern und Lungen. Je mehr undichte Stellen ein toter Körper hat, desto schneller schreitet die Verwesung voran. Gottesacker weiß, dass Leichen sogar aufplatzen können. Noch ein Grund mehr, sich zu beeilen.

»Anselm! Komm mal runter!«

Doch der hört gerade nichts. Er hat Kopfhörer auf, aus denen in gesundheitsgefährdender Lautstärke »You only live once« von Suicide Silence dröhnt. Er hat den Rest der Nacht am Fernglas verbracht und den Hof gegenüber beobachtet. Irgendwann gegen fünf Uhr in der Früh ist er schließlich hinter dem Vorhang eingenickt.

Jetzt plagt ihn das schlechte Gewissen. Wie konnte er sich nur auf so einen Blödsinn einlassen? Zum einen geht ihre nächtliche Aktion weit über das hinaus, was er sonst an kleinkriminellen Aktivitäten treibt, zum anderen fragt er sich, wie er Julia jemals wieder in die Augen sehen soll. Nachdem sein gestriger

Eifersuchtsanfall verflogen ist, wird ihm allmählich die ganze Tragweite dessen klar, was sie da angestellt haben.

»Da hätten wir: Einbruch, Sachbeschädigung und Leichendiebstahl«, murmelt er vor sich hin. Ob das wohl wie normaler Diebstahl bestraft wird? Fragen über Fragen. Und die würden erst richtig losgehen, wenn die Polizei Ermittlungen aufnimmt. Nicht unmöglich, dass man auch seine kleinen »Nebeneinkünfte« näher beleuchten würde. Anselm: Leichendieb und Kleinstadtdealer.

Auf dem Hof gegenüber tut sich was. Die Tür zum Bestattungskühlkeller geht auf. Ein auffallend zerzaust aussehender Henning Lindhorst tritt heraus, gefolgt von seiner Tochter. Die beiden bleiben neben dem Pavillon stehen. Julia steckt sich eine Zigarette an. Wie es aussieht, sind beide äußerst aufgebracht.

Anselm kann verstehen, warum. Welcher Bestatter verliert schon gern seine Leichen?

Jetzt scheinen sie sich sogar zu streiten. Julia tritt die erst angerauchte Zigarette mit dem Absatz aus. Lindhorst gestikuliert wild, dann lässt er niedergeschlagen die Schultern hängen.

Anselm wünscht sich, dass er irgendetwas verstehen könnte.

Moment … Da kommt noch jemand. Ein Auto fährt auf den Hof. Die Polizei? So schnell?

Anselms Herz überspringt zwei Schläge. Er stellt sein Fernglas scharf und versucht, ruhig zu bleiben. Gott sei Dank! Falscher Alarm. Die beiden Gestalten, die aus dem cremefarbenen Audi mit Balinger Kennzeichen steigen, sehen ganz und gar nicht wie Polizisten aus. Der Fahrer ist blond und lang aufgeschossen, bewegt sich aber mit einer katzenartigen Eleganz, die große Körperkraft verrät. Der andere ist eher klein und stämmig. Er wirkt brutal. Von seinem Gesicht sieht Anselm nur die schwarzen Haare, denn um Nase und Mund hat er ein Tuch geschlungen. Damit sieht er aus wie ein verhinderter Bankräuber.

Beide haben, soweit Anselm das beurteilen kann, dunkle Haut. Vermutlich Ausländer. Wild gestikulierend reden sie auf den Bestatter ein, der daraufhin heftig mit seinen Händen durch die Luft fuchtelt und mehrmals energisch den Kopf schüttelt. Der kleinere Mann zeigt immer wieder auf die Tür zur Kühlkammer. Möglicherweise geht es um die Leiche.

Etwas vage Beunruhigendes geht von der ganzen Szene aus. Im hellen Licht der Morgensonne (und ohne Ton) wirkt sie irreal und als ob sie jeden Moment zu etwas ganz anderem umschlagen könnte. Gewalt liegt in der Luft.

Man scheint zu keiner Einigung zu kommen. Der kleine Mann schüttelt die Faust, und der andere stößt den Bestatter drohend vor die Brust. Und obwohl es von hier oben nur wie ein kleiner Schubser aussieht, taumelt Lindhorst einen Schritt zurück. Julia mischt sich ein und stellt sich offensichtlich fuchsteufelswild vor ihren Vater.

Anselm ist sich sicher, dass es um die Leiche geht. Was hatten sie da nur angerichtet?

Von unten kommt die ärgerliche Stimme seines Vaters: »Hergottsakradi! Anselm! Kommst du endlich runter?«

Widerwillig reißt sich Anselm von seinem Beobachtungsposten los. Dabei fällt ihm siedend heiß ein, dass er noch achtzig Gramm Haschisch im Bettkasten versteckt hat. Das muss auf jeden Fall weg. Und zwar heute noch.

Allerdings hat auch sein Vater ein Anliegen. Johann Gottesacker thront in der Dunkelheit der zugezogenen Jalousien hinter seinem Schreibtisch. Kleine Schweißperlen stehen auf seiner Stirn.

»Anselm, die Leiche muss weg. Und zwar so schnell wie möglich. Wir müssen sie klein machen und in Säure auflösen. Ich hab schon recherchiert. Ich weiß, wie's geht. Aber das schaff ich nicht allein. Wir haben's angefangen, jetzt müssen wir's auch zu Ende bringen.«

Anselm ist sich ziemlich sicher, dass sein Vater komplett übergeschnappt ist. »Also, mir langt's! Ich muss gar nix. Das hast alles *du* angefangen.«

»Weißt du was? Genau das ist dein Problem: Du hörst einfach mittendrin auf. Deshalb wirst du's auch nie zu etwas bringen.«

Jetzt wird Anselm sauer. »Meinst wirklich, ich will so werden wie du? Ein Bestatter, der Leichen stiehlt?«

»Du hast doch keinen Funken Ehrgeiz im Leib, du Drialer! Das ist der Grund, warum du mit fast dreißig immer noch daheim hockst! Ich sag dir was: Entweder du hilfst mir, oder du brauchst dich hier nicht mehr blicken lasse!«

»Weißt du was, Vadder? Rutsch mir doch den Buckel runter!«

Der Witwenstammtisch

»Wir kaufen nix.«

Gackerndes Gelächter. Vertrocknete Brüste heben sich, dritte Zähne klappern, künstliche Hüftgelenke knarren, und kurzsichtige Augen blinzeln hinter Brillengläsern hervor, die so dick sind wie die Böden der Tassen, aus denen der Witwenstammtisch gerade Schonkaffee trinkt. Die Damen sind bester Laune. Wortführerin ist Myrtel Vögele.

»… und übrigens: Ich habe gar kein Auto!«

Was aus irgendeinem Grund einen Gelächtersturm auslöst.

Myrtel führt zusammen mit ihrer Schwester Hedwig den Vorsitz des Witwenstammtischs. Hier am runden Tisch im Café »Allgeier« sind gut und gern fünfhundert Lebensjahre versammelt. Sechs alte Damen und ein Senior (aufgenommen deshalb, weil er der Einzige ist, der ein Auto hat – und es vor allem auch noch fahren kann) sitzen vor exotischen Eisbechern im Kreis. Eins haben sie alle gemeinsam: Sie sind verwitwet.

Francesco Caruso rutscht etwas verlegen auf seinem Platz an der Stirnseite des Stammtischs herum. »Werte Damen …«

»Hört, hört!«

»›Damen‹ hat er gesagt!« Dorothea Bunz, bekannt als Dorle, nach allgemeiner Ansicht von jeher nicht ganz bacha, gackert lauthals.

»Lass dir mal das Hörgerät nachstellen, Dorle.« Hedwig zündet sich eine Zigarette an und inhaliert rasselnd den Rauch.

»Werte Damen und Herren«, setzt Caruso noch einmal an. »Mein Name ist Dottore Francesco Caruso-Müller, und ich will Ihre Zeit nur kurz in Anspruch nehmen. Ich bin Wissenschaftler von der Universität Bicocca in Mailand, genauer gesagt Kulturanthropologe, und untersuche spezielle Eigenheiten der schwäbischen Kultur.«

Eine andere alte Dame kichert. »Ja, speziell sind mir auf alle Fäll.«

»Und was machen *die zwei* da?« Myrtel spießt mit einem Cocktailschirm Carusos zwei Begleiter auf. Die beiden Streifenpolizisten, die wie verschütteter Kaffee neben Caruso sitzen, tragen zivil und sehen aus, als ob sie lieber ganz woanders wären.

»Diese Herren sind so nett, mich bei meinen Recherchen zu unterstützen. Ich interessiere mich nämlich auch für schwäbische Kriminalfälle. Man sagte mir, Sie könnten mir vielleicht weiterhelfen.«

»Was wollen Sie denn wissen?« Hingebungsvoll saugt Hedwig an ihrem Eisflip.

»Ich interessiere mich unter anderem für die ›Trattoria Sorentino‹. Da hört man ja so einige Geschichten …«

Eine Dame mit einem roten Hut voll verstaubtem Kunstobst gibt bereitwillig Auskunft: »Die Söhne von der Donna Elvira sind richtige Spitzbuben. Die stehlen! Da wurden neulich beim ›Elektro-Fuchs‹ zwei nagelneue Mikrowellen gestohlen. Und jetzt raten Sie mal, wer eine neue Mikrowelle in seiner Trattoria hat: die Sorentinos! Aber man hat denen nix nachweisen können. Eine Rechnung haben sie gehabt.«

»Das stimmt so weit.« Schmähle nickt unglücklich.

»Und der Bursche vom Spielsalon?«, bemerkt eine andere Seniorin. »Der hat neulich gar nicht gut schwätzen können, so viel Zähne haben dem gefehlt. Bloß weil er die Donna Elvira schief angeguckt hat. Er hat aber gesagt, er wäre die Stiegen runtergeflogen.«

Caruso rührt in seinem Espresso und fragt beiläufig: »Und in letzter Zeit? Ist Ihnen da irgendetwas aufgefallen? Haben sich die Söhne irgendwie ungewöhnlich verhalten? Oder sind Besucher gekommen?«

Die Damen denken angestrengt nach. Dorle fallen ihre dritten Zähne auf den Teller.

Schließlich meldet sich der Senior zu Wort. »Jetzt, wo Sie's sagen: Gestern Nacht sind scheinbar ein paar italienische Verwandte von der Donna Elvira aufgetaucht.«

»Ach, tatsächlich?« Caruso horcht auf. »Wissen Sie, wie die ausgesehen haben?«

»Äh … Komisch haben die ausgesehen. Die haben so eine Tracht angehabt. Mehr weiß ich auch nicht. Mein Enkel geht da immer essen«, fügt er halb entschuldigend hinzu.

Myrtel mustert Caruso misstrauisch. »Warum wollen Sie das eigentlich so genau wisse?«

Caruso lächelt liebenswürdig. »Wer etwas über Spätzle wissen will, muss die Zutaten kennen, oder?«

»Das ist wahr. Der Deifel scheißt immer auf den größte Haufen.« Die Seniorin mit dem Sonnenhut prostet ihm zu und gießt sich noch einen Schluck aus ihrem Flachmann in den Eiskaffee.

Caruso schlägt sein Notizbuch zu und nickt den Polizisten zum Aufbruch. »Haben Sie vielen Dank. Sie waren uns eine große Hilfe.«

Knopfspuren

Julia ist sauer. Und verwirrt. Und ein bisschen ängstlich. Ihr Vater hat sich in seinem Büro eingeschlossen, nachdem die beiden gerade eine Begegnung der dritten Art mit der Verwandtschaft ihrer kopflosen Leiche gehabt haben. Die beiden Italiener (zumindest vermutet Julia, dass es Italiener sind) tauchten wie aus dem Nichts auf. Weil sie nur gebrochen Deutsch sprachen, war die Verständigung kompliziert. Was allerdings deutlich wurde, war, dass sie sofort ihren Verwandten, Don Sorentino, sehen wollten. Das Wort *famiglia* fiel dabei ziemlich oft. Da ihr Vater den beiden ja schlecht sagen konnte, dass sie aktuell nur noch den Kopf betrauern konnten, betete er irgendwelche Paragrafen und Hygienebestimmungen herunter, wovon die Italiener natürlich kein Wort verstanden. Das Ganze wäre fast in Handgreiflichkeiten ausgeartet.

Mit leichtem Schauder erinnert sich Julia an die toten, kalten Augen des blonden Italieners und an seinen nuschelnden Kollegen mit dem verschwollenen Gesicht. Ihr Vater versuchte, sie auf den nächsten Tag zu vertrösten. Als ob die Leiche einfach über Nacht wiederauftauchen würde!

Die beiden Männer zogen widerwillig ab, aber Julia hat das deutliche Gefühl, dass sie sie bald wiedersehen wird. Sie zermartert sich den Kopf, wie dieser verdammte Tote aus dem Kühlraum gekommen ist. Die innere Tür zum Kühlraum war von außen abgeschlossen, das Schloss nicht beschädigt.

Langsam geht sie den Gang entlang und versucht, das Ganze zu rekonstruieren. Also: Der oder die Leichendiebe sind irgendwann gestern Nacht zur Vordertür hereingekommen. So viel steht schon mal fest. Das Schloss wurde professionell geöffnet. Vermutlich mit Dietrichen und Spezialwerkzeug. Julia hat sich einmal ausgeschlossen und dann dreißig unverhältnismäßig teure Sekunden einem Schlüsseldienst zugeschaut, wie er ihr Türschloss geknackt hat. Seitdem traut sie Schlössern nicht mehr über den Weg. Und Schlüsseldiensten schon gar nicht.

Julia betritt den Vorraum der Kühlzelle. Ihr Atem kondensiert sofort. Hier ist alles so wie immer. Kritisch mustert sie die Schränke. Ihre Hygieneanzüge hängen unberührt da.

Nachdenklich öffnet sie die Tür zum Kühlraum. Der Kopf steckt mittlerweile unter einer Plastikdecke. Julia macht einen großen Bogen drum herum und sieht sich um. Die Schiene hängt immer noch schief aus der offen stehenden Klappe der Kühlzelle. Es scheint, als strecke sie eine Metallzunge heraus.

Julia fällt auf, dass der Boden glänzt. Langsam beugt sie sich nach unten. Da ist ein leicht schmieriger Film am Boden, der extrem ekelhaft riecht. Sieht aus, als ob da etwas entlanggeschleift worden ist. Sie folgt der Spur bis zu der Nische in der Wand. Jetzt erst sieht sie, dass der schwere grüne Schrank völlig schief steht, was bei oberflächlicher Betrachtung nicht auffällt. Vorsichtig späht sie dahinter.

Und dann ist ihr schlagartig klar, wohin die Leiche verschwunden ist. Dahinter fügt sich nämlich eine Eisentür in die Wand. Und die steht einen Spaltbreit offen. Julia hatte ja keine Ahnung, dass es hier noch einen Ausgang gibt.

Vorsichtig zwängt sie sich hinter den Schrank und versucht, ihn noch ein Stück weiter zu schieben. Vergeblich. Er hat sich in der Wand verkantet. Sie öffnet die Tür so weit wie möglich und drückt sich durch den Spalt.

Hinter der Tür öffnet sich ein röhrenförmiger Gang, der so niedrig ist, dass Julia den Kopf einziehen muss. Die Schleifspur am Boden verrät ihr, was geschehen ist. Jemand hat die Leiche hier rausgeschafft. Es riecht modrig und nach Kläranlage. Das Ganze muss zur Kanalisation gehören. Julia hat gehört, dass die Stadt ein riesiges unterirdisches Kanalisationssystem besitzt, das teilweise noch aus dem 18. Jahrhundert stammt.

Im Gang selbst ist es stockfinster. Sie folgt ihm etwa zehn Meter weit, dann macht der Gang einen scharfen Linksknick. Etwa vierzig Meter weiter vorn schimmert ein Licht. Auf Händen und Knien arbeitet sich Julia weiter und betet die ganze Zeit, dass sie nicht mit den Händen in irgendetwas Ekliges fasst. Kleine Kriechtiere verschwinden aufgeschreckt in den Wänden. Es dauert eine gefühlte Ewigkeit, bis sie endlich beim Licht ankommt. Die Decke erweitert sich, und Julia sieht metallene Sprossen an der Wand. Über ihr liegt augenscheinlich ein Gullydeckel, der das Licht an den Seiten durchlässt.

»Das gibt's doch nicht!« Das Ganze kommt Julia immer unwahrscheinlicher vor. So als wäre sie unbeabsichtigt in eine »Mission: Impossible«-Folge gestolpert. Wer hat sich bloß solche Mühe gemacht, nur um eine Leiche zu klauen?

Da fällt Julias Blick nach unten. Irgendetwas glitzert zu ihren Füßen. Es sieht aus wie eine Münze. Neugierig bückt sie sich und hebt sie auf. Ein fieser gelber Smiley grinst sie an. Bei näherer Betrachtung entpuppt sich die Münze als schwarzer Metallknopf mit Aufdruck.

Und dann fällt ihr ein, wo sie den schon mal gesehen hat.

Schlagende Beweise

»So ein Scheiß! So ein Riesenscheiß!« Anselm kickt einem marmornen Miniengel den Kopf ab. Als Nächstes ist ein Grabgesteck dran. Anselms Version eines ungelenken Roundhouse-Tritts köpft ein Bündel Rosen. Zwei Gräber weiter schlägt er ein Grablicht herunter. Die katholische Kirche hält bestimmt ein paar ganz spezielle Strafen für diese Art der Grabschändung bereit. Dafür würde er auf alle Fälle in der Hölle schmoren.

Moment. Da ist er ja eh schon.

Der Friedhofsgärtner wirft ihm einen neugierigen Blick hinterher, als er ihn den Friedhofsweg hinuntermarschieren sieht.

»Anselms Mutter ist 'ne Schlampe! Anselms Mutter ist 'ne Schlampe!« So grinste ihm die Wahrheit zum ersten Mal unverhohlen aus dem rohen Gesicht des Klassenschlägers, Lars Sterweg, entgegen. Und wie das oft so ist, steckt selbst in den bösartigen Gerüchten meistens auch ein Körnchen Wahrheit. In diesem Fall ein ganzer Körnersack.

Anselm ist nie ein Schlägertyp gewesen. Er brachte bei einer Größe von einem Meter einundachtzig gerade mal siebzig Kilo auf die Waage. Der andere war einen Kopf größer, breit wie ein Einbauschrank und spielte in der Junioren-Fußballmannschaft von ALNO. Das hinderte Anselm allerdings nicht, auf ihn loszugehen wie ein Berserker. Resultat: ein ausgeschlagener Zahn, ein zugeschwollenes Auge und ein Schulverweis. Alles auf dem Konto von Anselm.

Drei Monate und diverse häusliche Auseinandersetzungen später ließ seine Mutter ihn und seinen Vater sitzen und machte sich auf in ihr neues Leben in Andalusien. Anselm gab seinem Vater die Schuld.

Seitdem hat sich sein Leben in eigentlich jeder Beziehung zum Schlechteren verändert.

Anselm ist bei seinem kleinen Verwüstungsfeldzug wieder

bei Grab Nummer 15 angekommen. Er bückt sich, hebt die Trauerkerze auf und befestigt das schmale Päckchen Haschisch, das er bei den Sorentinos erworben hat, darunter. Dann schiebt er die Kerze ins Gestrüpp, das um die Gruft wuchert. Immerhin dreihundert Euro Reingewinn. Nicht schlecht für zehn Minuten Arbeit und genug für seinen Plan. Der sieht relativ einfach aus: nichts wie weg hier! Einfache Fahrt nach Freiburg und bei ein paar Ex-Zivi-Kollegen unterkriechen.

»Anselm Gottesacker?«

Er springt auf und schlägt sich den Schädel am Grufteingang an. »Wer will das wissen?« Vom Schlag auf dem Kopf tränen ihm die Augen.

»Jemand, der weiß, was du gestern Nacht gemacht hast.«

Oh Gott! Hört denn der Scheißfilm gar nicht mehr auf?

Hinter ihm steht Julia Lindhorst, mit blitzenden Augen, die Hände hinter dem Rücken.

Zögernd tritt Anselm ins Sonnenlicht. »Ich hab keine Ahnung, was du von mir willst.«

»Oh! Ich will dir was geben. Zuerst mal ist *das* hier für Thekla!« Julia zieht mit einer bewundernswert geschmeidigen Bewegung einen Hockeyschläger hinter dem Rücken hervor und schlägt ihm die Beine weg.

Anselm landet auf dem Rücken. Über sich sieht er steinerne Engel kreisen. Nebst einigen Sternen. »Aua! Ja, spinnst denn du? Bloß weil ich dir ein Bier drübergekippt hab, ist das noch kein Grund, hier völlig auszurasten.« Vorsichtig prüft Anselm, ob seine Beine noch dran sind.

Der Hockeyschläger schwebt drohend über seinem Kopf.

»Ihr seid heute Nacht bei uns eingebrochen und habt uns unsere Leiche geklaut. Und dabei Thekla getötet!«

»Ich kenn keine Thekla! Bloß die von der Biene Maja. Bist du aus der Klapsmühle?« Anselm versucht sich aufzurichten.

»Thekla war meine Vogelspinne, du Arsch! Und ich geb dir jetzt einen guten Rat: Ihr bringt die Leiche wieder zurück. Und zwar heute noch. Sonst muss ich leider *das* hier der Polizei geben.« Sie hält ihm die Hand hin.

Anselm schreckt zurück, da er fürchtet, dass sie ihm gleich den Hockeyschläger über den Kopf zieht.

Doch es ist schlimmer: Aus ihrer hohlen Hand grinst ihn sein Jackenknopf an.

Die Entdeckung

Bestatter Gottesacker umrundet mit wirrem, leicht glasigem Blick den Tisch, auf dem der kopflose Leichnam unter der Plastikplane ruht. Gottesacker trägt Gummistiefel, eine schwere Gummischürze, einen Mundschutz, dazu dicke Handschuhe und eine Schutzbrille. Sein Atem steht ihm in einer weißen Wolke vorm Mund. Er hat die Temperatur in seinem Kühlraum weiter gesenkt.

An der Seite der Wand hat er unterschiedlichste Utensilien aufgereiht. Eine WAS-Knochenhandsäge, eine Packung Einmal-Skalpelle aus Carbon, einen handelsüblichen Fleischwolf, ein Fleischerbeil, Plastikschläuche, Tücher, mehrere große Abdeckplanen, zehn Flaschen starke Reinigungssäure (siebzig Prozent Salzsäure) aus dem Baumarkt und eine mittelgroße Porzellanwanne.

Will man eine hundertzwanzig Kilogramm schwere Leiche zerkleinern, muss man verschiedene Dinge beachten. Erstens ist das im wahrsten Sinn des Wortes eine Knochenarbeit. Wer schon einmal an einem zähen Stück Steak herumgeschnitten hat, weiß, was gemeint ist. Zum Zweiten gibt das eine unglaubliche Sauerei. Ein menschlicher Körper besteht zu etwa achtzig Prozent aus Flüssigkeit. Noch ein bisschen mehr und wir wären Quallen (fünfundneunzig Prozent). Die anderen zwanzig Prozent, die dafür sorgen, dass wir uns nicht auflösen oder ständig auseinanderglibbern, sind Haut, Knochen, Muskel- und Fettgewebe.

Der größte Teil der Flüssigkeit ist natürlich Blut, aber auch Speichel, Magensaft, Gallensaft, Urin und so weiter. Wenn jemand stirbt, gerinnt zwar sein Blut, allerdings nur an den Stellen, an die Luft kommt. Das heißt, der größte Teil des Toten ist immer noch flüssig. Und egal, wie sehr man aufpasst: Das hinterlässt Spuren.

Genau hier setzt der Plan an, den Gottesacker sich im fahlen

Morgenlicht, beraten von seinen toten Vorfahren, ausgedacht hat. Neben der Salzsäure hat er nämlich noch etwas anderes besorgt: zwei Flaschen mit flüssigem Stickstoff. Damit will er die Leiche mit Hilfe der Schläuche von innen nach außen schockfrosten, sie dann in Ruhe zerlegen und schließlich die Einzelteile in der Porzellanwanne auflösen. Vorsichtig zieht er die Plastikplane herunter. Der Tote trägt einen schwarzen Anzug nebst einer Krawatte. Gottesacker schätzt ihn auf etwa sechzig Jahre. Schwer zu sagen, wenn der Kopf fehlt. Vermutlich südländische Abstammung. Darauf deutet zumindest die dunkle Haut hin.

»Na ja, wenigstens keiner von hier«, murmelt er vor sich hin. Er löst dem Toten die Krawatte, öffnet den Anzug und schlägt das Revers so weit wie möglich nach hinten. Als er das Hemd aufknöpft, fällt ihm die Kinnlade herunter.

»Herrgottsakradi!«

Vom Hals bis zum Brustbein verläuft ein schlecht vernähter T-förmiger Schnitt.

Das kommt manchmal vor – nämlich bei Leichen, die in der Gerichtsmedizin seziert wurden. Dabei öffnet man den Brustkorb mittels eines scharfen Skalpells. Man schneidet quer von Schulter zu Schulter und dann abwärts bis zum Schambein. So gelangt der Pathologe an alle Organe. Die werden dann entnommen und eins nach dem anderen seziert.

Was definitiv nicht zum Standardprozedere gehört, ist eine annähernd viereckige Ausbuchtung, die sich durch die gelbstichige Magenwand drückt.

»Was ist denn das jetzt?« Vorsichtig tippt Gottesacker auf den geschwollenen Bauch. Es gurgelt leise. Unter der Haut spürt er noch mindestens ein Dutzend weitere Objekte. »Heidabimbam!« Er nimmt das Skalpell und überprüft seine Schutzbrille.

Wer einmal Leichengift in die Augen bekommen hat, wird diese Erfahrung kein zweites Mal machen wollen. Leichengift, oder Ptomain, entsteht bei der Zersetzung von Proteinen und enthält unter anderem Schwefel. Deshalb auch der faulige Geruch.

Vorsichtig trennt Gottesacker die Naht am Bauch auf. Das

Gewebe ist porös und glitschig und steht unter Spannung. Mit einem fleischigen Laut klafft die Bauchdecke ein Stück weit auseinander, und ein viereckiges, in Plastik verschweißtes Päckchen glitscht heraus.

Der Gestank raubt Gottesacker den Atem. Mit einem Tuch tupft er die Mischung aus Blut und Gewebe ab und hebt das Päckchen mit spitzen Fingern ans Licht. Es hat Größe und Umfang einer Packung Zucker. Darin befindet sich ein weißliches, leicht kristallines Pulver, das im Licht der Deckenlampe schwach glänzt.

Gottesackers Drogenerfahrungen gehen gegen null – allerdings gibt's ja heute das Fernsehen. Er ist sich deshalb ziemlich sicher, dass das, was er da in der Hand hält, nur eine einzige Sache sein kann: Kokain.

Verschwitzt betrachtet er den dicken Bauch des Toten. »Herrschaftssechser! Da muss ja ein Vermögen drinstecken.«

Gottesacker sieht endlich, endlich einen Ausweg.

Ermittlung auf Italienisch

Caruso hebt eine Packung Raffinade-Zucker in die Höhe.

»Diese Packung wiegt ein Kilo. Ich habe sie hier für fünfundsechzig Cent gekauft. Dieselbe Menge Kokain hat je nach Reinheitsgrad einen Verkaufswert von etwa achtzig- bis hunderttausend Euro.«

»Donderblitz!« Schmälzle ist beeindruckt.

Die beiden Streifenpolizisten, die in Ermangelung anderer Sitzgelegenheiten auf dem Bett von Sonderermittler Caruso in dessen Hotelzimmer sitzen, lauschen halb fasziniert, halb ungläubig.

Caruso stellt die Zuckerpackung neben den ausgestopften Hasen. »Je mehr Geld im Spiel ist, desto höher das Risiko für uns. Das Wichtigste bei einer verdeckten Ermittlung ist also: perfekte Tarnung. Unentdeckt bleiben. Koste es, was es wolle.«

Schmähle hebt die Hand. »Um wie viel Kokain geht's denn in unserem Fall genau?«

»Wir gehen von einer Menge im zweistelligen Kilobereich aus.«

Schmähle pfeift durch die Zähne.

»Da könntest du dir endlich eine eigene Wohnung leisten, was, Max?«, neckt Schmälzle seinen Kollegen und erntet einen bösen Blick.

Caruso setzt sich auf die Schreibtischkante. »Ich gebe Ihnen ein Beispiel, was man mit einer guten Tarnung erreichen kann. Ein Kollege von mir sollte die 'Ndrangheta infiltrieren. Das ist die gefährlichste Mafia-Organisation von ganz Kalabrien. International tätig. 2007 auch in Deutschland, wenn die Herren sich vielleicht erinnern wollen.«

Beide Polizisten schütteln den Kopf.

»Sagen Ihnen die sogenannten Pizza-Morde etwas?«

»Ah doch. Da klingelt was.« Schmälzle nickt eifrig.

»Was es so schwer machte, die Organisation zu infiltrieren,

war das familiäre Verhältnis zwischen den Mitgliedern. Es ging immer um Blutsverwandtschaft. Dieser junge Kollege, von dem ich Ihnen erzählen will, war noch keine fünfundzwanzig Jahre alt. Er und sein Team beobachteten über einen Zeitraum von drei Jahren eines der höhergestellten Mitglieder.«

Caruso nimmt ein ausgeblasenes Osterei aus dem Rucksack und hält es ins Licht.

»Um dort zu überleben, musste der Polizeibeamte sich wie ein Kuckucksei mitten ins Nest legen. Unerkannt. Unauffällig. Der Polizeibeamte nahm die Angewohnheiten dieses Mitglieds an, lernte so zu sprechen, sich so zu bewegen. Alles bis ins kleinste Detail. Und er schreckte auch nicht vor radikaleren chirurgischen Veränderungen zurück. Dann entführte sein Team das Mafia-Mitglied. Und der junge Polizeibeamte nahm seinen Platz ein. Sein Leben hing davon ab, wie gut er seine Rolle spielte. Zwei ganze Jahre lebte er so im Herzen des Bösen. Mit seiner Hilfe gelang der Polizei ein vernichtender Schlag gegen das organisierte Verbrechen. Über hundert Mitglieder wurden verhaftet, hundertzehn schuldig gesprochen. Als alles zu Ende war, hatte der junge Polizist sogar seinen eigenen Namen vergessen. Aber wissen Sie, was das Außergewöhnlichste an diesem Fall war?«

»Dass er nicht mehr wusste, wie er heißt?«, mutmaßt Schmähle.

Caruso legt das Osterei vorsichtig zurück. »Die Zielperson, in deren Rolle er sich zwei Jahre lang hineingelebt hatte, war eine Frau.«

»Heiligs Blechle!« Polizeianwärter Schmähle ist schockiert. »Dann hat er sich da … Sie wissen schon … was machen lassen?«

Caruso hebt belehrend den Zeigefinger. »Ich sage dazu nur: vorbildliche Polizeiarbeit und ein Beispiel für intensive, verdeckte Ermittlung.«

Schmälzle ist die ganze Geschichte nicht geheuer. »Heißt das, dass wir uns als Weiber verkleiden müssen?«

»In unserem Fall ist es nicht ganz so kompliziert. Was wir wissen: Zwei Personen, mutmaßlich Familienmitglieder, sind gestern Nacht in die Trattoria gekommen und verstecken sich möglicherweise dort. Wir müssen also vor Ort ermitteln.«

»Alles klar, Chef. Aber …«, Schmähle zögert, »… hier kennt uns doch jeder.«

»Ich weiß. Das heißt, wir müssen Ihr Äußeres so verändern, dass Sie nicht erkannt werden. Das ist schwierig, aber Sie haben Glück.« Er tritt zum Schrank und wuchtet seinen Koffer herunter. »Ich bin auf so einen Fall optimal vorbereitet.«

***

Zwei Stunden später steuern drei äußerst merkwürdige Gestalten auf die Trattoria zu: ein kultivierter, weißhaariger Herr mit Nickelbrille, leichtem Überbiss, weißem Panamahut, einem Spazierstock in der einen und einer Rose in der anderen Hand, ein langhaariger Spät-Hippie mit Vollbart und Fez und ein sehr dicker Mann mit Kinnbart, schwarzer Brille, einer langen Nase und einer Wollmütze.

Durch seine Backen mümmelt Letzterer mühsam: »Ich krieg keine Luft mit dem ganze Zeug im Maul.« Damit meint er die zwei Wangenpolster, die ihm Caruso in den Mund geschoben hat.

»Beherrschen Sie sich. Atmen Sie ruhig. Verhalten Sie sich ganz natürlich. Reden Sie nur, wenn Sie direkt angesprochen werden. Und vor allem: Vergessen Sie Ihre Legende nicht.«

»Unsere was?« Der Hippie neben ihm wirft seine langen Haare nach hinten.

»Du Affe'dackel, wer wir sind, natürlich. Wir sind Spätzleforscher.«

Die beiden verkleideten Polizisten setzen sich an einen der Plastiktische auf dem Gehsteig, Caruso betritt die Trattoria. Salvatore lehnt hinter der Theke und poliert Gläser, sein Bruder Luigi zieht gelangweilt einen Schrubber hinter sich her.

Caruso stolziert, gravitätisch mit dem Spazierstock auf den frisch gebohnerten Boden klopfend, zur Theke. Dabei blickt er sich neugierig um, als wäre er noch nie im Leben in einer Trattoria gewesen. »Schön haben Sie's hier. Sehr rustikal. *Io* bin *dottore*, und meine zwei *studenti* kommen von der berühmten Universität Bicocca aus Mailand.

»Luigi! Den Spinner bedienst du.« Brüsk dreht sich Salvatore um und poliert weiter seine Gläser.

»Buongiorno, amico«, wendet sich Caruso an den jungen Mann. »Ist das hier die berühmte ›Trattoria Sorentino‹?«

Luigi kaut Kaugummi, rollt die Augen und deutet vielsagend auf das Schild über dem Eingang. »Was darf's denn sein?«, fragt er gelangweilt.

»Ein Cappuccino für mich und ein Wasser für meine beiden *studenti*. Die sitzen dort draußen. Und wenn's möglich wäre, würde ich gern mit der Chefin des Hauses sprechen.«

»Für Beschwerden gibt's da hinten einen Briefkasten. *Capisci?*« Luigi zeigt auf einen rosafarbenen Mülleimer an der Tür.

»Ach wo! Wer will sich denn hier beschweren. Ich darf mich erklären: Ich bin Kulturanthropologe und forsche zum Thema schwäbische Kultur. Ich habe gehört, hier gibt es eine Delikatesse namens ›Mafia-Spätzle‹.«

Luigi verdreht die Augen. »Die Küche hat schon zu. Aber ich geh mal die Chefin holen.«

Donna Elvira sitzt im Hinterzimmer, hat eine gigantische Lesebrille auf und macht gerade Abrechnungen.

»*Mamma*, da ist irgendein Po-ologe aus Mailand.«

»Ein was?«

»Ha, ein Po-ologe.«

»Ist das was Obszönes?«

»Keine Ahnung. Der will di was zu deinen Spätzle fragen. Er sagt, er wär *dottore* und kommt von der Universität Mailand.«

»Ts! Den ganze Weg bloß wege meine Spätzle? Sache gibt's.« Insgeheim ist sie allerdings geschmeichelt, deshalb legt sie auch einen Spritzer Chanel auf, bevor sie sich zur Bar begibt. Dort erwartet sie ein distinguiert aussehender Herr mit Goldrandbrille und einem makellos weißen Panamahut.

Er schenkt ihr ein Lächeln, bei dem leicht vorstehende Zähne blitzen, lüftet seinen Hut und springt auf, um ihr einen Stuhl an die Bar zu schieben. Caruso lässt es sich nicht nehmen, die Herrin des Hauses mit einem Handkuss zu begrüßen, wobei er fast seine Brille verliert. *»Oh! Che bellissima donna! Che' piacere* *particolare di conoscere a lei.«* Wie aus dem Nichts hat er auf einmal eine Rose in der Hand, die er ihr feierlich überreicht.

»Ich bin Dottore Francesco Caruso von der Universität Bicocca in Mailand. Ich bin auf Forschungsreise mit zwei von meinen *studenti.*«

Die *studenti* Schmälzle und Schmähle winken nach drinnen.

Unsicher dreht Donna Elvira die Rose in der Hand. Auf ihren Wangen erblühen zwei zarte rosa Flecken.

»Ich glaub, mir wird schlecht«, raunt Salvatore seinem Bruder zu.

»Salvatore!«, ertönt die scharfe Stimme seiner Mutter. »Das Geschirr spült sich nicht von selbst! Ich hab hier eine wichtige *conversazione* mit dem *dottore.*«

Caruso blickt sich bewundernd in der Trattoria um. »Schön haben Sie's hier. Ich fühle mich fast ein wenig erinnert an meine eigentliche Heimat Sizilien.« Caruso beobachtet die Donna scharf. »Nicht wahr! Sie sind auch von da?«

»Das ist mein *patria.* Manchmal krieg ich so arg Heimweh, dass mir grad zum Heulen ist.« Sie schnupft gerührt und schnäuzt sich lautstark die Nase. »Aber man ist halt dort, wo *Dio* einen hinstellt, nicht?«

»Wie wahr! *Ad ogni uccello il suo nido è bello.* Wenn Sie mir die Frage gestatten: Sind Sie deshalb schwarz gekleidet?«

»Ich bin in Trauer. Wir hatten einen Todesfall in der Familie.«

»Mein herzliches Beileid.«

»*Grazie!* Sehr tragisch, es war …«

Salvatore taucht am Tisch auf.

»Ja, was gibt's denn noch?«

Ihr Sohn flüstert ihr etwas ins Ohr.

»Dann bring ihnen halt etwas nach oben«, antwortet Donna Elvira halblaut. »Siehst doch, dass ich grad beschäftigt bin.«

Grummelnd verzieht sich Luigi in die Küche.

»*Bene, dottore!* Was führt Sie denn hierher?«

»Hierhergeführt, verehrte Donna Sorentino …«, setzt Caruso an, stockt dann aber, als ihm die Donna unter dem Tisch eine Hand aufs Knie legt.

»Ach, sagen Sie doch Elvira.« Sie wedelt sich mit einem spanischen Fächer Luft zu. »Wir sind ja schließlich Landsleute.«

Caruso blinzelt ihr zu. »Nur wenn Sie mich Francesco nennen. Ich befasse mich mit der Erforschung und Dokumentation der schwäbischen Kultur, im Speziellen mit der *historia collyra*, der Nudelforschung. Aus welcher Gegend in Italien kommen Sie, wenn ich fragen darf?«

»Ich komme aus der Gegend von Palermo.«

»Ah! Ich habe mir so etwas gedacht. Die Schönheit und Fruchtbarkeit des Conca d'Oro, gepaart mit der Kargheit und der Imposanz eines Monte Pellegrino, das gibt es nur in Sizilien. Wie man so schön sagt: ›*Dal frutto si conosce l'albero.*‹«

»Oh, Sie sind mir ja ein ganz schlimmer *adulatore*.« Donna Elvira gibt ihm einen Klaps auf die Hand. »Aber mit der ganzen Wirtschaftskrise muss man eigentlich froh sei, dass man nicht direkt dort wohnt.«

»Das stimmt. Das stimmt. Es sind schwere Zeiten für alle. Auch für Universitäten. Allerdings«, Caruso blinzelt der Donna wieder zu, »haben der Lärm und das Chaos auch etwas Liebenswertes. Haben Sie noch Verwandte dort?«

»Entfernte Verwandte. Wir treffen uns nicht oft. Seinerzeit haben wir uns zerstritten. Aber das ist eine alte Geschichte.«

»Ah, verstehe. Das heißt, Sie bekommen nicht so oft Besuch aus Italien?«

»Nein. Wir haben eigentlich keinen Kontakt.«

Caruso beobachtet Donna Elvira genau. War da ein leichtes Abweichen des Blicks, ein Verdrehen der Augen?

Caruso vertraut auf die Wissenschaft sogenannter Mikroausdrücke. Das sind minimale Bewegungen der Mimik, Veränderungen in der Stimmhöhe oder der Körpersprache. So gilt es zum Beispiel als erwiesen, dass Lügner die Augen unbewusst nach rechts drehen. Richtung rechte Gehirnhälfte. Die wird beim Lügen aktiviert. Gleiches gilt für Schwanken mit dem Oberkörper, häufiges Kratzen, Rötung des Gesichts, verschränkte Arme, erhöhte Stimmlage und übertriebene Gesichtsausdrücke.

Caruso hat viel darüber gelesen, in der Praxis ausprobiert hat er es bis jetzt noch nicht. Trotzdem ist er sicher, dass Donna Elvira gerade gelogen hat. »Aber ist das nicht schwer, so allein in einem fremden Land?«

»Na ja, es ist schon ganz schön anders, aber man gewöhnt sich dran. Es hat seine Vorteile, wenn der Bus pünktlich fährt.«

»Sie sind eine beeindruckende Frau, liebe Elvira.«

»Francesco, darf ich Sie auf einen hausgemachten Grappa einladen?«

»Oh, ich trinke nicht. *Mille grazie.*«

»Ach was, das ist Medizin. Hilft gegen fast alles. Und: Einer ist keiner, wie's so schön heißt. Luigii!«

Drei Grappas später ist Caruso bester Laune. Ein Blick nach draußen, wo zwei verkleidete Polizisten unglücklich vor ihren Wassergläsern sitzen, erinnert ihn daran, warum er hier ist. Er deutet auf die Tafel, auf der die »Mafia-Spätzle« beworben werden, und fragt bereits mit leichtem Zungenschlag: »Würden Sie mir etwas über diese ungewöhnliche Kreation erzählen, diese einzigartige Kreuzung zwischen dem gemeinen Spätzle und der italienischen Pasta?«

»Oh, die Idee stammt eigentlich von meinem Mann, Gott hab ihn selig. Er war der Meinung: Warum müssen Spätzle bloß immer so kurz sein?«

Als die beiden zwei Stunden später leicht schwankend auseinandergehen, fasst sich Donna Elvira ein Herz: »*Dottore.* Wie lange beabsichtigen Sie denn zu bleiben?«

»Oh, so lange, bis ich meine Studien abgeschlossen habe.«

»Sie dürfen jederzeit wiederkommen.« Mehr traut sie sich dann doch nicht.

Beschwingt lüftet Caruso seinen Hut und hätte sich dabei fast seine Perücke vom Kopf gerissen.

Donna Elvira winkt den drei Männern mit ihrem Taschentuch hinterher.

Als sich die beiden Polizisten im Hotelzimmer ihrer Verkleidung entledigen, platzt es aus Schmälzle heraus: »Also ganz ehrlich. Dieses ›versteckt schaffe‹ ist nix für mich. Was hat denn das jetzt gebracht, außer dass wir zwei Stunde herumgesessen sind und ich an meiner falschen Nase fast erstickt bin?«

»Tja, liebe Kollegen. Das wollt ich Sie auch gerade fragen. Ist Ihnen, während ich Donna Elvira befragt habe, irgendetwas Verdächtiges aufgefallen?«

»Verdächtig? Ja, nix«, schnaubt Schmälzle. »Außer dass Sie insgesamt zehn Grappas gesoffen haben. Ich hab sie gezählt.«

Schmähle zieht sich die Perücke vom Kopf und überlegt einen Moment. »Unser Wasser war lauwarm, vermutlich direkt aus der Leitung.«

»Sonst nichts? Überlegen Sie genau. Jedes Detail ist wichtig.«

Schmälzle massiert sich die Nase. »Na ja, einer von den Söhnen ist die Feuertreppe raufmarschiert. Mit einem Teller und einer Flasche Wein.«

Caruso schnippt mit den Fingern. »Sehen Sie? Donna Elvira hat mir erzählt, dass sie keine Gäste hat. Allerdings scheint da doch jemand im Hause zu sein. Meine Herren, das heißt: observieren. Und zwar von hier aus.« Er deutet auf das Fenster und eine Kamera mit Stativ. »Wollen doch mal sehen, wer noch alles in der Trattoria wohnt.«

»Alles. Bloß nicht noch mal verkleiden«, stöhnt Schmälzle.

Wilde Alte

Etwa zur selben Zeit, ein paar hundert Meter weiter die Stadt hinauf, schrubbt wie jeden Tag ein missmutiger Zivi namens Detlef den Flur im Altersheim »Zur Silberdistel«. Der Geruch nach frischem Wachs mischt sich mit dem Aroma von Antiseptika. Aus Deckenlautsprechern rieselt klassische Kaufhausmusik. Die Fenster stehen offen. Rheumatische Kniegelenke und vom Alter zerfurchte Gesichter schieben sich in die Frühlingssonne.

Genervt zieht Detlef seinen Schrubber über den Boden und scheucht dabei ein paar Mücken auf. Es ist Besuchszeit, und die Angehörigen der Senioren versauen seinen geputzten Boden.

»Aufpassen! Frisch gewischt«, herrscht er eine junge Frau an, die in Begleitung ihrer kleinen Tochter die Großmutter besucht. Die beiden zucken erschreckt zusammen.

Insgesamt sind hier fünfzig Senioren untergebracht. Nach Wohnbereichen unterteilt in leichte, mittelschwere und hoffnungslose Fälle. Beherrscht wird die Seniorenresidenz von Elfriede Kräkel, der Heimleiterin. Müßiggang ist ihr ein Gräuel. Ihre schwäbische Vitalität ist bekannt und gefürchtet. Die Tage der Senioren sind ausgefüllt mit Körperertüchtigung, Strickmarathons, Dauersingen und kilometerlangen Spaziergängen (bei jedem Wetter) im Dorf und um den Friedhof herum. Ausnahmen gibt es nicht. Fußlahme muss Detlef im Erste-Hilfe-Griff durch die Botanik schleifen.

Seine Chefin hasst zwei Dinge: Faulheit und Disziplinlosigkeit. Und von beidem hatten sie in letzter Zeit genug. Und wer musste das ganze ausbaden? Natürlich er.

Ein gelockter Kopf streckt sich aus der Tür des Aufenthaltsraums. Frau Kräkel hat noch das Nähzeug in der Hand. »Detlef! Ist der Mittagstisch schon eingedeckt?«

»Noch nicht, Frau Kräkel. Ich mach nur noch schnell den Flur fertig.«

»Aber anständig. Ich kontrolliere das nach.«

»Ist recht. Sumpfbloader, Beißzang.« Den letzten Teil hat er allerdings nur leise gesagt. Frau Kräkel hatte schon mehrfach an bestimmten Stellen des langen Flurs ein bisschen Mehl ausgeschüttet, nur um zu sehen, ob er auch wirklich überall wischt.

Mürrisch schiebt Detlef den Schrubber weiter und kickt den Eimer mit Waschwasser hinterher. Vielleicht hätte er doch lieber zu den Gebirgsjägern im Allgäu gehen sollen. Da gab's wenigstens geregelten Feierabend. Wenn hier die alten Leute zur Ruhe gebettet sind, muss er noch in der Küche beim Abwasch helfen oder die schwarzen Mülleimer auswaschen.

Zwei alte Damen, die gerade ihre Hausbesuche beendet haben, schlendern an dem Zivi vorbei. Beide tragen schwarze Sonnenbrillen. Die eine ist lang und dünn, die andere stämmig mit krausem grauen Haar. Die hagere Seniorin, deren Physiognomie entfernt an ein Huhn erinnert, trägt einen geflochtenen Korb unter dem Arm. Die Dicke raucht und ascht ungeniert auf den Boden. Unglaublich!

Gerade will Detlef sie lautstark auf den frisch gebohnerten Boden aufmerksam machen, als auf einmal lautes Geschrei und hysterisches Gelächter ertönen. Es kommt aus einem der Zimmer am Gangende. Das ist merkwürdig, denn dort liegt die Abteilung »hoffnungslose Fälle«. Wenn Senioren in diesem Gangtrakt untergebracht sind, heißt das meistens, dass der Sensenmann schon an den Bettenden herumlungert. Hier logieren Gertrud, Rosemarie und eine Seniorin, deren Namen Detlef gerade vergessen hat. Alle dement und eigentlich kaum noch ansprechbar.

Vorsichtig horcht er an der Tür. Das Gegacker reißt nicht ab. Er klopft, wartet kurz, öffnet die Tür und traut seinen Augen nicht. Der Sensenmann hat heute Sendepause.

Gertrud, eine kleine dralle Sechsundachtzigjährige, hat sich eine Rolle Toilettenpapier um den Kopf gewickelt und versucht, den Rest aus dem Fenster zu werfen. Ihre Mitbewohnerin Rosemarie, vierundneunzig, die sonst meist katatonisch in ihrem Bett die Decke anstarrt, sitzt auf der Kommode und ist offensichtlich bester Laune.

»… und dann hat er gesagt: ›Unglaublich, was alles in den Ofen passt.‹«

»Hihihi! Ausziehen! Ausziehen!«, jubelt die dritte Oma, die nackt durchs Zimmer tanzt und Detlef Einblicke gewährt, auf die er absolut keinen Wert legt.

Er weicht in den Gang zurück und kreischt entgeistert: »Frau Kräkel! Kommen Sie schnell! Die drehen wieder durch!«

Wie auf Kommando kommt jetzt auch noch aus zwei weiteren Zimmern Geschrei und Gejauchze. Die beiden älteren Damen, die entspannt Richtung Ausgang schlendern, lassen sich von dem Trubel nicht im Mindesten beeindrucken. Im Gegenteil: Sie machen einen höchst zufriedenen Eindruck. Das scheint abzufärben. Wo immer sie auftauchen, hinterlassen sie gute Laune.

Um Haaresbreite

Als Anselm geplagt von schlechtem Gewissen und dem Gefühl drohenden Unheils nach Hause kommt, erwartet ihn ein dunkles, leeres Haus. Der Leichenwagen ist weg. Ihm schwant Übles.

»Vadder?«

Keine Antwort. Büro und Bestattungsgeschäft sind verlassen, die Rollläden heruntergelassen. Zu seinen schmerzenden Schienbeinen, den Gewissensbissen und der Scham gesellt sich jetzt auch noch die Sorge um seinen Vater. Wenn man's genau nimmt, ist es seine Schuld, dass Julia ihnen auf die Schliche gekommen ist. Natürlich hat er reflexartig erst mal alles abgestritten. So einen Knopf kann man schon mal verlieren, oder? Das bedeutet noch lange nicht, dass man deshalb gleich ein Leichendieb ist.

Apropos Leiche. An der Tür zur Kühlkammer hängt ein Zettel mit der Handschrift seines Vaters. Stirnrunzelnd liest Anselm:

»Bin geschäftlich unterwegs. Warte nicht auf mich. Komme erst spät zurück. Es kommt alles in Ordnung. Dein Vater«.

Das beunruhigt ihn jetzt noch ein bisschen mehr. Voll böser Vorahnung betritt er die Kühlkammer und sieht seine finstersten Vermutungen bestätigt. Der Tote ist weg.

»Das gibt's doch nicht! Fährt der jetzt die Leich am helllichten Tag spazieren?«

An der Wand sind allerlei Utensilien aufgebaut, auf die er sich keinen Reim machen kann. Eine Wanne, diverse Kanister mit Säure, zwei Metallflaschen mit Stickstoff, eine Knochensäge …

Was hat der Alte noch mal gesagt? Auflösen und zersägen? Anselm bekommt eine Gänsehaut. Säge, Wanne und Axt sehen unbenutzt aus. Gott sei Dank! Aber wo ist der Tote? Was zum Teufel hat sein alter Herr damit vor?

Anselm fasst einen Entschluss. Als Erstes muss dieses ganze Zeug hier weg. Er stemmt die Wanne ächzend auf eine Rolltrage. Nach kurzem Überlegen packt er die Säurekanister, die Axt und die Knochensäge in die Wanne. Dann schiebt er das Ganze in die Sargwerkstatt. Er würde sich später überlegen, was er damit machen soll.

Der Leiche darf auf keinen Fall etwas passieren. Nicht nachdem Julia ihnen auf die Schliche gekommen ist. Natürlich hat sein Vater kein Smartphone. Von diesem neumodischen Zeug hält er nichts.

Ratlos schlendert Anselm durchs Haus. Um ehrlich zu sein: Er hat keine Ahnung, wo die Leiche jetzt ist. Er stößt die Tür zum Schlafzimmer seines Vaters auf. Das Bett ist nicht gemacht, aber sonst alles normal. Auch in der Küche: nichts. Da fällt sein Blick aufs Schlüsselbrett an der Wand. Einer der Schlüssel, der hier sonst immer hängt, fehlt.

Bingo!

Anselm weiß jetzt, wo die Leiche ist. Allerdings hat er keine Ahnung, wie er ohne Schlüssel drankommen soll. Grübelnd schlendert er in sein Zimmer und späht vorsichtig zu den Gardinen hinaus. Ein nicht unwesentlicher Teil seiner Probleme steht gerade auf dem Balkon gegenüber. Obwohl er weiß, dass Julia ihn nicht sehen kann, geht er auf Tauchstation und bringt vorsichtig sein Fernglas in Stellung. Doch Julia ist bereits wieder im Haus verschwunden und hat die Vorhänge zugezogen.

Anselm fällt auf, dass gegenüber *alle* Vorhänge und Rollläden geschlossen sind. Ob Julia ihrem Vater von dem Knopf erzählt hat? Vielleicht würde sie ja doch die Polizei rufen. So oder so, seine Zukunft ist im Eimer. Ziemlich sicher haben sie weitere Spuren zurückgelassen. DNA, Fasern, Fußspuren. Für einen Polizeiforensiker ist das wahrscheinlich wie Weihnachten.

Eine Bewegung in einer Gasse auf der anderen Straßenseite weckt Anselms Aufmerksamkeit. Er schwenkt sein Fernglas herum und hält die Luft an. Irgendetwas zieht sich spinnengleich in den Schatten eines Hauseingangs zurück. Es dauert einen Moment, bis er den Sucher scharf gestellt hat. Er sieht ein paar lange Gliedmaßen hinter einem Leergutcontainer.

Interessant.

In diesem Moment kommt Julia zur Tür heraus. Sie hat ihre schwarze Mappe unter dem Arm. Aha! *Business as usual.* Wie jeden Freitag marschiert sie Richtung Stadtzentrum.

Der Schatten in der Gasse bewegt sich und wird zu einem langen, hageren Mann, der Anselm vage bekannt vorkommt. Der Mann lässt die nichts ahnende Julia passieren, dann folgt er ihr gemessenen Schrittes.

Warum sieht sie ihn denn nicht?

Der Mann trägt Cowboystiefel, und Anselm fällt ein, wo er ihn schon einmal gesehen hat. Heute Morgen erst, und zwar auf dem Hof des Bestatters.

Etwas glitzert metallisch. Verbissen dreht Anselm am Schärferad und erstarrt. Das, was der Mann da locker in der Hand verborgen hält, ist ein Messer.

***

Julia ist weit davon entfernt, einen Blick über die Schulter zu werfen. Sie starrt stur aufs Trottoir und versucht, sich zu beruhigen. Ihr Vater war zwar nicht zu Hause, hat ihr aber eine Notiz folgenden Inhalts hinterlassen:

»It's not over until the fat lady sings!«

Alles die Schuld von diesem fetten Bestatter und seinem grenzdebilen Sohn. Allein der Gedanke bringt Julia zum Kochen.

Bei genauerer Betrachtung hat sie nicht eben viel in der Hand. Ja, gut – sie hat einen Knopf gefunden. Aber was beweist das schon? Der Knopf hätte auch auf anderem Weg in die Kanalisation gelangen können. In der Fachsprache nennt man das »Indizienbeweis«. Das hat sie gerade gegoogelt.

Der einzige Weg ist, zur Polizei zu gehen. Damit will sie aber fairerweise warten, bis ihr Vater zurück ist. Immerhin geht's um seinen Ruf. Sie hat ihm eine Notiz hinterlassen. Sein Handy ist wie immer *nicht* an. Oder der Akku ist leer, weil er wieder vergessen hat, es aufzuladen. Typisch Väter!

Dass sie ihn vielleicht nie mehr sehen wird, weiß sie natürlich noch nicht.

Sie hat beschlossen, heute zu ihrem Kalligrafiekurs zu gehen. Das würde sie auf andere Gedanken bringen. Es gibt auf dieser Welt ja, Gott sei Dank, auch noch erfreulichere Sachen als verschwundene Leichen. Sie muss an die beiden Italiener denken, die ihr überhaupt nicht wie normale Trauernde vorgekommen sind. Sie haben ihr Angst gemacht. Besonders der große, gut aussehende Mann mit seinen himmelblauen stechenden Augen.

Julia durchquert das Obertor, wo sie aus einer Tornische der heilige Johannes von Nepomuk anglotzt. Die Legende besagt, dass er gefoltert und dann von irgendeinem König von der Brücke geworfen wurde. Uff! Sie braucht dringend eine Pause. Ganz entgegen ihrer Gewohnheit beschließt sie, noch einen Schlenker am Altersheim vorbei zu machen. Es liegt neben dem Obertor und dem Kirchturm. Man erreicht es über einen schmalen Weg, der direkt an der ehemaligen, von Schießscharten durchbrochenen Burgmauer entlangführt. Die Schwaben waren schon immer ein streitlustiges Völkchen. Im Sommer ist der Weg fast zugewachsen, und man trifft dort höchstens ein paar weißhaarige Senioren, die friedlich unter den Fliederbüschen spazieren.

Julia mag die beruhigende Stille. Schwarzdornbüsche und Eiben säumen links und rechts den Weg. Ab und zu erhascht sie dazwischen einen Blick auf das im spätgotischen Stil erbaute Altersheim. Auf einem der Balkone steht ein nackter alter Mann und wedelt mit einem Taktstock durch die Luft. Eine etwa siebzigjährige Frau tritt hinter ihm hervor, sie hat einen Lampenschirm auf dem Kopf, und … sie ist ebenfalls nackt. Julia kann von unten ihre faltigen Brüste sehen. Die beiden fangen an, auf dem Balkon zu tanzen. Das Ganze spielt sich in völliger Lautlosigkeit ab.

Mit offenem Mund bleibt Julia stehen. Eine Pflegerin erscheint hinter den beiden und scheucht sie ins Zimmer. Schrille Stimmen ertönen. Eine Sekunde später ist der ganze Spuk vorbei.

Verwirrt schüttelt Julia den Kopf. Hat sie jetzt schon Halluzinationen?

In diesem Moment legt sich eine lange und ungeheuer starke Hand auf ihr Gesicht und zieht sie ins Gebüsch. Julia riecht Schweiß und ein widerliches, süßes Parfüm. Ihre Mappe fällt zu Boden, ihre Frakturschrift-Versuche segeln wie in Zeitlupe heraus.

Wahrscheinlich ist das das Letzte, was man von mir finden

wird, denkt Julia an einem Ort weit weg in ihrem Kopf. Dann schlägt eine Welle der Panik über ihr zusammen. Ihr Körper schüttet Adrenalin aus. Sie fängt an, sich zu wehren, wird aber trotzdem immer weiter in die Büsche geschleift, als wäre sie nicht mehr als eine Puppe. Sie versucht, etwas zu sehen, aber die Hand verdeckt ihr halbes Gesicht. Verzweifelt zappelt sie in dem eisenharten Griff.

Auf der anderen Seite des Weges steht ein cremefarbener Audi. Die offene Tür sieht aus wie der Eingang zu einem Grab. Kein Mensch da, der etwas unternehmen könnte.

Julias Gehirn hat auf Dauerschleife geschaltet. Das kann nicht sein … Das kann nicht sein … Es klingt, als hätte sie eine kaputte Schallplatte im Kopf. Nicht hier! Nicht in diesem Dorf! Am helllichten Tag! Sie bekommt keine Luft mehr, und langsam wird ihr schwarz vor Augen.

Kurz bevor sie das Bewusstsein verliert, bricht mit mörderischem Gebrüll eine Gestalt aus dem Gebüsch und springt ihrem Entführer auf den Rücken. Der stolpert zwar kurz nach vorn, schüttelt den Störenfried aber dann mit einer geschmeidigen Schulterbewegung ab und schlägt blitzschnell zu. Es klatscht, und ihr Retter (der Julia irgendwie bekannt vorkommt) taumelt, geht aber sofort wieder zum Angriff über. Sie immer noch am Hals haltend, weicht ihm der große Mann tänzelnd aus und schlägt wieder zu. Sie hört noch ein dumpfes Klatschen.

»Was ist denn hier los?«, ruft eine andere Stimme. Auf einmal löst sich der Klammergriff, und Julia kann wieder etwas Luft holen. Ein älterer Herr mit weißem Panamahut und drohend erhobenem Spazierstock tritt aus dem Hohlweg.

»Lassen Sie sofort die Frau los! Sonst ruf ich die Polizei!«

Sie hört Schritte, die sich rasch entfernen, das Zuschlagen einer Autotür und das Aufjaulen eines Motors. Ihre Erleichterung schlägt in Überraschung um, als sich ein verbeultes Gesicht über sie beugt, das sie heute schon mal gesehen hat.

»Geht's wieder?«, fragt Anselm, der Leichendieb.

Nachdem Julia endlich aufgehört hat zu zittern, setzen sich die beiden Bestatterkinder ein Stück weit den Weg hinunter auf eine

Bank. Anselm sieht übel aus. Er hat sich ein zusammengedrehtes Tempo in die Nase gesteckt, aber das Blut läuft trotzdem weiter. Auch sein rechtes Auge schwillt zu. Linkisch reicht er Julia ihre Mappe, die er mitsamt den Zeichnungen vom Boden aufgelesen hat.

»Danke und … vielen Dank fürs Helfen.« Julia massiert ihren Hals.

»Gern geschehen. Was war denn das?«, röchelt der Bestattersohn hinter seinem Tempo hervor.

»Keine Ahnung. Ich habe fast nichts gesehen.« Julia tastet ihren Nacken ab. Das würde ein paar hässliche blaue Flecken geben. Sie gibt Anselm noch ein Taschentuch. »Bei dir irgendwas kaputt?«

»Nee!« Er grinst und klopft an seinen Kopf. »Schwäbische Eiche. Da müssen schon Bäcker kommen, keine Brezeln. Kriegt man nicht kaputt«, fügt er erklärend hinzu, als er Julias Blick bemerkt.

»Sag mal, sprichst du auch Deutsch?«, fragt sie.

»Ich könnt schon, wenn ich will. Ich will aber nicht«, feixt Anselm und wird übergangslos ernst. »Ihr habt ja nette Kunden.«

»Wieso denn Kunden?« Irritiert blickt sie auf.

»Na ja, der war doch heute Morgen bei euch auf dem Hof.«

Jetzt fällt Julia wieder ein, woher sie den merkwürdigen Geruch kennt. Die Italiener. Moschus, oder was immer das für ein abstoßendes Aftershave war.

»Und woher weißt *du*, dass der bei uns auf dem Hof war?« Julia kommt ein beunruhigender Verdacht. »Beobachtest du mich etwa?«

Anselm verschluckt sich und muss husten. »Wer? Ich? Ach, woher denn! Wir sind doch Nachbarn. Da sieht man halt, wer auf den Hof kommt. Willkommen im Dorf. Da weiß jeder alles.«

»Wem sagst du das?« Sie reicht ihm noch ein Tempo, bleibt aber misstrauisch. »Was machst du eigentlich hier?«

»Nix Wichtig's. Ich war auf dem Weg in die Stadt. Tja, und dann hab ich dich gesehen. Und den komischen Typen, der dir so hählinge hinterhergestiegen ist. Da hab ich gedacht: Ich guck mal nach dem Rechten.«

»Ausnahmsweise eine gute Idee.«

»Wo ist denn der andere hin? Der Senior?« Suchend blickt sich Anselm um. »Der war ja wie der Blitz verschwunden.«

»Komisch, ja.« Da fällt es Julia auf einmal wie Schuppen von den Augen. »Shit! Die wollen die Leiche haben. Und weil sie denken, wir geben sie ihnen nicht, waren sie hinter mir her. Ich muss sofort mit meinem Vater reden.«

Anselm räuspert sich. »Ähm … Julia, wart mal noch. Da ist noch was, was ich mit dir besprechen müsste. Es gibt da ein winziges Problem.«

Entwischt!

Francesco Caruso ist alles andere als zufrieden. Die Italiener sind ihm entwischt. Zumindest glaubt er, dass es Italiener waren. Er fasst zusammen: »Gegen fünfzehn Uhr haben zwei unbekannte Individuen, vermutlich Italiener, die ›Trattoria Sorentino‹ über die Außentreppe verlassen. Einer hatte das Gesicht vermummt, von dem anderen konnten Sie, Schmälzle, ein halbwegs passables Foto machen. Aufgrund ihrer Körpergröße lässt sich ausschließen, dass es sich bei einem der beiden um Don Sorentino handelt. Kurz nachdem die beiden die Trattoria verlassen haben, trennten sie sich. Der Vermummte ging, verfolgt von Ihnen beiden«, er nickt den beiden Polizisten zu, die unglücklich in seinem Hotelzimmer auf der Bettkante sitzen, »zu einem an der Hauptstraße abgestellten beigefarbenen Audi 80. Der andere machte sich, beschattet von mir, auf den Weg zu einem Bestattergeschäft namens ›Jim Blitz – Eventbestattungen‹. Dort folgte er gegen fünfzehn Uhr dreißig einer jungen, bis dato unbekannten Frau. Kurz vor sechzehn Uhr kam es hinter diesem … Torgemäuer … Wie nennen Sie das?« Hilfesuchend wendet er sich an Schmälzle.

»Obertor.«

»Hinter dem Obertor kam es zu einem Handgemenge zwischen dem Italiener und einem anderen, ebenfalls unbekannten jungen Mann. Es besteht die Möglichkeit, dass die junge Frau entführt werden sollte. Nachdem ich eingeschritten bin, flüchtete der Italiener durch die Büsche. Eine Straße weiter wurde er bereits von seinem Komplizen mit dem Auto erwartet. Beide konnten fliehen. Die Einzigen«, sein vorwurfsvoller Blick streift Schmälzle und Schmähle, die betreten zu Boden starren, »die *nicht* vor Ort waren, waren Sie. Können Sie mir sagen, warum?«

»Also, das war so …« Schmähle kratzt sich verlegen am Kopf. »Wir waren im Polizeifahrzeug und haben gewartet, bis der Italiener eingestiegen ist. Dann ist der aber bloß im Auto sitzen geblieben und hat sich nicht gerührt. Als dann eine halbe Stunde rum war, hat Kollege Schmälzle Hunger verspürt …«

»Ich muss regelmäßig essen. Sonst krieg ich Unterzucker.« Trotzig verschränkt Schmälzle die Arme.

»Jo, klar! Beim Schaffen frieren und beim Essen schwitzen.«

»Was willst denn damit sagen, du Azubi?« Angriffslustig schiebt Schmälzle seine Unterlippe nach vorn.

»Als mir dann wieder rausgekommen sind«, fährt Schmähle zerknirscht fort, »war das Auto weg.«

Caruso seufzt innerlich. Zumindest haben sie ein Foto, das Therese Knöpfle freundlicherweise bereits nach Italien durchgefaxt hat. Vielleicht würde die Suche in den Datenbanken etwas ergeben.

»Immer mit der Ruhe. Noch ist nichts verloren«, beschwichtigt Caruso die aufgebrachten Gemüter. »Wir sind noch im Spiel. Niemand weiß, dass wir an der Sache dran sind. Aber wir müssen jetzt versuchen, einige der Fäden zusammenzubekommen. Wer war diese junge Frau und wer der Mann? Offensichtlich sind sie irgendwie in diese Sache verwickelt. Was haben sie mit der Trattoria zu tun? Wer waren die Italiener? Das sind Fragen, die wir jetzt klären müssen. Gleich morgen früh sehen wir uns diesen Eventbestatter genauer an. Bis dahin beobachten wir weiter die Trattoria.«

»Tenente Caruso«, meldet sich Schmälzle zu Wort, »meinen Sie, wir könnten den Zimmerservice kommen lassen?«

Koks für vierzigtausend Euro

Johann Gottesacker hat einen Sack über dem Kopf, sitzt seit ungefähr zwei Stunden auf dem Rücksitz eines schwarzen Mercedes und hat ein Kuvert mit vierzigtausend Euro in der Jackentasche. Das bedarf gewisser Erklärungen.

Vor ein paar Jahren hat Gottesacker zwei junge russische Männer beerdigt. Ihr Tod: Resultat des Konkurrenzkampfes rivalisierender Banden, die versuchten, sich in der Kreisstadt Sigmaringen breitzumachen. Die Männer sollten in Muggenpfuhl beerdigt werden, denn dort wohnte ein enger Freund der beiden, ein gewisser Dr. med. Alexej Turgakow. Der 1997 aus Moskau eingewanderte Doktor praktizierte als Kinderarzt, residierte im besten Viertel der Kleinstadt und war ein angesehenes Mitglied der russisch-orthodoxen Gemeinde. Ein freundlicher kleiner Mann mit grau meliertem Haar, seidenweicher Stimme und typisch russischer Physiognomie.

Trotzdem hielten sich hartnäckig gewisse Gerüchte. Man munkelte von Schwarzgeld, Erpressung und Drogengeschäften. Von dem Doktor wurde Gottesacker bei einigen Gläschen Wodka mit den Bestattungsformalitäten beauftragt. Seine beiden Freunde seien in Ausübung ihrer Pflicht gestorben, und er, Dr. Turgakow, lege großen Wert auf eine angemessene Beerdigung mit russischem Flair. Geld spielte keine Rolle. So richtete Gottesacker zwei sehr stimmungsvolle Bestattungen aus. Dass in der Folge mehrere andere Russen teils in Mülltonnen ihre letzte Ruhestätte fanden, trug nicht dazu bei, diesbezügliche Vorurteile gegenüber Dr. Turgakow abzubauen.

Genau diesen Mann hat Gottesacker vor zwei Stunden angerufen und ihm nach einigem Drumherumreden kurzerhand erklärt, er befände sich im Besitz einer größeren Menge Kokain, die er gern zu Geld machen würde. Nachdem man die üblichen Höflichkeiten ausgetauscht und sich geeinigt hatte, nur noch über *Blumen* zu sprechen, kam Dr. Turgakow zum Punkt.

»Das sind eine Menge Blumen. Ich muss in Stuttgart anrufen. Dort gibt es einen Blumengroßhändler. Ich werde sehen, ob ich ein Treffen organisieren kann. *Da!* Ich werde für Sie bürgen. Das ist wichtig. Ich weiß, dass Sie ein Mann von Ehre sind, aber das wissen die dort nicht.«

Das Treffen wurde noch für denselben Tag anberaumt, und Gottesacker machte sich zusammen mit einem Kilo Kokain auf den Weg. Nicht ohne dass ihm Alexej eine Warnung mitgegeben hatte. »Der Mann, den Sie treffen werden, heißt Jegor. Seien Sie vorsichtig, das ist ein sehr gefährlicher Mann. *Ochen opasno.*«

Gottesacker hat also die kopflose Leiche mitsamt dem Rest ihrer wertvollen Ladung in sein Bestattungsfahrzeug verfrachtet und an dem einzigen Platz deponiert, wo man Leichen in Muggenpfuhl sonst noch unauffällig lagern kann. Im Leichenkeller unter der Friedhofskapelle. Dort besitzt Gottesacker einen gemieteten Kühlraum. Den Toten bei sich zu Hause zu lassen, war ihm viel zu heikel. Er kennt die Strafe für Kokainbesitz nicht, vermutet aber zu Recht, dass er bei so einer Menge den Rest seines Lebens auf extrem begrenztem Raum würde leben müssen.

Nachdem ihm der debile Friedhofswärter unerwartet hilfsbereit geholfen hatte, den Leichensack auszuladen, ist Gottesacker mit seinem Leichenwagen zu einer Adresse in der Katzensteige gefahren und hat sich vor einem heruntergekommenen Getränkemarkt an die Straße gestellt. Gerade als er frustriert wieder gehen wollte, hielt ein schwarzer Mercedes mit einem schweigenden Russen am Steuer. Der hat ihn einsteigen lassen und ihm dann einen blickdichten schwarzen Sack über den Kopf gestülpt. In schlechtem Deutsch hat er Gottesacker erklärt, dass es sich dabei um eine reine Vorsichtsmaßnahme handle und er auf keinen Fall sehen dürfe, wohin die Reise gehe. Sollte er den Sack abnehmen, wäre er leider gezwungen, ihn zu erschießen.

Dann hat der Fahrer einen russischen Musiksender angestellt, und Gottesacker musste sich schwitzend vor Angst die »Top 100« der russischen Popmusik anhören. Nachdem er die größten Hits von »t.A.T.u.« so oft gehört hatte, dass er sie hätte mitsingen können, hielt der Wagen schließlich an. Gottesacker vermutete, dass sie irgendwo in Stuttgart waren. Den dumpfen Geräuschen und dem Geruch nach Öl und Abgasen nach, in einer Tiefgarage.

Sein Fahrer hat ihn zu einem Aufzug gebracht, der drei oder vier Stockwerke in die Höhe fuhr. Oben wurde er bereits von zwei Männern (zumindest glaubte Gottesacker, zwei verschiedene Stimmen zu hören) erwartet, die ihn auf Waffen und Wanzen abtasteten. Er wurde einen Gang entlanggeführt und auf einen Stuhl gesetzt. Und endlich hat ihm jemand den Sack vom Kopf gezogen.

Vor ihm, hinter einem billigen Schreibtisch, saß ein unscheinbarer Mann mit Halbglatze, einer dicken Brille, einem schwarzen Schnauzbart und einer goldenen Rolex, die so groß war, dass sie fast obszön wirkte. Für Gottesacker hat der Mann eher nach Hausmeister als nach Drogenchef ausgesehen, wären da nicht die Augen gewesen, die einen gemeinen Ausdruck hatten.

Das Zimmer war bis auf ein paar Bilder, die größtenteils nackte Frauen zeigten, absolut spartanisch eingerichtet. Eine Mickey-Mouse-Uhr an der Wand stand auf einundzwanzig Uhr dreißig. Also war er fast zwei Stunden unterwegs gewesen.

»Ich bin Jegor«, stellte sich der Drogendealer vor. »Ich habe gehört, Sie haben etwas für mich?«

Mit zitternden Fingern hat Gottesacker das Päckchen aus der Jackentasche gefischt und dem Mann übergeben.

Jegor hat das Päckchen einen Moment in der Hand gehalten und dann mit einem kleinen silbernen Messerchen, das er an einer Kette um den Hals trug, angeritzt. Er hat sich ein bisschen Kokain auf die Messerspitze geschaufelt und schnaubend durch die Nase inhaliert. Dann hat er mehrfach geblinzelt und Gottesacker einen anerkennenden Blick zugeworfen. Nachdem er das Päckchen mit einer Digitalwaage gewogen hatte, stellte er zwei Wodka-Gläser auf den Tisch und förderte eine halbvolle Wodkaflasche aus seiner Schreibtischschublade zutage.

»Ähh … nein, danke. Ich trink eigentlich …«

»In Russland ist es üblich, auf ein gutes Geschäft anzustoßen. Alles andere gilt als unhöflich. Und Sie sind doch kein unhöflicher Mann, Herr Bestatter, oder?«

»Ähh … natürlich nicht.«

Ohne weitere Widerrede zu dulden, hat Jegor ihm eingeschenkt, und die beiden stießen an.

»Das sind sehr gute Blumen. Wo haben Sie die denn her?« Die Augen Jegors funkelten tückisch.

»Ohh … das möchte ich lieber nicht sagen.« Gottesacker fühlte, wie sich der Wodka seinen Magen hinunterbrannte.

»Das verstehe ich. Das verstehe ich.« Jegor hat meckernd gelacht. »Ein guter Geschäftsmann gibt seine Quellen nicht preis. Sie sind mir empfohlen worden, deshalb mach ich Ihnen ein faires Angebot. Vierzigtausend Euro. Sofort bar auf die Hand. Was sagen Sie?«

Natürlich hat Gottesacker Ja gesagt. Obwohl ihm sein schwäbischer Geschäftssinn sagte, dass er den Dealer vermutlich auf sechzigtausend Euro hätte hochhandeln können. Ob er dann auch wieder aus diesem Zimmer herauskommen würde, verriet er ihm allerdings nicht.

Der Russe hat wieder in seiner Schreibtischschublade herumgewerkelt und schließlich eine Geldkassette zutage gefördert. Aus der zählte er Gottesacker bedächtig achtzig Fünfhundert-Euro-Scheine heraus.

»Ähh … haben Sie's auch ein bisschen kleiner?«, fragte Gottesacker, der sich mit Schrecken vorstellte, mit diesen Scheinen einzukaufen.

»Bedaure. Hier wird nur mit richtigem Geld gehandelt.«

Jegor hat ihm das Geld in einem Kuvert gereicht und ihm abschließend die Hand geschüttelt. Sein Händedruck war feucht und unangenehm.

»Wenn Sie noch mehr Blumen haben, können Sie jederzeit wiederkommen. Haben Sie noch mehr Blumen?«, fragte Jegor lauernd.

»Ja. Ich hätt vielleicht schon noch ein paar Blumen.«

»Wie viele denn?«

»Das möcht ich auch lieber für mich behalten.« Gottesacker versuchte ein Lächeln.

Jegor drohte ihm mit dem Zeigefinger und entblößte seine gelben Vorderzähne.

»Nur nicht in die Karten schauen lassen. Ich sehe schon, Sie sind ein ganz ausgekochter Blumenhändler. Sie wissen ja jetzt, wo Sie uns finden. Ich bin sicher, wir sehen uns wieder.«

Erleichtert verließ Gottesacker das Zimmer.

Draußen wurde ihm wieder ein Sack auf den Kopf gesetzt, und so kommt es, dass er jetzt mit vierzigtausend Euro in der Jackentasche im Auto sitzt. Mit seiner rechten Hand fühlt er alle zwei Minuten, ob das Kuvert noch an seinem Platz ist.

Wenn er ehrlich ist, hat er ganz weit hinten so ein merkwürdiges Gefühl in der Magengrube. Es ist alles so glatt gegangen. So einfach. Er wäre kein Schwabe, wäre da nicht das Gefühl, das dicke Ende würde noch kommen. Aber wer würde das Kokain in einer Leiche suchen? Einer Leiche, die er bis gestern noch gar nicht hatte. Genug Grund, ein bisschen stolz zu sein.

Und Gottesacker ist stolz. So stolz ist er nicht gewesen, seit er von seinem Vater den Schlüssel zum Bestattergeschäft bekommen hat.

»Halt's G'schäft in Ehren, mei Sohn! Das isch mein Vermächtnis«, hat sein Vater zu ihm gesagt. Den Umstand, dass das Geschäft nicht besonders lief, das Haus mit Hypotheken belastet und die Familienkasse leer war, hat er geflissentlich übersehen.

»Vermächtnis! Ha! Das ist *mein* Vermächtnis!« Gottesacker klopft sich auf die Jacketttasche. Mit dem Geld kann er erst einmal die dringendsten Rechnungen bezahlen. Strom, Wasser, Gas. Kostet heute alles ein Vermögen. Was sein Sohn wohl dazu sagen wird? Und ob er wohl auch ein bisschen stolz auf seinen alten Herrn ist? Als Gottesacker gegen Mitternacht endlich ankommt, ist niemand zu Hause.

Die Entführung

Der Friedhof liegt allein und verlassen da. Es weht eine warme Brise aus Süden. Grillen zirpen. Die großen runden Lampen, die entlang der geschotterten Wege stehen, tauchen die Gräber in warmes Licht. Die kleine Kapelle wirft einen spitzen Schatten auf versteinerte Heilige, dahinter verschwimmt das angrenzende, erst kürzlich eingeweihte Krematorium in der Dunkelheit. Die Stadt hat damit auf das zunehmende Interesse an Feuerbestattungen reagiert. Wie böse Zungen behaupten, geht es dabei hauptsächlich ums Geld. Eine Urne kostet nur den Bruchteil eines Sarges.

Das Krematorium ist hochmodern und verfügt über eine Fotovoltaik-Anlage, Plattenwärmetauscher und modernste Abgasfilter. Sie funktioniert größtenteils vollautomatisch. Das Beste ist jedoch, dass sie direkt mit der Kapelle verbunden ist. So kann diese für Erd- ebenso wie für Feuerbestattungen genutzt werden.

In den zwei Kaminen mit Kalk-Kohle-Filtern wispert der Wind. Hinter dem Friedhof erstrecken sich lange Mais- und Weizenfelder, branden an die verwitterte Friedhofsmauer wie eine in der Bewegung erstarrte Welle.

Im Häuschen des Friedhofsgärtners im alten Teil des Friedhofs brennt noch Licht. Dreihundert Meter davon entfernt, auf der anderen Seite, arbeitet sich eine schmale, dunkel gekleidete Gestalt geduckt bis zur Friedhofsmauer vor. Ein Seesack fliegt hinüber. Etwas klirrt metallisch. Die Mauer ist nicht besonders hoch, und so dauert es nur einen Moment, bis die Gestalt auf dem Friedhof steht. Eine Taschenlampe blitzt auf und beleuchtet kurz einen Lageplan.

Eine Stimme murmelt: »*Got it.*« Dann pirscht Henning Lindhorst verstohlen über den Friedhof. Er versucht dabei, immer im Schatten der Gräber zu bleiben und die Lichtkegel der Laternen zu vermeiden. Sein Mietwagen, ein geräumiger Transporter von Sixt, den er heute neben einigen anderen Utensilien für sein Vorhaben braucht, parkt dicht an der Friedhofsmauer, wo ihn die Scheinwerfer vorbeifahrender Autos nicht erfassen können.

Lindhorst hat einen anstrengenden Tag hinter sich. Seit heute früh versucht er, an eine Leiche zu kommen. Dabei hat er sich unter anderem sogar als Gunther von Hagens' persönlicher Assistent ausgegeben und im ganzen Landkreis Pathologien aufgesucht. Keine Chance. Auf legalem Weg ist da nicht dranzukommen.

Es ist jetzt dreiundzwanzig Uhr dreißig. Um diese Zeit werden in Muggenpfuhl die Bürgersteige hochgeklappt. In Schwaben geht man früh zu Bett.

Lindhorst folgt den Reihen der Gräber, die den Friedhof in ein Schachbrettmuster unterteilen. Eine alte Eule beobachtet ihn neugierig von einem Baumwipfel herab. Ein steinerner Engel starrt ihm vorwurfsvoll hinterher. Ein Grablicht flackert, als er daran vorbeischleicht. Der Seesack klirrt leise auf seiner Schulter.

Der Mond blickt einen Moment lang hinter einer Wolke hervor. Aus dem schmucklosen Gebäude des Krematoriums schraubt sich ein dünner Rauchfaden in die Höhe.

Irritiert kneift Lindhorst die Augen zusammen. Wieso ist denn das Krematorium um diese Zeit noch in Betrieb?

Dann … ein Geräusch.

Der Bestatter taucht im Schatten eines Haselnussstrauchs unter und hält den Atem an. Doch es ist nur der Friedhofsgärtner, der leise pfeifend und vor sich hin murmelnd zwischen den Gräbern entlangwandelt. Lindhorst wartet, bis er im hinteren Teil des Friedhofs verschwunden ist. Er weiß von vorhergegangenen Bestattungen, dass der alte Mann dort ein Häuschen bewohnt.

Das Grab, das Lindhorst sucht, ist leicht auszumachen. Der Grabstein hat die Form einer Schuhsohle. Hier ruht der Chef des Schuhgeschäfts. Lindhorst legt den Seesack ab und zieht einen Profiklappspaten der Marke Bushman, einen Eimer und ein Stemmeisen heraus. Das Erdreich ist noch weich und nachgiebig. Vor zwei Tagen hat er hier den Toten in einem Schuhsarg bestattet. Und jetzt will er ihn wieder ausgraben.

In diesem Moment ertönt nahe der Mauer das Geräusch eines Motors. Atemlos und aufs Äußerste gespannt kauert sich Lindhorst in den Schatten der steinernen Schuhsohle und spitzt die Ohren.

Zwei Türen öffnen sich leise im Dunkeln. Es klingt, als ob jemand aussteigt, der keinen Lärm machen will. Etwas klappert. Leises Stimmengemurmel ist zu hören. Vielleicht Jugendliche?

Lindhorsts Hand verkrampft sich um den Spatengriff. Im Dunkeln heult auf einmal ein starker Motor auf. Bremsen quietschen. Ein Scheinwerfer leuchtet über die Mauer. Lindhorst bleibt fast das Herz stehen, als er die überraschte Stimme seiner Tochter zu erkennen glaubt.

Das Geräusch von Schiebetüren, Keuchen, ein erstickter Schrei. Es klingt nach einem Handgemenge.

Lindhorst richtet sich halb hinter seinem Grabstein auf. Türen schlagen zu, der Motor heult wieder, dann … Stille. Nachdem er noch eine Weile bewegungslos gewartet hat, richtet sich Lindhorst vorsichtig auf. Hinter den Bäumen, über der Mauer, kann er einen klobigen Umriss ausmachen, der ihm irgendwie bekannt vorkommt. Zögernd tritt er noch einen Schritt weiter vor und späht angestrengt in die Dunkelheit. Im Scheinwerferlicht eines vorbeifahrenden Autos erkennt er schließlich, was er da vor sich sieht. Es ist der Sarg seines Sarg-o-Mobils.

Was zur Hölle geht da vor?

***

Das fragt sich aktuell noch jemand. Die Welt kann ganz schön klein werden, wenn man sie durch einen schwarzen Sack betrachtet. Die Kapuze, die man Anselm über den Kopf gezogen hat, ist nicht nur vollkommen blickdicht, sondern darunter hört man auch so gut wie nichts. Er befindet sich in einem Auto. Genauer gesagt liegt er zusammengedrückt wie ein Paket auf dem Boden. Seine Hände sind auf den Rücken gefesselt.

Julia ist bei ihm, denn ihr Knie drückt ihm schmerzhaft gegen die Rippen. Selbst in seinen allerkühnsten Träumen hätte er sich nicht ausgemalt, dass er ihr einmal so nahe kommen würde. Noch weniger hätte er sich allerdings vorstellen können, dass ihn das so vollkommen kalt lassen würde.

Um nicht vollkommen panisch zu werden, versucht er, sich auf seinen Atem zu konzentrieren. Irgendwo hat er gelesen, dass das zumindest bei buddhistischen Mönchen ganz gut funktioniert. Zwecklos. Er fängt an zu zittern. Und das ist uncool. Vor allem, weil Julia das eins zu eins mitbekommt.

Dabei hat der Plan zunächst ziemlich einfach geklungen: bei Nacht in die Kühlkammer unter der Friedhofskapelle einbrechen und die kopflose Leiche mitnehmen.

Julia ist extrem sauer gewesen, als er ihr die ganze Geschichte gebeichtet hat. Es war ihr ziemlich egal, dass es ursprünglich die Idee seines Vaters war. Der einzige Pluspunkt: Er hat sie, unter Einsatz seines Lebens, vor einem durchgedrehten Entführer gerettet. Die blutende Nase und das zugeschwollene Auge haben ein Übriges dazugetan, dass sie nicht mehr ganz so *pissed* war.

Dazu hat er ihr dann seinen ausgefeilten Plan und die passenden Requisiten präsentiert: das väterliche Stemmeisen und eine große Kneifzange. Um sicherzugehen, dass sein Vater in seiner Abwesenheit nicht auf dumme Gedanken kommt, haben sie Badewanne, Säureflaschen und Knochensäge in Lindhorsts Sargwerkstatt versteckt.

Bei Anbruch der Nacht sind sie aufgebrochen. Als sie dann auf dem Friedhofsparkplatz die Trage ausluden, tauchte wie aus dem Nichts ein schwarzer SUV auf. Der Rest ging so schnell, dass er nicht einmal mehr Luft holen konnte. Vermummte Männer mit Skimasken sprangen heraus. Anselm bekam einen gewaltigen Schlag auf den Kopf, dann gingen die Lichter kurz aus.

Als Nächstes hat er sich mit Julia, eingeklemmt zwischen Rückbank und Vordersitz des SUV, wiedergefunden.

Ein Film fällt ihm ein. In dem hat sich ein Entführungsopfer anhand von Geräuschen, Straßenbelag und minimalen Details den Weg gemerkt. Er fragt sich, wie das in Dreiteufelsnamen gehen soll, wenn einem bei jeder Bodenwelle der Kopf an die Mittelsäule knallt. Außerdem riecht es penetrant nach Katzenurin. Jedenfalls nach *irgendeiner* Art von Urin. Anselm will diesen Gedanken lieber nicht weiterverfolgen.

Mittlerweile hat er jegliches Gefühl für Zeit und Raum verloren. In seinem Kopf spult sich ein Horrorszenario nach dem anderen ab. Organhändler, verrückte Massenmörder mit Kreissägen oder fiese Psychopathen spielen darin eine Rolle. Sogar eine Zombie-Apokalypse zieht er in Erwägung. Kurz: Sein ganzes mediales Vorwissen stürzt auf ihn ein. Und das ist kein bisschen unterhaltsam. Sein Bein fängt an einzuschlafen.

Anselm hat keine Ahnung, wie lange sie schon unterwegs sind, als das Fahrzeug plötzlich stoppt. Unwillkürlich verkrampft sich sein ganzer Körper. Verdammtes vegetatives Nervensystem!

Die Schiebetüren gehen auf. Gleich darauf wird er unsanft in die Höhe gezerrt, aus dem Auto gestoßen und kurz bevor er auf dem Boden aufschlägt von kräftigen Händen zurückgerissen. Betonboden unter den Füßen, ein Geruch von Öl, Gummi und Benzin. Ein weiterer grober Stoß nach vorn. Im letzten Moment kann er sich wieder fangen. Neben sich – ein spitzer Schrei. Julia!

Verzweifelt versucht er, sich umzudrehen, wird aber weitergeschleift. Drei Treppenstufen nach unten. Das Quietschen einer schweren Eisentür. Jemand drückt ihn auf einen Stuhl. Mit einem ratschenden Geräusch schnürt sich eine Schlinge um seine Beine und zieht sich schmerzhaft zusammen. Seine Arme werden grob nach hinten gerissen und über Kreuz gefesselt. Dann wird ihm die Kapuze vom Kopf gezogen.

Als er sich umsieht, versteht er, dass sie in richtig großen Schwierigkeiten sind.

Friedhofsspuren

»Chef, für Sie. Das Revier.«

Caruso nimmt Schmähle das Handy aus der Hand. Es ist ein Uhr dreißig morgens. Auf dem Bett in seinem Hotelzimmer liegen ein Berg von leeren Pizzaschachteln und diverse geleerte Coladosen. Schmälzle kauert am Fenster und späht mit einem Feldstecher durch den Vorhangspalt.

»Das glaubt ihr im Leben nicht: Die Irmgard hat Besuch gekriegt. Und zwar vom Friseur. Und jetzt hat er sich eine Ledermaske aufgesetzt.«

»Berthold! Du sollst doch die Trattoria beobachten«, mahnt sein Kollege.

»Jo, jo, die läuft schon nicht weg«, murrt Schmälzle und beißt in das letzte Stück Pizza.

Caruso macht ihm ein Zeichen, still zu sein. »Tenente Caruso hier. Ich höre?«

Aus dem Hörer dringt die müde und schwer genervte Stimme von Therese Knöpfle. Im Hintergrund sind Kindergeschrei und ein Fernseher zu hören. Therese hat wie immer den Notruf auf ihr Telefon zu Hause umgeleitet.

»Ich hab hier einen Bestatter am Telefon, der sagt, seine Tochter sei entführt worden. Jetzt ist die aber schon vierundzwanzig. Ich hab versucht, ihm zu erklären, dass wir bei so was erst mal abwarten, weil sie ja volljährig ist. Aber er ruft immer wieder an. Der Kommissar geht nicht ans Telefon, und unsere Polizisten sind ja alle bei Ihnen. Vielleicht können Sie sich darum kümmern?«

Caruso runzelt die Stirn. Dann schlägt er etwas in seinem Notizbuch nach. »Sagen Sie mal, hat der Mann zufälligerweise etwas mit ›Jim Blitz – Eventbestattungen‹ zu tun?«

»Ich glaube, das ist der Chef.«

»Schicken Sie ihn aufs Revier. Wir kommen sofort.«

»Ich werd's ausrichten. Der Schlüssel liegt im Briefkasten.«

Caruso zieht sich bereits seine Jacke an. »Kollege Schmähle, Sie kommen mit mir. Schmälzle, Sie bleiben am Fenster und melden sofort, wenn sich irgendetwas Verdächtiges tut.«

»Klaro, Chef, mach ich.«

»Meine Herren, es kommt Bewegung ins Spiel. Ich glaube, wir haben die bösen Buben aufgescheucht.«

***

Henning Lindhorst weiß nicht, was er mit seinen Händen machen soll. Er knetet sie, steckt sie in die Hosentasche, setzt sich drauf. An den Füßen trägt er Gummistiefel, und an seiner Hose klebt Erde. Seine braunen Haare hängen ihm verschwitzt von der Stirn.

Caruso beobachtet ihn eine Zeit lang durch das kleine Einwegfenster des Vernehmungsraums. Er schätzt ihn auf etwa fünfundvierzig. Dann strafft er sich und tritt ein.

»Guten Morgen. Ich bin Tenente Caruso.«

»Hallo.« Der Mann springt auf. »Mein Name ist Henning Lindhorst. Und ich möchte eine Entführung melden.«

»Es ist sehr früh. Möchten Sie vielleicht *un caffè*?«

»Ein Kaffee wäre toll. Vielen Dank.«

Caruso gibt Schmähle ein Zeichen, und der macht sich auf den Weg in die Küche. Caruso zieht sich einen Stuhl heran und legt sein Notizbuch auf den Tisch. »Erzählen Sie doch erst mal, was passiert ist und wie Sie darauf kommen, dass Ihre Tochter entführt wurde.«

»Das Ganze war so: Meine Tochter ist heute Abend nicht nach Hause gekommen. Dann habe ich das Auto, also unser Auto, den Leichenwagen, am Friedhof gesehen. Die Türen standen offen. Der Schlüssel steckte. Aber es war kein Mensch da. Ich … ich hab überall nachgesehen. Da war niemand.« Er knetet sich die Finger.

»Herr Lindhorst, wie alt ist Ihre Tochter?«, fragt Caruso in beruhigendem Ton.

»Sie ist vierundzwanzig geworden. Im Februar.«

»Hat sie so was schon mal gemacht?«

Lindhorst zögert. »Na ja, sie hatte ihre wilde Zeit. Aber das ist schon eine Weile vorbei. Wissen Sie, sie hat ihre Mutter verloren.«

»Das tut mir leid.«

»Sie müssen sie finden! Ich bin mir hundertprozentig sicher, dass ihr etwas zugestoßen ist.«

»Herr Lindhorst, wir gehen der Sache nach. Das verspreche ich Ihnen.«

Die Tür öffnet sich, und Schmähle bringt zwei Becher Kaffee auf einem Tablett.

Caruso nimmt einen Schluck. Der Kaffee ist bitter und schmeckt immer noch nach Spülbrühe.

»Darf ich fragen, was Sie um diese Zeit auf dem Friedhof gemacht haben?«

Lindhorsts Blick huscht zur Decke. Seine Zunge fährt über die Lippen. »Ich geh abends öfter noch spazieren. Der Friedhof liegt ja bei uns quasi um die Ecke.«

Caruso ist sich sicher, dass ihm der Bestatter etwas verschweigt, geht aber nicht weiter darauf ein. »Haben Sie ein Foto von Ihrer Tochter?«, fragt er.

»Muss ich mal nachschauen.« Lindhorst kramt hektisch seine Geldbörse aus der Tasche.

»Ja, da ist eins. Ist nicht mehr ganz aktuell, das war vor vier Jahren.«

Das Foto zeigt eine junge Frau mit schwarz-roten kurzen Haaren, die in der Mitte zu einem frechen Irokesenschnitt aufgestellt sind. Dieselbe, deren Entführung Caruso heute Mittag gerade noch verhindert hat. »Herr Lindhorst, haben Sie oder Ihre Tochter Feinde?«

Lindhorst überlegt. »Nicht dass ich wüsste. Okay, natürlich gibt es in unserem Geschäft immer Neider, aber Menschen, die so etwas tun würden – nein.«

»War sonst noch jemand auf dem Friedhof? Jemand, der etwas gesehen haben könnte?«

Lindhorst denkt angestrengt nach. »Der Friedhofsgärtner vielleicht. Der wohnt da oben. Ich hab ihn nicht gesprochen, weil ich so schnell wie möglich Bescheid sagen wollte. Kann gut sein, dass er etwas mitbekommen hat.«

Caruso steht auf. »Alles klar. Wir fahren jetzt sofort zum Friedhof und sehen uns die ganze Sache an. Einverstanden? Ich gebe Ihnen meine Handynummer. Wenn Ihre Tochter sich melden sollte, informieren Sie mich bitte unverzüglich.«

»Bitte finden Sie sie, okay?«

***

Das Haus des Friedhofsgärtners ist eine bessere Holzhütte mit niedrigem Dach, Ofenheizung und Rauchabzug. Es liegt direkt an der nordwestlichen Friedhofsmauer. Schmähle muss den Kopf einziehen, als sie eintreten.

Die Wohnung besteht aus wenig mehr als einem Tisch, einem Stuhl und einem Bett, das offensichtlich gerade noch benutzt wurde. Es riecht schwach nach frischem Gebäck. Neben der Eingangstür befindet sich eine Kochnische. Ein kleiner, mit einem schmuddeligen Vorhang abgegrenzter Bereich führt vermutlich zur Toilette.

Der Friedhofsgärtner ist gesprächig, aber auf eine ziemlich merkwürdige Art. »Ich weiß nix. Ich weiß nix. Obwohl … Vielleicht weiß ich doch was. G'fingerlet und pfiffa isch zwoierloi. Hihihih.« Er kichert hohl. Ein blutunterlaufenes Auge starrt schräg nach oben. Das andere ist von schwarzen Haaren verdeckt, in denen Erdklumpen kleben. Hinter seinem dichten schwarzen Bart grinsen gelbe Zähne hervor.

Caruso wirft seinem Kollegen einen hilflosen Blick zu. Schmähle macht mit dem Zeigefinger eine kreisende Bewegung vor der Stirn.

Caruso versucht es noch einmal. »Ich kann Ihnen nicht ganz folgen. Also noch mal die Frage: Ist Ihnen heute im Lauf der Nacht etwas Ungewöhnliches aufgefallen?«

Der Friedhofsgärtner bläst die Backen auf und prustet. »A Nixle emma Bixle und a goldig's Wart-a-Weile!«

»Dio!« Caruso dreht sich hilfesuchend zu Schmähle um. Der zuckt nur die Schultern.

Der Rest der Einrichtung hilft ihm auch nicht weiter. Eine bizarre langarmige Holzfigur auf der Anrichte über dem Kühlschrank, daneben etwas, das aussieht wie ein Schrumpfkopf mit Haaren, und ein erschreckend echt wirkender Totenschädel. Auf der winzigen Spüle steht auf einem kleinen Metallsockel eine Art Tortenspritze aus Metall, an deren hinterem Ende eine Kurbel sitzt.

Stirnrunzelnd betrachtet Caruso das sonderbare Objekt und versucht, seine Verwendungsweise zu ergründen. Irgendwo hat er so etwas schon einmal gesehen. Es fällt ihm im Moment nur nicht mehr ein, wo. Neben der Spritze liegen vergammelte Fleischreste.

»Das ist voll eklig«, raunt Schmähle ihm zu.

»Ich glaube, wir verschwenden hier unsere Zeit«, flüstert Caruso zurück. »Der ist komplett *insano*.«

»Soll ich's mal probieren?«, fragt Schmähle.

Caruso nickt zweifelnd.

Schmähle schüttelt den Friedhofsgärtner an der Schulter. »Hallo! Falls da oben einer wohnt: Ist heute Nacht hier ein Auto vorbeigekommen?«

Der Blick des Gärtners klärt sich. »Also ein Auto nicht, aber so ein schwarzer Geländewagen. Der hat einen ziemlichen Radau gemacht.«

Caruso wird plötzlich hellhörig. »Wann war denn das?«, bohrt er nach.

»Ha, so gegen eins. Ich glaub, das waren Ausländer.«

Caruso blinzelt ganz aufgeregt. »Ausländer? Vielleicht Italiener?«

»Könnt schon sein. Ich schwätz kein Fremdländisch.« Er zieht geräuschvoll die Nase hoch.

Caruso ist elektrisiert. »Da haben wir's. Auf zur Trattoria. Dort laufen, wie's aussieht, alle Stränge zusammen.« Er stürmt zur Tür hinaus. Über die Schulter ruft er Schmähle zu: »Sie besorgen uns einen Durchsuchungsbeschluss! Es besteht Gefahr für Leib und

Leben. Ich informiere den Kollegen Schmälzle. Wir schlagen sofort zu!«

»Jawoll, Chef! Bloß das mit dem Durchsuchungsbeschluss könnt schwierig …«

Doch Caruso ist schon weg.

Razzia

Donna Elvira ist stinksauer. Sie mag es gar nicht, mitten in der Nacht aus dem Bett geklingelt zu werden. Noch weniger mag sie es, wenn sich nette Professoren auf einmal in bösartige Carabinieri verwandeln.

Ihre langen schwarzen Haare fallen ihr ungekämmt über die Schultern. Ihre Augen blitzen. In ihrem zeltartigen, mit schwarz-roten Lilien bestickten Nachthemd erinnert sie an eine Gestalt aus einer Oper. Eine cholerische Carmen oder eine rachsüchtige Brunhilde, geradewegs entsprungen aus dem Nibelungenlied.

Schmälzle und Schmähle haben sich vorsichtshalber hinter Caruso zurückgezogen. Der Baseballschläger, den die Donna in der Hand hält, sieht gefährlich aus.

»*Bene!* Können Sie mir mal verraten, was der Höllenlärm soll?«

»Buonanotte, signora Elvira. La prego di scusarmi.«

»Geschenkt«, schnaubt die Donna. »Sie haben sich ja ganz schön verändert. Das hätten Sie auch gleich sagen können, dass Sie ein *poliziotto* sind. Da hätte ich mir einen Haufen Zeit und Grappa gespart.«

»Tenente Francesco Caruso.« Caruso schlägt zackig die Hacken zusammen. »Hier im Rahmen der grenzübergreifenden deutsch-italienischen Zusammenarbeit.« Er zupft sich eine Fluse von seiner Uniform. »Wir haben Grund zur Annahme, dass hier ein Verbrechen verübt wurde.«

»*Sì?* Was soll denn das für eins sein? Und ihr beiden«, herrscht sie seine Kollegen an, »hat was mit euren Freigetränken nicht gestimmt?«

»Äh, das ist wahrscheinlich alles ein großes Missverständnis«, nuschelt Schmälzle, der sich gerade für immer von kostenloser Pasta und Gratis-Grappa verabschiedet. Er zuckt zusammen, als drei verschlafene junge Männer in Shorts und Unterhemd angriffslustig die Treppe herunterpoltern. Die Söhne der Donna

Elvira sehen nicht so aus, als hätten sie vor Kurzem jemanden entführt.

»Was ist denn hier los? Was wollen die hier?« Luigi baut sich vor Caruso auf, sodass sich ihre Nasenspitzen fast berühren.

»*Stai calmo*«, versucht seine Mutter, ihren Jüngsten zu beruhigen. »Das ist sicher bloß eine *confusione*.«

»*Vaffanculo*«, mischt sich Salvatore ein. »Von wegen Verwechslung. Haben die überhaupt einen Durchsuchungsbeschluss?«

»Ähhmm, so gut wie«, sagt Schmähle und räuspert sich. »Ist quasi auf dem Weg.«

»*Mamma!* Die haben nicht mal einen Durchsuchungsbeschluss. Die können wir gleich wieder rausschmeißen.« Salvatore macht einen Schritt auf Caruso zu, doch Donna Elvira hält ihn zurück.

»Wir haben nix zu verbergen. Gucken Sie sich ruhig um, *dottore*.«

»Was werfen Sie uns überhaupt vor?«, mischt sich Giovanni ein.

»Eine vierundzwanzigjährige Frau, die Tochter des Bestatters Henning Lindhorst, wird vermisst. Wir haben Grund zur Annahme, dass sie entführt wurde und bei Ihnen gefangen gehalten wird. Dazu glauben wir, dass Sie hier zwei Männer verstecken, mit denen wir gern ein paar Worte reden würden.«

»Hier ist niemand.« Donna Elvira stemmt die Hände in die Hüften, und ihr Blick huscht kurz nach oben.

Caruso ist bereits auf dem Weg zur Treppe. Luigi verstellt ihm den Weg, tritt aber auf einen Wink seiner Mutter beiseite.

Oben stößt Caruso auf einen Gang mit mehreren Türen. Hinter den ersten drei verbergen sich typische Jungenzimmer. Zerwühlte Betten, Poster von Bruce Willis, Yuri Boyka, Tony Jaa, eine Stereoanlage, zwei ältere Computer und eine X-Box. Das vierte Zimmer ist offensichtlich das Schlafzimmer von Donna Elvira. Darauf deutet zumindest ein großes Himmelbett im Louis-Quinze-Stil mit rosa Betthimmel und weißen Seidenvorhängen hin.

Hinter der letzten Tür schließlich – das Gästezimmer. Das ist, bis auf ein paar nichtssagende Bilder an den Wänden und einen großen Eichenschrank, kahl. An der Wand steht ein Gästebett. Daneben liegen eine Luftmatratze und ein Schlafsack. Beides sieht so aus, als ob es eben noch benutzt worden ist.

Caruso betastet die Matratze. Sie ist noch warm. Sicherheitshalber späht er unters Bett.

In diesem Moment klingelt sein Handy. Kommissar Eisele ist dran, und er ist sauer. »Sagen Sie mal! Die Donna Elvira hat mich gerade angerufen. Unter meiner Privatnummer. Was ist das denn für ein Blödsinn mit der Hausdurchsuchung? Sie können doch nicht einfach so ein Haus stürmen. Wir sind doch hier nicht im Wilden Westen! Ich weiß ja nicht, wie Sie das in Italien handhaben, aber in Deutschland braucht man dazu die Genehmigung von einem Staatsanwalt.«

»Es ist alles in bester Ordnung, Signor Commissario. Wir kooperieren mit allen Beteiligten«, versucht Caruso ihn zu beruhigen, während er fieberhaft in dem großen Wandschrank wühlt. Nichts. Keine Italiener. Keine entführten Frauen.

»Ja, am Fiedle die Kooperation. Selbst wenn Sie etwas finden, dürften wir's nicht verwenden.« Im Hintergrund ist genervtes Gemurmel zu hören. »... noi, Spätzle. Ich brauch jetzt kein Kissen.«

»Ich bin mir dessen durchaus bewusst, Signor Commissario. Aber es handelt sich um Gefahr im Verzug.« Ratlos dreht Caruso ein überdimensioniertes Bustier zwischen den Fingern.

»Gefahr hin oder her, Sie machen jetzt, dass Sie aus dem Haus rauskommen. Und morgen früh will ich Sie umgehend auf dem Revier sehen. Ist das klar?«

»Vollkommen klar.«

Donna Elvira betritt das Zimmer. Zögerlich gefolgt von Schmälzle und Schmähle. Caruso versteckt das Bustier rasch hinter dem Rücken und deutet auf das ungemachte Bett. »Wer hat hier übernachtet?«

Donna Elvira verschränkt die Arme vor der Brust. »Niemand. Wieso?«

»Weil Ihre Gäste mit ziemlicher Sicherheit für die Entführung einer jungen Frau verantwortlich sind.«

»Und wer sagt das?«

»Wir haben Zeugenaussagen. Außerdem habe ich die beiden heute bereits bei einem vereitelten Entführungsversuch beobachtet. Und zwar«, er zieht das Foto von Lindhorsts Tochter aus der Tasche, »von diesem Mädchen. Kennen Sie sie?«

Verständnislos starrt Donna Elvira das Foto an, dann setzt sie ihre Brille auf. »*Cavolo!* Das ist doch die Tochter von dem Bestatter, der unsere Beerdigung ausrichtet. Hören Sie, ich hab einen Todesfall in der Familie, und deswegen ist mein Neffe Enzo zu Besuch. Und der hat noch einen anderen *collega* mitgebracht. Ich weiß ehrlich nicht, wo die beiden jetzt sind. Ich verstehe auch nicht, warum sie jemanden entführen wollen. Ich weiß bloß, dass sie heute Morgen unbedingt die Leiche sehen wollten.«

»Wer ist denn überhaupt verstorben?«, fragt Caruso.

»Na, *mio papà*. Don Vincenzo di Matteo Sorentino. Seine Leiche ist gestern mit dem Zug angekommen.«

Francesco Caruso klappt die Kinnlade herunter. »Wie bitte?«

Russische Befragung

Anselm würde von dem alten Metallstuhl kippen, wenn ihn nicht seine Fesseln halten würden. Die zweite Ohrfeige sieht er gar nicht kommen. Die bulligen Gesichter von den drei Männern, die um ihn herum stehen, drehen sich im Kreis. Der Einfachheit halber hat er sich entschlossen, sie »Rübezahl«, »Brille« und »Erbsenschädel« zu taufen. Namentlich vorgestellt hat sich keiner. Rübezahl ist derjenige, der zugeschlagen hat.

Anselm zermartert sich, seit ihm der Sack vom Kopf gezogen wurde, das Gehirn, was die drei von ihnen wollen. Eigentlich kann es sich nur um eine einzige Sache handeln: Drogen.

»Wo ist der Stoff?«, fragt Erbsenschädel.

Anselm schätzt ihn auf Anfang zwanzig. Obwohl er so jung ist, scheint er der Chef der Gruppe zu sein. Er hat einen rasierten kleinen Kopf, abstehende Ohren, Pickel, schmale grausame Lippen und verrückte Augen. Das Ganze macht ihm Spaß.

Anselms Gedanken rasen. »Was für Stoff?«

Falsche Antwort. Sein Kopf fliegt zur anderen Seite.

»Wir können das die ganze Nacht machen.«

»Ich weiß nix von irgendwelchem Stoff, ehrlich!«

Es klatscht wieder. Anselm hat das Gefühl, als wäre sein Kopf auf das Doppelte angeschwollen. Die Wunde an seiner Stirn hat wieder angefangen zu bluten.

»Ist ja gut. Ich …«

Wumms! Die nächste Ohrfeige.

Auf dem Stuhl neben ihm wimmert Julia und rutscht hin und her. Ihr haben sie einen Knebel verpasst. Wenn er den Kopf dreht, kann er sie im Anschnitt sehen.

»Oh, will er nicht reden, der kleine Stricher? *Niet?* Gar nichts?« Erbsenschädel beugt sich zu ihm hinunter. Seine schmalen Lippen verziehen sich zu einem unangenehmen Grinsen. Anselm schlägt der Geruch von Wodka und Gurken entgegen. »Vielleicht sollten wir mal seine kleine Freundin fragen?«

Rübezahl gluckst glücklich in seinen roten Bart hinein.

Julia zuckt zusammen und wimmert, als ihr Erbsenschädel in die Brust kneift.

»So ein hübsches Ding …« Bedauernd zuckt Erbsenschädel mit den Schultern.

»Ich sag ja was, aber Sie müssen erst mal was fragen!«, ruft Anselm verzweifelt.

»Sag uns, woher der Stoff kommt, und alles wird gut.«

»Also gut. Ich geb alles zu!« Er kann förmlich spüren, wie sich der zornige Blick Julias durch seine Kleider brennt. Kleine Imagekorrektur. Leichendieb *und* Dealer.

»Also, das ist so«, vor Aufregung verhaspelt er sich, »ich krieg den Stoff von den Sorentinos. Die haben eine Trattoria.«

»Ah! Die Sorentinos. Was für ein Zufall! Hab ich's mir doch gedacht, dass so eine Nummer zu groß für Amateure wie euch ist«, sagt Erbsenschädel selbstzufrieden.

»Wo das geklärt ist: Würden Sie uns dann jetzt freundlicherweise freilassen?«, fragt Anselm treuherzig.

Julia verdreht die Augen.

Erbsenschädel kichert. »Oh je, das kann ich leider nicht machen. Nicht bevor das, was dein Vater hat, bei mir ist. Und zwar alles. Aber keine Sorge. Wenn er ganz genau macht, was wir ihm sagen, wird euch nichts passieren. Ehrenwort.«

»Mein Vadder?« Anselm starrt ihn entgeistert an.

Erbsenschädel nickt Rübezahl zu. »Du passt auf unsere Gäste auf. Spiel mit ihnen, aber mach sie nicht kaputt.«

»Auf keinen Fall, Vadi … ähh … Chef!« Rübezahl nickt eifrig.

»Wenn du mich noch einmal so nennst, reiß ich dir deinen Kopf ab und verfüttere ihn an die Hunde«, sagt Erbsenschädel liebenswürdig. Dann gibt er »Brille« ein Zeichen.

»Komm mit! Wir müssen telefonieren.«

Die Tür fällt ins Schloss, und Anselm fragt sich entsetzt, was sein Vater mit Drogen zu schaffen hat.

***

Gottesacker senior irrt derweil rastlos durchs Haus. Das ist beileibe nicht das erste Mal, dass Anselm spät (oder gar nicht) nach Hause kommt. Aber heute ist irgendetwas anders. Das bohrende Gefühl in seiner Magengegend wird stärker. Es ist ein Gefühl, als ob ein Damoklesschwert an einem seidenen Faden direkt über ihm hängt.

Es ist zehn nach drei. Bei seiner nächtlichen Wanderung hat er festgestellt, dass Säureflaschen, Wanne und Knochensäge verschwunden sind. Er kann sich keinen Reim darauf machen. Was will sein Sohn mit dem ganzen Zeug?

Immer noch hat Gottesacker die Stimme Jegors im Ohr: »Wir werden uns bald wiedersehen.« Im Nachhinein klingt das irgendwie nach einer Drohung. Aber er hat ihm doch noch nicht einmal seinen Namen verraten. Auch die Menge des Kokains, das er noch besitzt, kennt der Russe nicht. Und vor allem: Er weiß nicht, wo es ist. Also müsste doch eigentlich alles in Ordnung sein. Oder?

Gottesacker glaubt, ein Geräusch zu hören.

»Anselm?« Seine Stimme schallt durch das leere, dunkle Haus. Nichts. Vielleicht ist sein Junge, ohne dass er es bemerkt hat, schon zurückgekommen? Gottesacker nimmt immer zwei Stufen auf einmal. »Anselm? Bist du da?«

Oben ist alles dunkel. Die Tür zu Anselms Zimmer steht offen. Er macht Licht. Der Schlafsarg steht verlassen im Zimmer. Es war nur der Wind. Das Fenster ist einen Spaltbreit geöffnet, und die Flügel schlagen klappernd gegeneinander. Draußen zieht ein Gewitter auf.

»Oh, Anselm! Wo bist du denn bloß?« Das Schwert über ihm sackt ein bisschen tiefer. Ein grellroter Blitz zuckt über den fahlen Nachthimmel. Gottesacker erschrickt.

Als der Donner dumpf durch das leere Haus grollt, klingelt unten das Telefon. Wer kann denn das sein? Gottesacker eilt wieder nach unten. Gerade als er in seinem Büro angekommen ist, verstummt das Klingeln.

Die Wanduhr schlägt ein Mal. Gottesacker mustert das Telefon wie ein gefährliches Insekt. Es klingelt wieder. Anhaltend. Durchdringend.

»Bestattungsinstitut Gottesacker.«

Eine seidenweiche Stimme mit stark russischem Akzent säuselt aus dem Hörer: »Hallo, mein lieber Johann. Es tut mir leid, dass ich Sie um diese Zeit stören muss, aber es gibt dringende geschäftliche Dinge, die wir besprechen müssen. Es ist ein bisschen kompliziert, deshalb mach ich's kurz: Meine Geschäftspartner haben Ihren Sohn.«

Das Schwert fällt. Gottesackers Hände zittern unkontrolliert. »Was ist mit ihm?«

»Keine Angst, keine Angst, es geht ihm gut. *Noch*, möchte ich hinzufügen. Ich habe einen Anruf aus Stuttgart erhalten, Sie wissen schon, wegen der Blumenlieferung. Mein Geschäftspartner möchte gern den ganzen Blumenstrauß. Mit allen Blumen. Im Gegenzug erhalten Sie Ihren Sohn wieder zurück. Und seine kleine Freundin gibt's als Zugabe.«

»Welche Freundin? Jesses Gott, welche Freundin?«

Bei Gottesacker dreht sich alles. Ihm ist schwindlig. Er muss sich setzen.

»Kommen Sie in einer Stunde in die Katzensteige, Maria-Schrey-Straße 5, dritter Stock. Bringen Sie die Blumen mit, dann gebe ich Ihnen mein Wort, dass Ihr Sohn heute Nacht friedlich und gesund zu Hause in seinem Bettchen schlafen wird. Ich muss das vermutlich nicht erwähnen, aber: Lassen Sie die Polizei aus dem Spiel.« In der Stimme schwingt jetzt ein Ton wie rostiger Stahl. »Sonst kommt Ihr Sohn in kleinen Paketen zurück. Jede Woche eins. Haben Sie das verstanden?«

Gottesacker sackt zusammen. »Jesses, ja! Ich mach alles, was Sie wollen, aber lassen Sie meinen Sohn in Ruhe!«

»Ich sehe schon, wir verstehen uns. Dann bis gleich. Seien Sie pünktlich.«

Es klickt, dann ist die Leitung tot.

Eine unglaubwürdige Geschichte

Es gibt nur wenige Sachen, die Capitano Manzanetti wirklich hasst. Eine ist, morgens um fünf Uhr aus dem Bett geklingelt zu werden. Die andere, sich um diese Zeit blödsinnige Geschichten anhören zu müssen. Und was er am allermeisten hasst: wenn das gleich mehrfach passiert. Seine Frau dreht sich auf die andere Seite und schiebt grummelnd ihre Schlafbrille nach oben.

»Don Sorentino soll tot sein? Und in irgendeinem Dorf in Deutschland beerdigt werden? Francesco! Bist du betrunken?« Manzanetti rutscht die Schlafmütze vom Kopf. »Also, jetzt hör mal zu: Vor einer halben Stunde habe ich einen Anruf bekommen. Und zwar von einem gewissen Kommissar Eisele. Er hat mir erzählt, du hast ohne Durchsuchungsbeschluss eine illegale Razzia durchgeführt. Was genau treibst du in Deutschland? Du solltest lediglich herausfinden, was es mit dieser Paketsendung auf sich hat.« Manzanetti seufzt. »Hast du wenigstens etwas gefunden bei deiner Razzia?«

Er lauscht in den Hörer.

»Aha! Das habe ich mir gedacht. Und jetzt willst du mir erzählen, der Don würde in zwei Tagen ganz offiziell bestattet werden? Wir sind hier mit einer Hundertschaft auf der Suche nach ihm und dem Kokain. Hast du die Leiche gesehen?«

Er lauscht wieder in den Hörer. Es dauert etwas, bis das Signal umgewandelt ist. Würde man jetzt durch den Hörer reisen, müsste man sich durch die altmodische Analog-Verkabelung im Vorgarten einer römischen Villa wühlen (obwohl die Stadtverwaltung schon seit einem Jahr versprochen hat, auf Digitalnetz umzustellen), viertausend Meter tief ins Mittelmeer tauchen, um dort via Glasfaser den Datenbackbone zu passieren, und würde dann irgendwann im Schalthäuschen vor dem Hotel »Deutscher Kaiser« landen. Von dort wäre es nur noch ein Katzensprung bis zum Ohr des unglücklich aussehenden Tenente.

»Ähh, *no*, Signor Capitano, hab ich nicht.« Erwartungsvoll stehen Schmälzle und Schmähle an seiner Seite und hören mit. Da die Unterhaltung in schnellem Italienisch geführt wird, verstehen sie nicht die Bohne. Man muss allerdings kein Experte sein, um zu sehen, dass die Nachrichten nicht auf die erwünschte Resonanz stoßen. Caruso wird bei dem Gespräch jedenfalls immer kleiner.

»*Scusi, signor Capitano! Pronto! Si. Pronto. Si. Pronto. Arrivederci*«, verabschiedet sich Caruso frustriert.

»Und?« Schmähle platzt fast vor Neugier. »Was hat er gesagt?«

»Er glaubt mir nicht.« Niedergeschlagen setzt sich Caruso aufs Bett. »Der Capitano kann sich nicht vorstellen, dass es sich bei der Leiche wirklich um den Mafia-Paten handelt. Er hat mich zurückbeordert. Ich soll den nächsten *billigen* Flug zurück nehmen.«

Schmähle kickt eine leere Coladose über den Boden. »Heilandsglomb! Das glaub ich jetzt nicht. Wir haben's doch fast g'schafft!«

»Also, jetzt lassen Sie den Kopf nicht hängen. Beim Bügle ergibt sich viel, hat scho der Schneider g'sagt, als er den Hosenlade hinten angenäht hat«, versucht sogar Schmälzle den Caruso aufzumuntern, erntet aber nur einen verständnislosen Blick.

»Nein, meine Herren, *mille grazie*! Ich werde jetzt anfangen zu packen. Es tut mir leid, aber es ist vorbei.« Mit gesenktem Kopf räumt Caruso seine Verkleidungsutensilien in den Koffer.

»Jetzt warten Sie doch!« Schmähle schlägt ihm den Kofferdeckel zu. »Das Einzige, was uns fehlt, ist doch die Leiche. Wir müssen einfach morgen zum Bestatter und sie uns zeigen lassen. Fertig! Wenn's der Mafioso ist, dann passt doch alles.«

Caruso grübelt, dann stiehlt sich ein vorsichtiges Lächeln auf sein Gesicht. »Wenn ich's mir recht überlege: Um diese Zeit ist es vermutlich gar nicht so einfach, einen Billigflug nach Rom zu bekommen. Immerhin haben wir grade Hochsaison.«

Schmälzle gähnt. »Ich würde aber vorschlagen, wir gehen jetzt erst mal ein paar Stunden schlafen. Morgen ist auch noch ein Tag.«

Und zwar einer, den er nie wieder vergessen wird. So ist

das mit Steinen in Teichen. Manchmal werden davon Dinge geweckt, die besser unter Wasser bleiben sollten. Noch vor elf Uhr würde Schmälzle mehr Leichen zu Gesicht bekommen, als er je in seinem Leben gesehen hat.

Der bestohlene Dieb

Ein schwarzer Leichenwagen rast die Straße entlang. Der Mond ist gerade am Verschwinden, und das Licht wird blau. Düstere Wolken ziehen über den Himmel.

In weniger als einer halben Stunde geht die Sonne auf. Übermüdete, von dunklen Ringen gesäumte Augen starren in den Rückspiegel. Johann Gottesacker hat schon mal besser ausgesehen. Seine Haare hängen ihm wirr ins Gesicht, sein Schnurrbart baumelt schlaff über weißen Lippen, sein Hemd ist verschwitzt und hängt ihm aus der Hose.

Im Moment kann er nur an eine einzige Sache denken: an Anselm und was die Russen mit ihm machen werden, wenn er ihnen nicht das Kokain bringt. Es fehlt nur noch eine halbe Stunde bis zum vereinbarten Treffen. Nicht auszudenken, was passiert, wenn er zu spät kommt.

Warum hat er bloß diese vermaledeite Leiche geklaut? Der Grund will ihm im Moment einfach nicht mehr einfallen.

Kies spritzt auf, als er mit quietschenden Reifen auf dem Friedhofsparkplatz hält. Mit zitternden Fingern kramt er den Schlüssel zum Seiteneingang der Kapelle heraus. Sein Hemd flattert hinter ihm her, als er aus dem Auto stürzt.

Fahrig öffnet er das schmiedeeiserne Tor und stolpert den geschotterten Weg hinter der Kapelle entlang.

Niemand zu sehen.

Er umrundet die Kapelle und schließt an der Rückseite eine alte Metalltür auf. Schwer atmend hastet er eine enge Betontreppe hinab und wartet, bis eine alte Glühbirne aufleuchtet. Unten geht es durch eine weitere Tür. Dahinter liegt ein düsterer, weitläufiger Raum.

Der Friedhofskeller.

Wie die Klauen einer auf dem Rücken liegenden Gottesanbeterin recken sich in der Mitte zwei Metallarme in die Höhe. Die Hebebühne für die Särge liegt direkt unter der Kapelle. Zwei gewölbte Metallflügel an der Decke schieben sich automatisch auseinander, sobald ein Sarg in die Höhe gebracht wird. Durch einen schmalen Spalt zwischen den Flügeln fällt ein Lichtschimmer.

An der linken Seite des Raums gähnt hinter einem schweren, mannshohen Gittertor ein schwarzes Loch. Hier liegt der alte Teil des Friedhofs mit verwinkelten Grabgängen und Knochennischen. Diese Keller ziehen sich unter dem ganzen Friedhof entlang. Wegen Einsturzgefahr ist das Betreten allerdings streng verboten.

Die hintere Front des Raums wird von einem riesigen Metallregal begrenzt. Rechen, Schaufel und Besen werfen groteske Schatten an die Wand. Hier bewahrt der Friedhofsgärtner sein Arbeitszeug auf. Daneben gehen links und rechts zwei unscheinbare graue Metalltüren ab: die beiden Kühlräume des Friedhofs. Den einen hat Gottesacker gemietet, den anderen sein verhasster Konkurrent.

Normalerweise werden sie erst kurz vor einer Bestattung benutzt. Seit gestern Abend liegt in einem eine Leiche, für die es keine Bestattung geben wird.

Mit zittrigen Fingern steckt Gottesacker den Schlüssel ins Schloss. Sein Atem kondensiert.

Ähnlich wie in seinem Bestattungsinstitut besteht der Raum lediglich aus einem Schrank, einer Metallbahre und zwei Kühlzellen an der Rückwand. Beide stehen offen. »Da laust mich doch der Affe!« Johann Gottesacker klappt der Mund auf, und sein Herz rutscht in die Magengrube. Atemlos tastet er hinein. Beide leer.

Wo ist die Leiche hin?

Hektisch stolpert er durch den Raum und späht sogar unter die Metallbahre. Nichts. Er stolpert wieder hinaus. Geistesabwesend läuft er um den Sargaufzug herum, späht in die Ecken, aber da welkt nur ein altes Grabgebinde vor sich hin.

Auf einmal hört er leises Pfeifen von draußen und schlurfende Schritte, die sich langsam nähern. Schnell löscht er das Licht und drückt sich in eine dunkle Ecke. Dabei stößt er mit dem Fuß an eine Art Seesack. Gottesacker hält die Luft an. Sein Herz schlägt bis zum Hals.

Die schlurfenden Schritte entfernen sich wieder. Er wartet noch einige Minuten. Dann bewegt er sich vorsichtig aus der Ecke heraus und tastet im Dunkeln auf dem Boden herum. Schließlich fördert er einen schwarzen Seesack zutage. Neugierig öffnet er den Reißverschluss. Ein ekelhafter Geruch schlägt ihm entgegen.

In dem Sack befinden sich ein Klappspaten, ein Stemmeisen, Handschuhe, eine Taschenlampe und ein zusammengefaltetes Stück Papier. Vorsichtig faltet Gottesacker es auseinander und kneift im schummrigen Licht die Augen zusammen. Es handelt sich um einen ausgedruckten Lageplan des Friedhofs. Oben auf der Seite steht der Briefkopf des Verfassers: »Jim Blitz – Eventbestattungen«.

Für Gottesacker ist auf einmal alles sonnenklar.

Mafia-Regeln

Während draußen der Morgen graut, versucht Donna Elvira etwas von dem fehlenden Schlaf nachzuholen, den ihr dieser kleine italienische Tenente geraubt hat. Es klappt nicht. Sie ist so wütend, dass sie nicht einschlafen kann. Hat der doch tatsächlich die Unverschämtheit besessen, ihre Wirtschaft ohne Durchsuchungsbeschluss auf den Kopf zu stellen.

Das ist allerdings nicht der einzige Grund, warum sie so sauer ist. Vielmehr wurmt sie, dass sie vorher auf ihn hereingefallen ist. Hat sie doch einen Moment lang ein, längst erloschen geglaubtes, Glühen verspürt. Einen Hauch der Romantik, die sie früher nur mit ihrem Mann geteilt hat.

Und mit ihrem Neffen hat sie auch noch ein ernstes Wörtchen zu reden. Sobald die *famiglia* auftaucht, steht Ärger ins Haus. Das war schon immer so. Aber was fällt denn diesem triefäugigen Lackaffen ein, irgendwelche Leute zu entführen und damit ihre ganze beschauliche Existenz zu gefährden? Nachdem sie so viele Jahre so hart darum gekämpft hat, ihren Söhnen ein annähernd normales Leben zu ermöglichen.

»*Bastardo*«, murmelt sie im Halbschlaf. Mag der Teufel wissen, wo er sich gerade mit seinem unsympathischen Kollegen herumtreibt. Wehe, wenn er sich hier noch einmal blicken lässt. Halb im Schlaf hebt sich entrüstet ihre gewaltige Brust, und Donna Elvira gibt ein verschlafenes Schnauben von sich.

Als sie gerade ins angenehme Nirwana des REM-Schlafs versinken will, klingelt das Telefon. Müde tastet sie nach dem Hörer und wirft dabei die Vase mit der Rose hinunter, die ihr der verräterische Tenente erst gestern Mittag geschenkt hat.

»*Che cazzo!*«, flucht sie. Hier hat man wirklich keine fünf Minuten Ruhe. »*Prego*«, bellt sie in den Hörer, als sie ihn endlich vom Nachttisch gefischt hat.

»*Dobre utro*, Donna Elvira«, schnurrt eine seidenweiche Stimme aus dem Hörer, bei deren Klang sich ihr die Nackenhaare aufstellen. »Ich bin untröstlich, Sie aus Ihren Träumen zu reißen, aber wir müssen übers Geschäft sprechen.«

»Ich wüsste nicht, was es da zu besprechen gibt.« Donna Elvira schlüpft in ihre Pantoffeln und stampft auf der Rose herum.

»Sie erinnern sich an unsere Abmachung?«, säuselt die Stimme aus dem Telefon.

»Ja, sicher. Keine harten Drogen. Keine Waffen. Wieso?«

»Nun«, Turgakow macht eine gekünstelte Pause, »es ist so, dass wir einen Ihrer Dealer, einen gewissen Anselm, in unserem Gewahrsam haben. Offensichtlich arbeitet er mit seinem Vater zusammen, in dessen Besitz sich eine größere Menge Kokain befindet. Im Laufe unseres Gesprächs hat sich herausgestellt, dass er das Kokain von Ihnen hat. Leider ist es nicht gelungen, die Sache auf dem, sagen wir, kurzen Dienstweg zu klären.« Er kichert hinterhältig.

Donna Elvira versteht die Welt nicht mehr. »Welches Kokain? Welcher Anselm?«

»Nehmen Sie mich nicht auf den Arm, liebe Elvira.« Ein Messer gleitet über Seide. »Sie wissen, wo so etwas enden kann.«

Donna Elvira läuft ein Schauer über den Rücken. Ja, das weiß sie. Meistens in einer Mülltonne oder in kleinen Beuteln.

»Mein Vorschlag: Sie geben uns das Kokain. Im Gegenzug bekommen Sie Ihren Dealer und seine kleine Freundin zurück. Und zwar am Stück. Wäre das akzeptabel für Sie?«

Donna Elvira ist mit der Rose fertig und kickt sie Richtung Mülleimer.

»Punkt eins: Für mich arbeitet kein Anselm. Punkt zwei: Ich hab kein Kokain, und ich handle auch nicht damit. Ich schlag also vor, dass Sie das direkt mit diesem Anselm klären.«

Es dauert einen Moment, bis Turgakow antwortet. »Sehr bedauerlich. Besonders für Ihren Dealer. Vielen Dank für Ihre Geduld.« Es klickt in der Leitung.

Fünf Minuten später ist unten in der Trattoria Vollversammlung.

»Kann mir mal einer von euch Deppen erklären, wer hier Kokain verkauft?«

Verschlafen blinzeln ihre Söhne sie an. Das ist jetzt schon das zweite Mal, dass sie heute Nacht aus dem Bett gerissen werden. Salvatore hängt die Rockertolle schlaff vom Kopf, und er starrt müde an die Wand. Giovanni gähnt. Auch er sieht mitgenommen aus.

»Che cosa?« Luigi will sich eine Zigarette anstecken, doch Donna Elvira wischt sie ihm aus dem Gesicht.

»Hier wird jetzt nicht geraucht! Hier wird zugehört.« Wie ein Feldwebel schreitet sie im Schlafrock die Reihe ihrer Söhne ab. »Irgendeiner von euch Saububen weiß doch was. Ich hab gerade einen Anruf gekriegt. Ihr erinnert euch sicherlich noch an Alexej.«

»Ist das nicht der Russe?«, fragt Salvatore gähnend.

»*Si*, genau der! Der hat gemeint, wir würden mit Kokain dealen. Und ihr wisst genau, dass wir eine Abmachung haben!«

»Wir würden *was*?« Giovanni ist ehrlich entsetzt. Sein Blick huscht zu seinen beiden jüngeren Brüdern. Luigi flüstert Salvatore gerade etwas ins Ohr.

»Du hast schon richtig gehört.« Donna Elvira folgt seinem Blick. »Luigi, hast du mir was zu sagen?«

Ihr jüngster Spross protestiert entrüstet. »Ha noi. *Niente, mammina.* So was machen wir nicht!«

»Der Alexej hat mir da was anderes erzählt. Nämlich dass er einen gewissen Anselm und seine Freundin entführt hat. Angeblich dealt dieser Anselm mit Kokain, das er von uns hat. Klingelt da was?«

»Der Bestatter-Triale?« Jetzt ist Salvatore an der Reihe, ungläubig zu schauen.

»Soso. Man kennt sich also?« Donna Elvira stemmt die Hände in die Hüften.

»*Mamma!* Das ist ein ganz normaler Kunde. Ich schwör, ich hab dem noch nie was anderes als Hasch verkauft.«

»Bist du ganz sicher?«

Es ist schwer, Donna Elviras Blick auszuhalten, wenn man etwas angestellt hat. Salvatore besteht mit Bravour.

»*Bene!* Dann wär das ja geklärt. Wir sollen dem Alexej nämlich das Kokain aushändigen, also das Kokain«, sie wirft einen strengen Blick in die Runde, »das wir *nicht* haben, dann passiert den beiden nix. Wenn einer von euch irgendwas darüber weiß, dann wäre jetzt eine Spitzengelegenheit, mir das zu sagen.«

Ihre Söhne verneinen.

»Gut. Dann wär das also erledigt.« Erleichtert atmet Donna Elvira auf.

»Aber wir könnten vielleicht dem Tenente einen Tipp geben«, schlägt Giovanni vor.

Donna Elvira stemmt die Hände in die Hüften. »So weit kommt's noch! Man gibt den *piedipiatti* keine Tipps. Wenn du in diesem Leben auch sonst nix lernst, das könntest du dir mal merken. Das bringt nur Ärger. Die sollen dem Russen einfach das Kokain geben. *Basta!*« Die Besprechung ist beendet. Donna Elviras Söhne schlurfen gerade in Richtung Treppe, als ihr noch etwas einfällt. »Und weiß einer von euch, wo sich dieser Enzo und sein komischer Freund rumtreiben?«

Simultanes Kopfschütteln.

»Wenn ihr die beiden seht, könnt ihr ihnen ausrichten, sie brauchen sich hier nicht mehr blicken zu lassen.«

Luigi und Salvatore warten im Dunkeln, bis ihre Mutter und Giovanni wieder auf ihren Zimmern sind. Dann pirschen sie auf Zehenspitzen den Gang entlang. Unter einer Luke, die sich bis auf einen flachen Ring nahtlos in die Decke einfügt, bleiben sie stehen.

Hinter einem Schrank holt Salvatore einen langen Stab hervor, an dessen Vorderseite ein Haken befestigt ist. Den klinkt er in den Ring an der Decke ein und zieht vorsichtig. Ein schmales Rechteck klappt leise knarrend nach unten. Darunter ist eine ausziehbare Leiter befestigt. Vorsichtig, um nur ja kein Geräusch zu machen, zieht er die Leiter aus. Von oben, aus der Dunkelheit, starren ihn zwei Gesichter an, von denen eines eine riesige geschwollene Nase hat.

Romeo

Romeos voller Name lautet Romeo Leonardo Zingarelli. Romeo ist ein Zirkuskind.

Bis zu seinem siebzehnten Lebensjahr reiste er mit »Buffalo Bill: Il selvaggio West«, der italienischen Variante einer Wildwest-Show, durch Italien und so viele andere Länder, dass er die Hälfte davon wieder vergessen hat. Sein Vater war der Chef der Show, die vierzig feste Mitglieder hatte. In ihren besten Zeiten kamen bis zu fünftausend Zuschauer pro Vorstellung. Sein Vater spielte die Hauptrolle.

Er war Buffalo Bill. Akrobat, Herzensbrecher, Pferdedompteur, Goldsucher, Fallensteller und – Alkoholiker. Romeo lernte früh und durch die Peitsche, dass man »dem Chef« nicht widersprach.

Seine Mutter spielte die Annie Oakley. Sie war eine meisterhafte Schützin und traf mit einem Vorderlader ein Karo-Herz auf zweihundert Meter. Wenn Romeo ein naturgegebenes Talent von ihr geerbt hatte, dann waren es ihre scharfen Augen. Dazu kamen die Reflexe einer Schlange, ungewöhnliche Körperkraft und sein hübsches Gesicht, das er schon früh gewinnbringend einzusetzen wusste. Er schien prädestiniert, eine große Karriere unter den Scheinwerfern der Welt zu machen.

Bis er dann an seinem siebzehnten Geburtstag seine Mutter tötete.

Romeo begann als Indianerjunge, kämpfte sich nach und nach in der Show nach oben, erst zum Anführer des berühmten Pony-Express und dann zum Hauptmann in der Schlacht gegen Sitting Bull. Mit seinem Vater ging es dagegen stetig weiter bergab. Bei seinen Auftritten konnte er sich kaum mehr auf dem Pferd halten. Seine Frustration und schlechte Laune ließ er dann an Romeo und seiner Frau aus.

Als er wieder einmal die Ochsenschwanz-Peitsche auspackte und Romeo das unterdrückte Stöhnen seiner Mutter nicht mehr aushielt, zerrte er seinen Vater aus dem Wohnwagen. Obwohl Romeo flink wie ein Wiesel den meisten Schlägen auswich, war es ein ungleicher Kampf. Sein Vater hätte ihn totgeschlagen, wenn die anderen Ensemblemitglieder nicht dazwischengegangen wären. Romeo absolvierte seinen darauffolgenden Auftritt trotz zweier gebrochener Rippen.

In der Folge dachte sich sein Vater immer sadistischere Showelemente für ihn und seine Mutter aus, die ihre Vollendung im *»Ruota della morte«*, dem Todesrad, fanden. Er zwang Romeo, der sich mit der Zeit zu einem herausragenden Messerwerfer entwickelt hatte, als Indianer verkleidet Wurfmesser auf seine Mutter zu schleudern, die auf einer rotierenden Scheibe festgebunden war. Dazu erklang die Musik italienischer Opern, die Romeo bis in seine dunkelsten Träume verfolgte.

Er trainierte Tag und Nacht, bis die Messer förmlich mit seiner Hand verwachsen schienen. Um die Schwierigkeit zu erhöhen, vergrößerte sein Vater die Distanz. Romeo meisterte auch diese Herausforderung. Seine Messer und seine Handbewegungen wurden so schnell, dass man sie mit dem bloßen Auge nicht mehr erkennen konnte. Er lernte, auf den Wind zu hören und die Feuchtigkeit in der Luft zu spüren.

Dann verband ihm sein Vater die Augen. Und selbst diese diabolische Schwierigkeit bewältigte Romeo. Vor seinem geistigen Auge stand die Scheibe mit seiner Mutter so klar vor ihm, als würde er sehen.

Bald war der junge Indianer berühmter als Buffalo Bill, und die Zuschauer kamen nur noch, um *ihn* zu sehen. Das hatte sein Vater nicht vorhergesehen und neidete ihm seinen Erfolg.

Dann kam der Tag, an dem sich das Schicksal des jungen Romeo für immer entschied. Es war sein siebzehnter Geburtstag. Sie hatten in Tavernanova, einer kleinen Stadt nördlich von Neapel, Station gemacht.

Die Show war in vollem Gange. Seine Mutter rotierte, das schwarze Haar zu einem Knoten gebunden, auf dem Todesrad. Romeo schleuderte seine Messer wie immer mit geradezu unheimlicher Präzision. Und dann, einen winzigen Augenblick, so kurz, dass es unerfahrene Augen nicht wahrnahmen, stockte das Rad. Wie die Carabinieri später feststellten, hatte jemand Sand ins Radlager gegeben, der sich langsam, aber sicher festfraß und so das Rad zum Stocken brachte.

Romeos Messer war bereits in der Luft, als es passierte. Noch bevor es die Hälfte der Strecke zurückgelegt hatte, wusste Romeo, wo es landen würde, und sackte zusammen. Wie ein silberner Blitz drang der Stahl in die Brust seiner Mutter und tötete sie auf der Stelle, lange bevor das Rad aufhörte, sich zu drehen.

Romeo entfloh der Polizei und blickte sich nicht mehr um. Dann folgte sein langsamer Abstieg. Auf dem Weg nach unten entdeckte Romeo zwei Dinge, die über sein restliches Leben entscheiden sollten: Italiens größten Dichter, Dante Alighieri, und seine größte Geißel, Heroin. Im höllischen Sog der Sucht verlor Romeo das bisschen Selbstachtung, das er noch besessen hatte, und musste schließlich auf sein immer noch passables Äußeres zurückgreifen, um sich Geld für den nächsten Schuss zu besorgen.

Enzo lernte den jungen Stricher in einem heruntergekommenen Club kennen und erkannte auf Anhieb seine Talente. Er nahm ihn in seine Dienste, kleidete ihn, gab ihm ein Zuhause und manchmal sogar so etwas wie eine Familie.

Romeo war dankbar und erlernte das Töten. Professionell, effizient, schnell und absolut gnadenlos. Er tötete Alte, Junge, Männer und Frauen, so lange, bis sein Mitgefühl vollkommen erloschen war. Der Einzige, mit dem ihn eine absolute und uneingeschränkte Loyalität verband, war Enzo.

»Alles sauber, Capo!«

Romeo steht im Flur eines großen gelben Wohnblocks in der Katzensteige und winkt Enzo, der sich hinter einer Ecke versteckt hat. Hier sollen sich die Russenmafia und die Tochter des Bestatters aufhalten. Keine Kameras. Keine Wachposten. Die Konkurrenz scheint sich sicher zu fühlen.

»Dritter Stock, haben die Jungs gesagt. Zimmer 321.«

Die beiden steigen langsam und vorsichtig die Treppe hinauf.

Enzo hat seine Jacke über den Arm gelegt, darunter hält er schussbereit seinen Revolver.

Im dritten Stock verlassen sie das Treppenhaus und folgen der Beschilderung in einen weiteren gelb gestrichenen Flur, dessen Farbe bereits abblättert. Sie passieren eine Reihe von namenlosen Türen, wobei sie sich an den Nummern über den Türblättern orientieren.

Es riecht schwach nach Urin. Hinter der 321 dringen russische Stimmen und Gelächter hervor. Enzo gibt Romeo ein Zeichen. Der nickt, geht einen Schritt zurück und nimmt Anlauf. Ein Tritt mit seinem Stiefel drückt das Türblatt aus der Angel.

Drei Männer sitzen um einen Tisch herum und spielen Karten. Auf dem Tisch liegen ihre Pistolen.

Enzo richtet seinen Revolver auf die Gruppe und lächelt. *»Buongiorno!«*

Einer der Männer macht den Fehler, nach seiner Waffe zu greifen. Es blitzt kurz silbern, und seine Hand wird von einem fünfundzwanzig Zentimeter langen Green-Hornet-Wurfmesser an den Tisch genagelt. Der Russe schreit auf und krümmt sich vor Schmerz.

Sein Kollege, ein älterer Mann mit Halbglatze und Brille, scheint nicht beeindruckt. »Wer seid ihr, und was wollt ihr Wixer?«

Enzo tritt hinter ihn und presst ihm den Lauf seines Revolvers unters Kinn. »Wir kommen, um zu holen, was uns gehört. Eine junge Frau, etwa einen Meter siebzig groß, gefärbte Haare. Ist die zufälligerweise hier?«

»Keine Ahnung, wovon ihr redet. Ihr habt euch bestimmt –«

Enzo schlägt ihm den Schaft seines Revolvers auf den Hinterkopf.

»Ah! Verpisst euch! Ihr habt ja keine Ahnung, mit wem ihr euch hier anlegt.«

»Ich glaube eher, ihr wisst nicht, wer *wir* sind!«, flüstert Enzo ihm ins Ohr. »Romeo?«

Romeo zaubert ein langes Messer in seine Hand.

Enzo drückt dem Mann mit der Brille seinen Revolver an die

Schläfe. »Leg deine Hände auf den Tisch, sonst klebt dein Gehirn gleich an der Wand.«

Widerwillig kommt der Russe der Aufforderung nach.

»So«, sagt Enzo gut gelaunt, »wir machen jetzt ein kleines Spiel. Es heißt: Wie viele Finger brauchst du, um bis zehn zu zählen? Mehrere Antworten sind möglich.«

In diesem Moment ertönt ein ohrenbetäubender Knall. Ein Teil der Wand neben Enzos Kopf löst sich in einer Wolke aus Ziegelstaub auf.

»Fucile a pompa!«, ruft Romeo.

Halb betäubt sinkt Enzo auf die Knie und eröffnet seinerseits das Feuer. Sieht aus, als ob der Schütze im Bad sitzt. Zwei der Russen am Tisch lassen sich nach hinten fallen und probieren, an ihre Waffen zu kommen. Der Dritte versucht ungeschickt, unter dem Tisch in Deckung zu gehen. Nicht so einfach, wenn einem ein Messer in der Hand steckt.

»Romeo!«

»Schon gesehen, Capo.« Ein Messer verlässt seine Hand, einer der Russen fasst sich an die Kehle und bricht gurgelnd zusammen.

Der andere hat es hinter einen Sessel geschafft und feuert wild um sich. Ab und zu erklingt das ohrenbetäubende Krachen der Pumpgun. Querschläger rasen durchs Zimmer, schlagen in die brüchige Wand ein. Bald ist die Luft voll mit Mauerstaub und Pulverdampf.

Enzo gibt Romeo ein Zeichen, der nickt und robbt geschmeidig auf die Badezimmertür zu. Enzo riskiert gerade lange genug einen Blick, um einen Jugendlichen mit abstehenden Ohren zu erkennen.

In diesem Moment ertönt hinter ihm ein Brüllen, und ein riesenhafter, rotbärtiger Mann stürzt wild um sich schießend ins Zimmer. Er packt Romeo am Bein und zieht ihn von der Badezimmertür weg. Während sich zwischen den beiden ein mörderischer Kampf entspannt, nutzt der Schütze aus dem Bad die Gelegenheit und entwischt zur Tür hinaus.

Enzo robbt schutzsuchend in die Küche. Diese hat einen

Gasherd. Endlich mal eine gute Nachricht. Er fasst nach oben, zieht aber sofort den Kopf wieder ein, als Kugeln über ihn hinwegpfeifen. Beim dritten Anlauf schafft er es, den Gashahn zu öffnen. Enzo rollt sich über den Boden. Jetzt nichts wie weg hier.

Romeo liegt unter dem rotbärtigen Russen begraben.

»Cazzo!«, flucht Enzo.

Der erste Eindruck täuscht. Dem Mann steckt ein Messer im Genick. Wie ein Aal windet sich Romeo unter ihm hervor. Bleibt nur noch einer.

Der Russe mit der Brille hat sich hinter einer Wandnische im Wohnzimmer verschanzt. Er ist von drei Seiten geschützt. Fast unmöglich, an ihn heranzukommen.

»Letzte Chance!«, ruft ihm Enzo zu. »Sag uns, wo die Frau ist, und wir lassen dich laufen.«

Statt einer Antwort geht ein Kugelhagel auf Enzo nieder. »Romeo, gib mir Deckung! Ich checke die Wohnung.«

Romeo nimmt sich eine der Pistolen vom Boden und eröffnet ein Sperrfeuer.

Enzo braucht dreißig Sekunden, um festzustellen, dass die Frau nicht hier ist. »Romeo! *Andiamo!* Gleich wird's ungemütlich.« Er zieht sich bis zur Gangtür zurück und visiert den Gasherd an.

Auf der Flucht

Rübezahl ist eingeschlafen. Sein Mund steht halb offen, und er schnarcht so stark, dass sein roter Bart zittert. Ein Speichelfaden läuft ihm aus dem Mund.

Anselm versucht schon seit einer Stunde, sich von seinem Stuhl zu befreien. Er hat festgestellt, dass die Fesseln an seiner linken Hand nicht ganz so straff sitzen, sodass er sie ein bisschen bewegen kann. Wenn er das richtig einschätzt, handelt es sich um marktübliche Plastikkabelbinder. Ziemlich billig und leider auch ziemlich effektiv.

Der Stuhl knarrt, Rübezahl schmatzt im Schlaf. Anselm erstarrt mitten in der Bewegung.

»'u 'iot«, flüstert Julia.

»Wie bitte?« Dass es seine Mitgefangene mittlerweile geschafft hat, den Knebel ein Stück weit aus dem Mund zu bekommen, ist nicht unbedingt hilfreich.

»'as 'ird nie 'unktionieren.«

»Dann mach doch du was«, flüstert Anselm trotzig zurück.

Julia rollt wild mit den Augen.

Anselm zuckt ärgerlich die Schultern. »Was?«

»'u 'musst hinter mich 'ommen.«

Anselm versteht nichts.

Julia macht eine kreisende Bewegung mit dem Kopf nach hinten. »'omm hinter mich.«

Endlich hat Anselm es kapiert. Er soll mit seinem Stuhl hinter sie rutschen. »Und warum?«

»'u 'ollspacko. Hab 'adel 'ür 'abelbinder.«

Was auch immer. Vorsichtig ruckt Anselm mit dem Stuhl in die Höhe. Da seine Beine an die Stuhlbeine gefesselt sind, ist das alles andere als einfach. Er versucht, den Stuhl so auszurichten, dass er schräg nach hinten zeigt. Zentimeter um Zentimeter arbeitet er sich vorwärts. Nach ermüdenden zehn Minuten hat er seinen Stuhl endlich quer hinter Julia platziert. Im Fernsehen geht das immer alles recht zügig. Aber in der Realität ist es eine endlose Quälerei.

»'etzt mach mir 'iercing raus.«

»Hä?«

Julia versucht, ganz deutlich zu sprechen. »O-h-r-s-t-e-c-k-er.«

Anselm hat verstanden. »Okay. Und wie?«

»'it 'em Mund.«

Vorsichtig nähert sich Anselm dem Ohr von Julia. Darin befinden sich insgesamt sechs Ohrstecker. Einer durchbohrt in Form eines Ringes das Ohrläppchen, der zweite sitzt knapp darüber und hat die Form eines Totenkopfes, dann folgen noch drei weitere. Ganz oben sitzt der längste. Er ist aus Edelstahl und hat die Form eines gefiederten Pfeils, der sich quer durch die Ohrmuschel bohrt.

»Und welches?«

»'as lange, Idiot.«

Würde sich Anselm für Piercings interessieren, wüsste er, dass es sich dabei um ein Industrial handelt. Es besteht aus zwei Piercings, die durch ein sogenanntes Barbell miteinander verbunden sind. Das Barbell ist an der Ober- und der Unterseite verschraubt. Da Anselm von Piercings allerdings keine Ahnung hat, fragt er sich nur, warum um Gottes willen sich jemand mit so etwas quält.

Mit Zunge und Zähnen versucht er, den oberen Schraubverschluss zu lösen.

»Aua. 'ass auf, du 'rottel«, beschwert sich Julia.

»Mach's doch selbst. Das ist nicht so einfach«, flüstert er wütend zurück.

Rübezahl gibt ein lautes Schnarchgeräusch von sich.

Anselm erstarrt. Endlich hat er es geschafft. Die Schraube hat sich gelöst. Er bewegt seine Lippen zur Unterseite des Piercings und zieht es vorsichtig heraus. Jetzt hält er den langen Metallstift zwischen den Lippen. Es fühlt sich an wie ein sehr dünner Nagel.

»Und jetzt?«, mümmelt er.

»'ib's mir.«

»Wie Sie wünschen, gnädige Frau.« Er verdreht die Augen.

»In die 'and.« So weit, wie es der Kabelbinder zulässt, reckt Julia ihre Finger. Anselm beugt seinen Oberkörper nach vorn und lässt die Metallnadel in ihre Hand fallen.

»Gib mir 'eine Hände.«

Wieder ruckelt Anselm seinen Stuhl endlose Minuten durch die Gegend, bis sie Rücken an Rücken sitzen und Julia an seine Hände herankommt. Etwas sticht in seinen Handrücken.

»Aua«, flucht er leise.

»'alt still. Muss an den 'abelbinder.«

In diesem Moment klingelt das Handy von Rübezahl. Der Klingelton ist passenderweise eine Sirene.

Anselm und Julia erstarren.

Beim dritten Sirenenheulen schreckt Rübezahl mit einem lauten Schnarchgeräusch auf und sieht sich mit weit aufgerissenen Augen verwirrt um.

»Rührt euch nicht, Kakerlaken!« Er tastet nach seiner Pistole, die auf dem Tisch liegt.

Anselm zuckt die Schultern. »Schwierig. Mir sind ja gefesselt.«

»Klugscheißer! Ich hab dich im Auge.« Rübezahl hält sich das Handy ans Ohr. Es folgt ein kurzer Dialog auf Russisch. Von irgendwo erklingt ein gedämpfter Schrei. Dann knallt es mehrmals dumpf. Es klingt, als hätte jemand Feuerwerkskörper angezündet.

»*Der'mo!*«, flucht Rübezahl und springt auf. Er schnappt sich seine Pistole, nestelt den Schlüssel zur Tür aus der Hose, schließt auf und sprintet aus dem Zimmer. Die Tür bleibt einen Spaltbreit offen.

Hoffnungsvoll späht Anselm zu dem Spalt. Eine Sekunde später wird die Tür zugeschlagen und der Schlüssel von außen herumgedreht. Mist!

»Jetzt oder nie«, flüstert Anselm und hält Julia seine gefesselten Hände hin. Julia schiebt die Piercingnadel in den Verschluss des Kabelbinders.

»Zieh die Hand raus.«

Vorsichtig bewegt Anselm seine Hand hin und her. Und tatsächlich: Die Nadel blockiert den Schließmechanismus des Kabelbinders, und die Plastikschlaufe lässt sich auseinanderschieben. Im Nu hat er seine Hand draußen und bewegt sie staunend hin und her.

»Der Wahnsinn! Das hätt ich jetzt nicht gedacht.«

»'ach schnell!«, stöhnt Julia und verdreht die Augen.

Auch der Kabelbinder, der seine Beine hält, lässt sich problemlos öffnen.

Von oben klingt es, als wäre gerade Neujahr. Zu den kleineren Knallfröschen gesellen sich Kanonenschläge. Angespannt pirscht Anselm zur Tür. Das Schloss sieht nicht so aus, als ob er es mit einer Piercingnadel aufkriegt. Von draußen nähern sich schnelle Schritte. Ein Schlüsselbund klirrt.

»Himmel, Arsch und Zwirn!« Panisch blickt sich Anselm in dem kleinen Raum um. Bis auf die zwei Stühle ist er leer. Aber halt! Der Feuerlöscher.

Die Tür öffnet sich, und Erbsenschädel hetzt herein, eine Pistole in der Hand. Er hält so abrupt an, als wäre er gegen eine Wand gelaufen. Es dauert nur einen Sekundenbruchteil, bis sein Gehirn die Details verarbeitet hat. Nur ein Gefangener. Ein Stuhl umgekippt.

Seine Pistole wischt herum, doch es ist zu spät. Anselm löst den Feuerlöscher aus. In dem Metallzylinder befindet sich unter starkem Druck stehendes flüssiges Kohlenstoffdioxid. Trifft das auf Luft, verdrängt es den Sauerstoff und verdampft. Dabei entstehen Temperaturen von bis zu minus achtundsiebzig Grad.

Die Ladung erwischt Erbsenschädel seitlich am Kopf. Er stößt einen Schrei aus und prallt zurück. Blind fuchtelt er mit seiner Pistole durch die vernebelte Luft. Dann kracht ihm der Feuerlöscher auf den Kopf. Ohne einen Laut bricht er zusammen.

Anselm lässt den Feuerlöscher fallen und tastet sich hustend und spuckend zu Julia. Zwei Minuten später ist sie frei. Kaum dass sie vom Stuhl aufstehen kann, reißt sie sich den Knebel aus dem Mund und gibt Anselm eine schallende Ohrfeige.

»Ja, Scheiße! Wofür war das denn jetzt?«

»Das war dafür, dass du mit Drogen handelst und mich da auch noch mit reingezogen hast!« Dann küsst sie ihn auf den Mund.

Es ist ein langer, intensiver Kuss. Anselm wird schwindlig. »Und das da«, sie nickt zu dem ohnmächtigen Russen hinunter, »hast du gut gemacht.«

Anselm räuspert sich. Trotzdem klingt seine Stimme belegt. »Ach das, da war die freiwillige Feuerwehr doch zu etwas gut. Ich würde sagen, wir verschwinden.«

Vorsichtig späht er zur Tür hinaus. Die Metalltür führt zu einem verlassenen Parkhaus. Das Parkdeck ist leer bis auf drei Fahrzeuge, zwei SUVs und ein Mercedes CLS, alle mit abgeschraubtem Kennzeichen. Sonst ist niemand zu sehen.

»Die Luft ist rein.« Gebückt hasten die beiden hinaus.

Nachdem es vorher ständig geknallt hat, ist es jetzt totenstill. Weiter vorn können sie eine Auffahrt und ein Metalltor erkennen. Neben dem Tor ist eine Tür in die Wand eingelassen. Die ist allerdings verschlossen.

»Mist!« Verzweifelt rüttelt Julia an dem schweren Metalltor. »Da kommen wir nie raus.«

»Doch, kommen mir.« Anselm zieht an einer Metallkette, die etwa einen Meter vor dem Tor von der Decke baumelt. Ein Elektromotor springt an und quietschend faltet sich das Tor nach oben. Sonnenstrahlen dringen in die Garage. Erleichtert taumeln die beiden nach draußen.

Es ist früh am Morgen. Blinzelnd sieht sich Anselm um. Er weiß, wo er ist. Keine drei Kilometer von zu Hause. Vor ihnen erheben sich die Betonblocks der Katzensteige. Ein paar türkische Schüler, die bereits auf dem Weg zum Unterricht sind, starren sie neugierig an. Schwer zu glauben, dass sie bis eben noch gefesselt in einem Kellerloch gehockt haben.

In diesem Moment ertönt ein unglaublich lauter Knall über ihnen. In dem Wohnblock hinter ihnen explodieren zwei Fenster, und ein Teil der Mauer wird aus der Hauswand gerissen. Staub und Mörtel gehen um sie herum nieder.

Schutzsuchend kauern sich die beiden hinter ein Auto. Als das Klingeln in ihren Ohren nachlässt, steckt Anselm seinen Kopf hinter dem Kotflügel hervor.

»Heidedonner aber au! Bei dir alles noch dran?« Sprachlos

mustert er die mannsgroßen Trümmerteile, die aus der Fassade gebrochen sind. »Da fehlt ja das halbe Haus.« Anselm klopft Julia Baustaub von der Schulter. Sie schiebt seine Hand weg.

»Nicht unser Problem.« Julias Augen funkeln grimmig. »Als Erstes gehen wir jetzt zur Polizei. Und dann bringen wir diese Leiche wieder dahin zurück, von wo ihr sie geklaut habt. Zu meinem Vater.«

Leichen über Leichen

Vier Leichen! Vier! Und das in Muggenpfuhl. Verdammter Schlamassel.

Kommissar Eisele hat Kopfschmerzen, und sein Gallenstein macht ihm zu schaffen. Mit dem Fuß schiebt er etwas weg, was wohl einmal ein Flachbildschirm gewesen ist. Ihm ist schlecht. Die Dreizimmerwohnung, in der ein gewisser Jegor Tarverdiyeva gewohnt hat, sieht aus wie das Innere eines explodierten Ofens. Die Wände sind verrußt und schwarz, die Fenster und einen Teil der Mauer hat die Explosion nach außen gedrückt und weggerissen.

Eine Gasexplosion, sagen die Techniker. Das Gas ist ausgeströmt, und es kam zu einer Verpuffung. Schuld könnte unter anderem eine lecke Rohrleitung gewesen sein.

Der Kommissar hofft, dass es dabei bleibt. Bloß kein Bandenkrieg. Dieser Jegor ist der Polizei kein Unbekannter. Er war in Drogengeschichten verwickelt, wurde mehrfach wegen schwerer Körperverletzung angeklagt, aber nie verurteilt.

Der Kommissar bemüht sich, nicht in die Ecke zu schauen. Dort liegt ein verkohlter Körper, der vor ungefähr zwei Stunden noch ein Mensch gewesen ist. Jetzt sieht er aus wie ein übergroßes Brikett.

Was dem Kommissar am meisten zu schaffen macht, ist der Geruch. Es riecht wie frisch gebackenes Schnitzel. »Scheißdreck!«, flucht er vor sich hin.

»Kommissar?«

»Was gibt's?«, fragt er unwillig.

Der Junge von der freiwilligen Feuerwehr ist vielleicht vierundzwanzig Jahre alt. Unter seinem Feuerwehrhelm schaut ein unschuldiges Mondgesicht heraus, auf dem Aknenarben ihre Spuren hinterlassen haben. Seine Augen leuchten, und er ist sichtlich stolz auf seinen Einsatz. »Melde: Brand unter Kontrolle. Der greift auch nicht auf die anderen Stockwerke über. Wir haben die anderen Bewohner aber vorsichtshalber trotzdem evakuiert.«

Kommissar Eisele schaut nach unten. Fenster braucht er dazu keine. Dort, wo früher eine Wand war, ist jetzt nur noch ein Loch. Vor dem Haus stehen ungefähr fünfzig Menschen, größtenteils Ausländer, und schauen gespannt zum Gebäude hinauf, als erwarteten sie, dass gleich Marsmenschen auf dem Dach landeten.

»Die Statik des Gebäudes ist nicht gefährdet. Das heißt: Wir könnten die Leute dann wieder reinlassen.«

Kommissar Eisele nickt müde. »Sehr gut. Weitermachen.« Er beobachtet, wie Schmälzle und Schmähle gerade den Bereich vor dem Hochhaus absperren, wo die Trümmer niedergegangen sind. Das Absperrband hat sich um einen überdimensionierten Blumentopf gewickelt, und Schmälzle versucht, es zu entwirren.

Eisele winkt den beiden vom dritten Stock aus zu. Gott sei Dank sind sie in der Nähe gewesen. Schon wieder unterwegs mit diesem versponnenen Italiener, diesem Caruso. Mit dem hat er auch noch ein Hühnchen zu rupfen. Später.

Auf dem Boden der Wohnung hat sich mittlerweile eine schlammige schwarze Masse gebildet, die zum einen aus Ruß und zum anderen aus dem Löschschaum besteht, den die Feuerwehr großzügig hereingepumpt hat.

Was für eine Schweinerei. Kommissar Eisele hat keine Erfahrung mit Katastrophen dieser Größenordnung. Soll sich doch das THW darum kümmern.

Ein Techniker von den Stadtwerken misst mit einem mobilen Gasmessgerät, das aussieht wie ein altes Handy, ob noch irgendwo Gas ausströmt. Eisele nickt ihm zu.

Sicherheitshalber wurde die Strom- und Gasversorgung im Gebäude unterbrochen.

»Sieht gut aus. Kein Gasleck.«

Ein Glück, denn die Leitungen in dieser Gegend sind alt und werden nur unregelmäßig gewartet.

Helles Blitzlicht flammt auf und taucht die Reste der Wohnung in unwirkliches Licht. Der Polizeifotograf ist an der Arbeit.

Der Blick des Kommissars wandert schon wieder zu dem schwarzen Haufen. Wo bleiben nur die Bestatter?

Im Hof unten tut sich was. Eisele tritt wieder an das Loch in der Wand. Ein kunterbunter Sarg auf einem Mercedes-Kombi bahnt sich durch die Menge. Dicht gefolgt vom Leichenwagen ihres Vertragsbestatters Gottesacker. Die Fahrzeuge verschwinden in der Tiefgarage unter ihm.

Es dauert etwa fünf Minuten, bis sich die beiden Bestatter mit einer Alu-Trage in den dritten Stock hochgearbeitet haben. Eisele nickt Gottesacker zu. Der scheint ihm heute ungewöhnlich bleich und mitgenommen. Er schaut sich permanent um, sein linkes Augenlid zuckt nervös. Auch sein Begleiter, der mit den Modesärgen aus der Zeitung, sieht irgendwie verwirrt aus. Nicht der beste Moment, um Nerven zu zeigen.

»Das ist eine Riesensauerei hier, das sag ich ihnen gleich. Wo ist denn Ihr Sohn?«, fragt Eisele Gottesacker.

Der schluckt. »Mein Sohn ist heute nicht …« Er stockt. Sein Blick fällt auf den Ascheklumpen in der Ecke. »Herrgott no'mol! Wie viele Leiche, haben Sie gesagt, sind hier?«

»Vier. Eine hier, drei im Nebenraum. Bringen Sie sie so schnell wie möglich hier weg. Und ganz wichtig: Sorgen Sie dafür, dass sie noch ein bisschen halten. Die Spezialisten aus Sigmaringen sind unterwegs. Ich geh zwar davon aus, dass es sich hier um einen Unfall handelt, aber trotzdem werden die Forensiker vielleicht eine Untersuchung machen wollen.«

»Ein Unfall?« Ungläubig sieht sich Henning Lindhorst um.

Trotzig schiebt der Kommissar sein Kinn nach vorn. »Nach bisherigem Stand der Ermittlungen.«

Gottesacker streift sich mit fahrigen Bewegungen Einweghandschuhe über die Hände.

»Sind die Leichen schon identifiziert?«, fragt Lindhorst.

Der Kommissar lacht trocken. »Gucken Sie sich mal um. Die würde ihre eigene Mutter nicht mehr wiedererkennen.«

Gottesacker wird noch bleicher, als er sowieso schon ist. Sein Blick klebt wie hypnotisiert an etwas, das aussieht wie eine geschmolzene Brille.

Es gibt im Leben eines jeden Bestatters Momente, die er für den Rest seines Lebens nicht mehr vergisst. Das kann bei Verkehrstoten passieren, die oft den Nachteil haben, dass Teile des menschlichen Körpers nicht mehr da sind, wo sie eigentlich hingehören, bei Wasserleichen, bei denen vor allem der Geruch in Erinnerung bleibt, oder bei Kindern. Für Gottesacker, der im Laufe seiner bald dreißigjährigen Laufbahn all das schon gesehen hat, erweitert sich gerade die Klaviatur des Schreckens um eine komplette Oktave. Die Adresse ist nämlich dieselbe, zu der er hätte kommen sollen, um das Kokain zu überbringen.

Seine Gedanken überschlagen sich. Was ist hier passiert? Verbirgt sich hinter einem dieser verkohlten Toten etwa sein Sohn? Hat dieser Körper nicht die gleiche Größe? Haben die Russen *seinetwegen* hier alles in die Luft gesprengt? Verworrene Theorien rasen durch seinen Schädel wie Blitze bei einem Gewitter.

»Fangen Sie dann jetzt an?« Der Kommissar will weg. »Wenn's irgendwas gibt, ich bin auf dem Revier.« Die Nase in seiner Jacke vergraben, rauscht Eisele ab.

Für Gottesacker kommt es noch schlimmer. Eine der Leichen liegt im Nebenzimmer, halb unter einem Schreibtisch begraben. Irgendetwas an dem Zimmer kommt ihm bekannt vor. Er lässt seinen Blick über die rußgeschwärzte Wand schweifen und verharrt vor einem verschmolzenen schwarz-roten Klumpen.

Stirnrunzelnd tritt Gottesacker näher. Er erkennt die Überreste eines Zeigers und etwas, das früher Mickey Mouse gewesen sein könnte. Er dreht sich wieder um. Ein Stuhl mit abgebrochenen Beinen liegt in der Ecke, weggefegt von der Explosion. Es knirscht, als er auf etwas tritt, was einmal ein Wodkaglas gewesen ist. Das Zimmer sieht genauso aus wie das, in dem er in Stuttgart ein Kilo Kokain verkauft hat.

»Ja, ist das denn die Möglichkeit?«, flüstert er benommen.

Lindhorst tritt ins Zimmer und nickt ihm zu. »Wollen wir?«

Der Schreibtisch ist so schwer, dass sie ihn zu zweit anheben müssen. Das ratschende Geräusch, mit dem er sich von der Leiche löst, wird Gottesacker sein Leben lang nicht mehr vergessen. Der Mann darunter ist nicht mehr identifizierbar. Ein Schädel mit aufgerissenem Mund und schwarzen Zähnen grinst Gottesacker an.

Als sie den Körper auf die Trage heben, fällt Gottesackers Blick auf den Arm des Mannes. Dort klebt, verschmolzen mit dem Knochen, ein großer gelber Klumpen, in dem man mit einiger Phantasie die Reste einer überdimensionierten Rolex erkennen könnte.

Die nächste halbe Stunde ist die Schlimmste seines Lebens. Ein Polizeifotograf macht Bilder aus den unterschiedlichsten Positionen, bevor sie die Toten mitnehmen können. Zusammen mit Lindhorst lädt er die verschmorten Körper auf die Bahre und transportiert sie nach unten in die Tiefgarage. Zwischendurch schnappen die beiden im fahlen Licht der Garagenbeleuchtung Luft.

Gottesacker stützt sich schwer atmend auf das Dach seines Leichenwagens. Sein Gesicht hat mittlerweile eine grünliche Färbung angenommen.

»Alles in Ordnung?« Lindhorst klopft seinem Kollegen mitfühlend auf die Schulter. »Das ist der Gestank. *Horrible!*«

Gottesacker stößt seine Hand weg. »Es geht schon wieder.«

Als sie die letzte Leiche eingeladen haben, ist Gottesacker etwas ruhiger. Von den Toten ist keiner sein Sohn. Statur und Aussehen (soweit noch vorhanden) passen nicht. Gottesacker sieht sich noch einmal in der Tiefgarage um und versucht, sich die Details seines Stuttgart-Ausflugs in Erinnerung zu rufen. Also, das Auto hat gehalten, dann ist er ein paar Schritte gegangen, bis zu einem Aufzug. Er sucht das Aufzugschild. Es blinkt etwa zwanzig Meter weiter vorn. Zögernd macht er ein paar Schritte darauf zu. Und wenn sie gar nicht in Stuttgart gewesen sind? Schließlich hat er ab dem Moment, als er in den Mercedes stieg, nichts mehr gehört oder gesehen. Aber warum sollte ihn jemand stundenlang durch die Landschaft kutschieren?

Eine Tür an der linken Garagenwand steht ein Stück weit offen. Gottesacker tritt näher. Der Grund, warum sie nicht zugeht, ist ein Fuß in einem Nike-Turnschuh. Definitiv nicht von Anselm. Gottesacker betrachtet ihn ratlos.

»Gehen Sie mal zur Seite.« Henning Lindhorst drückt die Tür auf und schiebt den Körper aus dem Weg, während ihm Gottesacker über die Schulter schielt.

Der Mann, der da am Boden liegt, ist jung und dünn, hat abstehende Ohren und kurz geschorene Haare. Am Kopf schwillt ihm eine ansehnliche Beule. Seine rechte Gesichtshälfte ist stark gerötet.

Lindhorst fühlt ihm den Puls. »Also, für uns ist der noch zu lebendig. Wir müssen die Sanitäter benachrichtigen.« Er greift dem Mann in die Jacke und zieht seinen Ausweis hervor. »Vadim Turgakow«, liest er stirnrunzelnd vor.

»*Wie* heißt der?«, fragt Gottesacker entgeistert.

»T-u-r-g-a-k-o-w«, buchstabiert Lindhorst.

Als Gottesacker den Namen hört, zuckt er zusammen. Dann kommt ihm eine beunruhigende Idee. »Warten Sie mal.« Er steigt über die beiden hinweg und sieht sich um. Der Raum ist leer, bis auf zwei Stühle, von denen einer umgekippt ist. Ein Feuerlöscher liegt auf dem Boden. An den Wänden laufen Belüftungsrohre entlang. Vermutlich ein Heizraum.

»Was machen Sie denn da?« Zögernd folgt ihm Lindhorst.

»Ich schau mich bloß ein bisschen um, okay?« Gottesacker inspiziert den Feuerlöscher.

»Wollen wir das nicht der Polizei überlassen?«

»Ach was. Im Dunkeln finden die ihr eigenes Fiedle nicht.«

Neben den Stühlen liegen mehre Baumarkt-Plastikbinder. Unter dem umgekippten Stuhl sind rostfarbene Flecken erkennbar. Gottesacker vermutet, dass es sich dabei um Blut handelt. In seinem Kopf setzen sich die Fragmente zusammen. Wurde sein Sohn vielleicht genau hier gefangen gehalten? Konnte er entkommen? Oder wurde er woanders hingebracht?

Auf dem Steinboden glitzert etwas. Es sieht aus wie ein Metallstift. Gottesacker bückt sich und hält das seltsame Objekt gegen das Licht.

»Was haben Sie denn da?«, fragt Lindhorst.

»Sieht aus wie ein Nagel oder so was Ähnliches.« Er reicht das Objekt dem Eventbestatter.

Der dreht den Stahlstift einen Moment ratlos in der Hand. Dann erstarrt er. »*Holy catfish!* Das ist kein Nagel. Ich weiß, was das ist. Das ist ein Piercing. Sehen Sie hier die Schraubverschlüsse? Es gehört meiner Tochter!« Dann wird ihm klar, was das bedeuten könnte, und er stürzt hinaus. Sein Blick irrt wild durch die Tiefgarage. »Wir müssen das sofort melden. Meine Tochter war hier! Hier in diesem Haus! Vielleicht ist sie sogar …« Sein Blick wandert zu den beiden Leichenwagen. Er wird aschfahl. »Nein, das kann nicht sein! *Impossible!*«

Gottesacker schafft es gerade noch, ihn zurückzuhalten. »Jetzt bleiben Sie mal einen Moment stehen. Ganz ruhig. Ich hab da ein ganz ähnliches Problem. Mein Sohn ist nämlich auch verschwunden. Sie müssen mir bloß einen Moment lang zuhören. Ich hab eine Idee, wie wir unsere Kinder wieder zurückkriegen.«

Vom Regen in die Traufe

Anselm fühlt sich ein bisschen wie der Staatsfeind Nummer eins. Allerdings ist das nicht halb so cool, wie er sich das vorgestellt hat.

»He! Mach mal langsamer! Ich muss mal verschnaufen«, keucht er.

»Los, beeil dich!«, drängelt Julia. »Je schneller wir bei der Polizei sind, umso besser. Wer weiß, ob diese Typen uns nicht verfolgen.«

»Na, dann gehen wir besser da lang. Ich kenn eine Abkürzung.« Anselm führt Julia über die Straße, an einem Getränkemarkt vorbei. Dort windet sich ein schmaler Treppenpfad einen bewaldeten Hügel hinauf. Sie überholen mehrere Schülergruppen und drängen sich die engen Stufen empor. Da oben liegt die Muggenpfuhler Grundschule.

Anselm ist völlig außer Atem. Er hat die letzten drei Nächte nicht wirklich geschlafen, außerdem brennt sein Gesicht wie Feuer.

»Geht's?« Julia mustert ihn besorgt.

»Muss ja.« Er grinst schief und stellt fest, dass einer seiner Vorderzähne wackelt. »Das war ziemlich cool mit dem Kabelbinder. Hast du das in den USA gelernt?«

»Nee, bei den ›Myth Busters‹.«

Endlich erreichen sie das Ende der Treppe. Ein schmaler Weg führt an einem von Eschen umgrenzten Areal vorbei. Dahinter ertönt lautes Kindergebrüll. Der Sportplatz der Grundschule.

Sie bleiben einen Moment stehen. Julia zieht ein Tempo aus der Tasche, tupft Anselm etwas Blut von der Lippe und fixiert ihn scharf.

»So. Und jetzt erzähl mir von den Drogen.«

»Also, das ist … Na ja, da gibt's nicht so viel zu erzählen. Was man eben so macht in so einem Kuhkaff.«

»Dealen?«

Anselm winkt ab. »Das ist ja nicht so richtig dealen. Ich kauf ab und zu ein bisschen Hasch und verkauf's weiter.«

»Aha. Und von wie viel reden wir?«

»So um die achtzig Gramm im Monat. Also fast noch Eigenbedarf.«

»Und woher kriegst du das?«

»Das kauf ich immer bei den Sorentinos.«

»Die seit Kurzem unsere Kunden sind, richtig? Und deren toten Großvater ihr geklaut habt.«

»Ähh, genau.«

Julia runzelt die Stirn. Irgendetwas will ihr nicht in den Kopf. »Und was machst du dann mit dem Haschisch?«, bohrt sie weiter.

»Ich bring's zum Friedhof.«

»Wohin?« Julia schaut ihn entgeistert an.

Anselm dämpft die Stimme. »Das ist ein bisschen kompliziert. Es gibt da so eine Datingseite«, er räuspert sich, »die heißt ›Seniorenglück‹. Da hab ich jemanden kennengelernt. Der kauft mir den Stoff ab.«

»Du verkaufst Hasch an Rentnerinnen?« Julia ist schockiert.

»Ich weiß nicht, an wen. Ich glaub, das ist ein Kerl«, rechtfertigt sich der Bestattersohn.

»Ich hab ja bloß virtuellen Kontakt. Ich deponier den Stoff immer auf dem Friedhof an bestimmten Gräbern. Da liegt dann auch das Geld.«

»Das ist mit Abstand das Widerwärtigste, was ich je gehört habe«, entrüstet sich Julia. »Und als wir uns neulich getroffen haben, da hast du wohl grade eine ›Lieferung‹ gemacht?«

»Könnte man so sagen.« Schuldbewusst zieht Anselm den Kopf ein.

Julia grübelt. »Das erklärt allerdings nicht, warum diese Russen hinter dir her sind. Doch nicht wegen ein paar Gramm Hasch.«

»Ja, voll komisch.« Anselm blickt unsicher auf. Ihm ist eingefallen, dass sein Vater da irgendwie auch mit drinhängt.

Schweigend folgen die beiden dem von hohen Tannen überschatteten Weg. Hundert Meter weiter schließt ein schmuckloses Gebäude mit hohen beschlagenen Fenstern an den Sportplatz an.

Julia weiß jetzt, wo sie ist. Hier ist das städtische Hallenbad. Sie war ein paarmal dort. Am Wochenende schwimmen hier junge Türkinnen in ihren Burkinis, unter der Aufsicht eines sonnengebräunten, jugoslawischen Bademeisters. Zum Trainieren sind Julia allerdings die Bahnen zu kurz.

Links zweigt eine Treppe zur Grundschule ab, deren herrschaftliches Gemäuer man hinter mannshohen Hecken erahnen kann. Anselm zieht sie daran vorbei und folgt einem geschotterten Weg, der steil nach unten zu einem Parkplatz führt. Julia erkennt die Hauptstraße.

»Weißt du was?«, sagt Anselm. »Ich hab einen Bärenhunger.« Er zeigt nach unten. »Da ist der Metzger. Ich hol uns jetzt was zu essen.« Er wedelt mit einem zusammengefalteten Fünf-Euro-Schein vor ihrer Nase. Gott sei Dank haben die Russen ihre Taschen nicht durchsucht.

»Tickst du noch richtig? Wo wir gerade einer Bande Vollpsychos entkommen sind?«

»Ha, wieso? Essen muss man doch, oder?«

Trotz allem muss Julia grinsen. Wie auf Kommando fängt ihr Magen an zu knurren. »Okay, warum nicht.«

Während Julia im Schatten einer Tanne zurückbleibt, sprintet Anselm über die Straße in die Metzgerei, die mit einem rostfarbenen Plastikschwein über der Leuchtreklame für »Frische und saftige Leberkäsweckle« wirbt. Fünf Minuten später kommt er mit zwei riesigen, in Alufolie gewickelten Brötchen und einer großen Flasche Cola zurück.

Was er nicht sieht, ist ein cremefarbener Audi, der langsam die Hauptstraße entlangfährt.

Sie essen schweigend unter der Tanne und machen sich dann auf den Weg zum Polizeirevier. Dabei folgen sie dem Lauf der Straße, die in weiten Serpentinen den Berg hinaufführt. Oben angekommen, wollen sie gerade die Straßenseite wechseln, als der Audi hinter ihnen plötzlich scharf bremst.

Zwei Männer springen heraus. Den einen erkennt Anselm auf Anhieb wieder. Er ist groß, schlank und hat mörderische blaue Augen.

»Los! Lauf!«, schreit er Julia zu und reißt sie mit sich.

Julia stolpert ein paar Schritte hinterher, wirft einen Blick zurück und fängt ebenfalls an zu rennen.

Die beiden Männer nehmen die Verfolgung auf. Der eine rennt zurück zum Auto, der andere hetzt hinter ihnen her. Er schneidet ihnen den Weg zum Polizeiposten ab und drängt sie in die andere Richtung.

Anselm rennt, wie er noch nie in seinem Leben gerannt ist. Sein bewusstes Denken setzt aus. Der Krankenhausparkplatz fliegt an ihnen vorbei, dann die Friedhofsmauer. Anselm läuft auf den Friedhof zu. Seine Lunge brennt wie Feuer. Ihr Verfolger fällt etwas zurück. Er kann mit seinen Cowboystiefeln auf dem Rollsplit sein Tempo nicht halten. Anselm stößt das Friedhofstor auf, umrundet die Kapelle, biegt scharf nach links ab, bremst und zieht Julia die Treppe dahinter hinunter. Er murmelt ein hastiges Dankgebet. Der Hintereingang der Kapelle ist nicht abgeschlossen.

Sie erreichen die unterirdische Halle mit dem Sargaufzug. Hektisch sieht Anselm sich um.

Kein Versteck.

Er rüttelt an den Türen zu den Kühlräumen. Abgeschlossen. Dann fällt sein Blick auf das eiserne Tor, das zu den einsturzgefährdeten Gängen unter dem Friedhof führt. Es steht offen. Anselm verschwendet keinen Gedanken an das Warum, sondern zieht Julia einfach mit sich. Sie laufen gebückt durch einen Tunnel, der sich tief in die Erde gräbt.

Weiter, immer weiter.

Stützbalken, Erdhaufen, Knochen, Glühbirnen und Absperrband fliegen an ihnen vorbei. Vor ihnen gabelt sich der Gang. Anselm biegt nach links um die Ecke. Sackgasse. Der Gang endet in einem tropfenförmigen Raum, der von einer Glühbirne erhellt wird. Hinten an der Wand steht ein altes Regal.

»Bleib mal stehen!« Julia bremst mit aller Kraft. »Du reißt mir den Arm aus«, keucht sie.

Völlig außer Atem sackt Anselm an der Wand zu Boden und versucht, kein Geräusch zu machen. Julia lässt sich neben ihn sinken. Anselms Herz schlägt wie ein Presslufthammer. Sein Puls hämmert in seinen Ohren. Regungslos bleiben sie fünf Minuten lang sitzen. Nichts zu hören.

Vorsichtig richtet sich Anselm auf und hilft Julia auf die Beine. »Ich glaub, die sind weg.«

»Hier riecht's irgendwie komisch.« Julia taumelt und muss sich an der Wand abstützen. »Irgendwie ist mir …«

»Julia? Alles okay?«

»… schwindlig.« Das ist ihr letztes Wort, dann fällt sie Anselm in die Arme.

»Julia? Hallo?« Anselm schüttelt sie, doch dann werden seine Arme auf einmal unglaublich schwer. Es kommt ihm wie eine gute Idee vor, sich wieder kurz auf den staubigen Boden zu setzen.

Sie sind ihnen also gefolgt. Der Gedanke kommt und geht, und irgendwie ist er rosa. Angst hat Anselm keine. Es fällt ihm gerade noch ein, dass das ebenfalls ziemlich merkwürdig ist.

Das Letzte, was er sieht, ist, dass sich die Rückwand des Raums bewegt. Aber eigentlich ist das auch egal. Seine Augenlider werden schwer, und alles wird dunkel.

In den Händen von Bestattern

Vadim Turgakow schlägt mühsam die verkrusteten Augen auf. In seinem Schädel rotiert ein Bohrer, der ihm jeden Moment die Schädeldecke wegsprengen will. Es fühlt sich an, als hätte er mehrere Flaschen Wodka geleert. Sein Mund ist trocken, und er kann kaum schlucken. Strahler an der Decke blenden ihn. Er versucht aufzustehen, aber irgendetwas hält ihn zurück. Was zum Teufel …

Bei dem Versuch zu sprechen kommt nur ein »Mhmmm-mhmm«. Es gelingt ihm, den Kopf ein Stück weit zu heben. Er blickt an sich herab und versteht nicht so recht, was er da sieht. Offensichtlich sitzt er in einer Art Rollstuhl. Es scheint, als habe jemand versucht, seinen Unterkörper zu mumifizieren. Lage um Lage schlingt sich weißer Verbandsmull darum. Ist er vielleicht schwer verletzt? Und in einem Krankenhaus?

Klingt logisch.

»Mmmm!« Versuchsweise ruckelt er an den Bandagen – nichts. Er kann gerade so Luft holen. Er versucht, sich zu erinnern. Da waren diese Frau und der Mann. Die beiden, die das Kokain hatten. Dann tauchten Italiener auf. Und es gab eine Schießerei. Tja, und dann – nichts mehr.

Ist das die Intensivstation? Vadim hat schon ein paarmal eine Intensivstation gesehen. Als sein Onkel eine Messerstecherei hatte. Als sein Cousin mit einem geklauten Auto gegen einen Baum gefahren ist. Aber diese Stationen waren größer. Und es standen mehr komplizierte Maschinen herum. Das hier sieht eher aus wie eine Abstellkammer.

Ist das ein Besen, da in der Ecke?

Außerdem riecht es verkokelt. Als hätte jemand Fleisch anbrennen lassen.

Er dreht den Kopf noch ein Stückchen weiter. Neben sich kann er verschwommen zwei Tragbahren erkennen. Und von einer – er würde schlucken, wenn das technisch möglich wäre –

hängt eine schwarze verkohlte Hand herunter. Innerlich schreit er vor Schreck. Das ist keine Intensivstation. Das ist eine Leichenkammer! Er ist in die Hände eines bösartigen Psychopathen gefallen, der Menschen abfackelt.

Spontan fallen ihm zwei, sogar drei Namen aus seinem Bekanntenkreis ein, denen so etwas zuzutrauen ist. Zwar verbrennen sie ihre Feinde nicht in Fässern mit Öl wie die Kartelle in Mexiko, aber Vadim hat gehört, dass sie in Stuttgart einmal einen rivalisierenden Bandenchef in einem Fass Wodka ersäuft haben. Ob das stimmt oder nicht, weiß er nicht. Möglich wär's.

Oh Gott, oh Gott! Er versucht, um Hilfe zu rufen. Und endlich versteht er, warum er nicht schreien kann. Jemand hat ihm einen Knebel in den Mund gestopft.

Aus dem Raum gegenüber dringen gedämpfte Stimmen. Scheint, als wäre dort eine heftige Diskussion im Gange.

»Wir müssen ihn wieder freilassen. Das ist Entführung! Menschenraub!« Henning Lindhorst hat immer noch seinen weißen Einweganzug an. Zwei hektische rote Flecken glühen auf seinen Wangen. Die Entführungsaktion ist ihm sichtlich auf den Magen geschlagen.

Er fixiert Gottesacker, der sich erschöpft auf einen Schemel gesetzt hat und versucht, ihn zu beruhigen. »Jetzt schreien Sie doch nicht so! Das bringt unsere Kinder auch nicht zurück. Ich versichere Ihnen: Den Lumpensiach da drin vermisst erst mal keiner.«

»Ich versteh das alles nicht. Warum hat überhaupt jemand unsere Kinder entführt?«

»Tja, wenn *Sie* das nicht wissen, ich weiß es auch nicht.« Gottesacker beobachtet fasziniert die Leuchtstoffröhre. »Ist bei Ihnen vielleicht in letzter Zeit etwas Merkwürdiges passiert?«, fragt er scheinheilig.

Lindhorst atmet tief durch. »Ja. Bei uns ist gestern eingebrochen worden.«

»Oh je«, heuchelt Gottesacker Bedauern. »Und? Ist was geklaut worden?«

Lindhorst ringt sichtlich mit sich. »Es ist mir fürchterlich peinlich, aber mir wurde eine Leiche gestohlen. Allerdings nur der Körper. Der Kopf ist immer noch bei mir.«

»Ist nicht wahr! Wer macht denn so was?«

»Das würde ich auch gern wissen. Die Leiche kam direkt aus Italien. Sie soll am Montag bestattet werden.«

»Herrjemine! Und was machen Sie jetzt?«

»Ich weiß nicht«, sagt Lindhorst unglücklich. »Ich hab schon versucht, eine andere Leiche aufzutreiben.«

Gottesacker horcht auf. »Waren Sie dazu zufälligerweise gestern auf dem Friedhof?«

»Woher wissen Sie das?«

»Weil ich Ihr Arbeitszeug gefunden hab.« Er fasst hinter sich und zieht Lindhorsts Seesack hervor. Dabei beobachtet er den Eventbestatter scharf.

Lindhorst schlägt sich mit der flachen Hand vor die Stirn. »Oh Gott! Die Tasche! Die hab ich völlig vergessen. Sie sehen: Ich tauge nicht zum Einbrecher.« Er versucht ein Grinsen, aber Gottesacker lacht nicht mit. »Ja, ich war gestern Nacht auf dem Friedhof. Ich wollte eine andere Leiche organisieren. Hat aber nicht geklappt.« Resigniert zuckt er mit den Schultern.

Gottesacker versucht, sich sein Erstaunen nicht anmerken zu lassen. Er versteht gar nichts mehr. Wenn Lindhorst den Körper nicht hat, wer dann?

»Ich versteh einfach nicht, was meine Tochter mit diesen Russen zu tun hat«, grübelt Lindhorst. »Und warum ist sie zusammen mit Ihrem Sohn losgezogen?«

»Die Jugend halt. Die sticht der Hafer«, murmelt Gottesacker. Er hat das drängende Gefühl, irgendetwas übersehen zu haben.

Lindhorst richtet sich auf. »Wissen Sie was? Ich frag einfach mal unseren russischen Freund.«

»Das ist jetzt vielleicht keine so gute Idee …«, setzt Gottesacker an, doch Lindhorst ist schon in den Kühlraum gestürmt. Dort zerrt er Vadim den Knebel aus dem Mund.

»Wer immer Sie auch sind: Wo ist meine Tochter?«

Der junge Mann zuckt zusammen, atmet ein-, zweimal hektisch durch. Dann schluckt er trocken. Seine Stimme ist kaum zu hören. Mit dem Kopf bedeutet er dem Bestatter, weiter nach unten zu kommen.

Lindhorst beugt sich ganz weit zu ihm hinunter.

»Nicht wehtun! Nicht wehtun!«

»Ist ja schon gut. Wir sind ja hier nicht in Guantanamo. Wir tun Ihnen schon nichts. Sagen Sie mir nur, wo meine Tochter ist … Aua! *Goddamn!*«

Der Gefangene ist mit dem Kopf nach vorn gezuckt und hat Lindhorst eine anständige Kopfnuss verpasst. Während er sich wild hin- und herwirft, flucht er: »*Svin'ya sobaka!* Ich hoffe, meine Leute haben die kleine Schlampe ausgeweidet. Ich bin Vadim Turgakow. Wenn mein Vater das hier mitbekommt, wird er euch in kleine Stücke schneiden.«

Gottesacker taucht hinter ihm auf. »Du Rotzaff! Hältst du jetzt deine Gosch!«

»Da wird euch das Koka… Mhmmm!« Er würde gern noch mehr sagen, aber Gottesacker steckt ihm den improvisierten Knebel schnell wieder zwischen die Zähne und zieht seinen schwankenden Kollegen aus dem Kühlraum.

Draußen inspiziert Lindhorst seinen Kopf. Auf der Stirn wächst ihm eine Beule.

»Der hat einen harten Schädel, das russische Fiedleg'sicht. Glauben Sie mir jetzt, dass die unsere Kinder haben?« Gottesacker platziert ihn auf dem Stuhl. »Bleiben Sie mal einen Moment sitzen. Ich hol Ihnen was.«

Er kommt mit einem feuchten Handtuch zurück und will es Lindhorst um den Kopf legen.

Der winkt ab. »Geht schon wieder, danke. Mir ist gerade noch was eingefallen. Gestern Vormittag hab ich Besuch von zwei Italienern bekommen. Die wollten unbedingt einen Blick auf den Toten werfen. Ich konnte sie Gott sei Dank abwimmeln, aber die waren unheimlich aggressiv. Das war seltsam.«

Zumindest Gottesacker ist klar, warum alle die Leiche haben wollen. »Ich würde sagen, jetzt trinken wir erst mal einen Schluck. Der da«, er deutet mit dem Daumen nach hinten, »wird uns schon nicht wegrollen.« Er füllt zwei Gläser mit einem Fingerbreit Cognac.

Lindhorst ist unterdessen zu einem Entschluss gekommen. »Ich ruf jetzt die Polizei.«

»Ich sag Ihnen was«, sagt Gottesacker entnervt. »Wenn Sie jetzt zur Polizei gehen, sehen wir unsere Kinder nie wieder. Glauben Sie, ich will meinen Sohn nicht wiederhaben?«

Lindhorst ringt sichtlich mit sich. »Und was ist *Ihr* Plan?«

»Ist doch ganz einfach. Die Russen haben etwas, das uns gehört, und wir haben etwas von ihnen.«

Entgeistert starrt Lindhorst ihn an. »Meinen Sie den Typen da drin? Also, nur damit ich das richtig verstehe: Der junge Mann, den wir widerrechtlich aus einer Tiefgarage entführt haben und der jetzt da drin gefesselt im Rollstuhl sitzt, ist der Plan?«

»Noch mit ein paar Feinheiten, aber ja. Ich kenne nämlich seinen Vater.«

Nachdem Gottesacker seinen Plan erläutert hat, muss Lindhorst erst mal Luft holen. »Das ist doch Wahnsinn. Das sind Kriminelle. Wenn das nicht klappt, können wir uns gleich unsere eigenen Särge bauen.«

Gottesacker zuckt lakonisch die Schultern. »Das Gute ist: Wenn wir die Särge selbst machen, wird's billiger.«

Dr. Alexej Turgakow

Obwohl man es ihm nicht ansieht, brodelt es in Alexej Turgakow. Dinge, die er hasst, sind: Geschäfte, die aus dem Ruder laufen, Söhne, die nicht machen, was sie sollen, und – Italiener. Seit heute früh sieben Uhr hat er alles davon.

Normalerweise ist der Alltag von Dr. Turgakow höchst strukturiert. Ordnung und Disziplin sind nicht nur die Pfeiler einer jeden guten Organisation, sondern auch eines glücklichen Lebens.

Penibel ordnet er Messer und Gabel am Esstisch. Heute gibt es Borschtsch und Pelmeni, Spezialitäten aus der Heimat. Seine Frau Anastasia werkelt in der Küche herum. Sein dreijähriger Sohn Artjom spielt glücklich auf dem Fußboden mit einem Feuerwehrauto.

Alexej lässt den Blick durchs Fenster schweifen. Er wohnt in einer guten Gegend. Sein Haus liegt im Norden Muggenpfuhls auf einem Hügel, von dem man einen bezaubernden Blick auf die angrenzenden Neidlinger Wälder hat. Rings um ihn herum wohnen Ärzte und Anwälte.

Alexej Turgakow ist ebenfalls Arzt. Gründliche Kenntnisse der menschlichen Anatomie aus seinem früheren Leben als KGB-Verhörspezialist und eine auf dem Schwarzmarkt erworbene Approbation haben aus ihm einen angesehenen Kinderarzt gemacht. Diese Tarnung aufzubauen, hat Jahre gedauert. Wehe, wenn sein Sohn, dieser Tunichtgut, das vermasselt.

Denn neben seiner Arbeit als Kinderarzt hat Dr. Turgakow auch noch ein anderes Leben.

Vor seinem Haus, in einem neutralen Fahrzeug mit polizeilich nicht registriertem Kennzeichen, parken Petrov und Michail, ehemalige russische Speznaz-Kämpfer. Sie sorgen dafür, dass nichts von diesem Leben zu seiner Familie durchdringt.

Turgakow leitet das sogenannte Syndikat. Sein Alltag besteht darin, Kontakte mit gefährlichen Menschen zu pflegen, heikle

Ware zu verkaufen und ab und zu jemanden umbringen zu lassen. Sein Sohn Vadim, der das Geschäft eines Tages übernehmen soll, hat leider recht wenig vom väterlichen Erbgut mitbekommen. Dank ihm ist in Dr. Turgakows Leben seit heute früh das Chaos ausgebrochen.

Wie ihm um genau sieben Uhr fünf mitgeteilt wurde, ist eine der Wohnungen in der Katzensteige, die er normalerweise nur geschäftlich nutzt, in die Luft geflogen. Dort wimmelt es von Polizisten und anderen Spezialisten, die er sonst meidet wie der Teufel das Weihwasser. Seine ganze Mannschaft ist unterwegs, um herauszufinden, was da passiert ist. Was er bis jetzt weiß: Es hat Tote gegeben.

Ob sein Sohn darunter ist, hat er noch nicht herausgefunden. Das zehrt an seinen Nerven. Die letzte Aufgabe Vadims bestand darin, Anselm Gottesacker zu entführen, dessen Vater, aus Gott weiß welchen Gründen, fast unverschnittenes Kokain besitzt.

Blad! Irgendwie hatte er von Anfang an so ein merkwürdiges Gefühl. Mach keine Geschäfte mit Dilettanten. Wie oft hat ihm sein Vater das erklärt. Dass er in einem russischen Straflager verstorben ist, gibt diesem Ratschlag eine gewisse Relevanz. Aber das Geschäft schien einfach zu verlockend. Er hat Artjom erst neulich eine Geschichte vorgelesen, in der gebratene Tauben vorkamen, die man nur aus der Luft zu pflücken brauchte. Genauso kam ihm das Ganze vor.

Soweit Alexej weiß, ist der Bestattersohn (mitsamt Freundin) auch gut in der Wohnung angekommen. Seitdem stockt der Informationsfluss.

Das Telefon klingelt. Es ist sein geheimer Privatanschluss, nicht die öffentliche Nummer. Vielleicht ist's ja Vadim. Na, der kann was erleben.

»Da?«, bellt er ins Telefon.

Die leicht vernuschelte Stimme am anderen Ende der Leitung gehört definitiv nicht seinem Sohn. »Grüß Gott. Sprech ich jetzt mit dem Vater von Vadim?«

Alexejs Nackenhaare stellen sich eines nach dem anderen auf. »Wer spricht da?«

»Ich wollte Ihnen nur sagen: Wir haben Ihren Sohn.«

»Ich glaube, da haben Sie sich verwählt.«

Rascheln und Geräusche im Hintergrund.

»Noi, noi! Ihr Sohn sagt, das wäre Ihre Nummer.«

Was für eine erbärmliche *urod.* »Kann ich mit ihm reden?« Alexejs Hand mit dem Telefonhörer zittert vor Wut.

»*Privjet.* Ich bin's, Vadim … Ich bin …« Der Rest geht in einem Gerangel und einem erstickten Krächzen unter. Recht so. Hoffentlich prügeln sie ihn anständig durch. Wenn nicht, würde er das später selbst erledigen.

»Sie haben meine Aufmerksamkeit.« Eine Ader an seiner Stirn fängt an zu pochen. Als ihm sein Jüngster mit dem Feuerwehrauto ans Schienbein fährt, kickt er es quer durch das Zimmer. Artjom fängt an zu plärren. Alexej schiebt ihn mit dem Fuß vor die Tür.

»Sie haben etwas, das uns gehört, und wir haben etwas von Ihnen. Ich schlag vor, wir tauschen.«

Endlich fällt ihm ein, wo er diese Stimme und diesen unsäglichen Akzent schon einmal gehört hat. »Ah, jetzt weiß ich wieder, wer Sie sind. Sie sind der Mann mit den Blumen. War irgendetwas nicht in Ordnung?«, fragt er scheinheilig und blättert gleichzeitig in seinem kleinen silbernen Adressbuch.

»Noi, noi. Das ist es nicht. Bloß dass Sie meinen Sohn und die Tochter von meinem Kollegen entführen, das finde ich nicht so in Ordnung.«

»Ein bedauerliches Missverständnis. Sie müssen verstehen, ich brauche gewisse Absicherungen, wenn ich zum ersten Mal geschäftlich mit jemandem zu tun habe. Das sollten Sie nicht persönlich nehmen. Firmenpolitik, Sie wissen schon.«

»Ich weiß gar nix.«

»Ich denke, das Ganze lässt sich aufklären. Ja, wir haben Ihren Sohn und seine Freundin. Natürlich bekommen Sie die zurück, *hui walosati.*«

»Geht's den beiden gut?«

»Sicher doch. Wir sind doch keine Unmenschen. Wir wollen doch alle nur Geschäfte machen.« Alexej erlaubt sich ein Lachen, während er fieberhaft weiterblättert. Aha! Da ist er. Auf dem silbern linierten Blatt steht neben einer Handynummer nur ein einziger Name: Babaj.

»Wie stellen Sie sich denn einen Austausch vor?«, fragt er weiter. »Ich denke, es liegt in unserem beiderseitigen Interesse, dass wir hierzu keine weiteren Personen involvieren. Oder was meinen Sie?«

»Involv… was?«

Alexej zieht eine Augenbraue in die Höhe. »Ich meine, dass wir keine Behördenvertreter hinzuziehen. Keine Polizei. Das könnte sich abträglich auf den Gesundheitszustand Ihres Sohnes und seiner Freundin auswirken.«

»Ich versteh schon. Das Gleiche gilt auch für Ihren Sohn.«

Im Hintergrund hört er Vadim quieken. Gott, was für eine Schwuchtel. Alexej reißt sich mit Gewalt zusammen. »Haben Sie schon eine Idee, wo der Austausch stattfinden soll?«

»Ich sag Ihnen jetzt die Adresse. Stutengasse 25. Einfach bei ›Jim Blitz‹ klingeln. Das ist so ein protziger Glasbau. Das sehen Sie gleich, wenn Sie in die Straße kommen.«

Alexej schreibt mit. »Moment! Stutengasse … Wie viel …? 25, stimmt's?«

»Genau. Ach ja, und Sie müssen persönlich kommen.«

»Ich komme. Vielleicht bring ich auch noch den Sandmann mit. Damit Sie in Ruhe schlafen können. Und keine Sorge, ich nehme das sehr persönlich. Das kann ich Ihnen …« Doch sein Gegenüber hat bereits aufgelegt.

Erst nach fünf Minuten hören Alexejs Hände auf zu zittern. Als er die Nummer aus seinem Adressbuch anruft, ist seine Stimme wieder so gleichmäßig wie immer. So ist das eben mit Dilettanten.

Sie sterben.

Kriegserklärung

In der Trattoria herrscht der übliche Morgenstress. Tische eindecken, Tagesgerichte vorbereiten, aufräumen, Schaufenster putzen. Ein Wagen von der Metzgerei bringt gerade frisches Fleisch in roten Boxen. Luigi kontrolliert die Lieferung und streicht die einzelnen Posten von einer Liste ab. Salvatore ist mit dem Auto auf dem Markt und besorgt frisches Gemüse.

Donna Elvira starrt abwesend in ihren Kaffee. Sie hat schlecht geschlafen. Unter ihren mit schwarzem Kajal geschminkten Augenlidern liegen tiefe Ringe. Wenn sie aus dem Fenster sieht, kommt ihr das dörfliche Leben vor wie eine Theaterkulisse. Als ob überall unter der glatten Oberfläche unsichtbare Konflikte gären, die nur darauf warten, aufzubrechen.

Ein Polizeiauto rast mit eingeschalteter Sirene die Straße hinunter. Donna Elvira erschrickt. An solchen Tagen würde sie am liebsten das »Chiuso«-Schild vor die Tür hängen. Geschlossen. Und sich dann wieder in ihr weiches Bett verkriechen.

In ihrer Heimat Sizilien nimmt man Vorahnungen ernst. Und heute hat sie das starke Gefühl, dass dieser Tag noch Schlimmes bringen wird. Ihr plötzlich aufgetauchter Neffe, der Tod ihres Vaters, den sie seit dreißig Jahren nicht mehr gesehen hat. Es ist, als greife die Vergangenheit nach ihr. Ihr geordnetes Leben kommt ihr so zerbrechlich vor wie eine Pyramide aus Glas.

Donna Elvira wischt sich die Hände an der Schürze ab und verdrängt das ungute Gefühl. Spätzleteig macht sich schließlich nicht von selbst!

In diesem Moment klingelt das Telefon hinter der Bar. Sie zuckt zusammen. Irgendwie hat sie die ganze Zeit darauf gewartet.

»Pronto?«

»Sagen Sie jetzt nichts, sondern hören Sie mir genau zu. Das könnte Ihr Leben verlängern.« Die Stimme des Anführers der Russenmafia ist scharf wie ein Rasiermesser.

»Geht's schon wieder um irgendwelches Kokain? Ich sag's Ihnen zum letzten –«

»Ich habe gesagt, Sie sollen mir zuhören!«, schneidet ihr Dr. Turgakow das Wort ab. »Heute Morgen wurden vier meiner Männer in der Katzensteige in die Luft gesprengt. Die Polizei geht bis dato von einem Unfall aus. Aber«, seine Stimme wird sehr leise und sehr bedrohlich, »stellen Sie sich vor: Ich habe gerade einen Anruf von diesem Bestatter bekommen, der ja *nicht* für Sie arbeitet. Er hat mir erzählt, er hätte meinen Sohn entführt.«

»Bene –«, setzt Donna Elvira an.

»Ich bin noch nicht fertig. Der beste Teil kommt noch: Kurz vor der Explosion haben vertrauenswürdige Anwohner zwei Italiener ins Gebäude gehen sehen. Ein langer Hagerer und ein kleiner Dicker mit einer geschwollenen Nase. Kurz darauf ist die Wohnung explodiert. Seitdem sind der Junge und seine Freundin verschwunden. Kommt Ihnen das irgendwie bekannt vor?«

»Io –«

»Das war eine rhetorische Frage. Ich helfe Ihnen auf die Sprünge. Die zwei Italiener wurden gestern bei Ihnen gesehen, meine Teuerste. Bevor Sie mich jetzt mit Erklärungen und Entschuldigungen langweilen: *Das* ist eine Kriegserklärung.«

Turgakow macht eine effektvolle Pause. »Allerdings … Krieg ist immer eine Verschwendung von Ressourcen. Ich bin Geschäftsmann. Ich nehme Dinge nicht persönlich. Die Welt ist so, wie sie ist. Ich will Folgendes von Ihnen: Sie schaffen mir das Kokain her, das Sie angeblich *nicht* haben, dann ist die Sache für mich erledigt. Um den Bestatter kümmere ich mich persönlich. Wenn Sie das nicht tun, schick ich jemanden vorbei. Ich weiß nicht, ob Sie schon mal etwas vom ›Sandmann‹ gehört haben. Aber der kommt Sie dann besuchen. Morgen, übermorgen, in einer Woche, in einem Jahr … Und ich kann Ihnen eins versichern: Er bringt alles, nur keine angenehmen Träume.«

Dann klickt es im Hörer. Und während Donna Elvira noch auf das leere Tuten des Telefons hört, zerfällt ihre bürgerliche Existenz, löst sich auf wie Rauch, zerbröckelt wie Sand unter ihren Fingern.

Als Salvatore, beladen mit einer Riesenkiste Gemüse, in die Trattoria kommt, sitzt Donna Elvira immer noch am Tresen. Sie hat die Hände im Schoß gefaltet und starrt ins Leere. Daneben sitzt niedergedrückt sein Bruder Luigi.

»*Ciao, come stai, mamma?* Die hatten keine frischen Champignons, also war ich noch kurz im Aldi …« Da fällt ihm auf, wie ungewöhnlich schweigsam die beiden sind. »Alles okay?«

»Ach, Salvatore …« Donna Elviras leerer Blick geht geradewegs durch ihn hindurch.

Jetzt ist Salvatore wirklich beunruhigt. So hat er seine Mutter noch nie erlebt. Er wirft seinem Bruder einen fragenden Blick zu, doch der zuckt nur unglücklich mit den Achseln.

»Ich hab heute Morgen einen Anruf von Alexej gekriegt.«

»Was will denn der *damerino* schon wieder von uns?«

»Es geht um den Enzo und seinen komischen *amico.* Die haben was ganz Schlimmes gemacht.«

In kurzen Zügen erzählt sie ihm von ihrem Telefongespräch.

»Dass die beiden Ärger machen, war klar. Ich versteh bloß nicht, wie sie auf die Russen gekommen sind.« Ratlos schüttelt Donna Elvira den Kopf und starrt weiter ins Leere. Luigi wird auf dem Barhocker immer kleiner. Sein Bruder wirft ihm einen warnenden Blick zu.

»Also, *mammina*«, setzt er an. »Der Alexej, der lügt doch, wenn er's Maul aufmacht. Wir haben nix mit irgendwelchem Kokain zu schaffen. Ich schwör! Aber ich hab da so eine Idee, wer das Koks hat. Mach dir keine Sorgen. Wir kümmern uns drum.«

Donna Elvira strafft sich empört. »So weit kommt's noch. Ihr macht überhaupt nix! Ist das klar? Das Einzige, was ihr machen könnt, ist, eure Zimmer aufräumen. Und da bleibt ihr so lange, wie ich sag. Der Alexej will uns den ›Sandmann‹ schicken.«

»Den wen?« Verständnislos blickt Salvatore auf. »Sind mir dafür nicht schon ein bisschen alt?«

»Voll Teletubbies, Alter.« Luigi feixt, und die beiden klatschen sich ab.

»Herrgott! Ihr Hamballe!« Donna Elvira schlägt Luigi mit der flachen Hand auf den Kopf. »Ihr versteht überhaupt nix. Das ist nicht witzig. Das ist ein Killer. Und was für einer! Als wir hier angefangen haben, hab ich da schlimme Geschichten gehört. Niemand weiß, wie er aussieht. Man sagt, der ist ein Meister im Verkleiden. Man sieht ihn nicht, man hört ihn nicht, und auf einmal ist man tot. So ist das! *Morto! Capisci?*«

»*Cazzo!*« Luigi ist schwer beeindruckt. »Ein richtiger Killer?« Dann wird ihm klar, dass ein bezahlter Killer, der auf einen selbst angesetzt ist, weit weniger lässig ist als einer, dem man im Fernsehen bei der Arbeit zuschaut. Sein Mund klappt wieder zu.

»Oh, ihr Hohlgasse'knaller! Jetzt schert euch auf eure Zimmer. Ich ruf gleich Giovanni an. Damit der auch Bescheid weiß. Wir machen heute den Laden nicht auf.«

»*Va bene, mammina.*« Verschwörerisch blinzelt Salvatore seinem Bruder zu. »*Io* und der Luigi, wir gehen dann mal unsere Zimmer aufräumen.«

Der falsche Mönch

Es ist gegen zwölf Uhr dreißig, als sich ein kleiner, dicker Geistlicher die Hauptstraße hinaufbewegt. Er trägt eine schwarze Soutane mit einem weißen Priesterkragen, ist glatzköpfig und schwitzt. Über der Soutane baumelt ein schlichtes Holzkreuz. Ehrfürchtig bleiben einige Passanten stehen und murmeln ihm ein »Gelobt sei Jesus Christus« zu. Vermutlich kommt er aus dem Donautal. Dort gibt es ein altes Zisterzienserkloster, in dem die Mönche alles selbst anbauen. Aufmerksameren Beobachtern, von denen es gleich drei gibt, fällt auf, dass er leicht humpelt. In alphabetischer Reihenfolge sind das: Frau Ast, Frau Wenz und Frau Zisikowski. Sie haben eines gemeinsam: Ihre Wohnungen liegen in unmittelbarer Nähe von »Jim Blitz – Eventbestattungen«.

Frau Ast ist Arztgattin und putzt seit heute früh die Fenster. Eine Tätigkeit, die sie aufgrund eines Rückenleidens schon seit drei Wochen vor sich hergeschoben hat. Frau Wenz ist Witwe und bringt gerade den Müll runter. Frau Zisikowski ist Putzfrau, kommt aus Kroatien und reinigt die Wohnung eines Offiziers, der in Stetten am kalten Markt seinen Dienst getan hat. Sie hat eigentlich überhaupt keine Zeit, um aus dem Fenster zu starren, denn der Oberst ist äußerst pingelig.

Frau Ast wischt die letzten, besonders hartnäckigen Schlieren vom Fenster, als sie den dicken Geistlichen an ihrem Haus vorbeihinken und auf den Hof des Bestatters abbiegen sieht. Irritiert hält sie einen Moment inne und murmelt halb empört: »Wie kann man bloß so dick sein.« Sie ist keine besonders gläubige Frau, und seit sie neulich eine Dokumentation über die Borgias gesehen hat, glaubt sie, dass sich Geistliche die meiste Zeit vollfressen und abartige Orgien feiern.

Der dicke Priester klingelt und klopft gegenüber an die Tür. Vielleicht braucht jemand die letzte Ölung, denkt sich Frau Ast. Obwohl: Beim Bestatter war es dafür schon etwas spät. Offensichtlich ist niemand zu Hause. Ratlos steht der Geistliche im Hof herum.

Als Beobachterin Wenz mit dem Müll vor die Haustür tritt, wischt er sich gerade mit einem geblümten Taschentuch die Stirn. Frau Wenz bekreuzigt sich rasch. Kopfschüttelnd wirft sie ihren Müllsack in die schwarze Tonne und den Sack mit dem Papier in die braune. Diese Müllgebühren. Seit Kurzem wird bestraft, wer den Müll nicht trennt. Den Großkopfete fällt doch immer wieder etwas Neues ein, wenn's darum geht, anständigen Bürgern das Geld aus der Tasche zu ziehen.

An einem volle Beutel trägscht leicht, an einem leere schwer, denkt Frau Wenz resigniert. Dann fällt ihr auf, dass sie die Tonnen verwechselt hat. In der Hoffnung, dass gerade niemand zuschaut, wuchtet sie die Tüten ächzend wieder aus den Mülleimern.

Als sie aufschaut, ist der Hof des Bestatters leer. Der Geistliche ist wie vom Erdboden verschluckt. Irritiert schaut sie noch einmal links und rechts die Straße entlang, dann zieht sie die Haustür hinter sich zu.

***

Manchmal muss ein Detektiv auch Wege gehen, die sich nicht unbedingt mit dem Gesetz vereinbaren lassen. Die einschlägige Literatur ist voll von solchen Fällen. Man denke nur an Nestor Burma, Philip Marlowe, Sherlock Holmes oder den unvergesslichen Hercule Poirot. Und er muss spontan sein.

Die Tür mit den beiden Metallflügeln zu öffnen war ein Kinderspiel. Zufrieden lässt Caruso die Dietriche, mit denen er das Vorhängeschloss geknackt hat, wieder in die Tasche gleiten. Nichts verlernt.

Caruso hat im Schweizer Internat, dessen besonderer Stolz darin bestand, eine »universelle Bildung« zu vermitteln, nicht nur Latein und Mathematik, das Keltern von Wein und das Herstellen von Wurst und Käse erlernt, sondern auch die hohe Kunst der Verkleidung und das Knacken von Schlössern. Letzteres eher nachts.

Mit seinem Äußeren ist er höchst zufrieden. Mit Wangenpolstern, einem kleinen Holzklotz im Schuh (sorgt für authentisches Humpeln), einem Schaumstoffkissen und flüssigem Latex für echte Falten hat er sich in einen dicken, alternden Priester verwandelt. Das Einzige, was ärgerlich ist: die Glatzen-Maske, die er über seinem Haar trägt, juckt schrecklich. Nachdem seine beiden Helfer heute in der Früh spontan abberufen wurden, musste er improvisieren.

Sein Plan ist einfach. Wenn der Bestatter schon keine Polizisten einlässt, wird er vielleicht bei einem Priester eine Ausnahme machen. Caruso hat sich bereits eine herzzerreißende Geschichte zurechtgelegt. Schließlich geht es um das ewige Seelenheil des Verstorbenen. Da allerdings niemand aufmacht, hat er seinen Plan ein bisschen abgeändert. Flexibilität ist schließlich die Mutter jeder erfolgreichen Ermittlung.

Caruso hält einen Moment inne und orientiert sich. Mit einer kleinen Stablampe leuchtet er ins Dunkel. Ein schmaler Gang führt über ein paar Treppenstufen leicht nach unten. Es ist ziemlich kühl und riecht nach Desinfektionsmitteln. Der Kühlraum muss weiter hinten liegen. Caruso geht schneller. Der Bestatter kann schließlich jederzeit zurückkommen.

Links zweigt eine schwere Metalltür ab. Sie ist verriegelt und sieht ein bisschen wie die Tür zu einem U-Boot aus. Caruso zieht an dem Kipphebel. Es zischt, als Luft entweicht und die Hydraulik arbeitet. Die Tür schwingt auf. Ein eisiger Hauch schlägt ihm entgegen.

Caruso tastet an der weiß gefliesten Wand entlang, bis er auf den Lichtschalter stößt.

Flackernde Neonröhren springen an. Es handelt sich um eine Art Vorraum, nicht größer als eine geräumige Besenkammer. Kleidungsstücke und weiße Einweganzüge hängen an Haken. Neben einem grünen Spind steht ein Paar schwarzer Gummistiefel. Sonst ist der Raum leer. An der rückwärtigen Wand befindet sich eine zweite Tür. Caruso muss wieder seine Dietriche zu Hilfe nehmen.

Der Raum dahinter ist ebenfalls weiß gefliest, aber größer.

Eine Trage aus Metall, mehrere Schränke, aber auch hier keine Leiche.

»No, no, no! Impossibile!«, schimpft Caruso. Sollte er sich geirrt haben? Hatten die anderen wieder mal recht?

Da fallen ihm die zwei Schubfächer an der Rückwand auf. Natürlich. Die Kühlzellen. Vorsichtig zieht er die erste Klappe auf.

Nichts.

Er leuchtet mit seiner Stiftlampe hinein. Außer einer Stahlschiene, auf der die Toten offensichtlich hineingeschoben werden – gähnende Leere.

Er leuchtet ins zweite Fach, und da, ganz am Ende, ist etwas. Es sieht wie eine Tüte aus. Er macht sich lang und schmal und versucht sie mit der Hand zu greifen. Ein ekelhaft süßlicher Geruch schlägt ihm entgegen. Er kommt nicht ran. Sein dicker Kunstbauch behindert ihn.

Dann fällt ihm ein, dass es dafür ja die Schiene gibt. Er wuchtet sich wieder heraus. Die Schiene hat unten eine Arretierung. Als Caruso diese entriegelt, gleitet die Schiene heraus, und er kann die Tüte greifen. Die ist überraschend schwer und fühlt sich an, als ob ein kleiner Medizinball drinsteckt. Stirnrunzelnd leuchtet er mit der Taschenlampe hinein.

»*Dio mio*, das gibt's doch nicht!« In der Tüte steckt ein halb gefrorener menschlicher Kopf.

Caruso ist zu gleichen Teilen verwirrt und entrüstet. Was treibt dieser Bestatter nur? Sägt der seinen Kunden die Köpfe ab? Caruso stellt die Tüte samt ihrem grausigen Inhalt auf die Trage und schlägt sie vorsichtig nach unten, wobei er versucht, nicht mit dem haarigen Objekt in Kontakt zu kommen. Als er es im Schein seiner Lampe genauer betrachtet, weiten sich seine Augen. Hat er doch recht gehabt.

Sieht aus, als ob er gerade den wichtigsten Teil von Don Sorentino gefunden hat.

Die Letzte, die an diesem Morgen den dicken Mönch alias Tenente Francesco Caruso sieht, bevor er spurlos verschwindet, ist Frau Zisikowski.

Aber wie schon gesagt: Sie hat alle Hände voll zu tun. Die Spüle steht mit schmutzigem Geschirr voll, der Boden ist noch nicht gesaugt, und an die Toilette will sie gar nicht erst denken. Und eigentlich ärgert sie sich eher über den weißen Lieferwagen, der schon seit mindestens einer halben Stunde in der Gasse neben dem Bestattungshaus hinter einem Recyclingcontainer parkt. Wenn sie das richtig sieht, mit laufendem Motor. Dem Fahrer ist die Umwelt scheinbar vollkommen egal.

Der Wagen kommt ihr auch vage bekannt vor. Allerdings lenkt der kleine, dicke Mönch, der freudestrahlend vom Hof des Bestatters spaziert und eine schwarze Tüte in der Hand hält, ihre Gedanken in eine andere Richtung. Vor allem, weil er aussieht, als hätte er gerade im Lotto gewonnen, was Frau Zisikowski vor einem Bestattungsinstitut irgendwie unpassend erscheint.

Sie folgt dem Mönch mit den Augen, als er in die kleine Gasse abzweigt. Dort zieht er ein Mobiltelefon heraus und telefoniert. Auch das findet sie komisch. Also dass Mönche Handys haben. Keine halbe Minute, nachdem der Mönch in der Gasse verschwunden ist, schießt der Lieferwagen heraus und biegt mit quietschenden Reifen in die Kurve.

Frau Zisikowski schüttelt ärgerlich den Kopf. »Diese Jugendlichen. Nur Blödsinn im Kopf.«

Peinliche Enthüllungen

Von all dem bekommen Lindhorst und Gottesacker nichts mit. Obwohl sie nur einen Steinwurf entfernt auf der anderen Straßenseite in Gottesackers Arbeitszimmer sitzen. Sie beratschlagen, wie sie ihre Kinder gesund zurückbekommen und die heutige Nacht lebendig überstehen können. Da gibt's ein paar Dinge, die zumindest gegen Letzteres sprechen.

Zur Beruhigung hat Gottesacker Tee aufgesetzt. »Das sind richtige Kriminelle!«

Lindhorst wandert mit hinter dem Rücken gefalteten Händen nervös im Raum herum. »Das ist mir bereits aufgefallen. Woher kennen Sie diesen Turgakow eigentlich?«

Gottesacker verbrennt sich die Lippen am Tee und hustet. »Kruzifixsakrament! Ist das heiß! Ja, den … den kenne ich bloß flüchtig. Der wollte Bestattungsblumen. Und war dann wegen irgendwas unzufrieden.«

Lindhorst verdreht die Augen. »Kein Wunder, bei Ihren Methoden.«

»Na, jetzt lasset mir die Kirch mol im Dorf! Ich glaube nach wie vor, dass es sich um ein Missverständnis handelt.«

»Aha.« Lindhorst ist skeptisch, aber ihm bereitet etwas anderes Sorgen. »Was meint der denn mit diesem ›Sandmann‹?«

»Keine Ahnung. Vielleicht ist das so ein russisches Sprichwort?«

»Sind Sie bewaffnet?«, fragt Lindhorst unvermittelt.

Gottesacker sieht ihn verständnislos an.

»Ich meine, haben Sie irgendwelche Waffen im Haus?«

Gottesacker winkt ab. »Ha wa! Ich doch nicht! Obwohl …« Ihm fällt etwas ein. »Mein Großvater hat mir, glaub ich, so einen Schießprügel hinterlassen. Der müsste eigentlich noch irgendwo auf dem Dachboden sein.« Er springt auf. »Warten Sie mal einen Augenblick. Ich guck mal, ob ich ihn finde.«

Während Gottesacker die Treppe hinaufsteigt, sieht sich

Lindhorst in seinem Büro um. Der große schwere Sekretär, die schwarzen abgesessenen Ledersessel, alles sieht so *alt* aus. Als ob hier irgendwann die Zeit stehen geblieben ist. Selbst die Luft riecht modrig. Genau diesen Geruch würde man bei einem Traditionsbestatter erwarten. Nur einen Schritt weit entfernt von einem bedauernswerten, alten Mann.

Von der Wand starren ihn Herren mit ernstem Blick an. Alle in Schwarz gekleidet und mit dem gleichen runden Gesicht wie Gottesacker. Vermutlich seine Vorfahren. Lindhorst tritt näher heran. Sieht aus, als ob die Bilder sogar im selben Büro aufgenommen wurden. Zumindest zwei davon. Gruselig.

Wie lange gibt's diesen Laden eigentlich schon? Kopfschüttelnd wendet sich Lindhorst zum Schreibtisch. Einige lose Blätter in der Ablage erregen seine Aufmerksamkeit. Vor allem, weil sein Name draufsteht. Auf dem obersten Blatt liest er Folgendes:

> ***An das Gesundheitsamt***
> *Sehr geehrte Damen und Herren,*
> *wie telefonisch angekündigt, berichte ich Ihnen heute wieder über die Umtriebe des Herrn Henning Lindhorst, Geschäftsführer von »Jim Blitz – Eventbestattungen«.*
> *Ich denke, dass er absolut unhygienisch arbeitet. Seine Bestattungsräumlichkeiten sind in der Kühlkammer einer ehemaligen Metzgerei untergebracht. Jeden Tag stinkt es dort. Ich möchte Sie dringend bitten, diesen Vorgängen auf den Grund zu gehen …*

Lindhorst wird ganz bleich vor Wut. Er erinnert sich noch gut an seine Anfangszeit, die ständigen Kontrollen, Gesundheitsamt, Steuerprüfung, gehässige Zeitungsartikel. Jetzt weiß er, wem er das zu verdanken hatte. Als Gottesacker mit einem Gewehrkoffer aus Fichtenholz zurückkommt, starrt Lindhorst zum Fenster hinaus.

»So, da ist es drin. Der hat meinem Großvater gehört. Gucken Sie, da steht's noch dran.« Er deutet auf eine kleine Metallplakette, auf der »Ludwig Gottesacker« steht.

»Ach wirklich?«, antwortet Lindhorst eisig.

»Was ist denn?«, fragt Gottesacker arglos.

»Oh, nichts Besonderes. Ich habe nur grade Ihre Korrespondenz mit dem Gesundheitsamt und der Bestatter-Innung gelesen. Sehr aufschlussreich. Vielen Dank dafür.«

Gottesacker wird rot. »Das dürfen Sie jetzt nicht falsch verstehen.«

»Ach was? Wie *soll* ich das denn verstehen?«, fragt Lindhorst.

»Na ja, wir haben uns ja noch nicht so gut gekannt …«

»Das ist Diffamierung. Rufmord. Ich sag Ihnen jetzt was: Warum machen Sie Ihren Mist nicht allein?« Da fällt ihm noch etwas ein. »Haben Sie mir vielleicht auch die Scheiben eingeworfen? Und die Reifen aufgestochen? Zutrauen würde ich Ihnen das nämlich ohne Weiteres.«

»Ich … Sie verstehen das völlig falsch«, stottert Gottesacker.

»Ich bin fertig mit Ihnen. Und den Russen da hinten nehme ich mit. Dass das klar ist.« Lindhorst rauscht zur Tür hinaus.

Gottesacker stürzt ihm hinterher. »Jetzt warten Sie doch mal!«

Aber Lindhorst reicht's. »Genug gewartet! Wenn die Russen heute Abend bei mir vorbeikommen, dann werde ich sie schnurstracks zu Ihnen schicken. Dann können Sie ja denen die ganze Geschichte erzählen, okay? Wer weiß, vielleicht stecken Sie mit denen sogar unter einer Decke.«

»Hören Sie doch kurz zu …«

»Ich hör gar nichts!« Mit diesen Worten schlägt Henning Lindhorst die Tür hinter sich zu.

»… die werden nicht so einfach wieder gehen.«

Lebendig begraben

Als Anselm die Augen aufschlägt, sieht er – nichts. Dazu hat er Schwierigkeiten, sich zu erinnern, wo er ist und wie er wohin auch immer gekommen ist. Wenn das innerhalb von vierundzwanzig Stunden mehrmals passiert und man seinen Lebensunterhalt nicht mit Boxen verdient, ist das meist kein gutes Zeichen. Bei Anselm ist das etwas anders. Allerdings hat er normalerweise vorher ein paar anständige Joints geraucht und kann sich zumindest *daran* erinnern.

Aber jetzt: nichts! Stattdessen erinnert er sich an einen wirklich schrägen Traum mit Russen, einem Heizungskeller und einem Feuerlöscher. Ach ja, und mit Julia. Und einem sensationellen Kuss. Nur die Einzelheiten kriegt er nicht mehr zusammen. Um die Wahrheit zu sagen, dauert es sogar einen Moment, bis ihm sein eigener Name wieder einfällt.

Dann schaltet sich sein Nervensystem ein und meldet einen angeschwollenen Kiefer, einen trockenen Mund, bohrende Kopfschmerzen und Atemschwierigkeiten. Nach und nach setzt auch seine haptische Wahrnehmung wieder ein. Er liegt auf irgendetwas Weichem. Gleichzeitig drückt ihm irgendetwas ins Kreuz. Sehen kann er immer noch nichts. Das Bizarre daran ist: Die Art der Dunkelheit kommt ihm bekannt vor.

Er versucht angestrengt, sich an mehr Einzelheiten zu erinnern. Dabei überkommt ihn eine müde Gelassenheit. Ein Gefühl, das gar nicht so unangenehm ist, und er würde gern wieder wegdämmern. Wenn da nicht diese bohrenden Kopfschmerzen wären, so als hätte er einen kaputten Zahn im Kopf. Es riecht nach Dachboden und feuchter Erde.

Mit der Hand ertastet er etwas, das sich anfühlt wie ein mit Leder überzogener Billardqueue. Vorsichtig versucht er, sich zu bewegen, und stößt mit dem Kopf an die Decke. Die ist ungefähr zehn Zentimeter über ihm. Jetzt weiß er, wo er ist.

Er liegt in einem Sarg.

Also eigentlich nichts Ungewöhnliches. Das Beunruhigende: Es ist nicht sein Sarg. Den kennt er nämlich in- und auswendig. Vom würzigen Geruch des lackierten Mahagoni bis zu den Verschraubungen, die er selbst gebohrt hat.

In diesem Moment rührt sich etwas unter ihm, und eine heisere Stimme murmelt verschlafen: »Was ist denn los? Wo … wo bin ich?«

Anselm wird klar, dass Kopfschmerzen sein kleinstes Problem sind.

Fünf Minuten später hört Julia endlich auf zu schreien und um sich zu schlagen. Wenn man auf engstem Raum aufeinanderliegt, kann das äußerst schmerzhaft sein. Vor allem dann, wenn man zu zweit in einem Sarg steckt, in dem gerade mal Platz für einen ist. Julia jedenfalls hat jetzt richtig miese Laune.

»Das ist alles deine Schuld, du abartiger Freak! Und die von deinem geldgierigen Vater. Was machst du sonst so in deiner Freizeit? Haustiere zerstückeln?«

»Ich zeichne.«

»Ach, und was?«

»In letzter Zeit vor allem dich.«

Da bleibt Julia doch tatsächlich kurz die Luft weg. »Du zeichnest *mich*?« Ein Ellbogen bohrt sich in sein Zwerchfell.

»Genau! Aua! Du tust mir weh!«

»Wieso zeichnest du mich?«

Anselm murmelt etwas Unverständliches.

»Was? Kannst du das noch mal wiederholen?«

»Weil ich dich hübsch finde.«

»Ich fass es ja nicht. Willst du mich hier etwa *anmachen*?« Sie passt nicht auf und schlägt mit dem Kopf an die Sargwand.

Verlegen versucht sich Anselm in eine eher seitliche Position zu bringen. Es knarrt vernehmlich. »Ähm, ist das jetzt wirklich wichtig?«

»Nein. Aber vielleicht kannst du mir verraten, wo wir hier eigentlich sind?«

»Also … aber nicht aufregen.« Anselm sagt es ihr.

Julia macht gar nichts. Sie atmet nur hektisch ein und aus.

Anselm kann ihren Herzschlag spüren. Ihr Brustkorb vibriert wie die Bassbox bei einem Techno-Konzert.

»Julia? Geht's dir gut?«

Einatmen. Ausatmen. Einatmen. Ausatmen.

Zaghaft berührt er sie an der Schulter.

»Julia! Du darfst jetzt nicht durchdrehen. Wir kommen hier raus.«

»Ich …«, einatmen, »… komm …«, ausatmen, »… schon …«, einatmen, »… zurecht …«

»Des Wichtigste ist: Wir müssen zusammenarbeiten, dann kriegen wir das hin.«

»Was … du … nicht … sagst …«

»Ich versuch jetzt mal, ob ich den Deckel irgendwie aufstemmen kann.«

Anselm versucht, mit seinen Händen und Füßen unter Julia Halt zu finden, macht einen Katzenbuckel und stemmt sich mit aller Gewalt gegen den Sargdeckel. Julia, die verstanden hat, was er vorhat, zieht die Beine an und drückt gegen seine Brust. Es knackt und knarrt. Dann bricht irgendetwas unter ihnen, und sie sacken ein kleines Stück nach unten. Der Deckel rührt sich allerdings keinen Millimeter.

»Ist gut«, stöhnt Anselm nach einer Weile. »Hör auf. Du brichst mir gleich die Rippen.«

Schwer atmend hört Julia auf zu drücken. »Und jetzt?«

»Zuerst müssen wir herausfinden, was das für ein Sargtyp ist. Dabei musst du mir helfen.«

»Okay, und wie?«

Im Dunkeln glaubt Anselm einen Moment, das Weiße ihrer Pupillen zu sehen. »Als Erstes musst du dich umdrehen.«

»Warum?«, fragt Julia misstrauisch.

»Damit du den Sargboden abtasten kannst. Ich komm von hier oben nicht ran. Jeder Sarg ist mehr oder weniger gleich. Wir müssen rauskriegen, wo die Schrauben sitzen.«

»Und dann?«

»Dann überlegen wir, wie wir sie aufkriegen. So ein Sarg ist auch nix anderes als eine Kiste mit einem Deckel drauf.«

Unter Ächzen, Stöhnen und einigen Stößen in Körperteile, die ziemlich sensibel sind, dreht sich Julia um, bis ihr Irokesenkamm Anselm unter der Nase kitzelt.

»Und was soll ich jetzt genau machen?«

»Taste den Sargboden ab und such nach Schrauben.«

Es raschelt.

»Kann es sein, dass der Sarg einen Zwischenboden hat? Ich lieg auf irgendetwas drauf. Hier ist überall so modriges Samtzeug.«

»Reiß es weg.«

Es ratscht im Dunkeln. Dann ist eine Weile nur heftiges Atmen und das Scharren von Händen zu hören.

»Da ist eine Vertiefung an der Seite. Ich kann eine Schraube spüren. Sie ist … Moment. Schlitzschraube.«

»Bingo! Das ist es! Die Särge sind alle von innen nach außen verschraubt.«

Es knistert und knackt, ein modriger Geruch erfüllt auf einmal den Sarg.

Julia rümpft die Nase. »Was stinkt denn da so?«

»Nicht schlimm. In so alten Särgen riecht's manchmal ein bisschen komisch.«

Julia ertastet zwei weitere Schrauben. »Und was machen wir jetzt?«

»Wir müssen die Schraube irgendwie rauskriegen.«

»Ach, und wie? Mit den Fingernägeln?«

»Guck mal in deine Hosentaschen, ob du eine Münze findest, ein Centstück oder so was.«

Es raschelt wieder, als Julia versucht, an ihre Taschen zu kommen. Nach einer Weile gibt sie entnervt auf. »Nichts. Gar nichts.«

»Mein letztes Geld hat der Metzger«, gibt Anselm nach einem kurzen Check unglücklich zurück.

»Und was machen wir jetzt? Ich will nicht in diesem Sarg verrotten«, fragt Julia leicht hysterisch.

»Hast du noch lange Piercings?«

»Nee. Das längste liegt leider bei bescheuerten russischen Drogendealern.«

Anselm denkt angestrengt nach. Ihm kommt eine vage Idee. Noch fügen sich die Einzelteile in seinem vernebelten Kopf nicht zu einem stimmigen Bild zusammen. In einer Sache ist er sich jedoch sicher. Das Brustbein spielt dabei eine wesentliche Rolle.

»Lieg mal kurz still. Ich muss nachdenken.«

Das Brustbein sitzt in der Mitte der Brust und hält die beiden Rippenbögen zusammen. Normalerweise ist es sehr stabil. Von oben betrachtet hat es die Form eines flachen Schwerts, das nach vorn in einer Spitze, dem sogenannten *xiphoideus* oder auch Schwertfortsatz, endet. Es liegt gut in der Hand, und seine Spitze lässt sich vorzüglich als Schraubenzieher benutzen. Es ist unwahrscheinlich, dass ein normaler Mensch so etwas weiß. Es sei denn, man ist vom Fach, also Arzt, im günstigsten Fall Pathologe – oder man ist der Sohn eines Bestatters und hat ein lebensgroßes Skelett im Schrank stehen.

»Boooh! Dieser Gestank! Ich glaub, ich muss kotzen.«

»Oh Gott! Bloß das nicht! Bitte!« In diesem Moment fällt bei Anselm der Groschen. »Ich hab's!«

»Echt? Ist ja super. Raus damit!«

»Es gibt hier drin etwas, womit wir den Sarg aufkriegen.«

»Ach, und was?«

Anselm überlegt kurz, wie er ihr das am schonendsten klarmachen soll. Bis ihm aufgeht, dass es keine wirklich schonende Art gibt.

»Also, wir liegen hier nicht allein im Sarg.«

Söhne auf Abwegen

Aus einem alten Autoradio dröhnt Rockmusik aus den Siebzigern. Irgendwas von Gianna Nannini.

»Kannst du mal das Radio leiser machen, *pazzo*? Was ist das überhaupt für ein Gejodel? Das ist doch was für *bambine.*«

Am Regler wird gedreht. Es rauscht, dann röhrt Johnny Cash »God's gonna cut you down«.

»Nimm deine *zampe* weg! Das ist ein Klassiker, *cretino.*«

Gianna Nannini krächzt sich weiter durch »Bello e impossibile«.

»Jetzt macht endlich das Radio aus, ihr Deppen!«, erklingt eine dritte Stimme genervt.

Das Radio wird abgestellt.

»Ich glaub's nicht. Wir haben ihn erwischt. Wir haben ihn tatsächlich erwischt.«

»Ja, und es war nicht mal so schwer.«

»Ich hab mir da was anderes vorgestellt unter so einem russischen Meisterkiller.«

»Jetzt sei mal nicht so eine Spaßbremse, Giovanni. Wir sind eben Profis. Zack! Bumm! Weg war er! Der wird der *mamma* nix mehr machen.«

»Ist klar, Salvatore. Und was, wenn er's doch nicht ist?«, erklingt wieder die dritte Stimme.

»Wer soll's denn sonst sein? Ihr habt's doch auch gesehen. Der ist beim Lindhorst eingebrochen.«

»*Va bene.* Aber der Gottesacker wohnt auf der anderen Straßenseite.«

»Vielleicht hat er sich in der Adresse geirrt?«

»Schwätz nicht so a *stronzata*, Luigi.«

»Das ist ein Priester. Was weißt denn du? Vielleicht darf der das.«

»Ach was. Das ist die optimale Verkleidung. Da schöpft niemand Verdacht.«

»Außer uns.«

»Vor allem, weil *du* dich mit so was auskennst.«

»Spaßbremse!«

»Pazzo!«

Das oder Ähnliches könnte man hören, wenn man im Laderaum eines Mercedes Sprinter liegen würde und einen streng riechenden Kartoffelsack über dem Kopf hätte. Könnte man dazu noch etwas sehen, wäre das Folgendes: die Söhne der Donna Elvira, alle drei mit Sonnenbrille, nebeneinandergequetscht auf dem Vordersitz des Transporters.

Luigi hat seine blonden Haare unter eine Basecap gezwängt, Salvatore trägt eine Skimaske, die nur seine Elvis-Tolle freilässt, Giovanni, der am Steuer sitzt, kommt direkt von der Arbeit und trägt immer noch seinen Blaumann mit dem Aufdruck »CCeberit«. Über der Gangschaltung baumelt ein Klemmbrett mit der handschriftlichen Einkaufsliste ihrer Mutter.

Unsicher schielt Giovanni nach hinten auf die reglose Gestalt. Zwischen seinen Kiefern mahlt er einen Kaugummi. »Aber wenn, jetzt bloß mal angenommen, wenn das jetzt doch ein normaler Priester ist. Jungs! Wir haben den gerade entführt. Da kann man sich schwedische Gardinen angucken, bis man schwarz wird. Ich hab Familie.« Was seine Frau dazu sagen würde, daran will er nicht mal denken.

»Jetzt mach dir mal nicht ins Hemd.« Salvatore fährt sich durch die hochgegelte Tolle.

»Wir sitzen doch nicht daheim und warten, bis irgend so ein hergelaufener russischer Auftragskiller vorbeikommt und der *mamma* was antut. *Cazzo!* Schon mal was von vorbeugender Selbstverteidigung gehört?«

Plastik raschelt. Luigi nimmt den Inhalt der Tüte unter die Lupe, die der Priester dabeihatte. »*Santa Maria!* Das glaubt ihr jetzt nicht. Das ist hundertprozentig unser Mann. Guckt euch das an!« Mit spitzen Fingern schält er die Tüte auseinander.

»Mio Dio!« Giovanni verreißt vor Schreck das Steuer und hätte um ein Haar eine ältere Dame überfahren, die sich gerade noch auf den Bürgersteig retten kann. Wütend winkt sie ihm mit dem Spazierstock hinterher.

»Ist der echt?« Angewidert starrt Giovanni auf den Kopf, der ihn aus der Tüte anglotzt.

»Was denkst du denn?« Luigi dreht den Schädel, gleichermaßen fasziniert wie angewidert, hin und her. »Und jetzt frag ich euch: Was für ein Priester schleppt die Köpfe von anderen Leuten in einer Einkaufstüte mit sich rum? Das ist dieser russische Killer!«

»Eindeutig.« Luigi zieht den Rest der Tüte herunter und hält den Kopf in die Sonne.

»Oh Leute, ich glaub, mir wird schlecht. Der riecht total komisch …« Salvatore kurbelt am Fenster herum.

Luigi schwenkt den Schädel vor dem Gesicht seines Bruders hin und her. »*Buongiorno.* Ich bin der Kopf aus der Tüte. Und ich sag dir: Das da hinten ist kein Priester. Ua-ha-ha-ha.«

»Das ist nicht witzig, Depp!« Salvatore schlägt ihm den Arm weg, und der Kopf rollt in den Fußraum.

»Ihh! Der beißt! Der beißt!«, kreischt Luigi in gespielter Hysterie.

»Könnt ihr jetzt mal aufhören, ihr Deppen? Nachher hält uns noch die *polenta* an.« Giovanni späht besorgt in den Rückspiegel.

Salvatore kommt ein Gedanke. »Zeig mir noch mal das Gesicht. Ich hab da so eine Ahnung, zu wem der Kopf gehört.«

Luigi taucht in den Fußraum ab und angelt nach dem Schädel. Der sieht zum Fürchten aus. Die Augen sind bläulich verfärbt und liegen tief in den Höhlen, der Mund ist irgendwann aufgeklafft, als die Schnüre nicht mehr gehalten haben. Es sieht aus, als ob er lacht.

Salvatore mustert ihn kritisch. Die Familienähnlichkeit ist immer noch erkennbar.

»Hab ich's doch gewusst: Das ist der Kopf vom Don!«

Entsetztes Schweigen.

»Was hat denn das jetzt zu bedeuten?« Irritiert mustert Luigi den Schädel. Don Sorentino starrt ausdruckslos zurück.

Giovanni versteht gar nichts mehr. »Also: Ich fass das mal zusammen: Der russische Oberkiller bricht beim Bestatter ein, sägt dem Don den Kopf ab und nimmt ihn mit. Warum?«

Schweigen im Kombi.

Luigi schnippt eifrig mit dem Finger. »Ich weiß es. Das ist so wie bei diesem Film mit den Todsünden, bei dem der Psycho den Kopf von der Frau mit dem Paketdienst schickt. Wisst ihr, was ich meine?«

»Der heißt ›Sieben‹, *damerino*! Und was meinst du jetzt damit?« Salvatore gibt seinem Bruder eine Kopfnuss.

»Ha, ganz klar. Das ist ein psychologischer Trick. Der wollte bestimmt der *mamma* Angst machen. Wenn die Leute dann voll verwirrt sind, kommt er vorbei und bumm.«

»Na, das mit dem Bumm wird jedenfalls nix mehr.« Giovanni nickt nach hinten, wo der dicke Mönch gerade aufstöhnt. »Die Frage ist, was machen wir jetzt mit dem?«

»Warum bringen wir ihn nicht zu Enzo? Der weiß bestimmt, was man in so einer Situation unternimmt«, schlägt sein jüngster Bruder vor.

»Das ist mal eine gute Idee, Luigi.« Anerkennend strubbelt Salvatore ihm über die Haare.

Caruso in Schwierigkeiten

Enzo hasst Wald. Noch mehr hasst er allerdings dieses pampige Zeug aus den verschweißten Alubeuteln, das Romeo über einem kleinen Lagerfeuer zusammenrührt. In den Beuteln ist eine breiige Substanz, die, wenn man den Angaben auf der Verpackung glaubt, den Tagesbedarf eines Soldaten deckt. Cowboyessen, nennt Romeo das stolz. Es erinnert ihn an seine Zeit beim Zirkus.

Nicht dass Enzo das interessiert. Fakt ist: Es schmeckt wie Kotze. Missmutig tritt er gegen einen Baum und schlägt sich dabei das Schienbein an. Wenigstens ist seine Nase wieder auf fast normale Größe geschrumpft. Weh tut sie allerdings immer noch.

Hinter ihnen erhebt sich eine schmucklose, halb verfallene Holzhütte. Drinnen ist nichts, außer einem roh geschnitzten Tisch und zwei abgehobelten Baumstümpfen, die als Schemel dienen. Enzo will so schnell wie möglich wieder weg.

Seit heute früh sitzen sie jetzt schon hier fest. Mitten im feuchten, dunklen Wald hinter einem weiteren dieser namenlosen Kuhdörfer. Den Tipp mit der Hütte haben ihm die Söhne seiner Tante gegeben, als die Sache mit den Russen … tja … etwas aus dem Ruder gelaufen ist.

Ihr Auto haben sie in einen Feldweg hineingefahren und dann mit Zweigen und Ästen getarnt. Zumindest sind sie hier erst mal sicher vor den Bullen. Allerdings ermitteln die bestimmt schon in alle Richtungen. Enzo macht sich keine Illusionen. Es ist nur eine Frage der Zeit, bis sein kleiner Bluff mit Don Sorentino auffliegt. Eigentlich sollten sie schon längst über alle Berge sein, auf dem Weg in eine sonnige Zukunft unter Palmen. Mit einer Ladung reinstem mexikanischen Schnee im Gepäck.

Verdammte Schwaben!

Enzo marschiert um die Reste ihres Lagerfeuers herum, aus denen noch dünne Rauchfäden in den sommerlichen Tag steigen. Auf einem Holzstumpf steht Romeos Kochgeschirr, eine Pfanne, zwei Becher und Besteck aus rostfreiem Stahl.

Na ja, es hätte jetzt auch Winter sein können. Immerhin, bis jetzt scheint die *polenta* noch nicht zu ahnen, was Don Sorentino im Gepäck hat. Sonst wären die Bullen gestern bei Donna Elvira nicht einfach wieder abgezogen. Aber sie müssen sich ihr verdammtes Koks so schnell wie möglich wiederholen. Die Russen haben es nicht, davon ist Enzo überzeugt, sonst hätten sie sich nicht die Mühe gemacht, die Bestattertochter zu entführen. Dumm, dass heute Morgen niemand übrig geblieben ist, den man hätte fragen können.

Enzo ist sich sicher, dass das Koks immer noch bei diesem Eventbestatter ist. Vermutlich hat er nicht die geringste Ahnung, was da in seinem neuesten Kunden steckt. Woher die Russen von dem Stoff wissen, ist Enzo schleierhaft. Hat jemand geplaudert? Romeos Cousin vielleicht?

Enzo kickt einen gemeinen Steinpilz der Gattung »Boletus« in die Luft und wäre fast in ein ziemlich tiefes Loch gefallen, über dem zwei morsche Bretter liegen. Mit der Schuhspitze schiebt er eines der Bretter ein Stück zur Seite und späht misstrauisch hinunter. Das Loch ist etwa dreieinhalb Meter tief. Unten schimmert es feucht. Eigentlich genau die richtige Tiefe für ein Grab. Enzo hat einen Blick für so etwas. Aber wer zum Teufel gräbt denn mitten im Wald ein Loch? Wie er diese Gegend hasst!

Es raschelt. Romeo kommt zurück. Über seiner Schulter hängt ein blutiges Bündel. Enzo muss einen Würgereiz unterdrucken. Es sieht aus wie ein Hase. Oder vielleicht ein Eichhörnchen?

»He, Capo! Schau mal, was ich gefangen habe. Reine Kohlenhydrate.«

»Sind wir jetzt bei den gottverdammten Pfadfindern, oder was?«

»Wir müssen essen, was uns die Natur gibt.«

»Du vielleicht. Ich nicht.«

In diesem Moment erklingt das Geräusch eines Motors, der sich langsam, aber sicher nähert. Alarmiert schauen sich die beiden an. Romeo verschwindet wie ein Schatten im Gebüsch.

Enzo sprintet zurück zur Hütte. Ihm ist nämlich eingefallen, dass er seine Waffe auf dem Tisch hat liegen lassen. Hinter dem Fenster geht er in Deckung, den Revolver im Anschlag.

Keine zehn Sekunden später rumpelt ein Mercedes Sprinter den Feldweg entlang. Enzo späht vorsichtig über die Fensterbank. Seine Gedanken rasen. Wer zum Teufel ist das? Eine Schiebetür geht auf, und mehrere Stimmen erklingen.

»Jetzt nimm *du* die Füße! Ich krieg den nicht allein raus!«

Enzo atmet erleichtert aus. Die Söhne der Donna Elvira. Er taucht hinter dem Fenster auf.

»He, Don Enzo! Guck mal!«, weiter kommt Luigi nicht. Er hängt plötzlich in einem Würgegriff, und die scharfe Klinge eines Messers drückt gegen seine Kehle.

»Langsam, Romeo. Es reicht!« Enzo tritt aus der Hütte und hebt beschwichtigend die Hand. »Das sind unsere *amici*.«

»Genau ... *amici*«, röchelt Luigi, während Salvatore und Giovanni verschreckt aus dem Lieferwagen klettern. Widerwillig lässt Romeo Luigi los, der sich keuchend die Kehle massiert.

»Was zum Teufel macht ihr hier? Ist euch jemand gefolgt?« Misstrauisch späht Enzo den Waldweg entlang.

»Ha wa! Wir haben aufgepasst. Hier kommt in hundert Jahren niemand vorbei. Schau mal, was wir mitgebracht haben.« Stolz zeigt Luigi auf einen Kartoffelsack, aus dem zwei Beine ragen, und tritt einmal kräftig dagegen. Der Kartoffelsack stöhnt.

»Was ist *das*?« Entgeistert sieht Enzo zu, wie sich der Sack hin und her wälzt.

»Das ist ein Geschenk.«

Enzo nickt Romeo zu. Das Messer blitzt auf, und der Sack fällt, sauber geteilt in zwei Hälften, auseinander.

»Voll geschmeidig.« Bewundernd mustert Luigi die Reste des Sacks.

Verwirrt blinzelt ein ältlicher, dicker Mönch ins Licht der Abendsonne.

Fassungslos starrt Enzo auf den mit Spanngurten gefesselten kleinen Mann. »Wollt ihr mich auf den Arm nehmen? Ihr schleppt hier einen Geistlichen an? Seid ihr noch ganz bei Trost?«

»Ha noi. Das ist ein verkleideter russischer Profikiller.« Beleidigt tritt Luigi noch einmal zu. Der Mönch gurgelt.

Enzo wird das Gefühl nicht los, dass die Söhne seiner Tante irgendeine Erbkrankheit haben. »Und wie kommt ihr darauf?«

»Weil er das dabeigehabt hat.« Triumphierend hält Salvatore Don Sorentinos Kopf in die Höhe.

Enzos rechtes Auge fängt an zu zucken. *»Sti cazzi ...«*, flucht er und bekreuzigt sich.

Romeo mustert den Kopf versonnen. *»Il privilegio dei morti: non moriranno più.«*

»*Grazie*, Romeo. Das seh ich auch. Aber das hilft uns auch nicht weiter. Wie kommt ihr an diesen Kopf? Und wer ist der Typ?«

Salvatore erzählt in groben Zügen vom Einbruch des Mönchs, dem Anruf der Russenmafia und ihrer Drohung, einen Profikiller zu schicken, wenn sie nicht das Kokain beibringen würden. Kokain, das, davon sind sie überzeugt, aus dem Fundus von Drogengeschäften der Bestatter stammt.

»Also, von uns ist es auf jeden Fall nicht. Wir haben mit Kokain nix zu schaffen«, beteuert Giovanni.

Enzos Gedanken rasen. Woher auch immer die Russen von dem Kokain wissen: Sie haben es noch nicht. Und da, wo der Kopf herkommt, da ist auch das Kokain. Jede Sekunde, die sie jetzt verlieren, kann sie ihre Zukunft kosten.

»Hatte er noch irgendwas anderes dabei?«

»Nee. Bloß die Tüte mit dem Schädel. Keine Papiere, nix.«

»Romeo, weck den falschen Mönch mal auf.«

Gerade noch dämmert Francesco Caruso selig vor sich hin und träumt irgendwas von Kartoffeln, da holt ihn ein Schwall kalten Wassers in einen absoluten Alptraum zurück. Er liegt am Boden, hat hämmernde Kopfschmerzen, und um ihn herum stehen eine Reihe höchst dubioser Gestalten. Drei davon kennt er, einen hat er schon mal von hinten gesehen. Was tun die Söhne der Donna Elvira hier? Und was haben sie mit dem hageren Mann zu schaffen, der versucht hat, die Bestattertochter zu entführen?

Caruso versucht, sich aufzurichten, aber ein mit Sporen bewehrter Cowboystiefel nagelt ihn an den Boden. Über sich sieht er Bäume. Also, deduziert er messerscharf, muss er wohl im Wald sein. Dummerweise kann er sich beim besten Willen nicht daran erinnern, wie er hierhergekommen ist. Er war bei diesem Bestatter. Und da hat er etwas gefunden …

Ein weiterer Schwall kalten Wassers unterbricht seinen Gedankengang abrupt. Caruso hustet und spuckt. Ein olivfarbenes Gesicht erscheint über ihm. Es sieht eindeutig südländisch aus, auch wenn die Nase etwas geschwollen ist. Eines der Augenlider hängt herunter.

»Wir wissen, dass du für die Russen arbeitest. Ich habe nur eine einzige Frage: Wo ist der Rest davon?«

Ein grauhaariger Schädel schwenkt in Carusos Blickfeld. Als er das grausige Ding sieht, kommt sein Gedächtnis auf einen Schlag zurück.

»Ich rate dir, mich nicht anzulügen, sonst hat der hier bald Gesellschaft.« Der Hagere beugt sich zu ihm herunter, und Caruso spürt die erschreckend scharfe Klinge eines Jagdmessers an der Kehle. Ihm wird klar, dass das jetzt der Moment für die Rolle seines Lebens ist. Beziehungsweise seines *Über*lebens. In schlechtem Deutsch, mit etwas, das er für russischen Akzent hält, fängt er an zu sprechen und versucht sich verzweifelt an Gangsterfilme mit Russen zu erinnern.

»Wollen Wodka! Sonst nix sagen!«

»Wie bitte?« Fassungslos starrt Enzo ihn an.

»Haben Durst. Kein Wodka – nix sagen!«

Enzo grinst höhnisch. »Frage: Wie kannst du Wodka trinken, wenn du keine Zunge mehr hast?«

Romeo beugt sich herunter und setzt das Messer an.

Giovanni, dem sichtlich unwohl ist, mischt sich ein. »Ist das echt nötig?«

Enzo bedeutet ihm, still zu sein. »Du siehst doch, er will nicht reden. Also braucht er keine Zunge. Keine Sorge: Das geht schnell und schmerzhaft.«

»Okay, okay, ich reden …«, stottert Caruso.

»Na, siehst du?« Enzo blinzelt Giovanni zu.

»*Da ... da ...* Ich bringen Kopf zu ... *Bitchka ... Suka, Glasnost.* Russische Chef. Russische Chef mich bezahlen gut. *Ochen karascho.*«

»Was hat er gesagt?« Salvatore kneift konzentriert die Augen zusammen.

»Ich glaube, er sagt, dass er den Kopf zu seinem russischen Chef bringen wollte.«

»Frag ihn, wo der Körper ist.«

Caruso improvisiert drauflos. »*Da!* Ich ... gesehen Körper in Haus von Bestatter. *Babuschka!* Kann nicht mitnehmen. *Borschtsch!* Ich später wiederkommen. *Wodka. Boris Jelzin.*«

Salvatore übersetzt, und Enzo nickt befriedigt. Dann wendet er sich an die Söhne der Donna Elvira. »Die Russen wollen Don Sorentino stehlen. Offensichtlich, um eure Mutter zu bedrohen. Romeo und ich werden das verhindern. Macht euch keine Sorgen.«

»Äh, Enzo?«, fragt Giovanni zaghaft. »Was ist denn eigentlich mit der Bestattertochter? Hat da alles geklappt?«

Der Mafioso bleibt stehen. »Na sicher. Wir haben sie. Bei uns ist sie in Sicherheit. Wir müssen los.«

Luigi zeigt auf den brabbelnden Mönch. »Und was machen wir mit dem?«

»Ach ja. Hätte ich beinah vergessen. Er ist ein Zeuge. Romeo?«

Das Messer blitzt auf. Carusos Herz setzt zwei Schläge aus.

»Obwohl ... Warte mal.« Ein böses Lächeln schleicht sich auf Enzos Gesicht. »Das ist doch mal was für unsere neuen Freunde. Ihr wisst doch: Wer dazugehören will, muss zeigen, dass er Mumm hat. Beseitigt diesen Mönch. Dann gehört ihr wirklich dazu.«

Eine Minute später quietschen Reifen, und Kies spritzt auf. Drei ratlose Brüder und ein falscher Mönch bleiben allein im Wald zurück.

»Und jetzt?« Giovanni sieht aus, als wäre er liebend gern woanders.

»Ha! Jetzt machen mir den kalt.« Luigi hat auf einmal eine Pistole in der Hand.

Giovanni schlägt ihm die Hand nach unten. »*Va' sulla forca!* Wegen dir geh ich sicher nicht ins Zuchthaus.« Er nimmt ihm die Kanone ab.

»Wo hast du die überhaupt her?«, fragt er.

Luigi grinst. »Internet. Da kannst du heutzutage einfach alles bestellen.«

»Wir können den nicht laufen lassen«, gibt Salvatore zu bedenken. »Schon vergessen? Der will unsere *mammina* umbringen.«

Giovanni sieht sich ratlos um. Dann fällt sein Blick auf das halb verdeckte Loch im Boden.

»Ich hätte da eine Idee.«

Deddugdiv!

Die Mittagssonne steht hoch am Himmel und spiegelt sich im Glasrondell des Bestattungsinstituts von Henning Lindhorst, als ein Streifenwagen um die Ecke biegt. Zwei übernächtigte und leicht mitgenommene Hilfskriminalisten a. D. springen aus dem Auto. Berthold Schmähle stopft sich sein Hemd in die Hose und sieht sich suchend um.

»Herr Caruso?«, ruft er probehalber.

»Sei kein so ein Brüllaff«, herrscht ihn sein Kollege an. »Oder siehst du den Tenente irgendwo?«

»Das ist alles deine Schuld. Bloß weil du immer was zum Fressen brauchst.«

»Essen muss man. Das hat schon meine Großmutter gesagt.«

»Ist klar. Lieber an Ranze vom Fresse als ein Buckel vom Schaffe. Wegen dir haben wir den Anruf vom Tenente verpasst.«

Während Schmälzle sich im Hof umsieht, klingelt Schmähle an der Tür. Keine Reaktion. Er klopft. »Aufmachen! Herr Lindhorst. Wir müssen mal mit Ihnen schwätzen.« Dabei versucht er, seiner Stimme jene Schärfe zu verleihen, die er sich aus unzähligen Kriminalfilmen herausgehört hat. »Dringend!«

Eine Nachbarin starrt neugierig über den Gartenzaun.

Mit gezücktem Pfefferspray macht Schmähle einen kurzen Rundgang ums Haus. »Die Fenster sind auch alle zu!«, ruft er seinem Kollegen zu.

»Du bist ja ein G'scheitle. Die Vögel sind ausgeflogen. Das sieht man doch! Und pack jetzt dein Spielzeug weg. Sonst kriegen die noch Angst.« Er deutet auf zwei Gartenzwerge, die sie dümmlich angrinsen. »Aktuell sieht's nämlich nicht so aus, als ob viele Kriminelle im Vorgarten hocken.«

Beleidigt steckt Schmähle seine Spraydose wieder in den Gurt. »Lass mich noch mal den Anruf anhören.«

Widerwillig reicht ihm Schmälzle sein altes Handy. Es ist ein altes E-Plus Motorola zum Ausklappen.

»Und kauf dir endlich mal ein neues Handy. Mit dem Ding kannst du einen ja totschlagen.«

Schmälzle zuckt die Schultern. »Hauptsach, ich kann damit telefonieren.« Man kann das Handy zwar nicht auf Lautsprecher stellen, aber die Sprachausgabe ist auch so laut genug. *»Sie haben keine neuen Nachrichten. Zum Abhören Ihrer alten Nachrichten drücken Sie bitte die 4.«* Dann ertönt die Stimme von Caruso. Es klingt, als ob er gerade gerannt ist. Sein Atem geht heftig:

»Hallo … eins, eins … Hier spricht Tenente Francesco Caruso! Habe eine sensationelle Entdeckung gemacht. Brauche unbedingt Verstärkung zur Verhaftung des Bestatters Lindhorst. Der gesuchte Mafia-Anführer, Don Sorentino, befindet sich in … Halt! Wer sind Sie … Was machen Sie da? Lassen Sie das!«

Danach folgen undefinierbare Geräusche, es knirscht, und die Verbindung ist weg.

Schmähle klappt enttäuscht das Handy zu. »Mist! Grad, wo's spannend wird. Also, der Tenente hat uns angerufen, weil er etwas entdeckt hat. Etwas Wichtiges. Und irgendwie steckt der Lindhorst da mit drin.«

»Der jetzt gerade nicht daheim ist«, ergänzt Schmälzle.

»Genau.«

Schweigen.

»Und was machen wir jetzt?«, fragt Schmähle ratlos.

Statt einer Antwort lässt Schmälzle die Nachricht noch einmal ablaufen. Angestrengt lauschen die beiden wieder. Schmähle kneift vor Konzentration die Augen zusammen. »Hörst du das am Schluss? Das klingt doch wie ein Auto«, wendet er sich aufgeregt an Schmälzle.

»Ja! Noi! Wart mal! Ich lass noch mal laufen.«

Da das Handy keine Rückspulfunktion hat, müssen sie sich das Ganze noch einmal komplett anhören.

»Das klingt doch eindeutig wie eine Schiebetür.«

Schmälzle nickt eifrig. »Und der Motor klingt wie von einem Lieferwagen.«

Schmähle legt seinem Kollegen die Hand auf die Schulter. »Komm, Berthold. Wir versuchen jetzt so zu denken wie der

Tenente. Was können wir aus diesen Erkenntnissen schließen? Du weißt ja: deddugdiv!«

»Jaja … dedudings du mich auch.« Schmälzle schüttelt seine Hand ab. »Da kommt also ein Lieferwagen. Das Telefon fällt runter, und dann klingt's wie eine Schiebetüre.«

Schmähle blickt auf. »Ich hab's!«

»Echt?« Schmälzle zieht eine Augenbraue in die Höhe.

»Der Tenente wurde beim Telefonieren von einem Auto angefahren. Dann ist der Fahrer ausgestiegen und hat ihn mitgenommen. Das heißt: Er ist jetzt im Krankenhaus!«

Schmälzle seufzt. »Max! Du blickst es aber auch auf keinem Aug. Wenn du mich fragst, wurde der Tenente entführt. Und so, wie ich die Nachbarn hier einschätze, hat das bestimmt jemand gesehen. Los! Wir gehen mal fragen.«

Schmähle strahlt und klopft seinem Kollegen auf die Schulter. »Berthold, das finde ich super von dir. Ich mein, dass du mitmachst. Auch wenn wir jetzt gar nicht hier sein dürften.«

Erst heute Morgen hat ihnen ihr Chef nachdrücklich jeden weiteren Kontakt mit Caruso untersagt. Stattdessen habe die Aufarbeitung der Explosion in der Katzensteige oberste Priorität.

»Na ja, wir Polizisten müssen doch zusammenhalten. Außerdem ist der Tenente irgendwie ein sympathischer Typ. Also, für einen Italiener«, grummelt der dicke Polizist.

»Und nicht vergessen«, fügt Schmähle hinzu, »das ist unsere Chance, mal einen richtigen Fall zu lösen. Du hast doch auch genug davon, ein besserer Schülerlotse zu sein, oder?«

»So schlimm ist das auch net. Immerhin liegt der Zebrastreifen gleich bei der Bäckerei.«

»Ha wa! Ein rechter Schwob wird nia ganz zahm«, sagt Schmähle lachend.

Die Befragung der Nachbarn bringt folgendes Ergebnis: Frau Zisikowski, die polnische Putzfrau, die wohl am meisten zur Lösung beitragen könnte (vor allem weil ihr eingefallen ist, wo sie den Lieferwagen schon einmal gesehen hat), ist leider nicht mehr da. Sie hat nämlich seit dreizehn Uhr Feierabend. Nachdem sie ihre neununddreißig Euro für vier Stunden Arbeit (schwäbischer

Ente'klemmer!) kassiert, nachgezählt und eingesteckt hat, ist sie schnurstracks nach Hause marschiert. Ihr Hausherr ist nicht nur geizig, sondern auch halb taub. Und natürlich hat er gar nichts gesehen.

Besser sieht's ein Reihenhaus weiter aus. Frau Wenz hat einen merkwürdigen, dicken Mönch auf dem Grundstück des Bestatters herumstreifen sehen, der dann auf einmal verschwunden ist. Schmähle wirft seinem Kollegen einen bedeutungsvollen Blick zu.

»Hat der was gestohlen?«, hakt Frau Wenz misstrauisch nach.

»Noi, noi. Das ist eine reine Routinebefragung«, winkt Schmähle ab.

Schmälzle starrt wie hypnotisiert auf ein Blech mit frisch gebackenem Johannisbeerkuchen, den Frau Wenz gerade aus dem Ofen geholt hat. »Der sieht aber sehr gut aus, Ihr Träublekuchen.«

Frau Wenz, der sein gieriger Blick nicht entgangen ist, stellt das Blech schnell zur Seite. »Der ist für meine Enkel. War's das dann?«

Frau Ast hat ebenfalls einen dicken Mönch gesehen. Allerdings erinnert sie sich noch daran, dass er gehinkt hat. Draußen stellen sich die beiden Polizisten einen Moment in den Schatten. Die Luft ist schwül und drückend. Gegen Abend soll ein Gewitter aufziehen.

Schmähle wischt sich den Schweiß von der Stirn. »Also: Der Tenente ist heute, vermutlich als Mönch verkleidet, zum Bestatter gegangen, wo er vom Hof verschwindet und uns wenig später anruft, aber nicht erreicht, weil du dir beim Bäcker den Ranzen vollgeschlagen hast.«

Schmälzle zuckt die Schultern. Sein Magen knurrt schon wieder. »Dann klingt's, als ob ihn jemand entführt hat. Was können wir daraus folgern? Deddugdiv. Wir müssen uns jetzt konzentrieren.«

Angestrengt starren die beiden ins Leere. Die Kirchturmuhr schlägt zwei Mal. Eine Amsel pickt etwas von der Straße. Ein Milchwagen fährt vorbei. Die Sonne rückt ein Grad vor. Eine Biene setzt sich auf eine Heckenrose.

»Ich hab keine Ahnung. Ich hab Hunger«, platzt es endlich aus Schmälzle heraus.

»Ich versteh's auch nicht«, antwortet sein Kollege unglücklich. Dann hellt sich seine Miene auf. »Weißt du was? Wir fragen noch mal beim Witwenstammtisch.«

»Einverstanden. Glaubst du, wir kommen auf dem Weg beim Bäcker vorbei?«

Im Loch

Als Caruso noch klein war, reiste er mit seinen Eltern im Sommer immer an die Adria. Am Strand grub er am liebsten mit einer kleinen Schaufel und einem Eimerchen Löcher. Seiner Logik nach musste das Meer doch immer ein bisschen weniger werden, wenn es in die von ihm gegrabenen Löcher floss, sodass zumindest am Ende des Urlaubs ein signifikanter Unterschied in der Meeresspiegelhöhe feststellbar wäre. Doch jede Nacht und jeden Morgen füllte das Wasser seine Löcher und wurde nicht weniger. Der kleine Caruso folgerte, dass seine Löcher nicht tief genug waren. Er grub und grub und grub, bis das Loch so tief war, dass der Sand über ihm zusammenstürzte und er um ein Haar erstickt wäre. Seitdem hat er um Löcher immer einen großen Bogen gemacht.

Bis heute.

Das Loch, in dem er jetzt sitzt, ist ziemlich genau drei Meter lang, zwei Meter breit und etwa dreieinhalb Meter tief. Ungefähr zwanzig Zentimeter davon sind mit Wasser gefüllt und zwingen ihn dazu, in einem schleimigen Ackerbrei herumzuwaten. Es sind aber vor allem die drei Meter Höhenunterschied, die ihm Probleme machen.

Caruso ist präzise einen Meter vierundsechzig groß (oder eher klein), was ihm selten so schmerzlich bewusst geworden ist wie in den letzten zwei Stunden. Folglich sind die Seitenwände des Lochs doppelt so hoch wie er. Dazu sind sie schlammig und glitschig, und er hat aufgehört zu zählen, wie oft er wieder hinuntergerutscht ist.

Wahrscheinlich füllt sich das Loch bei Regen, denkt er gleichgültig, deshalb die nassen Wände.

Er wird langsam müde. Caruso vermutet, dass es Abend wird. Ganz genau kann er es nicht sagen, weil die Italiener die Bretter wieder auf das Loch geschoben haben. Und die lassen nur an einer einzigen Stelle Tageslicht hindurch. Zwischen Brett und

Wand ist eine Lücke offen geblieben. Höhnisch spiegelt sich rötlicher Sonnenschein in der schlammigen Brühe.

Caruso hat keine Ahnung, wozu das Loch eigentlich gedacht ist. Vielleicht eine Falle, um Tiere zu fangen. Oder eine Klärgrube. Fakt ist: Er kommt nicht raus.

Zuerst hat er noch um Hilfe gerufen. Erst zaghaft, dann immer lauter. So lange, bis er nur noch ein heiseres Kieksen herausgebracht hat. Geantwortet haben ihm nur die vielfältigen Geräusche des Waldes. Ab und zu hat er das Gefühl gehabt, dass ein größeres Tier um die Grube streift. Von unten hat er nur ein keuchendes Atmen gehört. Dann hat eines der Bretter gezittert, als rüttle jemand daran. Caruso hat sich ganz klein gemacht und in eine Ecke gekauert. Nach einer Weile war das Geräusch dann wieder verschwunden.

Im Loch wird es zunehmend feuchter. Carusos Zähne fangen wie von selbst an zu klappern. Er rafft sich auf. Immerhin ist er Angehöriger der R.O.S., im Rang eines Tenente.

Also, zuerst die Bestandsaufnahme. Auf Händen und Füßen tastet er Zentimeter für Zentimeter des Bodens ab, seine Finger bis zum Ellbogen im übel riechenden Brackwasser. Und wird fündig. Irgendetwas Spitzes ragt unter Wasser ein Stück weit aus der Erde.

Mit beiden Händen fängt Caruso an zu graben. Es fühlt sich hart und schlüpfrig an wie ein langer Ast. Ein modriger Geruch steigt auf. Caruso gräbt verbissen weiter und hat nach kurzer Zeit etwas freigelegt, das er für eine Wurzel hält. Er rüttelt, zieht und schüttelt, bis sich das Objekt schließlich mit einem schmatzenden Geräusch aus der Erde löst. Caruso taumelt nach hinten.

Es ist ein Geweih, an dem noch der halb verweste Schädel eines Hirsches hängt. Angewidert hält Caruso seinen Fund ein Stück weit von sich entfernt. Sieht aus, als ob das Geweih hier schon länger feststeckt. Caruso vermutet, dass sein Besitzer abgestürzt und dann langsam und elend eingegangen ist. Sein Magen zieht sich zusammen, und ihn schaudert. Schnell verscheucht er den Gedanken.

Das Geweih sieht solide aus. Die einzelnen Zacken sind spitz. Caruso kommt eine Idee. Eilig löst er die dicke Kordel, die sein Mönchsgewand hält und die er sich mehrfach um den Leib geschlungen hat. Auseinandergewickelt ist sie etwa sieben Meter lang. Er nimmt sie doppelt und zieht probeweise kräftig daran. Fühlt sich stabil an. Aber auch stabil genug für ihn?

Mit einem Knoten befestigt er das Seil an der dicksten Stelle des Geweihs. Jetzt hat er so etwas wie einen Wurfhaken mit einer Schnur dran. Er späht hinauf zu der Lücke am Rand des Loches. Die ist etwa einen halben Meter lang und siebzig Zentimeter breit. Dort muss der Haken durch.

Caruso holt tief Luft, nimmt Anlauf und schleudert das Hirschgeweih nach oben. Er hat zu flach gezielt, das Geweih prallt an den Brettern ab und fällt ihm fast auf den Kopf. Er probiert's noch mal. Zu weit. Das Geweih purzelt harmlos am Rand der Grube hinunter. Noch drei Versuche. Der Schweiß läuft ihm jetzt in Strömen in seine Kutte. Ihm tun die Arme weh, aber er gibt nicht auf. Dann endlich, beim zehnten Versuch, klappt's.

Das Geweih segelt in einem schönen Bogen nach draußen, nur Zentimeter an der Abdeckplatte vorbei. Caruso geht in die Knie und holt erschöpft Luft. Versuchsweise ruckelt er am Seil. Das Geweih rutscht über den Boden und verfängt sich irgendwo. Er gibt mehr Gewicht aufs Seil, es rutscht noch etwas nach und ... hält.

Caruso hält den Atem an. Jetzt nur keinen Fehler machen. Er ruckt kräftiger. Einmal, zweimal. Vorsichtig gibt er sein Gewicht darauf. Das Seil strafft sich. Mit den Füßen voran stemmt er sich ins Erdreich an der Wand und tastet sich Zentimeter für Zentimeter nach oben. Seine Arme brennen wie Feuer.

Jetzt trennen ihn nur noch Zentimeter vom oberen Grubenrand. Er streckt die Hand aus, versucht, sich langzumachen ... Dann kracht es auf einmal ziemlich laut, und Caruso stürzt rückwärts zurück in die schlammige Grube. Gefolgt von den Resten des Geweihs und einer kleinen Baumwurzel.

Ihm dreht sich der Kopf. Keuchend und spuckend bleibt er auf dem Rücken liegen. Und gerade als er denkt, dass es nicht schlimmer werden kann, fängt es an zu regnen.

Der Schlüsselknochen

Anselm kämpft gegen ein langsam stärker werdendes Gefühl der Klaustrophobie und die aufsteigende Panik an. Es ist ein erheblicher Unterschied, ob man freiwillig in einem Sarg schläft oder in einem eingesperrt wird.

Julia hat endlich aufgehört zu kreischen. Ihr Atem normalisiert sich langsam wieder. Anselm weiß das, weil er zur Hälfte auf ihrem Brustkorb liegt. Vorsichtig versucht er, sich etwas zur Seite zu drehen, um ihr mehr Platz zu machen. Gar nicht so einfach, denn er hat schon seit einer gefühlten Stunde einen Krampf im Bein.

Mittlerweile hat er jedes Zeitgefühl verloren. Wie lange sind sie jetzt schon hier? Eine Stunde? Zwei oder fünf? Es kommt ihm wie eine Ewigkeit vor.

Es gibt da einen Gedanken, den er einfach nicht loswird. Wie ein Ton unmittelbar an der Hörgrenze wird er lauter und leiser. Aber er verschwindet nicht. Was ist, wenn sie nicht nur in einem Sarg liegen, sondern lebendig begraben wurden? Einen Moment lang glaubt er, Tonnen von Erde über sich zu spüren. Mit Gewalt verdrängt er den Gedanken wieder.

»Das ist die blödeste Idee, die ich jemals gehört habe.«

Aha! Julia ist wieder da.

»Immerhin ist es eine Idee«, rechtfertigt er sich. »Falls du eine bessere hast, kannst du's ruhig sagen.«

»Ich wach ja nicht jeden Tag zusammen mit einer Leiche in einem Sarg auf. Und einem Idioten«, fügt sie ätzend hinzu.

Es rumpelt im Sarg. Ein schmaler Ellenbogen bohrt sich in Anselms Rippen.

»Ich weiß, das ist widerlich, aber das ist wahrscheinlich die einzige Chance, hier rauszukommen.«

Soweit Anselm das beurteilen kann, verhält sich die Situation folgendermaßen: Jemand hat sie in einen Sarg gesperrt, er liegt auf Julia, Julia liegt auf einem schmalem Zwischenboden, und darunter befindet sich der rechtmäßige Sarginhaber. Der Zwischenboden ist eingebrochen, und ihr Gewicht hat den Toten darunter einfach plattgemacht.

Julia ächzt und stöhnt.

»Der Knochen, den wir brauchen, ist zwischen seinen Rippen. Du musst dich da langsam rantasten.«

»Iiih! Eklig!«, quiekt sie.

»Ist gleich vorbei. Wenn der so alt ist, wie ich denke, müsstest du das Brustbein einfach rausbrechen können.« Es raschelt und knackt unter ihm.

»Du hast gut reden. Du steckst ja auch nicht bis zum Ellbogen in jemand anderem.«

Ein säuerlicher Geruch steigt ihnen in die Nase.

»Wie sich das anfühlt. Wie Dörrfleisch.«

Ein würgendes Geräusch. »Ich glaub, mir wird schlecht.«

»Konzentrier dich. Du bist die Tochter eines Bestatters. Dir macht so schnell nix Angst.«

Julias Gewicht verlagert sich leicht nach vorn. »Ich glaub, ich hab jetzt die Schulter.«

»Dann fahr an dem langen Knochen lang, das ist das Schlüsselbein. Das führt zum Brustbein. Und das brauchen wir.«

»Okay«, kommt es kläglich von unten. »Ich bin jetzt ungefähr dort.«

»Und jetzt musst du das Brustbein rausbrechen.«

Es knackt. »Ich glaub, das war eine Rippe.«

»Weiter zur Mitte. Du schaffst das!«, feuert Anselm sie an. Er spürt tastende Bewegungen unter sich. Dann ein leiser, triumphierender Laut.

»Ich hab's!«

»Super!« Anselm schickt ein kleines Dankgebet an einen Gott, der es ihm hoffentlich nicht übel nimmt, Brustbeine von Fremden als Schraubenzieher zu missbrauchen.

»Brich's raus.«

»Ich probier's ja. Aber das Ding sitzt fest.« Verbissen zerrt und ruckt Julia unter ihm.

Der Sarg fängt an zu schaukeln.

Julia versucht, sich in eine Position zu bringen, in der sie einen besseren Hebel hat, und auf einmal dreht sich der Horizont.

»Kreitzkruzifix …« Anselm verliert die Orientierung, weiß nicht mehr, wo oben und unten ist, die Dunkelheit rotiert um ihn herum. Dann kracht der Sarg mit einem harten Schlag auf den Boden. Die alten Scharniere können den Deckel nicht mehr halten, und der Sarg springt auf. Julia und Anselm purzeln übereinander. In einer Staubwolke richten sich die beiden auf und schnappen nach Luft.

»Oh Shit!«, flucht Julia und schüttelt sich angeekelt Skelettknochen und Hautfetzen aus den Haaren. »Das war ja mal ein Superplan.« Stirnrunzelnd betrachtet sie den Knochen, den sie in der Hand hält. »*Damit* wolltest du Schrauben aufdrehen?«

»Na ja, war eine Idee. Ich hab das auch noch nie ausprobiert.«

Erschöpft sehen sich die beiden um. Sie befinden sich in einer kleinen, etwa zehn Quadratmeter großen Kammer, die von zwei großen Balken gestützt wird. Rechts und links sind zwei hüfthohe steinerne Podeste an die Wand gemauert. Auf einem davon stand ihr Sarg. Durch ein vergittertes Sichtfenster an einer uralten, massiven Holztür fällt ein schmaler Lichtschein.

Anselm rüttelt an der Tür, die innen weder Klinke noch Schloss hat. Er stellt sich auf die Zehenspitzen und späht durch das kleine Gitterfenster. Früher war vermutlich einmal Glas darin, aber das ist längst herausgebrochen. Der Abstand zwischen den Gitterstäben ist so, dass gerade drei seiner Finger durchpassen.

Sein Sichtausschnitt ist begrenzt, aber er sieht eine Grubenlampe, einen Stuhl, mehrere Kisten, einen Werkzeugkasten und eine Metallbahre, wie er sie von seinem Vater kennt. Und auf der Bahre liegt jemand, den er ebenfalls kennt.

»Da laust mich doch der Affe! Das gibt's doch nicht!«

»Was ist denn?«, flüstert Julia hinter ihm.

Auf der Bahre liegt der nackte, kopflose Körper von Don Sorentino. Daneben lehnt ein schwarzer Rucksack.

In diesem Moment ertönt ein Pfeifen. Schritte nähern sich. Die beiden halten die Luft an. Jemand betritt den Vorraum.

Anselm kauert sich an die Tür. Das Pfeifen hört auf. Es knarrt, Scharniere quietschen.

Anselm riskiert einen vorsichtigen Blick zum Sichtfenster hinaus. Einen kurzen Moment kann er einen Rücken sehen, der sich über eine der Kisten beugt. Ein Schatten fällt über die Leiche von Don Sorentino. Ist es der verrückte Italiener? Metall blitzt auf.

Anselm erstarrt. Neben sich fühlt er Julia zittern.

Das Messer macht einen tiefen Schnitt. Der Brustkorb des Toten klafft auseinander. Zwei behandschuhte Hände fahren hinein.

»Großer Gott«, flüstert Julia.

»Still«, haucht Anselm.

Die Gestalt zögert einen Moment, als hätte sie etwas gehört. Anselms Herz bleibt kurz stehen. Doch dann setzt der Schatten seine Arbeit fort. Julia wendet sich ab.

Anselm sieht, wie der Unbekannte etwas aus dem Körper zieht. Oder hineinpackt? Er schaut genauer hin: Es scheint sich um kleine Päckchen zu handeln, die der Mann, eins nach dem anderen, in den Rucksack packt. Was zum Henker läuft hier?

Anselm hofft inbrünstig, dass ihre Väter nach ihnen suchen. Oder zumindest die Polizei verständigt haben.

Wo ist Caruso?

»Also, ihr sucht jemanden?«

Eine mit Rüschen besetzte Deckenlampe verbreitet schummriges Licht. Ein großes Eulenauge schweift über zwei Streifenpolizisten, die sichtlich nervös sind. Das andere Auge rollt sich einen Moment lang nach oben, sodass man nur noch das Weiße sehen kann. Faltige, klauenartige Finger umklammern eine Porzellantasse. Ketten aus Kunstperlen klirren leise um einen faltigen Hals. Nicht ganz ins Bild passt ein aufgeklapptes, recht neuwertiges Medion-Notebook, das auf dem Stubentisch steht.

Schmälzle rutscht unruhig auf einem alten, instabilen Korbstuhl herum. Wasser tropft von seiner Regenjacke. Draußen hat es angefangen, in Strömen zu gießen.

»Und so ein altes Mütterle wie ich soll euch helfen?« Myrtel Vögele kokettiert gern mit ihrem Alter.

Schmähle knetet nervös seine Hände über einer plissierten Spitzendecke. Auch er fühlt sich sichtlich unwohl. Er nimmt sich noch ein Stück Zucker. »Also, wir haben gedacht, dass Sie mit Ihren außergewöhnlichen Fähigkeiten und Ihren vielen Freundinnen uns vielleicht helfe könnten, den Herrn Caruso wiederzufinden.«

»War das nicht der Spätzle-Forscher?«

»Ja, genau der.«

»Ach? Und der ist verschwunden?«

Schmähle senkt verschwörerisch die Stimme. »Wir können ein Verbrechen leider nicht ausschließen.«

»Vielleicht hat ihn ja eins von seinen Spätzle aufgefressen?« Das Kichern aus dem zahnlosen Mund klingt gespenstisch.

»Wenn Ihnen das weiterhilft: Der letzte Ort, an dem man ihn gesehen hat, war das Bestattungsinstitut ›Jim Blitz‹. Sie sind ja ganz schön modern ausgerüstet«, sagt Schmähle mit einem neugierigen Blick auf den Laptop.

Auf dem Monitor ist eine Internetseite geöffnet. »Fünfzig

plus – *Der* Online-Treff für jung gebliebene Bodensee-Singles«. Darunter ein Chat-Dialog, von dem er gerade noch die oberste Zeile lesen kann, bevor Myrtel den Laptop mit der Schnelligkeit eines Wiesels zuklappt.

»Entschuldigung, ich wollte nicht indiskret …«, stottert Schmähle.

»Der ist von meinen Enkeln«, schneidet ihm Myrtel das Wort ab.

Der Korbstuhl knarzt beängstigend, als sich Schmälzle nach vorn beugt. »Wir suchen auch nach einem Lieferwagen. Der muss da irgendwo gestanden haben.«

Myrtels Augen funkeln. »Ich helf den Behörden ja immer gern aus. Aber seht ihr das da?« Sie nickt in Richtung eines Sparschweins, auf dem »Witwenstammtisch« steht. »Wir alten Mütterle sind froh über jeden Cent.« Aufmunternd blinzelt sie den beiden Polizisten zu.

Verlegen kramt Schmähle in seiner Hosentasche herum und fördert schließlich ein altes Portemonnaie zutage. »Kannst du wechseln?«, wendet er sich halblaut an Schmälzle.

Sein Kollege schüttelt den Kopf. »Ich hab bloß Kleingeld.«

Schmähle nimmt einen Zwanzig-Euro-Schein heraus und steckt ihn sichtlich widerwillig in die Sparbüchse.

»Gott vergelt's, die Herren. Ich guck mal, wer grad daheim ist.«

***

Der Sturzregen hat sich in ein monotones Dauerrieseln verwandelt, als die beiden Polizisten vor der »Trattoria Sorentino« stehen. Myrtel hat Frau Zisikowski erreicht. Und der ist eingefallen, woher sie den Lieferwagen kennt, der in der Gasse geparkt hat. Von den Sorentinos, doch die Trattoria ist geschlossen. »Wegen ein Trauerfall in Familie«, klärt ein Schild in verschnörkelter Handschrift auf.

Frustriert hämmert Schmähle noch einmal an die Tür. »Keiner daheim. Das war doch eine Schnapsidee mit dem Witwenstammtisch. Meinst du, die zwanzig Euro kann ich abrechnen?«

Trübsinnig beobachtet Schmälzle, wie sich das Wasser im Rinnstein zu einem schmutzigen Rinnsal staut. Sein Magen knurrt. »Weiß ich doch nicht. Ich denk die ganze Zeit: Wenn dem Tenente jetzt was passiert ist … Ich hoff, die Myrtel kriegt ebbes raus.«

»Na, ich weiß nicht.« Skeptisch schüttelt sich Schmähle Wasser vom Kopf. »Die war grad beim Online-Dating. Und das in dem Alter. Die hat mit einem gechattet, der ›Plätzlemacher‹ heißt. Der hat geschrieben, er backt ihr *Plätzle*. Ich will gar nicht wissen, was das bedeutet.«

Schmälzle verdreht die Augen. »Oh bitte, Schmähle! Sei nicht so ein Mugge'melker!« Dann richtet er sich auf und fasst einen Entschluss. »Weißt du was? Wenn wir hier soichnass werden, hilft das auch niemandem. Und mit einem leeren Magen kann man nicht denken. Wir gehen jetzt zum Bäcker.«

Die beiden tropfenden Polizisten marschieren die Straße hinauf, zwängen sich in die enge, aber gut beheizte Bäckerei und stellen sich an einen der Stehtische am Fenster. Eine junge Bäckerin zwinkert ihnen zu.

»Grüß Gott, Mariele. Herrgott, was für ein Sauwetter!«, begrüßt Schmälzle die Bedienung und schält sich ächzend aus seiner Jacke.

»Das kann man wohl sagen. Das deiflat ganz schee! Lieber gar koi Wetter wie so eins. Was darf ich euch bringen?«

Schmälzle reibt sich die Hände. »Also, ich nehm eine Schokolade mit Schuss und zwei von deinen Quarktäschle.«

»Für mich bloß einen Kaffee. Aber recht schwarz, bitt'schee.«

Während sich die Bedienung an der großen Kaffeemaschine zu schaffen macht, zückt Schmähle mit grimmiger Miene Notizbuch und Kugelschreiber. »Gehen wir noch mal die Fakten durch. Wir haben zwei verschwundene Italiener, einen verdächtigen Bestatter, seine verschwundene Tochter, Donna Elviras Lieferwagen, einen verschwundenen Mafia-Chef und einen verschwundenen Tenente.«

»Da sind ja mehr verschwunden wie da«, bemerkt Schmälzle resigniert.

Schmähle malt einen Kreis in die Mitte einer Notizbuchseite und schreibt »Italien« hinein, daneben kommt ein zweiter Kreis mit der Aufschrift »Muggenpfuhl«.

»Also: Es hat einen Vorfall in Italien gegeben. Dabei oder danach ist ein italienischer Mafioso verschwunden.« Er schreibt »Don Sorentino« und zieht einen Pfeil von »Italien« nach »Muggenpfuhl«. »Der ist auf einmal eine Leiche und taucht bei uns wieder auf, wo ihn der Bestatter Lindhorst beerdigen soll. Wie sich herausstellt, ist die Donna Elvira seine Tochter.« Zwei weitere Namen, zwei Pfeile. »Hörst du mir überhaupt zu?«

Schmälzle studiert gerade fasziniert eine Ausgabe des »Südboten«, die neben dem Tisch an einem Zeitungshalter hängt. »Hör dir das mal an: ›Nackter Student aus Stuttgart aufgegriffen. An der italienisch-schweizerischen Grenze wurde ein Student aufgegriffen, der offensichtlich unter Drogen stand. Er behauptete, von zwei Unbekannten unbekleidet in den Kofferraum gesperrt und als Navigationsgerät missbraucht worden zu sein. Die Polizei ermittelt.‹« Schmälzle schüttelt schockiert den Kopf. »Also, diese Stuttgarter, denen fehlt's doch irgendwo. In Schduagrd will i nedd mol dod übern Zaun hänga.«

»Jo, schwätz net. Was hat denn das jetzt mit unserem Fall zu tun?«, fragt Schmähle genervt.

»Das kann man nie wissen. Und interessant ist es schon«, gibt sein Kollege trotzig zurück und klopft mit dem Finger auf Schmähles Notizbuch. »Die zwei Italiener, die versucht haben, die Bestattertochter zu entführen. Die müssen da auch mit rein.« Dann kommt die Quarktasche und nimmt Schmälzles volle Aufmerksamkeit in Anspruch.

Schmähle fügt zwei weitere Pfeile ein, überlegt kurz und zieht einen Pfeil von den beiden Italienern zu Donna Elvira. »Bei einer verdeckten Beobachtung stellten wir weiterhin fest, dass besagte Italiener vermutlich in der ›Trattoria Sorentino‹ wohnen.«

Schmatzend nimmt Schmälzle den Faden auf. »Als der Tenente inkognito beim Bestatter recherchiert, verschwindet er auf einmal. Vermutlich wird er entführt, weil er etwas Wichtiges entdeckt hat.«

Ein weiterer Pfeil von Caruso zu Henning Lindhorst.

Dann: andächtige Stille. Die beiden starren eine Zeit lang auf das ominöse Muster aus Pfeilen und Namen.

Schmähle öffnet den Mund, als wolle er etwas sagen, schließt ihn dann aber wieder.

Schmälzle kneift die Augenbrauen zusammen. »Also, mir sagt das gar nix«, gibt er schließlich zu.

»Mir auch nicht«, murmelt Schmähle düster. »Das ist zu hoch für uns. Es hat vielleicht doch seinen Grund, warum wir bloß Streifenbullen sind.« In diesem Moment klingelt sein Handy.

»Ja bitte? Ah, Frau Vögele. Das ist aber nett, dass Sie anrufen. Was sagen Sie da?« Er bekommt große Augen und hört aufmerksam zu. »Aha! Die Söhne von der Donna Elvira? Aha! Wo? … Ich weiß, wo das ist.«

Gebannt starrt ihn sein Kollege an.

Als Schmähle nach zwei Minuten auflegt, glänzen seine Augen. »Berthold! Ich glaub, ich weiß, wo der Tenente ist!«

Letzte Vorbereitungen

Die Uhr rückt auf sechzehn Uhr vor. Eintönig trommelt der Regen auf den gläsernen Pavillon von »Jim Blitz – Eventbestattungen«. Im Innern des Hauses hört man kaum etwas davon. Besonders nicht in der Kühlkammer.

Da hört man etwas ganz anderes.

Ächzende Atemzüge, ein Quietschen wie von schlecht geölten Rädern und ein regelmäßiges, metallisches »Klonk«. Wolken von weißem Dampf kondensieren über einem Kopf.

Das Quietschen kommt von einem Rollstuhl, der immer wieder an eine Metalltrage stößt. Auf der Trage liegt ein Skalpell. Jedes Mal, wenn der Rollstuhl an das stählerne Standbein stößt, rutscht das Skalpell ein Stück weiter zur Kante. In dem Rollstuhl sitzt, dick mit Plastikband verklebt, Vadim Turgakow. Seine Augen sind weit aufgerissen, das Gesicht vor Anstrengung verzerrt. Ein weiterer Stoß. Das Skalpell rutscht einen Zentimeter zur Kante. Das Plastikband ratscht, als er versucht, sich nach vorn zu neigen.

»Mhmmmmm …« Mit Zunge und Zähnen versucht er, das Skalpell zu fassen. Wenn sein Vater wüsste, in was für eine Lage er sich gebracht hat, würde er ihn windelweich prügeln. Oder schlimmer noch: Er würde seine Männer das übernehmen lassen.

In diesem Moment öffnet sich mit einem metallischen Quietschen die Tür zum Kühlraum, und einer der beiden Verrückten, die ihn gekidnappt haben, steht im Türrahmen. Seine Brille ist beschlagen, die Lippen hat er grimmig zusammengepresst. Auf dem Kopf hat er eine Baseballmütze mit dem Schriftzug der »California Cowboys«. Auf seiner Schulter ruht ein beunruhigend abgenutzt aussehender Baseballschläger. In der Hand hält er ein Glas Wasser.

»Hier. Ich habe Ihnen etwas zu trinken mitgebracht.«

Vadim versucht zu lachen. Mit zwei schnellen Schritten ist

Henning Lindhorst bei ihm und reißt ihm den Klebestreifen vom Mund. »Finden Sie hier irgendwas lustig?«

»*Blad!* Du bist lustig. Ihr seid … *culoa*! Wie sagt man hier? Clowns. Glaubst du, das wird meinen Vater und die, die er schickt, auch nur eine Sekunde aufhalten? Er wird dir die Haut in Fetzen schneiden. Du wirst darum betteln, dass er dich endlich tötet und zu deiner Tochter schickt.«

Ansatzlos rammt ihm Lindhorst den Baseballschläger in den Magen. Vadim hustet und würgt.

»Passen Sie auf, was Sie sagen. Ich habe in den USA Baseball gespielt. Ich war *hitter*. Und gar nicht mal schlecht.« Lindhorst lässt den Baseballschläger probeweise einmal kreisen, umfasst ihn mit beiden Händen und schlägt dann mit aller Kraft zu. In letzter Sekunde stoppt er den Schläger ab. Er bleibt in etwa zwei Zentimeter Entfernung vor Vadims Gesicht bewegungslos in der Luft hängen. Vadim wird bleich.

»Ich verspreche Ihnen eins: Wenn meiner Tochter etwas passiert, dann sind *Sie* der Allerletzte, der Spaß dran hat. Mein Wort darauf! Und es ist mir völlig egal, wie viele Sandmänner Ihr Vater schickt, okay? Er wird sich –«

»Was haben Sie grade gesagt?« Vadim ist das Lachen vergangen. »*Wen* will er schicken?«

Lindhorst zuckt die Achseln. »Keine Ahnung. Irgendeinen Sandmann. Ist auch völlig egal. Damit kann er mich nicht erschrecken.«

»*Blad!* Sie haben keine Ahnung. Sie müssen mich losbinden. Binden Sie mich los!« Vadim wirft sich hin und her. Er atmet hektisch.

»Den Teufel werde ich tun! Ach ja, Ihr Getränk.« Damit stellt Lindhorst das Glas vor Vadim auf die Metallbahre, reißt noch einen Streifen Klebeband ab und klebt ihm wieder den Mund zu. »Versuchen Sie mal, ob sie rankommen!«

Während Vadim sich hinter ihm aufbäumt, marschiert Lindhorst aus der Kühlkammer. Draußen lehnt er sich einen Moment schwer atmend an die Wand. In einer Sache hat der Russe recht gehabt: Was er an Feuerkraft aufzubieten hatte, würde niemanden lange aufhalten. Was für ein Jammer, dass er nicht mehr in den USA ist. Da würde er sich einfach beim erstbesten Nachbarn ein Gewehr leihen. Lindhorst hat immer darauf verzichtet, sich mit Waffen zu belasten. Der Grund: Als Bestatter war er einer der Ersten, der die Konsequenzen von Feuerwaffenmissbrauch zu Gesicht bekam.

Am besten wäre es, die Sache friedlich zu regeln. Man kann ja schließlich auch mit den Leuten reden.

Oder nicht?

Ihm kommen Zweifel. Was, wenn diese Leute gar nicht reden wollen? Ein Sandmann. So was Albernes. Trotzdem braucht er zur Verteidigung etwas Besseres als einen Baseballschläger. Im Geiste geht er seine Optionen durch. Und dann kommt ihm eine Idee, mit der seine nächtlichen Besucher bestimmt nicht rechnen würden.

Der Sandmann

Jeder Killer hat seine Eigenheiten. Seinen Spleen, seine Leidenschaft und seine Lieblingsinstrumente. Einige wenige bevorzugen stumpfe Gegenstände wie Hammer, Prügel, Stemmeisen oder Fäuste. Das erkennt man meist an ihrer Konstitution: groß, füllig, muskulös. Es gefällt ihnen, mit roher Kraft zu arbeiten.

Der Sandmann ist sich sicher, dass sie damit irgendeinen Kindheitskomplex oder ein traumatisches Erlebnis verarbeiten. Oder sie sind einfach zu dumm für subtilere Methoden. Wer findet denn sonst Gefallen an dem Blut, dem Schweiß und dem ganzen Geschrei?

Andere schwören auf Messer. Schnell, scharf und effizient. Das Problem ist die Distanz. Gefährlich nahe am Opfer. Killer, die den Adrenalinstoß suchen.

Dann gibt es die Würger. Auch sie suchen die Nähe, doch ihnen geht es noch um etwas anderes: Sie wollen den letzten Atemzug ihres Opfers spüren.

Die überwältigende Mehrheit seiner Kollegen bevorzugt jedoch Schusswaffen. Mord auf Distanz. Je besser sie sind, desto größer die Distanz. Durchatmen, eine leichte Bewegung des Zeigefingers, den Druckpunkt suchen – und alles ist vorbei. Die große Nachfrage schlägt sich auch in einem dementsprechend unübersichtlichen Angebot nieder. Pistolen, Gewehre, Revolver, Flinten, Einschüsser, Repetierer, Maschinengewehre, Maschinenpistolen oder exotischere Varianten mit Luft- und Federdruck.

Kopfschüttelnd hat der Sandmann einmal einen fünfhundertseitigen Katalog durchgeblättert. Massenware.

Der Sandmann hat eine ganz andere Neigung. Er mag Nadeln. Winzig, unscheinbar und tödlich.

Geboren und aufgewachsen ist er in einem russischen Straflager im Norden Sibiriens als Kind eines *sek* und einer Lageraufseherin. Mit zwölf Jahren kam der Sandmann zu den Speznaz und durchlief dabei ein unmenschliches Ausbildungsprogramm, in dessen Verlauf ihm menschliche Regungen zur Gänze ausgetrieben wurden und sein Körper zu einer nahezu perfekten Waffe gemacht wurde. In geheimen Ausbildungscamps lernte er die exotischen Arten des Tötens kennen.

Die Kunst des »Dim Mak«, der tödlichen Berührung. Er erlernte die Vitalpunktstimulation, das Blockieren unsichtbarer Energieadern, die jeden Menschen wie ein unsichtbares Netz überziehen. Er studierte Druckpunkte, die lähmen oder töten können, und perfektionierte diese Kunst so weit, dass er durch eine Kombination von vier schnellen Nadelstichen ein Herz zwingen kann, punktgenau nach drei Tagen seinen Herzschlag einzustellen.

Im Auftrag der russischen Regierung war er auf der ganzen Welt unterwegs. Unerkannt tötete er Diktatoren, Verräter, Spione, Dissidenten und Geschäftsmänner. Als das russische Reich zerfiel, machte er sich auf dem aufblühenden freien Markt selbstständig, der mit der russischen Mafia seine Tentakel bis nach Deutschland ausstreckte.

Präzise, kalkuliert und immer erfolgreich. Natürlich hat der Sandmann auch Lehrgeld bezahlen müssen. Der Spiegel erinnert ihn jeden Morgen an die Risiken seines Berufes. Dort, wo sein rechtes Ohr sein sollte, ist nur noch ein hässlicher, vernarbter Knorpel zu sehen. Das Ohr ist ihm in einer Folterzelle irgendwo in Afghanistan abgeschnitten worden. Dort ist er das erste und einzige Mal im Laufe seines Berufslebens geschnappt worden. Während des Verhörs gelang es ihm, an die Nadel zu kommen, die er immer unter seinem Gaumen mit sich trägt. Die CIA fand später drei tote Mudschaheddin in seiner Zelle. Alle mit demselben ungläubigen Ausdruck im Gesicht, den er schon so oft hinterlassen hat. Wenn der Tod schnell und unerwartet kommt.

Versonnen streicht der Sandmann über sein Nadel-Sortiment. In einem schmalen schwarzen Aktenkoffer trägt er seine kleinen Freunde des Todes immer bei sich. Sauber aufgereiht glänzen sie nebeneinander auf einem Samtkissen. Allesamt Spezialanfertigungen. Die kleinsten sind so dünn wie Stecknadeln, dann wachsen sie auf Stricknadelgröße. Die größte Nadel ist etwa vierzig Zentimeter lang, aber so dünn, dass man sie kaum sehen kann.

Bedächtig nimmt der Sandmann sie heraus und streicht vorsichtig darüber.

Er kennt über tausendfünfhundert Punkte der tödlichen Nervenstimulation. Darunter Stellen, die so starke Schmerzen auslösen, dass man darüber wahnsinnig wird. An der Innenseite des Koffers befinden sich in einer Spezialhalterung etwa ein Dutzend kleiner Glasfläschchen. Darin schillern verschiedenfarbige Flüssigkeiten.

Es sind Gifte.

Muskelgifte wie Curare, das bei vollem Bewusstsein von der völligen Muskellähmung bis zum qualvollen Erstickungstod führt, Taipoxin, das Gift des australischen Inlandtaipans, von dem ein einziger Esslöffel hundert Menschen tötet, das Nervengift der Aspisviper, schmerzhaft, aber nicht lethal, das Sekret des Feuerfischs, das Übelkeit und unkontrollierbare Muskelkontraktionen auslöst, und so weiter.

Zusammen mit seinen kleinen, stählernen Freunden ist der Sandmann ein Präzisionsinstrument des Todes. Warum man ihn den Sandmann nennt, darüber hat er sich nie Gedanken gemacht. Aber der Name gefällt ihm. In bestimmten Gegenden Russlands erzählt man sich eine alte Sage, die so gar nichts mit süßen Träumen zu tun hat: Kindern, die nicht schlafen wollen, ätzt der Sandmann die Augen aus dem Kopf und wirft sie dann seiner Brut zum Fraß vor. Und er kommt, wenn alle anderen schlafen.

Der Sandmann fasst gedankenverloren an die Stelle, an der sein Ohr war. Irgendwo tief in seinem Innern rüttelt eine Erinnerung in einer Stahlkiste, die er tief in seinem Unterbewusstsein vergraben hat. Ein Bild taucht auf. Ein unbeheizter Schlafsaal voller Kinder. Eis an den Fenstern. Und seine letzte Prüfung, bevor sie ihn aus dem Lager holten.

Auf seine Lippen stiehlt sich ein dämonisches Lächeln. Ja, die Kinder müssen schlafen. Sie alle müssen schlafen gehen.

Mit einer Bewegung, die so schnell ist, dass man sie fast nicht sieht, schleudert er die Nadel Richtung Spiegel. Dort durchschlägt sie das Glas und bleibt zitternd stecken.

Vor einer Stunde hat er einen Anruf von Dr. Alexej Turgakow bekommen. Ein Kunde aus dem russischen Netzwerk, das er sich über die Jahre hinweg aufgebaut hat. Er hat früher schon für ihn gearbeitet. Turgakow bezahlt pünktlich, und seine Aufträge sind … nun ja … abwechslungsreich. In diesem Fall ging es darum, dass Turgakows Sohn entführt wurde. Eine Geschichte mit einer persönlichen Note. Wie hübsch.

Der Sandmann kostet diesen Gedanken einen Moment lang aus, spürt ihm auf der Zunge nach wie einem erlesenen Gaumenkitzel. Er sieht sich selbst eher als Künstler denn als Killer. Die Details sind wichtig.

Harmonie.

So hat er zum Beispiel ein untrügliches Gespür dafür, wie er bei einem Auftrag aufzutreten hat. Vielleicht würde er diesmal sogar eine Spur Parfüm auflegen. »Bulgari Jasmin Noir« mit seiner holzigen Duftnote scheint ihm das Richtige. Und er würde Schwarz tragen. Die einzig angemessene Farbe. Wann hat man schon die Möglichkeit, einen richtigen Bestatter ins Reich der ewigen Träume zu schicken?

In letzter Sekunde

In einem weitläufigen Waldgebiet, kurz hinter Ostrach, etwa fünfundzwanzig Kilometer von Muggenpfuhl entfernt, zerren zwei Scheinwerfer bizarres, tief hängendes Geäst aus dem feuchten Halbdunkel, das von Windböen geschüttelt wird. Ein Streifenwagen bahnt sich, halb fahrend, halb hüpfend, mit quietschenden Stoßdämpfern einen Weg durch den Wald. Der Regen hat unter dem dichten Blätterdach zwar nachgelassen, klopft aber immer noch mit nervtötender Monotonie gegen die Scheiben.

Schmähle späht angestrengt zwischen den Scheibenwischern hindurch. Schmälzle hängt mit leicht grünlichem Gesicht am Sicherheitsbügel des Streifenwagens. Die Quarktasche, die er vorher gegessen hat, will wieder raus.

Es ist kurz nach siebzehn Uhr. Regenwolken ziehen über den Himmel, der ab und zu zwischen den mächtigen Baumkronen aufleuchtet. Seit ungefähr einer Stunde kurven die beiden kreuz und quer durch den Wald.

»Jetzt fahr doch nicht so schnell!« Schmälzle muss aufstoßen. »Das schüttelt einen gottsakrisch durch. Ich bin doch kein Tannenbaum. Mir kommt's gleich hoch.«

Schmähle starrt verbissen geradeaus. »Das kommt bloß von deiner ewigen Fresserei. Wehe, du kotzt mir's Auto voll!« Besorgt starrt er nach oben zum Himmel. »Wenn's da draußen dunkel ist, finden wir den Tenente im Leben nicht.«

»Ha jo, aber wenn du das Auto in den Grabe fährst, dann bringt uns das auch nix.«

Es kracht vernehmlich unter ihnen. Schmälzles Kopf schlägt gegen das Autodach.

»Greizgrabbasack. Hast du die Grasnarbe gesehen? Da kannst ja drin parken! Die reißt uns den Auspuff ab, so schnell kannst du gar nicht gucken. Was wir bräuchten, wäre ein Allrad.«

»Haben wir aber nicht.« In letzter Sekunde weicht Schmähle einer Baumwurzel aus.

»Ich denke, du weißt, wo das ist?«

»Das letzte Mal, als ich da war, da war ich zwölf.«

Beflügelt von Schmähles Spende und noch mehr von dem ihr entgegengebrachten Interesse hat Myrtel Vögele die Telefondrähte glühen lassen. Wohin der weiße Lieferwagen der Sorentinos verschwunden war, blieb ein Rätsel. Bis Myrtel auf die Idee kam, Sieglinde Spänle anzurufen. Die ehemalige Rektorin der Mittelschule, die im rüstigen Alter von fünfundsiebzig Jahren immer noch den Schulbus fährt, erinnerte sich, auf ihrer abendlichen Tour schon des Öfteren einen weißen Lieferwagen gesehen zu haben. Meist begegnet sie ihm auf der Strecke von Ostrach nach Hoßkirch, wo er, aus einem Waldweg des Taftertsweiler Waldes herausbrechend, in einem Höllentempo Richtung Muggenpfuhl rast.

Was der Lieferwagen im Wald macht, wusste Sybille Fleisch, die Schwiegermutter des Försters, der ebenjenes Waldgebiet bewirtschaftet. Ihr Sohn hat immer mal wieder über eine kleine Hütte im Wald geschimpft, wo irgendwelche Vandalen ihr Unwesen treiben. Und irgendwann hat er beiläufig auch einmal einen weißen Lieferwagen erwähnt.

Zugegebenermaßen eine reine Indizienspur. Was Schmälzle und Schmähle aber keineswegs abgehalten hat, ihr voller Enthusiasmus in diesen düsteren Wald zu folgen.

Fichten schwanken hin und her, ab und zu prasseln Bucheckern aufs Autodach. Der Enthusiasmus ist mittlerweile verflogen.

»Vielleicht gibt's die Hütte gar nicht mehr«, murrt Schmälzle.

Schmähle schweigt. Er weiß, wo die Hütte ist, verbindet mit ihr aber alles andere als angenehme Erinnerungen. Als kleiner Junge wurde er einmal von ein paar älteren Schülern dorthingelockt. Damals hat er die halbe Nacht in Unterhosen auf dem Dach zugebracht.

Der Weg verbreitert sich und führt um eine Kurve herum zu einer windschiefen Blockhütte.

»Hab ich's nicht gesagt?« Grimmig lacht Schmähle auf. Er schaltet die Scheinwerfer aus und lässt das Fahrzeug im Schritttempo weiterrollen. »Guck du nach hinten. Wir wissen nicht, ob die noch hier sind.« Langsam steuert er den Polizeiwagen an die Hütte heran. »Hast du deinen Schlagstock?«, fragt er und stoppt das Fahrzeug.

»Jo, hab ich.« Schmälzle fingert den Schlagstock aus seinem Gürtel, was in der Enge des Streifenwagens gar nicht so einfach ist.

»Auf drei steigen wir aus. Du sicherst nach hinten, ich nach vorn! Eins, zwei und …« Schmähle reißt die Tür auf und lässt sich aus dem Auto fallen. Er wartet. Von drinnen kommt Geschimpfe.

»Was machst denn du? Ich hab gesagt: Auf drei!«

Aus dem Auto antwortet eine dumpfe Stimme. »Ich glaub, mein Fuß steckt im Gurt fest.«

Schmähle verdreht die Augen, dann robbt er ums Auto herum und hilft seinem Kollegen. »Also, du bist wirklich ein Babbeseggl.«

»Jojo.« Ächzend wuchtet sich Schmälzle aus dem Fahrzeug. »Bloß weil ich ein bisschen Übergewicht hab, ist das noch lang kein Grund, mich zu diskriminieren. Und wieso krabbelst *du* im Deck rum?«

»Vergiss es einfach.« Seufzend richtet sich Schmähle auf und klopft sich Blätter von der Hose. »Komm! Wir gucken mal in die Hütte.«

Vorsichtig nähern sich die beiden dem Blockhaus, das im Schein ihrer Taschenlampen vor ihnen aufragt. Schmälzle marschiert auf die Tür zu.

»Wart, wart, nicht so schnell«, flüstert Schmähle. »Du sicherst links, ich rechts. Diesmal aber bitte professionell.« Mit einem bedrohlichen »Ratsch« lässt er seinen Teleskopschlagstock ausfahren. Pistole in der Rechten und Stock in der Linken, positioniert er sich an der Eingangstür, die windschief in den Angeln hängt. »Noch mal«, flüstert er. »Timing. Du leuchtest auf drei. Eins, zwei und … POLIZEI!« Er reißt die Tür auf. »Kommen Sie mit erhobenen Händen raus. Sie sind umstellt! Widerstand ist –«

»Äh, Max? Ich glaub, da ist keiner.«

Das Innere der Hütte ist bis auf einen staubigen Tisch und einige Äste, die der Wind hereingeweht hat, gänzlich leer.

»Verdammt! Ich war mir so sicher. Haben wir vielleicht einen deddugdiven Fehler gemacht?«

Ratlos treten die beiden aus der Hütte heraus.

Schmälzle leuchtet vor die Hütte. »Guck mol: eine Feuerstelle.«

Schmähle kniet bereits neben der Asche und steckt einen Finger hinein. »Die ist noch warm. Jemand war hier.«

Es knistert im Dunkeln. Schmälzle hat irgendwo in den Untiefen seiner Uniform einen Schokoriegel entdeckt.

»Ich glaub's ja nicht. Kannst du dich einmal auf unseren Fall konzentrieren?«

»Wenn ich mich so viel beweg, brauch ich Zucker«, verteidigt sich Schmälzle mit vollem Mund.

Eine Eule krächzt, es raschelt, irgendwo ertönt leises Heulen.

»Pscht. Hast du das gehört?«, zischt Schmähle.

»Noi. Was denn?«

»Schmatz nicht so laut, dann hörst du besser.«

Eine körperlose Stimme erklingt irgendwo aus den Tiefen des Waldes. Sie singt: *»Babbo non vuole, Mamma nemmeno ... come faremo a fare all'amor ...«*

»Ist das Italienisch?«

»Ha jo. Das ist der Tenente.«

Auf Zehenspitzen arbeiten sich die beiden vor. Auf einmal hört der leise Gesang auf. Kopfschüttelnd bleibt Schmälzle stehen. »Das ist komisch. Also, man hat den Eindruck, dass das genau von hier kommt.«

Es knarzt einmal vernehmlich, dann ertönt ein lautes Krachen, und Schmälzle ist verschwunden. Es platscht im Dunkeln. Sekunden später ertönt eine Stimme von unten. »Max? Hallo? Ich glaub, ich hab den Tenente gefunden. Wir sind hier unten!«

Zehn Minuten später sitzt ein bläulich unterkühlter Caruso neben einem klatschnassen Schmälzle auf der Rückbank des Streifenwagens. Die Scheiben sind beschlagen, weil die Heizung voll aufgedreht ist. Caruso hat sich in eine alte Decke von

Schmähle eingewickelt und hält eine Tasse lauwarmen Kaffee in den Händen. Das Haar steht ihm wild vom Kopf, seine Kutte hängt ihm in Fetzen vom Leib. Sein Plastikbauch dümpelt in der Grube. Caruso hebt bibbernd seine Stimme.

»Kollegen … Was sage ich: *amici!* Das war gute Polizeiarbeit. Ich habe nie daran gezweifelt, dass ihr kommen würdet. Ihr habt den Tathergang aus den einzelnen Indizien rekonstruiert und deduktiv analysiert.«

»Äh, so in etwa«, sagt Schmähle geschmeichelt in den Rückspiegel.

»Da beißt die Maus keinen Faden ab.« Schmälzle nickt eifrig und verschüttet dabei etwas Kaffee. Er trinkt der Einfachheit halber direkt aus der Thermoskanne.

Immer noch schlotternd, erzählt Caruso den beiden Polizisten, wie er in die Grube gekommen ist und was er beim Bestatter entdeckt hat.

»Ha no!« Schmähle bekommt den Mund nicht mehr zu. »Der hat dem Sorentino also den Schädel abgesägt. Das ist ja pervers. Heidabimbam.«

»Mamma mia!« Caruso schlägt die Hände vor den Mund. »Wir müssen sofort zu Lindhorst! Die beiden Italiener wollen ihn überfallen.«

»Den Perversen?« Schmälzle verschluckt sich an seinem Kaffee.

Schmähle lässt bereits den Motor an. »Futterluk zu, Schmälzle! Schwing die Wampe rüber! Wir fahren.« Der Motor heult auf, und kurz darauf verlieren sich zwei hüpfende Scheinwerfer im Dickicht der Bäume.

Kampf der Killer

Ein Sturm braut sich über Muggenpfuhl zusammen. Über den Kirchturm ziehen düstere orangene Wolkenbänke, die sich am Horizont zu einem gewaltigen Amboss aufeinandertürmen. Auf dem Friedhof reißt der Wind Äste von den Bäumen und heult zwischen den Grabsteinen. Fensterläden werden geschlossen, die letzten Gartengeräte auf den Schubkarren gepackt und in der Garage verstaut.

Es hat aufgehört zu regnen, aber es ist eher wie ein Atemholen, als bereite sich da etwas viel Stärkeres vor. Im Radio laufen Unwetterwarnungen. Umsichtige Schwaben parken ihren Mercedes in der Tiefgarage und stecken ihre Elektrogeräte aus. Im Altstadtcafé räumt eine Kellnerin die Tische ab und klappt die Sonnenschirme ein. In der »Trattoria Sorentino« sitzt Donna Elvira im Dunkeln an der Bar und wartet auf ganz spezielle Gäste.

Wolken ziehen im Zeitraffer über den Marktplatz. Fön liegt warm und klebrig in der feuchten Abendluft. Trügerisch still ruht der Baggersee, die Haltestangen für die Surfer baumeln leise knarzend im Wind. Die ersten Straßenlaternen gehen an. Bei Gottesacker klappern die Fensterläden. Der Wind fegt Zeitungsfetzen durch die Straßen, eine herrenlose Aldi-Tüte weht über den Hof von »Jim Blitz – Eventbestattungen«.

Die Fallen sind aufgestellt.

Henning Lindhorst sitzt in seiner Werkstatt im Schaukelstuhl und dreht seinen Baseballschläger unruhig hin und her. Er wartet. Die Zeiger der großen Uhr an der Wand schieben sich langsam auf zwanzig Uhr. Vor den Fenstern strahlt ein unheimliches rotes Wetterleuchten. Neben ihm, auf einem schwarzen Abstelltisch, steht eine Kristallkaraffe mit einer warm schimmernden Flüssigkeit. Ein echter Dalmore-18-Whisky. Das Glas daneben ist bis zum Rand gefüllt, aber der Bestatter hat es noch nicht angerührt. Er hat sich geschworen, nie wieder Alkohol zu trinken. Nicht seit damals.

Obwohl es jetzt sieben Jahre her ist, erinnert er sich noch an jedes Detail. Der süßliche Geruch nach Lilien, vermischt mit dem beißenden Gestank nach verbranntem Plastik und Schwarzpulver, das entfernte Echo von Schreien …

Ein stiller, friedlicher Tag in Glendale, Kalifornien, in den auf einmal ohne Vorwarnung das Grauen eingebrochen ist. Als er den Knall hörte, ist er aus dem kleinen Haus in der Columbus-Avenue gestürzt. Er rannte über den präzise gestutzten Rasen, an den zwei Yuccas und dem Wald an Fächerpalmen vorbei, auf die Straße. Seine Frau war immer der Meinung, dass man einen Ausgleich braucht, wenn man sich hauptberuflich mit dem Tod beschäftigt. Als er dreihundert Meter weiter, an der Kreuzung zur Colorado-Street, die Rauchsäule aufsteigen sah, wusste er irgendwie, dass nichts mehr so war wie früher.

»Olfaktorische Flashbacks« nannte es der Therapeut. Störung der Geruchswahrnehmung. Nicht ungewöhnlich nach einer posttraumatischen Belastungsstörung. Jetzt kommt es ihm so vor, als würde sich das alles wiederholen. Dasselbe Gefühl wie damals. Mit einem Unterschied. Seine Knöchel, mit denen er den Baseballschläger hält, werden weiß. Dieses Mal ist es noch nicht zu spät. Dieses Mal würde er kämpfen. Mit allem, was nötig ist.

Der Zeiger der Uhr steht auf zwanzig Uhr siebenundfünfzig. Lindhorst hat gar nicht gemerkt, wie die Zeit vergangen ist.

Draußen fängt das Unwetter an zu toben. Der Wind heult ums Haus.

Es klingelt. Showtime.

Langsam steht Lindhorst auf. An der Tür wirft er einen Blick durch den Spion. Und zuckt zurück. Durch das Weitwinkelglas grässlich vergrößert und verzerrt, grinst ihn das Gesicht eines Toten an. Fleischige, bläulich verfärbte Wangen, eingefallene Augen, gelbe Zähne und blutleere Lippen.

Lindhorst blinzelt ungläubig. Das Herz schlägt ihm bis zum Hals. Was hat das zu bedeuten?

Er nimmt sich zusammen und sieht noch einmal hindurch. Tatsächlich. Was ihn da anstarrt, ist der Kopf, der eigentlich ganz hinten in seiner Kühlzelle liegen sollte. Die Lippen haben sich wegen der zunehmenden Gewebeaustrocknung über die Zähne zurückgezogen. Deshalb sieht es so aus, als ob er grinst.

»Good God ...«, flüstert Lindhorst geschockt.

In diesem Moment schiebt sich das Gesicht eines der beiden aufdringlichen Italiener, die ihn am Morgen besucht haben, hinter dem Schädel hervor.

Die Verwandtschaft von Donna Elvira? Auch das noch. Was haben die hier verloren? Und: Wie zum Teufel kommen sie an den Kopf?

Der Italiener deutet mit dem Finger auf den Schädel, dann auf die Tür. Lindhorst überlegt fieberhaft. Wenn Sie damit zur Polizei gehen, ist er so oder so erledigt. Er muss sie irgendwie abwimmeln, bevor die Russen kommen. Er lehnt den Baseballschläger an die Wand und atmet tief durch. Dann hängt er die Sicherheitskette aus und öffnet die Tür einen Spaltbreit.

»Guten Abend, meine Herren. Ich versichere Ihnen, das ist gerade ein sehr, sehr ungünstiger –« Er wird gegen die Wand geschleudert. Kalter Stahl presst sich gegen seine Kehle. Der Blonde ist wie der Blitz ins Haus gehuscht und kickt mit seinem Cowboystiefel nachlässig die Tür hinter sich zu. Der andere schlendert, Don Sorentinos Kopf an den Haaren haltend, durch den Flur.

»*Buon pomeriggio*, Signor Bestatter! Jetzt werden wir unterhalten«, sagt er in gebrochenem Deutsch.

»Aber meine Herren ... Wir können das Ganze doch in Ruhe klären.«

Enzo bleibt stehen. »Oh ja! Das werden wir! Ich habe nur eine Frage: Wo ist Rest von dem?« Er schlenkert den abgeschnittenen Kopf vor Lindhorsts Augen hin und her.

»Ich versichere Ihnen, die Leiche ist nicht hier.«

»Ach ja? Romeo, schau mal nach, wie fest der Kopf von *diese* Mann sitzt.«

Der Druck der Klinge verstärkt sich. Lindhorst spürt etwas Feuchtes. »Unten! Sie ist unten!« Hektisch überlegt er. Was wollen die denn bloß mit dieser italienischen Leiche?

»Na also.« Zufrieden gibt der kleine Italiener seinem Kollegen ein Zeichen. *»Andiamo!«*

Im Gänsemarsch, Lindhorst voraus, dicht gefolgt von Romeo, der ihm die Messerspitze ins Genick drückt, und Enzo, marschieren die drei nach draußen. Der Bestatter öffnet die Tür im Hof, und nacheinander betreten sie den Kellergang. Das Licht geht an. Argwöhnisch späht der kleine Italiener in die dunklen Ecken. Sein Schlupflid zuckt.

»Ich sage es Ihnen noch mal: Es ist ein sehr ungünstiger Moment.«

»Wir noch sehen, für wen ungünstig«, sagt der Italiener und lacht meckernd.

Unter dem wachsamen Blick des Blonden hebelt Lindhorst die schwere Tür zum Kühlraum auf, durchquert den Vorraum und betritt, gefolgt von seinen Bewachern, die Kühlzelle.

Das kalte Kunstlicht zerrt einen Rollstuhl aus der Dunkelheit. Darüber liegt eine Decke, unter der sich die Umrisse eines Körpers abzeichnen. Achtlos lässt Enzo den Kopf von Don Sorentino auf den Schreibtisch fallen und greift nach dem Tuch, als sich die Gestalt darunter plötzlich aufbäumt. »Mhmmmmmm …«

Enzo springt vor Schreck zurück und stolpert über einen Bestatterkoffer. *»Che diavolo …«* Mit einem Ruck reißt er das Tuch vom Rollstuhl.

Eins ist klar: Das ist definitiv nicht der fehlende Körper von Don Sorentino. Ein gefesselter junger Mann, dessen Mund mit schwarzem Panzerband zugeklebt ist, starrt die drei wütend an.

Romeo ist eine Sekunde lang abgelenkt. Diesen Moment nutzt Lindhorst und schaltet das Licht aus. Gleichzeitig stürzt er den Wagen mit dem OP-Besteck um und hastet zurück in den Gang.

Ein leises Flirren ertönt. Wo er eben noch gestanden hat, zittert auf einmal eine Klinge in der Wand. Enzo stößt einen wütenden Schrei aus und stürzt ihm hinterher. Dabei stößt er mit Romeo zusammen, der ebenfalls zur Tür hinausdrängt. Als sie endlich draußen sind, ist von Lindhorst nichts mehr zu sehen. Das Licht im Gang ist aus. Es ist völlig dunkel.

Enzo tastet hektisch herum, bis er den Lichtschalter gefunden hat. Es klickt. Einmal. Zweimal. Nichts.

»*Bastardo!* Er muss den Strom abgestellt haben.« Romeo tritt zurück in den Kühlraum. Dort funktioniert die Beleuchtung noch. Er zieht die Eisentür auf, sodass möglichst viel Licht in den Gang fällt. Dann zaubert er zwei weitere Klingen aus der Innentasche seines Mantels. Neben ihm klickt es, als Enzo den Hahn seines Revolvers spannt.

»Los, Romeo! Den *figlio di puttana* holen wir uns!«

Romeo geht als Erster, dicht gefolgt von Enzo. In der Luft liegt auf einmal ein betäubender Geruch nach Jasmin. Als die beiden ungefähr in der Mitte des Ganges sind, löst sich aus einer der dunklen Nischen vor ihnen auf einmal ein schmaler Schatten.

Romeo weicht gedankenschnell aus.

Enzo ist zu langsam. Er greift sich an den Hals: »Aiii! Ich glaub, mich hat was gestoch…«, dann kippt er mit einem heiseren Gurgeln zur Seite.

Romeos Hände sind plötzlich leer. Zwei Wurfmesser funkeln in der Luft. Beide verfehlen ihr Ziel, denn der Schatten ist wieder mit der Wand verschmolzen. Blitzschnell tauchen zwei neue Klingen in Romeos Hand auf und führen einen wirbelnden, tödlichen Tanz auf. Mit einem geschmeidigen Sprung setzt er über den am Boden liegenden Enzo hinweg.

Die dunkle Gestalt weicht zurück und gerät dabei für einen winzigen Moment ins Licht, das aus der Kühlkammer dringt. Sie ist von Kopf bis Fuß in schwarzes Tuch gehüllt, das wie eine Burka nur einen schmalen Spalt für die Augen freilässt.

Romeo und der Schatten bewegen sich aufeinander zu wie zwei hungrige Tiere. Dann greift der Schatten an. Funken sprühen, als Metall auf gehärteten Stahl trifft. Romeo, der den Angreifer um gut einen Kopf überragt, springt blitzartig nach vorn. Sein Messer vollführt einen perfekten Bogen. Im letzten Moment dreht er die Klinge und lässt sie nach vorn schnellen wie den Stachel eines Skorpions. Er trifft etwas.

Ein kaum wahrnehmbares Ächzen ist zu hören. Der Schatten taumelt zurück, greift aber gleichzeitig hinter sich und schleudert die Hand nach vorn. Romeo reißt seinen schweren Ledermantel vors Gesicht. Er spürt ein kurzes Stechen und kann auf einmal seinen rechten Arm nicht mehr bewegen. Mit einem ärgerlichen

Grunzen schüttelt er sich, und eine fingerlange Nadel fällt klirrend zu Boden. Eine andere hat den Mantel glatt durchschlagen und sich an einer bestimmten Stelle über seinem Unterarm ins Fleisch gebohrt.

Dort verläuft der *nervus ulnaris*. Dessen Stimulation ist zwar nicht tödlich, führt aber zu einem sofortigen Erschlaffen der Muskulatur.

Allerdings ist Romeo viel mehr als ein Jahrmarkt-Messerwerfer. Er hat unter anderem zwei Jahre auf den Philippinen verbracht und dort die geheimen Künste des »Eskrima« und des »Kali« studiert. Messertechniken, die zu den gefährlichsten der Welt zählen. Zu ihren Besonderheiten gehört es, mit zwei Waffen gleichzeitig zu kämpfen. Man braucht dazu unglaublich schnelle Reflexe und die Beweglichkeit einer Spinne. Genau deshalb ist Romeo Meister darin.

Wieder glitzert es. Der Schatten kann sich gerade noch mit einer akrobatischen Drehung in Sicherheit bringen, als der Wurfdolch mit einem sirrenden Geräusch die Luft durchschneidet und im Putz stecken bleibt.

Enzo gibt gurgelnde Geräusche von sich und versucht, sich aufzurichten.

»Unten bleiben, Capo! Das ist eine Falle!«, ruft ihm Romeo zu und setzt dem Angreifer nach. Sein Gegner ist zurückgetaumelt und braucht einen Moment, um sein Gleichgewicht wiederzufinden. Zeit genug für Romeo, das nächste Messer zu ziehen und zuzustechen.

Die Gestalt reißt den Arm nach oben. Das Messer trifft auf Widerstand. Die Klinge gleitet ab. Romeo wird klar, dass er es mit einem Experten zu tun hat, denn offensichtlich trägt er eine Stichschutzplatte am Unterarm. Die Bewegungsfähigkeit wird dabei nicht eingeschränkt, und normale Messer können das stichfeste Gewebe nicht durchdringen.

Normale Messer.

Was Romeo in den Händen hält, ist kein normales Messer. Es ist ein sogenanntes Karambit. Sein besonderes Kennzeichen: Die Klinge ist nicht gerade, sondern wie eine Sichel geformt.

Deshalb blockt der Armschutz sie nicht ab, sondern leitet sie in einem tödlichen Halbkreis weiter. Sie zerschneidet ein Stück schwarzen Stoff und trifft wieder auf Fleisch.

Sekundenbruchteile später bohrt sich ein eisenharter Fersenknöchel in Romeos seitlichen Oberschenkel. Dort sitzt ein Vitalpunkt, den man »Marktplatz der Winde« nennt. Romeo kann in dem engen Gang nicht ausweichen, spannt aber reflexartig noch die Muskeln an. Trotzdem wird sein halbes Bein taub. Er taumelt zwei Schritte nach hinten und stolpert über den am Boden kauernden Enzo. Dabei tritt er aus Versehen fast auf Henning Lindhorst.

Der Bestatter hat sich, vor Angst erstarrt, in eine Mauernische hinter einen staubigen Vorhang gepresst und versucht seit zwei Minuten, das Atmen einzustellen, um sich ja nicht zu verraten. Sehen kann er fast nichts, er weiß nur, dass da drei Menschen im Gang sind, die sich mit aller Gewalt gegenseitig umzubringen versuchen.

Bereits auf dem Weg in sein Versteck, das er am Mittag präpariert hat, hat er gespürt, dass noch jemand in der Dunkelheit ist. Seitdem kauert er in der Nische und versucht, durch den Vorhangschlitz etwas zu erkennen. Ab und zu sieht er Metall blitzen, hört schweres Atmen und scharrende Geräusche. Ganz in der Nähe gurgelt jemand krampfhaft. Einer der Italiener ist offensichtlich verletzt.

Was passiert da vor ihm? Und wer kämpft dort? Die Polizei? Unwahrscheinlich. Die Russen? Möglich. Vielleicht liegen sie mit den Italienern im Streit? Höchste Zeit, selbst etwas zu unternehmen.

Mit der Hand tastet er blind nach der Nylonschnur. Er weiß, dass sie irgendwo vor ihm liegen muss, denn dort hat er sie am Nachmittag platziert. Da! Er hat sie. Eigentlich gehört sie zu einem Angelset, aber heute braucht er sie für etwas anderes.

Vorsichtig wickelt er sich die reißfeste Angelleine im Camouflage-Look zweimal ums Handgelenk, dann holt er tief Luft und ruckt kräftig daran.

Mit der Leine verbunden ist eine sinnreiche Konstruktion

aus mehreren gespannten Drähten, die unsichtbar an der Wand entlangführen. Federn legen sich um. Es klickt dreimal leise. Drei Käfigtüren öffnen sich. Geschuppte und stachelbewehrte Köpfe recken sich in die ungewohnte Freiheit. Eine Klapperschlange, ein Gelber Skorpion und eine Schwarze Witwe machen, dass sie so schnell wie möglich herauskommen.

Der nächsten Nadel kann Romeo nicht ausweichen. Sie trifft ihn irgendwo oben im Brustbereich. Gleich darauf fühlt er, wie seine Glieder schwer werden.

»*Vaffanculo* …«, ächzt er.

Aus der Dunkelheit kommt ein gurrendes Lachen, das ihm eine Gänsehaut über den Rücken laufen lässt. »Gebt mir eure Geisel, und ich lass euch leben. Vielleicht.« Die Stimme klingt jungenhaft, leicht heiser und dumpf unter dem Nikab hervor. Abwartend steht der Schatten da.

»Schlecht kämpft der Wille gegen stärkeren Willen«, stöhnt Romeo. Rötlicher Nebel wallt vor seinen Augen. Er wird müde.

Der Schatten legt bedauernd den Kopf schief. Es war ein guter Kampf. Man trifft heutzutage so selten auf ebenbürtige Gegner. Fast bedauernd holt er mit einer großen Nadel aus, als ihn ein leises Zischen und Klappern innehalten lässt. Er kennt das Geräusch. Es sind Hornringe, die sich aneinanderreiben. Und meistens gehören sie zu einer … Der Sandmann zuckt zusammen, als ihn etwas ins Bein beißt.

Romeo traut seinen Augen nicht, als sich hinter dem Schatten ein zweiter, kleinerer Schatten aufrichtet. Was ist das denn für ein verdammter Zoo hier? Allerdings fühlt er sich irgendwie teilnahmslos und müde. Schlagartig werden ihm zwei Dinge klar: In der Nadel war ein Gift oder ein Betäubungsmittel. Und: Sie müssen so schnell wie möglich hier raus.

Er nutzt die Chance, als sich der Schatten der Schlange zuwendet, packt Enzo unter den Achseln und zerrt ihn Richtung Ausgang.

***

Der Sandmann ist irritiert. Das läuft überhaupt nicht, wie erwartet. Ein Mann, ein Ziel, ein Auftrag. Stattdessen sind es drei Männer und eine Klapperschlange. Und die hat ihn gerade ins Bein gebissen. Er spürt bereits, wie die Stelle taub wird. Ein Kribbeln wandert seinen Unterschenkel hinauf. Was an sich nicht das Problem wäre, denn er hat schnell wirkendes Antivenin in seinem Koffer.

Er kennt sich aus. Schlangengifte wirken entweder neurotoxisch, also auf das zentrale Nervensystem, was sich darin äußert, dass man nach einigen Stunden steif wie ein Stock wird, umfällt und erstickt. Oder hämotoxisch. Dann zerstört das Gift Blutzellen und Gewebe. Das dauert zwar länger, ist aber genauso tödlich. Keine erfreulichen Aussichten, aber lösbar.

Das eigentliche Problem ist etwas anderes: Klapperschlangen sind eine Unterart der Grubenottern. Und davon gibt es neunundzwanzig verschiedene, von denen jede ein anderes Gift hat. Die, die ihn gebissen hat, ist irgendwo im Dunkeln verschwunden. Ein Antivenin kann die Wirkung des Giftes zwar abschwächen, aufheben kann sie sie nicht. Das heißt: Sein Zeitfenster hat sich eben rapide verkleinert.

Aus den Augenwinkeln beobachtet der Sandmann ohnmächtig, wie die beiden Männer flüchten. Der Messerwerfer hat den Kleinen unter den Achseln gepackt und schleift ihn den Gang entlang. Kurz überlegt der Sandmann, ob er ihnen nachsetzen soll, aber er fühlt, wie sich die Taubheit in seinem Bein weiter ausbreitet. Wenn es sich um eine südamerikanische Klapperschlange handelt, ist er in sechzig Minuten tot. Sein Bein wird auf die doppelte Größe anschwellen, Hämotoxin wird sein Blut so stark verdünnen, dass es durch die Kapillargefäße in seinen Körper fließt. Dazu wird sein Gehirn vom Nervengift lahmgelegt.

Eins nach dem anderen, zwingt er sich zur Ruhe. Er atmet ein paarmal tief ein und aus und stellt sich vor, dass sein Blut zu Eiswasser wird. Es funktioniert. Sein Herzschlag verlangsamt sich. Das wird die Zirkulation des Giftes bremsen.

Die Männer sind nicht sein Ziel. Wenn er jetzt hier stirbt, ist niemandem gedient. Der Sandmann reißt seinen Umhang auf. Ein Schnitt am Bauch und ein Stich in die Schulter. Beide nicht besonders tief, aber ärgerlich.

Es ist lange her, dass er sein eigenes Blut gesehen hat. Normalerweise passiert ihm so etwas nicht. Besonders nicht bei angeblich so einfachen Aufträgen wie dem hier. Später würde er noch einmal ein ernstes Gespräch mit Alexej führen müssen.

Er knipst eine kleine Taschenlampe an und untersucht sein Bein. Dazu muss er seinen Umhang zurückschlagen. Der besteht wie sein Unterkleid aus flexibler, aber extrem stabiler Fallschirmseide, die seinen ganzen Körper bedeckt. Bis auf die Stelle knapp über dem Knöchel, wo ihn die Schlange erwischt hat. Dort zeichnen sich zwei rote Punkte ab, die bereits angeschwollen sind.

Der Sandmann reißt den Klettverschluss einer flachen Brusttasche auf. In kleinen Fächern stecken dort mehrere Spritzen. Er zieht eine davon heraus und rammt sie sich in den Unterschenkel, ein Stück oberhalb des Schlangenbisses.

Es brennt höllisch. Nach etwa zwei Minuten kann er wieder freier atmen. Zeit, sich um den richtigen Auftrag zu kümmern.

Mit einer raschen Handbewegung reißt er den Vorhang auf, der die Nische abschließt, in die er sein primäres Ziel hat flüchten sehen, kurz bevor das Licht ausging. Hinter dem Vorhang kniet ein kreidebleicher Mann und hält abwehrend einen Baseballschläger vors Gesicht.

»Stehen Sie auf. Und zeigen Sie mir, wo Ihre Geisel ist«, sagt der Sandmann freundlich.

***

»Gebäude und Geisel sicher!«

Die SMS. Endlich. Kurz und präzise. Befreit späht Dr. Alexej Turgakow auf das Display seines Smartphones. Er sitzt im Dunkeln in seinem Mercedes SL und beobachtet das Haus des Bestatters. Draußen tobt der Sturm, es schüttet wie aus Kübeln. Vorher hat der Wind Dachziegel von einem Hausdach geweht.

Turgakow will sich nicht beklagen. Schlechtes Wetter heißt: keine Zeugen. Da kauern sich die Schwaben lieber hinter ihre Öfen. Allerdings fragt er sich, was in diesem Bestattungsinstitut vorgeht, denn vor Kurzem sind zwei Männer, ein großer und ein kleiner, Hals über Kopf aus der Kellertür herausgestürzt.

Bei dem Regen und auf die Entfernung hat er nicht viel erkennen können. Er ist sich aber ziemlich sicher, dass die beiden nicht von der Polizei sind. Der Große hat den Kleinen zu einem Audi geschleift und dort hineingestoßen. Dann sind sie ohne Licht abgebraust, als wäre der Teufel hinter ihnen her. Oder der Sandmann.

Turgakow lächelt versonnen. Die haben nicht so ausgesehen, als ob sie bald zurückkommen würden.

Es fängt an zu hageln. Die Hagelkörner schlagen mit hartem Knirschen auf der Frontscheibe auf. Da er keinerlei Lust verspürt, wie ein nasser Pudel anzukommen, fährt Turgakow mit seinem Wagen auf den Vorhof des Bestatters und parkt neben dem Sargpavillon. Er überprüft noch einmal seine Pistole, steigt aus und drückt die Wagentür gegen den Wind hinter sich zu. Hagel und Regen fahren ihm ins Gesicht. Er schlägt den Kragen hoch und hetzt geduckt zum Haus.

Die Flügel der Kellertür schwingen klappernd vor einem finsteren Gang auf und zu. Turgakow zückt eine Taschenlampe, tritt ein und zieht die Türflügel hinter sich zu. Fluchend schüttelt er sich Hagelkörner von der Jacke und folgt dem Weg.

Am Ende des Ganges gehen zwei Türen ab. Die eine führt nach links. Sie ist aus massivem Stahl mit einem gelben Hebelschloss. Die andere, eine gewöhnliche Holztür, führt geradeaus. Sie steht einen Spaltbreit offen.

Neugierig späht Turgakow hinein. Offensichtlich die Sargwerkstatt. Eine stählerne Wanne im Eingangsbereich, gefüllt mit diversen Plastikflaschen und anderem Gerät, weckt seine Aufmerksamkeit. Als er erkennt, worum es sich dabei handelt, muss er kichern. Schön, wenn man alles zur Hand hat.

Er tritt wieder auf den Gang und klopft dreimal gegen die Metalltür. Das wummernde Geräusch schallt von den Wänden wider. Mit einem Ruck zieht er den Hebel nach unten. Die Tür schwingt auf. Turgakow tritt in eine Art Durchgangsraum und muss sich einen Moment orientieren.

Im Kühlraum dahinter sitzt sein Sohn, gefesselt in einem Rollstuhl. Daneben steht, den Kopf gesenkt, ein Mann mit blonden, kurz geschnittenen Haaren, den er noch nie gesehen hat. Seine Hände sind auf dem Rücken gefesselt. Hinter ihm eine schwarze Gestalt mit vermummtem Gesicht.

Babaj. Der Sandmann.

Babaj kommt vom russischen *Babaja* und bedeutet so viel wie »der schwarze Mann«. Eine alte Legende, mit der man Kinder erschreckt. Nicht einmal Turgakow weiß, wer sich hinter der Maske verbirgt.

»*Dobryj wjetschir!* Guten Abend!«, sagt er in die Runde. »Wie's aussieht, haben wir hier ja eine schöne Versammlung.«

Sein Sohn zerrt an den Fesseln und gibt unartikulierte Laute von sich. Turgakow beachtet ihn nicht.

»Sie sind also der Partner meines lieben Freundes Gottesacker«, wendet er sich an Lindhorst. »Wobei Freund vielleicht schon zu viel gesagt ist. Im Moment sind wir, glaube ich, eher Geschäftspartner mit unterschiedlichen Interessen.« Turgakow blickt sich suchend um. »Wo ist er denn eigentlich, der geschätzte Gottesacker?«

Da fällt sein Blick auf den Kopf von Don Sorentino, der vom Schreibtisch aus gleichgültig zu ihnen herüberstarrt. »*Blad!* Ich wusste nicht, dass Sie hier Einzelteile herumliegen lassen.«

Lindhorst funkelt ihn wütend an. »Wo ist meine Tochter, sie *bloody bastard*?«

»Immer langsam. Sie werden verstehen, dass ich mich zuerst von der Unversehrtheit der Ware überzeugen muss.« Blitzschnell dreht sich Turgakow zu seinem Sohn um, reißt ihm das Klebeband vom Mund und gibt ihm zwei schallende Ohrfeigen.

»Auaa! *Nana*, was soll –«

Er gibt ihm eine dritte Ohrfeige und schneidet ihm so das Wort ab. »*Da!* Sieht aus, als ob alles in Ordnung ist.« Er nickt dem Sandmann zu. Der schneidet mit einem raschen Schnitt die Fesseln des jungen Mannes durch.

Vadim richtet sich beleidigt auf und massiert sich die Handgelenke. »Jetzt hab ich mir auf die Zunge gebissen.« Er zuckt zurück, als sein Vater wieder die Hand hebt. »Ist ja schon gut.«

»Wir beide unterhalten uns später noch.«

»Sie haben, was Sie wollen. Jetzt lassen Sie meine Tochter gehen.«

»Ah ja, Ihre Tochter.« Turgakows tief liegende Augen glänzen vergnügt hinter seiner Goldrandbrille. »Das könnte ein kleines Problem werden. Wir haben Ihre Tochter und ihren Dealerkumpan nicht mehr. Da müssen Sie sich wohl eher an Ihre italienischen Freunde wenden. Allerdings«, er zuckt bedauernd mit den Schultern, »fehlt mir auch noch eine Kleinigkeit.« Er packt Lindhorsts Kopf an den Haaren und zieht ihn zu sich. »Wo ist das Kokain?«

»Ich habe keine Ahnung, wo Ihr Kokain ist. Wir haben abgemacht: Ihr Sohn gegen meine Tochter.«

»Da habe ich eine schlechte Nachricht für Sie. Unsere Abmachung hat sich eben geändert. Ihr Leben gegen das Kokain. Was halten Sie davon?«

»Fahren Sie zur Hölle!«

»Na, na.« Beiläufig tritt Turgakow Lindhorst in die Kniekehle, sodass dieser mit einem Aufstöhnen zu Boden geht. »Malen Sie den Teufel nicht an die Wand. Wir haben hier zufälligerweise einen Spezialisten für die Hölle, nicht wahr, mein Lieber?« Er nickt der schwarz gekleideten Gestalt zu. »Man nennt ihn auch den Sandmann. Aber nicht, weil er gute Träume bringt.« Turgakow kichert hämisch. Die eiskalten Augen hinter der Maske blicken unbeeindruckt.

Turgakow gibt dem Sandmann einen Wink, worauf dieser Lindhorst auf die Liege stößt. Der Bestatter versucht verzweifelt, sich zu wehren, aber Vadim hält ihm mit hinterhältigem Grinsen die Beine fest, bis der Sandmann sie verschnürt hat. Dann beugt er sich über Lindhorst und schlägt ihm ins Gesicht.

»Ich hab's dir doch gesagt, du Arsch. Du hast keine Ahnung, mit wem du dich anlegst.«

»Vadim! Kümmere dich um die Wanne! Du darfst später spielen.«

Bedauernd wirft Vadim dem Bestatter ein Tuch über den Kopf.

Lindhorsts Gedanken rasen. Was passiert hier? Er hört, wie etwas Schweres über den Boden geschleift wird. Wasser gluckert. Ein Sack wird ausgeleert. Der scharfe Geruch nach Chemikalien dringt ihm in die Nase. Von draußen kommt auf einmal ein dumpfes Geräusch. Lindhorst braucht einen Moment, um sich darüber klarzuwerden, dass die Türglocke läutet. Turgakow hat es ebenfalls gehört. Er zieht Lindhorst den Lappen vom Gesicht.

»Oha! Sagen Sie bloß, Sie erwarten heute noch Besuch?«

»Das werde ich Ihnen bestimmt nicht sagen.« Lindhorst rüttelt wild an seinen Stricken.

»Tja dann …« Turgakow zieht eine kleine, aber gefährlich aussehende Pistole aus seinem Hosenbund. »Mach dich nützlich, Junior.«

Der sieht ihn verständnislos an.

Turgakow gibt ihm eine Kopfnuss. »Licht aus! Ich würde Ihnen raten, keinen Mucks zu machen, sonst gibt's gleich eine ziemliche Sauerei.«

Der Sandmann drückt Lindhorst eine Nadel an die Kehle.

Turgakow kichert. »Mal sehen, wer um diese Zeit noch zum Bestatter will.«

Zu spät!

Schmälzle nimmt die Hand von der Klingel und schüttelt bedauernd den Kopf. »Also, da macht keiner auf.«

Caruso und Schmähle drängen sich hinter ihm unters Vordach. Der Tenente hat immer noch seine Hundedecke über dem Kopf. Darunter trägt er mittlerweile die Ersatzuniform von Schmähle, die, wie immer frisch gebügelt von Mutti, im Kofferraum des Streifenwagens lag.

Allerdings ist sie ihm ungefähr zehn Nummern zu groß. Das Hemd reicht ihm bis zu den Knien, und er tritt dauernd auf die Hosenbeine. Die hat er zwar hochgekrempelt, aber sie sind immer noch viel zu lang. Das Ensemble beenden zwei Sandalen in Größe 45, die er sich mit Schnürsenkeln provisorisch an die Füße gebunden hat.

Kurz: Er sieht aus wie eine zu klein geratene Vogelscheuche, die sich als Polizist verkleidet hat. Das Gute ist: Es ist so dunkel, dass man die Uniform nicht sieht. Dummerweise sieht man auch sonst ziemlich wenig.

Caruso drängt sich an Schmälzle vorbei und drückt noch einmal auf den Klingelknopf. Es schallt hohl im Haus. Ansonsten tut sich nichts.

Der Tenente hämmert gegen die Tür. »Herr Lindhorst! Aufmachen! Hier ist die Polizei!«

»Vielleicht ist er ja nicht daheim?«, mutmaßt Schmälzle.

Der Schein einer Stablampe huscht über den Hof und bleibt an einem schwarzen Mercedes hängen, der hinter dem Pavillon parkt. Caruso nickt zu dem Auto hinüber. »Ich glaube, er ist hier. Und ich denke, er hat Besuch.«

»Und was machen wir jetzt?« Schmähle versucht, durch den Briefkasten hineinzuspähen.

Caruso schultert seine Decke. »Kommen Sie mit. Ich kenne da noch einen Eingang.«

Vier Minuten später stehen die drei Männer im Gang, der zur

Kühlkammer führt. Caruso lässt seinen Blick durch den Gang wandern. Der Boden ist nass. Es riecht muffig. Die Feuchtigkeit hat sich auch in die Wände gesetzt.

»Leise jetzt«, flüstert er. »Sehen Sie das?« Er deutet auf eine Lache mit Wasser, in der sich Fußabdrücke abzeichnen. »Es ist sehr wahrscheinlich, dass wir hier auf kriminelle Elemente stoßen, die vor nichts zurückschrecken. Äh, haben Sie eigentlich Waffen?«

Schmähle strahlt übers ganze Gesicht. »Ich dachte schon, Sie würden nie fragen.« Aus seinem Hosenbund zieht er einen überlangen Revolver.

Entgeistert blickt ihn sein Kollege an. »Wo hast du den denn jetzt her? Hast du überhaupt einen Waffenschein dafür?«

»Was denkst denn du? Sechs Jahre Schützenverein müssen doch für was gut sein.« Schmähle klemmt sich die Taschenlampe unter den Arm, klappt die Trommel auf und überprüft die Patronen. »Das ist ein Colt Python, Birkenholzgriff, Doubleaction, neun Millimeter. Du würdest dich wundern, was wir alles in der Asservatenkammer haben. Allzeit bereit, sag ich bloß.« Er lässt die Trommel wieder zuschnappen. »Das ist übrigens der gleiche Revolver wie der von dem Polizisten aus der Serie mit diesen rennenden Zombies«, fügt er nicht ohne Stolz hinzu.

»Zombies! Ha jo!«, ereifert sich Schmälzle. »Bachel wie dich hat man früher bis zum Hals eingraben, und was rausguckt hat, das hat man einfach weggeschabt.«

»Schimpf net so laut. Für dich hab ich auch was. Nicht lethal. Vielleicht gibt's Geiseln.« Er reicht Schmälzle einen Taser, den sich dieser an den Gürtel steckt.

»Richten Sie Ihre Lampen nach unten«, flüstert Caruso.

Vorsichtig tasten sich die drei den Gang entlang. Schmähle führt, danach folgt Caruso, und Schmälzle bildet die Nachhut. Unheimlich zeichnen sich ihre verzerrten Schatten an der Wand ab. Vor ihnen ragt die schwere Metalltür auf, die zum Kühlraum führt.

»Guck an«, flüstert Schmähle. »Die ist ja offen.«

Die drei bleiben einen Moment davor stehen. In diesem Augenblick ertönt ein Klappern, gefolgt von einem Zischen.

»Warst du das, Berthold?«

»Ha noi. Bei mir klappert nix«, kommt es dumpf von hinten.

Das Klappern ertönt wieder. Näher diesmal. Es klingt, als ob jemand wie ein Wahnsinniger eine Babyrassel schüttelt. Carusos Stimme ertönt aus der Mitte. »Meine Herren, bitte nicht bewegen. Ich weiß zwar nicht, wie dieses Klappern hierherkommt, habe aber so eine Ahnung, wer es verursacht. Bleiben Sie ganz ruhig stehen. Nicht bewegen …«

Von hinten kommt es kläglich. »Da ist was …«

Caruso leuchtet vorsichtig mit der Taschenlampe. Der Lichtkegel irrt über den Boden, dann an der Mauer entlang und verharrt auf einer Diamant-Klapperschlange. Im Schein der Taschenlampe richtet sie sich hinter Schmälze zu beachtlichen einen Meter vierzig auf. Der Polizeibeamte versucht, seinen Bauch einzuziehen und sich irgendwie unsichtbar zu machen. In jedem Punkt ein hoffnungsloses Unterfangen. Ganz vorsichtig zieht er den Taser aus dem Gürtel.

»Soll ich schießen? Was meint ihr?«, flüstert Schmähle heiser und zielt mit dem Revolver nach hinten.

»Auf keinen Fall.« Caruso drückt seine Waffe nach unten. »Wenn der Schuss danebengeht, wird sie nur unglaublich wütend.«

Die Schlange wiegt sich im Licht vor und zurück. Regungslos verfolgt Schmälzle sie mit seinem Blick. Er sieht aus wie ein zu groß geratenes Kaninchen. »Ihhh! Die sieht jetzt schon extrem sauer aus.«

»Ganz ruhig. Ich hab eine Idee.« Caruso zieht sich die Hundedecke von der Schulter.

»Wenn ich ›los‹ sage, werfe ich die Decke über die Schlange. Und Sie, Schmälzle, feuern gleichzeitig Ihren Taser ab. Dann laufen wir alle so schnell wie möglich in die Kühlkammer.«

»Ähh, Chef? Soll ich auch was machen?« Der Lauf von Schmähles Revolver schwenkt bedrohlich in Carusos Richtung.

»Um Gottes willen, weg damit! Sie können in so einem engen

Gang keinen Revolver abfeuern!« Caruso schiebt den Lauf erneut zur Seite. »Der Querschläger könnte jeden von uns treffen.«

Er hält die Hundedecke wie ein Torero das Tuch. Die Schlange zischt bösartig. Im irrlichternden Schein der Taschenlampe kann Caruso ihre weißen Giftzähne sehen.

»Schmälzle! Halten Sie die Lampe ruhig. Auf die Plätze … fertig … los!«

Die Decke fliegt in die Dunkelheit, es blitzt, und ein elektrisches Summen ist zu hören. Auf einmal fangen die drei an zu zucken. Es riecht verbrannt.

»Wa… wa… wa…«, stottert Schmälzle, während seine Füße unkontrollierte Bewegungen machen. Sekunden später folgt ein unglaublich lauter Knall. Pulverdampf liegt in der Luft. Als er sich verzogen hat, liegt die kleine Gruppe stöhnend übereinander.

Caruso wühlt sich unter Schmälzle hervor. Seine Ohren klingeln. »*Per l'amor di Dio!* Was ist passiert?«

Der dicke Polizist versucht, sich aufzurichten. »Au! Das zeckt! Ich glaub, ich hab mir den Taser aus Versehen in den Fuß geschossen.«

Schmähle kommt ebenfalls wieder hoch. »'tschuldigung! Ich hab einen Schlag 'kriegt und dann aus Versehen den Abzug 'drückt.«

»Heißt das, wir haben die Schlange nicht erwischt?«, kommt es alarmiert aus der Mitte.

Einen Moment lang herrscht Stille. Dann klappert es. Ein heilloses Durcheinander von Beinen, Armen und Köpfen versucht, so schnell wie möglich in den Kühlraum zu gelangen. Erst als alle drin sind und sich Schmälzle schwer atmend gegen das kühle Metall der Tür lehnt, wird ihnen klar, dass sie nicht allein sind.

»*Dobro pozhalovat!* Willkommen. Und: Hände hoch«, ertönt eine Stimme aus dem Dunkel.

Das Licht geht an. Geblendet schauen sich die drei um. Vor ihnen stehen zwei Männer. Der ältere, offensichtlich der Wortführer, fixiert sie durch eine Goldrandbrille und hält eine Pistole auf sie gerichtet, der andere, dessen Aknenarben darauf hindeuten, dass er eben erst der Pubertät entwachsen ist, steht über Lindhorst gebeugt. Der Bestatter ist auf eine Trage gefesselt, blutet aus dem Mundwinkel und starrt verständnislos zu ihnen herüber.

»Ich habe mich schon gefragt, wer um diese Zeit noch zum Bestatter kommt. Außer Toten natürlich. Aber ich will nicht vorgreifen.« Turgakow lacht leise und unangenehm. »Die Waffen, bitte.«

Schmähle und Schmälzle zucken synchron die Achseln. Schmähle hat seinen Revolver irgendwo auf dem Gang verloren, Schmälzle stecken die Drähte seines Tasers noch im Schuh. Das Gerät hängt immer noch daran.

Der junge Mann tastet die drei ab und trampelt mit dem Schuh auf dem Taser herum, bis nur noch Einzelteile übrig sind.

»He!«, empört sich Schmälzle. »Das ist Staatseigentum.«

»Halt's Maul, toter Mann!«

Schmälzle verstummt. Ihm ist gerade aufgefallen, dass da ein abgeschnittener Kopf auf dem Schreibtisch liegt.

»Kompliment. Also das war vermutlich der lauteste verdeckte Zugriff in der Polizeigeschichte.« Der ältere Mann verzieht seine dicken Lippen zu einem Grinsen.

»Kritisieren ist immer einfach«, mault Schmähle halblaut vor sich hin.

»Dich … dich … ich kenn dich doch.« Schmälzle deutet mit seinem dicken Zeigefinger auf Vadim Turkakow. »Du bist doch Russe. Vadim … irgendwas, stimmt's? Der war schon ein paarmal bei uns«, wendet er sich erklärend an die anderen.

Caruso verdreht die Augen. Auch das noch.

»Autsch«, sagt Alexej Turgakow grinsend. »Das könnte Ihren Aufenthalt jetzt *etwas* verlängern. Wir mögen es nicht, erkannt zu werden, nicht wahr, Vadim?«

»Genau.« Der Angesprochene lacht durchtrieben.

»Die gute Sache ist«, fährt Alexej fort, »wir sind ja hier bei einem Bestatter. Da ist alles da, was man braucht, um Menschen verschwinden zu lassen.«

Die beiden Polizisten werden bleich. Caruso beschließt, alles auf eine Karte zu setzen. In der Hoffnung, dass seine beiden Kollegen verstehen, was er vorhat, macht er einen Schritt auf den Russen zu. »Wir sind zu dritt. Sie haben nur eine Waffe. Sie können uns nicht alle gleichzeitig erschießen.«

»Oh je, hab ich da was vergessen? Darf ich Ihnen noch einen meiner geschätzten Mitarbeiter vorstellen?«

Fallschirmseide raschelt. Etwas sehr Spitzes pikst kühl an Carusos Kehle. Der Hauch eines süßlichen Parfüms wogt zu ihm nach vorn. Aus den Augenwinkeln sieht Caruso schemenhaft etwas Schwarzes.

»Der Sandmann. Ein Meister der Nadel und ein wahrer Zauberer im Verschwindenlassen.« Alexej gibt der Gestalt hinter ihnen ein Zeichen. »Fesseln!«

Kabelbinder schließen sich um Hand- und Fußgelenke der drei Polizisten. Hilflos lassen sie die Prozedur über sich ergehen, während Alexej seine Waffe unverwandt auf sie gerichtet hält. Dann werden sie mit dem Gesicht zur Wand auf die Knie gezwungen.

»Unser Freund muss uns jetzt leider verlassen. Er hat noch eine, wie soll ich sagen, *italienische* Verabredung mit einer Donna.« Alexej lacht hämisch.

Caruso erhascht einen weiteren Blick auf die dunkle Gestalt. Sie ist klein, wirkt auf eine schwer zu beschreibende Art feingliedrig, und es sieht so aus, als ob sie humpelt. Ein kalter Luftzug berührt ihn im Nacken, die Tür schlägt zu. Der Sandmann ist weg.

»Und wir haben noch Arbeit vor uns. Nicht wahr, Vadim?«

»Da, nana«, sagt sein Sohn und nickt eifrig.

»Geh und hol die Wanne.«

Vadim zieht sich große Plastikhandschuhe über und tritt in die Wandnische. Irgendetwas rutscht quietschend über den Fliesenboden.

Verzweifelt zerrt Caruso an den Fesseln. Das Resultat ist allerdings nur, dass ihm der Kabelbinder weiter ins Handgelenk schneidet.

Vadim schiebt eine kleine, mit einer schwarzen Plastikplane

abgedeckte Wanne vor sich her. Darin schwappt eine Flüssigkeit herum. Als er die Plane abzieht, riecht es sofort beißend nach Chemikalien.

Alexej klatscht zufrieden in die Hände. »So! Mit wem fangen wir denn an?«

Schmähle und Schmälzle drängen sich schlotternd aneinander.

»Warum nicht mit dem da?« Vadim zeigt auf Lindhorst. »Vielleicht fällt ihm ja wieder ein, wo das Kokain ist.«

»Gute Idee, mein Sohn.«

»Damit werden Sie niemals durchkommen.« Caruso dreht den Kopf über die Schulter und starrt Alexej wütend an.

»Ach was.« Er deutet auf das weiße Gebräu in der Wanne. »Das hier ist Natronlauge, zusammen mit zwei Flaschen Rohrreiniger. Was Sie da reinwerfen, kommt überall durch, das versichere ich Ihnen! In einer Stunde befinden Sie sich bereits auf dem Weg durch die Kanalisation. Natürlich bis auf die Knochen. Die werden wir ganz normal im Restmüll entsorgen. Für eine saubere Umwelt, nicht wahr?« Er kichert und nickt seinem Sohn zu.

Vadim macht sich an einem der Schränke zu schaffen und kommt kurze Zeit später mit einem Gerät zurück, das entfernt an einen Akkuschrauber erinnert, nur dass vorn kein Bohrer sitzt, sondern ein silbern glänzendes Sägeblatt.

»Sie könnten jetzt sagen«, Alexej schraubt seine Stimme klamaukig in die Höhe, »oh, die Wanne ist ja viel zu klein. Da passe ich ja gar nicht rein.«

Vadim übergibt ihm grinsend das Gerät. Alexej hält es so, dass es auch die am Boden Kauernden sehen können. »Aber keine Sorge. Ein Bestatter hat auch dafür das richtige Werkzeug. Das hier ist eine Knochensäge. Das Sägeblatt besteht aus speziell gehärtetem Stahl und ist so scharf wie eine Rasierklinge. Bei fünfzehntausend Umdrehungen pro Minute schneidet sie Knochen wie Butter. Ich versichere Ihnen: Wir kriegen Sie *alle* in die Wanne.« Er wendet sich an Lindhorst, der kreidebleich geworden ist. »Ist Ihnen eingefallen, wo das Kokain ist?«

»Ich weiß nichts von Ihrem Kokain!« Verzweifelt zerrt Lindhorst an seinen Fesseln. »Geben Sie mir meine Tochter wieder!«

»Keine Sorge. So wie ich Ihre italienischen Freunde einschätze, werden Sie sie schon sehr bald wiedersehen.« Er schnalzt bedauernd mit der Zunge. »Vermutlich allerdings nicht in *dieser* Welt.«

Die Botschaft

Ein billiger Kugelschreiber mit einer Mini-LED-Lampe am Schaft und der Aufschrift »Sparkasse Muggenpfuhl« kostet weniger als achtundvierzig Cent in der Herstellung. Wie lange die von einer Knopfzelle betriebene Lampe bei Permanentbetrieb hält, wissen seine Besitzer normalerweise nicht. Ein winziges, unbedeutendes Detail.

Meistens.

Allerdings kann die Leuchtdauer den Unterschied zwischen einer schlimmen und einer entsetzlichen Situation ausmachen.

Die Dunkelheit in der Grabkammer, in der Anselm und Julia festsitzen, ist so massiv, dass Anselm sie fast greifen kann. Gerade so, als hätte sie einen eigenen physischen Körper. Der Lichtstrahl seiner Stiftlampe schneidet durch sie hindurch wie durch schwarze Melasse.

Sie haben versucht, um Hilfe zu rufen, allerdings ohne Erfolg. Die Erde schluckt die Schreie sofort. Anselm hat auch versucht, die schwere Holztür aufzubekommen. Er hat sich ein paarmal mit seinem gesamten Gewicht dagegengeworfen. Nachdem das jedoch einen mittleren Erdrutsch in ihrer Zelle auslöste, hat er es gelassen.

Die Tür wird außen offensichtlich durch einen Riegel verschlossen. Einfach, aber effektiv. Das Gitter des Sichtfensters sitzt bombenfest und ist zu hoch, um von dort an den Riegel zu kommen. Die hintere Wand besteht aus festgestampfter Erde.

Anselm und Julia haben schon vor Stunden eine Bestandsaufnahme gemacht. Eine Packung Wrigleys extra, besagter Kugelschreiber mit Lampe, ein halber Bleistift, eine rote Mini-Billardkugel, die man aufschrauben kann, eine Büroklammer, eine Schachtel mit vier Zündhölzern, ein Stück Faden, ein gewöhnlicher Gummiring und eine Casio-Armbanduhr. Alles akkurat auf einem der Sargbretter aufgereiht. Nicht direkt das ideale Werkzeug, um aus einem unterirdischen Grab zu entkommen. In den Särgen ist nichts außer verrotteten Kleidern und Knochen.

Julia hat sich in eine Ecke gekauert und schläft. Darüber ist Anselm gar nicht so unglücklich. Das macht es ihm nämlich leichter zu lauschen und nachzudenken. Das Gehör ist in der Lage, Schallabweichungen von drei Grad zur Kopfmitte und Laufzeitdifferenzen von zehn Millisekunden vom rechten zum linken Ohr über eine Distanz von hundert Metern zu unterscheiden. Das hat Anselm auf dem Discovery-Channel gesehen.

Er schließt die Augen und konzentriert sich. Zuerst hört er nichts außer seinem Herzschlag. Ein hektisches, dröhnendes Bummern. Er zwingt sich, ganz ruhig und gleichmäßig zu atmen. Das Wummern wird leiser. Ganz langsam dringen andere Geräusche zu ihm. Ein leises Kratzen wie von einer Ratte, die sich durchs Erdreich wühlt. Ein leises Gluckern, eine Wasserleitung vielleicht? Ein Zischen. Erde bröckelt irgendwo ab. Und dann … ein schlurfendes, langsames Geräusch, das sich in regelmäßigen Abständen wiederholt.

Schritte!

Anselm konzentriert sich noch mehr.

Schlurf …

Pause …

Schlurf …

Pause.

Ein metallisches Klirren. Schlüssel. In unendlicher Ferne öffnet sich eine Metalltür. Dann wieder Schlurfen. Anselm zählt die Schritte. Als er bei fünfzehn angekommen ist, stocken sie. Dann ein Rumpeln und Scharren, ein Geräusch, als ob alte Bretter über den Boden schleifen. Oder als würde jemand ein Regal wegschieben.

Die Schritte werden lauter. Anselm zählt wieder zwanzig Schritte.

Auf einmal kann er auch etwas riechen. Es riecht nach frisch gebackenen Plätzchen. Sein Magen fängt an zu knurren, und ihm fällt ein, dass er seit einem halben Tag nichts mehr gegessen hat.

Das Licht geht an. Anselm geht in Deckung. Ihr Entführer denkt vermutlich immer noch, dass sie im Sarg liegen. Besser, wenn das erst einmal so bleibt.

In diesem Moment ändert sich der Atemrhythmus von Julia. Sie wacht auf. Anselm lässt sich auf die Knie nieder und kriecht eilig zu ihr hinüber. Gerade als sie aufschrecken will, hat er sie erreicht und legt ihr die Hand auf den Mund. Sie wehrt sich einen Moment, dann erschlafft sie in seinen Armen. Ihre weit aufgerissenen Augen glänzen im Halbdunkel.

Bewegungslos warten sie, bis ihr Entführer wieder verschwunden ist.

Als Anselm vorsichtig zum Gitter hinausspäht, sieht er eine Tüte mit dem Bild eines dümmlich grinsenden Hundes und der Aufschrift »Fressnapf – Was Tiere lieben« und ein Tablett. Darauf liegen auf einer Lage Backpapier, wenn er das richtig sieht, Plätzchen. Makronen. Ihre grün-bräunliche Färbung und ihr würziger Geruch lassen nur einen einzigen Schluss zu. Es handelt sich hier um sogenannte *space cookies*, Haschplätzchen.

In Anselms Kopf beginnt sich ein Plan zu formen. Er macht die Stiftlampe an. Sparkasse sei Dank.

»Gut geschlafen?«

»Ging so. Ich hatte einen Alptraum, in dem mich ein Psychopath in einen Sarg gesperrt hat. Zusammen mit einer absoluten Nervensäge. Ach herrje, das war ja gar kein Traum.«

»Sehr witzig. Während du Schäfle gezählt hast, hab ich einen Plan entwickelt.«

»Oh! Da bin ich aber gespannt. Willst du dich mit einer Skeletthand hier rausgraben?«

»Nein, aber der hat grad was gebracht, was uns vielleicht hilft, hier rauszukommen.«

»Eine Schaufel?«

»Leucht mir mal bitte.« Anselm krabbelt zu dem Sargdeckel mit ihren Habseligkeiten.

»Und jetzt?«

»Jetzt schreiben wir eine Nachricht.«

Auf dem Deckel eines Sarges breitet Anselm eines der Kaugummipapiere aus und schreibt mit dem Bleistift eine Botschaft auf die Rückseite.

Hilfe! Werden unter dem Friedhof gefangen gehalten! Grabgang hinter Regal! Bitte umgehend Polizei verständigen. Anselm Gottesacker + Julia Lindhorst

Julia liest im Schein der Stiftlampe mit. »Stilistisch verbesserungswürdig. Ich verstehe bloß immer noch nicht, wie uns das hier rausbringen soll.«

Anselm faltet das Kaugummipapier zusammen, schraubt die Mini-Billardkugel auf und packt den Zettel hinein.

»Und jetzt?«

»Also: *Wir* kommen hier nicht raus. Aber vielleicht was anderes.«

»Wie das?«

Seine Zähne leuchten im Dunkeln, als er grinst. »Kennst du MacGyver?«

Unerwartete Hilfe

Alles, was von Carusos detektivischen Ambitionen noch übrig ist, verflüchtigt sich mit dem schrillen, nervenzerfetzenden Kreischen der Hochgeschwindigkeitssäge. Neben sich sieht er, wie Schmälzle und Schmähle verzweifelt an ihren Kabelbindern zerren. Caruso schafft es, sich zu drehen und sich an der Wand ein Stück nach oben zu drücken.

Alexej und sein Sohn sind mit Lindhorst beschäftigt, der sich auf der Trage wild hin und her wirft. Offensichtlich überlegen sie, wo sie den ersten Schnitt setzen sollen.

Auf einmal fällt Caruso etwas auf. Der große, schwere Metallschrank in der Wandnische scheint sich zu bewegen. Hektisch blinzelt Caruso den Schweiß aus den Augen. Tatsächlich: Er wippt in kaum wahrnehmbarem Rhythmus hin und her.

»Hören Sie … Jetzt warten Sie doch einen Moment!«, schreit er gegen das Kreischen der Säge an. »Ich weiß, wo das Kokain ist!«

Das nervenzerreißende Kreischen stoppt.

Alexej blickt auf. »Was Sie nicht sagen! Und wo ist es?«

»Das sag ich Ihnen, wenn Sie diesen Mann gehen lassen.«

Der Schrank wackelt jetzt heftiger.

»Wissen Sie was?« Alexej dreht sich wieder zu Lindhorst um. »Sie werden es mir sowieso sagen. Sobald Sie an der Reihe sind …« Die Säge fängt wieder an zu kreischen. Der Schrank wippt weiter.

Vadim sieht aus den Augenwinkeln eine Bewegung. »Was zur Hölle …?« Mit zwei raschen Schritten tritt er in die Nische.

Doch es ist zu spät. Der Schrank hat seinen *point of no return* erreicht, und die Schwerkraft schlägt zu. Er kippt nach vorn. Die Schranktüren öffnen sich. Vadim wird unter ohrenbetäubendem Scheppern von Tiegeln, Töpfen und achtzig Kilo Schrank begraben. Dahinter kämpft sich mit einem gurgelnden Kriegsschrei Johann Gottesacker hervor.

Er hat eine schwarze Lederjacke an und eine Damenstrumpfhose über dem Gesicht. In der Hand schwenkt er eine Art altmodischen Hinterlader mit Repetierhebel.

Alexej hat es die Sprache verschlagen. Fassungslos starrt er die merkwürdige Gestalt an und braucht eine Sekunde, um sich zu fassen. Er lässt die Knochensäge fallen und will nach seiner Waffe greifen, als Caruso es endlich schafft, auf die Beine zu kommen. Er springt den Russen an und rammt ihm die Schulter in die Seite. Beide gehen zu Boden. Alexej schlägt sich den Schädel an der Kante des Metalltischs an, verdreht die Augen und wird ohnmächtig.

Schwer atmend steht Gottesacker in der Mitte der Kühlkammer, seine Augen rollen wild hin und her. Auf der Suche nach weiteren Gegnern schwankt der Lauf seines Hinterladers gefährlich in alle Richtungen. Er versteht nicht, was er da sieht. Zwei Männer in Polizeiuniform knien mit dem Gesicht zur Wand am Boden, auf der Bahre liegt bewegungslos Lindhorst.

Caruso schiebt sich ächzend unter dem Russen hervor. »Wer … wer sind Sie?«

»Gottesacker. Traditionsbestatter.«

»Würden Sie mir wohl kurz helfen? Und zielen Sie nicht mit dem Gewehr auf mich. Ich bin von der Polizei.«

Verwirrt glotzt Gottesacker ihn an.

»Können Sie mir die Fesseln abmachen?« Caruso hebt die Hände. »Jetzt! Da liegen Messer auf dem Tisch. Neben der Knochensäge.«

»Jesses, Maria und Joseph.« Gottesacker nimmt eines der Messer und schneidet Caruso den Kabelbinder durch. Geschockt mustert er die Wanne und die Knochensäge, deren Sägeblatt sich in den Fliesenboden gegraben hat. »Ich hab … ich hätt … Was wollten die denn hier machen?«

»Das fragen Sie mal lieber Ihren Kollegen. Der könnte etwas Hilfe gebrauchen«, sagt Caruso, während er sich um Schmälzle und Schmähle kümmert.

Mit zitternden Händen zerschneidet Gottesacker die Fesseln von Lindhorst und gibt ihm versuchsweise eine Ohrfeige.

»Au … Was … Wo bin ich?« Lindhorst schlägt die Augen auf. Er braucht einen Moment, um sich zurechtzufinden. »Danke«, flüstert er heiser, als er Gottesacker erkennt. »Ich hätte nicht mehr mit Ihnen gerechnet.«

Gottesacker hilft Lindhorst, sich aufzurichten, und klopft ihm auf die Schulter. »Ist noch alles dran, wie's aussieht.«

Lindhorst reibt sich die Handgelenke. »Sie hatten recht. Ich hätte auf Sie hören sollen.«

Gottesacker schluckt, bevor er im Flüsterton die nächste Frage stellt. »Und die Kinder?«

»Nichts. Die Russen sagen, die Sorentino-Italiener haben sie.«

»Herrgottsakrament aber auch!«

Gemeinsam verschnüren Caruso und die beiden Polizisten die Russen mit Klebeband zu zwei handlichen Paketen.

»Uff! Das war aber mal knapp.« Schmähle inspiziert die Wanne. »Und überhaupt nicht so lustig, wie man's immer im Film sieht.«

Schmälzle reibt sich die Knie. »Keine Sekunde zu früh. Da liegt übrigens ein Riebel auf dem Schreibtisch.«

Schmähle sieht schaudernd hinüber. »Hergolaneum! Genau so hätt's uns auch gehen können.«

Caruso mustert den Kopf. »Darf ich vorstellen: Don Sorentino. Oder zumindest ein Teil davon.«

Schmähle schüttelt sich. »Was für ein Glück, dass der Gruselige in dem schwarzen Kittel schon weg war.«

Caruso erstarrt.

»Was ist denn, Herr Caruso?«

»*Dio mio!* Ich muss sofort zur Trattoria. Sie unternehmen nichts, bevor ich nicht wieder zurück bin. Niemand verlässt diese Kühlkammer. Donna Elvira ist in höchster Gefahr.«

»Sollen wir nicht besser Verstärkung rufen?«, fragt Schmälzle besorgt.

Caruso ist bereits halb zur Tür hinaus. »Dafür ist keine Zeit. Bewachen Sie die Russen. Ich muss einen Mord verhindern.«

Mordanschlag

Caruso hetzt durch die verlassenen Straßen. Blitz und Donner lassen die alten Fachwerkhäuser aufleuchten. Der Regen peitscht ihm ins Gesicht. Ein Blitz zeigt eine halbe Sekunde die Negativaufnahme eines sauber angelegten Schrebergartens. Eine Gießkanne baumelt an einem Strick und schlägt gegen eine Hauswand.

Der Kirchturm ragt drohend über Caruso in den nachtschwarzen Himmel, als er die Innenstadt hinaufstürmt. Die Zeiger der großen Turmuhr rücken auf Mitternacht vor. Hinter zurückgesetzten Fenstergiebeln glimmen vereinzelt Lichter, so bleich und fern wie der fahle Mond, der immer wieder zwischen vorbeirasenden Wolkenbergen aufleuchtet.

Caruso stolpert über seine Hosen und wäre fast in den Rinnstein gestürzt. Ein Ehepaar, das mit einem großen schwarzen Regenschirm bewaffnet eilig nach Hause strebt, starrt ihm nach wie einer Erscheinung. Caruso achtet nicht auf sie.

Ein Auto zieht eine riesige Gischtwelle neben sich her, der er gerade noch ausweichen kann. Er passiert einen Dönerladen und ein Schuhgeschäft. Seine Lungen pumpen, sein Herz schlägt irgendwo weit oben im Hals. Dröhnend fangen die Bronzeglocken an zu schlagen.

Caruso stürzt über die Straße. Vor sich kann er die Lichter der Trattoria sehen. Stimmgemurmel und italienischer Gesang dringen an sein Ohr. Als die Turmuhr beim fünften Schlag angekommen ist, reißt er die Tür auf und befindet sich mitten in einer italienischen Vorbestattungsfeier.

Die Wirtschaft ist gerammelt voll mit Italienern. Eine schwülfeuchte Wolke aus Zigarrendunst, Parfüm, feuchten Kleidern und Schweiß schlägt Caruso entgegen. Aus den Boxen dröhnt eine traurige italienische Schnulze. Mit gehetztem Blick sieht er sich um. Donna Elvira ist nirgends zu sehen.

Überall stehen Männer in schwarzen Anzügen, die alle bereits ziemlich betrunken sind. Der Tresen scheint ihm Kilometer weit weg zu sein. Vor ihm wird gesungen und geschunkelt. Mit Knien und Ellbogen kämpft er sich durch die Menge.

Er wird herumgeschubst, ein dicker Italiener nimmt ihn in den Arm und schwenkt ihn herum wie eine Kleiderpuppe. Verzweifelt sieht sich Caruso um. Wie soll er in diesem Durcheinander den Killer finden? Er weiß nicht einmal, wie er aussieht. Er hat ihn nur mit Maske gesehen. Und alle tragen hier Schwarz.

Verbissen drängelt er sich weiter nach vorn und erreicht endlich die Bar. Ein Barmann ist dabei, nachzuschenken. Die Phalanx von schwarz gekleideten Rücken ist dicht geschlossen. Von Donna Elvira immer noch keine Spur.

Dann ein Lichtblick. Ein Italiener mit Schnauzbart steht schwankend von seinem Barhocker auf und torkelt in Richtung Toilette. Der süßliche Geruch von Jasmin liegt in der Luft.

Caruso klettert unbeholfen auf den Barhocker und richtet sich auf. Von hier oben hat er einen guten Überblick.

Und auf einmal wird ihm alles klar. Er weiß jetzt, wer der Sandmann ist, und er weiß auch, wie er Donna Elvira gleich töten wird.

***

Donna Elvira hat geladen, und alle sind gekommen. Vetter Luca aus Pommerole, in Fachkreisen auch bekannt als »Lucky Luca«. Er hat seine Frau und seine drei Kinder mitgebracht. Natürlich ihre Tante Alda nebst Anhang, Donnie Chincini, verheiratet mit ihrer Großcousine, Giuseppe Giulino, genannt »der Gullymann«, Diego Gambetti, besser bekannt als »Gambi, die Schlange«, und ihr Onkel Filipo, der sie schon den ganzen Abend bedrängt, endlich wieder nach Italien zu kommen.

»Das isse doch kein Leben hier! Keine *musica*, keine Spaß, keine Spaghetti. Wenn der gute Don Sorentino noch leben würde: Der würde sich im Grab umdrehen.« Sein schwarzer Schnurrbart wackelt heftig hin und her.

Donna Elvira verkneift es sich, ihn darauf hinzuweisen, dass sie ein italienisches Restaurant leitet und ihr Vater der Grund ist, warum sie nach Deutschland geflohen ist. Schlimmer sind nur noch die mitgereisten Ehefrauen. Ach ja, Halbschwester Silia nicht zu vergessen.

Die Mutter von Enzo sieht aus wie ein sechzigjähriges Frettchen, das jemand in ein Versace-Kostüm gesteckt hat.

»So eine Tragödie. Der Don war so ein stattlicher Mann. Er hätte noch viele gute Jahre vor sich gehabt. Ich hoffe, mit der Beerdigung ist alles in Ordnung?«, erkundigt sie sich betont unschuldig, wirft Donna Elvira aber einen hinterlistigen Blick zu. »Man hört ja so einiges ... Ware von der *famiglia* soll verschwunden sein. Viel Ware. Die *poliziotti* sind überall in seiner Villa.« Sie fischt mit dünnen Fingern eine Olive aus ihrem Martini, betrachtet sie versonnen und lässt sie achtlos auf den Boden fallen. »Ist doch merkwürdig, dass der Don in diesem *paesucolo di merda* beigesetzt werden soll. Er wird doch morgen beigesetzt, oder? Ich hoffe sehr, dass wir ihn vorher noch einmal sehen können.« Sie sieht sich suchend um. »Wo ist überhaupt Enzo, *mio caro figlio*?«

Nachdem es Donna Elvira endlich gelungen ist, Silia abzuschütteln, nimmt sie ihr Onkel Samuele mit ernstem Gesicht beiseite. »Elvira! Du musst Don Sorentino zur Bestattung aufbahren lassen. Es gibt Gerüchte, dass er gar nicht tot, sondern mit der Ware der *famiglia* abgehauen ist. Und dass du da irgendwie mit drinsteckst. Du weißt«, er schaut sich nervös um, »das ist gefährlich.«

»Onkel, ich bitte dich! Du weißt, dass ich meinen Vater seit zwanzig Jahren nicht mehr gesehen habe.« Donna Elvira muss wieder hinter die Theke. Sie hat Kopfweh. Nachfolgekriege in der Mafia sind eine blutige Angelegenheit. Gott sei Dank ist die Beerdigung schon übermorgen. Damit wird sich der Spuk hoffentlich von allein erledigen. Im Moment hat sie andere Sorgen. Sie muss den Laden gerade fast allein schmeißen, denn ihre nichtsnutzigen Söhne sind nirgends aufzutreiben.

Ein Schwall süßlichen Parfüms wogt zu ihr hinter den Tresen. Ist das Jasmin?

Donna Elviras Blick fällt auf eine kleine Frau in einem billigen Kleid, das aussieht wie ein eng anliegender Anzug. Merkwürdig: Es scheint, als ob sie mit einem sehr dicken Strohhalm aus ihrem Cocktailglas trinkt. Dabei wirkt sie sehr konzentriert. Donna Elvira lächelt ihr zu und versucht, sich an ihren Namen zu erinnern.

Ein paar Meter neben ihr brandet plötzlich Lärm auf. Sie reckt den Kopf und sieht den verlogenen kleinen Tenente auf einem Barhocker stehen. Er schwankt gefährlich hin und her und gestikuliert wild in ihre Richtung. Er sieht aus, als wäre er gerade in die Kanalisation gefallen. Sein Gesicht ist schmutzig, seine Haare stehen ihm wild vom Kopf. Wasser tropft von seiner Jacke, die an ihm hängt wie ein Sack. Dazu hat er eine viel zu weite Hose an. Er fuchtelt mit den Händen und ruft ihr etwas zu.

Donna Elvira kann kein Wort verstehen. Nicht zu fassen! Reicht es denn nicht, sie mitten in der Nacht aus dem Bett zu zerren? Oder sie anzulügen? Muss er jetzt auch noch ihr Familientreffen stören? Sie tastet über die Theke nach dem Baseballschläger, bekommt aber nur den Stiel einer schweren Bratpfanne zu fassen.

***

Der Sandmann ist kein Mann, sondern eine Frau. Daher der Parfümgeruch und die sonderbare Statur.

Links und rechts wird an ihm gezerrt. Vier oder fünf Frauen reden gleichzeitig auf Donna Elvira ein. Welche davon ist der Sandmann? Caruso bleiben nur Sekunden, um sie ausfindig zu machen. Alle sind schwarz gekleidet, aber nur eine humpelt. Und drängt sich gerade hinter einer sehr dicken Frau nach vorn. Caruso sieht, wie sie an ihrem Gürtel herumnestelt und sich einen dicken Strohhalm in den Mund steckt. Es sieht fast so aus, als ob sie damit auf etwas zielt. Die Gruppe der Frauen fächert sich an der Bar auf, und das Schussfeld wird frei.

Caruso muss handeln, und zwar sofort.

Er gestikuliert wild in Richtung des falschen Gastes und schreit auf Italienisch: »Achtung! Polizei! Die Frau ist ein Killer. Sie will Donna Elvira töten!« Seine Stimme geht im Lärm unter.

Ein Italiener prostet ihm gutmütig zu. Es scheint, als ob ihn nur die Frau in Schwarz gehört hat. Sie wirft einen ärgerlichen Blick zu ihm hinüber, dann visiert sie Donna Elvira an.

Caruso bleibt nur noch eins. Er spannt die Beine an und katapultiert sich direkt auf das falsche Familienmitglied zu. Alles scheint sich zu verlangsamen. Unter sich sieht er eingefrorene Gesichter, gegelte schwarze Haare, von Schulterhalftern ausgebeulte Jacken, grell geschminkte Lippen, hochgesteckte Haare. Alles in allem ungefähr zwanzig Jahre Zuchthaus.

Noch in der Luft wird ihm klar, dass er zu kurz gesprungen ist. Eine Viertelsekunde später schlägt er wie ein Kanonenschlag in der Frauengruppe ein und begräbt die dicke Frau und zwei ihrer Freundinnen unter sich. Gleichzeitig versetzt er dem Sandmann einen Stoß. Dieser taumelt einen halben Schritt nach vorn und verfehlt sein Ziel. Ein winziger, gefiederter Pfeil bohrt sich knapp hinter Donna Elvira ins Thekenholz.

Irgendwie schafft Caruso es, sich aus dem quiekenden Stoffgewirr herauszuarbeiten. Er kommt wieder auf die Beine.

Der Sandmann hat sich ebenfalls wieder gefangen. Die hagere Killerin will ihren Job offensichtlich zu Ende bringen. Mit einem heiseren, russischen Fluch stürzt sie auf Donna Elvira zu. Caruso erwischt einen Zipfel ihres schwarzen Umhangs. Die Frau stößt ihn zurück, doch Caruso lässt nicht locker.

Da ertönt auf einmal ein unglaublich lauter Gong. Das Geräusch scheint von überall zu kommen. Von links, von rechts, von oben, von unten – und erstaunlicherweise auch aus dem Inneren seines Kopfes. Die Welt dreht sich.

Das Letzte, was Caruso sieht, ist Donna Elvira, die eine riesige Bratpfanne in der Hand hält.

Dann …

Dunkelheit.

Plätzlepost

MacGyver ist ein Lügner, und er verdient den Tod. Mindestens. Anselm hat sich bereits an die fünfzig ausgefallene Tötungsarten für den Helden der Fernsehserie aus den achtziger Jahren ausgedacht, dessen Hauptdarsteller, Angus MacGyver, sich mit Taschenmesser, Klebeband und Büroklammer aus den gefährlichsten Situationen rettet. Wie kann jemand, der kein nerdiger YouTube-Star ist und fünfzehn Stunden am Tag beeindruckende, aber sinnlose Tricks übt, annehmen, dass irgendeiner seiner Kniffe funktioniert?

Anselm schwitzt. Seine Finger bluten, und sein Rücken tut ihm weh. Zum gefühlt hundertsten Mal schießt er jetzt die an einem Bindfaden hängende Büroklammer mit dem Gummi durch das Gitter des Sichtfensters. Ziel: das verdammte Blech mit den Plätzchen. Die Sicherheitsnadel hat er zu einem Haken gebogen und unterhalb der Büroklammer angehängt. Julia hat es vor ihm bereits eine Stunde lang probiert.

Jetzt ist er dran. Julia leuchtet.

Das erste Problem ist das Gitterfenster. Der Winkel, aus dem er schießen muss, ist zu steil. Er zieht den Gummi, visiert das Blech an und »Zong«. Diesmal landet die Büroklammer zumindest auf dem Backpapier. Vorsichtig ruckt er daran. Die Klammer rutscht darüber, ohne Halt zu finden.

Das zweite Problem: Die Sicherheitsnadel findet keinen Punkt, an dem sie einhaken kann. Und damit hat sich Teil zwei seines großartigen Planes ebenfalls erledigt. Der sieht nämlich vor, die Büroklammer in eines der Plätzchen zu schießen, es anschließend in die Zelle zu angeln und dann die Mini-Billiardkugel mitsamt ihrer Botschaft hineinzustecken. In der Hoffnung, dass sie irgendjemand lesen würde.

Bei MacGyver sicher eine Sache von wenigen Sendeminuten. Dummerweise ist das hier kein Film.

Erst jetzt geht Anselm auf, dass er einen fatalen Denkfehler gemacht hat. Selbst wenn er es schafft, an eines der Plätzchen zu kommen: Wie um alles in der Welt soll er es wieder an seinen Platz zurückbringen?

Er räuspert sich. »Äh, Julia?«

»Was denn?«

»Das ist eine blöde Idee.«

»Gott sei Dank. Ich dachte, du würdest nie drauf kommen. Mir schläft gleich der Arm ein.« Erleichtert nimmt Julia die Kugelschreiberleuchte herunter. Sie sieht entsetzlich müde aus. Und sauer. »Ich hätte da auch eine Idee.« Ihre Augen funkeln unter ihrem verfilzten Iro.

Ihr Plan hat den unbestreitbaren Vorteil, sehr einfach zu sein.

Zwei quälend lange Stunden passiert nichts. Dann endlich kommt ihr unbekannter Wächter zurück.

Anselm späht zum Gitter hinaus. Neben der Leiche liegen jetzt ein Leichensack und ein schwarzer Smoking. Anselm geht wieder in Deckung. Von draußen kommt Geraschel. Anselm gibt Julia ein Zeichen. Sie fängt an, mit einem Knochen auf dem Brett zu kratzen. Draußen ist es still geworden. Offenbar horcht ihr Bewacher. Julia kratzt wieder. Schritte sind zu hören. Der Mann kommt näher. Anselm gibt Julia ein Zeichen, und sie presst sich eng neben ihm an die Wand. Ein Auge stiert herein.

Julia und Anselm haben die Sargreste sorgfältig entfernt. Die Empore ist leer. Da, wo sie jetzt sind, kann sie ihr Bewacher nicht sehen. Durch das Sichtfenster müsste es so aussehen, als ob die Zelle völlig leer ist.

Es funktioniert.

Draußen ertönt ein ungläubiger Aufschrei. Der Riegel wird zurückgeschoben. Als der Mann in die Zelle tritt, stürzen sich Anselm und Julia auf ihn. Anselm hat einen Oberschenkelknochen in der Hand und Julia eine Sarglatte.

Im Dunkeln entspannt sich ein verbissener, schweigender Kampf. Anselm versucht, den Mann zu umklammern, sodass Julia einen Schlag mit der Latte anbringen kann, aber der Unbekannte ist erstaunlich flink und stark. Julia bekommt einen Schlag an den Kopf und geht zu Boden. Knurrend beugt sich der Mann über sie.

Anselm schafft es, sich zur Tür hinauszuwinden. Er ist bereits halb aus dem Vorraum hinaus, als er mitbekommt, dass Julia ihm nicht folgt. Mit einem wütenden Aufschrei dreht er wieder um und stürzt sich mit erhobenem Knochen auf den Mann. Der weicht ihm mühelos aus und schleudert ihn gegen die Wand. Eine Sekunde später fällt der Riegel nach unten.

Sie sitzen wieder fest.

Schwer atmend kriecht Anselm zu Julia. »Alles okay?«, flüstert er.

»War schon mal besser«, stöhnt sie. »Warum bist du denn nicht abgehauen?«

»Ich konnte dich doch mit dem Typen nicht allein lassen.«

Draußen tut sich etwas. Es raschelt und knistert. Der Unbekannte macht sich an der Tür zu schaffen. »Hey! Lassen Sie uns raus!«, schreit Julia.

Keine Antwort. Es raschelt weiter. Auf einmal geht das Licht aus. Der Unbekannte hat irgendetwas vor das Sichtfenster geklebt. Atemlos lauschen die beiden. Jetzt ertönt ein schaumiges Zischen.

»Was macht der denn da?«, flüstert Julia ängstlich.

Anselm schließt die Augen und konzentriert sich. »Das klingt wie Rasierschaum.«

Julia lässt sich erschöpft zurücksinken. »War doch kein guter Plan.«

»Kann man jetzt nicht so pauschal sagen«, sagt Anselm grinsend. »Die Plätzlepost ist unterwegs.«

Im fremden Bett

Das Erste, was Caruso sieht, als er die Augen aufschlägt, sind kleine, dicke Engel, die an einem rosafarbenen Himmel kreisen. Ein riesiges Engelsgesicht schiebt sich über den Horizont. Klimpernde Ohrringe, ebenholzschwarzes Haar, große, dunkle Augen. Irgendwie kommt es ihm bekannt vor.

»*Oh che bella donna*«, haucht er.

Das Gesicht verzieht sich zu einem geschmeichelten Lächeln.

Eigentlich will Caruso nur wieder zurück in diesen süßlich parfümierten Traum, aus dem er gerade aufgewacht ist. Da taucht plötzlich ein weiteres Gesicht am Himmel auf. Es ist rund und rotwangig und hat zwei Engelsflügel an den Seiten. Oder sind das Ohren? Die dicke Knollennase in der Mitte passt jedenfalls nur zu einem sehr avantgardistischen Engel. Caruso blinzelt und macht eine abwehrende Bewegung.

Der dicke Ohrenengel bewegt die Lippen. Eine verzerrte Stimme dringt an sein Ohr. »… Arzt holen?«

Caruso blinzelt noch einmal. Jetzt taucht ein drittes Gesicht auf. Es hat ausgedünnte dunkle Haare, eine Stirnglatze und eine lange Nase. Definitiv kein Engel.

»… er erkennt uns nicht.« Eine Hand wedelt vor seinem Gesicht herum.

Caruso lacht fröhlich und winkt zurück.

»Ob der jetzt einen Dachschaden hat?«

»Ich hab gleich gesagt: Der gehört ins Krankenhaus.«

»*Mamma mia!* Jetzt lasst den schlafen. Der hat eine schwere Nacht gehabt.«

Der Vorhang zum Himmel wird mit einem Ruck geschlossen, und Caruso dämmert wieder weg. Er träumt von einem Erdloch, in dem er feststeckt, von einem russischen Killer und irgendwelchen Mafiosi, die ihn lebendig begraben wollen.

Als sein Unterbewusstsein die durch den Schlag mit einer »Le Creuset«-Bratpfanne verrutschten Versatzstücke seiner Erinnerung einigermaßen zusammengekittet hat, wacht er zum zweiten Mal auf. Die Putten kreisen immer noch, sind allerdings viel weniger realistisch. Um genau zu sein, sind sie auf einen Baldachin über seinem Kopf gestickt.

Caruso wühlt sich unter einer dicken Federdecke hervor und setzt sich ächzend auf. Er hat keine Ahnung, wo er ist. Eine Untersuchung der unmittelbaren Umgebung bringt ihn zu folgendem Ergebnis: Er befindet sich in einem Himmelbett, dessen weiße Seidenvorhänge zugezogen sind.

Ein heftiger Schmerz fährt durch seine Stirn. Er fasst sich an die Schläfe und stellt fest, dass die obere Hälfte seines Kopfes einbandagiert ist. Erinnerungssplitter kommen wieder. Ein Erdloch, Regen, ein schrecklich schrilles Geräusch. Leicht panisch wühlt er sich weiter aus dem Bett, fummelt hektisch am Vorhang herum, bis er endlich eine Lücke gefunden hat.

Der Vorhang gibt den Blick frei auf ein kleines, spartanisch eingerichtetes Zimmer mit geweißten Wänden. Helles Sonnenlicht fällt durch ein schmales Fenster. Ein altmodischer Holzschrank mit Verzierungen, ein Kruzifix an der Wand und eine kleine Kommode, auf der ein Schminkspiegel steht, vervollständigen das Mobiliar.

Unter dem Kruzifix sitzt Berthold Schmälzle auf einem Stuhl und beschäftigt sich gerade hingebungsvoll mit einem großen Stück Bienenstich. Caruso beobachtet ihn eine Weile, bis Schmälzle seinen Blick spürt.

»Heiligsblechle! Morgen, Herr Tenente«, mümmelt er mit vollem Mund. »Wie geht's Ihnen?«

»Wie … wie spät ist es?«, fragt Caruso und blinzelt verwirrt in die Sonne.

»Grad halb eins durch. Sie haben den ganzen Vormittag durchgeschlafen.«

»Wo bin ich?«

»Ha, bei der Donna Elvira. Das ist ihr Schlafzimmer. Sie haben gestern Nacht eins über den Riebel gekriegt. Scheinbar haben Sie die Donna Elvira angesprungen. Da hat sie Ihnen vorsichtshalber eins mit der Bratpfanne übergezogen. Sie konnte ja nicht wissen, dass Sie diesen russischen Killer jagen, also die Killer-Oma. Wir konnten die ganze Sachlage dann klären.« Schmälzle leckt sich die Finger ab.

Caruso schüttelt ein-, zweimal den Kopf, als wolle er sichergehen, dass er festsitzt. Seine Erinnerungsfragmente fügen sich zu einem bizarren Bild.

»Erkennen Sie mich auch bestimmt wieder?«, fragt Schmälzle besorgt.

»Äh, sicher! Was ist mit dem Killer?«

Schuldbewusst zieht Schmälzle den Kopf ein. »Die Alte ist leider abgehauen. Da war wirklich viel Trubel bei der Donna. Die hat eine sehr spezielle Verwandtschaft. Die waren alle bewaffnet.«

»Und die Russen?«

»Vater und Sohn haben wir scho ei'kaschdled. So schnell kommen die nicht mehr raus.« Zufrieden knüllt Schmälzle die Bäckertüte zusammen. »Wir haben sie wegen Hausfriedensbruch, bewaffnetem Angriff und versuchtem Mord am Wickel.«

Caruso stellt fest, dass er ein geblümtes, eindeutig weibliches Nachthemd trägt. »Was ist denn *das*?«

»Ähh …« Verlegen fixiert Schmälzle einen Punkt an der Decke. »Das hat Ihnen die Donna angezogen. Die Pyjamas von ihren Söhnen waren alle zu groß. Ich hab Ihnen aber Ihre Uniform mitgebracht.«

»So ein Mist! Gibt es eine Spur zu der entführten Bestattertochter?«

Traurig winkt Schmälzle ab. »Also, das ist leider eine ganz andere Geschichte. Die Russen sagen, dass die Italiener das Mädchen haben. Sieht aus, als hätten wir die gestern Nacht knapp verpasst.«

Es klopft an die Tür. Schnell wickelt sich Caruso die Bettdecke um die Schultern. Einen Augenblick später wogt Donna Elvira herein. Sie trägt ein dunkelblaues geblümtes Kleid mit einem Ausschnitt, der ihre Oberweite besonders gut zur Geltung bringen soll.

»*Buongiorno*, Tenente!«, gurrt sie. »Gut geschlafen?«

Caruso schlingt die Decke enger um sich. »*Molto bene! Molto bene!* Verzeihen Sie die ganze Aufregung.«

»*Ah che cavolo!*«, winkt sie ab. »Sie haben diese russischen Banditen gefangen und einen *assassino* aufgehalten, der mich töten wollte. *Mamma mia!* Mein Herz schlägt immer noch wie verrückt«, säuselt sie und beugt sich zu ihm hinunter, sodass Caruso Einblicke bekommt, die ihm den Schweiß auf die Stirn treiben. »Hier, fühlen Sie mal.« Sie presst Carusos Hand auf ihre Brust. »Hören Sie, wie es klopft, *il mio cuore*?«

»Äh, ja …« Vorsichtig zieht Caruso seine Hand wieder zurück und rutscht ein Stück auf dem Bett nach hinten. Die Donna lässt sich auf die Matratze sinken und tupft sich mit einem Seidentuch die Stirn ab. Das Bett knarzt bedenklich, und die Matratze biegt sich nach innen, sodass Caruso langsam, aber stetig auf Donna Elvira zurutscht.

»Das Wichtigste für mich ist, dass mein *papà* in Frieden ruhen kann. Im Kreise seiner Familie, so wie er es sich gewünscht hat.« Sie senkt verschwörerisch die Stimme. »Einige meiner Verwandten glauben nämlich nicht, dass mein Vater verstorben ist.« Sie seufzt. »Wie Sie vermutlich mittlerweile wissen, ist … war mein Vater bei der Mafia. Ich hab damit seit Jahren nichts mehr zu tun. Es interessiert mich auch nicht, was da in Italien passiert ist. Auf jeden Fall ist Ware verschwunden. Das nimmt die *famiglia* sehr ernst. Die glaubt, ich würde mit *mio padre* unter einem … wie sagt man … Bett stecken. Deshalb ist es sehr wichtig, dass ihn alle noch einmal sehen können.« Sie holt tief Luft. »Und es wäre mir ein *piacere*, wenn Sie an der Beerdigung teilnehmen würden.«

Caruso gleitet auf der anderen Seite vom Bett und versucht, sich in seine Decke gehüllt in eine einigermaßen würdevolle Position zu bringen.

»Liebe Donna Elvira«, setzt er an, »es gibt da ein winziges Problem …«

Schmälzle gestikuliert wild im Hintergrund und legt den Zeigefinger auf die Lippen.

Caruso blickt irritiert auf. »Äh, obwohl … kein *wirkliches* Problem. Wann, sagten Sie, soll die Beerdigung stattfinden?«

»Morgen, um elf Uhr. Die ganze *famiglia* wird kommen. Und ich hoffe, Sie auch«, fügt Donna Elvira schüchtern hinzu. Sie seufzt wehmütig. »Manchmal kann eine schwache Frau die Hilfe von einem starken *uomo* brauchen.«

Caruso betastet die Beule an seinem Kopf. »Äh, ja. Ich werde mein Bestes tun. Eine Frage hätte ich allerdings noch: Wissen Sie, wo sich Ihre italienischen Gäste aufhalten?«

Donna Elvira runzelt die Stirn. »Ah! Der Enzo und der Romeo. Diese beiden Nichtsnutze. Die sind verschwunden, und wehe, wenn sie noch mal auftauchen.« Sie schüttelt zornig die Faust. »Die können was erleben!«

Caruso kommt eine Idee. »Sind Ihre Söhne zufälligerweise zu Hause?«

»*Si*, die sind gestern erst ziemlich spät heimgekommen, diese Saubuaba.«

»Könnten Sie die mal hier vorbeischicken?«, fragt er die Donna.

»Ich sag ihnen gleich Bescheid. *Arrivederci*, Tenente.«

Der Erste, der kommt, ist Giovanni. Danach schleichen sich Salvatore und Luigi ins Zimmer. Die drei sehen aus wie das leibhaftige schlechte Gewissen. Salvatores Tolle hängt ihm wirr ins Gesicht. Heute trägt er keine Stiefel, sondern Plüschhausschuhe. Zu dritt stehen sie mit gesenkten Köpfen, den Blick starr auf ihre Fußspitzen gerichtet, vor Caruso, der sich mittlerweile umgezogen hat und seine Uniform trägt. Schmälzle hat sich einen Stuhl herangezogen und beobachtet die drei grimmig.

»Können Sie mir sagen, wo Sie gestern zwischen sechzehn und einundzwanzig Uhr waren?«, fragt Caruso.

»Also, wir waren …«, Luigi geht mitten im Satz die Luft aus.

»… mit dem Auto unterwegs«, ergänzt Salvatore.

»Ach ja? Und wo genau?«, hakt Caruso nach.

»In Mengen«, antwortet Luigi.

»In Sigmaringen«, sagt Salvatore.

Dann starren sich die beiden betreten an.

»Ach, tatsächlich?« Caruso tritt einen Schritt auf sie zu. »Waren Sie nicht eher in einem Waldstück bei einer Waldhütte?«

»*Oh perbacco!* Der weiß alles!«, platzt es aus Luigi heraus.

Seine beiden Brüder verdrehen die Augen.

»Hören Sie, wir haben das alles nicht gewollt. Der war angezogen wie ein Mönch …«, plappert Luigi weiter.

»Halt deine Gosch!«, zischt Salvatore ihn böse an und wendet sich an Caruso. »Der weiß ja nicht, was er schwätzt.«

»Ich glaube, das weiß er sehr gut«, unterbricht ihn Caruso. »Sie haben sich des versuchten Mordes schuldig gemacht, indem Sie eine Person in ein Erdloch warfen, das sich mit Wasser füllte. Und zwar in Zusammenarbeit mit zwei kriminellen Subjekten namens Enzo und Romeo. Ist es nicht so?«

»Da war kein Wasser«, mischt sich Giovanni ein.

»Ach? Und woher willst du das wissen? Wenn du doch gar nicht dort warst?«, wirft Schmälzle ein.

Giovanni beißt sich auf die Lippen.

»Das hatten Sie wohl nicht bedacht, oder?« Caruso kommt langsam in Rage. »Was passieren würde, wenn es anfängt zu regnen?«

»Das denken Sie sich doch bloß aus.« Aufsässig schiebt Salvatore sein Kinn vor.

»Keineswegs. Man kann sagen, ich saß in der ersten Reihe. Oder besser: im Loch.« Caruso verstellt seine Stimme. »Oh bitte, bitte, ich spreche nur Russisch. *Da! Da! Ochen karascho!*«

Die drei bekommen große Augen.

»Jetzt blas mir doch einer am Schuh! Das ist doch der Mönch«, entfährt es Luigi.

»Ja, genau. *Mich* haben Sie entführt und dann ins Loch geworfen. Kollege Schmälzle, was macht das?«

Der Polizist blickt grimmig in die Runde. »Entführung, Körperverletzung und versuchter Mord. Ich würde sagen: fünfzehn Jahre für jeden. Bei dem da«, er nickt zu Luigi, »wahrscheinlich bloß zehn, weil er gerade erst volljährig geworden ist. Bei guter Führung seht ihr die Trattoria so in acht bis zehn Jahren wieder.«

»Wir haben das Recht auf einen Anwalt!«, wirft sich Salvatore in die Brust.

Schmälzle hält es nicht mehr auf seinem Stuhl. Caruso hat

den dicken Polizisten noch nie so wütend gesehen. Seine Augen blitzen, als er Salvatore am Kragen packt. »Ihr habt das Recht auf einen Scheißdreck! Ich könnte euch jetzt alle, so wie ihr da rumsteht, mitnehmen, ihr Lumpenpack. Ex-Knackis haben's in Kleinstädten nicht so leicht, wisst ihr? Aber vielleicht, bloß vielleicht, gibt's eine Möglichkeit, das Ganze so zu regeln, dass ihr euch nicht bis an euer Lebensende verkriechen müsst. Und zwar nicht wegen mir, sondern wegen diesem außergewöhnlichen Polizisten aus Italien. Also, wenn ich jetzt noch einen Ton höre, dann gibt's einen Sack voll Backpfeifen, dass euch die Zähne wackeln.«

Caruso räuspert sich. »Ihre italienischen Freunde haben ein Mädchen entführt. Und das möchten wir gern befreien. Dazu brauchen wir Ihre Hilfe. Kann ich auf Sie zählen?«

Drei Köpfe nicken im Takt.

Wichtige Erkenntnisse

Es ist dreizehn Uhr dreißig. Gottesackers Ahnen versuchen vergeblich, gegen das Tageslicht anzustarren. Seit heute um sieben kriecht es um die Häuser, breitet sich aus und hat auch den letzten Nebel verdrängt. Die Fotos wirken alt. Man sieht den dünnen Staubfilm auf dem Glas.

Gottesacker hat den Rest der Nacht kein Auge zugemacht. Ruhelos ist er im Haus herumgeirrt, gepeinigt von seinem schlechten Gewissen und der Sorge um seinen Sohn. Nachdem die Polizisten und die fürchterlichen Russen endlich weg waren, hat er noch seinen Konkurrenten ins Bett gebracht.

Lindhorst stand unter Schock. Auch in Gottesackers Ohren gellt immer noch das mörderische Pfeifen der Knochensäge. Wenn es Momente gibt, in denen man am Sinn des Lebens (und an dem von frisch verleimten Särgen) zweifeln kann, dann war das einer. Er ist eben doch kein Krimineller. Dabei ist er der Einzige, der weiß, warum alle hinter dieser Leiche her sind.

»Wenn das Geld auf der Straß liegt, wäre man doch ein Herrgottsbachel, wenn man sich nicht bücken würde, oder?«, gibt Uropa Ignatius zu bedenken und starrt ihn mit seinen Knopfaugen an.

»Genau«, kräht Ludwig Gottesacker zustimmend.

»Haltet die Klappe«, murmelt Gottesacker.

»Wo Geld isch, isch der Deifel, wo koi's isch, ischt er zwoimol«, bemerkt sein Vater Anton weise. Dass das Geld in Pulverform daherkam, war genau genommen auch nicht seine Schuld. Bloß die Sache mit Anselm, das ist schlimm danebengegangen. Ob die Italiener ihn irgendwo eingesperrt haben? Ob sie … Gottesacker traut sich nicht, den Gedanken zu Ende zu denken … ob sie ihm etwas angetan haben?

»Verschüttet's Wasser ka'sch nemme uffheba, du Jammerlappe!«

Ansatzlos schleudert Gottesacker den gläsernen Briefbeschwerer auf Ignatius. Mit einem hellen Krachen kippt das Bild von der

Wand. Rahmen und Glas zersplittern auf dem Boden. In diesem Augenblick klingelt es.

Gottesacker späht zum Toilettenfenster hinaus. Draußen stehen hintereinander aufgereiht: Schmälzle, Caruso und Lindhorst. Die letzten beiden tragen weiße Verbände um den Kopf und sehen aus, als ob sie von irgendeiner bizarren Kostümparty kommen.

Gottesacker geht zur Tür. »Grüß Gott, die Herren. Lang nicht mehr gesehen. Kommen Sie rein.« Er tritt einen Schritt zur Seite, und die drei zwängen sich ins Geschäft.

Schmälzle und Lindhorst setzen sich auf Besucherstühle, Caruso bleibt stehen. Lindhorst funkelt Gottesacker wütend an.

Der Tenente kommt gleich zum Punkt. »Nachdem wir gestern alle eine höchst anstrengende Nacht verbracht haben, bin ich jetzt auf der Suche nach Antworten. Als Erstes will ich wissen, wo die Leiche oder besser gesagt der Rest der Leiche ist, die hier alle so dringend haben wollen. Haben Sie mir dazu irgendetwas zu sagen, meine Herren?«

Lindhorst strafft sich. »Donna Elvira hat mich beauftragt, die Beerdigung ihres Vaters durchzuführen. Seine Leiche kam vorgestern in Sigmaringen an. Ich habe sie zusammen mit meiner Tochter abgeholt und in meiner Kühlzelle eingelagert. In der Nacht ist dann der hier«, er wirft einen wütenden Blick in Richtung Gottesacker, »gekommen und hat mir die Leiche geklaut.«

»Ich äh … Was?« Gottesacker sieht aus, als ob ihm gerade etwas Schweres auf den Kopf gefallen ist.

Lindhorst durchbohrt ihn mit einem Blick. »Versuchen Sie ja nicht, das abzustreiten, okay? Ich habe nämlich heute früh das hier gefunden.« Er hält einen Notizzettel in die Höhe. »Das ist von meiner Tochter. Sie schreibt: ›Hi Dad! Gottesacker und Sohn haben uns die Leiche geklaut. Hol sie heute Abend mit Anselm (son of evil) wieder zurück. Mach dir keine Sorgen. Alles wird gut!‹«

»Haben Sie etwas dazu zu sagen?«, wendet sich Caruso an Gottesacker.

Der windet sich hinter seinem Schreibtisch. »Also, ja. Das stimmt. Ich hab mir die Leiche vorgestern ausgeliehen.«

»Ausgeliehen?«, empört sich Lindhorst.

»Na ja«, stottert Gottesacker, »eigentlich sollte das ein kleiner Scherz werden. Sie wissen schon, unter uns Bestattern. Das macht man hierzulande halt so.«

Schmälzle zieht eine Augenbraue in die Höhe. »Also, von dem Brauch hab ich noch nix gehört.«

Lindhorst wird bleich vor Wut. »Ein Scherz? Ich mache auch einen Scherz mit Ihnen.« Er springt auf, muss sich aber gleich darauf schwankend auf den Schreibtisch stützen. Schmälzle führt ihn zurück zu seinem Stuhl. »Immer mit der Ruhe. Der Arzt meint, dass Sie vielleicht eine Gehirnerschütterung haben.«

Caruso beugt sich zu Gottesacker. »Sie wissen, dass Sie dafür rechtlich belangt werden können. Für Ihren Ruf ist das sicherlich schwerwiegend.«

Zerknirscht starrt Gottesacker auf seinen Schreibtisch und fixiert ein verstaubtes Blümchen, das in einer ebenso verstaubten Vase steht. »Grüße aus Mallorca« steht darauf.

»Mein Ruf ist mir egal. Ich will meinen Anselm zurück.« Gottesacker lässt verzweifelt den Kopf sinken.

Caruso notiert sich etwas und fährt ohne aufzublicken fort. »Dazu kommen wir gleich. Sagen Sie uns: Wie haben Sie das Ganze angestellt, und warum haben Sie den Kopf vom Körper getrennt? Ist das auch Teil des ›Bestatterwitzes‹?«

Gottesacker wischt sich mit seinem geblümten Taschentuch den Schweiß von der Stirn. »Der Kopf ist einfach abgegangen, als wir die Leiche geholt haben. Es gibt da einen unterirdischen Gang, zwei Gassen weiter. Der führt über die Kanalisation zur Kühlkammer vom Lindhorst. Da hat früher mal ein Metzger geschafft, den ich gut gekannt habe. Der hat da unten manchmal Fleisch gelagert. Da war es ziemlich eng, und die Leiche hat sich verklemmt. Na ja, und dann war der Kopf auf einmal ab.«

Caruso unterbricht ihn. »Ist das derselbe Weg, auf dem Sie gestern in die Kühlkammer gekommen sind?«

»Ja, genau.« Gottesacker nickt eifrig.

»Schmälzle, das sehen wir uns nachher an.« Caruso macht sich eine weitere Notiz.

»Wollen Sie ihn denn nicht verhaften?« Entgeistert starrt Lindhorst die Polizisten an.

»Herr Lindhorst, beruhigen Sie sich.« Caruso stellt sich zwischen die beiden Streithähne und hebt beschwichtigend die Hände. »Das ist jetzt nicht der richtige Moment.«

»Ja, was ist denn dann der ›richtige‹ Moment?«, empört sich Lindhorst. »Dieser Mann hat mir nicht nur eine Leiche gestohlen. Seit ich hier in Muggenpfuhl bin, versucht er, mich und mein Geschäft zu ruinieren. Er verfasst anonyme Schreiben, in denen er mich verunglimpft. Das nennt man Rufmord.«

»Also schee«, Gottesacker haut mit der flachen Hand auf den Tisch, »das ist keine Sache, auf die ich stolz bin. Das gebe ich gern zu. Aber wenn ich gestern nicht gewesen wäre, dann wären Sie jetzt schon auf dem Weg in die Kanalisation. Sie mit Ihren spinnerten Särgen.«

»Sie! Sie …«, Lindhorst schnappt nach Luft, »Sie wollen doch den Toten nur das Geld aus der Tasche ziehen. Sie mit Ihren Mogelsärgen aus Sperrholz. Völlig *out of time.*«

»Können Sie bitte bei der Sache bleiben?«, geht Caruso dazwischen. »Was haben Sie dann mit der Leiche gemacht, Herr Gottesacker?«

»Ich hab sie in meine Kühlkammer auf dem Friedhof gebracht. Und ich schwör bei meiner Mutter: Von dort ist sie einfach verschwunden. Zuerst dachte ich, der Lindhorst hat sie wieder zurückgeklaut …«

Caruso runzelt die Stirn. »Warum das?«

Gottesacker wuchtet sich aus seinem Schreibtischstuhl und greift hinter sich. Dann lässt er eine schwere Tasche auf den Tisch fallen. Es klirrt metallisch. »Weil ich die vor meiner Kühlkammer gefunden habe.« Er zieht den Reißverschluss auf und holt einen Klappspaten, eine Lampe, und einen Leichensack heraus.

»Und jetzt raten Sie, wem das Zeug gehört.«

Lindhorst ist auf einmal merkwürdig still geworden. »Das ist meine Tasche«, sagt er kleinlaut. »Ich war auf dem Friedhof, kurz bevor meine Tochter entführt wurde.«

»Und was genau haben Sie da gemacht?«, fragt Caruso.

»Ich … ich war verzweifelt. Ich hatte keine Leiche mehr. Und deshalb … deshalb …« Der Bestatter stockt.

»Ja?« Caruso beugt sich nach vorn. Schmälzle hört fasziniert zu.

»Ich hatte vor, mir für die Bestattung einen anderen Körper zu … sagen wir, leihen«, sagt Lindhorst peinlich berührt.

»Ha!«, grummelt Gottesacker. »Und bei mir schwätzt er von Leichenraub und unethisch.«

»Herr Gottesacker, halten Sie die Gosche«, fährt ihm Schmälzle über den Mund.

»Ich mein ja bloß.« Beleidigt zupft der Bestatter an der verstaubten Blume.

»Ich habe die Tasche gestern Nacht auf dem Friedhof vergessen, als ich glaubte, meine Tochter schreien zu hören. Ich bin dann direkt zur Polizei.« In kurzen Zügen schildert ihnen Lindhorst, wie sie am Ort der Explosion das Piercing seiner Tochter und den bewusstlosen Russen entdeckt haben.

»Ihnen ist schon klar, dass Sie damit eine Straftat begangen haben, oder? Sie können nicht einfach ein Corpus Delicti vom Tatort mitnehmen. Schon gar kein lebendiges«, entrüstet sich Schmälzle.

Lindhorst zuckt resigniert mit den Achseln. »Was hätten wir denn machen sollen? Immerhin geht's um unsere Kinder.«

Schmälzle runzelt die Stirn. »Aber warum sind die überhaupt entführt worden?«

Caruso legt die Hand ans Kinn. »Trauen Sie niemals dem ersten Eindruck, Schmälzle, sondern konzentrieren Sie sich auf die Fakten. Langsam zeichnet sich ein Bild ab. Wir haben die Aussage von den Russen, dass die beiden verschwundenen Italiener an der Explosion schuld sind. Das gefundene Piercing deutet darauf hin, dass die entführten Kinder *zuerst* bei den Russen waren, auch wenn die das natürlich nicht zugeben. Dann kamen die beiden Italiener, haben die Wohnung gesprengt und die beiden mitgenommen.«

»Sozusagen die Entführten entführt. Ha jo, jetzt versteh ich das.«

Caruso schlägt sich mit der Faust in die flache Hand. »Auf den Punkt gebracht, lieber Schmälzle. Ich denke, es geht bei der ganzen Sache keineswegs um die Kinder. Es geht um das Kokain, das in Italien bei der Schießerei verschwunden ist.«

Gottesacker stößt vor Schreck die staubige Vase um. Während Caruso weiterdoziert, wischt der Bestatter mit einer Papierserviette das Wasser auf.

»Ich denke, die Italiener wollten das Kokain an die Russen verkaufen. Der Deal ist schiefgegangen. Die beiden Kinder sind vermutlich zufällig mit hineingerutscht.«

Schmälzle kratzt sich am Kopf. »Und warum sind die Italiener so hinter der Sorentino-Leiche her?«

»Auch dafür könnte es Gründe geben«, mutmaßt Caruso. »Vielleicht versuchen sie damit zu vertuschen, was in Italien passiert ist? Nur mal angenommen: Der Überfall in der Villa war ein abgekartetes Spiel mit dem Ziel, Don Sorentino aus dem Weg zu räumen *und* an das Kokain zu kommen. Erbfolgekriege in der Mafia sind kein Spaß. Da sollte man sich als Königsmörder nicht erwischen lassen.«

»Als wer?«, fragt Schmälzle.

Caruso winkt ab. »Nicht so wichtig. Fakt ist: Die beiden Italiener halten die Kinder irgendwo fest. Und sie denken, wir haben die Leiche. Das müssen wir uns zunutze machen.«

Schmälzle blickt Caruso mit aufgerissenem Mund an. »Herr Caruso! Also, das ist genial!« Er hält einen Moment inne, dann klappt sein Mund wieder zu. »Und wie soll das gehen? Wir haben die Leiche doch gar nicht.«

In diesem Augenblick klingelt sein Handy.

Fünf Minuten später sitzen die vier im Leichenwagen.

Der Tote im Gully

Elisabeth Birkle, geborene Künzlinger, ist wie jeden Vormittag mit ihrem Hund Mimi, einer schwarzhaarigen Pudelmischlingsdame, unterwegs. In der Hand verborgen hält die Sechsundsechzigjährige »Kot-Schnappi«, einen etwa dreißig Zentimeter langen Plastik-Greifer, mit dem sie das »Aa« ihres Hundes entsorgt. Passend dazu trägt sie eine schwarz-grüne Umhängetasche mit mehreren Plastikbeuteln. Sehr zu ihrem Leidwesen ist sie eine der wenigen, die an so etwas denkt.

Sie kommt am Polizeirevier vorbei und passiert einen halben Kilometer weiter die beiden Bestattungshäuser. Wofür so ein kleines Dorf gleich zwei Bestatter braucht, ist ihr schleierhaft. Kopfschüttelnd wirft sie einen Blick zu dem Glaspavillon, hinter dessen Scheiben die Umrisse von bizarren Särgen zu erkennen sind. Wer lässt sich denn bitte in so etwas bestatten? Eine Art schwarzer Kobold grinst sie von einer Reklametafel aus an.

»Mimi, das ist eine Schande«, entrüstet sie sich. Mimi hebt wie zur Bestätigung ihr Bein und pinkelt an einen Laternenpfahl.

Die Straße ist noch nass vom Unwetter, das gestern Nacht niedergegangen ist. Überall liegen abgebrochene Äste, Blattwerk und vereinzelt gesprungene Dachziegel, die der Wind von den Dächern gerissen hat.

Den Blick nach unten gerichtet, weicht Elisabeth Birkle etwas aus, für das man schon ein ziemlich großes A braucht, um es zu beschreiben. Das war bestimmt wieder die Dogge des pensionierten Sportlehrers, ein kalbsgoßes Vieh, das der Ex-Pädagoge im Trainingsanzug immer eine halbe Stunde vor ihr Gassi führt.

»D' Sau ond dr Dreck kennen einander, stimmt's net, Mimi?«

Mimi schaut sie über ihren Maulkorb aus unergründlichen schwarzen Augen an. Die beiden verstehen sich, obwohl Mimi die gesellschaftlich stark verurteilte Angewohnheit hat, Kleinkinder zu beißen. Frau Birkle stört das nicht, denn sie kann lärmenden Bälgern ebenfalls wenig abgewinnen.

Mimi kommt aus Spanien, aus einem »Fair Animal«-Heim, wo man entlaufene und malträtierte Tiere in andere Länder weitervermittelt. Vermutlich wurde sie, als sie klein war, von spanischen Kindern drangsaliert. Wer weiß das schon.

Zwei Querstraßen weiter ist es endlich so weit. An einer Hecke verrichtet Mimi ihr Geschäft. Sorgsam liest Frau Birkle das Hundehäufchen in die Tüte. Ihr ist heiß. Die Sonne ist zwar erst knapp über den Kirchturm geklettert, aber es steht definitiv schon fest, dass heute ein heißer Tag werden wird. Seit einiger Zeit macht ihr die Schilddrüse zu schaffen. Sie bekommt dann Hitzewallungen.

Als sie die schwarze Hundetüte verschließt und gleichzeitig versucht, den Kotgreifer an ihrer Umhängetasche einzuhaken, lässt sie aus Versehen die Leine los. Wie der Blitz ist Mimi auf und davon.

»Kreitz-Kruzifix«, flucht Frau Birkle halblaut und bekreuzigt sich direkt danach mit einem diskreten Blick nach oben. Mimi ist in die Gasse gelaufen. Ihr heiseres Bellen kommt hinter einem Container hervor, der Elisabeth Birkle die Sicht versperrt.

Hoffentlich nicht schon wieder ein Vorschüler, denkt sie. Mimis Zähne sind zwar klein, hinterlassen aber trotzdem recht deutliche und schmerzhafte Spuren. Das letzte Mal wurde Frau Birkle von einer resoluten Mutter erst zum Tierarzt und dann auf die Polizeistation geschleift. Seitdem hat sie eine Hundeversicherung, verbunden mit der Auflage, dass Mimi immer einen Maulkorb tragen muss.

»Mimi … komm, Mimi!«, lockt sie.

Das heisere Bellen reißt nicht ab.

Frau Birkle biegt um den Container. Zuerst glaubt sie, dass Mimi ein Kind anbellt, das einen Sicherheitshelm auf dem Kopf trägt. Dann sieht sie genauer hin. Nein, eigentlich ist es ein Kanalarbeiter, der bis zur Hälfte in einem geöffneten Gully steckt. Nur sein Oberkörper schaut heraus. Ein unangenehm süßlicher Geruch schlägt ihr entgegen.

»Mimi! Komm jetzt!«

Doch Mimi hört nicht. Sie knurrt den Kanalarbeiter mit hochgezogenen Lefzen an.

Frau Birkle umrundet den Mann mit dem Helm, der, offensichtlich total verängstigt, keine Bewegung macht. »Die beißt nicht. Keine Angst. Stimmt's, Mimi?«

Als sie nach der Leine greifen will, fallen ihr verschiedene Dinge auf. Erstens scheint der Arbeiter einen schwarzen Anzug zu tragen. Zweitens stimmt etwas mit seinem Helm nicht. Oder mit seinem Kopf?

Mimi hüpft wie verrückt herum, und Frau Birkle schafft es erst beim dritten Versuch, ihre Leine zu fassen. Dabei bückt sie sich, und ihr freundlicher Gruß bleibt ihr im Hals stecken. Das Einzige, was herauskommt, ist ein ersticktes Gurgeln, bei dem sie fast ihre dritten Zähne verschluckt. Sie springt hustend zurück. Endlich löst sich ein hoher spitzer Schrei aus ihrer Kehle.

Die Gestalt, die da zur Hälfte aus dem Gully ragt, hat zwar einen schwarzen teuren Anzug an, aber definitiv keinen Kopf.

Totenpost

»Wir hätten auch mein Auto nehmen können«, sagt Lindhorst. »Das ist etwas geräumiger.«

»Ist ja nicht weit«, sagt Schmälzle, der sich mit dem Eventbestatter den Rücksitz teilt. Caruso sitzt auf dem Beifahrersitz, Gottesacker am Steuer.

»Nie und nimmer fahr ich in so einem Spaßmobil durch die Gegend. Das ist eine Beleidigung für jede anständige Leich«, sagt er.

»In Mexiko richtet man sogar Feste aus, um den Tod zu feiern. Da wird gesungen, getanzt und gegessen«, bemerkt Lindhorst und steckt seinen bandagierten Kopf zwischen den Sitzen nach vorn.

Gottesacker grunzt verächtlich. »Die graben ja auch ihre Toten wieder aus, bloß zum Gucken, ob sie richtig liegen.«

»Untersuchungen belegen, dass Angehörige bei diesen Begräbnisritualen viel seltener depressiv werden als bei Traditionsbestattungen. Weil sie mit dem Tod natürlicher umgehen. Hier wird ja alles totgeschwiegen und vergraben. Das Ganze hat übrigens erstaunlich viele Parallelen zur Freud'schen Verdrängung. Wir verstecken die Toten wie schlechte Erinnerungen, vergraben sie in der Dunkelheit, wo sie dann vor sich hin modern.«

»Haben Sie keinen Friseur, dem Sie das erzählen können?«, sagt Gottesacker entnervt und tritt auf die Bremse.

Sie sind da. Am Eingang einer schmalen Gasse, die zumindest Gottesacker noch in guter Erinnerung ist, parkt bereits ein Streifenwagen mit Blinklicht. Er rangiert den Leichenwagen rückwärts daneben.

Schmähle ist gerade dabei, den Eingang der Gasse mit rotem Absperrband zu sichern. »Morgen, Berthold«, sagt er und strahlt Schmälzle an, der sich ächzend aus dem Leichenwagen stemmt. Dann nimmt er ihn am Arm und raunt ihm zu: »Der Forensiker ist aus Sigmaringen.«

»Auch das noch«, seufzt Schmälzle und rollt mit den Augen.

»Ich hab denen gesagt, der Tenente leitet die Untersuchungen«, flüstert Schmähle verschwörerisch. »Da kann er sich in Ruhe umgucken. Glaubst du auch, dass das unser Mann ist?«

»Ha jo, klar! Oder kennst du noch mehr Leichen, die ohne Kopf unterwegs sind?«

Eine Handvoll Zuschauer hat sich auf der anderen Straßenseite eingefunden und versucht neugierig, etwas zu erkennen. Außer einem rostigen Recyclingcontainer, der die halbe Gasse einnimmt, gibt es nicht viel zu sehen. Dahinter tauchen ab und zu die Köpfe des Spurensicherungsteams auf. Der Forensiker, ein schmaler Mann im weißen Tyvek-Anzug, nimmt gerade Spurenabdrücke im hinteren Teil der Gasse. Neben dem Container lutscht ein untersetzter, stämmiger Arzt an einer Zigarette und packt eben seine schwarze Tasche zusammen. Blitzlicht flammt auf. Ein spinnenbeiniger Polizeifotograf in enger Jeanshose schießt lustlos Fotos und vervollständigt die kleine Gruppe.

»Grüß Gott, Herr Caruso.« Fröhlich winkt Schmähle dem Tenente zu. »Sie sehen schon viel besser aus als gestern. Die Leiche ist hinter dem Container. Wir haben nix angelangt.«

Caruso beugt sich unter dem Absperrband hindurch, die beiden Bestatter und Schmälzle folgen. Letzterer windet sich unter dem Band hindurch wie ein Limbo-Tänzer mit vierzig Kilo Übergewicht.

»Sie warten bitte hier«, wendet sich Caruso an die Bestatter. »Und Sie, Schmälzle, könnten mal nachschauen, ob Sie irgendwo Zeugen auftreiben. Ich werde mich kurz vorstellen.«

Aus dem Gully ragt, wie in einem schlechten Horrorfilm, der schwarz gekleidete Torso eines kopflosen Mannes. Um die Leiche verteilt sind kleine Schilder mit Zahlen. Die Arithmetik des Verbrechens. Neben ihm auf dem Boden liegt ein gelber Bauarbeiterhelm. Er hat die Nummer 2.

Caruso tritt forsch auf den Arzt zu. »*Buongiorno!* Irgendwas herausgefunden?«

Der Arzt mustert neugierig Carusos Polizeiuniform und nimmt einen tiefen Zug von seiner Zigarette. »Und Sie sind?«

»Francesco Caruso, R.O.S. Ich ermittle in einem grenzübergreifenden Verbrechen«, stellt sich Caruso vor.

»Wow! Hat Ihnen dabei einer auf den Kopf gehauen?« Der Arzt deutet auf den Verband, der unter Carusos Carabinieri-Polizeimütze, versehen mit dem Emblem einer explodierenden Granate, hervorschaut.

Caruso winkt ab. »Nein, hab mir nur den Kopf gestoßen.«

»Na ja«, sagt der Arzt und bläst den Rauch durch die Nasenlöcher. »Südländischer Typ, deutliches Übergewicht, eventuell Drogenkonsum. Schauen Sie mal seinen kleinen Fingernagel an.« Der Arzt biegt die erstarrte Hand des Toten auf. Der Fingernagel am kleinen Finger ist deutlich länger als die anderen. »Sieht man öfters bei Kokainkonsumenten. Sie benutzen den Fingernagel, um das Koks zu schnupfen.« Er lässt die Hand des Toten wieder fallen. »Abgesehen davon ist er so tot, wie man's von jemandem erwarten würde, der keinen Kopf mehr hat. Verstorben ist der gute Mann schon vor mindestens vier Tagen. Riecht man übrigens auch.«

»Ich verstehe.« Caruso wedelt sich den Zigarettenqualm aus dem Gesicht.

»Genaueres kann Ihnen der Kollege von der Forensik sagen. Ich soll nur den Tod feststellen. Wenn Sie mich fragen: Das waren Jugendliche, die die Leiche irgendwo geklaut haben. Vielleicht ist das ein neuer YouTube-Trend. Da gibt's die verrücktesten Sachen. Ich würde mal überprüfen, ob jemand eine Leiche vermisst. Die hier ist nämlich hergerichtet wie für ihre eigene Beerdigung.«

Caruso räuspert sich. »Wir werden das nachprüfen.«

»Na dann: viel Erfolg.« Der Arzt streift sich seine Handschuhe ab und klemmt sich seine Tasche unter den Arm.

Kaum ist er weg, nimmt Caruso die Leiche genauer unter die Lupe. Dabei fallen ihm mehrere bräunliche Verfärbungen auf der Anzugjacke auf. Sie konzentrieren sich im Brustbereich. Ungefähr da, wo man seine Hände hätte, würde man die Leiche im »Heimlichgriff« durch die Gegend schleifen.

Caruso sieht sich rasch um. Der Forensiker lehnt zusammen

mit dem Polizeifotografen ein Stück weiter hinten an der Wand. Die beiden unterhalten sich angeregt und trinken Kaffee aus Pappbechern. Caruso beugt sich zu der Leiche, fährt über die braunen Stellen und schnuppert an seinen Fingern. Interessant.

Dann folgt er den Nummern der Spurensicherung. Schild Nummer 3 kann er nirgends entdecken, aber die Schilder 4 und 5 befinden sich nur ein paar Schritte hinter dem Container, neben einer kleinen Wasserlache.

Caruso geht in die Hocke und sieht sich den Boden genauer an. Der Regen hat zwar die meisten Spuren verwischt, aber in der Pfütze glaubt Caruso zwei schmale Schleifspuren zu erkennen. Hier haben sich vermutlich die Absätze der Schuhe eingegraben.

Nummer 4 ist ein Beutel mit einer Gelatinefolie drin, wie man sie zum Abnehmen von Spuren benutzt. Auf der Folie ist ein halber Schuhabdruck zu erkennen. Nummer 5 ist ebenfalls bereits in einer Beweismitteltüte verpackt. Es handelt sich um einen etwa fünfzehn Zentimeter langen, fast durchsichtigen Fetzen, an dessen Ende eine blaue Schnur befestigt ist. Stirnrunzelnd hält Caruso ihn gegen das Licht. Der Fetzen besteht aus hauchdünnem, gummiartigem Gewebe, das in der Sonne leicht schillert.

»Was machen Sie da?«

Caruso schreckt zusammen. Der Forensiker ist unbemerkt hinter ihn getreten und mustert ihn argwöhnisch durch getönte, achteckige Brillengläser.

»Caruso. Francesco Caruso, Sonderermittler aus Italien.« Caruso reicht ihm die Hand, die der Forensiker geflissentlich übersieht.

»Und was *machen* Sie hier? Außer den Tatort zu kontaminieren?«

»Ich bin hier im Rahmen einer grenzübergreifenden Ermittlung.«

»Aha. Na, da bin ich aber mal gespannt. Ich bin der zuständige Forensiker, Ronald Stängele.« Er macht eine abschätzige Handbewegung in Richtung Schmälzle und Schmähle, die erwartungsvoll zu ihnen herüberschauen. »Ich hoffe, Sie sind nicht mit Dick und Doof hier.«

»Äh, wie bitte?«

»Egal. Der Tote ist vermutlich irgendwann in der Früh hier abgeladen worden. Es war auf jeden Fall nach dem Wolkenbruch gestern. Es gibt dort hinten«, der Forensiker deutet zum anderen Ende der Gasse, »Reifenspuren, von denen wir bereits einen Abdruck gemacht haben. Die Leiche ist hierhergeschleift worden. Schleifspuren finden sich dort hinten«, er zeigt auf weitere Schilder, »da drüben und hier. Das«, er nimmt Caruso den Plastikbeutel aus der Hand, »schwamm in der Pfütze. Was es ist oder ob es etwas mit dem Toten zu tun hat, kann ich noch nicht sagen. Fakt ist: Die Leiche wurde genau durch diese Pfütze geschleift. Es könnte also sein, dass der oder die Täter es auf dem Weg verloren haben.«

»Glauben Sie, dass es mehrere Täter waren?«, fragt Caruso.

»Kann ich noch nicht sagen. Ich vermute allerdings aufgrund der Spurenlage, dass es sich nur um einen Täter handelt. Männlich und ziemlich kräftig. Der fette Kerl da«, er nickt zu der Leiche, »wiegt ja wenigstens hundertzwanzig Kilo. Wer es ist, kann ich jetzt auch noch nicht sagen. Ihnen ist ja *möglicherweise* aufgefallen«, das vorletzte Wort betont er auf eine Art, die Caruso ärgert, »dass ein ziemlich wichtiges Identifikationsmerkmal fehlt.«

Der Fotograf, der den beiden zusieht, grinst. Offensichtlich ist er diese Art von Vorstellung gewohnt.

»Selbst in Italien haben die Toten normalerweise Köpfe«, gibt Caruso kühl zurück. »Aber«, er schnippt mit dem Finger, »ich habe hier vielleicht jemanden, der uns weiterhelfen kann.«

Der Forensiker schaut ihn zweifelnd an. »Tatsächlich?«

»Herr Lindhorst, kommen Sie doch mal kurz her!«, ruft Caruso dem Bestatter zu, der mit Gottesacker an der Absperrung wartet.

Zögernd kommt er zu den beiden herüber. »Lindhorst, Bestatter«, stellt er sich vor.

Der Spurensicherer mustert ihn spöttisch. »Sagen Sie nichts: Eine Ihrer Leichen ist abgehauen und hat sich hierherverirrt. Vielleicht auf der Suche nach ihrem Kopf?« Er lacht meckernd.

Lindhorst blickt unsicher von einem zum anderen. »Äh ... ja. Das kommt ungefähr hin.«

»Obwohl wir bis jetzt nicht genau sagen können, wie das Ganze abgelaufen ist«, beeilt sich Caruso hinzuzufügen.

»Ich lach mir einen Ast ab. Gibt's hier auch noch jemanden, der Gottesacker heißt?«

Caruso ist verblüfft. »Wie kommen Sie denn darauf?«

»Weil die Leiche *das* hier«, er hebt eine Klarsichthülle mit der Zahl Nummer 3 in die Höhe, in der sich ein gelber Zettel befindet, »am Helm hatte. Schauen Sie mal, was da draufsteht.«

»Bitte bei Johann Gottesacker abgeben!«, liest Caruso stirnrunzelnd die in ungelenker Schrift gekritzelte Botschaft. »Herr Lindhorst, sind Sie sicher, dass das unser Mann ist?«

Der Bestatter mustert den kopflosen Torso kritisch.

»Die Maße stimmen ungefähr. An den Anzug erinnere ich mich nicht mehr genau. Ich hab ihn wirklich nur kurz gesehen. Ich … ich bin mir nicht sicher.« Unschlüssig umkreist der Bestatter die Leiche.

Der Forensiker schaut sichtlich genervt auf die Uhr. »Für mich klingt das nicht besonders überzeugend. Ich nehme die Leiche jetzt mit in die Pathologie nach Sigmaringen. So wie sie aussieht, gehört sie da sowieso hin. Sie können sie ja abholen, wenn Sie zweifelsfrei belegen können, dass das *Ihr* Toter ist. Und Ihnen empfehle ich«, er wendet sich an Lindhorst, »in Zukunft besser auf Ihre Kundschaft aufzupassen.«

Caruso hält ihn zurück. »Jetzt warten Sie mal einen Moment. Wir brauchen die Leiche.«

Der Forensiker beäugt ihn wie ein lästiges Insekt. »Ach ja? Und was geht mich das an?«

Lindhorst schnippt mit den Fingern. »Grade ist mir noch was eingefallen. Wenn das wirklich Don Sorentino ist, trägt er ein Holzkreuz an einer Kette unter dem Hemd.«

»Na! Das können wir ja schnell herausfinden.« Mit spitzen Fingern hebt der Forensiker das Hemd des Toten an und fördert eine goldene Kette zutage. An der baumelt tatsächlich ein kleines Holzkreuz. Er zuckt mit den Achseln. »Der Punkt geht an Sie. Können Sie mir vielleicht noch verraten, wer das ist und wie zum Geier er hierherkommt?«

»Also, das ist Don Sorentino. Und das waren vermutlich …« Ratlos blickt Lindhorst zu Caruso.

»… jugendliche Vandalen«, setzt der Tenente seinen Satz fort. »Sie wissen ja: die Jugend heutzutage. Nur noch Facebook im Kopf.«

Ungläubig schüttelt der Spurensicherer den Kopf. »Leichenklau. Mal was ganz anderes. Dann nehmen Sie ihn in Gottes Namen mit. Und das nächste Mal schauen Sie bitte zuerst nach, ob Ihnen ein Toter fehlt, bevor ich mich hierherquälen muss.« Ronald Stängele packt seinen Koffer zusammen. Caruso wischt sich den Schweiß von der Stirn. Unter dem Verband wird es langsam unangenehm warm.

Nachdem Forensiker und Fotograf weg sind, kommt Schmälzle, ein Butterbrot in der Hand, herübergeschlendert. Er hat in der Zwischenzeit zusammen mit Schmähle nach möglichen Zeugen gesucht. Hoffnungsvoll blickt Caruso in Richtung der Menge, die weiter angewachsen ist, aber Schmälzle winkt ab.

»Nix. Keine Zeugen. Niemand hat was gesehen. Entdeckt wurde die Leiche gegen halb zehn von einer älteren Dame. Die kann's immer noch nicht fassen, dass da einfach einer ohne Kopf im Gully rumhockt. Man hat sie ins Krankenhaus gebracht und ihr ein Beruhigungsmittel gegeben.« Er beißt in seine Stulle, dann fällt ihm noch etwas ein. »Der Gottesacker will Ihnen noch was sagen.«

»Sehr gut. Ich hab da nämlich auch eine Frage an ihn.« Caruso winkt den Bestatter heran, der die ganze Szene beobachtet hat.

Gottesacker vermeidet es, die Leiche oder Lindhorst anzuschauen. Nervös wischt er sich mit seinem Taschentuch die Stirn ab. »Also, ich wollte bloß sagen: Da, wo der jetzt drinsteckt, ist der Zugang zum Tunnel. Der führt direkt zum Keller von dem da.« Er nickt zu Lindhorst hinüber.

Caruso mustert ihn scharf. »Erstaunlicher Zufall. Finden Sie nicht?«

»Jo, das ist komisch.« Gottesacker betrachtet fasziniert seine Schuhe.

»Und es wird noch eigenartiger: Der Tote hatte eine Botschaft für Sie dabei.«

Gottesacker wird bleich. »Herrjemine! Was denn?«

Caruso zeigt es ihm.

Ratlos mustert Gottesacker das Post-it. »Das versteh ich jetzt nicht. Vom wem soll das denn sein?« Er kratzt sich ratlos am Kopf.

Die Arme hinter dem Rücken verschränkt, stolziert Caruso um die kopflose Leiche herum. »Ich sehe da mehrere Möglichkeiten. Erstens: Das Ganze ist wirklich ein Streich und eine Verkettung von absurden Zufällen. Nehmen wir Folgendes an: Jugendliche haben die Leiche aus Ihrer Kältekammer unter dem Friedhof entwendet. Dann haben sie Gewissensbisse bekommen und sie hier für Sie deponiert. Ohne zu wissen, dass das eigentlich Lindhorsts Leiche ist und dieser Gully direkt zu ihm führt.« Er nickt dem Eventbestatter zu.

»Zweite Möglichkeit: Jemand hat Sie, Gottesacker, beim Leichenklau beobachtet und wollte Ihnen eins auswischen. Dazu würde die ganze Präsentation hier passen.« Caruso deutet auf den Bauarbeiterhelm. »Warum«, fragt er, »sollte man die Leiche sonst ausgerechnet hier deponieren? Jemand *wollte*, dass sie gefunden wird. Und: dass alle davon erfahren.« Er nickt zu den Gaffern hinüber. »Das führt uns zur wichtigsten Frage überhaupt.«

Caruso macht eine bedeutungsvolle Pause. Schmälzle hört auf zu kauen und sieht ihn erwartungsvoll an.

»Das Motiv.«

»Ha jo! Das Moddiv! Das fehlt noch.« Der Beamte nickt eifrig und verschluckt sich beinahe an seinem Butterbrot.

»Haben Sie hier Feinde, Herr Gottesacker?«, will Caruso wissen.

Der Bestatter hebt ratlos die Hände. »Na jo, wie alle halt. Die einen mögen einen und die anderen nicht so.«

»Vor allem die, denen Sie Billigsärge unterjubeln, stimmt's?«, bemerkt Lindhorst spitz.

»Das war ein bedauerliches Versehen.«

»Ja, klar. Und der Leichenraub war ein Scherz, ha!« Lindhorst wirft den Kopf in den Nacken und baut sich drohend vor Gottesacker auf. »Ihretwegen sind wir überhaupt erst hier. Wer weiß, was Sie sonst noch alles treiben.«

»Gehen Sie mir aus dem Gesicht! Diese Unterstellungen verbitt ich mir!«, ereifert sich der Traditionsbestatter, weicht aber vorsichtshalber einen Schritt zurück.

Caruso versucht, die Streithähne zu beschwichtigen. »Jetzt beruhigen Sie sich, *prego*! Es gibt noch eine ganz andere Möglichkeit.«

»Echt?« Schmälzle blickt bewundernd zu ihm hinüber. »Mir wären nicht mal die ersten beiden eingefallen.«

Caruso nickt geschmeichelt. »Ein Ermittler gibt sich nie mit nur einer Erklärung zufrieden. Vielleicht, und ich sage bewusst vielleicht, gibt es einen geheimnisvollen Dritten. Jemand, der über all unsere Schritte informiert ist und dessen Motive noch im Dunkeln liegen.«

Eine Wolke zieht vor die Sonne. Es wird einen Moment finster in der Gasse.

»Sie meinen, so eine Art kriminelles Genie?«, haucht Schmälzle beeindruckt.

»Ja, so etwas in der Art. Jemand, der weder zu den Russen noch zu den Italienern gehört. Zumindest nicht zu denen, die wir kennen.«

»Habt ihr's dann bald?«, ruft Schmähle vom Eingang der Gasse. »Das werden immer mehr Leute. Könnten wir die Leiche dann mal wegschaffen?«

»*Va bene!* Wir dürfen bei all dem die Kinder nicht aus den Augen verlieren. Und dafür brauchen wir die Italiener.« Caruso wendet sich an Gottesacker. »Kümmern Sie sich um Don Sorentino. Richten Sie ihn für eine Bestattung her, und sorgen Sie dafür, dass er seinen Kopf nicht wieder verliert.«

Lindhorst will protestieren, aber Caruso fasst ihn am Arm. »Sie brauche ich für etwas anderes. Ich glaube, Sie müssen heute noch einen ganz speziellen Sarg bauen.«

Befreiende Wahrheiten

Es gibt Dinge, die Anselm auf keinen Fall so genau wissen will. Zum Beispiel, wie lange eine billige, von einer Monozelle betriebene Kugelschreiberlampe bei Dauerbetrieb leuchtet.

»Oh, du Scheißding! Jetzt geh halt wieder an!«, flucht er.

»Ist die Batterie leer?« Julias Stimme ist dünn und klingt wie von jemandem, der viel jünger ist als sie.

Das letzte kleine Flackern der LED-Lampe erstirbt. Es wird dunkel. Die Wände scheinen auf sie zuzurücken, das Erdreich drückt tonnenschwer auf den kleinen Gewölberaum.

Julia zittert. »Ich glaube, wir kommen hier nicht mehr raus.«

Unbeholfen legt Anselm einen Arm um sie. »Ganz ruhig. Wir schaffen das.«

Julia kuschelt sich in seine Armbeuge. »Ich hab so einen Durst. Glaubst du wirklich, dass jemand deine Nachricht erhält?«

»Man muss einfach dran glauben, dann wird's besser.« Anselm kann Julias Atem im Nacken spüren.

»Weißt du, genau dasselbe hat mein Dad mir auch gesagt, als meine Mutter gestorben ist.«

»Das tut mir leid. Wie ist das passiert?«

»Autounfall. Ich war damals gerade sechzehn und hatte den Kopf voller, wie sagt man … *american dreams*. Ich war im zweiten Jahr auf der Highschool. Meine größten Sorgen waren, mit wem ich zum Schulball gehe und ob ich zu den Cheerleadern komme. Kann man sich das vorstellen?« Julia lacht heiser und freudlos. »Halloween stand vor der Tür. Meine Mom war auf dem Weg zum Einkaufen, als sie ein Auto gerammt hat. Der Fahrer war ein älterer Herr, der, was er damals noch nicht wusste, Diabetes hatte. An dem Morgen bekam er beim Fahren Unterzucker. Er ist einfach hinter dem Steuer weggenickt. Sein Wagen prallte frontal auf Moms Auto. Der alte Mann fuhr nicht besonders schnell. Vielleicht fünfzig Kilometer pro Stunde, wenn überhaupt. Eigentlich wär's nur ein Blechschaden geworden. Aber dann …« Sie schluckt. »An diesem Tag war meine Mutter mit dem Leichenwagen unterwegs. Normalerweise fuhren wir zwei Autos. Das Auto meiner Mutter war ein alter Van, so eine bequeme Familienkutsche. Aber die war in Reparatur. Sie wollte nur kurz Candy Corn kaufen, das sind süße Maiskörner. Für die Kinder und das ›*Trick or Treat*‹.«

»Das was?«

Sie schnieft. »Süßes oder Saures.«

»Ah so.« Anselm nickt im Dunkeln.

Mit ausdrucksloser Stimme erzählt Julia weiter. »Hinten im Wagen waren Chemikalien. Mein Vater experimentierte gerade mit einem neuen Bestattungsverfahren. Das nannte sich ›Resomation‹. Dabei wird der Leichnam aufgelöst, und am Ende bleibt nur noch weißes Pulver übrig. Die Chemikalien, die man dafür braucht, sind ätzend, und wie wir seitdem wissen«, fügt sie mit einem bitteren Unterton hinzu, »leicht entzündlich. Der Highway war einen kompletten Tag lang gesperrt. Von meiner Mutter ist nichts übrig geblieben. Nicht einmal Asche. Und alles wegen ein paar Süßigkeiten.«

Anselm spürt, wie sie ihre Beine anzieht. »Jesses Maria! Das ist ja furchtbar!« Unbeholfen streicht er ihr über den Kopf.

»Mein Vater ist seitdem nicht mehr derselbe. Am Anfang wurde sogar gegen ihn ermittelt. Es gab eine Anzeige wegen fahrlässiger Tötung. Die wurde dann aber, Gott sei Dank, fallen gelassen. Mein Dad hat sich in dieser Zeit komplett abgekapselt. Eine Zeit lang hat er getrunken. Ich glaube, insgeheim gibt er sich bis heute die Schuld. Ich habe die Schule abgeschlossen und ihm dann Vollzeit geholfen.«

Nur ihr Atem ist zu hören.

»Tja, und dann hat er beschlossen, noch einmal ganz von vorn anzufangen. So weit weg wie nur möglich. Und jetzt bin ich hier. Super gelaufen, oder?« Sie holt zitternd Luft.

»Ich versprech dir, wir kommen hier raus«, wiederholt Anselm grimmig.

»Was macht dein Kopf?«

»Ich gewöhn mich dran. Seit wir uns kennen, krieg ich ständig eins über die Rübe.«

»Tja, ist eben meine Wirkung auf Männer.« Julia boxt ihn in die Seite. »Und was ist mit deiner Mutter?«, fragt sie.

Anselm versteift sich. »Uff! Meine Mutter ... Das ist nicht ganz so dramatisch. Die ist einfach abgehauen. Hat ein Verhältnis mit dem Leiter vom Reisebüro angefangen. Das ganze Dorf hat's gewusst. Bloß mein Vadder nicht.«

»Hast du's auch gewusst?«, fragt Julia.

Anselm sucht nach Worten. Diese Geschichte hat er noch nie jemandem erzählt. »Na ja, wäre wirklich schwer gewesen, es *nicht* zu wissen. Ich war der Witz meiner Klasse.«

»Und was hat dein Vater gemacht?«, fragt es aus dem Dunkel neben ihm.

»Nix. Das war's ja.« Anselm schüttelt wütend den Kopf. »Er hat einfach gar nix gemacht. Ich glaube, der hat das alles verdrängt. Bis sie dann abgehauen ist. Zusammen mit dem Dackel vom Reisebüro.«

»Hast du noch Kontakt zu ihr?«

»Das Letzte, was ich gehört habe, ist, dass sie einen Blumenladen auf Mallorca aufgemacht hat. Aber das ist bestimmt schon ... Ha, bestimmt schon zehn Jahre her.«

Wasser tröpfelt irgendwo. Es knirscht im Gebälk. Unwillkürlich rücken die beiden noch näher zusammen.

»Erst als sie weg war, ist dem Alten ein Licht aufgegangen. Aber da war's schon zu spät.«

»Shit happens.« Julia kickt einen Erdklumpen in die Ecke. »Vielleicht war's ja auch genau richtig so.«

»Wie meinst denn das jetzt?« Anselm rückt ein Stück von ihr ab.

Julia räuspert sich. »Ich meine: Eine Kaffeemaschine hält drei Jahre lang, ein Auto ist nach fünfzehn Jahren im Eimer. Woher kommt bloß die Idee, dass ausgerechnet Beziehungen ewig halten? Da leben Paare vierzig Jahre zusammen, obwohl überhaupt nichts zusammenpasst. Bloß weil sie denken, sie müssten das machen. Weil ja sonst die Leute was sagen könnten. Das ist doch idiotisch. Wahrscheinlich hat's deine Mutter hier einfach nicht ausgehalten. Schon mal daran gedacht?«

Anselm starrt in die Finsternis. »Mhm … Also, so hab ich das noch nicht betrachtet. Irgendwie hab ich immer meinem Vater die Schuld gegeben.« Er zögert. »Nein, stimmt eigentlich nicht.« Bruchstücke seines Traums fallen ihm ein. Er sieht sein grinsendes Gesicht über einem Sarg. Irgendwo tief in seinem Gehirn rutschen Dinge an den richtigen Platz, Neuronen verdrahten sich neu. »Ich hab mir *selbst* die Schuld gegeben.« Als es raus ist, klingt's auf einmal gar nicht mehr so schlimm.

»Na, herzlichen Glückwunsch!« Julia beugt sich zu ihm hinüber und küsst ihn auf den Mund. Ihre Hände sind auf einmal überall.

»Komm«, flüstert sie heiser und zerrt ihn hinüber auf den Rest des Sargbodens. »Wenn wir hier unten schon draufgehen, dann nicht, bevor wir *das* da gemacht haben.«

In der Grabkammer ist es völlig dunkel, deshalb ist logischerweise nichts zu sehen. Macht aber nichts. Wissenschaftler verorten Sex sowieso nur im Kopf. In Jungfrau Anselms Gehirn startet ein spezielles, für diesen Moment vorgesehenes (noch nie erprobtes) Programm mit folgenden Mitwirkenden: Großhirnrinde, Thalamus, Hypothalamus, Amygdala, Sympathisches und Parasympathisches Nervensystem.

Die Großhirnrinde ist der »Beamte« im Kopf, die nüchternste Schaltstelle, die wir haben. Sie analysiert eine Situation und gleicht sie mit ähnlichen Erfahrungen ab. In Anselms Fall gibt's nichts Vergleichbares, deshalb entscheidet sie sich, engen Körperkontakt mit Julia gut zu finden. Der Rest wird ausgeblendet. Das besorgt der Thalamus, so eine Art eingebauter »Spamfilter«. Der lässt nur durch, was gerade wichtig ist. Grabkammer weg, Friedhof weg, Vorgeschichte weg – nur Julia ist noch da.

Anselms Amygdala aktiviert sich. Sie sitzt im mittleren Bereich der Temporallappen, sieht aus wie ein Mandelkern und läuft auf Hochtouren, wenn man sexuell erregt ist. Anselms Atemfrequenz und Pulsschlag erhöhen sich.

Jetzt ist sein persönlicher »Biodrogen-Dealer« dran: der Hypothalamus. Als Erstes gibt's die Sexdroge schlechthin: Testosteron. Eine organische Kohlenwasserstoffverbindung, die Imponiergehabe, Kampfeslust und Begattungsdrang auslöst. Als Nächstes jagt der Hypothalamus den Neurotransmitter Dopamin in die Blutbahn. Biologisches Heroin, das moralische Kontrollinstanzen einfach wegfegt.

Sympathisches und Parasympathisches Nervensystem senden Kaskaden von elektrischen Impulsen. In Anselms Kleinhirn explodiert ein Feuerwerk von Reflexen und unbewussten Beckenzuckungen. Unaufhaltsam steuert das Ganze auf seinen Höhepunkt zu. Und dann …

Völlige Funkstille im präfrontalen Cortex. Ein Fall ins Nichts. Farben in der Dunkelheit, ein schwarzes Loch im Vakuum. Alphawellen wandeln sich zu Thetawellen. Blitzartig werden große Mengen des Kuschelhormons Oxytocin freigesetzt. Die Aktivität des Hypothalamus nimmt schlagartig ab.

Befriedigung.

Irgendwann später schüttet Anselms Zentralnervensystem Serotonin aus.

Als sie endlich schwer atmend wieder voneinander lassen, ist die Temperatur in der Gruft um drei Grad gestiegen, und: Anselm ist keine Jungfrau mehr.

»Wow«, sagt er. »Jetzt einen rauchen.«

Julia boxt ihn in die Rippen.

Anselm versucht, seine Hose hochzuziehen, als er plötzlich innehält. »Moment mal … Wir haben vielleicht doch Licht!« Er kramt in seiner Hosentasche herum. »Hab ich's doch gewusst.«

Es gibt ein ratschendes Geräusch. Eine Sekunde später flammt ein winziges Licht auf und zerrt Julias gerötetes Gesicht aus dem Dunkel. Über ihre Wangen ziehen sich schmutzige Streifen. Stolz wedelt Anselm mit dem Streichholz.

»Die hab ich völlig vergessen.«

Das Licht geht wieder aus. »Na ja, lang gehalten hat's ja nicht«, ertönt Julias skeptische Stimme, die das kurze Licht genutzt hat, ihren BH aufzulesen. Es ratscht wieder. Eine Sekunde Licht, dann erlischt das nächste Streichholz, noch bevor es ganz heruntergebrannt ist.

»Das gibt's doch nicht.«

»Soll ich mal probieren?«

»Ja, aber vorsichtig. Ich hab bloß noch zwei Stück.« Im Dunkeln ertastet Anselm Julias Hand und legt ihr die Zündhölzer hinein.

Julia probiert's. Das Streichholz zündet, geht aber zwei Sekunden später wieder aus.

»Vielleicht sind sie feucht geworden?« Julia zieht prüfend die Luft ein. »Obwohl … ich hab das Gefühl, hier wird's immer stickiger.«

»Na ja, ist halt so unter einem Friedhof«, sagt Anselm betont gleichgültig.

Was Julia nicht sehen kann: Sein Gesicht ist angstverzerrt. Ihm ist nämlich gerade klar geworden, was ihr unbekannter Entführer mit der Tür gemacht hat. Es gibt möglicherweise einen viel schlimmeren Grund, warum die Streichhölzer ausgehen. Die Luft wird knapp.

Riskante Vorbereitungen

13.42 Uhr

Zwei Kilometer weiter Richtung Südwesten und zehn Meter höher legt Caruso in Gottesackers Arbeitszimmer den Hörer auf. Gottesacker, Lindhorst und die beiden Polizisten blicken ihn erwartungsvoll an.

»Und?«, fragt Schmälzle.

Resigniert schüttelt Caruso den Kopf. »Wir haben keine Rückendeckung aus Italien. Mein Schwager ist nicht da. Es heißt, er sei verreist. Niemand weiß, wohin. Alles, was wir von jetzt an unternehmen, geht auf unsere eigene Kappe. Also: Wer aussteigen möchte, kann das jetzt tun.« Er wirft einen Blick in die Runde. Als sich niemand rührt, fährt er fort: »Wir sind die Einzigen, die die Kinder retten können. Und mein Gefühl sagt mir, dass ihre Zeit knapp wird.« Geistesabwesend dreht Caruso seine Polizeimütze in der Hand. »Wir wissen nicht, wem wir trauen können, deshalb ist absolute Geheimhaltung vonnöten. Folgende Dinge müssen wir berücksichtigen: Es muss eine Bestattung mit Aufbahrung geben, denn ansonsten droht ein Mafia-Krieg. Donna Elviras Familie wird glauben, dass sie mit ihrem Vater unter einer Decke steckt. Sie wird ihres Lebens nicht mehr sicher sein.« Er mustert die beiden Bestatter. »Gleichzeitig können wir die Leiche des Don aber nicht beerdigen, denn wir brauchen sie. Zum einen als Beweisstück, zum anderen als Tauschobjekt, mit dem wir die Kinder freibekommen.«

»Herrjemine!« Schmälzle starrt düster zu Boden.

»Ich habe einen Plan, aber der ist gefährlich und juristisch in keiner Weise gedeckt.« Dann erklärt Caruso seinen Mitstreitern fünf Minuten lang, was er vorhat.

Die große Wanduhr tickt die Sekunden herab. Auf den Gesichtern spiegeln sich in rascher Folge Unglaube, Skepsis, Unglaube – und ganz am Schluss: leichte Hoffnung.

Schmähle räuspert sich und stößt seinen Partner in die Seite. »Das ist total wahnsinnig, das wissen Sie schon, oder? Aber wir sind dabei.«

»Jawoll«, bekräftigt Schmälzle.

»Ich auch«, sagt Lindhorst. »Eine kleine Chance ist immer noch besser als gar keine.«

Gottesacker blickt in die Runde. »Ich würd sagen: A Katz mit Handschuh fängt koine Mäus!« Die anderen schauen ihn verständnislos an.

15.00 Uhr

Donna Elvira steht in ihrem schwarzen Kleid auf dem Friedhof. Sie betrachtet das frisch ausgehobene Grab, in dem morgen ihr Vater beerdigt werden soll. Es liegt am südöstlichen Ende des Friedhofs, unter zwei ausladenden Eichen. Ein schlichtes Holzkreuz ist über der Grube aufgestellt worden. Darauf steht:

Don Vincenzo di Matteo Sorentino

Megghiu muriri e lassari, chi campari e addisiari.

Ein richtiger Grabstein aus Granit würde folgen.

»Ach, Papa«, seufzt Donna Elvira mit einem ganz untypischen Anflug von Selbstmitleid. Warum nur musste sie auch ausgerechnet in einer Mafia-Familie aufwachsen? Ihr Vater hätte doch auch Zahnarzt sein können. Sie denkt an ihre zahlreichen Gäste. Oh ja, die Familie. Wie die Geier kamen sie. Geier, die lohnende Beute ausgemacht hatten.

Die Nachfolge muss geklärt werden. Gestern ist ihr zu Ohren gekommen, dass das Ableben ihres Vaters nicht ganz so friedlich gewesen ist, wie ihr verlogener Neffe es sie glauben machen wollte. Allerdings hält die Polizei den Deckel drauf. Niemand in der *famiglia* weiß so recht, was passiert ist, aber es kursieren die wildesten Gerüchte. Auch ihre beiden Brüder sind verschwunden. Und da sie die einzig greifbare Nachfolgerin ist, muss sie jetzt ein paar Dinge klarstellen. So verlangt es *il lei della famiglia*, das Gesetz der Familie.

Sie seufzt noch einmal. Dann strafft sie sich. Ein riesiger Trauerkranz erwartet sie in der kleinen Kirche, wo morgen die

Bestattung stattfinden soll. Die weißen Rosen sind auf jeden Fall eine gute Idee. Edel und dezent. Sie würde dafür sorgen, dass ihr Vater eine unvergessliche Bestattung bekommt. Donna Elvira bekreuzigt sich und verlässt mit wehendem schwarzen Schleier die Friedhofskirche.

16.56 Uhr

In einem alten Ford klingelt ein Prepaidhandy. Es gibt nur drei Personen, die diese Nummer haben. Die Söhne der Donna Elvira.

Im Auto ist es stickig. Die Luft riecht säuerlich nach Krankheit und Blut. Vorsichtig öffnet Enzo ein verklebtes Auge. Er hat keine Ahnung, wo er ist. Romeo hat das Auto gestern nach ihrer überstürzten Flucht einfach mitten in den nächsten Wald gefahren. Sein Leibwächter kann den Arm immer noch nicht richtig bewegen, ist aber schon wieder unterwegs, um Essen zu organisieren.

Hinter der Heckscheibe wuchert es wild. Sträucher, Eichen, Kiefern, Pilze, Beeren, Gräser, Tannen. Alles strotzt vor Fruchtbarkeit. Vögel zwitschern wie lästige Radiowecker, Bienen summen, und dicke Hummeln prallen gegen die schmutzige Frontscheibe. Das Handy klingelt immer noch.

Enzo fängt an, schwäbische Wälder inbrünstig zu hassen. Wer braucht schon so viele Bäume? Widerlich. Dazu dieser verfluchte Bestatter mit seinem ekelhaften Viehzeug. Diesmal hat es allerdings, Gott sei gelobt, Romeo erwischt.

Enzo bewegt vorsichtig den Kopf hin und her. Das taube Gefühl, das er die ganze Nacht gehabt hat, ist fast verschwunden. Von wem sind sie überfallen worden? Welche Partei hat noch ihre Finger im Spiel? Vermutlich die Russen. Und die haben jetzt mit ziemlicher Sicherheit auch die Leiche.

Er seufzt. Alles, was vorher so einfach ausgesehen hat, ist auf einmal extrem kompliziert geworden. Die Leiche des Don Sorentino und das Kokain in unerreichbare Ferne gerückt. Unerfreuliche Aussichten, wohin man blickt.

Ein Dachs schnüffelt an den Radkappen.

Ein Reh taucht neben dem Wagen auf und starrt ihn vorwurfsvoll an.

»Gschht! Gschhht! Verzieh dich!«

Das Reh trottet beleidigt davon. In diesem Moment klatscht ein blutiges Fellbündel auf die Frontscheibe. Enzo schreckt zusammen. Dahinter taucht fröhlich grinsend das Gesicht von Romeo auf. Igitt. Schon wieder Eichhörnchen!

Ächzend richtet sich Enzo auf. Sein Rückgrat scheint eingeschlafen zu sein. Vorsichtig öffnet er die Tür und schiebt seine Beine zum Auto hinaus. Das Handy klingelt immer weiter. Müde beschließt er, sich endlich zu melden.

Während des kurzen Gesprächs, das er laut stellt, hellt sich sein Gesicht immer weiter auf.

»Romeo«, sagt er gut gelaunt, nachdem er aufgelegt hat, »wir sind wieder im Geschäft! Diese *cretini* glauben immer noch, dass wir die Kinder entführt haben. Sie wollen den Don gegen sie eintauschen. Übergabe morgen auf dem Friedhof in der Kapelle.«

Romeo wirft Enzo einen skeptischen Blick zu, während er das Eichhörnchen fachmännisch ausweidet. »Ich weiß nicht, Capo. Das klingt nach einer *trappola*.«

»Keine Sorge. Mit Fallen kenne ich mich aus. Wir werden vorbereitet sein.« Zufrieden nimmt Enzo einen Schluck Maschinenkaffee aus dem Pappbecher, den Romeo an einer Tankstelle aufgetrieben hat. Das Leben ist doch nicht so schlecht. Die werden erleben, was es heißt, sich mit der italienischen Mafia einzulassen.

19.00 Uhr

Caruso, Gottesacker und Schmälzle stehen in der Kühlkammer. Alle tragen Mundschutz und Einweghandschuhe. Schmälzle ist zum ersten Mal in seinem Leben der Appetit vergangen. Zwischen ihnen liegen Kopf und Körper von Don Sorentino. Dank Gottesacker, einer halben Rolle Nähgarn, Körperwachs und Leichenkleber endlich wieder vereint.

Caruso hat dem Toten mit Papier und Stempelkissen die Fingerabdrücke abgenommen. Das Neonlicht enthüllt für seinen

Geschmack viel zu viele Details. Ein Geruch nach fauligem Fleisch liegt in der Luft. Eine strenge chemische Note sticht hervor. Formaldehyd. Unter seiner schwarzen Anzugweste ist der Tote angeschwollen wie ein Ballon.

»Warum, *per Dio*, ist der denn so aufgebläht. Ist das normal?« Caruso ist hinter seinem Mundschutz grün geworden.

»Ja, das muss die italienische Küche sein, net?«, meint Gottesacker gleichmütig. »Kleines Späßle«, fügt er rasch hinzu, als er Schmälzles Gesichtsausdruck bemerkt. »Das sind die Verwesungsgase. Das gärt jetzt da drin ein bissle.«

Wie zur Bestätigung gibt der Tote ein furzendes Geräusch von sich. Schmälzle hält sich die Hand vor den Mund.

Caruso fächelt sich Luft zu. »Entschuldigen Sie mich einen Moment. Ich glaub, ich muss mal kurz raus. Wo steht das Fax?«

»In meinem Büro. Einfach zweimal die Null vorwählen und dann ganz normal die italienische Nummer. Keine Sorge. Den Rest schaff ich auch allein.« Gottesackers Blick bleibt mit einem seltsam gierigen Ausdruck an dem aufgeblähten Bauch des italienischen Mafioso hängen.

»Soll ich mitkommen, Chef?«, fragt Schmälzle hoffnungsvoll.

»Nicht nötig. Sie bleiben bei der Leiche. Lassen Sie sie nicht aus den Augen. Ohne die funktioniert unser ganzer Plan nicht.«

20.05 Uhr

Gegenüber herrscht ebenfalls Hochbetrieb. Lindhorst studiert einen komplizierten Bauplan, den er sich an die Wand gepinnt hat. Was darauf zu sehen ist, erinnert ein bisschen an die Bedienungsanleitung für einen Ikea-Schrank. Nur dass Lindhorst keine Schränke macht. Mit einem Bleistift und einem langen Lineal zeichnet er einen Grundriss auf eine Holzplatte und wirft dann die Stichsäge an. Der einzige Gedanke, der ihm dabei unablässig durch den Kopf geht, ist: »Das gibt eine Katastrophe.«

22.30 Uhr

Auch Myrtel Vögele hat zu tun. Nicht nur, dass sie gerade auf Bitten von Polizeimeister Schmähle die Mitglieder des Witwenstammtischs telefonisch für eine ganz besondere Aktion mobilisiert hat, sie hat auch noch einen Gast. Der ist ihr, man könnte sagen, ins Haus gefallen. Wo käme man schließlich hin, wenn sich ältere Damen nicht gegenseitig unterstützen?

Die Beerdigung des Don

Die Glocken des Kirchturms schlagen neun Mal. Don Sorentino, kopfloser Mafia-Pate einer kleinen Splittergruppe der Cosa Nostra, sieht gut aus. Das liegt vermutlich daran, dass Johann Gottesacker, immer unter dem wachsamen Auge von Schmälzle, die halbe Nacht damit verbracht hat, ihn herzurichten.

Ungeachtet der Tatsache, dass ihm der Kopf abgerissen und er durch Kanalisationstunnel und Friedhofsgänge geschleift wurde, macht der Don tatsächlich den Eindruck, als sei er friedlich im Sarg entschlummert. PVC-Plastikschalen stecken unter seinen Lidern, die Wangen ziert dank nicht abwaschbarer Flüssigkosmetik »Rose Tint« ein rosiger Hauch, und im Mund steckt eine Vinyl-Gaumenschale (»Dodge Natural Expression«). Auffallend ist nur der dicke Bauch, der sich unter dem Hemd wölbt und dessen Kuppe sogar noch über die Sargkante ragt.

Der Sarg besteht aus Fichtenholz und riecht leicht nach Holzleim und frisch bespanntem Filz. Er ruht auf einem Podest über dem Sargaufzug und ist eine Spezialanfertigung, deren tiefere Natur erst nach der Aufbahrung zum Tragen kommen soll. Links und rechts des Sarges stehen langstielige weiße Rosen und Orchideen.

Die große Kirchturmuhr schlägt neun Uhr, als die ersten Trauergäste eintreffen. Es sind die Besucher, die Myrtel Vögele rekrutiert hat. Schwarz gekleidet, hüstelnd und sehr authentisch betreten die Mitglieder des Witwenstammtischs die Kapelle.

Auf dem Vorplatz des Friedhofs knirscht der Kies unter den Breitrandreifen teurer Karossen. Zwei dunkle Mercedes fahren vor, mehrere Porsche und ein Pick-up. Den Fahrzeugen entsteigen schwarz gekleidete Italiener mit ihren Frauen.

Dann trifft der weiße Lieferwagen der Sorentinos ein. Am Steuer sitzt Giovanni, neben ihm seine beiden Brüder und auf dem Rücksitz Donna Elvira. Ein schwarzer Schleier bedeckt ihr Gesicht. Am Arm ihres Ältesten betritt sie die kleine Kapelle am Friedhof.

Ganz zum Schluss biegt ein cremefarbener SUV um die Ecke und parkt ein Stück abseits. Drei klein gewachsene Latinos mit kurzen schwarzen Haaren und Turnschuhen an den Füßen gesellen sich zu den anderen Trauergästen und setzen sich in die letzte Reihe. Am Eingang recht der Friedhofsgärtner den Kies zusammen und beobachtet neugierig das Treiben.

Die Orgel spielt »Bella Ciao«.

»Hach Gott. Als ob er noch am Leben ist.« Donna Elvira zerdrückt gerührt eine kleine Träne in ihrem Taschentuch.

»Ja, aber ein bisschen käsig ist er schon«, sagt Salvatore und rutscht nervös in seinem Anzug hin und her. »Aber der Kopf sieht aus, als ob er nie woanders war.«

»Halt die Klappe«, zischt Giovanni. »Das ist der Don. Was der in seinem Leben erreicht hat, das schaffst du nicht mal bei GTA5 auf der Playstation.«

»Deshalb hat er wohl auch eine Eskorte.« Bedeutungsvoll nickt Salvatore in Richtung der beiden Sargträger.

Schmälzle und Schmähle haben sich rechts und links des Sarges positioniert. Dahinter sitzen Lindhorst und Gottesacker.

»Vielleicht haben sie ja Angst, dass ihn einer klaut«, sagt Luigi grinsend.

»Seid ihr gleich still«, herrscht Donna Elvira ihre Söhne an. »Das ist eine Beerdigung. *Cazzo!*«

Während die Trauerfeierlichkeit ihren Lauf nimmt und sich die anwesenden Mitglieder der *famiglia* von Don Sorentino verabschieden, klingelt in einer Küche im fünf Kilometer entfernten Brunnhausen das Telefon. Therese Knöpfle erledigt gerade den Abwasch.

»Polizeiwache Muggenpfuhl. Was kann ich für Sie tun?«

Es raschelt im Hörer. Im Hintergrund sind flüsternde Stimmen zu vernehmen. Und etwas, das wie Trauermusik klingt.

»Hallo?«

»Ja, also, das ist ein anonymer Hinweis.« Die Stimme klingt leicht nasal, ist hoch und knarzig wie von einem alten Mann. Es folgt wieder Getuschel und Geflüster.

»Hören Sie mal: Sie sind hier bei der Polizei. Wenn das ein

Witz ist, dann machen Sie den besser woanders.« Genervt blickt Therese Knöpfle auf den Telefonhörer, legt aber vorsichtshalber das Geschirrtuch beiseite und lässt das Aufnahmeband mitlaufen.

»Wir möchten Ihnen mitteilen, dass sich die Bestatterkinder Anselm Gottesacker und Julia Lindhorst unter dem Friedhof befinden, wo sie gefangen gehalten werden.«

Pause.

»Ach ja, da steht noch: hinter einem Regal.«

»Können Sie das wiederholen? Wer wird wo gefangen gehalten?«

»Also, die Kinder von diesem Blitzbestatter …« Getuschel. »Also, der heißt nicht wirklich Blitz. Der heißt Lindhorst. Auf jeden Fall ist seine Tochter unterm Friedhof.«

»Und was macht sie da?«

»Ja, das weiß ich doch nicht.« Jetzt klingt die Stimme eher nach einer alten Frau. »Die wird halt da gefangen gehalten. Keine Ahnung, was man da macht.«

»Ich sag's jetzt noch mal: Das ist hier die Polizeiwache. Eine Falschmeldung kann mit mehreren tausend Euro belangt werden. Wir haben die Möglichkeit, Ihren Anruf zurückzuverfolgen.«

»Ach! Und wie wollen Sie das machen?«

»Na, halt übers Internet.« Was nicht ganz der Wahrheit entspricht. Das Internet auf der Polizeiwache ist so langsam, dass man in der Zwischenzeit auch im Telefonbuch nachschlagen kann. Das Einzige, was funktioniert, ist die Rufumleitung. Therese Knöpfle, stolze Mutter zweier Kinder, hat nur eine Halbtagsstelle und kommt deshalb immer erst gegen Mittag ins Revier. Aber das wissen *die* ja nicht.

»Ach so. Ja, dann muss ich jetzt Schluss machen. Neumodischer Kram.«

»Jetzt bleiben Sie –«

Es grummelt und brummelt im Hörer, dann klickt es, und das Freizeichen ertönt.

Kopfschüttelnd blickt Therese Knöpfle den Telefonhörer an und überlegt, was sie jetzt machen soll. Wie auf Kommando fängt ihre Jüngste im Nebenzimmer an zu schreien. Mist! Wie sie Montage hasst. Kommissar Eisele hatte am Wochenende eine Gallenkolik und liegt flach.

Seufzend ruft sie die nächste Nummer auf ihrer Liste an.

***

In der Friedhofskapelle ist der Dorfpfarrer unterdessen bemüht, vor einer recht ungewöhnlichen Trauergemeinde die richtigen Worte zu finden.

»... denn, wer sich selbst erhöht, wird erniedrigt, und wer sich erniedrigt, wird erhöht. Matthäus, Kapitel 23, Vers 12.«

»Gelobt sei der Herr!«, antwortet die Gemeinde.

Der Pfarrer ist es nicht gewohnt, dass ihn die Polizei nachts um ein Uhr aus dem Bett klingelt, um ihm zu sagen, dass er am nächsten Tag eine Eilbestattung durchführen müsse.

Sein Blick wandert durch die kleine Kapelle und über die voll besetzten Bänke.

Das Trauerpublikum ist gemischt. Ganz vorn sitzt Donna Elvira zusammen mit ihren drei Söhnen, dahinter drängen sich braun gebrannte, irgendwie gefährlich aussehende Italiener mit ihren grell geschminkten Ehefrauen. Zumindest vermutet der Pfarrer, dass es sich um ihre besseren Hälften handelt. Bei einigen ist er sich da nicht ganz sicher.

Ganz hinten sitzen noch drei Herren, die eher aus der lateinamerikanischen Ecke zu kommen scheinen. Dazwischen die üblichen Verdächtigen. Der Pfarrer ordnet sie ohne Schwierigkeiten als Mitglieder des Witwenstammtischs ein.

In diesem Moment klingelt ein Handy. Das kommt leider selbst bei Beerdigungen öfters vor. Eher ungewöhnlich ist es, dass das Geräusch aus dem Sarg eines Verstorbenen kommt.

Die Sargträger sehen sich hilflos an. Der Pfarrer wirkt ebenfalls etwas pikiert und weiß offensichtlich nicht, wie er auf die Situation reagieren soll. Schweißtropfen treten auf seine Stirn. Das Tuten dauert an. Jetzt bekommen es auch die ersten Gäste mit.

»Ja, telefoniert der im Sarg?« Hedwig Vögele, die eben mit

ihrer Schwester von der Toilette kommt, reckt konsterniert den Hals.

»Vielleicht hat er mit dem Herrgott ein bisschen was zum Besprechen«, sagt kichernd ihre Banknachbarin.

»Gosch halten, Dorle! Das ist eine ernsthafte Beerdigung«, zischt Myrtel Vögele, die sich, einen vagen Duft nach Plätzchen hinter sich herziehend, neben ihre Schwester quetscht. Sie trägt einen schwarzen Rucksack über der Schulter und eine Plastiktüte mit der Aufschrift »Fressnapf Muggenpfuhl« in der Hand. Ohne auf die neugierigen Blicke zu achten, gibt sie Horst Blickle, der heute nicht nur als Fahrer, sondern auch als Orgler fungiert, ein Zeichen. Der pensionierte Musiklehrer lässt die mächtigen Orgelpfeifen ertönen.

Der Pfarrer hat seinen Text wiedergefunden und bedeutet den Anwesenden, sich zu erheben. »Lasset uns singen.«

Das Klingeln wie auch das darauf folgende geflüsterte Gespräch, das »sub rosa« im Sarg stattfindet, gehen unter in einem stimmgewaltigen »Großer Gott, wir loben dich«. Die Folgen des Telefonats bekommen als Erstes die Aushilfssargträger zu spüren.

Zunächst scheint noch alles in Ordnung. Schmähle und Schmälzle treten zusammen mit den beiden Bestattern an den Sarg und fixieren den Deckel. Don Sorentino verschwindet unter einer dicken Lage Fichtenholz.

Dann bleiben die vier jeder an einer Ecke des Sarges stehen und warten, bis das Lied zu Ende ist. Als sie den Sarg anheben, verstolpert sich Schmähle, und der Sarg kommt in eine gefährliche Schräglage. Entschuldigend blickt er die drei anderen an.

»Los, weiter!«, zischt Schmälzle.

Der Sarg, das spürt jeder der vier, ist leer.

Unter dem Friedhof

Die letzten Trauergäste haben die Kapelle verlassen und sich dem Trauerzug angeschlossen. Das Podest, auf dem der Sarg gelagert war, liegt verlassen im Sonnenlicht, das durch die Deckenfreske hereinscheint. In der Stille ertönt ein Klicken, und das Podest öffnet sich. Ein schwitzender Caruso arbeitet sich mit hochrotem Kopf stöhnend und ächzend unter dem toten Don Sorentino hervor.

»*Mio Dio!* Wie kann man nur so dick sein?«, flucht er leise.

Caruso schafft es, ein Bein über den Rand zu schieben, und drückt sich aus dem Zwischenboden heraus. Schnell sieht er sich um. Die Luft ist rein.

Er eilt zur Wand, wo sich der Schalter für den Sargaufzug befindet. Ein weiteres Klicken – und der Boden teilt sich. Caruso hastet zurück und springt auf den Aufzug, der ihn zusammen mit Don Sorentino in die Tiefe befördert. Über ihm schließen sich die Flügel wie über einem Grab.

Knarrend und quietschend geht es drei Meter tief in die Finsternis. Unten bleibt Caruso noch einen Moment neben dem Don sitzen, bis sich seine Augen an die Dunkelheit gewöhnt haben. An der hinteren Wand gehen zwei Metalltüren ab, vermutlich zu den Kühlkammern. Weiter vorn stehen diverse Metallschränke, und da ist auch die Tür zur Außentreppe. Ein schmaler Lichtstreif fällt herein, sodass sich Caruso zumindest ein wenig orientieren kann.

Er rekapituliert noch einmal das Gespräch von eben. Therese Knöpfle war es, die angerufen hat. Also eigentlich hat sie Schmälzle angerufen, aber der hat Caruso, dessen Telefon bei seiner Entführung kaputtgegangen ist, für alle Fälle sein Handy mitgegeben. Ein anonymer Anrufer hat Therese informiert, dass die Bestatterkinder unter dem Friedhof gefangen gehalten werden.

Caruso hat auf sein Bauchgefühl gehört und alles auf eine Karte gesetzt. Noch während das Lied erklang, hat er den Mechanismus, der den Sarg öffnet, ausgelöst, und die Leiche ist zu ihm heruntergeplumpst. Das Sargmodell »Houdini«, das Lindhorst eigens in der Nacht für diesen speziellen Anlass angefertigt hat, funktionierte einwandfrei.

Carusos ursprüngliche Idee war simpel. Zum einen durch die für alle sichtbare Aufbahrung des Don den physischen Beweis erbringen, dass er wirklich tot ist und nicht mit Donna Elvira paktiert. Zum anderen die Leiche aus dem Sarg verschwinden lassen, im Sargaufzug versteckt halten und auf die Ankunft der Italiener warten. Mit dem Überraschungselement auf ihrer Seite. So weit der Plan.

Caruso hat sich jedoch spontan entschlossen, lieber dem anonymen Hinweis zu folgen. Vorsichtig tappt er durchs Dunkel. Von irgendwelchen Katakomben ist weit und breit nichts zu sehen. Auf der Suche nach einem Lichtschalter unterzieht er die Schränke einer flüchtigen Inspektion und schlägt sich dabei das Knie an einer Metallschiene an. Gartenscheren, Blumendraht, ein Kanister mit Benzin, zwei Taschenlampen. Sonst nichts.

Er nimmt sich eine der Lampen und schaltet sie probeweise an. Funktioniert. Er lässt den Strahl durch den unterirdischen Keller wandern. Dabei fällt ihm eine große bronzene Gittertür hinter dem Sargaufzug auf. An ihrem Türflügel hängt ein rot umrandetes Schild: »Betreten verboten! Einsturzgefahr!«

Der Flügel steht halb offen. Ein Schwall verbrauchter Luft schlägt Caruso entgegen, als er ihn vorsichtig weiter aufschiebt. Es riecht nach feuchter Erde und nach … Gebäck. Caruso runzelt die Stirn. Seine Taschenlampe zeigt ihm nichts, was den Geruch erklären könnte. Nur rötliches Mauergeröll und Stützbalken. In die Wand sind wabenartige Aussparungen eingelassen, auf die sich Caruso keinen Reim machen kann, bis ihn ein bleicher Totenschädel angrinst.

Spinnweben streifen seine Stirn. Kurzflügler und Schwarzkäfer fliehen vor dem Lichtstrahl, der ihre Chitinpanzer kurz zum Leuchten bringt.

Der Gang führt etwa zehn Meter geradeaus, bevor er in rechtem Winkel scharf abbiegt. Gebückt geht Caruso weiter.

Nach etwa fünfzehn Metern kommt er an eine Gabelung. Links ist der Gang nur etwa eineinhalb Meter hoch. Eigentlich mehr ein Tunnel. Die rechte Abzweigung ist etwas höher. Rechts oder links?

Zuerst will sich Caruso nach rechts wenden. Da fällt ihm auf, dass die Spinnennetze über dem linken Abzweig zerrissen sind. Als er sich bückt, erkennt er zudem Spuren am Boden. Irgendetwas ist hier entlanggeschleift worden. Gebannt folgt Caruso der Spur.

Der Gang weitet sich und endet abrupt in einer Sackgasse. Eine massive Erdwand versperrt ihm den Weg. Davor steht ein verrostetes Stahlregal. Caruso lässt den Strahl seiner Taschenlampe am Boden entlangwandern. Was hat Therese Knöpfle gesagt? Hinter dem Regal …

Caruso stemmt sich gegen eine Ecke und schiebt. Auf einmal rutscht das Regal zur Seite und gibt den Blick auf einen Erdtunnel frei, der weiter in die Finsternis führt. Caruso greift nach seiner Pistole. Die hat ihm Schmähle dankenswerterweise aus der Asservatenkammer besorgt. Es ist eine Walther P5. Eigentlich in Schwaben nicht mehr im Einsatz, aber klein und praktisch.

Wie war das noch mal? Schlitten nach hinten ziehen und entsichern. Es klickt metallisch, als eine Kugel in die Patronenkammer rutscht.

Caruso nimmt seine Taschenlampe zwischen die Zähne und tastet sich vorsichtig weiter. Nach ein paar Metern öffnet sich der Gang zu einem kleinen, annähernd runden Raum von etwa sieben Metern Durchmesser. Caruso kann auf einmal wieder aufrecht stehen. Irritiert zieht er die Luft ein. Der süßliche Geruch ist stärker geworden. Es riecht stark nach Plätzchen. Und nach Marzipan.

Der Strahl seiner Taschenlampe fällt auf einen Metalltisch, neben dem glänzende Papierfetzen das Licht reflektieren. Auf dem Tisch stehen ein Krug mit Wasser und ein Tablett mit zwei Gläsern. Eine große schwere Holztür mit Metallbeschlägen und einem großen Riegel fügt sich am anderen Ende des Raums in die Erde.

»Ciao?«, fragt Caruso zögerlich in die Dunkelheit. Die Erde verschluckt seine Stimme sofort.

Trotzdem kann er ein Geräusch hören. Es klingt wie ein Stöhnen, und es dringt hinter der Tür hervor. Die ist, wie Caruso mit schreckgeweiteten Augen erkennt, überall mit Bauschaum abgedichtet. In diesem Moment legt sich etwas um seinen Hals, und er wird zurück in die Dunkelheit des Ganges gerissen.

Gehirnzellen funktionieren nur sehr kurze Zeit ohne Luft. Das Gehirn verbraucht allein ein Fünftel des gesamten arteriellen Sauerstoffs. Um Engpässe zu verhindern, versorgen deshalb gleich vier Schlagadern das Gehirn. Die innere und die äußere Halsschlagader liegen auf der Vorderseite des Halses, die sogenannten Wirbelarterien hinten. Der Gürtel, der um Carusos Hals liegt, blockiert alle vier.

Es dauert etwa vier bis zehn Sekunden, bis das Gehirn abschaltet. Trainierte Kämpfer halten es etwas länger aus, bevor sie ohnmächtig werden. Caruso ist weder ein Kämpfer, noch ist er trainiert.

Vier Sekunden …

Die Schlinge schnürt ihm unbarmherzig den Hals zu. Zwar hat man ihm einmal in der Polizeischule beigebracht, wie man sich in so einer Situation verhalten muss, aber das hat er natürlich längst wieder vergessen. Seine Reflexe übernehmen.

Drei Sekunden …

Er macht das einzig Richtige. Statt sich gegen den Druck zu stemmen, gibt er ihm nach. Sein Kopf schnellt zurück und landet zielgenau auf einer Nase. Er hört ein Knirschen und einen unterdrückten Schmerzensschrei. Der Griff lockert sich etwas. Sterne tanzen vor seinen Augen.

Zwei …

Caruso lässt sich auf die Knie fallen. Ein weiterer Punkt für ihn, denn er bricht das Gleichgewicht seines Gegners. Der Würgegriff lockert sich noch ein bisschen mehr. Die niedrige Decke fängt an, sich vor seinen Augen zu drehen. Das Licht der Taschenlampe zuckt über die Erddecke. Ohne einen einzigen verwertbaren Gedanken zu fassen, rammt Caruso die Varta-Lampe mit Stahlgehäuse auf Hüfthöhe nach hinten.

Und dann hilft ihm die Evolution.

Evolutionstheoretisch betrachtet, gehören die Hoden zu den wichtigsten Teilen des menschlichen Körpers. Paradoxerweise liegen sie an seiner Außenseite und sind nicht etwa wie das Herz von einem stabilen Käfig aus Knochen geschützt. Der Grund: Spermien brauchen es kühl, eine Temperatur von vier bis fünf Grad unter Körpertemperatur ist ideal für sie. Das geht allerdings nur *außerhalb* des Körpers. Die Evolution hat einen indirekten Weg gefunden, die Hoden zu schützen: Schmerz.

Die Hoden gehören zu den berührungssensitivsten Teilen des Körpers. Unzählige Nervenbahnen umspannen sie wie ein Netz. Caruso hört ein schmerzhaftes Aufstöhnen. Der Gürtel lockert sich.

Eins …

Er schafft es, eine Hand zwischen Gürtel und Hals zu bekommen. Sein Glück ist, dass der Metallstift des Gürtels nicht eingerastet hat. Pfeifend zieht er Luft in seine schmerzenden Lungen. Die Decke hört eine Sekunde lang auf, sich zu drehen. Dann wird er noch einmal mit unglaublicher Kraft zurückgerissen.

Und wieder hat er Glück. Seine hilflos zappelnden Beine schleifen über den Boden, finden irgendwo Halt. Er stemmt sich dagegen und stößt sich ab. Sein unsichtbarer Gegner wird zurückgeschleudert und prallt in der Dunkelheit gegen einen Stützpfeiler. Der hält dem Aufprall nicht stand und bricht in der Mitte auseinander.

Die Erddecke, die von den vornächtlichen Regengüssen gelockert und matschig ist, bricht ein. Caruso wird, begleitet von einer Wolke aus Schutt und Staub, nach vorn geschleudert. Es grollt und kracht, und von einer Sekunde zur anderen ist die Luft voller Staub. Mit zitternden Fingern schafft er es endlich, den Gürtel von seinem Hals zu lösen. Gierig saugt Caruso die Luft ein. So bleibt er erst einmal keuchend und japsend liegen.

Minuten vergehen. Eine Feldmaus trippelt neugierig vorbei.

Aus dem Staub hebt sich eine Hand. Caruso wischt Erde

beiseite und rappelt sich langsam auf. Er sieht absolut nichts. Doch halt – von weiter vorn kommt ein schmaler Lichtschein.

Auf allen vieren kriecht Caruso auf das Licht zu. Nachdem er sich über einen Holzbalken gewälzt hat, sieht er, dass das Licht von seiner Taschenlampe stammt. Er hebt sie auf und leuchtet hinter sich. Da ist niemand mehr.

Zwischen den Staubschwaden hindurch erkennt er, dass die halbe Decke heruntergekommen ist und in der Mitte des Tunnels einen Erdhügel bildet, auf dem Knochen und Totenschädel liegen. Der Weg nach hinten ist blockiert. Mühsam rappelt sich Caruso auf und kriecht in den Raum mit der Tür zurück. Mit zitternden Fingern reißt er den Bauschaum herunter und entriegelt sie.

»Ciao?«

Zwei verschwollene Augen blinzeln ins grelle Licht der Taschenlampe. Am Boden sitzt ein junger Mann mit zerzausten Haaren und einer völlig verdreckten Brille. Er hat den Kopf einer Frau im Schoß liegen und eine Holzleiste in der Hand.

»Ganz ruhig. Ich bin von der Polizei. Sie sind in Sicherheit.«

»Helfen Sie mir«, ächzt Anselm. »Sie braucht Luft. Der Drecksack hat hier alles abgedichtet. Wir wären ums Haar erstickt. Scheiße aber auch.«

Zusammen tragen sie Julia aus der Zelle und betten sie auf den Tisch. Anselm nimmt sich den Krug und trinkt gierig von dem Wasser. »Halten Sie mal ihre Füße hoch.«

Caruso tut, wie ihm geheißen, Anselm fächelt Julia Luft zu.

Es dauert einen Moment, dann schlägt sie die Augen auf.

»Hab so einen Durst. Wo … wo bin ich? Dad? Ich bring den Hund gleich raus.«

Anselm hält ihr den Krug an die Lippen. Julia trinkt hastig und hustet. »Mein Gott, bin ich müde …« Ihre Augen flattern und klappen wieder zu.

Anselm tätschelt ihre Wangen. »Hypoxie«, erklärt er Caruso, während er Julias Atem kontrolliert. »Das passiert, wenn das Gehirn eine Zeit lang zu wenig Luft kriegt.« Julias Atem normalisiert sich. »Wir müssen sie jetzt mal kurz schlafen lassen. Bis der Körper wieder versorgt ist.«

Caruso sieht ihm staunend zu. »Woher wissen Sie das alles?«

Anselm streicht sich die Haare aus dem Gesicht. »Zivildienst. Da lernt man so was.«

»Würden Sie?« Caruso reicht Julias Füße an Anselm weiter. »Ich muss kurz den Kollegen Bescheid sagen, dass ich Sie gefunden habe. Wissen Sie, wer Sie entführt hat?«

Anselm schüttelt den staubigen Kopf. »Keine Ahnung. Der war auf jeden Fall echt stark, der Lumpenseggl!«

Im Licht der Taschenlampe tippt Caruso eine Nachricht ins Handy ein. Kurz darauf gibt das Telefon eine Serie von gurgelnden Tönen von sich.

Anselm späht ihm skeptisch über die Schulter. »Ich würde sagen, Batterie leer. Haben Sie das Ding eigentlich vom Sperrmüll? Das gehört ins Museum.«

Julia kommt zu sich, strampelt und gibt Anselm einen Tritt.

»Aua! Ich glaub, da ist jemand wach.«

Julia richtet sich halb auf. »Was ist passiert? Wo bin ich? Und wer ist das da?«

Caruso erzählt den beiden in groben Zügen, was passiert ist und dass über ihnen gerade ein leerer Sarg bestattet wird.

Aufgeregt deutet Anselm auf den Tisch. »Ha ja! Die Leiche haben wir gesehen. Die war gestern noch hier. Der Typ hat sie aufgeschnitten und irgendwas reingepackt.«

»Das war echt eklig.« Julia wischt sich Spinnweben aus ihrer Igelfrisur.

Anselm kratzt sich am Kopf. »Was das war, haben wir leider nicht genau sehen können. Das waren so kleine Päckle.« Er schaut unter den Tisch. Stirnrunzelnd hebt er einen der schmierigen Fetzen auf. Das Papier ist ölig, halb durchsichtig und von rotbrauner Farbe. Er schnuppert daran. Es riecht nach Marzipan. Auf einem der abgerissenen Fetzen stehen ein Zahlencode und eine kryptische Abkürzung. »C-h-a-r-g-e D-e-m-o… P… B… X…«, liest Anselm mit zusammengekniffenen Augen. »So was hab ich schon mal gesehen. Herrgott, mir fällt bloß grad nicht mehr ein, wo.«

Daneben sieht Caruso etwas, das er auch schon mal gesehen

hat. *Er* weiß allerdings noch, wo. Mit spitzen Fingern hebt er ein Stück durchsichtigen Gummi auf, an dessen Ende ein blauer Faden befestigt ist.

»Interessant«, murmelt er.

»Ist das ein Kondom?« Angewidert sieht Anselm ihm über die Schulter.

»Das ist ein Beweisstück. Genau so eins haben wir beim Körper des Don gefunden.« Vorsichtig fischt Caruso einen wiederverschließbaren Plastikbeutel aus seiner Jackentasche und deponiert die hauchdünne Kunststoffhülle darin.

»Wo ist die Leiche denn jetzt?«, fragt Julia, die sich im Vorraum umsieht.

Caruso leuchtet mit der Lampe in den Tunnel, aus dem er gekommen ist, und untersucht die Decke. Sieht aus, als ob sie halten würde. »Schon wieder in Gewahrsam, nehme ich an. Meine Kollegen haben sie vermutlich bereits gesichert. Aber erst mal müssen wir hier raus. Kommen Sie mit.«

Die drei verlassen gebückt hintereinander den Vorraum. Links und rechts des Deckeneinbruchs ist ein schmaler Spalt offen geblieben. Caruso versucht, sich seitlich am Erdhügel vorbeizuquetschen. Julia leuchtet, Anselm schiebt. Es hilft nichts, Caruso kommt nicht weiter.

»Stopp! So geht's nicht.« Er spuckt Staub aus und versucht, mit den Händen die Erde abzutragen. »Wir brauchen eine Schaufel.«

Anselm kommt eine Idee. »Der kaputte Sarg! Wir nehmen ein paar Bretter als Schaufel.«

»Ich hol sie.« Julia ist schon unterwegs.

»Helfen Sie mir mal mit dem Tisch.« Caruso und Anselm drehen den Tisch um, dann schraubt Anselm die Tischbeine ab. »Damit können wir die Erde auflockern. Wir machen das wie bei einer Eimerkette. Vorn abtragen und hinten wegschaffen.«

Julia kommt mit zwei Brettern zurück. Caruso und Julia zwängen sich wieder in den Gang, da fällt Anselm etwas unter dem Tisch auf. Es sieht aus wie ein Stück abgeschnittenes Kabel. Er runzelt die Stirn und bückt sich.

»Anselm! Bring mal die Taschenlampe her. Wir sehen nichts!«, ruft Julia ungeduldig.

»Einen Moment noch.« Anselm dreht das Kabel zwischen Daumen und Zeigefinger. An einem der Drähte klebt eine bräunliche Substanz. Er hebt das abgerissene Papier auf.

»Das sieht aus … das sieht aus … wie …« Dann fällt es ihm wie Schuppen von den Augen. »Herrschaftsseggserl!«, ruft er den beiden zu. »Ich weiß jetzt, was in der Leiche ist! Und ich weiß auch, wofür PBX steht!« Er erzählt es Caruso. Der wird bleich.

»Wenn Sie recht haben … Wir müssen so schnell wie möglich hier raus.« In fieberhafter Eile beginnen sie, den Erdberg abzutragen und die Erde in den Vorraum zu werfen.

Rückzug

Die Prozession zum Grab ist in vollem Gange. Gottesacker und Lindhorst marschieren voran, Schmälzle und Schmähle folgen. Der leere Sarg schaukelt auf ihren Schultern. Vor ihnen schreitet der Pfarrer, flankiert von zwei Ministranten. Ab und zu gelingt es Schmähle, einen Blick zur Trauergemeinde zu werfen. Wo sind die beiden Italiener? Würden sie wirklich kommen?

In etwa fünf Metern Abstand folgt, angeführt von Donna Elvira und ihren Söhnen, respektvoll der Rest der Trauergemeinde. Der Sarg wippt gefährlich, als Schmähle versucht, sich umzudrehen.

»Bleib in der Spur«, zischt Schmälzle zwischen zusammengebissenen Zähnen.

Der Weg ist schmal und vom gestrigen Regenguss glitschig. Rechts und links ragen Grabsteine empor. Lindhorst kennt den Weg. »Da vorn links.«

Die Sargträger schwenken nach links.

»Hast du scho ebbes gesehen?«, flüstert Schmähle nach hinten.

»Noi! Hab ich net. Konzentrier dich aufs Tragen.«

Das sind Schmälzles letzte überlieferte Worte, bevor es unter ihnen dumpf grollt. Der Boden zittert einen Moment lang. Die Bestattungsgäste werfen sich irritierte Blicke zu. So schnell, wie das Grummeln gekommen ist, ist es wieder verstummt. Es reicht jedoch, dass Schmälzle einen Moment nicht aufpasst und auf einen glitschigen Stein tritt. Fatalerweise erteilt Lindhorst in ebendiesem Moment das Kommando zum Nach-rechts-Schwenken.

»Himmel, Arsch und Zwirn!«, entfährt es Gottesacker, der die ganze Zeit mürrisch und versunken seinen Gedanken nachhängt. Er muss immerzu an das Kokain in der Leiche denken. Sein Schatz – zum Greifen nah. Aber: Er kann, er darf der Versuchung nicht nachgeben. Das Leben seines Sohnes steht auf dem Spiel.

Dann wird ihm der Tragegriff aus der Hand gerissen, der Strom seiner Gedanken reißt ab, als der Sarg dank Hebelwirkung nach oben katapultiert wird. Nicht schon wieder!, ist das Letzte, was er denkt.

Schmälzle, der an die fünfzig Kilo mehr wiegt als sein dünner Kollege, fällt auf den Hintern und reißt Schmähle mit sich. Den Gesetzen der Physik gehorchend, die leider auch auf Friedhöfen gelten, steht der Sarg einen Moment in etwa zwei Metern Höhe vor einem klaren blauen Himmel, beschreibt eine leichte Parabel und kracht dann seitlich des Fußweges auf einen Grabstein. Dem Aufprall ist das dünne Holz nicht gewachsen, und der Sarg fällt einfach auseinander.

Mit einem kollektiven Aufschrei bleibt die Menge stehen. Der Pfarrer hält in seinem halblaut gemurmelten Sermon inne, der (oh Blasphemie) schon seit einiger Zeit so geklungen hat:

»*Veni sancti Spiritu* … Ich habe Kohldampf … *Quod mors separavit, Deum uniet bendedicte* … Gott, gib mir Frühstück … *homo, quia pulveris es, et in pulverem reverteris* … mit Eiern und Speck.« Er reißt entsetzt die Augen auf, als er einen schwebenden Sarg sieht, der den Bruchteil einer Sekunde später donnernd zu Boden kracht.

Die Ministranten bleiben mit offenem Mund stehen. Offensichtlich sind sie Zeugen eines Wunders. Neben den Brettern ist nämlich sehr deutlich zu sehen, dass niemand im Sarg liegt.

Es dauert etwas, bis die Kunde vom wundersamen Verschwinden des Dons die Masse erreicht. Die Trauergäste, allen voran Donna Elvira, scharen sich um den Unfallort.

»*Un miracolo!* Der Don ist aufgefahren!« Eine ältere italienische Dame mit hagerem Gesicht fällt ekstatisch auf die Knie und hebt die Hände zum Himmel.

Nachdem in der Beerdigungsmenge zunächst aufgeregt gemurmelt wurde, kehrt auf einmal bedrohliche Stille ein. Hände tasten nach unter Sakkos verborgenen Waffen. Die Mittagssonne spiegelt sich auf der Schneide von Springmessern.

»*Dov'è il Don?*«, erhebt sich eine Stimme aus der Menge.

Andere nehmen diese durchaus berechtigte Frage auf und

skandieren: *»Dov'è il Don?«* – »Wo ist der Don?« – »Gebt uns den Don!«

»Kreitzkruzifix! Wir sind enttarnt«, flucht Schmähle und rappelt sich vom Boden auf. »Nix wie weg hier.«

»Bleib da! Sonst gibt's eine Katastrophe«, versucht Schmälzle ihn zurückzuhalten.

Schmähle sieht sich um. »Die haben wir doch schon.«

In diesem Moment vibriert Gottesackers Handy. Carusos SMS ist angekommen.

Die Reihen der Trauergäste haben sich im Halbkreis um die Sargträger geschlossen. Der Pfarrer versucht, die aufgebrachte Menge zu beschwichtigen. »Bleiben Sie bitte ganz ruhig. Es wird sich alles aufklären.« Ungläubig mustert er die Überreste des leeren Sarges. Er ist sich nicht ganz sicher, ob er es hier mit so etwas wie einem Wunder zu tun hat. Ein Wunder muss, den Prämissen der katholischen Kirche folgend, als Erstes für jeden – also auch für Ungläubige – wahrnehmbar sein.

Der Pfarrer betrachtet die verständnislosen Gesichter der Trauergäste. Könnte man schon mal abhaken.

Zweitens muss es sich um ein Geschehen handeln, das sich außerhalb des Laufs der Natur ereignet. Es darf sich nicht durch reguläre oder irreguläre Weltereignisse erklären lassen. Weit und breit kein dreihundert Pfund schwerer Verstorbener zu sehen. Könnte man also auch noch gelten lassen.

Knifflig wird's bei der dritten Prämisse. Das Wunder muss direkt von Gott gewirkt sein und sich direkt auf Gott zurückführen lassen. Man muss kein Kanoniker sein, um zu erkennen, dass es hier noch andere Gründe geben könnte, die das mysteriöse Verschwinden der Leiche erklären. Ist das eine Pistole, die einer der italienischen Trauergäste in der Hand hält? Und das, was da in der zögerlichen Morgensonne glänzt, ein Messer? Also, ganz astrein ist die Sache definitiv nicht. Vorsichtshalber beschließt der Pfarrer trotzdem, alles richtig zu machen. Mit großer Geste wendet er sich der Trauergemeinde zu. »Gottes Wege sind rätselhaft. Lasset uns beten.« Damit lässt er sich mit ausgebreiteten Armen auf die Knie sinken.

Schmälzle und Schmähle bewegen sich im Rückwärtsgang um die Grabsteine herum. Lindhorst versucht, ihnen unauffällig zu folgen. Gottesacker ist nirgends zu sehen. Die Menge wird im Moment noch durch das Gebet des Pfarrers, ihre eigene Trägheit und den Witwenstammtisch aufgehalten. Der bildet hinter den Italienern eine undurchdringliche Barriere, zumindest an Jahren.

Kaum sind die Polizisten außer Sichtweite, hetzen sie gebückt Richtung Friedhofskapelle.

»Wie ist der Plan?«, keucht Schmähle.

Schmälzle schnauft schwer beim Rennen. »Was fragst du denn da mich? Wir haben keinen Plan B. Wir haben ja nicht mal einen Plan A gehabt.«

Lindhorst überholt die beiden mit seinen langen Beinen. »Wir brauchen sofort die Leiche. *That's the way the cookie crumbles.*«

»Da hast du deinen Plan!«, ruft Schmälzle und stolpert prompt über eine Grableuchte.

Erste Ausrufe deuten darauf hin, dass die Trauergemeinschaft genug gewartet hat. Lindhorst und Schmälzle erreichen die Friedhofskapelle als Erste und bleiben einen Moment keuchend zwischen den Bänken stehen.

Schmähle schiebt die beiden Türflügel zu. »Los! Wir verbarrikadieren die Tür. Bringt die Kirchenbänke her!«

Drei Minuten später und keine Sekunde zu früh, türmen sich mehrere Bänke vor der Tür. Draußen hat sich bereits ein Teil der Menge eingefunden und hämmert an die Pforte.

»Da kommt erst mal niemand rein.« Schmähle wischt sich den Schweiß von der Stirn.

»Die Frage ist bloß, wie lang«, murmelt sein Kollege düster. Skeptisch mustern die beiden ihr Werk. Es sieht aus, als ob ein Riesenbaby mit Kirchenbänken Halma gespielt hat.

»Sagen Sie mal, wo ist eigentlich Gottesacker?« Suchend blickt sich Lindhorst im Kirchenrund um.

»Heilandsdonnerwetter! Jetzt sagt bloß, wir haben den draußen vergessen.« Schmähle wird bleich.

Sein Kollege winkt ab. »Der wird schon zurechtkommen. Wichtig ist jetzt erst mal, dass wir die Leiche sichern.«

In diesem Moment öffnet sich knirschend die Krematoriumsklappe. Dahinter tauchen zwei Gestalten auf. Im hellen Gegenlicht kann man die Gesichter nicht sofort erkennen.

»Herr Caruso?«, fragt Schmähle. Doch ihm schwant Böses. Vor allem, weil Lindhorsts Hände langsam über den Kopf wandern. Hektisch fummelt der Polizist an seinem Hosenbund herum und versucht, an seine Pistole zu kommen. Die hat sich allerdings in seiner Calvin-Klein-Unterhose verhakt. Fieberhaft fängt er an, seine Hose aufzuknöpfen.

»Was machst du denn da?«, herrscht ihn Schmälzle an. »Das ist jetzt nicht der richtige Zeitpunkt …« Sein Mund klappt zu, als Mafioso Enzo vom Laufband klettert, gefolgt von Romeo, der eine bösartig aussehende Pistole mit Schalldämpfer in der Hand hält.

Enzo sieht mitgenommen aus. Gräser hängen ihm im Haar. Sein Mundwinkel zuckt.

»*Buongiorno!* Niemand bewegt sich! Sonst wird ihm Romeo ein hübsches kleines Loch verpassen. Dieses Schmierentheater hat jetzt ein Ende.« Zufrieden mustert er die drei. »Was für eine schöne Leichenrede. Wir hatten sozusagen einen Logenplatz.« Er nickt hinüber zur Einäscherungskammer. »Ist eigentlich ganz angenehm, wenn's nicht gerade zu heiß wird. Habt ihr wirklich geglaubt, wir würden auf einen so plumpen Betrug hereinfallen? Die verschwundene Leiche, also wirklich. Da haben wir uns als *bambini* schon bessere Tricks ausgedacht.«

»Na ja, Probieren geht über Studieren, net?«, gibt Schmälzle trotzig zurück.

Enzo wirft ihm einen verächtlichen Blick zu. »Ich habe dieselbe Frage wie beim letzten Mal: Wo ist die Leiche?«

Lindhorst tritt einen Schritt vor: »Wo ist meine Tochter?«

Ansatzlos holt Enzo aus und boxt ihm in den Magen. Lindhorst klappt zusammen. »Na, bei diesen Kindern weiß man nie, stimmt's, Romeo?«

»Kein Kinderspiel ist solch ein Unterfangen«, gibt dieser geheimnisvoll zurück, während er fasziniert beobachtet, wie Schmähle versucht, seine Hose wieder hochzuziehen.

Enzo fasst Lindhorst mit zwei Fingern in die Nase und zwingt ihn nach oben. »Das Amüsante an dieser Geschichte ist: Ich habe wirklich nicht die geringste Ahnung, wo Ihre Tochter steckt. Wenn Sie mich fragen: Ich glaube, sie wird gerade von Würmern gefressen.« Er lacht hässlich, bekommt aber gleich darauf einen Hustenanfall. »Zurück zu meiner Frage. Wo ist die Leiche?«

Etwas kracht gegen die verrammelte Eingangstür. Von draußen ertönen Lärm und Geschrei. Schmähle hat sich seine Hose wieder zugeknöpft und richtet sich mit rotem Kopf auf.

»Ich bin ein bisschen in Eile. Romeo? Wärst du so freundlich?«

Die Pistole gibt ein metallisches »Plopp« von sich. Der scharfe Geruch nach Kordit liegt in der Luft.

Schmähle geht schreiend in die Knie. Blut quillt aus seinem Schuh. »Der hat mir in den Fuß geschossen!«, sagt er ungläubig. »Das tut gar nicht so weh.« Dann klappt er ohnmächtig zusammen.

Schmälzle ist sofort an seiner Seite. »Das werden Sie bereuen!«

Enzo gähnt. »Romeo? Diesmal zielst du höher.«

Romeo visiert Schmälzles Kopf an.

»Ist ja schon gut.« Bestatter Lindhorst geht mit zitternden Händen dazwischen. »Hören Sie auf. Bitte. Die Leiche ist noch im Aufzug.«

Enzo gibt Romeo ein Zeichen, die Waffe zu senken, und grinst. »Wie ich schon sagte: ganz schlechter Trick.«

»Sie müssen nur den Aufzug hochkommen lassen.«

Enzo mustert Lindhorst unwillig. »Tja, ich denke, da müssen Sie mir zur Hand gehen. Ich zähle jetzt bis drei, dann hat der Dicke da ein drittes Auge. *Uno …*«

Lindhorst rennt zum Aufzugknopf.

»Due …«

Die Klappe im Boden öffnet sich. Ein lautes Rasseln zeigt an, dass die Hebebühne nach oben fährt.

»Na also. Geht doch.« Romeo scheucht die kleine Gruppe zum Bodeneinlass.

Schmähle bleibt bewegungslos liegen. Eine Blutlache breitet sich um ihn herum aus und wird erschreckend rasch größer.

Rumpelnd und schaukelnd kommt das Podest nach oben. Fassungslos starren Schmälzle und Lindhorst in den leeren Zwischenboden.

»Das versteh ich jetzt nicht …«, stottert Lindhorst.

Enzos Augen sprühen vor Zorn. »Ich denke, das war's dann. Romeo?«

Ein metallisches Quietschen ertönt. Schlecht geölte Räder drehen sich. Die Tür zum Andachtsraum geht auf. Gottesacker taucht bleich mit wirren Haaren auf und zieht einen Rollwagen hinter sich her. Darauf liegt in seiner ganzen aufgequollenen Größe: Don Sorentino.

»Aufhören! Ich hab die Leiche! Bitte nicht mehr schießen!«

Enzo klatscht erfreut in die Hände. »Ah, endlich mal einer mit Verstand.«

Romeo wedelt Gottesacker mit seiner Pistole zu den anderen.

Enzo beugt sich über die Leiche, knöpft dem Don die Anzugjacke und das Hemd auf und tastet seinen Bauch ab. Lindhorst und Schmälzle sehen verständnislos zu. Zufrieden lässt er von dem Toten ab.

»Romeo, wir können. Alles da, wo's hingehört.«

Er schlägt den schwarzen Anzug wieder über dem Bauch zusammen. Dann tätschelt er der Leiche die Backen. »Der Don und wir müssen jetzt leider gehen. Wir haben da noch eine dringende Verabredung. Ach ja«, er wendet sich an die kleine Gruppe seiner Gefangenen, »ich hatte vorher Gelegenheit, die Verbrennungsanlage zu inspizieren.« Er wedelt mit einem Flyer des Krematoriums. »Sehr fortschrittlich. Gute Handwerksarbeit, energieeffizient, kostensparend und umweltschonend. Einmal drin, läuft der Rest vollautomatisch. Wir hatten dank einem Ihrer Friedhofsmitarbeiter auch Gelegenheit, die Steuerungsmechanik etwas näher kennenzulernen.« Er blinzelt den Männern zu. »Eine Sache steht allerdings nicht drin: Wie heiß es auf dem Laufband wird.«

Romeo und Enzo eskortieren die Männer mit vorgehaltener Waffe zur Brennkammer. Der stöhnende Schmähle wird von seinem Kollegen und Lindhorst gestützt. Als alle drin sind, betätigt

Romeo einen Schalter, die beiden zentimeterdicken Stahlplatten schieben sich langsam zusammen und rasten mit einem dumpfen, endgültigen Laut ein.

Die Stimme Enzos klingt dumpf zu den vieren herein. »Wenn Sie's rausgefunden haben, sagen Sie mir Bescheid!« Damit bestätigt er den »Ein«-Schalter.

Das Laufband setzt sich in Bewegung.

Capitano Manzanetti

Draußen vor der Kapelle steht Donna Elvira und ist stinksauer. Nicht nur, dass die Beerdigung ruiniert ist, ganz offensichtlich hat man sie schon wieder auf den Arm genommen. Die beiden Türflügel sind verbarrikadiert. Bis jetzt hat sich noch niemand getraut, die herrlichen Buntglasfenster einzuschlagen. Aber das ist sicher nur noch eine Frage der Zeit.

Luigi kommt von der Tür zurück. »*Mammina!* Da ist *niente* mit reinkommen. Giovanni und Salvatore gucken gerade, ob's auf der anderen Seite besser geht.«

»*Va bene.*« Skeptisch mustert Donna Elvira den Wagenheber, den Luigi lässig in der Hand hält. »Aber dass mir keiner die Scheiben einschlägt. Das ist immer noch eine *casa de Dio.*«

»Ist gut. Obwohl's schneller gehen würde.« Enttäuscht lässt Luigi den Wagenheber sinken und folgt seinen Brüdern.

»*Hola, Señora Sorentino*«, flüstert ihr eine melodiöse Stimme auf Spanisch ins Ohr.

Donna Elvira mustert die drei Lateinamerikaner, die sich ihr unauffällig genähert haben, unwillig. »Und wer sind *Sie*?«

Der Größte der drei schiebt seine Sonnenbrille ein Stück die Nase hinunter. Dahinter glänzen Augen wie zwei schwarze Kieselsteine. Unter den Augen sind jeweils zwei Tränen tätowiert.

»Ihr seliger Vater schuldet uns noch etwas. Und da er offensichtlich nicht mehr in der Lage ist, seine Schulden zu begleichen, müssen Sie das jetzt übernehmen.«

Donna Elvira weicht unwillkürlich etwas zurück. »Ha, jetzt schlägt's dreizehn. Ich muss überhaupt nix. Und mit den Geschäften von meinem *papà* hab ich auch nix zum Schaffen.«

Die drei drängen sie weiter ab, zurück auf den Friedhof.

»*Aii! Madre mia!* Wie schade!« Einer der Latinos schlägt theatralisch die Hände zusammen. Auf seinem Handrücken windet sich eine Schlange. »Dann wird das wohl eine Doppelbestattung. In Mexiko würden Sie jetzt in eine Tonne mit heißem Öl kommen.« Er dreht sich zu seinen beiden Begleitern um. *»Frittado! Bien frittado!«* Die drei lachen.

Hilfesuchend sieht sich Donna Elvira um. Ihre Söhne sind weg. Der Rest der Beerdigungsgesellschaft steht immer noch vor der Eingangstür. Sie will gerade anfangen zu schreien, als sich ein Messer gegen ihr Korsett drückt.

In diesem Augenblick ertönt ein Klicken, das meistens darauf hindeutet, dass eine Pistole entsichert wird.

Eine Stimme sagt: *»Sui le mani! Lei è in arresto!«*

Wie aus dem Nichts ist auf einmal ein Polizist in italienischer Uniform aufgetaucht, flankiert von zwei ebenfalls uniformierten Männern. Mit routinierten Bewegungen legen sie den Mexikanern Handschellen an. Donna Elvira mustert den italienischen Polizisten.

»Und wer sind *Sie*?«

»Ich bin Capitano Manzanetti vom R.O.S. aus Rom. Ich bin auf der Suche nach meinem Schwager, Tenente Caruso. Er ist in höchster Gefahr.«

Donna Elvira stemmt die Hände in die Hüften und funkelt ihn wütend an. »Ihr Schwager? Na, der kann was erleben.«

Der Kommissar zieht eine Augenbraue in die Höhe. »Er hat manchmal etwas … ungewöhnliche Methoden.«

»Das kann man wohl sagen.« Donna Elvira nickt zur Kapelle. »Der ist da drin. Und er will nicht aufmachen.«

In diesem Moment kommen Giovanni und Salvatore angerannt. Beide sind völlig außer Atem.

»*Mamma!* Der Enzo und der Romeo! Die sind im Leichenwagen abgehauen! Und die haben den Don geklaut!«, keucht Giovanni.

***

Das Krematorium in Muggenpfuhl ist ein kleines technisches Wunderwerk. Es besteht aus einem Kammersystem mit drei Brennzonen. Die erste Zone ist der sogenannte Hauptbrennraum. Dort erzeugen in die Wand eingelassene Gasdüsen Temperaturen von über hundert Grad. Sarg und Leichnam werden eigentlich nicht verbrannt, sondern eher verdampft.

Und genau dorthin sind Schmälzle, Schmähle und die beiden Bestatter unterwegs. Von oben betrachtet sieht es aus wie ein bizarrer Laborversuch. Eine Gruppe sehr merkwürdiger Mäuse in schwarzen Anzügen versucht, auf einem Laufband rückwärtszulaufen. Eine dicke und eine schmale Maus ziehen eine andere Maus, die offensichtlich nicht mehr laufen kann, an den Armen immer wieder zurück, Richtung Ausgang. Dort läuft eine andere dicke Maus mit grau melierten Haaren verzweifelt auf der Stelle und hämmert gegen die Stahlplatten, die sich vor den Ausgang geschoben haben.

»Herrgott, Gottesacker! Das bringt doch nix. Kommen Sie her! Wir schaffen das nicht allein!«, schreit Schmälzle über die Schulter.

In der Tat: Das Laufband mahlt unerbittlich und zieht die Dreiergruppe um die Ecke.

Gottesacker lässt von der Tür ab, stolpert und wird auf den Knien den dreien hinterhergetragen. Mühsam rappelt er sich wieder auf und wäre fast auf Lindhorst geprallt. Der hängt an der Hand von Schmälzle und versucht, diesen rückwärtszuziehen.

Gottesacker zuckt zurück, als ihm eine Hitzewelle entgegenschlägt. In etwa fünf Metern Entfernung, hinter einem Metalltor, das zum ersten Ofen führt, ist ein scharfes Fauchen zu hören. Der Ofen heizt sich auf.

»Wir müssen hier weg!« Verbissen tritt Schmälzle das Laufband. Eine Hand zieht ihn an der Hose.

»Lasst mich liegen«, stöhnt Schmähle halb bewusstlos. »Ihr schafft das nicht mit mir.«

»Schwätz nicht so einen Käs! Hier wird keiner dagelassen!« Schmälze zerrt ihn wieder ein Stück zurück. »Verdammt noch mal!«, schreit er Lindhorst an. »Gibt's denn hier kein ›Not-Aus‹?«

»Surely«, keucht Lindhorst, »aber der ist draußen.«

»Selbst wenn wir hier wegkommen«, schnauft Gottesacker, »wir können die Luft nicht mehr atmen. Die wird viel zu heiß.«

»Danke für die Information. Haben Sie auch noch was Konstruktives zu sagen?«, fährt ihn Schmälzle an.

In diesem Moment öffnet sich knirschend das Tor zur Hauptverbrennungskammer. Dahinter schlagen grelle Flammen in die Luft. Ein Schwall glühend heißer Luft weht ihnen entgegen.

»Ja, jetzt leck me doch am Arsch!«, flucht Schmälzle und bedeckt das Gesicht mit den Händen.

Schmähle hustet. »Im Film ist das alles viel cooler.«

Schmälzle nimmt seine Hand. »Ja, Schmähle. Du mit deinen Filmen.« In Erwartung des Unvermeidlichen schließt er die Augen.

Dann stoppt das Laufband, und die vier fallen übereinander.

Das Fauchen der Feuerdüsen verstummt, die Maschine schaltet sich ab. Es klickt mehrmals metallisch, dann gehen die Außentore auf.

»Jetzt hol mich doch der Deifel!« Ungläubig starrt Gottesacker in den Ofen.

Schmälzle fasst sich als Erster und packt seinen Kollegen unter den Achseln. Die drei anderen folgen schwankend. Vor dem Tor erwarten sie der völlig verdreckte Caruso und zwei mitgenommene Bestatterkinder. Eine Sekunde später liegen sich Lindhorst und Julia in den Armen.

»Wo ist die Leiche?« Caruso schüttelt Schmälzle, der immer noch nicht fassen kann, dass er nicht geröstet wurde.

»Die ist weg. Die Italiener haben sie mitgenommen. Wir haben keine Chance gehabt«, berichtet der zerknirscht.

Caruso strahlt übers ganze Gesicht. »Oh Gott sei Dank! *Grazie a Dio!*«

Schmälzle versteht gar nichts mehr. »Aber wieso? Sie haben doch gesagt, die Leiche ist das Wichtigste überhaupt. Das Corpus Delicti und so.«

»Das erklär ich Ihnen später. Jetzt machen wir erst mal, dass wir hier wegkommen.«

»*Un momento*, Tenente Caruso!« Ihre Söhne im Schlepptau, taucht hinter ihnen eine sehr zornige Donna Elvira auf. »Ich will jetzt wissen, was hier gespielt wird. *Subito!*« Drohend baut sie sich vor Caruso auf. »Wie sehen Sie überhaupt aus?« Sie wischt ihm mit einem Taschentuch Erde aus dem Gesicht. Dann überlegt Sie es sich anders und gibt ihm eine Ohrfeige.

»Aua! Das habe ich sicherlich verdient, verehrte Donna. Ich werde Ihnen gleich alles erklären. Aber sagen Sie mir, haben Sie gesehen, wo Ihre beiden italienischen Verwandten hin sind?«

»Mein erbärmlicher Neffe und sein Freund? Die haben das Auto von dem da«, sie deutet mit einem spitzen Zeigefinger auf Lindhorst, »geklaut und sind gefahren wie der Teufel.«

»Ah … *molto bene.*« Caruso atmet auf. »Obwohl …« Er runzelt die Stirn. »Haben Sie eine Ahnung, wo sie hingefahren sind?«

»Stadtauswärts. Aber die sind bestimmt noch in der Nähe.«

Caruso blickt sich gehetzt um. »Kommen Sie bitte alle von den Fenstern weg.«

Eine Sekunde später bricht das Inferno los.

Bumm!

Die Abkürzung »PBX« steht für »polymer bonded explosives«. Das sind Sprengstoffe, die neben dem Explosivstoff (meist Hexogen oder TNT) aus einem Kunststoff und einem Weichmacher bestehen. Das Besondere: Sie sind wie Knete. Man kann sie in jede beliebige Form bringen. Zu den Gefährlichsten zählt der Plastiksprengstoff C4. Er wird vor allem im militärischen Bereich sowie in *einem* schwäbischen Kieswerk eingesetzt.

Man transportiert solche Sprengstoffe meist in Ölpapier. Das sieht aus wie rostfarbene, etwas dickere Alufolie und ist mit Wachs oder Paraffin getränkt. Die machen es wasser- und aromadicht. C4 riecht nämlich stark nach Marzipan. Seine Sprengkraft ist eineinhalbmal so groß wie die von TNT. Ein Kilo C4 vernichtet alles in einem Radius von acht Metern. Die erzeugte Druckdifferenz liegt bei etwa dreihundertfünfzig Millibar, und die entstehende Druckwelle lässt Dächer einstürzen, Fensterscheiben implodieren, Trommelfelle reißen und kann sogar Pkw umwerfen.

Das Fassungsvermögen von Don Sorentinos Magen liegt bei fünfundzwanzig Kilo. Das Gute an C4: Handhabung und Lagerung sind relativ sicher. Weder Feuer, Strom noch Stöße (sogar mit einem Hammer) rufen eine Explosion hervor. Nur starke Druckeinwirkung kombiniert mit Erhitzung kann zur Explosion führen.

Aus dem Kassettenrekorder des »Sarg-o-Mobils« dringt die Stimme von Maria Callas in der unvergleichlichen Aufnahme der »Traviata« von 1958 in Lissabon: *»Parigi, o cara (caro) noi lasceremo, la vita uniti trascorreremo.«*

Enzo ist bester Laune. »Wir haben's geschafft, Romeo!«

Romeo schaut kurz auf. Er sitzt am Steuer. »Doch nun, an eines Hügels Fuß gekommen, wo dieses dunklen Tales Ende war«, gibt er gewohnt kryptisch zurück.

Das »Sarg-o-Mobil« nimmt schwungvoll die Kurve zum

Tierpark und kommt am Baggersee vorbei. Da die Temperatur nach dem Unwetter gesunken ist, sind heute keine Wakeboarder unterwegs. Trotzdem läuft die Seilwinde und zieht leere Haltebügel über das Wasser. Einige Seetaucher flattern auf.

»Ende gut, alles gut, würde ich sagen.« Zufrieden tätschelt Enzo den frisch angenähten Kopf des verstorbenen Don, der hinter ihnen im Laderaum liegt.

Romeo wirft ebenfalls einen Blick auf die Bahre. »Es wurde Zeit. Er ruhe in Frieden. Was wollen wir jetzt tun?«

»Ich habe schon darüber nachgedacht. Ich denke, es wäre vielleicht besser, wenn wir uns trennen.«

»Ja, Capo. So ist es schwerer, unsere Spuren zu verfolgen.«

»Nun«, ein schwer zu deutender Ausdruck huscht über Enzos Gesicht, das seit neulich Nacht von einer hässlichen Nadel-Narbe verunstaltet wird, »die Familie will Blut sehen. Sie wird nicht eher ruhen, bis sie uns erwischt hat. Zumindest einen von uns.« Beiläufig hebt er seinen Revolver. »Ich dachte daher eher an eine endgültige Trennung.«

Romeos Gesicht zeigt kaum eine Regung. Allenfalls huscht ein kurzer Ausdruck des Bedauerns über seine makellosen Züge. »Dass sein Verrat die Freiheit mir entrissen, weil ich vertrauend ihm ins Garn gegangen.«

»Ja, ja, jetzt dramatisier nicht. Sieh's einfach als notwendiges Opfer für die Sache.« Enzos Zeigefinger krümmt sich.

Mit der Schnelligkeit einer zubeißenden Klapperschlange zuckt Romeos Hand zur Seite und schlägt den Revolver nach hinten.

Vom Abdrücken bis zur Zündung der Treibladung vergehen etwa zweihundert Millisekunden. Das ist halb so lang wie ein Blinzeln. Die Kugel verlässt den Lauf mit einer Geschwindigkeit von dreihundert Metern pro Sekunde und bleibt dabei knapp unter Schallgeschwindigkeit. Der Revolverlauf zeigt in diesem Moment jedoch nicht auf Romeo, sondern nach hinten, auf den Körper des Don Sorentino, der das Glück hat, schon tot zu sein. Die Kugel dringt von schräg oben ein, durchschlägt seine Bauchdecke und trifft auf ein Päckchen C4. Ein Hammerschlag kann Plastiksprengstoff nicht zur Explosion bringen, eine Pistolenkugel schon.

Zweihundertsechzigtausendstel Sekunden später zündet das C4. Im Bruchteil einer Sekunde entsteht im Bauch der Leiche ein viertausend Grad heißes Gasgemisch, das sich mit einer Geschwindigkeit von sechstausendneunhundert Metern pro Sekunde ausbreitet.

Das Auto wird atomisiert. Der Zaun zum See wird einfach weggerissen, ebenso die paar Bäume, die sich zwischen Wasser und Fahrzeug befinden. Die Druckwelle reißt Schotter und Sand mit und löst eine vier Meter hohe Welle aus, die jedoch dem Seehaus, das auf hohen Holzpfeilern gelagert ist, keinen Schaden zufügen kann. Die wenigen Gäste, die heute dort sitzen und ihren Latte Macchiato genießen, bekommen lediglich eine kalte Dusche. Allerdings verwandeln sich zwei, am Rande des Erlebnisparks gelegene, Container mit Altglas in riesige Splitterbomben und machen drei Lamas den Garaus.

***

Den Mitgliedern des Witwenstammtischs fährt auf einmal ein Lüftchen von irgendwoher ins Gesicht. Die Vögel verstummen erwartungsvoll. Eine Sekunde später ertönt ein dumpfes Krachen wie vom größten Kanonenschlag der Welt. Werner, Weltkriegsveteran und einziges männliches Mitglied des Witwenstammtischs, geht rasch unter einer Bank in Deckung. Er weiß, wie es klingt, wenn eine Fliegerbombe zündet.

Eine Druckwelle fegt über den Friedhof und bläst die roten Grablichter aus. Äste werden von den Bäumen gerissen. Eine der Buntglasscheiben splittert, und ein Regen von Glas geht auf die Menschen in der Kapelle nieder.

Caruso breitet schützend die Arme um Donna Elvira. Ein hoffnungsloses Unterfangen bei ihrem Hüftumfang. Das Resultat ist, dass er sie aus dem Gleichgewicht bringt und unter ihr begraben wird.

Neben Witwer Werner fällt etwas zu Boden. Es handelt sich

um den rauchenden, mit einem Passionskreuz verzierten Seitenspiegel eines Autos. So schnell, wie es angefangen hat, ist der ganze Spuk wieder vorbei.

Wie die Untersuchungen der Polizei später ergeben werden, hat die Explosion eine vierhundert Meter breite Schneise der Verwüstung in den Erlebnispark gerissen. Der Minigolfplatz ist verwüstet. Die wenigen Spaziergänger waren glücklicherweise gerade auf der anderen Seite des Baggersees. Außer einem geplatzten Trommelfell und einem Gehörsturz gab es keine ernsthaften Verletzungen.

In ganz Muggenpfuhl sind Scheiben gesplittert und Dachziegel heruntergerissen worden, ein Pudel hat einen Herzinfarkt erlitten. Bilanz der Explosion: fünfundzwanzig zerstörte Scheiben, sieben entwurzelte mittelgroße Fichten, fünfzig Meter zerfetzter Drahtzaun, drei tote Lamas. Der Sachschaden beläuft sich auf etwa hundertfünfzigtausend Euro.

Vom Fahrzeug der beiden italienischen Killer sind nur noch Spurenelemente übrig. Das Technische Hilfswerk findet im eineinhalb Kilometer entfernten Neidlinger Wald noch Teile des Motorblocks. Enzo, Romeo und die Leiche des Don Sorentino sind buchstäblich pulverisiert worden. Eine Identifizierung ist nur noch über Gewebespuren möglich.

Entlarvt!

»Heidenei! Was war denn *das*?« Ächzend rappelt sich Donna Elvira auf. Nicht so einfach, denn sie liegt auf Caruso.

»Das«, sagt Caruso hustend, »waren Ihr werter Papa und ziemlich viel Plastiksprengstoff.« Mühsam entwirren sich die beiden.

Die herbeigeeilten Söhne der Donna helfen ihnen auf die Beine.

»Mensch, *mammina*! Alles noch dran?« Luigi ist ganz aus dem Häuschen. »Der Enzo und der Romeo brausen in diesem Sarg-Wagen davon. Und dann auf einmal: ›Bumm‹! Da ist irgendwas explodiert«, mutmaßt er scharfsinnig.

Caruso versucht, sich in eine etwas würdevollere Position zu begeben. »Die Leiche von Don Sorentino war unseren Erkenntnissen nach mit Sprengstoff gefüllt.«

»Echt jetzt?« Das übersteigt das Fassungsvermögen Luigis.

»Der arme *papà*«, schnieft Donna Elvira. »Andererseits: Da hat er doch noch ein Begräbnis bekommen, an das sich alle erinnern werden.«

»Aber wer macht denn so was?«, fragt Giovanni.

»Tja«, Caruso runzelt nachdenklich die Stirn, »das ist die große Frage.«

Unterdessen hat Gottesacker endlich Zeit, seinen Sohn in die Arme zu schließen. Dazu tätschelt er ihm die Wangen. Anselm schaut misstrauisch ob der ungewohnten väterlichen Zärtlichkeit und löst sich aus der Umarmung. »Mensch, Vadder! Du verdruckst mich. Ich bin auch froh, dich zu sehen.«

»Ich auch, Sohn! Ich auch! Du bist zwar ein fauler Dagdiab, aber trotzdem sind wir doch eine Familie.«

»Und du bist zwar ein verlogener Leichenstehler, aber trotzdem mein Vadder!«

Mehr Liebesbekundungen lässt die schwäbische Erziehung nicht zu.

Ein Stück weiter stehen Julia und ihr Vater. Sie sehen aus wie die Überlebenden einer schrecklichen Katastrophe. Schmutzig, verdreckt, aber glücklich, am Leben zu sein.

Caruso klopft sich den Staub aus den Kleidern, als Schmälzle, der keine Sekunde von der Seite seines Kollegen gewichen ist, auf ihn zutritt.

»Der Krankenwagen ist informiert. Dem Schmähle geht's so weit gut. Aber ich glaub, da will Sie jemand sprechen.« Er nickt zur Eingangstür der Kapelle.

Caruso traut seinen Augen nicht, als dort jemand eintritt, den er als Allerletztes hier erwartet hätte.

»Signor Capitano.« Schuldbewusst senkt Caruso den Blick. »Aber wieso …« Dann besinnt er sich. »Ich kann das alles erklären …«

»Jetzt mach mal halblang, Schwager.« Manzanetti schließt Caruso in die Arme. »Ich bin froh, dass es dir gut geht. Sonst hätte mir deine Frau vermutlich bis zum Ende meines Lebens die Hölle heiß gemacht. Apropos, die solltest du bei Gelegenheit vielleicht mal anrufen.« Er blinzelt Caruso zu, dann gähnt er. Er hat einen langen Weg hinter sich. Nachdem die Auswertung der Fotos von Caruso ergeben hatte, dass es sich bei dem hageren, gut aussehenden Mann um *»Viso d'angelo«* handelt, einen der meistgesuchten Killer Süditaliens, und die Analyse der Fingerabdrücke von Don Sorentino diesen zweifelsfrei identifiziert hatte, ist Manzanetti noch in der Nacht zusammen mit Beamten der italienischen Spezialkräfte aufgebrochen.

Gerade noch rechtzeitig.

Erste Aufklärung über die Vorgänge in Muggenpfuhl hat er von den Kollegen der Sigmaringer Polizei bekommen. Die saßen gerade an dem höchst obskuren Fall eines Bahnhofsvorstehers, der von zwei verdächtigen italienischen Subjekten in seinen eigenen Gepäckraum gehängt worden war. Der Bahnhofsvorsteher erkannte nicht nur Romeo wieder, sondern erinnerte sich auch noch an »Jim Blitz – Eventbestattungen«. Den entscheidenden Tipp, wo sich sein Schwager aufhielt, erhielt Manzanetti dann von Therese Knöpfle.

Caruso bringt Manzanetti seinerseits auf den neuesten Stand.

Ungläubig hört Manzanetti zu. »Wer hätte das gedacht. So ein kleines Dorf und so viel kriminelle Energie. Das wird ein Papierkram, wie ihn die Welt noch nicht gesehen hat. Aber was ist da eben explodiert?«

»Das war die Leiche. Jemand hat sie mit Sprengstoff gefüllt.«

»Jemand von hier?« Ungläubig sieht sich Manzanetti um.

Die Mitglieder des Witwenstammtischs haben sich zu einem Grüppchen zusammengefunden und begutachten interessiert die umgestürzten Bänke und das gesplitterte Buntglasfenster. Nur Myrtel und Hedwig sind nirgends zu sehen.

»Ja, und vermutlich brauchen wir die beiden Mafiosi auch nicht mehr zu suchen.« Ein Handy klingelt. Das Klingeln kommt aus Schmähles Brusttasche. Caruso nimmt den Anruf entgegen. Es ist der Spurensicherer aus Sigmaringen.

»Sagen Sie mal, was für eine Art Polizeiposten haben Sie eigentlich?«, erklingt die gereizte Stimme von Ronald Stängele. »Ich hab gerade mit einer Frau gesprochen, die offensichtlich dringend einen Babysitter braucht. Erfreulicherweise war sie trotz ihrer plärrenden Bälger so nett, mich zu verbinden. Ich habe jetzt die Ergebnisse und kann Ihnen sagen, worum es sich bei dem Plastikfetzen gehandelt hat. Ich weiß nicht, ob es von Bedeutung ist. Es ist bizarr. Passt also auf jeden Fall zum Rest.«

Caruso hört gespannt zu, ab und an gibt er ein »Mhmm« und »Das ist ja sonderbar« von sich. Als das Telefonat beendet ist, starrt er tief in Gedanken versunken in die Ferne.

Im Hintergrund erhebt sich Tumult. Zwei italienische Spezialkräfte, breitschultrige, wortkarge Männer in beigen Uniformen und mit beängstigenden Waffengurten, bringen den strampelnden und schimpfenden Friedhofsgärtner.

Einer der Männer tritt auf Manzanetti zu und meldet: »Signor Capitano, der Friedhof ist so weit sicher. Die meisten italienischen Gäste haben die Beerdigung verlassen.« Er deute auf den Friedhofsgärtner. »Den haben wir oben bei der Krematoriumsanlage gefunden, verschnürt wie ein Paket. Er war nicht bewaffnet, hatte aber das hier bei sich.« Er zieht ein kleines Gerät hervor, das aussieht wie ein Radioempfänger.

»Das ist mein Radio. Lasst mich runter, ihr Drecksbuabe«, zetert der Friedhofsgärtner.

Gutmütig winkt Schmälzle ihnen zu. »Der ist nicht gefährlich. Bloß ein bisschen …« Er lässt den Zeigefinger vielsagend vor der Stirn kreisen.

Die Männer setzen den Gärtner ab, als sich Caruso zu Wort meldet.

»Un momento!« Seine Stimme hat einen ungewohnt schneidenden Tonfall angenommen. Manzanetti wirft seinem Schwager einen erstaunten Blick zu. »Kommen Sie doch bitte alle mal einen Moment her.«

Die beiden Bestatter, Julia, Anselm, Schmälzle und Donna Elvira treten neugierig näher.

»Seit Beginn meiner Ermittlungen gab es hier so etwas wie einen unsichtbaren dritten Mann. Eine dritte Partei, die bestimmte Fäden in der Hand hielt. Die Person, die die beiden«, er zeigt auf Anselm und Julia, »unter den Friedhof gesperrt und die Leiche des Don mit Sprengstoff gefüllt hat.«

Caruso macht eine bedeutungsvolle Pause.

»Dieser Unbekannte«, fährt er fort, »muss etwas von dem Geheimgang unter dem Bestattungsinstitut gewusst haben. Dass der Körper der Leiche ausgerechnet dort platziert wurde, war kein Zufall, sondern eine Botschaft. Auch die Tatsache, dass die Nachricht an Gottesacker adressiert war und nicht, wie man hätte annehmen können, an Lindhorst, war ein weiteres Indiz. Das kann nur der gewusst haben, der die Leiche aus Gottesackers Kühlraum gestohlen hat.«

Donna Elvira wirft Caruso einen halb zweifelnden, halb bewundernden Blick zu.

»Indiz Nummer zwei.« Caruso hebt seine Hand. Darauf ist ein bräunlicher Fleck zu sehen. »Diese Farbe habe ich heute an der Hand, seit ich mit dem Unbekannten gekämpft habe. Dieselbe Farbe war auch an der Leiche des Don. Und jetzt riechen Sie mal!«

Anselm verzieht das Gesicht und schüttelt den Kopf.

Schmälzle beugt sich nach vorn und schnuppert. »Riecht irgendwie süßlich.«

Manzanetti fasst Caruso am Arm. »Schwager, vielleicht sollten wir mal an die frische Luft? Das war heute ein harter Tag für uns alle.«

Caruso zieht seinen Arm weg. »Ach was. Mir ging's nie besser. Auch wenn's nicht so aussieht, ich glaube, ich habe diesen Fall gelöst.«

Manzanetti verdreht die Augen.

»Es handelt sich bei diesem Abrieb um nichts anderes als dick aufgetragene Theaterschminke. Und ich frage Sie jetzt«, Caruso lässt seinen Blick von Gesicht zu Gesicht schweifen, »warum verkleidet sich jemand?«

»Also, damit man ihn nicht erkennt«, mutmaßt Schmälzle unsicher.

»Genau, lieber Kollege. Das heißt im Umkehrschluss: Jemand von Ihnen *kennt* den Täter.«

»Was? Sie meinen, es ist einer von uns?«, fragt der Polizist verblüfft.

»Ich hab ein Alibi«, kommt die dünne Stimme Schmähles von unten.

Ungläubig starren sich die Umstehenden an.

»Ich kann den Kreis der Verdächtigen sogar noch weiter einschränken. Da unser Mann etwas mit Bestatter Gottesacker zu tun hat, ist *er* vermutlich derjenige, der den Täter kennt«, sagt Caruso.

Gottesacker erstarrt. Lindhorst wirft ihm einen misstrauischen Blick zu.

»Ich habe gerade einen Anruf von der Forensik in Sigmaringen erhalten. Bei den merkwürdigen Verhüterli, die sich sowohl bei der Leiche im Gully als auch unter dem Friedhof gefunden haben, handelt es sich um Zellulosehüllen, Kunstdarm, wie man ihn für die Herstellung von *Würsten* verwendet. Diese wurden nach bisherigem Erkenntnisstand dazu benutzt, Plastiksprengstoff im Inneren der Leiche zu transportieren. Bis eben war mir nicht klar, was es damit auf sich hat, dann ist mir etwas aus meiner Schulzeit eingefallen. Sie müssen wissen, ich ging auf ein katholisches Jungeninternat und wurde von Mönchen unterrichtet.

Eine Zeit«, sinniert Caruso nachdenklich, »in der wir alle neue Erfahrungen mit unseren Körpern gemacht haben, Erfahrungen, die ich zwar ungern wiederholen würde, die mich aber nachhaltig geprägt haben.«

»Francesco, ich weiß wirklich nicht, was das …«, versucht sein Schwager zu intervenieren, doch Caruso fährt ungerührt fort.

»Zum Internat gehörte auch eine Metzgerei, wo wir lernten, eigene Wurst herzustellen. Ganz am Schluss des Prozesses presst man die Wurstmasse in die Pelle. Und jetzt kommt's.« Caruso schnippt mit dem Finger. »Dafür braucht man ganz spezielles Gerät. Vor allem aber eine Wurstmaschine. Die sieht aus wie eine große Tortenspritze aus Metall. Nur dass sie an einem Ende eine Kurbel hat. Ich habe so eine Maschine vor Kurzem gesehen. Und zwar bei einer ganz bestimmten Person.« Caruso deutet nach hinten.

Alle Augenpaare richten sich auf den Friedhofsgärtner, der angefangen hat, die Überreste der Buntglasfenster zusammenzufegen.

»Schmälzle, bringen Sie ihn doch mal her.«

Der Polizist schaut verwirrt auf, tut aber, wie ihm geheißen. Den Bärtigen im Schlepptau, kommt er zurück.

Der Friedhofsgärtner, dem sichtlich unwohl ist, trottet, den Besen am Boden schleifend, hinter ihm her.

»Ihr Name ist Georg, nicht wahr?«, fragt Caruso.

»Jo, genau! Schorsch«, nuschelt der bärtige Mann und krümmt seinen Rücken.

»Wie lange arbeiten Sie schon hier?«

»Seit ungefähr zwei Jahren.«

»Waren Sie vorher schon einmal in Muggenpfuhl?«

»Neee!« Der Alte schüttelt so heftig den Kopf, dass den Umstehenden Erdkrumen ins Gesicht fliegen.

»Sie lügen.« Caruso tritt auf ihn zu und fasst ihn an der Nase. »Gerade habe ich die Ergebnisse der Spurensicherung bekommen.«

»Hey … 'assen Sie mei 'ase 'os!«, keift der Gärtner.

Die anderen starren Caruso fassungslos an. Es macht »Ratsch«, und die Nase löst sich vom Gesicht des Friedhofsgärtners.

»Aua! Das tut weh!« Er schüttelt sich.

»Sie sind der Mann, den wir suchen. Herr Gottesacker, wenn meine Theorie stimmt, müssten Sie diesen Mann kennen.«

Gottesacker starrt entsetzt auf die Stelle, auf der eben noch eine Knollennase saß und unter der jetzt eine deutlich schlankere Nasenversion zum Vorschein gekommen ist. Dann sieht er genauer hin.

»Wenn man sich den Bart jetzt wegdenkt … Heidaguggugg aber auch!« Er zuckt zurück. »Das ist ja der Metzger, der Bubanovic! Der hat da gewohnt, wo jetzt der Lindhorst sein Geschäft hat.«

Mit dem Friedhofsgärtner geht eine geradezu beängstigende Verwandlung vor sich. Er richtet sich auf und drückt seinen Rücken gerade. Seine Augen sind auf einmal nicht mehr trübe, sondern glänzen vor unterdrückter Wut.

»Ganz genau, Gottesacker, Sie mieses Schwein! Sie haben mich in den Ruin getrieben. Sie hätten heute Ihren Lohn kriege sollen.«

»Vermutlich damit, stimmt's?« Caruso zeigt auf das radioartige Gerät. »Ich bin mir ziemlich sicher, dass das kein Radio ist, sondern ein Zünder. Damit wollten Sie den Sprengstoff in der Leiche zur Explosion bringen, richtig?«

»Sie verdammter Scheißkerl …« Bubanovic will auf Caruso losgehen, aber Schmälze hat ihn bereits im Schwitzkasten. Unter seiner Armbeuge fängt er wieder an, wild zu brabbeln.

»Er ist übrigens auch der Mann, der in gewissen Kreisen als ›Plätzlemacher‹ bekannt ist. Seine Haschkekse hat er unter dem Krematorium gebacken. So fiel der Rauch nicht auf. Nicht wahr, Herr Bubanovic? Deshalb riecht es da auch immer so süß.«

»Das ist ja voll eklig«, entfährt es Anselm.

»Fahren Sie doch alle zur Hölle!« Bubanovic spuckt aus. »Von irgendetwas muss man ja leben!«

»Schmälzle, führen Sie ihn ab! Ich glaube, wir haben genug gehört.«

Der Polizist bringt den tobenden Friedhofsgärtner nach draußen. Auf dem Weg dreht sich Schmälzle noch einmal um. »Aber,

Herr Caruso … Wer hat die Dinger denn verteilt? Das hat der doch niemals allein gemacht.«

Caruso blickt auf. »Er hatte sicherlich Komplizen, die ihm geholfen haben. Aber die werden Sie noch finden. Haben Sie erst mal den Kopf, finden Sie auch das, was dranhängt.« Er denkt kurz darüber nach, dann fügt er hinzu: »Meistens jedenfalls.« Zufrieden dreht sich Caruso zu seinem Schwager um. »So, und jetzt zurück nach Rom.«

***

Carusos Rückkehr nach Italien sollte noch eine Weile auf sich warten lassen. Zwei ganze Wochen musste er in Muggenpfuhl verbringen, bis eine ausreichende Zahl an Berichten verfasst war und die Sache aus bürokratischer Sicht als aufgeklärt galt. In dieser Zeit war er Stammgast bei den Sorentinos, wo ihn Donna Elvira in das Geheimnis der sogenannten »Mafia-Spätzle« einweihte.

Als er nach Italien zurückkam, wurde er wegen herausragender Verdienste bei der Aufdeckung eines internationalen Drogenrings zum Capitano befördert und von seinen Kollegen endlich ernst genommen.

Einer der drei Mexikaner packte schließlich aus, und so wurden vierhundert Kilo Kokain, versteckt in tiefgefrorenen Hähnchenbroilern, vor dem Hafen von Palermo sichergestellt.

Alexej und Vadim Turgakow wurden des versuchten Mordes, der Entführung und schwerer räuberischer Erpressung angeklagt. Alexej erhielt eine Haftstrafe von zwölf Jahren, sein Sohn wurde aufgrund seines Alters zu fünf Jahren Haft und anschließender psychologischer Betreuung verurteilt.

Der Friedhofsgärtner wurde wegen Drogenhandels, Leichendiebstahls, versuchten Mordes und Terrorismus angeklagt und zu fünfzehn Jahren Haft verurteilt.

Unter dem Friedhof in einer Seitenkammer entdeckte die Polizei eine gut ausgestattete Backstube, zwei Kilo Haschisch und mehrere Flaschen mit Lachgas. Dasselbe, mit dem Anselm und Julia betäubt worden waren.

Schmähle erholte sich zur Gänze von seinem Beinschuss.

Kommissar Eisele ließ sich endlich seinen Gallenstein entfernen, und es geht das Gerücht um, er habe ihn in einem Einweckglas in seiner Schreibtischschublade stehen.

Myrtel und Hedwig zogen kurz darauf »traumatisiert von den Erlebnissen«, wie sie sagten, aus Muggenpfuhl fort und hinterließen keine Nachsendeadresse.

Anselm, Luigi und Salvatore wurden wegen gewerbsmäßigen Handels mit illegalen Rauschmitteln zu je einem halben Jahr Haft verurteilt. Julia besuchte Anselm zweimal die Woche. Die Haftstrafe wurde kurz darauf in eine dreimonatige Bewährung umgewandelt. Es dauerte dann auch nur ein halbes Jahr, bis sich die beiden entschlossen zu heiraten. Wie man das in Schwaben eben so macht, wenn man sich gut versteht.

Dem Beispiel ihrer Kinder folgend, begruben Gottesacker und Lindhorst ihren Zwist und eröffneten ein gemeinsames Geschäft. »Gottesacker und Lindhorst – Bestattungen aller Art« erfreute sich hinfort einer regen Kundschaft, und das Geschäft florierte.

Bestimmte Dinge allerdings wurden nie vollständig geklärt. Wie etwa die Frage, wer die Helfershelfer des Friedhofsgärtners waren, oder wer bei Therese Knöpfle angerufen und ihr den Tipp gegeben hat, dass Anselm und Julia unter dem Friedhof gefangen gehalten wurden. Theorien, dass es sich dabei um ein und dieselbe Personen handelte, konnten nie verifiziert werden.

Von der russischen Auftragskillerin, bekannt als der »Sandmann«, fand sich nicht die geringste Spur. Allgemein ging man davon aus, dass sie sich wieder nach Russland abgesetzt hatte. Auch das Kokain wurde nie gefunden.

Epilog

Der Abend ist warm. Das weiße Boot schaukelt in einer sanften Dünung. Im Dämmerlicht schimmern die Schatten einer Südseeinsel. Weiter draußen wirft das Meer die tropische Abendsonne in tausend Schattierungen zurück.

Drei Gläser Champagner stehen auf einem blütenweißen Tisch.

Von irgendwoher kommen das Krähen von Möwen, rhythmischer Sprechgesang und das Geräusch von Trommeln. Es klingt sehr harmonisch. Ein Delphin taucht am Boot vorbei, dessen Seitenwände mit Blumengirlanden geschmückt sind. Es sieht alles sehr friedlich aus.

Dann zischt der erste Pfeil durch die Dunkelheit. Er ist mit Blumen umwunden und mit rituellen Einkerbungen verziert. Und er brennt. Er jagt, einen Flammenschweif hinter sich her ziehend, durch das matte Dunkel über dem Ozean und trifft das Boot. Dann folgt der nächste. Kurz darauf erhellt ein Hagel von brennenden Pfeilen die Nacht wie ein Kometenschwarm. Einige prallen am Heck ab und versinken zischend im Meer, doch die meisten treffen ihr Ziel. Der milde Passatwind trägt den Geruch von Teer und Benzin zu ihnen. Mehrere mit Brandbeschleuniger getränkte Decken auf dem Boot fangen Feuer. Es dauert nicht lange und es steht lichterloh in Flammen.

Für einen Moment sieht man selbst vom Ufer aus die dicke, wächserne Gestalt, die dort aufgebahrt ist. Zwei Frauen und ein Mann stehen am Ufer und beobachten das Ganze.

»Hach, so eine schöne Bestattung.« Mit einem Schnupftuch wischt sich die ältere Dame, deren kantiges, dürres Profil an den Scherenschnitt eines Huhns erinnert, die Augen.

»Da!«, stimmt ihr die zweite Frau mit stark russischem Akzent zu.

Die beiden Frauen nehmen sich ein Sektglas.

Der Mann neben ihnen ist groß, braun gebrannt und muskulös. Er trägt einen Rock aus geflochtenem Gras um die Hüfte und eine Kette aus grünen Ti-Blättern um den Hals. Dazu wird seine Nase von einem Knochen durchbohrt. Eberzähne rasseln, als er sein Sektglas hebt. Im Widerschein des brennenden Bootes sieht man ab und zu Tätowierungen aufleuchten, die seinen ganzen Körper bedecken. Wellen schwappen ans Ufer der etwa hundertzwanzig Seemeilen nordwestlich von Hawaii gelegen Insel. »O'ahu« nennen sie die Einheimischen.

Der Gesang wird lauter.

»Dieses Lied erzählt die Geschichte der Hi'iaka«, sagt der braun gebrannte Mann mit tiefer, sonorer Stimme auf Englisch. »Sie ist die, die wir Wolkengöttin nennen. Sie hat viele Reisen unternommen.« Er nickt mit dem Kopf zu dem grauen Rauch, der über dem Boot aufsteigt. »Sie beschützt Ihre Freundin auf ihrem Weg.« Im Dunkeln kann man nur das Weiße in seinen Augen sehen.

Seine Vorfahren gehören zu den Yoruba, einem Stamm, der zwei Dinge nach Polynesien brachte: Voodoo und die Kunst der dauerhaften Präparation von Leichen. Zumindest von deren Köpfen.

»Genau so hat sie sich des vorgestellt.« Die ältere der beiden Damen schnäuzt sich geräuschvoll.

»Man stirbt nur ein Mal«, sagt die andere.

»Schön gesagt. Und man stirbt eben *net* bloß dahoim.« Sie hebt das Sektglas in den sternenklaren Himmel. »Auf Hedwig!«

»Nastrowje!«

Die drei trinken schweigend aus, während sich das flackernde Licht immer weiter vom Strand entfernt und schließlich ganz verschwindet.

Glossar

mass advertising – engl.: geballte Werbung

Nana – schwäbisch: Großmutter; kommt etymologisch von Ahnin

Besser an Tote im Sack als eine Feder uff'em Huat. – schwäbisches Sprichwort; eigentlich: Besser ein Brot im Sack als eine Feder auf dem Hut.

Early to bed and early to rise makes a man healthy, wealthy and wise. – engl.: Morgenstund hat Gold im Mund.

Every dog has its day. – engl.: Jeder hat mal eine Glückssträhne.

Don't burn it, boil it! – engl.: Nicht verbrennen, kochen!

Abren los ojos, chicos! Este culazo italiano apesta. – span.: Haltet die Augen offen, Jungs! Irgendetwas stinkt an diesem italienischen Hintern.

In der Tat hat die mexikanische connection, inspiriert von einer US-Serie, einen innovativen Weg entdeckt, um ihren Exportschlager unbemerkt ins Land zu bringen. – Gemeint ist »Breaking Bad«. Dort fungiert das Hähnchenunternehmen »Los Pollos hermanos« als Tarnfirma für Drogenschmuggel.

Cazzo! – ital.: Zum Teufel noch mal!

Es la poli! Malditos traidores! – span.: Es sind die Bullen! Verfluchte Verräter!

Non muoverti! – ital.: Keine Bewegung!

Kein Schmerz erträgt sich schwerer, als sich erinnern an die Zeit des Glückes im Unglück. – aus: Dante Alighieri, »Die göttliche Komödie«, 5. Gesang

Überall, wo Zwist herrschen kann, da muss es auch eine Entscheidung geben. – Aphorismus von Dante Alighieri

Capo – ital.: Chef

D.I.A. (Direzione Investigativa Antimafia) – Kriminalamt zur Bekämpfung der Mafia und der organisierten Kriminalität

R.O.S. (Ragruppamento Operativo Speciale) – italienische Polizeispezialeinheit zu Bekämpfung organisierter Kriminalität

Zu was kannst du die Menschenbrust nicht zwingen, verfluchter Durst nach Gold, der uns betört. – aus: Dante Alighieri, »Die göttliche Komödie«, 22. Gesang

la sregolatezza – ital.: der Wahnsinn

Come si chiama? – ital.: Wie heißt er?

quindi – ital.: also

dopodomani – ital.: übermorgen

figura – ital.: Persönlichkeit

weird – engl.: bizarr

Tenente – ital.: Leutnant; Dienstgrad der Carabinieri

heiliger Gabriel – Schutzpatron der Briefboten; unter anderem erklärt er dem biblischen Daniel seine Visionen (Dan 8, 15–27, Dan 9, 20–27)

ha wa – schwäbisch: ach was

hälinge – schwäbisch: heimlich

Lasst jede Hoffnung hinter euch, ihr, die ihr hier eintretet! – aus: Dante Alighieri, »Die göttliche Komödie«, 3. Gesang

fratellino – ital.: Brüderchen

asparago – ital.: Spargel

piedipiatti – ital.: Bullen

cretino – ital.: Armleuchter

Lay her i' the earth: / And from her fair and unpolluted flesh / May violets spring! – »Legt sie ins Grab: Und aus der schönen, unbefleckten Hülle soll'n Veilchen wachsen!« aus: William Shakespeare, »Hamlet«, 5. Akt, 1. Szene

sciocchezze – ital.: Unsinn

il sangue – ital.: das Blut

scalinata – ital.: Treppe

il muro – ital.: die Wand

tutto a posto – ital.: alles in Ordnung

Wilhelma – Zoologisch-Botanischer Garten in Stuttgart

bucks – engl.: Dollar

Azzurro, il pomeriggio è troppo azzurro e lungo per me. – ital.: »Blau, der Abend ist viel zu blau und zu lang für mich.« Songtext von Adriano Celentano, »Azzurro«

Buon pomeriggio, cara zia! – ital.: Guten Abend, liebe Tante!

Si, zia! Sono io! – ital.: Ja, Tante! Ich bin's!

Che tragedia, nipote! – ital.: Was für eine Tragödie, Neffe!

Il mio puffo! – ital.: Mein Schlumpf!

figli – ital.: Söhne

Unsre Reise lässt uns, du weißt es, höhere Macht gelingen. – aus: Dante Alighieri, »Die göttliche Komödie«, 8. Gesang

Man muss wissen, dass es Dinge gibt, die unserer Macht nicht unterliegen. – aus: Dante Alighieri, »Über die Monarchie«

pazzo – ital.: Verrückter

dormiglione – ital.: Schlafmütze

Es war zu Zeiten, die die gold'nen hießen, dem Hunger Eichel eine leckre Speise – aus: Dante Alighieri, »Die göttliche Komödie«, 23. Gesang

soicheln – schwäbisch: nach Urin riechen

Quelle domeniche da solo in un cortile, / a passeggiar … / ora mi annoio più di allora, / neanche un prete per chiacchierar … – ital.: »Die Sonntage, die ich ganz allein in dem Hof verbracht habe … / Jetzt langweile ich mich noch mehr als damals, / nicht einmal ein Pfarrer ist zum Reden da …« Songtext von Adriano Celentano, »Azzurro«

Mir gewährten die Pförtner Gottes, die vorm Tore stehen, den Eintritt nicht zur Läuterung der Verklärten. – aus: Dante Alighieri, »Die göttliche Komödie«, 4. Gesang

Muggeseggele – schwäbisch: ein winziges bisschen; zur Etymologie von Muggeseggele: Dieser Begriff bezieht sich auf das Geschlechtsteil (»Seggele«) von männlichen Fliegen (»Mugge«), das im Verhältnis zum restlichen Körper zwar durchaus angemessen, mit 0,22 Millimeter aber natürlich sehr klein ist.

Vaffanculo, che … – ital.: Leck mich am Arsch, was …

aiuto – ital.: Hilfe

Café Viereck – umgangssprachl.: Gefängnis

Bonum factum Deum habet debitorem. – lat.: Eine gute Tat macht Gott zum Schuldner.

Did you sleep well? – engl.: Gut geschlafen?

salame – ital.: Tollpatsch

Kehrwoche – »Damit die Stadt rein erhalten wird, soll jeder seinen Mist alle Wochen hinausführen, (…) jeder seinen Winkel alle vierzehn Tage, doch nur bei Nacht, sauber ausräumen lassen und an der Straße nie einen anlegen. Wer kein eigenes Sprechhaus (WC) hat, muss den Unrath jede Nacht an den Bach tragen.« Stuttgarter Stadtrecht, 1492

nicht ganz bacha – schwäbisch: nicht ganz bei Trost; etymolog.: nicht ganz gebacken

Che bellissima donna! Che' piacere particolare di conoscere a lei! – ital.: Welche Schönheit! Welch außergewöhnliches Vergnügen, Sie kennenzulernen!

Ad ogni uccello il suo nido è bello. – ital.: Jeder Vogel liebt sein Nest.

Dal frutto si conosce l'albero. – ital.: An der Frucht erkennt man den Baum.

adulatore – ital.: Schmeichler

It's not over until the fat lady sings. – englisches Sprichwort: Es ist nicht vorbei, bevor die dicke Frau gesungen hat. Anspielung auf Richard Wagners »Der Ring des Nibelungen«, an dessen Ende (die ziemlich füllige) Brunhilde ihre Arie singt. Es bedeutet: Noch ist alles möglich.

ochen opasno – russ.: sehr gefährlich

G'fingerlet und pfiffa isch zwoierloi. – schwäbisch: Bezieht sich auf die Kunst, mit den Fingern zu pfeifen, was längst nicht jeder kann.

A Nixle emma Bixle und a goldig's Wart-a-Weile! – schwäbisch: Eine Nixe in einer Büchse und ein goldiges Warte-ein-Bisschen! Bedeutet: Ich weiß von nichts!

insano – ital.: geisteskrank

La prego di scusarmi. – ital.: Ich bitte um Entschuldigung.

Cavolo! – ital.: Mensch! (Ausruf)

REM-Schlaf (Rapid Eye Movement) – Tiefschlaf

dobre utro – russ.: guten Morgen

fucile a pompa – ital.: Pumpgun

Der'mo! – russ.: Verdammter Mist!

Holy catfish! – engl.: Meine Güte!

svin'ya sobaka – russ.: Schweinehund

blad – russ.: Scheiße

urod – russ.: Missgeburt

privjet – russ.: hallo

hui walosati – russ.: behaartes Testikel

damerino – ital.: Affe

zampe – ital.: Pfoten

Sti cazzi! – ital.: Ach du meine Fresse!

Il privilegio dei morti: non morirano più. – ital.: Das Privileg der Toten: Sie müssen nicht mehr sterben. Zitat von Gabriele D'Annunzio

Va' sulla forca! – ital.: Geh zum Teufel!

Ente'klemmer – schwäbisches Schimpfwort für sehr geizige Menschen; Entenbesitzer, der seiner Ente vor dem Verkauf noch schnell ein Ei abpresst, um dieses selbst zu behalten

Mugge'melker – schwäbisch: Mückenmelker; jemand, der sich über Nichtigkeiten aufregt

deifeln – schwäbisch: teufeln

In Schduagrd will i nedd mol dod übern Zaun hänga. – schwäbisch: In Stuttgart will ich nicht einmal tot über dem Zaun hängen. Ausdruck des Missfallens gegenüber Stuttgarter Großstädtern.

sek – russ.: Abkürzung für »Sakljutschonyj«; gebräuchlicher Ausdruck für inhaftierte Zwangsarbeiter in russischen Straflagern

Babbo non vuole, Mamma nemmeno … come faremo a fare all'amor … – ital.: »Papa wollte es nicht, Mama auch nicht. Dass wir uns verlieben …« Liedtext aus »Bella ragazza dalle trecce bionde« (Wäscherinnenlied)

Che diavolo … – ital.: Was zum Teufel …

figlio di puttana – ital.: Hurensohn

Schlecht kämpft der Wille gegen stärkeren Willen. – aus: Dante Alighieri, »Die göttliche Komödie«, 20. Gesang

paesucolo di merda – ital.: Kuhkaff

einkasteln – schwäbisch: einsperren

Ah che cavolo! – ital.: Ach, was soll's!

Oh perbacco! – ital.: Zum Teufel noch mal!

Megghiu muriri e lassari, chi campari e addisiari. – ital.: Es ist besser zu sterben, wenn man etwas hat, das man hinterlassen kann, als zu leben und es haben zu wollen. (sizilianisches Sprichwort)

Veni sancti Spiritu … Quod mors separavit, Deum uniet bendedicte … homo, quia pulveris es, et in pulverem reverteris. – lat.: Komm, Heiliger Geist … Was der Tod trennt, wird Gott wieder vereinen … Mensch, der du aus Staub bist, wirst du wieder zu Staub werden.

That's the way the cookie crumbles! – englisches Sprichwort: So läuft der Hase!

Kein Kinderspiel ist solch ein Unterfangen. – aus: Dante Alighieri, »Die göttliche Komödie«, 32. Gesang

Sui le mani! Lei è in arresto! – ital.: Hände hoch! Sie sind verhaftet!

Parigi, o cara (caro) noi lasceremo, la vita uniti trascorreremo. – ital.: »Oh, lass uns fliehen aus diesen Mauern, vereint das Leben verbringen.« aus: Giuseppe Verdi, »La traviata«

Dass sein Verrat die Freiheit mir entrissen, weil ich vertrauend ihm ins Garn gegangen. – aus: Dante Alighieri, »Die göttliche Komödie«, 33. Gesang

Danksagung

Mein besonderer Dank gilt André Heygster, der mir in unzähligen Kaffeehaus-Sitzungen inhaltlich und moralisch beigestanden hat, den Besitzern ebenjenes Kaffeehauses, die uns den Schlüssel dagelassen haben, meiner Lektorin Susann Säuberlich und ihrem Blick für Details und große Zusammenhänge, dem ganzen Emons-Team für seine freundliche Unterstützung sowie meiner Freundin Flavia Georgia Boitos, die mir mit Rat und Tat und vor allem viel Geduld das Schreiben leicht machte.

Fehler und Versäumnisse gehen selbstverständlich auf mein Konto.